환락송 5

환락송

우리들의, 싱그리아

5

아나이 지음

주은주·박영란 옮김

팩토리나인

등장인물 소개

앤디(安迪): 뉴욕에서 중국으로 돌아온 인재. 투자회사에서 CFO(최고재무책임자)를 맡고 있다. 젊은 나이에 기업의 임원이 된 똑똑한 골드미스. 미모와 재능을 겸비한 그녀는 모든 것을 다 가진 듯하지만 지금의 자리에 오르기까지 너무 많은 것을 잃었다. 외모가 늘씬하고 아름답지만 성격이 차갑고 경계심이 많아 종종 오해를 받곤 한다. 고학력의 우수한 인재로 일에서는 완벽하고 결단력이 있지만 사람과의 감정 교류에 있어서는 서툰 면을 보인다. 출생의 비밀 때문에 진실한 사랑을 하지 못한다고 생각하고 마음을 닫고 산다.

관쥐얼(關雎爾): 조용한 성격이다. 취업한 지 얼마 되지 않은 말단사원이지만 자기 자리에 만족하며 열심히 일한다. 올해 서른이 되면서 결혼에도 조급해한다. 결혼에 급한 것과는 별개로, 차와 집을 자가로 소유하고 있는 잘생긴 남자가 아니면 쳐다보지도 않는다. 하이시에서 글로벌투자기업의 인턴으로 들어가 정직원이 되기 위해 갖은 노력을 하고 있다.

추잉잉(邱瑩瑩): 성격이 단순하고, 결과를 생각하기에 앞서 행동이 먼저 나가는 행동파라 종종 스스로 곤경에 빠지기도 하고, 주변을 힘들게 만들기도 한다. 그녀의 부모님은 농촌에서 작은 도시로 넘어와 고생하며 힘들게 일했기 때문에 자신의 딸만큼은 큰 도시에서 굳건한 입지를 다져 성공하기를 기대하고 있다. 사랑에 흠뻑 빠지는 스타일이다.

판성메이(樊勝美): 하이시 글로벌투자기업 인사팀에서 오랜 경력을 쌓아왔다. 집안 사정이 빈곤하고, 남자를 중시하는 가정 분위기 탓에 인정받지 못했던 데 상처를 많이 받았다. 매번 오빠가 사고 치는 일들에 연루되고, 그 일들을 해결하느라 번 돈을 다 쓰는 바람에 모아둔 돈이 없다. 그러나 그런 것들을 숨기고, 자신의 자존심과 체면을 내세우며, 다른 사람에게 얕보일까 봐 전전긍긍한다. 의리가 있고, 남을 도와주기 좋아하는 선량한 면이 있는 반면 허영심도 크다. 부잣집에 시집가서 이 고통을 끝내는 것이 목표였지만 여러 일들을 겪으며 스스로 강해지고, 인생의 변화를 겪게 된다.

취샤오샤오(曲筱綃): 재벌가 상속녀. 제멋대로인 성격에 툭하면 남을 무시한다. 좋은 일을 자주 하지만 항상 선한 마음으로 하는 것은 아니다. 얼굴도 예쁘고 능력도 좋아서 늘 자신감에 차 있다. 공부에 소질은 없어 고등학교를 졸업하자마자 미국 유학길에 올랐다. 걱정 없이 돈을 펑펑 쓰고 미국에서 놀다가 배다른 두 오빠가 재산을 물려받는 것이 싫어 다시 중국으로 들어와 직접 회사 경영에 나선다. 매력이 출중하고, 흡사 여우같은 느낌이다. 놀기 좋아하고, 재미있으며, 상대에게 직설적으로 말한다. 사업뿐만 아니라 원하는 남자는 무조건 자기 편으로 만들 수 있다는 자신감 충만한 캐릭터다.

60

날이 밝아오기 시작했지만 병실에는 아직 햇빛이 들지 않았다. 추잉잉은 옆에서 바스락거리는 소리에 잠을 깼다. 혼자 자고 있던 터라 자연스럽게 주변을 경계했다. 그녀는 눈을 억지로 떠서 주변을 살폈다. 뜻밖에 잉친의 어머니가 간밤에 그녀가 기운이 없어서 못다한 정리정돈을 마저 하고 있었다. 추잉잉은 놀랍기도 하고 반갑기도 했다. 그녀가 푹 잠긴 목소리로 인사했다.

"안녕히 주무셨어요. 이따가 간병인이 올 텐데 그냥 두세요."

"간병인은 간호하는 거고 우리가 치울 건 치워야지. 더럽게 내버려 두면 남들 보기에 흉해. 어젯밤에 해야 했는데, 요 며칠 너무 피곤했나 봐. 안전한 곳으로 옮기고 나니 긴장이 풀려서 눕자마자 곯아떨어졌어. 다행히 정신까지 놓진 않아서 완전히 맛이 가진 않았네. 쉿, 다른 사람들 아직 자니까 조용히 하자."

"정말 죄송해요, 원래 제가 해야 하는 일인데 어제 기운이 없어서 치우다가 말았더니, 괜히 어머니만 귀찮게 해드렸네요. 죄송해요."

"지금은 특별한 상황이잖아. 이럴 때는 원칙보다 사람이 먼저지. 상황에 따라 행동하면 된단다."

잉친의 어머니는 추잉잉이 침대에 누워 있는 상태에서 침상을 깔끔하고 반듯하게 정리했다. 그 사이에 두 사람의 손도 부딪치고 추잉 잉의 상처가 약간 쓸리기도 했지만 큰 지장은 없었다. 추잉잉은 잉친의 어머니에게 감동하여 지켜보면서도 바늘방석에 앉은 것처럼 마음이 불편했다. 몸을 움직일 수만 있다면 뼈가 부서지는 한이 있더라도 침대에서 내려가서 어머니 대신 정리하고 싶었다.

"참, 물어볼 말이 있었는데 깜빡했네. 너 돌보는 간병인 일당이 얼마니? 2명을 동시에 고용하면 할인이 되나?"

추잉잉은 어리둥절했다.

"모르겠어요. 앤디 언니한테 물어볼게요. 언니가 맘 편하게 회복하는 일이 우선이라고 돈 문제는 신경 쓰지 말라고 했거든요. 다 나으면 계산하기로 했어요. 언니한테 꼭 갚아야죠. 의료 보험도 있으니까 약값도 의료 보험으로 해결될 거 같아요."

"내가 며칠 전에 알아봤더니 보통 하루에 100위안이고 식대 25위안은 별도로 지급해야 한단다. 적은 돈이 아니야."

추잉잉은 숨이 턱 막혔다.

"그렇게 비싸요? 제 월급이랑 맞먹네요."

"그러게 말이다. 나도 어디서 들었는데 하이시의 도우미 비용은 일반 회사원 월급보다 많다고 하더라."

"그런데… 쥐얼의 남자 친구 말로는 제가 얻어맞아서 다쳤기 때문에 때린 사람한테 치료비랑 일을 못 해서 손해 본 금액까지 청구할 수 있대요. 그쪽이 배상하지 않으면 경찰서에서 못 나올 거예요."

"친구가 많아서 일 처리도 수월하구나. 잉친의 아버지도 친구가 많거든. 이번 일도 그 친구들 아니었으면 이렇게 순조롭게 해결하지 못했을 거야."

"잉친 아버지는 참 대단하세요. 우리 모두 방법이 없어서 쩔쩔맸는데 아버지가 오셔서 말끔하게 해결될 줄 누가 알았겠어요."

"그럼. 남자는 말이야 박력이 있어야 하고 일 처리가 시원시원해야 해. 네 친구 말처럼 도망갈 곳도 없고 쉽게 해결될 일이 아니어서 잉친 아버지밖에 기댈 곳이 없었지. 어쨌든 집에는 다 큰 남자가 있어야 해. 자, 나는 가서 아침 식사를 가지고 오마."

추잉잉은 잉친 어머니의 뒷모습이 보이지 않을 때까지 감사한 마음으로 지켜봤다. 잉친의 부모님에게 가족으로 인정을 받았다고 생각하니 잠이 확 달아났다. 하지만 옆에는 그녀의 이런 들뜬 마음을 받아 줄 사람이 아무도 없었다. 추잉잉은 망설임 없이 휴대폰을 꺼내 들고 웨이보에 새 글 하나를 올렸다.

'야옹, 나보다 일찍 일어난 사람 있어?'

글을 올리고 나서 친구들의 웨이보를 차례로 확인하다가 관쥐얼이 5분 전에 올린 글을 발견했다. 찬란하게 도시를 밝히는 일출 사진이었다. 사진을 보는 추잉잉의 눈동자도 반짝였다. 그녀는 자신의 침대 사방에 드리워진 푸른빛 커튼을 보았다. 병실 안은 아직 어둡고 밖을 내다볼 수는 없었지만, 밖은 이미 해가 높이 떠오른 것 같았다. 순둥이 관쥐얼이 외박하고 일출을 보러 갔을 줄은 꿈에도 몰랐다. 추잉잉은 댓글을 달았다.

'누구랑 갔어? 실토해.'

관쥐얼은 한동안 답이 없었다. 추잉잉은 관쥐얼이 인터넷에 접속할 수 없는 상황이라고 생각했다. 답을 기다리던 그녀는 몸이 근질거려서 더 이상 참지 못하고 22층 사람들에게 단체 메시지를 보냈다.

'알립니다. 쥐얼이 누구랑 일출을 보러 갔답니다. 그리고 나는 지금 잉친 어머니가 돌봐 주시는데 정말 겸연쩍어 죽겠다.'

이렇게 메시지를 보냈는데도 누구 하나 답장하는 사람이 없었다.

9

추잉잉은 휴대폰으로 시간을 보다가 자기도 모르게 너털웃음을 터뜨렸다. 관쥐얼 외에는 모두 잠들어 있을 시간이었다.

관쥐얼은 추잉잉의 메시지를 보았지만 답장할 겨를이 없었다. 관쥐얼과 시에빈은 순수하게 손을 맞잡고 서로 시선을 맞추며 엘리베이터를 타고 내려왔다. 어디서 나타났는지 시에빈의 친구 3명이 별안간 소리를 지르고 박수를 치며 다가오더니 아침밥을 사달라고 했다. 시에빈은 반갑게 손을 흔들며 "타!"라고 했다. 다 같이 산타나 자동차에 비집고 탄 뒤에 먼지를 풀풀 날리면서 시내를 향해 달렸다. 친구들은 관쥐얼이 조수석에 편하게 앉도록 배려하느라 남자 3명이 뒷자리에 힘겹게 다닥다닥 붙어 앉았다.

친구 중에서 1명은 면식이 있었다. 추잉잉이 얻어맞던 날 현장에서 보았던 사람이었다. 하지만 모두 초면인 것처럼 서로 명함을 주고받았다. 친구들은 시에빈이 능력 있는 여성을 애인으로 만들었다며 그의 재주를 추켜세웠다. 관쥐얼은 친구들의 말에 깜짝 놀랐다. 자신을 능력 있는 여성이라고 여겼던 적이 한순간도 없었기 때문이다. 어려서부터 사람들한테 어린애 같다는 말을 자주 들어왔던 그녀에게 능력 있는 여성이란 말은 어울리지 않는 옷 같았다. 그녀는 서둘러 부정했다.

"전혀 그렇지 않아요. 수습 기간을 막 끝낸걸요. 제 상사에 비하면 갈 길이 한참 멀어요."

"저번에 쥐얼 씨가 수습사원들을 데리고 상장 회사의 핵심 회의에 참석했다고 시에빈이 얘기하던데, 그 정도면 능력 있는 거 아니에요?"

시에빈이 웃으며 말했다.

"그럼, 출중하지. 겸손하고 예의 바르고 게다가 예쁘고 고상하기까지 해."

"정말 아니에요, 전 그런 사람이 아니라고요. 대기업에도 허드렛일을 하는 사람은 있거든요."

한 친구가 웃으며 말을 이어받았다.

"그만 부정해요. 우린 공적인 일로도 상장 회사에 당당하게 드나들 일이 별로 없거든요. 또 아니라고 하면 오글거려서 닭살이 돋을 때까지 칭찬할 거예요. 그래도 부인할래요? 하하."

관쥐얼도 따라 웃었다. 기분이 이상하리만치 유쾌했다. 모두 배에서 쥐가 날 정도로 허기가 져서 길가에 있는 작은 식당으로 들어갔다. 시에빈은 호탕하게 성젠바오 한 판 전체를 주문했다. 관쥐얼이 옆 가게에 가서 순두부를 사 오겠다고 하자 친구들이 우르르 말리며 그녀를 자리에 앉히고 자기들이 사러 갔다. 친구들은 가운데 놓인 만두가 바삭하게 굽혔다며 오늘의 귀빈인 관쥐얼에게 주었다. 관쥐얼은 자신에게 사람들의 관심이 집중되자 무척 부끄러웠다. 부끄러움에 시에빈의 뒤로 꼭꼭 숨고 싶던 그녀는 정말로 시에빈의 등 뒤로 몸을 반쯤 숨겼다. 그런데도 관쥐얼은 여전히 주인공이었고 모두 그녀를 잘 챙겼다. 특히 시에빈은 관쥐얼에게 잠시도 지루할 틈을 주지 않았다.

2202호로 돌아온 관쥐얼이 문을 열고 들어서니 판성메이가 한껏 멋을 부리고 있었다. 기쁜 일이 있으니 활기도 넘쳤다. 관쥐얼이 생기발랄하게 목소리를 높여 물었다.

"언니, 이렇게 일찍 어디 가? 어쩜 너무 예쁘다."

"오늘 왕바이촨이 집을 계약하러 가는데 같이 가려고. 방금 잉잉한테 연락받았어. 밤새우고 일출 보러 갔었다며? 정말 로맨틱해. 나도 어렸을 때 그런 로망이 있었는데 안타깝게도 아직 못 이뤘어. 진짜 부럽다."

"나도 내가 이렇게 밤을 꼬박 새우고 일출을 보러 가게 될 줄은 상상도 못 했어. 꼭 달걀노른자 같은 태양이 서서히 올라오다가 갑자기 뿅 하고 위로 솟아오르는 거 있지. 이른 아침 태양은 눈이 부시지도 않아. 계속 보고 있는데도 눈이 침침해지지 않더라."

"누구랑 봤는지가 중요하지."

판성메이가 싱글거렸다. 관쥐얼은 우물쭈물하다가 용기를 내어 말했다.

"시에빈 씨랑 봤어. 언니도 전에 봤던."

"경찰대학 졸업했다던 그 사람? 경찰대학은 일류 대학보다 합격선이 훨씬 높다던데. 입학하기 꽤 어려운 곳이래. 참 잘됐어. 축하해."

"이제 막… 시작한 사이인걸."

관쥐얼은 수줍어서 금방 화제를 돌렸다.

"그나저나 바이촨 오빠가 집을 사다니, 정말 대단해. 인테리어도 해야 하나? 언니랑 오빠도…."

"아휴, 아직 몰라. 우린 방 세 칸짜리를 원하는데 가능할지 모르겠어. 바이촨은 지금 밤새 줄 서고 있어서 얼른 가 봐야 해."

"원하는 대로 될 거야. 미리 축하할게."

"그랬으면 좋겠어. 잉잉한테도 좋은 일이 생겼더라. 언제 모두 한가해지면 다 모여서 같이 밥 먹자. 얼마나 기쁜 일이니. 아 참, 이러고 있을 때가 아니지. 바이촨이 배가 많이 고플 텐데 먼저 갈게. 쥐얼, 우선 밀린 잠부터 자. 피부를 생각해야지."

관쥐얼은 아름다운 자태를 뽐내며 나가는 판성메이를 배웅하고 현관문을 닫았다.

조용한 분위기를 좋아하는 관쥐얼은 어쩐지 주변이 평소보다 더 조용한 것같이 느껴졌다. 지금 22층에는 그녀 혼자뿐이었다. 관쥐얼은 함박웃음을 지으며 무작정 문가로 뛰어갔다. 밖으로 뛰쳐나가다가 22층에 아무도 없다는 사실을 깨닫고는 다시 집안으로 들어왔다. 그녀는 문을 잠그고 집안을 뱅뱅 맴돌다가 자기 방으로 들어갔다. 기쁨을 주체하지 못한 그녀는 결국 앤디에게 메시지를 보냈다.

'언니, 나 천생연분을 찾은 것 같아. 시에빈 씨는 내가 결혼 상대자로 알맞은 조건을 두루 갖춘 여자라서 접근한 사람이 아니었어. 그 사람 눈과 마음에 내가 있다는 게 느껴졌거든. 그 사람한테 나는 아주 중요한 사람이고 모든 일의 중심은 나였어. 날 행복하게 해줘서 정말 기뻐. 오늘은 같이 일출을 봤는데 얼마나 아름다운지 말로 다 표현을 못 하겠어. 언니. 나 지금 너무 행복해.'

겉으로는 모두에게 자고 일어나서 오후에 다시 연락하자고 말은 했지만, 관쥐얼은 여전히 들뜬 기분을 가라앉히지 못하고 인터넷에 접속했다. 취샤오샤오에게 쪽지 한 통이 와 있었다.

'애, 내 허락도 없이 둘이 일출을 보러 갔니? 똑같은 사진을 찍어서 올린 건 둘이 찰싹 붙어서 사진을 찍었다고 떠벌리는 거 맞지?'

관쥐얼은 그제야 생각이 났다. 어쩐지 계속 마음이 조마조마했었는데 전날 취샤오샤오에게 메시지를 보냈던 사실을 까맣게 잊고 있었던 것이다. 그녀는 다급히 취샤오샤오에게 전화를 걸었다.

취샤오샤오는 전화를 받자마자 목청을 높여 다그쳤다.

"설명해. 솔직히 말해 보라고. 처음부터 끝까지 싹 다 털어놔. 나도 치핑 오빠랑 같이 로맨틱한 거 해 보고 싶었는데 시간이 나야 말이지. 오빠가 피곤해서 쓰러지지 않으면 내가 지쳐서 뻗어버리니까 말이야. 예고도 없이 네가 먼저 로맨틱한 시간을 보낼 줄은 몰랐네. 사진을 얼마나 찍은 거야. 빨리 불어."

"알았어. 너 오면 사진 보여줄게. 샤오샤오, 어제 내가 보냈던 메시지는 삭제해. 나는….'

관줴얼을 잠시 뜸을 들이다가 용기를 냈다.

"사실 그때만 해도 너무 겁이 나서 뒷조사를 해달라고 했는데 실수였어. 이미 그 사람이랑 서로 글로 적어서 마음을 터놓기로 약속했고 그 사람을 믿기로 결심했거든. 그 전에 내가 멋대로 뒷조사를 하는 건 그 사람을 존중하지 않는 행동인 거 같아. 미안해, 내가 잘못 생각했어. 메시지는 못 본 거로 해 줘."

"하하, 나한테 부탁하는 거야?"

"응, 부탁해. 너 돌아오면 내가 이 도시에서 일출이 가장 아름다운 장소도 알려줄게. 너의 치펑 오빠랑 같이 보러 가."

"와, 낭만적이야. 둘이 꼭 껴안고 일출을 보다니. 좀 오글거리지만…, 나도 꼭 해 보고 싶어."

관줴얼이 서둘러 해명했다.

"껴안지는 않았어. 시에빈 씨는 날 존중해."

"피, 그건 존중이랑 상관없거든. 알아? 사랑하면 머릿속에는 한 가지 생각밖에 안 들어. 꼭 안아주세요, 으스러지게 안아달라고요. 이런 생각 말이야. 이제 뭘 좀 알겠어? 아, 맞다. 두 사람이 아직 서툰가 보구나. 하하하하, 재미있어지네. 요즘은 대학생들도 연애하느라 낮에 모텔을 이용한다던데 너희는 너무 촌스러운 거 아니니?"

관줴얼은 얼굴이 귀밑까지 빨개져서 줄곧 "피." 하는 소리만 반복했다.

"약속하는 거지? 꼭 지켜."

"오케이. 원래는 뒷조사해서 널 겁주려고 했는데 아는 사람도 없는 낯선 동네라서 어디 물어볼 곳도 없네. 너도 참 진지해서 탈이야.

있잖아, 오늘 바이찬 오빠가 집을 계약한다고 하니까 넌 성메이 언니 기분이 어떤지 좀 살펴봐. 언니 기분이 괜찮으면 계약서에 언니 이름도 올라간 거고 우울해 보이면 분명히 오빠 이름만 적었을 거야. 그러니까 언니 만나면 기분 상태를 확인하고 나한테 꼭 보고해."

"성메이 언니 방금 봤어. 막 외출하던데…."

"어땠어?"

"굉장히 신나 보였어."

"오케이. 결론이 나왔네. 그럼 이만."

취샤오샤오가 그만하겠다고 하면 그걸로 끝이었다. 다행이었다. 그녀는 바로 전화를 끊었지만 어딘지 석연치 않은 기분이 든 관쥐얼은 소리가 멎은 휴대폰을 잠시 쳐다보다가 멋쩍게 종료 버튼을 눌렀다. 그 사이에 메시지가 도착했다. 앤디가 보낸 것이었다.

'나도 기뻐. 넌 한 남자의 사랑을 오롯이 받을 만한 가치가 있는 여자야.' 관쥐얼은 휴대폰을 움켜쥐고 낮은 소리로 외쳤다.

"맞아, 이거야. 바로 이런 느낌이야."

관쥐얼은 화목한 가정을 꾸릴 수 있는 여성으로서 그녀에게 호감을 느끼는 남자 말고 있는 그대로의 그녀를 사랑해 줄 남자를 원했던 것이다.

앤디는 바오이판의 소리에 잠이 깼다. 인기척이 느껴져서 잠을 깨어 보니 역시나 옆에는 바오이판이 있었다. 오늘은 혼자가 아님을 잊었는지 그가 눈을 질끈 감고 성난 호랑이처럼 거칠게 기지개를 켜고 있었다. 앤디도 혼자 자는 데 익숙한 터라 그의 기지개를 피해 몸을 뒤척였다. 그러던 중에 문득 바오이판 앞에서 뻔뻔하게 행동하기로 마음먹었던 게 생각났다. 앤디는 정신을 가다듬고 바오이판을 쳐다봤다. 기지개를 켜던 바오이판은 주먹 쥔 손을 앤디의 몸 위로 쭉 뻗다가 화들짝 놀라서 고개를 홱 돌렸다. 놀란 토끼 눈으로 돌아보니 앤디가 차분히 자신을 보고 있었다.

"깜짝이야. 침대 위에 누가 있을 줄 몰랐어요. 미안해요, 앤디. 잠을 푹 못 잤더니 머리가 아파요."

"더 자요. 조금 더 있다가 깨워줄게요."

"관자놀이 좀 눌러 줘요."

바오이판은 앤디의 품속으로 머리를 쏙 집어넣었다.

"인기척이 나는 거 같아서 깼어요. 밤새 잘 잤어요? 미안해요. 어젠 내가 기분이 안 좋아서 말을 함부로 했어요."

"난 쭉 잘 잤는데…. 어, 밖에 당신 아버지하고 이모가 얘기하시나 봐요."

"왜 오셨지? 아, 알았어요. 회의하기 전에 생각을 정리할 시간마저 뺏으려고 오셨나 보네. 관심 없어요. 침실로 뛰어 들어오진 않았으니 그나마 다행이네요."

"이렇게 일찍 오신 걸 보니 무슨 일이 있나 보네요."

"일이 있는 척 핑계 대고 내 시간을 잡아먹으려고 왔겠죠. 뻔해요."

앤디는 뭐라 대꾸할 말이 없었다. 부자 사이가 완전히 틀어져 버린 것이다.

"쉿, 조용히 해요. 밖에서 들리겠어요."

바오이판은 전혀 개의치 않고 법석을 피우다가 히죽히죽 웃었다.

"머리는 이제 안 아파요. 어젯밤에 나한테 종이 1장 줬던 거 같은데 아직도 있어요?"

"보지 마요. 지금은 없어요. 아버지도 신경 쓰지 말고 잠이나 계속 자요. 5시간도 채 못 잤어요."

16

"보여줘요. 볼래요. 어젯밤에는 당신이 내 급소를 찌르는 바람에 눈이 충혈돼서 아무것도 안 보였어요."

"내가 밉지도 않아요?"

"미워하면 큰일 나죠. 당신이 날 버리고 가버리면 난 어떡하라고."

바오이판이 이쪽저쪽을 살피며 종이를 찾았다. 종이는 전날 그가 바닥으로 휙 던져놓은 자리에 그대로 놓여 있었다. 그는 침대에서 껑충 뛰어 내려가서 주워들고는 다시 침대로 올라왔다. 앤디 앞에 내밀며 같이 보자고 했다.

"앤디, 혹시라도 다음에 내가 화가 나서 눈이 뒤집혀 있을 때는 가능하면 날 좀 부드럽게 대해줘요. 당장에 이치를 따지려 들지 말고요. 쌓인 감정을 털어놓을 상대가 나한테 당신 말고 누가 있어요? 다른 사람한테 그러기엔 너무 창피하잖아요. 당신은 일단, 날 달래 줘요. 그래도 못 참겠으면 그냥 모르는 척 해버려요. 이번처럼 당신 생각을 종이에 적어서 주면 가장 좋고요. 감정이 진정되고 나서 읽으면 충분히 받아들일 수 있어요. 앞으로 당신이 무슨 말을 해도 다 들을 거예요. 순한 양처럼 착하게."

"어젯밤에는 당신이 내 동료였으면 일찌감치 내 손에서 살아남지 못했을 거예요. 착하게? 착해서 심술을 부렸어요?"

"회사하고 집은 다르잖아요. 당신 동료가 어떻게 감히 당신한테 덤벼요. 비유하자면 당신은 어제 내 어머니를 건드린 거나 마찬가지예요. 어머니는 내 급소니까."

"사실 당신이 인정해야…"

"쉿…, 급소라고요."

"피하고 싶은 거겠죠!"

"맞아요."

"어제 당신 아버지가 몇 년이나 더 살지도 모르는데 당신하고 싸워서 뭐 하느냐고 하셨어요. 당신하고 화해하러 오셨을지도 몰라요."

"어젯밤에 아버지를 만났다고요?"

"네. 간섭하지 않겠다던 원칙을 뒤엎고 아버지한테 또 전화해서 언쟁했어요."

바오이판은 말없이 손에 든 종이만 반복해서 읽었다. 다 읽고 난 뒤에는 스탠드 아래에 두고 눈을 감은 채로 생각에 잠겼다. 앤디는 곁눈질로 그를 보았다. 사람이 어쩌면 저리도 고집불통인지 도무지 이해되지 않았다. 그는 감정적이어서 이성적으로 문제를 해결하지 못한다. 그렇게 감정에 휘둘리는 탓에 사태는 점점 악화되어 막다른 길까지 오고 말았다. 앤디는 심란했다. 어차피 바오이판을 말릴 수 없을 바에야 차라리 이 일에서 발을 빼는 게 나을 듯했다. 이런 불안한 상황을 계속 지켜보고 있다가는 또 참지 못하고 간섭하게 될 것 같았다. 그녀는 바오이판의 팔을 밀어내고 침대에서 내려가 씻었다. 바오이판은 잠자코 앤디를 보면서 머릿속으로는 계속 자기 생각만 했다.

앤디가 씻고 나오자 바오이판은 이불 속에서 팔을 쭉 내밀면서 앤디에게 다가오라는 손짓을 했다.

"아버지한테 대신 말 좀 전해 줘요. 오늘 회의는 아직 준비 중이라고요. 그리고 아버지가 회사로 돌아오고 싶으면 내가 현재 상황을 모두 받아들이되 체면도 유지할 수 있는 방법을 직접 강구해서 오시라고 해요."

"바로 가까이에 있는데 왜 나더러 말을 전하래요? 두 사람, 겁쟁이 부자라고 불러도 되죠?"

"대화가 유지되려면 당신이 꼭 있어야 해요."

"쪽팔리기 싫어서 그런 거겠죠. 체면은 무슨 체면, 날 앞세우기나 하면서."

"보통 중재자는 지위가 높고 머리가 좋고 신임이 두터워야 해요. 그렇지 않으면 양측 모두 중재자의 말을 안 듣거든요. 그런 면에서 당신이 적임자죠."

앤디는 "쳇!" 한마디와 함께 벌컥 화을 내며 나갔다. 밖에는 초췌한 안색의 바오 회장이 소파에 앉아서 눈을 감고 안정을 취하고 있었다. 그 앞에는 우룽차와 작은 만터우(饅頭, 소가 없는 중국식 찐빵) 몇 개가 놓여 있었다. 바오 회장은 미동도 하지 않았다.

"어제는…, 못 주무셨죠?"

"응. 잠깐 눈만 붙였지. 오늘 회의 걱정에 잠이 안 오더구나."

바오 회장은 눈을 번쩍 뜨며 똑바로 앉았다.

앤디는 이 순간만큼은 바오 회장의 마음과 일치했다. 그녀도 오늘 회의 문제로 걱정하고 애쓰고 있었기 때문이다. 반면 바오이판은 걱정만 할 뿐 해결하려고 노력하지 않고 하늘에서 떡이 떨어지기만을 기다리고 있었다. 하지만 그녀는 두 사람의 중재자였다.

"이판 씨가 방금 그러는데, 회장님이 회사로 돌아가실 거면 자기 체면을 꼭 세워 주셔야 한대요. 회의는 이따가 참석하겠다고 했어요. 체면을 세울 방법은 회장님이 직접 고민하시라고 하네요."

바오 회장은 콧숨을 길게 내쉬었다.

"알았다. 그렇게 하지. 가서 생각해 보마. 수고했다. 대신 나도 한 가지만 묻자. 그 녀석은 뭘 믿고 그렇게 제멋대로인지 물어봐다오."

"물어볼 필요도 없어요. 자식들은 원래 다 그렇거든요. 제가 본 바로는 이판 씨보다 더 막무가내인 자식들도 있어요."

"휴, 진작 알았다면 몇 명 더 낳아서 경쟁이라도 붙일걸. 나 같은

야심가가 일말의 양심 때문에 아내하고 아들한테 이렇게 시달리며 사는 것 좀 봐라."

"제 눈엔 세 분 다 똑같아 보여요. 모두 가족이라는 이유로 서로의 권익을 침범하고 있으니까요. 더욱이 가족이라는 이름으로 독립성을 인정하지 않죠. 처음에는 사모님을 통해 깨달았고 그다음엔 회장님과 이판 씨를 보며 알았어요. 이제 넋두리도 그만하세요. 등잔 밑이 어둡다고 원래 자기 잘못은 못 보는 법이거든요. 가풍이 이런데 누가 누굴 탓하겠어요."

바오 회장은 몹시 놀랐다. 안에 있던 바오이판도 상당히 놀란 눈치였다. 두 사람 모두 앤디가 매정하게 면전에서 대놓고 비난할 줄은 예상치 못했다.

"네가 몰라서 하는 소리다. 쟤 어미는 내가 암에 걸리길 바라며 날마다 저주했던 사람이야. 진짜로 암이 발병했을 때에는 무척 기뻐했지. 내가 수술을 마치고 나왔을 때 다른 사람의 눈을 피해 빙긋이 웃으며 내 앞을 지나갔어. 사람들이 있을 때에는 현모양처처럼 고분고분하고 사람들이 없을 때에는 날 구박했다. 다행히도 내 목숨이 질겨서 아직 살아 있는 게지. 아들은 내가 쟤 어미를 죽도록 괴롭혔다고 하는데 쟤 어미가 그렇게 당하고 있을 사람이냐? 아내는 강철 같은 여자야. 하늘만이 아내의 목숨을 다룰 수 있어. 내 팔자가 아주 박복해. 이번 일도 봐라. 내 실수라면 아들 마음을 달래려고 경영권을 모두 포기하면서까지 아들을 안심시키려고 하겠니? 네가 얘기 좀 해봐라. 내가 완전히 물러나는 게 이치에 맞는 일이냐?"

"정도를 먼저 벗어난 건 회장님이시니까 사모님을 미워하고 탓하진 마세요. 사모님이 돌아가신 데에는 저하고 회장님의 책임도 있어요. 그게 주원인은 아니지만요. 저도 회장님한테 자산 대부분을 처리할

20

권리가 있다고 생각해요. 회장님이 완전히 물러나시는 것도 불합리하고요. 하지만 문제는 바오 집안에 이성적인 사람이 없다는 거예요."

바오 회장은 말이 없었다. 아버지를 만나지 않겠다던 바오이판은 어느새 나와서 그의 외투를 앤디의 어깨에 걸치며 속삭였다.

"아침 공기가 찬데 옷을 너무 얇게 입었어요. 어서 가서 따뜻하게 입어요."

바오이판은 팔로 앤디를 감싸며 침실로 데리고 들어가 방문을 닫았다.

"화내지 말아요. 내 잘못이니까 내가 해결할게요."

앤디는 그가 다시 밖으로 나갈 때까지 계속 흘겨봤다. 두 사람의 대화도 엿듣기 싫은 그녀는 메일을 확인하려고 곧장 침실을 나가서 서재로 들어갔다. 부자는 나란히 앤디를 주시했다.

바오 회장이 마침내 아들에게 농담을 던졌다.

"보통내기가 아니야."

바오이판도 농담으로 되받아쳤다.

"체통 없이 며느리한테 하소연이나 하시고, 참 잘하셨네요."

바오이판은 고개를 절레절레 흔들며 분위기를 전환시켰다.

"앤디가 배짱이 좋아. 뭐든 앞에서 터놓고 얘기하니까 오히려 대화가 잘 통해. 아까 한 말은 너 들으라고 한 소리다. 네가 안에서 엿들을 줄 내가 몰랐겠냐? 센 척하지 마라. 앤디만큼 배포도 두둑하지 않으면서 말이다. 애비가 너하고 장난하는 거 아니야. 체면을 세우고 말고 할 게 뭐 있냐. 그런 장난할 시간이 없어. 손해를 본 것만 생각하면 아까워 죽겠는데 네 놈은 아무렇지도 않지? 어차피 지금 내가 돌아가도 전처럼 힘을 쓰진 못하니까 같이 회의에 참석하자. 우린 가족인데 남들이 우리한테 무슨 말을 하겠어. 할 말 없지."

"또 아버지 마음대로 이러시네요. 아버지 생각만 하지 마세요. 아버지가 이렇게 또 회의에 참석하시면 전 정말로 허수아비가 돼요. 나중에 회사에서 제 말은 씨알도 안 먹힐 거라고요. 그런 생각은 안 해보셨어요?"

"진작 이렇게 솔직하게 말하면 좀 좋으냐. 왜 맨날 앤디만 앞세우고 넌 뒤로 숨어 있니. 그게 허수아비지."

"아버지가 먼저 하이시로 앤디를 찾아가서 중재를 부탁하지 않았으면 저도 이렇게 옹졸하게 굴지 않고 아버지한테 기댔겠죠."

"그래, 너 잘났다. 네 체면을 유지할 수 있게 해주마."

앤디는 부자 사이에 개입하고 싶지 않았다. 하지만 대화 소리가 계속 귀에 솔솔 들려오는 바람에 그녀의 천재 두뇌에는 또 서로 관계없는 여러 가지 일들이 동시에 저장되고 말았다. 그녀는 부자가 해결 방법을 의논하는 소리를 똑똑히 듣고 있었다. 두 사람은 대화로 충분히 풀 수 있는 문제를 그동안 왜 기어코 고집을 부리며 거부해왔을까. 앤디는 수시로 그들을 향해 눈을 흘겼다.

바오 부자 때문에 답답하던 차에 메시지 1통이 들어왔다. 취샤오샤오가 사진을 보낸 것이다. '셰루춘(謝陸村)'이라는 지명을 찍은 사진이었다. 앤디는 곰곰이 생각하다가 이내 눈썹을 찌푸리며 당장 전화를 걸었다.

"너 시에빈 씨 뒷조사했어? 둘이 벌써 사귀기로 해서 알아보기가 여의치 않을 텐데."

"그래서 언니한테만 보여주는 거야. 문제없으면 쥐얼한테는 안 보내면 돼. 언니, 우리도 사업하려면 고객에 관한 정보는 기본으로 조사하잖아. 그런데 쥐얼은 어떻게 길거리에서 오다가다 만난 남자한테 꽂혀서 결혼까지 생각할 수 있지? 더구나 연애 경험도 없는 앤데 그냥 내버려 두면 안 된다고.”

“네가 재미 삼아 조사하려는 거 알지만 일리는 있는 말이다. 그런데 너도 치펑 씨에 대해 알아보지도 않고 무턱대고 좋아하기 시작했잖아. 네 일 아니라고….”

“하하하하, 그건 경우가 다르지. 난 기본적으로 남들보다 사람 보는 눈이 훨씬 높거든. 게다가 내가 좀 놀아봤잖아. 휴대폰 켜 둬. 수시로 보고할 테니까.”

“내가 널 어떻게 말리겠니. 대신 충고 한마디만 할게. 장난에도 정도가 있어야 해. 오버하지 말란 뜻이야. 시에빈 씨가 눈치채지 못하게 흔적도 남기지 말고. 쥐얼과 시에빈 씨 사이를 갈라놓을 짓은 하지 마. 안 그러면 친구로서 쥐얼을 잃게 될 거야.”

“언니, 이런 일로 친구를 잃게 된다면 그게 진정한 친구일까? 그런 친구를 사귀어도 돼? 난 원래 심보가 못된 사람이지만 22층 사람들한테는 기껏해야 장난친 거밖에 없어. 해를 끼치지도 않았다고. 이 정도 장난도 못 받아주면 너무 얄팍한 거 아니야? 나도 그런 친구는 필요 없거든. 이번에 쥐얼한테 가장 화났던 건 사실 걔가 날 여태 친구로 여기지 않았다는 거야. 나한테 믿음이 전혀 없었던 거지. 쥐얼도 머리 수준이 멍텅구리 같은 잉잉이랑 별반 다르지 않아. 화를 낼 사람은 오히려 나라고. 쥐얼이 좋아하는 사람이 어떤 놈인지 내가 유심히 지켜볼 거야.”

앤디는 마지못해 취샤오샤오의 논리를 듣고 있었다. 취샤오샤오의 말이 끝나자 앤디가 물었다.

“궁금해서 묻는 건데, 치펑 씨는 너처럼 유별난 애를 어떻게 상대한다니? 난 너 때문에 아주 골치가 아파 죽겠거든.”

“하하하하, 서재로 도망가. 문도 걸어 잠그고 상대도 안 해. 거기다가 문에 담요까지 덮어쓰고 내가 아무리 비명을 질러도 신경 안 써. 그런데 오빠가 화장실에 가려고 밖으로 나온 틈에 내가 괴롭히지. 나한테 항복한다고 약속하면 그제야 놔줘. 언니가 내 전화번호 차단하면 확 죽어버릴 거야. 언니는 도망가지 마. 그런데 쥐얼한테 화를 낼까 말까?"

"쥐얼은 당사자지만 넌 제3자니까 시각은 객관적이겠지. 그래도 절대 도를 넘지는 마. 다른 사람들도 생각해야지. 2202호에서 네 등쌀을 누가 배겨내겠니. 널 상대할 패도 별로 없는 사람들인데."

"그건 그래. 그런데 언니가 한 말이 성메이 언니 귀에 들어가면 아마 두 사람 원수질 텐데. 평생 원수. 그만 끊어야겠다. 여행객인 척하면서 마을로 들어가서 놀아야지. 젠장, 겨우 반나절밖에 쉴 시간이 없다니, 뭐가 이렇게 힘든지."

앤디는 통화를 마치고 관쥐얼이 보낸 메시지를 다시 보았다. 자신과 바오이판이 커플로 맺어지기 전에 취샤오샤오가 바오이판의 뒷조사를 꼼꼼히 해서 하나부터 열까지 낱낱이 알려주었던 기억이 났다. 취샤오샤오는 그런 방면에서 누구도 그녀의 수완을 따라올 수 없을 만큼 완벽했다. 그러나 자오치펑이 유별난 취샤오샤오를 다루는 방법은 취샤오샤오도 거부할 수 없는 경지에 이르렀던 모양이다. 앤디는 바오이판을 설득할 때 화를 내는 것 말고는 다른 방법을 써본 적이 없었다.

그런 생각에 빠져 있는데, 바오이판이 바오 회장을 배웅하고 들어오며 앤디 앞에 바짝 다가왔다. 그가 앤디의 얼굴을 두 손으로 감싸며 말했다.

"나한테 화났죠?"

"네. 다음부턴 이렇게 비효율적이고 무의미한 분쟁에 날 끌어들이지 말아요. 멘붕에 빠지니까."

"내가 무능하고 비능률적인 사람이라고 비꼬는 말로 들려서 열 받는데."

"역시 똑똑하네요. 정면 돌파하지 않으면…."

바오이판은 돌연 와락 입을 맞추며 앤디의 이성을 차단했다. 아찔한 키스가 끝나고 그가 다시 입을 열었다.

"당신은 책으로만 지식을 습득해서 어머니와 자식의 관계를 깊이 이해하지 못할 거예요. 어머니가 이렇게 돌아가신 게 나한테 얼마나 큰 충격인지 진심으로 절실하게 느끼지도 못하죠. 난 이성적일 수가 없지만 이미 최선을 다해서 이성적으로 생각하려고 애쓰고 있으니까 당신도 도와줘요. 난 지금 내가 잘해내고 있다고 믿어요. 하지만 당신이 생각하는 것처럼 정면 돌파할 방법은 없어요. 아직 시간이 더 필요하고 꽤 오래 걸릴 거예요. 그리고 나에겐 당신의 도움과 사랑이 필요해요. 당신이 날 안아주고 쓰다듬어 주기만 해도 한참 동안 기운이 나고 이성도 돌아오는데, 당신은 몰라요."

"당신이 생억지를 부려도 이해하란 말인가요?"

"사실 당신이 나한테 눈을 흘기면 참 재미있어요. 가장 재미있는 건 당신이 아버지를 자극해서 넋두리하게 만드는 거예요. 아버지는 참는 게 미덕인 줄 아시는 분인데. 내가 그래서 당신을 사랑한다니까요."

"가만 보면 당신은 날 복종시키려고 귀가 솔깃할 말로 내 혼을 쏙 빼놓는 거 같아요."

"하하, 그런 면도 없진 않죠. 당신을 떠나긴 정말 싫지만 이제 회의하러 가야겠어요. 빨리 끝내고 올게요."

바오이판은 앤디를 꼭 껴안고 나서야 대문을 나섰다. 앤디는 화가 썻은 듯이 사그라졌다. 바오이판의 말처럼 스킨십은 정말로 문제를 해결하는 데 도움이 되는 듯했다.

　판성메이는 아침 식사를 싸 들고 분양 사무실로 갔다. 멀리서도 두꺼운 바람막이를 입은 왕바이촨이 눈에 띄었다. 벽 모퉁이에 움츠리고 서서 담배를 피우는 모습이 꼭 난민 같았지만 판성메이의 눈에는 그저 멋있기만 했다. 그녀는 만면에 미소를 띠며 부드럽게 그를 불렀다.

"왕바이촨."

왕바이촨이 눈을 들어 그녀를 향해 미소를 지었다.

"얼마나 기다렸는지 몰라. 해가 떠오르면서부터 쭉 네 생각만 했는데 이제야 왔구나."

"원래는 해가 살짝 떠오르기 시작할 때 일찌감치 나오려고 했는데 마침 쥐얼이 집에 들어오는 바람에 좀 늦었어. 걔가 말이지…, 헤헤. 이따가 쥐얼이랑 시에빈 씨가 찍은 일출 사진을 보여줄게. 둘이 사귀기로 한 거 같아."

"아, 그 경찰? 패기가 넘치던데. 앞으로 너희 22층 사람들은 밖에 나가도 겁날 게 없겠어. 싸움꾼도 있고 부자도 있고 마지막으로 경찰까지 합류했잖아. 하하하."

"하하, 그러게. 밤새 쓴 물건들은 내가 정리할게. 어서 먹어. 먹고 나서 내가 줄 설 테니까 자기는 차에 가서 얼굴 좀 닦고 옷도 갈아입어. 내가 물티슈 가져왔어."

"응. 네 신분증은 나를 줘. 같이 둬야 이따가 계약서 작성할 때 꺼내기 편하잖아. 어휴, 긴장돼. 사업 상담할 때보다 더 긴장되는 거 같아."

판성메이는 웃음을 감출 수 없었다.

"신분증 원본은 앤디가 고향에 갈 때 계좌 거래 내역서 발급하라고 줬고, 오늘은 복사본 가지고 왔어. 문제없겠지? 내일이나 모레쯤 원본으로 확인시켜 주면 계약할 때는 지장이 없을 거야."

왕바이촨은 어리둥절하다가 이내 대답했다.

"당연히 문제없겠지. 사기를 치는 것도 아닌데 가짜 신분증이 아니라는 걸 증명하기만 하면 되잖아. 최대한 빠른 시간 안에 원본을 첨부하면 돼. 이따가 계약할 때 얘기해 보자. 별문제 없을 거야."

"그래. 누가 자기 돈으로 장난치겠어. 복사본 줄 테니까 잘 보관해."

왕바이촨은 조심스럽게 자기 신분증을 판성메이의 복사본과 겹쳐서 꼼꼼하게 접은 뒤에 지갑 안에 넣었다.

그러고는 가슴을 탁탁 치며 말했다.

"금방 올게. 우선 화장실부터 다녀와야겠다."

판성메이가 밝게 웃었다.

"공중화장실에서 씻고 와. 얼른 다녀와."

왕바이촨은 곧장 주차장으로 가서 차를 타고 판성메이의 시선이 닿지 않는 곳으로 이동했다. 그곳에서 전에 연락했던 분양 사무실의 여직원에게 바로 전화를 걸었다.

판성메이는 하이힐을 신고 나와서 서 있기가 불편했다. 하지만 스타일이 구겨질까 봐 바닥에 신문지를 깔고 앉진 않았다. 그저 빙그레 웃는 얼굴로 날씬하고 아름다운 자태를 뽐내며 서 있을 뿐이었다. 얼굴은 햇빛을 피해 돌아선 채로 미소만 띠고 있었다.

취샤오샤오는 가난한 농촌 마을이 어떤 곳인지 잘 몰랐다. 마을로 들어가면 널따란 공터가 있고 거기에서 수다쟁이 노인들이 앉아서 햇볕이나 쬐고 있을 줄 알았다. 노인들한테 궁금한 걸 물어보면 사돈에 팔촌까지 동네 사람들 소식을 모조리 캐낼 수 있다고 여겼다. 그런데 오산이었다. 마을로 들어섰는데도 지나가던 토종개 외에는 멋

모르고 천방지축으로 뛰어다니는 어린아이들뿐이었다. 그녀는 뒤죽박죽으로 들어선 벽돌집 마을 입구에서 한참을 멍하니 있다가 뛰어가는 한 여자아이를 덥석 붙잡았다. 그녀가 사탕 한 줌을 건네며 말했다.

"꼬마야, 아침밥 먹을 식당에 좀 데려다줄래? 사탕은 너 먹어."

그런데 아이는 취샤오샤오보다 훨씬 앙칼진 목소리로 비명을 지르면서 냅다 도망갔다. 취샤오샤오는 정신이 아득해졌다. 그때 한 남자아이가 풀쩍풀쩍 뛰어오더니 수줍게 말했다.

"내가 데려다줄게요. 사탕 주세요."

취샤오샤오가 대답했다.

"좋아. 우선 절반만 주고 나머지 반은 도착해서 줄게. 너는 시에(謝) 씨니, 루(陸) 씨니?"

"시에 씨요. 헤헤."

"시에빈은 너희 형이니? 아니면 삼촌?"

"시에빈이요? 그게 누군데요?"

취샤오샤오는 다시 묻지 않았다. 쌩하고 달려가는 아이를 따라서 가까스로 2층짜리 건물의 1층에 열린 작은 식당에 도착했다. 와서 보니 마을의 다른 입구 쪽이었다. 식당 앞에 놓인 커다란 솥의 안쪽 벽에는 둥글 넙적한 빵이 붙어서 노릇노릇 구워지고 있었다. 그 옆에는 차예단(茶葉蛋 찻잎, 간장, 오향(五香)을 등을 넣고 삶은 달걀)이 냄비 속에서 익어가고 있었다. 취샤오샤오는 약속대로 쿨하게 남은 사탕을 모두 남자아이에게 주고는 식당으로 들어서며 큰소리로 물었다.

"계세요? 먹을 것 좀 있나요?"

안에서 투박한 외모의 중년 여성이 달려 나왔다. 취샤오샤오는 순간 뭐라고 물어야 할지 말이 막혔다. 외지 사람만 와도 대서특필할 것 같은 이런 깡촌 마을에서 사람을 뒷조사하기란 얼토당토않은 일인 듯했다. 더구나 시에빈에게 들키지 않게 조용히 물어보기도 쉽지 않아 보였다. 실망한 취샤오샤오는 보글보글 끓고 있는 차예단 냄비를 들여다보며 풀이 죽은 목소리로 말했다.

"차예단 2개만 주세요."

아니나 다를까 중년 여성은 취샤오샤오에게 유난히 호기심을 보였고 상당히 친절했다. 뜨거운 차예단을 냄비에서 꺼내어 옆에 있는 테이블에 놓으며 말했다.

"아이고, 뜨거우니까 아직 손대지 마셔요. 도시 사람들은 손이 부드러워서 살짝만 닿아도 물집이 생기고 아파 죽겠다고 합디다. 아가씨는 도시에서 무슨 일로 여기까지 왔수?"

"마을에서 도시로 나가는 사람은 있어도 도시에서 여기로 오는 사람은 거의 없죠?"

"암요. 일하러 갔다가 다시 돌아온 사람은 있지만. 그쪽은…, 여기서 묵을 거요? 뉘 집에서 묵어요?"

취샤오샤오는 순간 대답을 하지 못하고 곧장 식당 안으로 들어가서 물병 2개를 들고 나왔다.

"물 2병까지 전부 얼마예요?"

중년 여성이 거스름돈을 계산하는 사이에 취샤오샤오는 퍼뜩 잔머리를 굴렸다.

"여기서 묵을 건 아니고요, 자선단체에서 나왔어요. 형편 때문에 공부할 수 없는 아이들이 얼마나 되는지 조사해서 지원하려고요. 아주머니, 몇 가지만 질문해도 될까요?"

"아, 그럼 마을 대표를 불러올게요. 나는 말을 잘하지 못해요."

"그럴 필요는 없어요. 저희가 다른 마을에서도 지원 활동을 하는데,

실사를 안 했더니 마을 대표니 교사니 할 것 없이 전부 자기네 아이들을 가난한 아이로 둔갑시켜서 지원금을 타가더라고요. 어쩜 다들 그럴 수가 있는지. 그래서 이번에는 우선 믿을 만한 사람을 통해서 마을 주민 수를 대략 파악한 뒤에 각 가정으로 사람을 파견해서 실정을 알아보려고 해요. 이 마을 아이들은 모두 어디에서 공부하나요?"

취샤오샤오는 질문하면서 휴대폰을 꺼내 그럴듯하게 기록하는 척했다.

마을에는 인적이 정말로 드물었다. 가끔 노인들이 지나갔지만 무심하게 식당 쪽을 힐끗 쳐다보고는 가던 길을 계속 갔다. 취샤오샤오는 유도 심문을 하듯이 식당 아주머니를 살살 꼬드겨서 정보를 캐냈다. 마침내 그녀는 만족한 듯이 휴대폰을 옷 주머니 속에 넣고는 손을 흔들며 아주머니한테 작별 인사를 했다.

도시로 나가기 위해 지나가던 중형 버스를 간신히 잡아탄 취샤오샤오는 휴대폰을 애지중지하며 함부로 꺼내지 않았다. 도중에 손이 근질근질했지만, 꾹 참았다가 도시로 나와서 곧바로 앤디에게 전화를 걸었다. 그녀가 비명을 지르며 말했다.

"언니, 대박 뉴스가 있어. 완전 핵폭탄급이야. 이건 언니가 쥐얼한테 말해야 해."

"뜸 들이지 말고. 어떻게 금방 알아냈어? 개천에서 난 용이라는 거 말고 또 뭐가 있는데?"

"장난 아냐, 어마어마해. 쥐얼이 알면 엄청 놀랄걸. 지금 길 건너는 중이니까 호텔에 도착해서 다시 연락할게. 와, 이건 진짜 그냥 못 넘어가. 대박 사건."

앤디는 휴대폰을 바라보았다. 취샤오샤오의 비명으로 짐작해 볼 때 그녀의 말이 거짓은 아닌 듯했다.

통화를 끝내고 나니 연이어 전화벨이 또 울렸다. 바오이판이 다급한 목소리로 말했다.

"앤디, 아버지가 부속 병원 응급실에 실려 갔대요. 지금 당장 좀 가 줘요. 난 여기 회의만 정리하고 바로 달려갈게요. 어서요."

앤디는 오히려 차분하게 대답했다. 왜냐하면, 아침에 아버지가 아들의 체면을 살리기 위해 꾸며낸 작전 수행 중임을 이미 알고 있었기 때문이다. 그녀는 태연하게 옷을 갖춰 입고 문을 나섰다. 몹시 긴장하여 말하는 바오이판의 지시를 전화로 들으며 차고로 내려가서 바로 출발했다. 남들 눈에 보일 체면 때문에 이렇게 야단법석을 떠는 상황이 참 우스꽝스러웠다. 그런데도 그녀가 이런 코미디 같은 짓을 하는 이유는 오로지 바오이판의 행복을 위해서였다.

취샤오샤오는 한참이나 뜸을 들였는데도 앤디가 다시 시에빈의 소식을 다그쳐 묻지 않자 자기가 오히려 안달이 났다. 다행히도 취샤오샤오는 눈치를 보는 성격이 아니어서 호텔 방으로 들어가기 전에 자기가 먼저 앤디에게 전화를 걸었다.

"여보세요, 언니는 쥐얼한테 왜 이렇게 무심해? 걱정을 전혀 안 하잖아. 난 쥐얼 생각하면 속상해 죽겠어. 쥐얼은 언니를 우상으로 여기는데 언니는 어쩜 이렇게 덤덤하냐. 말이 안 되잖아?"

"지금 운전 중이야. 병원으로 가고 있어. 이판 씨 아버지가 입원하셨대. 이어폰으로 듣고 있으니까 얘기해."

"언닌 늘 정당한 이유가 있단 말이지. 참 얄미워. 알았어. 운전하는 동안은 시간이 나니까 지금 얘기할게. 어쨌든 언니도 바오 회장님 건강은 너무 염려하지 마. 언니네 아버지도 아니잖아. 있잖아, 시에빈 오빠의 어머니가 굉장한 미인이셨대. 그 마을이 너무 가난해서 일할 수 있는 사람들은 전부 도시로 나갔는데, 시에빈 오빠 어머니도 오빠를 낳고 1년 만에 도시로 나가서 보모 생활을 했다더라고. 왜 아이를 두고 갔는지는 묻지 마. 부자는 보모의 식솔들까지 먹여 살리거든."

"그래서? 라고는 물어도 되지?"

"김빠지게 하네. 언니는 안 궁금해? 나만 말하면 무슨 재미로 얘길 해."

"난 원래 책을 봐도 한눈에 10줄씩, 순식간에 한 권을 완독하는 사람인데 네가 말을 질질 끌어서 나도 고역이야. 빨리 얘기해. 궁금해. 궁금해 죽겠어. 그래서 어떻게 됐대? 도시에서 보모 생활하면서 무슨 일이 있었던 거야?"

"좋아, 이런 태도 맘에 들어. 질문도 적절했고. 자, 들어 봐. 시에빈 오빠의 엄마는 도시에서 보모로 지냈어. 피부도 곱고 생기도 넘치는 미녀였지. 그래서 주인 남자의 눈에 들었고, 남자는 본처를 버리고 보모랑 살림을 차렸대. 보모도 고향에 가서 남편과 헤어지고 다시 도시로 돌아와서 도시 여자가 되었다는 스토리야. 시에빈 오빠는 아버지랑 시골에 남아서 생고생했나 봐. 그러다가 아버지도 결국 도시로 일을 하러 떠났대. 그런데 이 집안의 문제는 남편은 집에 있고 아내가 먼저 돈 벌러 나갔던 게 화근이었어. 결국, 아내가 남편을 뻥 차 버리고 새로 시집갔잖아. 인과응보라고 하지."

"누구든 능력이 있는 사람이 가족을 부양하는 게 맞잖아. 뭐가 잘 못됐는데? 상황을 들어보니 아버지도 체면 때문에 어쩔 수 없이 외지로 돈벌이에 나선 거 같네. 마을에서는 얼굴을 들고 다닐 수가 없으니까. 그런데 시에빈 씨 아버지 같은 사람은 기본적으로 일해서 출세할 사람 같진 않아. 안 그래?"

"언니, 지금 반응 너무 좋았어. 이렇게 대화를 서로 주거니 받거니 해야지. 안 그러면 얘길 해도 재미가 없잖아. 하여튼 언니 말이 맞아.

시에빈 오빠 아버지는 아들을 부모님한테 맡기고 외지로 가서 매년 푼돈을 조금씩 보냈나 봐. 입에 풀칠할 만큼만. 그런데 어느 날 집으로 아버지 소식이 전해 왔는데, 아버지도 외지에서 어떤 여자랑 동거하다가 아들까지 낳고 결혼했다는 거야. 그 이후로 생활비를 안 보내는 바람에 시에빈이 초등학교 입학할 때 공책이랑 연필 살 돈도 없어서 맨날 놀림 받고 그랬대. 참나, 완전 막장 드라마지."

"시에빈 씨보다 더 고생스럽게 자란 나도 이렇게 너랑 통화하고 있는데 그게 뭐 대수라고. 시에빈 씨가 지금처럼 성공할 수 있었던 건 바른 생각을 가졌던 덕분인 거 같아. 한마디로 됨됨이가 괜찮은 사람이란 얘기야."

"언니랑 비교하면 안 돼. 언니만큼 대단한 사람이 또 어디 있다고. 언니 같은 능력자는 바위를 뚫고 태어났다고 해도 이상할 게 없어. 하지만 시에빈 오빠는 언니랑 달라, 평범한 사람이잖아. 무슨 말인지 알아? 그 오빠는 불우한 환경에서 자라서 평생 그 영향을 받을 거야. 내 이복 오빠들처럼 말이야. 겉으로는 멀쩡해 보여도 하는 일마다 가관이거든. 더 들어 봐. 그래서 시에빈 오빠 엄마가 아들이 그런 꼴로 사는 걸 더 이상 볼 수 없어서 도시로 데리고 가려고 했는데 할아버지가 완강히 반대했대. 손자를 빼앗기기 싫었는지 절대로 보낼 수 없다고 했다더라고. 그나마 다행인 건 시에빈 오빠 엄마의 새 남편이 직책이 어느 정도 있는 사람이라서 오빠를 호적에 올려주진 못해도 도시에서 학교 다닐 수 있게 도와줬대. 그리고 엄마도 할아버지한테 생활비 명목으로 돈을 조금씩 보내고. 그 이후로 쭉 도시에서 학교 다녔고 방학 때마다 시골에 가서 할아버지, 할머니랑 같이 지냈다더라. 어쩐지 쥐얼이 나한테 그 오빠 식견이 시골에서 학교 다닌 사람 같진 않다고 했었거든."

"난 아직도 네가 왜 큰일 났다고 하는지 모르겠는데, 얘기가 더 남았어?"

"모르겠어? 그늘이 있잖아. 이렇게 근본 없는 집에서 자란 사람은 마음에 구김살이 있다고. 까딱 잘못해서 좌절을 겪으면 어린 시절의 어두운 그림자가 인생을 와르르 무너뜨릴 수도 있어. 나 같이 막 자란 사람은 그런 상황도 잘 견딜 수 있지만 쥐얼은 온실에서 자란 화초라서 감당 못 해."

앤디는 정말로 시에빈에게 문제가 있다고 여기지 않았다. 오히려 감추고 싶었던 자신의 아픈 과거를 뜻하지 않게 취샤오샤오한테 정확히 찔렸다. 사실 강인한 그녀도 아직 어린 시절의 불행한 기억으로부터 자유로워지지 못하고 끌려다니고 있었다. 다만 취샤오샤오가 그 사실을 모를 뿐이었다.

앤디는 취샤오샤오가 어릴 적에 생긴 마음의 그늘을 그렇게 심각하게 받아들일 줄은 몰랐다. 심지어 결혼의 장애물로 여기고 있었다. 그렇다면 앤디처럼 불운한 어린 시절을 보낸 사람은 결혼 기피 대상이라는 건가. 그렇게 생각하니 바오 부인이 염려했던 점이 무엇이었는지 한편으로는 이해가 갔다.

"현재 상황으로 봐서는 시에빈 씨한테 잘못은 없어. 샤오샤오, 네가 빅이슈를 건졌고 그 집안이 평범하지 않은 건 분명한데 시에빈 씨 인생에 영향을 줄 것 같진 않아."

"영향이 없다고 단정하긴 어렵지. 쥐얼이 그러는데, 두 사람이 각자 살아온 이야기를 글로 적어서 월요일에 서로 교환하기로 했다더라. 시에빈 오빠가 어떻게 썼는지 보면 알겠지."

"쥐얼이 너한테 보여줄 것 같진 않은데."

"그래서 언니의 역할이 중요해. 언니가 정말로 쥐얼을 아낀다면

개를 살살 꼬드겨서 확인해 봐. 쥐얼은 언니가 말하면 무조건 보여줄 거야. 글로 적은 내용이랑 내가 들은 얘기를 대조해서 거짓이 없으면 쥐얼의 남자 친구로서 일단은 합격이야."

"쓸데없이 참견하지 마. 넌 맨날 여기저기 들쑤시고 다니는 성격이지만 우린 너하고 훌륭하신 자오치펑 선생님이 무척 잘 어울리는 한 쌍이라고 생각해. 사람 관계가 완벽할 순 없단 말이야. 나 병실에 도착했어. 어쨌든 나는 시에빈 씨한테 문제가 있다고 생각하진 않아."

그러나 취샤오샤오는 앤디의 말에 심하게 짜증을 부리며 날카롭게 소리쳤다.

"어느 집안에서 자기 딸을 그렇게 막장 드라마 같은 집에 시집을 보내고 싶겠어. 양친이 모두 다른 사람하고 재혼해서 살고 그 밑으로 형제자매가 수두룩한데. 더군다나 정상적으로 이혼하고 재혼한 것도 아니고 자기들 멋대로 각자 살림 차리고 살았잖아. 그런 집안에서 앞으로 무슨 일이 생길지 어떻게 알아. 쥐얼 부모님은 말할 것도 없고 우리 부모님도 그런 집안 자식은 사위로 인정 못 할 거야. 좋은 집안에서 누가 그런 막돼먹은 집안하고 사돈을 맺으려고 하겠냐고. 성 메이 언니 집안 보면 알잖아."

앤디는 취샤오샤오가 걱정하는 게 뭔지 그제야 이해했다. 마음이 찔려서 몹시 아팠다. 그녀는 인상을 찌푸리며 바오 회장의 병실로 들어갔다. 바오 회장은 능청스럽게 침대에 누워서 꾸벅꾸벅 졸고 있었다. 앤디는 웃을 수가 없었다. 바오 회장은 축 늘어져서 앤디를 보며 핵심만 말했다.

"쇼하는 거야. 아픈 데는 없고. 기분이 찜찜해."

앤디는 취샤오샤오에게 "나중에 다시 얘기하자."라고 말하고, 바오 회장에게는 아무 말도 하지 않았다. 바오 회장이 말했다.

"이따가 병원을 옮기는 시늉을 하려나 봐. 답답해. 이러다가 조만간 답답증이 생기겠어."

"시간을 허비해서 아깝네요. 제 전자책이라도 보실래요?"

"아니, 너나 봐라. 난 안정을 취해야겠어."

앤디는 조금 전 판성메이에게 메일로 받은 은행계정 조정표를 꺼내 누락된 내용이 있는지 재검토했다. 다 본 뒤에는 정리해서 노란 종이봉투에 넣었다. 바오 회장이 지루해 보였다.

"휴대폰에 간단한 게임 좀 깔아드릴까요?"

"아들이 날 감시하라더냐? 이따가 병원을 옮기는 척하면 너도 차로 뒤따라와야 한다."

"두 분이 꾸민 일에 들러리 서고 싶진 않아요. 차라리 이판 씨를 내쫓으시면 이판 씨가 하이시에서 사업할 수 있잖아요."

앤디는 문득 자신도 출신이 나쁘지만 따지고 보면 바오이판의 출신도 그리 좋은 편은 아니라는 생각이 들었다. 바오 집안이 과연 정상적인 가정일까? 앤디는 몹시 갑갑했다.

한참 말이 없던 바오 회장이 입을 열었다.

"욕심이 없어야 의연해질 수 있다."

"아, 전화가 왔어요. 죄송해요."

"여기서 받아. 방해 안 하마."

바오 회장은 계속 눈을 감고 안정을 취했다.

앤디의 전화는 업무적인 용건이었다. 그녀가 최근에 추진했던 큰 안건이 해외 파트너와 합작하게 된 것이다. 국내외에서 동시에 진행되는 일이었다. 바오 회장은 묵묵히 있다가 가끔 앤디를 쳐다봤다. 그러다가 또 눈을 감고 이런저런 생각에 빠지기도 했다. 같은 공간에서 두 사람은 각자 자기 일에 충실하고 있었다.

왕바이촨과 판성메이는 그들이 골랐던 집 중에서 두 번째로 마음에 든 집을 계약하기로 했다. 가장 마음에 들었던 집은 다른 사람의 차지가 되었지만 그래도 충분히 만족스러웠다. 분양 사무실의 여직원은 종종걸음으로 바삐 다가와서 계약서를 내밀더니 설명할 새도 없이 곧장 다른 고객에게로 갔다. 원래 내부적으로 분양 신청을 받는 경우는 공개적인 신청과 달리 절차상에서 약간 차이가 있었다.

두 사람은 다른 일행인 척 따로 줄을 서 있다가 두 자리를 차지하고 앉아서 계약서를 꼼꼼히 읽었다. 왕바이촨은 행여 사기를 당할까 봐 인터넷에서 출력한 표준 계약서와 방금 받은 계약서를 대조하며 면밀하게 살폈다. 한참을 보는 도중에 여직원이 전동휠을 타고 다가와서 서명했느냐고 물었다. 그리고 다음 고객을 위해 서둘러 달라고 당부한 뒤에 자리를 떠나는가 싶더니 다시 돌아왔다.

"두 분 신분증부터 주세요. 등기 신청을 해야 해서요."

왕바이촨은 준비한 신분증을 바로 꺼내어 여직원에게 주었다. 여직원이 받아들고 보며 말했다.

"복사본은 안 돼요. 원본이 꼭 필요해요. 계약서를 작성하고 바로 인터넷으로 등록해야 하거든요. 등록한 내용에 따라 영수증을 발행하고 집문서를 작성하는데 약간의 실수도 있으면 안 되기 때문에 서류는 반드시 원본을 제출하셔야 해요."

"이건 확실히 제 신분증이 맞고요, 월요일에 원본을 가지고 와서 대조할게요."

"안 됩니다. 몇백만 위안이 오가는 큰 계약인데 무조건 원본이 있어야 해요. 더구나 당장 등록해야 하는데 월요일이면 늦어요. 문제가 있으면 집을 포기하셔야 해요. 고객님이 선택하신 집은 다음 차례에 들어올 고객 분께 넘길 수밖에 없어요. 죄송합니다. 저희 규정이라서 두 분을 기다릴 수는 없겠네요."

"편의 좀 봐 주세요. 돈도 가지고 왔고 꼭 살 거예요."

왕바이촨이 다급하게 말했다.

"다른 분들도 다 돈을 가지고 오셨어요. 기회는 공평합니다. 규정상 어쩔 수 없어요."

판성메이는 성가셔하는 여직원을 쳐다보며 벌떡 몸을 일으켰다.

"대표님한테 가서 부탁드려야겠어요. 저기 파란색 넥타이 매신 분, 맞죠?"

여직원은 깜짝 놀라서 왕바이촨을 쳐다보고는 단호하게 말했다.

"알아서 하세요."

그러고는 판성메이를 뒤따라갔다. 대표는 가련한 표정으로 미소를 짓고 있는 매력녀 판성메이의 설명을 다 듣고 나서 그녀의 뒤에 있는 여직원을 힐끔 봤다. 그가 다정하게 말했다.

"어려움이 있으신 건 충분히 이해합니다만 저희는 분양 계약에 관한 국가 규정을 반드시 준수해야 합니다. 저희 뜻대로 함부로 위반할 수는 없어요. 저희가 주택 매매 허가증 원본을 걸어놓고 분양하는 것처럼 고객님도 반드시 원본을 제출하셔야 합니다. 죄송합니다. 선택한 집을 포기할 수 없으시면 일단 계약하시고 나중에 명의를 추가하는 방법도 있습니다."

판성메이는 애가 바싹 탔지만, 미소를 잃지 않고 말했다.

"그럼 어쨌든 오늘은 도저히 계약할 방법이 없는 거군요."

대표는 여전히 다정한 말투로 대답했다.

"정말 죄송합니다."

완곡하게 거절당한 뒤에 골이 난 판성메이는 만년필을 손에 쥐고 기다리는 왕바이촨에게로 돌아갔다. 그녀는 얼굴에서 웃음기를 싹 거두고 짜증을 내며 말했다.

"안 살래. 다른 매물을 기다리자."

"어…, 마음에 드는 집을 어렵게 골랐잖아. 아직 가격이 확정되진 않았지만 이런 지역에서 이 정도 할인을 적용하는 집을 어디서 찾아. 내일이면 할인율이 떨어질 수도 있어."

"당장 매진되는 거 아니니까 놀라게 하지 마. 저런 거 다 작전이야, 작전. 우리 같은 개인 고객들 겁주려고…."

약이 바짝 오른 판성메이가 하는 말을 가만히 듣고만 있던 왕바이촨은 여직원이 돌아서서 다른 곳으로 가자 후다닥 자리에서 일어났다. 그러더니 재주를 부리는 양 몸을 쭉 뻗어서 이미 서명한 계약서와 신분증을 함께 여직원의 손에 쥐여주었다. 이런 상황을 전혀 예상하지 못한 판성메이는 쏜살같이 달려들어 계약서를 낚아챈 다음 북북 찢어서 바닥에 버렸다. 왕바이촨은 화가 났다.

"왜 이래?"

"몰라서 물어? 내 이름이 안 들어갔잖아."

"어렵게 잡은 기회야. 네 명의는 나중에 추가하면 돼. 방법이 없는 것도 아니잖아. 아가씨, 계약서 한 부 더 주세요."

왕바이촨은 아예 몸을 돌리며 판성메이를 밀어냈다. 판성메이는 멍해졌다.

"꼭 해야겠다 이거지?"

"무슨 소리야, 신분증 원본을 안 가지고 온 사람이 누군데."

왕바이촨은 판성메이의 손을 뿌리치고 여직원에게로 다가갔다. 판성메이는 그의 뒤통수에 대고 소리를 버럭 질렀다.

"계약할 거라고 진작 말했어야지. 네가 미리 말했으면 나도 앤디한테 신분증 안 줬을 거 아냐. 다음 매물을 기다리자는데 그것도 못 기다려? 왕바이촨!"

왕바이촨은 판성메이를 거들떠보지도 않은 채 서류 작성에 집중했다. 주변의 낯선 사람들은 한 편의 드라마를 감상하듯이 판성메이의 행동을 주시했다. 어떤 사람들은 집을 고르는 중요한 선택의 순간을 잠시 뒤로 미루고 미친 여자 같다고 뒤에서 수군거리기도 했다. 판성메이는 얼이 빠진 사람처럼 그 자리에 서 있었다. 머릿속은 뒤죽박죽이 되어 왱왱거리는 소리가 들렸다. 부끄러워서 쥐구멍에라도 들어가고 싶었지만 혼자 힘으로는 상황을 수습할 수 없었다.

그녀는 오가는 사람들 속에서 이리저리 치이며 다른 곳에서 혼자 급하게 서명하고 있는 왕바이촨을 넋 놓고 바라봤다. 그렇게 그녀는 인파에 멀리 떠밀려갔다. 급기야 지나가던 사람에게 발을 밟혔다. 판성메이는 무척 아팠지만, 그 바람에 정신이 들었다. 멀리서 왕바이촨의 뒷모습을 다시 바라보다가 천천히 몸을 돌려 멍하니 분양 사무실을 빠져나왔다.

알 수 없는 기분이 들었다. 그저 피곤하기만 했다. 몹시도 피곤해진 판성메이는 굳은 표정을 하고 환락송으로 발길을 돌렸다.

관쥐얼은 꿈속을 헤매다가 끊임없이 울리는 전화벨 소리에 잠을 깼다. 언짢아서 전원을 끄려고 휴대폰을 집어 들었는데 왕바이촨의 이름이 액정 화면을 가득 채우고 있어서 눈이 번쩍 뜨였다. 깜짝 놀라 전화를 받았다. 왕바이촨의 초조한 목소리가 들렸다.

"쥐얼, 지금 집에 있어요? 성메이 못 봤어요? 휴대폰이 꺼져 있어서 연락이 안 돼요."

관쥐얼은 한참을 생각하다가 뒤늦게 잠긴 목소리로 대답했다.

"전 자느라 못 봤는데. 같이 집 계약하러 간 거 아니었어요?"

"문제가 좀 생겨서 성메이가 먼저 가버렸어요. 자는데 깨워서 미안해요. 나중에라도 성메이 만나면 내가 찾고 있다고, 할 말이 있다고 꼭 전해 줘요."

"네, 그럴게요."

관쥐얼은 전화를 끊고 다시 자려고 돌아눕는데 문밖에서 인기척이 들려서 귀가 쫑긋했다.

"성메이 언니?"

"응. 왕바이촨은 상대하지 마. 양심도 없는 놈이야. 나도 잘 거야. 누가 노크해도 열어주지 마."

"응."

관쥐얼은 이불 속으로 몸을 집어넣었다가 손만 다시 밖으로 뺐다. 휴대폰을 찾아 무음 모드로 설정하고 귀를 막은 뒤에 다시 잠을 청했다.

판성메이도 자려고 누웠지만, 기가 막혀서 도무지 잠을 이룰 수가 없었다. 판성메이는 어렴풋이 왕바이촨이 애초에 그녀의 이름을 계약서에 올릴 뜻이 없어서 일부러 막무가내로 행동했으리라는 의심이 들었다. 그렇게 하면 노골적으로 단호하게 계약에서 그녀를 배제할 수 있기 때문이다. 이게 왕바이촨이 입만 열면 맹세하던 사랑이란 말인가? 당연히 아니다. 판성메이는 화를 내고 싶었지만, 지금은 화를 낼 기운조차 없었다. 그저 몇 분 간격으로 심호흡을 지속하면서 답답한 가슴을 진정시키는 것 외에는 아무것도 할 수 없었다. 그녀는 아무런 의욕도 없이 작고 어두운 방에 틀어박혀서 멍하니 허공만 바라봤다.

앤디가 노트북을 마주하고 바쁜 시간을 보내는 와중에 고요하던 병실에 휴대폰 벨소리가 울렸다. 앤디는 무의식적으로 자신의 휴대폰을 더듬었지만, 문득 자신의 휴대폰 벨소리가 아님을 깨달았다. 그런데 바오 회장의 휴대폰은 전원이 꺼진 상태로 침대 머리맡에 놓여 있었다. 깜짝 놀란 앤디가 벨소리가 나는 곳으로 고개를 돌리니 바오 회장이 눈을 번쩍 뜨며 어디서 꺼냈는지도 모를 휴대폰에 대고 "응, 응." 대답하며 통화하고 있었다.

앤디는 대수롭지 않게 여겼다. 자신도 휴대폰 3대를 가지고 있기 때문에 신경 쓸 일이 아니었다. 계속 노트북에 머리를 파묻고 일하는데 통화를 끝낸 바오 회장이 침대에서 내려와 옷을 단정하게 차려입었다.

"회의가 끝났단다. 허허. 이제 아픈 척하지 않아도 되겠어. 아들이 날 갖고 놀았네."

"또 무슨 일이에요?"

"체면을 세우느니 마느니 했던 게 알고 보니 속임수였어. 나한테는 갑작스러운 병으로 입원한 척하라고 해놓고 아픈 아버지를 애틋하게 여겨서 다시 회사로 불러들이는 효자인 척 시나리오를 짰었나 봐. 난 또 그놈이 너한테 설득당해서 나하고 잘 지내보려고 며칠만 입원하라는 줄 알았는데 그게 아니었어."

"뭘 그리 복잡하게 생각하세요. 얘기가 잘됐었잖아요."

"내가 아들 손에 놀아난 거야. 다들 내가 쓰러졌다는 얘기를 듣고 나한테 희망이 없다고 여겼는지 하나둘씩 돌아서고 있단다."

"부자가 서로를 너무 몰라서 이렇게 됐어요. 이판 씨도 회장님한테 다른 휴대폰이 있고 회장님 충신이 회의에 참석했는지 모를 거 아니에요. 회장님은 또 지금 제 앞에서 억울한 척하고 계시고요. 두 분은 정말 어쩔 수가 없군요."

앤디는 고개를 절레절레하며 바오 회장을 똑바로 쳐다보기 싫어서 노트북을 정리해서 들고 나갔다.

"앤디. 어디 가니? 날 빌딩에 데려다 다오. 아니다, 지금 가면 오히려 꼴이 우스워지겠지."

"맞아요. 회장님과 회장님을 따르는 중역들은 이판 씨를 계획대로 노련하게 몰아세우고 있다고 생각하겠지만 곧 철저하게 실패로 끝날 거예요."

"너희들 생각은 뭐냐?"

"이판 씨 생각은 저도 몰라요. 전 짐 챙겨서 하이시로 돌아갈게요. 두 분한테 완전히 질렸어요. 부자간에 그러면 안 되죠. 빌딩으로 모셔다 드릴까요?"

"그래, 가자."

바오 회장은 신발을 신고 앤디를 따라나섰다. 나가면서 병원에 근무하는 친구에게 전화를 걸어 상황을 설명했다.

앤디는 간밤에 바오이판이 했던 말을 상기했다. 그는 다음 날부터 부동산 파트를 뒤흔들고 아버지가 아끼는 것들을 악착같이 들쑤셔 놓겠다고 했었다. 바오이판은 결국 뜻대로 하고 말았다. 이대로 가다가는 엉킨 매듭이 점점 더 조여져서 부자가 공멸하고 말 것이다. 앤디는 무슨 말을 해야 할지 몰랐다. 어떤 말을 해도 소용이 없다는 것만은 확실했다.

앤디와 바오 회장은 가는 내내 한마디도 하지 않았다. 차는 병원에서 출발하여 곧장 빌딩으로 향했다. 보안 요원은 바오이판의 자동차를 한눈에 알아보고 차가 마구잡이로 진입해서 아무 곳에 세워도 제지하지 않았다. 앤디는 빌딩 입구에 차를 세웠다. 바오 회장은 말없이 고개를 숙이고 있었고 차에서 내리지도 않았다.

"회장님…. 괜찮으세요?"

바오 회장은 고개를 가로저으며 잠시 침묵하다가 한숨을 푹 내쉬었다.

"안 가련다. 이판에게 맡겨야지. 나도 하이시로 가야겠다. 네 시간이 괜찮으면 지금 공항으로 가자. 넌 여기에 좀 더 있어."

앤디는 깜짝 놀라서 뒤를 돌아보았다. 바오 회장은 땅이 꺼지도록 한숨만 토해냈다. 일순간 안색이 몹시 수척해 보였다.

"이러시면 안 돼요. 제가 모시고 올라갈게요."

"됐다. 네가 있어서 앞으로 내가 크게 손해 볼 일은 없을 거 같구나."

앤디는 바오 회장을 한참 동안 바라보다가 하는 수 없이 차를 돌려 공항으로 달렸다. 바오 회장은 명함 1장을 꺼내어 그 위에 전화번호를 적고 앤디에게 건넸다.

"나한테 연락할 일이 있으면 이 번호로 전화해."

"알겠어요. 돈은 충분하시죠?"

"허허, 내 신용카드 한도는 넉넉해. 나중에 잊지 말고 대금이나 내다오."

앤디는 대답하지 않았다. 이건 그녀가 할 일 아니어서 제 발로 굴레를 뒤집어쓸 필요는 없었다. 바오 회장은 그런 앤디를 바라보며 눈살을 찌푸렸다.

고요한 가운데 앤디의 옷 주머니 속에서 휴대폰이 울렸다. 바오 회장은 긴장하여 몸을 잔뜩 움츠리며 소리가 나는 쪽으로 눈길을 주었다. 앤디가 휴대폰을 꺼냈다. 취샤오샤오의 전화였다.

"제 친구예요."

앤디는 발신자를 밝히고 나서 전화를 받았다.

"샤오샤오, 나 운전 중이니까 용건만 간단히."

"다름이 아니라, 내가 시에빈 오빠 뒷조사한 거 절대로 발설하지 말라고. 쥐얼한테도 물론 얘기하지 말고 아예 조사하지 않은 거로 해 줘. 시에빈 오빠가 일반 경찰도 아니고 형사라는 게 뒤늦게 생각났지 뭐야. 만약 오빠가 나한테 보복하려고 밀매품 단속이라도 하면 난 완전히 끝장나거든. 언니는 입이 무겁잖아. 부탁할게."

"알았어. 말 안 할게. 그런데 넌 사람 가려서 대하는 버릇은 좀 고쳐야겠어."

취샤오샤오는 전혀 개의치 않은 듯이 웃었다.

"내가 지금 주목하고 있는 일이 한 가지 있거든. 바이촨 오빠가 오늘 집을 계약하러 갔는데, 과연 오빠가 성메이 언니 이름을 계약서에 썼을까, 안 썼을까? 난 1,000위안 걸게. 아주 흥미로운 볼거리가 될 거야."

"일일이 남의 일에 참견하면 피곤하지도 않니?"

"안 심심해서 좋아. 운전하니까 방해 안 할게. 그런데 왜 바오 사장님 동네에서 언니가 운전하고 있어? 사장님 술 마셨어?"

앤디는 대꾸하지 않고 전화를 끊었다. 마침내 앤디와 바오 회장이 기다리던 전화가 왔다. 바오이판이었다. 앤디는 곧장 휴대폰의 스피커 모드를 켜고 바오 회장에게 건넸다. 바오 회장도 자연스럽게 휴대폰을 받아들었다. 그가 미처 입을 떼기도 전에 바오이판이 먼저 다급하게 물었다.

"앤디, 어디예요? 병실에 아무도 없어요."

바오 회장이 대답했다.

"우리 공항으로 가고 있다…."

"임신한 사람한테 무슨 짓을 하시는 거예요! 앤디, 옆에 있어요? 말해 봐요."

차 안의 두 사람은 엉뚱한 상상을 하는 바오이판 때문에 피식 웃음이 났다.

"앤디는 운전하고 있다. 날 공항에 데려다주러 가는 길이야."

바오이판은 난처한지 잠시 말이 없다가 다시 물었다.

"어떻게 된 일이에요?"

"나중에 인맥을 정리해서 너한테 주마. 네가 맡아서 잘해 봐. 그 외엔 딱히 알려줄 게 없어."

바오 회장은 할 말을 마치고 바로 전화를 끊었다. 얼마간 침묵이 흐른 뒤에 바오 회장이 앤디에게 말했다.

"거봐라. 날 납치범으로 모는 거 봤지? 생각하는 것도 참…. 착하던 애가 쟤 어미의 고약한 성질머리를 배웠어."

"전 고아라서 다행이다 싶어요. 차라리 홀가분하네요."

앤디는 머리를 절레절레 내두르며 한숨을 쉬었다.

"사모님 성격은 당해낼 사람이 아무도 없죠. 이판 씨도 그런가요? 사모님의 악명을 이어받을 만큼?"

바오 회장은 앤디의 눈치를 몇 번이나 보았다.

"걔 엄마는 정상이 아니었지. 이판은 그렇지 않아. 며칠 지나면 정신 차리고 자기가 너무 극단적이었다는 걸 금방 깨달을 거야."

"아, 그래도 감싸 주시는군요."

"내가 애비니까 오늘 같은 수모도 견디는 거 아니겠냐. 저렇게 후안무치하면 난 손끝 하나 까딱할 수가 없어. 하, 언제까지 막무가내로 밀어붙일지 두고 봐야지."

아들을 질책하는 바오 회장은 우울해 보였다. 앤디는 또 깊은 한숨을 내쉬었다. 그녀도 뭐가 뭔지 도통 알 수 없었다.

바오 회장은 맏이 노릇을 오래 했고 공항 지리에 익숙한데도 스스로 움직이지 않고 앤디에게 의지했다. 앤디는 공항에서 필요한 갖가지 요령을 하나하나 그에게 직접 알려주었다. 그리고 보안 검색대에서 줄을 서는 것까지 도와주고 나서야 손을 흔들며 작별 인사를 했다.

그런 직후, 마치 기다렸다는 듯이 뒤에서 황급히 달려오는 발걸음 소리와 동시에 그녀는 어느새 바오이판의 품에 와락 안겼다. 앤디가 고개를 돌려 보자 바오이판은 가쁜 숨을 몰아쉬며 앤디의 뺨에 입을 맞췄다.

"속이 타서 죽을 뻔한 거 알아요?"

바오 회장은 아들을 보고도 못 본 것처럼 태연히 몸을 돌려 줄을 선 사람들을 따라 앞쪽으로 걸음을 옮겼다. 앤디가 바오 회장이 있는 방향을 손으로 가리켰다.

"아버지 저기 계세요. 화가 굉장히 많이 나서 빌딩 앞까지 갔었는데 갑자기 마음을 바꾸셨어요."

바오이판은 숨을 거칠게 쉬며 아버지의 뒷모습을 바라봤다. 앤디는 바오이판이 꽉 껴안은 탓에 몸이 뻣뻣하게 움직이지 않았지만 억지로 바오 회장 쪽으로 고개를 돌렸다. 바오 회장이 보안 검색을 위해 한 걸음씩 천천히 검색대로 다가가는 모습을 죽 지켜봤다. 바오이판이 쌀쌀하게 말했다.

"그만 가요."

앤디는 거절하지 않는 대신 단호하게 말했다.

"가요. 가서 얘기 좀 해요. 미루지 말고."

바오이판의 품에서 나온 앤디는 바오 회장에게 다시 인사를 하고 바오이판과 함께 공항을 벗어났다. 바오 회장은 어두운 표정으로 두 사람을 하염없이 바라보느라 뒤에 줄을 선 사람에게 불편을 끼쳤다. 뒷사람이 바오 회장을 툭 치자 바오 회장은 그를 먼저 앞으로 보내고 냉담한 눈빛으로 주변 사람들을 한 바퀴 휘 둘러보았다. 그러고는 다시 아무 일도 없었던 것처럼 보안 검색 순서를 기다렸다.

바오이판은 차에 타며 조급하게 말했다.

"얘기해요. 혼날 준비 됐으니까 말해요."

"서두르지 말아요. 가서 당신이 처방한 대로 일단 안아 주고 쓰다듬어 주고 술도 한 잔 따라 준 다음에 밤새 별렀던 얘기를 할 거예요. 좁쌀영감처럼 굴거나 잔머리 쓰면 안 돼요."

"아버지가 뭐라고 했는데요? 무슨 말로 당신을 꼬드긴 거예요? 난 당신 말에 반박할래요."

"회장님이 나한테 무슨 말을 하고 당신한테 어떤 행동을 했는지는 중요하지 않아요. 난 오로지 당신이 매사에 모든 사람에게 올바르게 행동하길 바랄 뿐이에요. 언행일치야말로 우리처럼 똑똑하고 많이 배운 사람들이 마땅히 갖춰야 할 품격이거든요."

바오이판은 한마디도 대꾸하지 못하고 묵묵히 운전만 했다.

61

판성메이는 침대에 누워 있으니 온몸이 쑤시고 아팠다. 지친 몸을 겨우 일으켜 방에 불을 켜고 휴대폰을 찾아 전원을 켰다. 예상대로 부재중 전화가 셀 수 없이 많이 와 있었다. 대부분은 왕바이촨의 전화였고 앤디의 전화도 1통 있었다. 메시지도 온통 왕바이촨이 보낸 것이었고, 그는 만나서 얘기하자고 했다. 판성메이는 메시지를 하나씩 선택해서 삭제하고 전화번호 목록에 저장된 그의 번호도 삭제했다. 마지막으로 앤디의 메시지를 열었다. 사진이 첨부되어 있었다. 앤디가 판성메이에게 부탁받은 은행계정 조정표를 최종으로 확인한 뒤에 찍은 인증사진이었다. 펼쳐 놓은 서류 위의 빈 공간에 신분증과 은행 카드를 함께 놓고 일목요연하게 확인할 수 있게 찍어서 보냈다. 판성메이는 코끝이 찡했다. 앤디는 남이다. 남인데도 앤디는 늘 판성메이한테 한결같았다.

판성메이는 곧장 전화를 걸어 감사 인사를 전했다. 때마침 앤디는 바오이판과 집에 막 도착해서 늦은 점심을 먹으려던 참이었다.

"어, 나도 너랑 통화하고 싶었는데 도통 연결이 안 되더라. 화요일에 룸 3개를 예약할 수 있을까? 미국에서 고객 3명이 방문한대. 인터넷을 사용할 수 있어야 하고 널찍한 테이블이 필요해. 이왕이면 모두 같은 층으로. 한 방은 이틀만, 나머지 두 방은 아마, 일주일 묵을 거야. 네가 예약해주면 좋겠어."

판성메이는 당장 침대에서 내려와 예약 내용을 받아 적었다.

"응, 메모했어. 특별히 더 준비할 건 없고?"

"그럴 거까진 없어. 업무상 출장일 뿐이니까. 너가 준 서류랑 신분증은 택배로 보내줄까? 단기 휴일이 끝날 때까지 여기에 있을 거라서."

판성메이는 멍청히 있다가 눈물을 뚝뚝 흘렸다.

"아니, 됐어. 이젠 필요 없어. 흑흑⋯."

밖에는 배고파서 잠이 깬 관쥐얼이 나와서 씻고 몸단장을 하고 있었다. 관쥐얼은 판성메이의 방 안에서 들리는 울음소리에 불현듯 좋지 않은 예감이 들었다. 아침에 집을 계약한다며 희색이 만면해서 외출했던 판성메이에게 무슨 일이 생긴 걸까? 관쥐얼은 또렷하게 들리는 판성메이의 울음소리에 계속 귀를 기울였다.

"왜 울어?"

앤디도 집을 계약한다고 전해 들었던 기억이 나서 물었다.

"그게⋯ 있잖아⋯."

판성메이는 한참을 머뭇거리다가 용기를 냈다.

"창피해서 쥐구멍에라도 들어가야 할 일이 생겼어. 이성적으로 잘 생각해야 하는데 머릿속이 뒤죽박죽돼서 도저히 집중이 안 돼. 폭탄을 맞은 것처럼 멘탈이 완전히 무너졌어. 어떻게 설명해야 할지 모르겠지만 수년 동안 날 버티게 했던 정신력이 붕괴돼서 넋이 나갔는데 화나지도 않아. 정말로 덤덤하고⋯, 뭐라고 정확히 말을 못 하겠어. 아무튼, 굉장히 심란해. 혹시라도 바이촨이 너한테 연락해서 무슨 말을 해도 상대하지 말고 무시해. 내가 어떻게 지내는지도 알리지 마. 일단 내 생각부터 정리해야 하니까."

"그래. 22층 친구들한테도 바이촨 씨 연락은 받지 말라고 할까?"

"응. 꼭 전해 줘. 특히 샤오샤오한테. 예약 건은 내가 잘 처리할게, 걱정하지 마. 그럼 끊는다."

앤디는 판성메이의 얘기를 듣고 그러려니 생각했다. 평소에 판성메이는 논리적이지 못하고 늘 일을 복잡하게 만들어서 문제를 키운다고 여겼기 때문이다. 하지만 한 지붕 아래에 사는 관쥐얼은 어리벙벙했다. 얼이 빠진 채로 아무 말 없이 판성메이가 있는 쪽을 바라만 보고 있었다.

잠시 뒤에 정신을 차린 관쥐얼은 다급히 휴대폰을 찾았다. 역시나 왕바이촨의 메시지 1통이 도착해 있었다. 판성메이를 만났는지 알려 달라는 내용이었다. 관쥐얼은 잠깐 머뭇머뭇하다가 메시지를 삭제하고는 휴대폰을 한쪽으로 던져놓았다. 그러나 취샤오샤오가 복병이었다. 판성메이의 소식이 궁금해서 발을 동동거리던 그녀는 관쥐얼에게 메시지를 보내 소식을 꼭 전해 달라고 거듭 부탁했다. 관쥐얼은 대답할 말을 찾지 못했다. 관쥐얼이 화장실에 가려고 판성메이의 방 앞을 살금살금 지나는데 갑자기 방 안에서 외침이 들려왔다.

"쥐얼, 연애는 왜 할까? 결혼은 꼭 해야 하는 거니?"

관쥐얼은 어리둥절했다.

"아마도 때가 됐으니까 하겠지?"

대답하고 보니 자기가 생각해도 적절하지 않은 것 같아서 말을 바꿨다.

"사랑해서?"

"정말 그럴까?"

관쥐얼은 문득 아침에 보았던 일출이 생각났다. 저도 모르게 미소를 지으며 자신 있게 말했다.

"사랑 때문이야!"

방문을 사이에 두고 안과 밖에 있는 두 사람의 표정은 정반대였다. 안에서 넋을 놓고 주저앉은 판성메이가 물었다.

"사랑하기 때문이라고?"

추잉잉은 낮잠을 자고 일어났다. 간병인은 옆에서 벽에 기대어 졸고 있었다. 그녀는 간병인이 깨지 않도록 천천히 일어나며 한 손으로 베개를 끌어당겨서 등 뒤에 받치고 앉았다. 간병인이 기척을 느끼고 금방 잠을 깼다.

"아, 방금 옆방의 친척이 왔다 갔어요. 일어나면 자기를 부르래요."

"그래요?"

추잉잉은 긴장감과 흥분을 감추지 못했다.

"아주머니, 수건 좀 건네주세요. 옷을 갈아입어야겠죠? 이 옷은 너무 구겨졌는데."

간병인이 웃으며 말했다.

"시어머니 될 분이죠? 내가 머리 빗겨줄게요."

추잉잉은 허둥지둥하며 깔끔하고 단정하게 매무새를 가다듬었다. 간병인은 옆방으로 잉친의 어머니를 데리러 갔다. 잉친의 어머니는 간병인에게 추잉잉과 둘이서만 얘기하고 싶으니 잉친의 병실에 잠시 있으라고 예의 바르게 부탁했다. 간병인은 당연히 아무 일이 없기만을 바랐다. 잉친의 어머니가 추잉잉의 병실로 들어왔다. 잉친의 어머니는 근심이 있는지 안색이 썩 좋지 않았다. 웃고 있던 추잉잉은 순간 얼굴이 경직되었다.

형식적인 인사를 나눈 뒤에 잉친의 어머니는 곧장 본론으로 들어갔다.

"잉잉, 상의할 게 있단다. 우리는 여기서 숨어 지내긴 해도 마음 편안하게 잘 치료하고 있잖니. 그런데 고향에서는 잉친 아버지가 그 사람들을 상대하느라 고생이 이만저만이 아니야. 낮도 밤도 안 가리고 얼마나 소란을 피우는지 말도 못 해. 그런 힘이랑 시간이 어디서 나는지 모르겠다니까. 천만다행으로 잉친 아버지가 수완이 좋은 사람이라서 그쪽에서 싸움을 걸면 맞짱 뜨고 담판을 짓자고 하면서 협상도 하고 있어. 그래서 말인데, 네 치료비하고 급여에서 손해 본 금액은 그쪽 사람들한테 요구하지 않았으면 좋겠구나. 잉친 아버지가 그 사람들하고 담판을 지을 때 그걸 협상 카드로 쓸 수 있을 거 같아서 말이야. 그 대신 네 치료비하고 기타 비용은 우리가 다 낼게. 지금까지 지출한 금액이 얼마인지 그 친구한테 계산해서 알려달라고 해. 내가 은행에서 친구한테 돈을 부칠게. 앞으로 청구되는 돈은 내가 직접 지급할 거고. 네 생각은 어떠니?"

추잉잉은 깊이 생각해 보지도 않고 고개를 끄덕이며 동의했다. 잉친의 아버지가 이제 한 가족이라고 얘기한 이상 더 이상 따져 물어볼 필요도 없었다.

"그럴게요. 당장 친구한테 전화해야겠어요."

"그래, 잘 생각했다. 시원시원하구나. 의논할게 한 가지 더 있어. 이번에 둘이 같이 입원하는 바람에 의료 보험이 있긴 해도 나갈 돈이 꽤 되더라고. 간병인 비용에다가 건강식품도 장만하고, 우리도 병원이랑 고향을 오가느라 일을 못 해서 금전적인 손실도 있고, 아마 그쪽 집에 약간 배상도 해야 할 거 같고. 어쨌든 경제적으로 부담이 큰 건 사실이야. 그래서 내가 좀 힘들더라도…."

"아, 이해했어요. 간병인은 그만두게 할게요. 저도 지금은 많이 나아서 혼자서 할 수 있는 일도 많아졌어요. 전 원래 연약한 여성상과는 거리가 멀거든요. 제가 할 수 있는 건 알아서 하면 돼요."

"마음씨가 참 곱구나. 간병인한테는 내가 얘기하마. 당장 급여를 계산해서 줘야 하니까."

잉친의 어머니는 추잉잉에게 물을 한 잔 따라주며 머리를 가볍게 쓰다듬었다. 추잉잉은 잉친의 어머니가 간 뒤에 기분이 좋아서 웃음이 났다. 같이 의논하고 걱정을 나누다 보니 정말로 한 가족이 된 것 같아서 기뻤다. 그녀는 물 한 모금을 마셨다. 마음이 촉촉해진 듯했다. 잠시 뒤에 간병인이 혼자 빙긋이 웃으며 들어왔다.

"이제 고생문이 열렸네요."

"괜찮아요. 많이 좋아졌어요. 그동안 고생 많았고 정말 감사해요."

간병인은 의미심장한 미소를 지으며 물건을 챙겨서 나갔다.

추잉잉은 22층 친구들에게 기분 좋은 소식을 알리려고 전화를 집어 들었다. 앤디와 취샤오샤오에게는 전화할 엄두가 나지 않았다. 판성메이의 전화는 여전히 불통이었고 관쥐얼만 전화를 받았다.

관쥐얼은 자신이 살아온 이력을 상세히 적고 있었다. 때마침 걸려온 추잉잉의 전화에서 그녀의 근황을 전해 듣고는 놀라서 눈을 휘둥그렇게 떴다. 판성메이의 방을 슬쩍 쳐다봤지만, 그녀를 방해하고 싶진 않았다.

"너…, 이렇게 중요한 일은 부모님하고 상의해야 하는 거 아니야? 잉친 씨 집에서도 널 인정해야 하지만 너희 부모님도 잉친을 보고 허락하셔야 다음 일도 의논할 수 있잖아."

"그렇게 심각하게 생각할 거 없어. 쥐얼, 넌 항상 너무 신중해. 잉친 집안은 믿을 만하고 부모도 성실한 분들이셔."

"어쨌거나, 잘됐다. 축하해. 치료비는 내가 계산하면 돼. 앤디 언니가 영수증을 전부 나한테 줬거든. 계산하고 영수증은 정리해서 시간

나면 갖다 줄게. 돈 문제는 서둘러 처리해야 해. 전부 앤디 언니 돈으로 지급했는데 가능하면 빨리 갚아야지. 꾼 돈은 미루지 말고 째깍째깍 갚는 게 좋아."

"알았어. 잉친 어머니한테 얘기할게. 아, 그리고 너 마음 단단히 먹고 있어. 나중에 내가 너 일출 보고 온 뒷얘기를 꼬치꼬치 캐물을 거거든. 감추지 말고 다 털어놔야 해."

관쥐얼은 킥킥거리며 웃었다. 판성메이는 방 밖에서 들리는 소리를 똑똑히 듣고 있었지만 한마디도 끼어들지 않았다. 답답하고 괴로운 마음에 담배를 피우려고 불을 붙여서 복도로 나갔다. 추잉잉의 전화가 끊어지기가 무섭게 바로 이어서 취샤오샤오에게 전화가 왔다.

"방금 시에빈 오빠랑 통화했지? 핫라인이 바쁘구나. 어서 말해 봐. 성메이 언니 어떻게 됐어?"

"자다가 막 일어나서, 언니 들어오는 거 못 봤어."

"아직 안 왔다고? 집에 없어? 젠장, 설마 내가 내기에 진 거야?"

관쥐얼은 시치미를 뗐다.

"또 뭔데 그래? 참, 너한테 물어볼 게 있어. 아니, 좀 가르쳐 줘. 바빠? 딱 3분이면 되는데."

"바빠. 고객하고 차 마시고 있어. 화장실 다녀온다고 하고 궁금해서 연락한 거야. 나 한가한 사람 아니거든. 2분만 줄 테니까 빨리 말해."

관쥐얼은 조금 전 추잉잉에게 있었던 일을 재빠르게 설명했다. 취샤오샤오는 다 듣고 나서 체념했는지 눈도 흘기지 않았다.

"계집애도 참. 우린 최선을 다했으니까 됐어. 너도 잉잉 일에 신경 끄고 계산이나 빨리해서 갖다 줘. 나머지는 내가 알아서 할게. 우린 다른 간섭하지 말고 앤디 언니 돈이나 회수하게 도와주자."

"난 왜 예감이 안 좋지?"

"설마 내가 좋은 얘기라도 할 줄 알았어? 너는 좋은 소리를 하고 싶어도 안 하면서 내가 좋은 얘길 하길 바라면 위선자지. 나 바빠. 끊을게."

관쥐얼은 얼굴이 발개졌다. 사실 그녀도 추잉잉에게 도움이 될 말을 진지하게 생각해 보지 않아서 취샤오샤오의 한마디에 정곡을 찔렸다. 관쥐얼은 바삐 영수증을 꺼내어 계산하기 시작했다. 관쥐얼은 취샤오샤오가 바쁜 게 다행이라는 생각이 들었다. 바쁘면 시에빈의 주소지까지 찾아갈 시간도 없을 테니 말이다. 취샤오샤오가 발을 담그면 분명 소란이 일어날 게 뻔하고 관쥐얼은 그녀의 성화를 배겨내지 못할 것이다.

한편 취샤오샤오는 관쥐얼과 통화한 뒤에 추잉잉의 고향 집에 전화를 걸었다. 전에 추잉잉의 휴대폰에서 몰래 알아낸 전화번호로 통화를 시도했다. 추잉잉 때문에 이미 짜증이 날 대로 난 상태였지만 의리상 마지막으로 한 번 더 선심을 쓰기로 했다. 취샤오샤오는 추잉잉의 부모님을 하이시로 오시게 해서 추잉잉을 맡기고 22층 사람들은 완전히 손을 떼게 하려고 마음먹은 것이다. 진작부터 그렇게 하고 싶었지만 말리는 시어머니들이 많아서 포기했었다.

취샤오샤오는 22층과 관련된 일을 말끔히 처리하고 서둘러 고객에게 돌아갔다. 그런데 잠시 뒤에 또 전화 한 통이 왔다. 앤디가 아니었다면 그녀는 전화를 안 받았을 것이다.

"언니, 잉잉 얘기 외에는 다 해도 돼. 지금 좀 바쁘거든."

"성메이 일인데…."

"아…, 소식 있었어? 어떻게 됐대? 집은 샀고? 바이촨 오빠가 언니 이름도 썼나? 빨리 말해. 어서."

취샤오샤오는 당장 일어서서 바삐 화장실로 자리를 옮겼다. 궁금했던 소식을 듣는 게 더 중요하고 당연히 우선이었다.

"자세히는 모르겠는데 성메이가 기분이 안 좋아. 혹시라도 바이촨 씨가 너한테 만나자고 하면 꼭 거절해."

"내가 왜 성메이 언니를 도와야 해? 바이촨 오빠는 내 고객이니까 당연히 오빠를 도와야지."

취샤오샤오는 눈동자를 굴리며 신이 나게 웃으며 말을 덧붙였다.

"내 말이 맞지? 언니, 당장 돈 준비해. 내가 1,000위안 걸었잖아. 성메이 언니는 반반한 얼굴 하나 믿고 계약서에 이름을 올리려고 했겠지만 바이촨 오빠가 바보도 아니고 결혼도 아직 안 했는데 그렇게 덥석 동의할 리가 없지. 돈이 하늘에서 뚝 떨어지는 것도 아니고 오빠가 한 푼이라도 더 벌려고 얼마나 고생했는데 언니는 맨입으로 계약서에 이름을 올린다고? 꿈도 야무져. 난 성메이 언니 같은 사람은 절대 못 도와줘. 돈 많은 사람하고 결혼하고 싶으면 안목이라도 있어야지. 나나 바오 사장님만큼 돈이 많은 사람을 만나야 팔자를 고친다고. 바이촨 오빠처럼 생고생해서 돈을 버는 사람은 여자한테 겨우 10,000위안 안겨주고도 평생 왕 노릇 하면서 시녀 부리듯이 할거거든. 하물며 집을 공동명의로 계약하는 건 상상도 못 할 일이야. 멍청이! 우린 끼어들지 말고 구경이나 하자고. 언니도 심란해하지 마, 바이 바이."

이번에는 취샤오샤오가 먼저 전화를 끊었다. 그녀는 정말 바쁜 모양이었다. 앤디는 판성메이와 왕바이촨 사이에 무슨 문제가 있었는지 전혀 몰랐다. 그러나 취샤오샤오의 얘기를 듣고 보니 판성메이가 울고불고 괴로워하며 복잡한 감정을 추스르려고 애쓰던 모습이 충분히 그럴 만했다는 생각이 들었다. 앤디는 또 추잉잉에게 전화를 걸었다. 판성메이의 부탁을 책임지고 완수하려고 했지만 추잉잉의 전화가 계속 통화 중이라 그만두었다. 그녀는 발코니에 앉아서 멍한 표정으로 햇볕을 쬐며 술을 마시는 바오이판을 보았다. 그가 삐쳐서 혼자 생각할 시간이 필요하다면서 앉은 지 10분이 지났다. 앤디는 10분이면 시간을 충분히 주었다는 생각에 술병을 들고 베란다 문을 열었다.

바오이판이 앤디를 보며 말했다.

"난 당신을 속이기 싫어요. 당신 앞에서 내 생각을 숨기고 싶지도 않고. 그래도 날 충동적인 사람으로 생각하진 말아요. 당신은 아버지가 하이시에 도착해서 어디로 가는지 알죠?"

"그럼요. 동, 호수까지 아는걸요. 어머니 따라서 간 적이 있어요."

"그럼 내 기분도 알겠네요."

"두말하면 잔소리죠. 우리 엄마가 왜 미쳤는지 알아요? 내가 어렸을 때 겪은 비참한 일들은 당신 과거와는 비교도 안 돼요. 당신 집안은 아버지의 외도 때문에 어머니 성격이 거칠게 변했고 심지어 목숨도 잃으셨죠. 난 돈을 벌기 시작하면서부터 날마다 생각했던 게 있어요. 내 인생에 등장했던 모든 악인을 청부 살인할 궁리만 했죠. 하지만 현실적으로 불가능한 일이어서 맺힌 한을 풀 방법은 일밖에 없었어요. 탄쭝밍이 그러는데 그때 일하느라 집중한 내 눈을 보면 살기가 등등했대요. 난 중국으로 돌아오기도 싫었어요. 오면 정말로 사람을 죽일 것 같았거든요. 그러다가 어느덧 시간이 흐르면서 차츰 그런 감정을 절제할 수 있게 되더군요. 과정은 참 쉽지 않았지만요. 그래서 당신이 얼마나 힘든지도 잘 알고 당신이 복수심에만 빠져 있는 것도 걱정스러워요. 당신의 복수는 아주 사납고 살인적이고 쾌감을 동반해요. 더욱이 사람을 끌어들이는 이상한 힘도 발휘해요. 하지만 복수가 끝나면 어떻게 될까요? 당신은 우리 엄마나 당신 어머니처럼 되고 싶은가요? 난 형편없는 한 사람 때문에 당신이 두 어머니처럼 다른 사람으로 변하는 모습만은 절대로 보고 싶지 않아요. 당신은 이겨낼 수 있어요. 다른 사람 때문에 자신을 망가뜨리지 말아요."

"진작 말해주지 그랬어요. 난 당신이 아버지를 동정하는 줄 알았어요."

바오이판은 마침내 술잔을 내려놓고 앤디의 손을 잡았다.

"내가 당신 어머니 기사 노릇을 하면서 당신 아버지와 내연녀가 함께 있는 장면을 본 그 순간부터 당신 아버지는 이미 내 머릿속에서 지워진 사람이었어요. 내가 가장 혐오하는 인간형이거든요."

"왜 한 번도 얘기 안 했어요?"

"어머니가 계시는데 나까지 끼어들어서 분란을 일으킬 필요는 없잖아요. 어쨌든 내겐 당신만이 중요해요."

바오이판은 앤디에게 시선을 고정한 채로 자리에서 일어나 앤디 곁에 바짝 다가앉고는 그녀를 꼭 끌어안았다.

"우리, 결혼을 서두릅시다. 당신이 날 떠날까 봐 조마조마하지 않은 날이 하루도 없어요. 나 지금 너무 가엾지 않아요? 결혼하자고요! 대답할 때까지 안 놔줄 거예요. 지금 옆집에서도 보고 있어요."

"으…, 난 트라우마가 있어요. 어서 놔요."

바오이판은 손으로 앤디의 얼굴을 가렸다.

"창피한 사람은 당신이 아니고 나예요. 됐죠? 난 당신 뜻대로 할 테니까 당신도 내 뜻대로 해요. 결혼합시다!"

앤디는 순간 재치가 번뜩였다.

"당신 집이랑 회사를 내 명의로 변경해 줘요, 하하. 그러면 오케이 할게요."

"좋아요. 집이야 식은 죽 먹기죠. 회사는 출근해서 규정대로 당신이 알아서 변경해요."

앤디는 문득 판성메이가 안쓰럽게 느껴졌다. 자신과 그녀의 처지가 확연히 상반되었기 때문이다.

"난 아직…. 배 속의 아기가 정말로 걱정돼요. 만약에…."

바오이판의 말을 끊었다.

"우리 두 사람의 아기예요. 어떤 아기가 태어나도 우리 둘이 함께 책임져요. 당신은 너무 이성적인 거 알아요? 당신이 이렇게 이성적이니까 내가 당신의 사랑을 의심하잖아요. 언제든 날 포기하고 떠날 거 같아서."

"그럴 일은 없어요. 어젯밤부터 지금까지 당신이 정말 밉지만, 당신을 버릴 생각은 안 했으니까."

"미움이 깊으면 언젠가 떠나게 될 거예요."

"그런 공식은 없어요."

"있어요. 결혼하면 돼요."

"팔 좀 풀어요. 대낮에 무슨 짓이에요. 동네 사람들이 다 봐요."

"대답하면 놔줄게요."

"알았어요. 대신 조건이 있어요."

"거참, 되게 어렵네. 외모는 이미 합격했고, 머리도 섹시한 외모를 뛰어넘을 만큼 충분히 똑똑한데. 여기서 더 섹시해야 되요? 조건이 뭔데요?"

"하하, 난 당신 심리 상태에 가장 흥미가 있어요. 제멋대로 미친 사람처럼 무턱대고 덤벼드는 거요. 그래서 내가 어제 얼마나 마음이 상했을지 한번 생각해 봐요. 나한테 고함도 질렀죠."

"저, 아가씨, 손을 함부로 놀리면 안 돼요. 대낮에 이러면 곤란하다고요. 아직 결혼 증서도 없고 당신이 조건도 얘기 안 했는데."

앤디는 바오이판의 풀어헤친 셔츠 사이로 드러난 가슴을 손으로 쓰다듬고 있었다. 대낮에 본능에 이끌려 자기도 모르게 손을 놀리던 그녀는 기겁해서 비명을 질렀다. 행여 바오이판이 자신의 손을 다시 잡을세라 "홍!" 하며 퍼뜩 손을 내렸다. 결혼해야 한다는 바오 회장의 말이 맞았음을 그제야 깨달았다. 정당한 명분이 있어야 행동이 떳떳해지는 거였다.

"내 조건은, 나중에 내가 어떤 모습으로 변해도 날 버리지 말라는 거예요. 설령 떠나더라도 내가 정상적인 생활을 할 수 있게 해놓고 가요."

"쓸데없는 소리."

"진심이에요. 내 걱정은 이것뿐이에요. 이미 위임장과 유서를 작성해서 탄쯍밍에게 줬어요. 당신이 이 조건을 들어줘야 우리가 결혼할 수 있어요. 당신이 동의하면 위임장과 유서에 적은 첫 번째 책임자를 당신 이름으로 변경할게요. 그러면 당신은 나라는 큰 짐을 지게 돼요. 선택권은 당신에게 있고 당신이 거절해도 난 괜찮아요."

"그럴게요. 단, 당신의 걱정을 덜기 위해서 약속하는 거예요. 우리 앞에 그런 일이 일어날 거라고는 절대로 믿지 않아요."

"이건 과학이에요."

"증거도 없는 사이비 과학은 꺼지라고 해요. 당신의 논리로 보자면 세상에 걱정거리가 없는 사람이 없을걸요. 운전하다가 사고가 날 수도 있고 아버지가 암으로 투병하셔서 나도 암에 걸릴 확률이 높다고요. 또 어머니는 뇌졸중으로 돌아가셨으니 나도 아마 쓰러질지도 모르죠. 불행이 찾아올 가능성은 무수히 많아요. 나도 유서를 써서 당신한테 줄까요? 다 기우예요."

"그래도 난 무서워요. 어릴 때 기억만 하면 자다가도 놀라서 벌떡 벌떡 깬다고요. 밤마다 불을 켜놓고 자는 거 당신도 알잖아요. 난 늘 불안에 떠느라 하루도 편히 쉴 수가 없어요."

"두려워 말아요. 설사 그런 날이 온다고 해도 지금 당장은 하루하루를 행복하게 살아야 해요. 당신은 남들보다 10배 이상은 알차게 생활할 수 있는 사람이에요. 만약 정말로 그런 때가 오면 내가 당신 침대 머리맡에 족자를 하나 걸어둘게요. '난 세상에서 가장 빛나던 사람이었어.'라고요. 뭐가 그렇게 겁나요. 별거 아니니까 떨쳐버려요."

앤디는 그의 말이 맞는 것 같기도 하고 아닌 것 같기도 했다. 하지만 한 가지만은 틀림이 없었다. 하루하루를 행복하게 살아야 한다는 것. 다시 곰곰이 생각하니 그렇게 두려워하지 않아도 될 듯했다. 두려움을 없애는 궁극적인 방법을 아직 찾지 못했지만, 지금처럼 바오이판과 함께한다면 가능할 것 같았다.

"좋아요. 당신만 믿을게요."

"바라던 바예요."

바오이판은 한숨을 쉬었다. 마침내 가장 큰 걱정거리를 내려놓게 되었기 때문이다. 앤디도 그제야 연약한 모습을 보이며 그에게 의지했다. 과거를 언급해도 전처럼 거만하게 턱을 치켜들며 "내 일은 내가 알아서 해요."라는 식으로 단호하고 차갑게 거리를 두지 않았다. 그녀는 나긋나긋하고 솔직해졌다.

앤디가 추잉잉에게 전화를 걸었을 때 추잉잉은 잉친의 전화를 받고 있었다. 꽤 여러 날 만에 잉친에게 걸려온 전화였다.

"잉잉, 잘 지냈어? 아직 많이 아파?"

"어, 어떻게…, 전화했어?"

추잉잉은 잉친에게 전화가 올 줄은 생각지도 못했다가 갑자기 그의 다정한 음성을 들으니 울컥해서 목이 메었다.

"엄마가 빨래하러 가셨는데 오늘은 웬일로 휴대폰을 두고 가셨어. 넌 어때?"

"괜찮아. 많이 좋아졌어. 네 목소리 들어서 더 힘이 나. 넌? 나보다 더 심하잖아. 난 네 덕분에 덜 다쳤지. 넌 정말 남자다웠어."

"당연히 그랬어야지. 그날 그런 일을 겪으면서 내 마음을 확실히 알았어. 널 보호해야 한다고 생각했지. 앞으로도 내가 지켜줄게."

"정말이야? 왜 이제야 그런 생각을. 하긴 내 잘못도 있지. 내가 잘못했어."

추잉잉은 울기 시작했다. 그녀가 울자 잉친은 어쩔 줄 몰랐다. 수화기 너머에는 침묵만 흐르고 있었다.

"그래서 어머니가 날 싫어하셨고. 이렇게 오랫동안 나하고 통화도 못 하게 하셨어. 이제 어머니가 날 좋아하게 만들 거야. 꼭 그렇게 할게."

"엄마가 처음에 선입견을 가져서 그래. 하지만 아버지가 이미 결정하셔서 엄마도 이제 반대 못 해. 앞으로 기회는 많으니까 천천히 이미지 회복하면 돼. 네가 너무 보고 싶다. 아 참, 메시지로 사진 1장 보낼게. 지금 현재 내 모습이야. 너도 사진 찍어서 보내."

"내 사진? 기다려 봐. 내가 지금 거기로 갈게."

"뭐? 올 수 있어?"

"널 도우려고 여기서부터 전에 있던 병원까지 혼자 찾아갔던 적도 있어. 아직 움직이기 힘이 좀 들지만 갈 테니까 기다려."

"보고 싶어!"

잉친은 흥분해서 소리를 질렀다.

"너한테 하고 싶은 말이 너무 많아."

이 말은 어떤 진통제보다 효과가 뛰어난 명약이었다. 추잉잉은 하늘이 도왔는지 비교적 수월하게 침대를 내려가서 벽을 짚고 천천히 잉친의 병실로 걸음을 옮겼다. 그런데 뜻밖에도 복도에서 전화벨이 울렸다. 추잉잉은 휴대폰 화면에 뜬 발신자를 보고 놀라서 얼굴이 노래졌다. 그녀의 아빠였다.

"잉잉, 너 다쳤다며?"

추잉잉은 서슴없이 대답했다.

"아니."

그녀는 놀란 나머지 명치를 움켜쥐었다. '아빠가 어떻게 아셨지?'

"입원한 거 아니고?"

"안 했어. 잘 지내고 있는데 누가 악담을 했네."

"그러게 말이다. 아빠가 방금 전화 1통을 받았거든, 네 이웃이라고 하던데 목소리가 아주 요사스러웠어. 네가 병원에 입원해서 수술을 받았다고 와서 간호하라고 하더라. 그런데 아무리 생각해도 이상해서 곧장 너한테 전화했더니 넌 계속 통화 중이고, 옆에 동료가 보이스 피싱이 틀림없대. 이따가 계좌번호를 다시 알려주고 돈을 보내라고 할 수도 있다고 하는구나. 그래도 네가 무사하니 됐다. 돈은 안 부족하니?"

"충분해."

추잉잉은 긴장해서 심장이 마구 뛰었다.

"알았다. 시외 전화라서 비싸니까 그만하자. 몸조심하고."

아빠는 의심하지 않고 터프하게 전화를 끊었다. 추잉잉은 안도의 한숨을 길게 내쉬었다. 그러나 긴장감이 가시고 나니 불현듯 서러움이 밀려왔다. 다친 후에 처음으로 가족과 통화했지만 자기가 얼마나 아팠는지 아빠한테 말하지 못했다. 부모님 생각이 간절했다. 그녀는 우느라 눈물이 앞을 가려 시야가 흐린데도 뚜벅뚜벅 걸어서 잉친의 병실로 들어갔다. 잉친의 침대 앞에 앉아서 그의 얼굴을 보니 기운이 났다. 하지만 서러운 눈물은 멈추지 않고 계속 흘렀다.

잉친은 애가 타서 추잉잉의 손을 꼭 잡았다.

"전에는 내가 다 잘못했어. 아버지도 고지식한 내 사고방식을 야단치면서 넌 의젓하고 좋은 여자라고 하셨지. 줄곧 너한테 사과할 때만 기다리고 있었어. 자, 그만 울어. 여기 티슈. 아버지가 날 혼내시기 전부터 이미 깨달았어. 그날 그 사람들이 식당으로 쳐들어왔을 때 네 편에 서야 한다는 걸 알았어. 난… 그때야 알았지…. 확실히… 내가 좋아하는 사람은 너였어. 부모님한테도 말씀드렸고 인정해 주셨어. 지금 아프니? 엄마 불러서 병실에 데려다줄까? 난 계속 널 보고 싶지만 네가 아프면 안 되잖아."

추잉잉은 고향 집이 그립고 부모님이 보고 싶다고 말하고 싶었다. 그러나 잉친의 아버지가 의젓하다고 칭찬한 마당에 어린애 같은 모습을 보이긴 싫었다. 죽어도 약한 모습을 보일 수는 없었다. 그런데도 서글픈 마음을 가눌 길이 없고 눈물도 마르지 않았다. 추잉잉은 하염없이 울면서 띄엄띄엄 간신히 한마디씩 토해냈다.

"나도 네가 보고 싶었고, 많이 걱정했어."

잉친은 추잉잉의 말에 주체할 수 없는 눈물을 흘렸다.

잉친의 어머니는 병실로 들어오다가 두 사람이 손을 맞잡고 우는 광경을 목격했지만 아무 말도 하지 않았다. 그녀는 세탁한 옷이 마르도록 잘 걸어놓고서야 추잉잉에게 물었다.

"괜찮니? 이렇게 앉으면 상처가 아플 텐데?"

"좀 아프긴 해요."

"병실에 데려다주마. 가서 누워 있어."

"저…, 조금만 더 있다가 가도 될까요?"

잉친의 어머니는 한숨을 쉬더니 빠른 손놀림으로 이동 침대를 펼치고 추잉잉이 눕도록 부축했다.

"얘기 나눠. 난 잉잉 침대에 누워서 좀 쉬고 있으마. 얘기 끝나면 날 불러."

두 사람은 잉친 어머니의 말에 반색하며 손을 더 꽉 잡았다. 잉친의 어머니가 나가고 잉친이 말했다.

"봤지? 엄마가 허락하셨어."

추잉잉은 그 순간에 서러움이 말끔히 가셔서 잉친을 보며 환하게 웃었다. 두 사람은 다친 이후에 어떻게 지냈는지 서로의 근황을 가볍게 묻고 대답했다. 잉친은 아직 움직일 수 없어서 추잉잉만 필요에 따라 몸을 움직였다. 추잉잉은 아프고 피곤했지만 기꺼이 견뎠다.

관쥐얼은 여전히 영수증을 계산하는 데 몰두하고 있었다. 2202호는 마치 집안에 그녀 혼자만 있는 것처럼 고요했다. 오로지 그녀의 숨소리와 키보드를 치는 소리만 들렸다. 관쥐얼의 휴대폰 벨이 울렸다. 집중하던 그녀는 갑자기 울리는 벨소리에 화들짝 놀랐다. 시에빈의 전화인 줄 알고 휴대폰을 들고 보니 추잉잉이었다. 관쥐얼은 인상을 찌푸리며 변명거리를 생각해 낸 뒤에야 전화를 받았다. 추잉잉이 대뜸 물었다.

"쥐얼, 너 우리 아빠한테 전화했어?"

"너희 아빠? 전화번호도 몰라."

관쥐얼은 순간 취샤오샤오를 떠올렸다. 취샤오샤오가 전화번호를 알고 있었기 때문이다. 관쥐얼은 취샤오샤오가 꾸민 못된 짓일 거라고 속으로 생각했지만 추잉잉에게 말하지는 않았다.

"아, 누가 아빠한테 전화했는지 모르겠네. 내가 다쳐서 병원에 입원했다고 빨리 가보라고 했대. 다행히 아빠가 전화로 먼저 물어보더라고. 난 아니라고 했지. 분명히 보이스 피싱일 거라고 둘러댔어. 그러잖아도 요새 보이스 피싱 유형이 천태만상이라서 아빠도 금방 믿으시더라. 잘 넘어갔어. 넌 누가 아빠한테 전화했을 거 같아?"

"그럼 보이스 피싱이겠지. 우린 너희 집 전화번호를 모르잖아. 나도 모르고 성메이 언니도 모르고. 설사 알아도 전화를 할 리가 없지. 앤디 언니랑 샤오샤오도 모를 거야. 회사에서 걸었나?"

"회사에서는 전화 안 해. 그럼 진짜 보이스 피싱인가? 실제랑 딱 들어맞아서 얼마나 놀랐는지 몰라. 쥐얼, 나 지금 잉친이랑 같이 있어. 잉친 어머니가 같이 있으라고 허락하고 자리를 비켜 주셨어. 우리끼리 편하게 얘기하라고. 정말이야. 오랜만에 보니 잉친이 부쩍 말랐어. 그래도 힘든 날은 다 지나간 셈이지. 나 때문에 얻어맞았는데 빨리 회복되는 모습을 봐야 마음이 놓일 거 같아."

"그럼 둘만의 시간을 즐겨. 얼마 만에 생긴 기회인데 나한테 전화하느라 시간 뺏기지 말고. 난 지금 치료비 계산하고 있으니까 얼른 끝내고 정산서 갖다 줄게."

관쥐얼은 추잉잉의 대답을 기다리지 않고 다짜고짜 통화를 끝냈다. 가슴이 답답해서 벽에 머리라도 찧고 싶었다. 그때 옆방에서 판성메이의 음성이 들렸다.

"쥐얼, 네가 잉잉 집에 전화했어?"

"아니. 아마 샤오샤오일 거야. 잉잉이 아빠한테 보이스 피싱이라고 거짓말했대. 아빠를 속였어."

"샤오샤오는 참 당차단 말이지. 솔직히 생각해 보면 우리 몇 명이 어떻게 아픈 잉잉을 책임지고 돌볼 수 있겠어. 만약에 도중에 문제라도 생기면 어떡해. 진작 부모님에게 맡겼어야 했어."

"언니, 괜찮아?"

"안 괜찮아. 샤오샤오한테 연락해서 잉잉 아빠 전화번호나 물어봐.
내가 전화 걸게."

관쥐얼이 휴대폰을 쥐려고 하는데 또 벨이 울렸다. 관쥐얼은 또
한 번 깜짝 놀랐다. 이번에는 왕바이촨의 전화였다.

"바이촨 오빠? 성메이 언니요? 아직 안 왔어요."

"어디 갔는지 알아요?"

"몰라요. 어쩌죠?"

한창 통화하는데 판성메이가 산발한 채로 방문 앞에 나타나서 관쥐
얼에게 쪽지를 보여주었다. 관쥐얼은 쪽지를 읽고 마지못해 말했다.

"오빠, 성메이 언니가 두 사람 관계는 끝났다고 전하래요."

"성메이한테 해명할 기회를 달라고 전해요. 제발, 부탁해요."

판성메이가 쪽지에 한 줄을 더 쓰고 있었다. 관쥐얼이 내용을 읽
으려고 하는데 판성메이가 쪽지를 다시 낚아채더니 꼬깃꼬깃 구기
며 손을 휘 내저었다. 관쥐얼은 조심스럽게 전화에 대고 말했다.

"언니가 할 말 없대요."

판성메이는 고개를 끄덕이며 동조했다.

"쥐얼, 지금 그쪽으로 갈게요. 이따가 문 좀 열어줘요. 그래도 되죠?"

"안 돼요. 성메이 언니의 동의 없이는 불가능해요. 죄송한데 제가
바빠서 이만 끊을게요."

관쥐얼은 왕바이촨이 끊지 말라고 소리치는데도 개의치 않고 과
감하게 끊었다. 판성메이와 관쥐얼은 안도의 한숨을 돌렸다. 그러나
관쥐얼은 판성메이보다 마음이 훨씬 불편해서 허둥지둥 일어나며
말했다.

"언니, 여기 앉아. 물 한 잔 따라줄게. 커피 마실래? 아니면 차라도?"

"안 마셔."

판성메이는 또 한숨을 쉬며 힘없이 문틀에 기댔다.

"샤오샤오한테 전화해 봐. 잉잉 일부터 빨리 해결해야 걱정을 덜지."

"지금 출장 중이라서 바빠. 일단 메시지 보낼게."

관쥐얼은 서서 메시지를 보냈다.

"샤오샤오의 잔머리 굴리는 재주 하나는 인정해."

관쥐얼은 판성메이의 말에 "응." 하고 대답했다. 그녀는 뒷공론하지 않는다는 자기만의 원칙을 지키려고 불필요한 말은 하지 않고 간단명료하게 용건을 적어 메시지를 보냈다.

뜻밖에도 취샤오샤오에게 금방 연락이 왔다.

"뭐? 그런 일이 있었어? 내가 다시 걸게. 어휴, 멍청한 건 약도 없다더니."

"성메이 언니가 걸겠대."

"됐다 그래. 동네방네 맏언니 노릇 할 생각 말고 자기 일이나 잘하라고 해."

관쥐얼은 마른기침을 하며 취샤오샤오에게 그만하라는 신호를 보냈다.

"그럼 너한테 부탁할게. 네가 분명하게 얘기해."

관쥐얼은 취샤오샤오가 판성메이를 빈정거린 말은 전달하지 않았다. 판성메이는 취샤오샤오가 알아서 처리하겠다고 하자 "걔가 말해도 소용없을 거야."라고 말하며 자기 방으로 들어갔다. 관쥐얼이 못 참고 말했다.

"언니, 바이촨 오빠한테 기회를 주면 안 될까? 오빠가 저렇게 걱정하는데."

"넌 아직 어려서 뭘 몰라. 방금 왜 서둘러 연애하고 결혼해야 하는지 생각해 봤거든. 차근차근 다시 생각하니까 사실 싱글로 지내는 게 훨씬 홀가분한 거 같아. 먹고 싶은 거 먹고, 입고 싶은 거 입고, 여유 시간이 많아서 친구랑 놀러 갈 수도 있고. 또 퇴근하자마자 데이트하러 달려가지 않고 회사에서 야근하면서 상사한테 잘 보이면 승진도 하고 나한테 돌아오는 게 많겠더라고. 그런데 굳이 연애하고 결혼할 필요가 있을까?"

"사랑하잖아."

"사랑? 사랑도 현실 앞에서는 모래성에 불과해. 성인들이 말하는 사랑은 허울이고 가면일 뿐이야. 가벼워서 후 불면 싹 날아가 없어져. 성인이 되었을 때 가장 비참한 일은 자신이 누군가를 사랑하고 누군가의 사랑을 받고 있다고 믿는 거야. 그건 사실 자신도 속이고 남도 속이는 일이지. 그래서 난 이미 망신을 톡톡히 당했어. 쥐얼, 사랑에는 조건이 필요해. 물질적 조건. 천박하다고 생각진 마. 인생 선배의 경험담이니까. 넌 말이야, 넌 연애할 자격이 있어."

관쥐얼은 대답할 말이 없었다.

"그렇지만 바이촨 오빠가 언니를 애타게 찾고 있잖아."

"왜 바이촨을 만나고 싶지 않은지는 아직 모르겠어. 다만 나 자신이 너무 원망스러워. 생각할 시간이 더 필요해. 나중에 다시 얘기하자. 네 뜻은 고마워."

관쥐얼은 작고 어두운 방으로 들어가 눕는 판성메이를 멀찍이서 쳐다보았다. 그렇게 서서 잠시 생각하던 관쥐얼은 인스턴트커피 한 잔을 타서 판성메이의 침대 머리맡에 가져다 두었다. 판성메이는 무슨 말을 하고 싶었는지 관쥐얼의 손을 잡았다. 하지만 마음이 쓰라려서 입이 열리지 않았다. 판성메이는 관쥐얼의 손을 놓았고 관쥐얼은 방을 나갔다. 커피는 향기롭고 따뜻했다.

관쥐얼은 꽤 전문적인 솜씨로 치료비 영수증을 처리했다. 보고서 양식으로 알아보기 쉽게 1장으로 정리하고, 영수증은 그 위에 가지런하고 보기 좋게 풀로 붙였다. 관쥐얼이 기다리는 전화는 아직 오지 않았다. 그렇다고 해서 먼저 걸기도 쑥스러워서 그저 기다리기로 했다. 그녀는 작성한 데이터를 저장하고 다른 페이지를 열어서 자신의 인생 기록을 적어 내려갔다.

지난 일은 일부러 생각하지 않으면 그냥 흘러가지만 생각하기 시작하면 당시에 어떤 생각을 하며 살았을지 궁금해진다. 그리고 이런 호기심은 꼬리에 꼬리를 물어서 생각할수록 점점 커지고 여러 감정이 솟구쳐 오르면 억누르기가 힘들어진다. 관쥐얼은 불안한 마음에 이런저런 생각을 하다가 속앓이를 하고 있는 판성메이에게 말을 걸어보기로 했다. 살금살금 걸어서 판성메이의 방문 앞에 서며 조심스럽게 말했다.

"언니, 아까 언니가 연애는 왜 하냐고 물었을 때 내가 처음에 때가 돼서 하는 거라고 했잖아. 지금 다시 생각해 봤는데 내가 대학교 2학년 1학기 때 갑자기 연애를 하고 싶었거든. 그때 마침, 내 룸메이트도 나랑 같은 생각을 했어. 그래서 그런 때가 불쑥 찾아오는 거구나 하고 생각하게 됐지."

관쥐얼은 방 안에서 기척이 나지 않자 말을 끝맺으며 사과했다.

"방해했나 봐. 미안해, 언니."

"응, 아니야. 생각 중이었어. 난들 그런 때가 왜 없었겠니. 초등학교 때부터 남학생들한테 쪽지니 선물이니 받아 버릇해서 알아."

"세상에, 같은 사람인데 어쩜 이렇게 대접이 다를까. 나는 말은 안 했지만 대입 시험 끝나고 완전히 해방될 때까지 쪽지 1장 받아본 적이 없었거든. 그런데 나중에 알고 보니까 우리 반에 커플이 몇 쌍이나 있었더라고. 알았어. 이제 해답을 찾았어."

판성메이는 우울해서 입맛도 잃었지만 미소만은 여전했다. 확실히 미인한테는 뭐가 달라도 다른 특별한 매력이 있었다.

"해답이 뭔데?"

판성메이는 일어나 앉으며 침대 머리맡에 등을 기댔다.

"그때 나랑 룸메이트랑 둘이서 남학생들이 우글거리는 곳에 찾아가려고 머리를 맞댔거든. 그런데 동아리는 들어가기가 쉽지 않아서 마음을 접었고, 들리는 소문에 체육관 한쪽에 있는 카페에 가면 남학생들이 많다는 거야. 거기는 여학생이 들어오면 시선을 한 몸에 받는다고 하더라고. 그래서 친구랑 금요일 저녁 5시에 화장을 아주 진하게 했지. 헤헤. 평소에는 화장을 별로 안 하고 다녔는데 일부러 립스틱을 새빨갛게 바르고 내 눈에 가장 예뻐 보이는 치마를 입었어. 매점에서 담배도 샀고. 그날 저녁이 처음이자 마지막으로 담배를 피웠던 때야. 우리는 우리가 엄청 섹시하고 개방적이고 매력이 철철 넘친다고 생각했거든. 그런데 저녁 내내 우리한테 말을 붙인 남학생이 단 1명도 없었어. 바로 얼마 전에 그 룸메이트랑 채팅하다가 당시 얘기가 나와서 우리가 왜 남학생들한테 외면을 당했는지 아직도 모르겠다고 했었는데 방금 깨달았어. 다른 사람들 눈에는 어린 여자애가 성숙한 척하는 거로 보였던 거야. 그러니까 누가 우리같이 멍청한 계집애들한테 눈길이나 줬겠냐고."

판성메이는 관쥐얼의 얘기를 듣다가 자신이 가장 빛났던 시기를 떠올렸다.

"그건 너희들 탓이 아니야. 성숙한 척해서도 아니고. 너희처럼 착해 보이는 여학생한테 함부로 접근했다가 거절당하면 창피하니까 용기를 내지 못했을 거야. 그곳을 잘 아는 남학생과 같이 가서 서로 소개하고 떠들면서 자연스럽게 가까워지는 방법이 가장 좋아."

"아, 그렇구나. 하지만 아무래도 예쁘면 남자들이 물불을 가리지 않고 접근하겠지. 언니나 앤디 언니처럼."

"가능성이 더 크긴 해. 그래서 그 이후에 또 시도했어?"

"한 번 실패하고 나니 충격이 너무 커서 다시는 엄두도 못 냈어. 열심히 성실하게 공부만 했지. 그런데 지금 마음에 둔 사람은 순수하게 날 사랑해. 동료로 지내다가 만난 사이도 아니고, 나에 대해 좋은 소문을 듣고 접근한 사람도 아니고, 중매쟁이가 소개한 맞선남도 아니고, 내 직업이나 수입이나 집안 조건이 결혼 대상자로 적당해서 구애하는 사람이 아니란 뜻이야. 그래서 그 사람이랑 연애하고 싶어."

판성메이는 무심결에 한마디 툭 내뱉었다.

"난 결혼하고 싶어."

마주 보는 두 사람의 표정이 복잡했다. 둘 다 진심으로 한 말임을 서로가 잘 알았다. 요즘 세상에 진심을 털어놓기란 쉬운 일이 아니다. 판성메이는 정신을 가다듬으며 말했다.

"일부러 네 말에 반기를 든 건 아니야. 나이가 드니까 안정적인 삶을 살고 싶고 적당한 상대를 찾아서 결혼하는 게 최우선 목표가 되어버렸어."

관쥐얼이 웃으며 말했다.

"이젠 자신을 함부로 의심하지 않을 거야. 그렇지만 한동안 꽤 심란했어. 충격을 자주 받다 보니까 날 의심하곤 했었지. 지금은 말해도 아무렇지 않은 얘기가 하나 있는데, 언젠가 샤오샤오가 우연히 만난 것처럼 해서 나한테 자기 친구를 소개해 준 적이 있었거든. 결론부터 말하면 그 친구는 오자마자 난 아예 쳐다보지도 않고 언니한테만 추파를 던졌어. 난 그게 소개팅인 줄 나중에야 알았고. 언니, 생각해 봐. 샤오샤오가 친구한테 이웃집 여자와 소개팅을 주선하면서 앤디 언니 같은 부류나 나이대의 여자를 소개할 리는 없잖아. 조금만 생각해 보면 알 수 있는데 그 친구가 잘못한 거지. 아무튼, 난 그때 굉장히 절망해서 아예 웅크리고 있었어."

"웬일이니. 처음 듣는 얘기잖아. 너 한 번도 내색한 적 없어."

"부끄러워서 그런 얘길 어떻게 해. 자존심 상하게. 지금은 괜찮아. 다 지난 일이고 내 본모습을 알아보는 사람이 생겼으니까."

판성메이는 깜짝 놀라며 관쥐얼을 쳐다봤다.

"시에빈 씨는 정말로 좋은 사람인가 봐."

"그런 거 같아."

관쥐얼은 냉큼 대답하고는 소리를 내며 웃었다.

"그래서 내 생각엔 언니가 지금은 화가 나서 막말을 하지만 사랑하지 않는 사람이랑 결혼하는 건 정말 상상조차 할 수 없는…. 아, 내가 쓸데없는 말을 했네."

관쥐얼은 판성메이가 눈을 동그랗게 뜨자 문득 자신이 기쁜 마음에 경거망동했음을 깨닫고 곧장 입을 다물었다.

"아니야, 네가 기뻐하는 걸 보니 나도 기분이 좋아. 너 이런 모습은 처음이야."

"그러게."

관쥐얼은 얼굴이 빨개져서 고개를 푹 숙였다.

"원래는 평생 싱글로 살려고 했는데…."

"말도 안 돼."

"진짜야. 월급도 웬만큼 받고 내 문제는 스스로 해결하면서 혼자 살 능력이 충분히 되니까. 사랑하지도 않는 사람하고 억지로 같이 살 필요는 없잖아. 부모님과 친척들을 설득하는 건 쉽지 않겠지만 난 충분히 받아들일 수 있어. 내 모토는 즐겁게 사는 거야. 물론 사랑하는 사람이 있다면 상황이 달라지겠지만."

판성메이는 순간 울컥했지만, 말을 돌렸다.

"지금 우리 22층에서 가장 행복한 사람은 아마 잉잉일 거야."

"히히."

관쥐얼은 저도 모르게 또 소리를 내며 웃었다.

"샤오샤오가 예언한 게 있어. 잉잉이 아마 앞으로 날마다 우리한테 행복한 인생에 대해 하나부터 열까지 줄줄이 읊어대며 설교할 거라고."

관쥐얼은 손목시계를 보았다.

"어서 나갔다 와야겠다. 잉잉한테 계산서를 복사해서 갖다 줘야 하거든."

"다시 한번 축하해. 나도 정말 기뻐."

"사실 좀 조심스럽긴 해. 앞으로 어떻게 될지 모르니까."

"일단은 기쁨을 누려."

"그럴게. 하하. 얘기하고 나니까 마음이 편해졌어."

관쥐얼은 예쁘게 꾸미고 외출했다. 판성메이는 방안에서 비스듬히 누워 문이 닫히는 걸 본 뒤에 깊이 생각에 잠겼다. 그녀의 수입은 관쥐얼보다 훨씬 많다. 그녀도 자기 문제는 직접 해결할 수 있을 만큼 능력이 있다. 구체적으로 따져 보며 하나씩 생각했다. 월급이 넉넉해진 지는 불과 얼마 전부터였다. 식구들에게 실망하고 아버지가 쓰러진 이후로 마음을 바꿔먹어 손에 여윳돈이 생기기 시작한 것이다. 한 가지 생각이 퍼뜩 머릿속을 스쳤다. 벌떡 일어나서 월급 카드를 꺼내고 인터넷에 접속해서 최근 몇 달 치 월급을 확인했다. 잔액을 조회한 뒤에는 저도 모르게 쓴웃음이 났다. 직장 생활을 시작한 이래로 여윳돈을 가져본 적은 처음이었다. 게다가 2만 위안이 넘는 잔액이 있었다. 전처럼 근검절약하고 꼼꼼하게 따져가며 소비한 결과였다.

판성메이는 손가락으로 마우스를 움직이며 무의식적으로 인터넷 창을 위아래로 스크롤했다. 눈동자는 모니터 화면에 나타난 숫자를 따라가느라 바빴다. 시신경이 피로해진 탓인지 몰라도 그녀의 눈가는 어느새 촉촉해졌다.

관쥐얼이 단지를 나가서 과일 한 봉지를 사는데 마침내 기다리던 시에빈의 전화가 왔다. 목소리를 들으니 막 잠에서 깨어 졸린 눈을 게슴츠레하게 뜨고 있는 모습이 상상되었다. 아마도 일어나자마자 전화를 한 모양이었다. 관쥐얼은 말하기도 전에 싱글벙글 웃음부터 나왔다. 추잉잉의 병실에 도착할 때까지 내내 전화기를 귀에 대고 웃음을 지었다. 병실에 들어서니 추잉잉이 아닌 잉친의 어머니가 추잉잉의 침대에서 드르렁 코를 골며 자고 있었다. 관쥐얼은 어리둥절했다. 잉친의 병실이 어디인지도 몰라서 각 방을 돌며 잉잉을 찾는 수밖에 없었다. 다행히도 추잉잉이 눈썹을 찌푸리며 잉친과 대화를 나누고 있는 병실을 금방 찾아냈다.

관쥐얼과 눈이 마주치자 위로 솟았던 추잉잉의 눈썹이 아래로 축 처졌다.

"다 했구나. 쥐얼, 정말로 네가 아빠한테 전화했어? 방금 아빠 전화를 또 받았는데 네가 아빠한테 또 전화했다고 그러시더라. 솔직히 네가 아빠한테 전화하는 건 상관없어. 그런데 나한테 미리 얘기는 해야 내가 대비를 하잖아. 얼마나 당황했는지 몰라. 아빠가 지금 기차역으로 출발했대. 망했어."

관쥐얼은 병원으로 오는 동안 수없이 많은 대답을 준비했다. 그러나 추잉잉이 눈앞에서 다그치자 그녀도 당황해서 멍해졌다가 이내 차분하게 대답했다.

"처음에는 샤오샤오가 걸었어. 나도 나중에야 자초지종을 알았지만 어쨌든 알고도 너한테 얘기하지 않은 건 인정해."

"저기, 쥐얼, 화내지 마. 너한테 따지는 게 아니야. 사실은 나도 엄마 아빠가 너무 보고 싶어. 아프니까 마음이 약해져서…."

"화난 거 아니야. 지금 온통 치료비 계산한 거 맞춰보는 생각뿐이라서 그래. 직업병이거든. 이거 봐. 며칠 동안 쓴 치료비 영수증을 다 모아서 계산한 거야. 간병인 비용 영수증 외에 다른 영수증은 다 있어. 맞는지 확인해 봐. 맞으면 영수증 뒷면에다가 각각 사인해."

"아, 회사에서 넌 이런 모습이구나. 카리스마 있어. 좋아, 확인할게."

관쥐얼은 가지고 온 과일을 한쪽에 두고 잉친과 말없이 미소로 인사를 나눴다. 관쥐얼은 항상 미소 띤 얼굴에 말수가 적은 편이어서 특별히 이상할 건 없었다.

추잉잉은 영수증을 1장씩 확인하고 나서는 뒷면에 서명했다. 관쥐얼은 추잉잉이 마지막 영수증을 확인하기 시작하자 휴대폰의 계산기를 열어서 추잉잉에게 건네며 총액을 계산하라고 했다. 추잉잉이 웃으며 말했다.

"너 진짜로 커리어 우먼다워. 네가 회사에서 어떤 모습으로 일하는지 항상 궁금했거든. 집에 있을 때처럼 그럴까? 하고 생각했는데 전혀 아니었어."

추잉잉이 계산한 금액과 관쥐얼이 계산한 총액은 정확히 일치했

다. 추잉잉은 보고서 양식으로 작성해서 출력한 명세표 위에도 서명
했다. 관쥐얼은 원본을 챙기고 복사본을 추잉잉에게 주었다.

"복사본은 네가 잘 보관해 둬. 원본은 잉친 씨 어머니께 드려야 해.
여기 복사본이 1부 더 있는데 이건 앤디 언니 거야. 언니가 돈을 얼
마나 썼는지 모를 거 같아서 준비했어. 오케이, 다 됐어. 천천히 얘기
나눠. 난 옆방에 잉친 씨 어머니께 다녀올게."

추잉잉이 말했다.

"나한테 줘. 지금 쉬고 계시니까 이따가 일어나시면 내가 전해드
릴게."

"개념은 분명하게 정리해야지. 전해드리는 게 아니라 어머니께 돈
을 받으면서 영수증을 드릴 거야. 앤디 언니가 바오 사장님한테 가면
서 나한테 전적으로 맡겼어. 난 언니 대신 책임지고 돈을 받아서 보
관해야 해. 옆방에는 내가 갈게."

"쥐얼, 너 지금 완전히 정색했어."

관쥐얼은 고개를 돌려 씩 웃으며 밖으로 나갔다. 추잉잉도 뒤에서
웃음을 지으며 외쳤다.

"과일은 두고 가."

"시에빈 씨가 사달라고 부탁한 거야. 곧 도착해."

관쥐얼은 나가다 말고 문 앞에 서서 대답을 다 하고 옆 병실로 향
했다. 복도로 나온 그녀가 잠시 걸음을 멈췄다. 눈을 이리저리 굴리
며 무언가를 생각하다가 또 눈을 희번덕거리더니 잉친의 어머니에
게로 다가갔다. 잉친의 어머니는 일 처리가 깔끔했다. 셈을 마친 뒤
곧장 아래층으로 내려가 ATM 기기에서 돈을 찾고 그 자리에서 관
쥐얼에게 건넸다. 그때 시에빈도 도착했다. 잉친의 어머니가 엘리베
이터에 타고 간 뒤에 시에빈이 말했다.

"아주 시원시원하시네요."

"당연히 그래야죠. 원래 잉잉은 급여 손해 본 거랑 배상금을 때린 사람 쪽에 청구할 수 있거든요. 그러면 보양 식품도 살 수 있고 다칠 때 찢어진 옷 대신 새 옷도 살 수 있는데 이런 식으로 정리하면 잉잉은 오히려 손해예요. 또 만약에 잉잉이 정신을 차려서 마음을 바꿔먹으면 안 되니까 잉친 씨 집에서는 이 문제를 서둘러 해결할 수밖에 없어요. 더구나 잉잉 아빠가 내일 아침에 오셔서 뭐라고 하실지 모르니까 두말하지 않고 처리하는 거죠."

"이런 일은 본인이 직접 나서서 해결하지 않으면 남이 대신해주기가 쉽지 않은데. 자, 우린 밥 먹으러 가요. 배가 너무 고파서 눈에 별이 보일 지경이에요."

"헤헤, 나도 배고파서 잠이 깼어요. 나보다 훨씬 많이 잤겠네요. 전에 회사 동료랑 해물 국수를 먹은 식당이 있어요. 거기 음식 맛이 괜찮아요. 내가 안내할게요. 꼭 다시 가고 싶었는데 그동안 같이 갈 사람이 없었거든요."

"과일은 왜 아직 들고 있어요? 잉잉 씨 줄 거 아니었어요?"

"갑자기 주기 싫어졌어요. 나도 참 별나죠?"

"이보다 더 어떻게 잘해요? 룸메이트가 이 정도면 할 만큼 한 거예요."

"잠이 부족해서 신경이 날카로워졌나 봐요."

"아니, 아니, 쥐얼 씨는 충분히 잤어요. 저녁 먹고 산책하는 데 전혀 지장 없어요."

관쥐얼은 시에빈의 말에 밝게 웃으며 '거만하게' 말했다.

"싫어요. 하이힐을 신어서 산책은 안 돼요."

"그럼 일단 밥부터 먹고 천천히 생각해요. 배고파서 정신이 없어요. 다른 건 몰라도 배고픈 건 못 참아요. 허기지면 머릿속이 백지상태가 되거든요."

"나중에 범인 체포할 때 내가 범인한테 몰래 알려줘야겠어요, 히히. 걸음이 너무 빨라요. 하이힐 신었단 말이에요."

"어이쿠, 알았어요. 뜻을 이룬 사람은 말을 세차게 몬다는 옛말도 있잖아요."

"아, 하이힐이 말이면 채찍질은 어떻게 해요? 나 승진하려면 채찍질해서 열심히 달려야 하는데."

두 사람은 장난을 주고받으며 병원 문을 나섰다. 관쥐얼은 가끔 심하게 '놀림'을 당하는 것 같은 기분이 들었다. 그럴 때는 주눅이 들어 골이 난 표정을 짓기도 했지만, 그녀는 진심으로 즐거웠다.

62

관쥐얼은 시에빈의 심한 장난에 토라졌다가도 처음 느끼는 진정한 사랑에 취해 기쁜 표정을 감추지 못했다. 판성메이는 컴컴한 방에 틀어박혀서 온종일 괴로워하며 하루를 보내고 밤이 되었는데도 잠을 이루지 못했다. 그때 관쥐얼이 콧노래를 부르며 엘리베이터에서 내리는 소리가 귀에 쏙 들어와 박혔다. 그러나 문을 열자 흥얼거리던 노랫소리가 뚝 끊겼다. 관쥐얼은 희색을 싹 거두고 집 안으로 들어왔다. 판성메이는 자신의 입장을 배려하는 관쥐얼의 모습에 처량한 기분이 들었다. 30여 년을 살았는데 아직도 자기보다 어린 동생에게 동정을 받고 있다고 생각하니 감정이 북받쳐서 견디기 힘들었다. 휴일이 하루밖에 남지 않았다. 판성메이는 관쥐얼이 아침부터 싱글벙글하며 좁은 방안을 살랑살랑 휘젓고 다닐 모습이 예상되어 기분이 언짢았다.

다음 날, 아침 일찍 일어난 판성메이는 이불 속을 빠져나와 조용조용 욕실로 가서 씻었다. 사실 그 시각에 마땅히 갈 곳은 없었다. 상점도 오픈하기 전이고 거리를 가득 메운 아침 식사 식당을 순회할 수도 없는 노릇이었다. 하는 수 없이 잉잉을 보러 병원으로 갔다.

침대 위에 바르게 앉아서 아침을 먹던 추잉잉은 판성메이가 깜짝 등장하자 환호를 질렀다.

"언니, 드디어 왔구나!"

추잉잉은 뜻밖의 반가움에 눈물이 나서 울먹이며 말했다. 판성메이는 추잉잉의 반응에 놀라서 얼른 침대 머리맡에 걸터앉았다. 추잉잉의 아침 식사는 죽과 고기만두였다. 메뉴는 나쁘지 않았다. 판성메이가 물었다.

"무슨 일 있었어? 누가 널 괴롭히디? 언니한테 얘기해 봐."

"며칠 동안 너무 많은 일이 있었어. 모두 생전 처음 겪는 일인 데다가 어떻게 대처해야 할지도 몰라서 언니 조언이 정말로 간절했다니까. 그런데 언니 휴대폰은 계속 꺼져 있고. 보고 싶어 죽을 뻔했어. 쥐얼은 연애하느라 바빠서 나한테 관심도 없거든. 언니가 오기만을 손꼽아 기다렸어."

판성메이는 웃으며 주위를 둘러보았다.

"여긴 보는 눈이 많아서 말조심해야겠다. 자칫하면 다른 사람들 귀에 들어가거나 소문이 잘못 나서 오해가 생길 수도 있겠어. 속닥거리며 비밀스럽게 얘기해도 금방 오해를 받겠는데. 가능하면 하고 싶은 말이 있어도 적게 하고 속에 담아두는 게 좋아. 급하게 해결할 문제가 있으면 언니한테 조용조용하게 말해."

추잉잉은 연거푸 고개를 끄덕였다.

"언니는 어쩜 맨날 내 속을 훤히 들여다보고 있는 거 같아. 잉친 어머니는 평생을 교직에 몸담았던 분이라서 누구한테나 초등학교 교사가 학생을 다루듯이 하시거든. 굉장히 엄격한데 나랑 잉친은 차별 없이 똑같이 대하셔. 그래도 난 어머니가 좀 무서워. 자, 일단 가장 심각한 문제부터 조언을 구할게. 지금 아빠 엄마가 여기로 오는 중인데 난 아직 두 분한테 잉친 얘기를 안 했어. 부모님이 오시면 뭐라고 말씀하실까? 반대하실까? 내가 다친 이유를 아시면 잉친을 어떻게 대하실까? 엄마 아빠는 세상에서 날 가장 사랑하는데 잉친 어머니가 나한테 엄하게 하는 걸 보면 분명히 속상해할 거야. 설마 양쪽 집안이 싸우는 건 아니겠지?"

판성메이는 추잉잉을 빤히 쳐다봤다.

"넌 부모님이 어떻게 하시길 바라는데?"

"나는…. 일단 내가 잉친과 어렵게 재결합했다는 걸 이해하고 인정해 주셨으면 좋겠고, 그다음엔 내가 부모님 생각처럼 누구한테나 사랑받는 사람이 아니고 특히 잉친 어머니가 날 탐탁지 않게 여겼기 때문에 부모님이 다른 요구는 하지 않길 바라지. 그런데 이걸 부모님에게 어떻게 설명할지 난감해."

"잉친 씨 집안에서 널 싫어했던 진짜 이유를 설명하기가 곤란하단 말이지?"

"집안은 아니고 어머니만 싫어하셨지. 아버지는 처음부터 내 편이셨어. 말이나 행동거지가 모두 의젓하다고 칭찬하셨고. 아버지 덕분에 어머니가 맘을 바꾸신 거야."

"그랬구나. 그럼 잉친 씨 아버지의 적극적인 지원을 유도해야겠네. 잉친 씨 아버지하고 만난 얘기 좀 해 봐. 두 사람의 관계를 더 끈끈하게 만들어야 해."

"아직 직접 만난 적은 없어. 아마 내가 목숨 걸고 잉친을 구하러 병원에 달려갔던 일로 감동 받아서 날 좋아하는 건 아닐까?"

판성메이는 어리둥절했다. 관쥐얼한테 그날 저녁에 있었던 일을 전해 들었던 터라 약간 미심쩍었다. 잉친의 아버지는 전화 통화에서 관쥐얼을 추잉잉으로 여겼기 때문이다. 그러나 이 일을 추잉잉에게 말해야 할지 갈피가 잡히지 않았다.

"언니, 왜 그래?"

추잉잉이 말하면서 문 쪽을 힐끗 보니 잉친의 어머니가 들어오고 있었다.

"어머니, 친구가 왔어요. 여긴 저희가 알아서 정리할게요."

판성메이는 일어나서 잉친 어머니를 보며 웃었다. 잉친의 어머니는 자기 아들의 회사 동료인 척했던 판성메이를 당연히 기억하고 웃으며 병실을 나갔다. 판성메이는 다시 자리에 앉으며 추잉잉에게 소곤소곤 말했다.

"잉친 씨 어머니가 날 아시는데 별말씀을 안 하시네. 잉잉, 듣기 불편한 얘기 좀 할게. 잉친 씨 어머니는 정말로 널 싫어하셔. 잉친 씨 아버지가 너더러 의젓하다고 한 이유는, 아마도 아버지한테 전화해서 잉친 씨 상황을 알린 사람이 쥐얼인데 너라고 착각해서인 것 같아. 그래서 지금 네 입장이 아마 예상보다 훨씬 불안해질지도 몰라."

"아닐 거야."

"당연히 아니길 바라지만 그럴 가능성이 커. 너도 곰곰이 생각해 봐."

추잉잉은 초조해졌다. 밥 생각도 뚝 떨어졌다.

"어쩌지? 좀 도와줘, 어서. 엄마 아빠가 곧 도착하신단 말이야. 아, 제발 두 분이 길을 헤매야 하는데. 헤매다가 늦게 왔으면, 제발."

"두 가지 방법이 있어. 가장 간단한 방법은 부모님에게 현재 상황을 솔직하게 말씀드리고…."

"안 돼. 엄청 혼날 거야. 언니도 어른들이 얼마나 꽉꽉 막혔는지 잘 알잖아."

"그럼 애교로 해결하는 방법밖에 없겠네. 부모님이 네 뜻에 수긍하도록 갖은 아양을 다 떨어야지. 어떤 지점에서 부모님의 마음이 약해지는지 파악해 뒀다가 적시에 그 부분만 집중 공략하는 거야."

추잉잉은 어떤 꾀를 부릴지 큰 방향은 정했지만 실제로 행동에 옮길 생각을 하니 걱정스러워서 고개를 푹 떨구었다. 판성메이가 말했다.

"일단 당장 급한 일부터 후딱 해치우자. 밥부터 먹으란 뜻이야. 부모님이 오셨는데 네가 식은 죽이랑 만두를 먹고 있으면 잉친 씨 집에서 널 구박하는 줄 아실 거 아냐. 그럼 초장부터 일을 그르쳐."

추잉잉은 "어머!" 하며 서둘러 아침밥을 꾸역꾸역 목으로 넘겼다. 판성메이는 그런 추잉잉을 애처롭게 바라봤다. 이렇게 솔직하고 단순한 친구가 부모님을 어떻게 설득해서 잉씨 집안의 며느리로 인정받고 결혼하는 숙원을 이루게 될지 알 수 없었다. 잉친과 결혼하겠다고 애교로 생떼를 부리는 방법은 아무리 따져 봐도 지난하기 짝이 없는 졸책이었다.

추잉잉은 음식을 마구 퍼먹다가 갑자기 지난 밤의 일이 생각났다.

"어젯밤에 바이촨 오빠한테 전화 왔었어. 언니가 병원에 오면 알려달라고 부탁하더라. 내가 '환락송 아파트 입구에서 기다리면 간단하잖아요.'라고 했더니 밤까지 기다렸는데도 못 만나서 연락했대. 지금 오빠한테 전화할까?"

"넌 가만히 있어. 생각이 정리되면 내가 연락할 거야."

"언니, 내가 진심으로 한마디만 할게. 너무 오래 끌지는 마. 때로는 대의를 위해서 한 번 양보해도 문제 될 거 없더라. 큰 목표만 이루면 되잖아. 잉친이 나한테 그랬어. 자기 어머니가 엄격해도 신경 쓰지 말라고. 어머니는 옆에 있을 때만 무섭지, 가시고 나면 우리 세상이라고 맘 편히 먹으래. 그렇게 참고 있다 보면 그럭저럭 또 지나가더라고."

판성메이는 어이가 없어서 가식적으로 웃으며 말했다.

"넌 참 지혜롭구나. 하지만 이번에는 우리 사이에 간섭하지 말았으면 해. 미리 경고했어. 안 그러면 화낼 거야."

"언니, 다시 진지하게 생각해 봐. 바이촨 오빠는 이제 막 하이시에서 자리를 잡기 시작했잖아. 게다가 어릴 때부터 언니를 짝사랑한 사람이야. 이건 보통 애정이 아니라고. 얼마나 소중해. 여자 혼자 살아가기엔 삶이 너무 고달파. 친구가 아무리 좋아도 가족은 아니잖아. 배우자가 있어야 안심하고 살 수 있어."

판성메이는 말이 나온 김에 대화를 주도했다.

"너야말로 부모님한테 그렇게 말씀드려. 잉친 씨는 이미 하이시에서 자리를 잡았잖아. 집도 있고 차도 있고. 이런 신랑감은 다들 못 잡아서 안달이지. 하이시의 아가씨들은 엄마까지 동원해서 신랑감으로 데려가려고 난리인데 넌 혼자 힘으로 차지했잖아. 부모님이 오시면 도와주지는 못할 망정 훼방은 놓지 마시라고 해."

"하하, 나도 마침 그렇게 생각하고 있었어. 아빠는 항상 내가 하이시에서 자리 잡고 아빠보다 더 잘 살았으면 좋겠다고 하셨거든. 그렇게만 될 수 있다면 뭐든 다 하겠다고 하셨어. 하하, 좋아, 이 방법을 쓰면 되겠네. 역시 언니는 방법이 있을 줄 알았다니까. 언니가 오자마자 가장 큰 걱정거리가 단숨에 해결됐잖아."

판성메이가 웃으며 말했다.

"됐어. 어서 입 닦아. 부모님 곧 도착하시겠다. 난 설거지하고 올게. 부모님이 보시면 간병인이 일을 제대로 안 하는 줄 아실 거야."

"언니 최고!"

판성메이는 '친구가 아무리 좋아도 가족은 아니잖아.'라고 잉잉이 한 말을 되풀이하려다가 말고 웃으며 그릇과 수저를 정리해서 들고 나갔다. 설거지를 마치고 와서는 추잉잉의 개인 위생용품도 정리하고 머리도 빗겨주었다. 판성메이가 그만 돌아가려고 인사를 건네자 추잉잉이 가지 말라고 사정했다. 판성메이는 빙그레 웃었다.

"이따가 부모님이 오시면 내가 한 일은 전부 잉친의 어머니가 해 주셨다고 말해. 가족끼리는 무엇보다 화목하고 서로 많이 배려해야 하잖아."

판성메이는 밖으로 나와서 관쥐얼의 메시지를 받았다. '외출하려고 나왔다가 바이촨 오빠를 우연히 만났는데 지금 꼼짝없이 붙잡혀 있어. 오빠가 보는 앞에서 당장 언니한테 메시지를 보내라고 해서 어쩔 수 없이 연락한 거야.' 판성메이는 방금까지 병실에서 추잉잉과 나눴던 대화를 떠올렸다. 쓴웃음과 함께 고개를 가로저으며 관쥐얼에게 보낼 답장을 입력했다.

'오늘은 못 만나. 황금 같은 휴일이라 할인 상품 쇼핑하러 가야 해. 내일 저녁에는 22층 친구들한테 내가 한턱낼게. 그동안 우리 집 일에 다들 많이 도와주고 애써 줘서 감사한 마음을 전하는 자리야. 초대하는 김에 바이촨도 부를 거야. 식당을 예약해야 하니까 모두 올 수 있는지 답장 부탁해.'

판성메이는 메시지를 보내려다가 멈추고 잠시 생각했다. 단체 메시지를 보내기로 마음을 바꿔 먹었다.

그녀의 메시지가 도착하자 22층 사람들은 술렁였다. 판성메이는 거리를 거닐다가 맛있기로 유명한 한 베이커리 앞에 도착했다. 자리를 잡고 앉아서 맛있는 빵을 4가지나 시키고 혼자 천천히 즐기며 먹었다. 그녀는 또 단체 메시지를 보내, 먹고 싶은 것을 혼자 먹을 수 있게 되었다고 모두에게 알리고 싶었다.

그 시각, 관쥐얼은 왕바이촨에게 붙잡혀 애를 먹고 있었다. 마침 판성메이의 답장이 도착해서 왕바이촨에게 보여주었다. 왕바이촨은 마치 글을 모르는 사람처럼 몇 번이고 되풀어서 읽더니 흥분해서 말했다.

"이것 좀 봐요. 모두 한 자리에 불러놓고 나하고 담판이라도 지으려는 거 아닐까요?"

관쥐얼은 당황했다. 옆에서 진득이 기다리고 있는 시에빈을 슬쩍 쳐다봤다. 그러고는 왕바이촨을 향해 꽤 당당하게 말했다.

"오빠 앞에서 자랑하려고 그러겠죠. 언니가 담판을 지을 작정이라고 해도 우리 도움이 필요하진 않을 거예요. 전 메시지를 보고 글자 그대로 이해했어요. 사실 우리가 도와줬다고 해서 언니가 일부러 한 턱낼 거까지는 없지만 아무튼 내일 약속 자리에는 꼭 참석할 거예요."

그러고는 고개를 돌려 시에빈에게 말했다.

"이번 분기에 바쁜 일은 대충 다 끝났어요. 앞으로 여유가 좀 생길 거 같아요."

"언제 그 말을 듣게 될지 기다렸어요."

시에빈이 웃으며 덧붙여 말했다.

"나도 요즘 중대 사건도 없고 출장도 없으니까 매일 데리러 갈게요."

중간에 낀 왕바이촨은 억지로 마른기침을 하며 두 사람의 꿀 떨어지는 대화를 중단시켰다.

"내일 급한 일만 없으면 꼭 참석할게요. 성메이한테 전해주세요. 성메이가 내 전화번호를 차단한 것 같아서…."

관쥐얼은 전하겠다고 대답했다. 시에빈이 편안한 목소리 톤으로 말했다.

"그럼 저희 먼저 가보겠습니다. 실례합니다, 왕 사장님."

왕바이촨은 두 사람이 지나가도록 길을 비켜주었다. 시에빈은 차 문을 열어 관쥐얼을 태우고 다시 문을 닫기 전에 웃으며 말했다.

"아까 예의 바르면서 뼈가 있게 말을 참 잘했어요. 칭찬해요. 내가 왕 사장님이었어도 되받아칠 말이 없었을 거예요. 회사에서도 이렇게 센스 있게 에둘러서 말해요?"

"아니요. 상사들이 주로 그렇게 말하죠. 혹시라도 내 말에 상대방이 성내면 시에빈 씨가 주먹을 한 방 날려줄 거 같아서 믿고 말했어요."

"무조건이죠! 쉬얼 씨 지키는 건 내 임무니까요."

관쉬얼은 차에 타는 시에빈을 밝은 표정으로 쳐다보며 일부러 투정을 부렸다.

"우리, 써서 교환하기로 한 거 있잖아요. 쓸 시간이 없는데 내일까지 완성 못 하면 어쩌죠?"

"내일도 시간이 없을 것 같은데 모레로 변경할까요? 아니면 내일 저녁 식사에 나도 초대하면 어때요?"

"내일은 아마 성메이 언니가 바이촨 오빠랑 뭔가 결판을 내려고 하는 거 같아요. 우린 그 자리에서 언니를 응원하는 역할이고요. 분명히 결별 파티가 될 거니까 참석하지 않는 편이 나아요."

"알았어요. 난 쉬얼 씨랑 깨지기 싫으니까 안 갈게요. 말주변이 참 좋군요."

"아이 참, 자꾸 비행기 태우지 말아요. 쑥스럽잖아요."

"그럼 날 칭찬할래요? 오늘 내가 만든 빵 맛 좀 봐요. 정말 부드럽고 맛있어요. 층도 잘 살아 있고. 내가 생각해도 진짜 잘 만들었단 말이죠. 난 집안일도 잘하고 바깥일도 잘하는 슈퍼맨이에요. 힘과 지혜를 다 갖춘 사람이라고요."

시에빈은 몸싸움하고 총을 쓰는 큼지막한 두 손으로 보온 가방에서 밀폐 용기를 조심스럽게 꺼냈다. 그가 다정하게 건네자 관쉬얼은 따뜻한 용기를 두 손으로 받쳐 들었다. 그녀는 속으로 '빵 맛이 다 그게 그거지.'라고 생각하며 빵을 한 입 베어 먹었다. 과연 그의 말대로 맛이 유난히 좋았다. 하지만 시에빈은 불과 얼마 전까지만 해도 간단한 빵조차 만들 줄 몰랐다.

"어쩜 이렇게 잘 만들어요? 난 하이시에 오기 전에 엄마 성화에 못 이겨서 제빵 기술을 며칠 동안 배웠는데 결국 포기했어요. 요리에는 영 소질이 없나 봐요."

"나도 전에는 내가 요리를 못하는 줄 알았어요. 예상 밖이죠…. 허허. 쥐얼 씨 먹일 생각하면서 만들었어요. 인터넷으로 레시피와 동영상을 검색해서 배우니까 되던걸요. 나도 좀 먹을래요. 만들면서 이미 많이 먹었는데 고소한 냄새가 나니 못 참겠네요, 하하."

"이렇게 좋은 사람인데 내가 시에빈 씨 과거를 궁금해하고 따져서 원망스럽진 않았어요? 사실 내가 연애하는 걸 엄마가 알면 보나 마나 시에빈 씨 붙잡고 이것저것 꼬치꼬치 캐물을 거거든요. 아주 사람을 질리게 해요. 그래서 엄마한테 아예 서면으로 작성해서 미리 주려고 제안했던 거예요."

"보다시피 난 좋은 사람이에요. 쥐얼 씨 제안은 일방적인 요구가 아니고 평등하게 서로 교환하는 거잖아요. 나도 쥐얼 씨를 더 많이 알고 싶어요. 물론 이미 많은 이야기를 나눴지만 그래도 글로 적으면 좀 달라요. 그렇지만 내가 먼저 제안할 엄두는 안 났어요. 쥐얼 씨가 놀라서 달아날까 봐 겁났거든요."

"그러면 난 자책감을 안 느껴도 되겠네요. 이거 내가 가져온 책인데 한번 봐요. 지금 시기에 피는 꽃을 골라서 표시해 뒀거든요. 우리 오늘 식물원에 가서 이 꽃들을 찾아보면 어때요?"

"색다른 데이트군요. 카메라도 가져왔어요. 사건 현장을 찍는 기술로 꽃이나 나무를 멋있게 찍을 수 있을지 모르겠네."

관쥐얼은 자기도 모르게 폭소를 터뜨렸다. 차를 타고 가는 동안 그녀는 시에빈의 옆모습을 몰래 슬쩍슬쩍 수시로 쳐다봤다. 시에빈은 정지 신호에 걸리면 한 번씩 고개를 돌렸다. 그때마다 관쥐얼은 수줍어서 고개를 떨구고 빵을 깨물며 책을 봤다. 시에빈은 그런 그녀를 보며 미소를 지었다.

앤디는 바오이판과 함께 성묘하고 돌아오는 길에 판성메이의 메시지를 받았다. 운전 중인 바오이판에게 판성메이의 초대가 위험한 파티는 아닐지 물었다. 바오이판은 고개를 흔들었다.

"결별 선언? 상황이 더 꼬일 거 같은데?"

앤디는 곰곰이 생각하다가 막 입을 떼려는데 휴대폰 화면에 취샤오샤오의 이름이 떴다. 앤디가 웃으며 말했다.

"샤오샤오는 신이 났네."

앤디는 바오이판 얼굴을 몰래 한 번씩 쳐다봤다. 선글라스 뒤로 보이는 그의 눈가는 여전히 빨갛게 부어 있었다. 앤디는 한 손을 그의 손등 위에 포개고 다른 한 손으로 전화를 받았다. 취샤오샤오는 앤디의 목소리도 듣기 전에 날카롭게 소리를 높였다.

"내일 저녁에 왜? 뭐야? 언니는 알아? 바이촨 오빠를 성토하는 인민재판이라도 하는 거야?"

"나도 모르지."

"내일 저녁에는 죽어도 안 되는데. 날인 건 때문에 회사에서 고객을 기다려야 하거든. 언니가 약속을 내일로 변경하자고 해. 내 입으로 자랑하긴 좀 그렇지만 사실 저번에 성메이 언니네 오빠 일도 내가 나서서 해결했고 내 덕분에 그 오빠가 속된 말로 깨갱했잖아. 최우선으로 감사해야 할 사람은 바로 나니까, 나를 위해서라도 모레로 미뤄야지."

"그러자. 나도 내일은 선약이 있어. 고객하고 식사 약속이 있거든. 내가 고객을 접대해야 하는 건 성메이도 알아. 일단 물어볼게."

"아아, 나 흥분돼서 미치겠어. 성메이 언니가 바이촨 오빠 앞에서 카리스마 작렬하면 정말 볼 만하겠는데. 난 무조건 성메이 언니 편을 들 거야. 그래야 오빠가 나중에 내 눈치를 슬슬 보고 쫄아서 가격 흥정도 안 하겠지? 성메이 언니한테 내가 혼신을 다해 응원한다고 전해."

"네가 평소답지 않게 호의적으로 나오면 오히려 성메이가 무서워서 도망갈걸. 전하지 않는 게 나아."

"하하, 맞아, 맞는 말이야. 역시 언니는 머리가 잘 돌아가. 그러면 내가 모레로 변경하자고 했단 말도 하지 마. 출장 다녀와서 피곤해도 성메이 언니 체면을 봐서 기꺼이 인민재판에 참석할 거니까. 나도 인정이 있다는 걸 보여줘야지."

"넌 성메이랑 사이좋게 지내는 거 부담스러워하지 않았어?"

"기억력이 좋은 사람하고는 대화 못 하겠어. 짜증 나. 내가 직접 메시지 보낼게. 아무것도 모르는 척 실실 웃으면서 바람잡이 노릇이나 해야지. 치펑 오빠는 안 부를래. 오빠랑 동반하면 난 목석처럼 있어야 해. 그럼 모레 만나!"

앤디는 웃으며 전화를 끊고 취샤오샤오가 한 말을 그대로 바오이판에게 전했다. 바오이판의 우울한 기분을 풀어주기 위해서였다. 바오이판이 고개를 흔들며 말했다.

"집 한 채 때문에 성토회를 연다고요? 앞으로 그 집에서 안 살 건가? 여러 사람 앞에서 망신을 주는 건 관계를 끝내겠다는 뜻인데."

앤디와 바오이판은 동시에 똑같은 기억을 떠올렸다. 바오이판의 부모님이 공개적으로 다투고 망신을 당한 사건은 모르는 사람이 없었다.

분위기가 무거워졌다. 한참 뒤에 바오이판이 겨우 입을 열었다.

"어머니는 일찌감치 이혼하고 싶었던 거지 일찍 죽으려고 했던 건 아니에요."

"당신이 말을 꺼내니까 나도 한숨이 나요. 전에 어머니가 나한테 말씀하셨어요. 어머니는 아들이 회사에서 자리를 잡게 하려고 이혼하지 않으셨대요. 하지만 잘못 생각하셨던 거예요. 어머니가 안 계셔도 아버지가 당신을 맘대로 못 하시잖아요. 억울하고 분한 일이죠."

"어머니 얘기는 그만 해요. 나도 울분이 터지니까. 그렇지만…, 어머니 생각을 진작 알았더라면 내가 어떻게든 두 분이 이혼하시게 설득했을 거예요. 말은 이렇게 해도 막상 부모님이 이혼하면 속으로는 받아들이기 힘들었겠지만. 생각해 보니 가족 간에 갈등이 없으려면 부부가 서로 사랑하려고 노력하는 것만이 최선의 방법이에요. 앤디, 우리도 사랑이 식으면 안 돼요."

"이론상으로 말하면 당신이랑 영원히 헤어지지 않겠다고 장담하는 게 훨씬 쉬울걸요. 모레 22층 모임에 간 김에 모두에게 의견을 들어봐야겠어요."

바오이판이 시무룩하게 물었다.

"당신은 왜 나처럼 영원히 사랑해달란 말을 안 해요?"

그는 지금껏 모든 여자들이 일방적으로 자신한테 그런 요구를 했었는데 이번에는 완전히 뒤바뀌었다고는 말하지 않았다.

"이유는 방금 한 말 속에 담겨 있어요. 흠, 그래도 당신은 못마땅해서 날 계속 타이르겠죠. 남녀 사이에 이론 따위는 필요 없다, 이론을 따지면 불행해진다, 이러면서요. 좋아요, 바오이판, 당신은 무조건 나만 사랑해요. 다른 여자는 3초 이상 쳐다보지 말고 내 행복은 당신이 책임져요. 아, 가장 중요한 거 한 가지, 당신은 무조건 내가 하자는 대로만 해요. 어때요? 내키지 않으면 약혼반지는 돌려줄게요."

"음, 그거 좋은데요? 앞으로 조건이란 조건은 다 떼고 이론도 따지지 말고. 당신이 구구절절 따지면 난 듣다가 잠들어버릴 거예요."

"당신이 조건 없이 내 뜻대로만 하면 나도 당신한테 사랑해달라고 날마다 말할게요."

"난 지금껏 당신이 원하는 대로 다 했어요. 하지만 나도 사람이니까 소소한 반항은 하게 해 줘요. 그런 게 재미있잖아요."

"방금 우리가 나눈 대화를 얼른 돌이켜 봤더니 말을 잘 듣는 사람은 오히려 나예요. 말끝마다 내 말을 잘 듣는다고 주장한 누구는 이미 자기 생각을 끝도 없이 나한테 주입하고 있거든요."

바오이판이 피식 웃음을 터뜨렸다. 앤디는 그의 반응에 '나쁜 놈!' 하며 속으로 욕했다. 누군가의 여자 친구 또는 약혼녀가 되는 건 체력도 필요하고 머리도 써야 하는 힘든 일이었다. 앤디는 계획대로 바오이판의 웃음을 자아냈으니 그다음으로는 서둘러 판성메이에게 전화를 걸어야 했다. 바오이판은 옆에서 "같이 들어요." 하며 어리광을 부렸다. 앤디는 스피커 모드를 켜고 판성메이가 받기 전에 재빨리 한마디 했다.

"이거 봐요, 내가 당신 말을 이렇게 잘 듣잖아요."

전화 연결이 되어 판성메이의 목소리가 들렸다.

"앤디, 내일 저녁에 어때?"

"고객하고 저녁 약속이 있어. 내가 너한테 호텔 룸을 예약했던 고객들 말이야. 모레는 시간이 나는데 미뤄도 괜찮아? 샤오샤오도 모레 시간이 된다고 하던데. 지금 출장 중이거든."

"그럼 모레 만나. 반년이 넘도록 너희들한테 도움을 많이 받았잖아. 너희는 꼭 참석해야 하는 귀한 손님이야."

"기쁘긴 한데 일부러 돈을 쓸 필요는 없어. 언제든 시간 맞춰서 우리 집에 다 같이 모여도 되잖아."

"말하긴 부끄럽지만 제대로 감사 인사하고 싶단 생각을 늘 했어. 그런데 집에 문제가 끊이질 않아서 계속 경제적으로 여유가 없었지. 이번에 초대할 장소도 고급 레스토랑은 아니지만 내가 꼭 한턱낼 거야. 이게 내 능력으로 할 수 있는 최선의 감사 인사니까 절대 거절하지 말고 샤오샤오도 꼭 데리고 와."

앤디는 어리둥절하게 바오이판을 쳐다봤다. 바오이판도 앤디를 멀뚱멀뚱 쳐다봤다.

"말이 나왔으니 말인데, 너희 오빠가 아버지를 바이촨 씨 집에 모셔다 놨을 때 샤오샤오가 사람들을 데리고 쳐들어가서 말끔히 해결했잖아. 걔가 직접 꾀를 내서 손을 쓴 덕분이지. 아무튼, 샤오샤오의 아이디어는 독특한데 효과가 좋아. 그런데 애가 워낙 청개구리 같아서 무슨 말을 못 하겠어."

"그러게 말이야. 우리 집안은 조용할 틈이 없어. 이번에는 법으로 처리할 거야. 사실 샤오샤오가 항상 실질적인 도움을 많이 줬지. 정말 고맙게 생각해."

"그래, 샤오샤오한테 모레로 미뤄졌다고 전할게. 넌 쥐얼한테 연락해. 잉잉은 참석 못 하니까 다음 기회에."

"알았어. 그런데 있잖아…. 잉잉 병원 근처에서 우연히 베이커리를 발견했거든. 가게가 그리 큰 편은 아니지만 케이크가 굉장히 맛있어. 4가지나 시켰는데 벌써 2개나 먹어치웠어. 밀크티도 근사해. 언제 같이 와서 먹자."

앤디는 약간 의심스러워서 물었다.

"혼자 먹어?"

"응…. 흑…. 미안."

내내 애써 웃으며 통화하던 판성메이는 별안간 감정이 격앙되어 눈물을 줄줄 흘렸다. 목이 메어 다급히 통화를 끝낸 다음, 팔에 얼굴을 묻고 엎드려서 하염없이 울었다. 근처에 있던 점원은 단번에 케이크를 4가지나 주문한 여자에게 괴로운 일이 있나 보다 하고 몰래 속삭였을 것이다.

"성메이 씨…, 무슨 일 있대요?"

"집 구입 문제로 큰 사건이 터졌나 봐요. 말투도 평소와 많이 달랐어요. 궁금해 죽겠네. 모레, 밥을 먹을 수나 있을지 모르겠어요."

"내 느낌엔 성메이 씨가 연기하는 거 같은데? 일거수일투족이 꼭 남들한테 보여주려고 하는 것 같단 말이죠. 너무 폼을 잡아."

"미인이잖아요! 당연히 사람들의 관심을 받고 싶겠죠."

앤디는 취샤오샤오에게 날짜가 변경되었다는 내용의 메시지를 보내고 바오이판에게 물었다.

"집을 사는 데 왜 트러블이 생겨요? 쉽게 설명해 줘요."

앤디는 어머니에게 집중되었던 바오이판의 신경을 다른 데로 돌리는 데 성공했다. 그리고 부동산 재벌 2세인 바오이판은 평범한 사람이 집을 구입할 때 일어나는 사사로운 일화를 앤디에게 얘기하며 그녀의 관심을 끌었다. 앤디는 사례를 하나하나 들어 판성메이의 경우와 비교했다. 모레 식사 자리까지 가지 않아도 현재 벌어진 상황이 대체로 이해되었다. 판성메이는 정말로 사람들 앞에서 왕바이촨을 비난할까? 만약 그렇게 한다면 앤디는 앞으로 지금껏 추잉잉에게 했던 것처럼 판성메이에게도 쌀쌀하게 대하려고 마음먹었다.

추잉잉은 기다리고 기다리던 부모님을 병실에서 만났다. 부모님은 다정하게 안부를 물었다. 당연히 쓴소리도 했다. 추잉잉은 엄마를 끌어안고 통곡하며 눈물을 흘리느라 안부에 답할 틈도 없었다. 간신히 울음을 그친 뒤에야 엄마와 아빠의 말에 귀를 기울였다.

"병실이 깔끔하게 정돈되어 있구나. 대도시에서는 간호사가 병실도 치워주나?"

추잉잉은 판성메이가 알려준 대로 더듬더듬 말했다.

"잉친 어머니가 정리해 주셨어."

"잉친 어머니가 누구니? 가서 인사라도 해야지."

"누군지 지금부터 말할 테니까 혼내지 마. 잉친은 내 남자 친구야. 그쪽 집에서는 날 인정해 주셨어. 잉친은 나하고 같이 있다가 다쳐서 지금 옆 병실에 누워 있어."

추잉잉의 부모님은 갑작스러운 소식에 놀라서 정신이 아득했다. 짧은 몇 마디 안에 엄청난 소식이 담겨 있었던 것이다. 부모님은 딸의 말을 다시 곱씹어 보았다. 아버지가 말했다.

"그동안 말한 적 없었잖아. 어쩌다가 다쳤어? 왜 집에는 연락을 안 했고? 그 청년은 뭐 하는 사람이야? 착한 애가 왜 싸웠어?"

"식당에서 밥을 먹고 있는데 갑자기 몇 사람이 쳐들어오더니 우릴 쫓아와서 때렸어. 잉친은 날 보호하느라 많이 다쳐서 아직 움직이질 못해."

"밥 잘 먹고 있는 사람한테 와서 왜 공연히 행패를 부려? 그 청년은 대체 직업이 뭐야? 누구한테 신세를 졌거나 돈을 빌렸대?"

"잉친은 유능한 컴퓨터 프로그래머이고 IT 기술자야. 정말 착해. 옆 병실에 있으니까 가서 보면 알아."

추잉잉의 아버지가 당장 가보려고 자리에서 일어나자 추잉잉이 다급히 불렀다.

"아빠, 일단 내 말부터 들어. 어서 앉아."

추잉잉의 아버지는 애지중지하는 딸의 말에 화를 가라앉히며 자리로 돌아와 앉았다.

"아빠가 가서 봐야지. 간 김에 그 어머니한테 고맙다고 인사도 드리고. 사람은 경우가 있어야 해. 네가 우리한테 연락도 안 하고 잉친의 어머니가 널 간호하게 하는 건 철이 없는 짓이야. 어른한테 그러면 안 돼. 알겠어? 우리가 왔으니 당연히 가서 감사 인사를 하는 게 먼저고 그만 쉬게 해드려야지. 병실에서 사람 소리가 들리면 와서 볼 텐데 그 전에 가야 해. 사람의 도리가 그런 거란다. 잘 배워 둬. 어서 네 얘기부터 해봐."

아니나 다를까 잉친의 어머니가 옆 병실에서 들리는 울음소리에 놀라서 달려 나왔다. 그녀는 복도에서 추잉잉의 아버지가 딸을 타이르는 말을 듣고 동조의 뜻으로 연신 고개를 끄덕이다가 다시 잉친의 병실로 들어갔다.

추잉잉이 다시 목소리를 낮춰 조곤조곤 말했다.

"난 잉친이 좋아. 꼭 잉친이어야 해. 잉친 가족하고 친해질 수 있게 엄마 아빠가 제발 도와줘. 잉친 아버지는 평범한 근로자고 어머니는 초등학교 교사인데 화목한 가정이야. 잉친은 제 능력으로 좋은 직업을 구했고 벌써 하이시에서 호적도 등록했어. 또 집도 있고 차도 있어. 전부 자기가 번 돈으로 마련한 거야. 정말 훌륭한 청년이라고. 잉친이랑 우여곡절을 겪고 다시 만난 사이니까 아빠 엄마가 꼭 도와줘야 해."

추잉잉의 부모님은 어리둥절해서 서로 얼굴만 쳐다봤다. 부모의 눈에는 예쁘장하고 부족할 게 없는 딸인데 이렇게 애걸복걸하니 허락하지 않을 수 없었다. 아버지는 당부했다.

"그렇지만 너무 저자세를 취하면 안 돼. 계속 머리를 굽히다가는 나중에 그 집에 가서 허리도 못 펴게 될 거야. 너처럼 때 묻지 않은 아가씨가 한 식구가 되겠다는데 그 집에서도 흡족하게 여겨야지."

추잉잉은 가슴이 철렁해서 이불을 홱 젖히며 말했다.

"됐어. 이제 가자. 걸을 수 있어. 벌써 2번이나 가서 잉친을 보고 왔으니까 걱정하지 마. 엄마 아빠만 가면 누군지 못 알아보잖아. 병실을 잘못 찾아갔다가는 웃음거리가 될 거고."

추잉잉의 부모는 다친 딸을 부축해서 길을 안내하게 하는 것이 내키지 않았다. 하지만 추잉잉이 가겠다고 우기는 바람에 하는 수 없이 추잉잉의 어머니가 스툴을 하나 챙겼다. 그렇게 세 식구가 나란히 잉친의 병실로 자리를 옮겼다. 병실 입구에 다다랐을 때 잉잉의 어머니가 중얼거렸다.

"경우를 따지자면 남자 집에서 먼저 여자 집에 찾아와야 하는 건데 여자가 먼저 방문하면 우리 집안을 무시하지 않을까?"

추잉잉의 아버지는 잠시 생각에 잠겼다.

"특수한 상황이잖아. 잉친의 어머니가 여러 날 동안 잉잉을 돌봐주셨는데 그 집에서 먼저 찾아오게 하는 건 도리가 아니지."

잉잉 일가족은 호탕하게 잉친의 병실로 들어갔다. 잉친의 얼굴을 보자마자 한눈에 딸의 말이 틀림없음을 알 수 있었다. 잉친은 예의 바른 인텔리처럼 보였다. 잉잉의 부모님은 그제야 마음을 놓고 잉친의 어머니와 인사를 주고받았다. 잉친의 어머니는 추잉잉을 부축해서 이미 펼쳐 두었던 이동식 침대에 앉혔다. 추잉잉의 부모는 이 모습을 지켜보며 더욱 마음을 놓고 각자 간단히 소개했다.

의례적인 인사를 나눈 뒤에 추잉잉의 아버지는 곧장 본론으로 들어갔다.

"두 아이의 일은…."

"아, 잉친이 퇴원하면 두 분과 상의하려고 했는데 이렇게 오셨으니 잘됐네요. 저희는 밖에 나가서 얘기해요. 여기는 애들끼리 있게 두고요."

추잉잉은 깜짝 놀라서 말리고 싶었지만, 감히 말을 꺼내지 못했다. 잉친은 자기 어머니를 따라 나가는 부모를 속수무책으로 바라보는 추잉잉에게 말을 건넸다.

"걱정하지 마. 우리 집에서는 대세가 이미 정해졌어. 너희 부모님만 반대하지 않으시면 문제없어."

추잉잉은 잉친의 어머니가 부모님에게 무슨 말을 할지 몰라서 가슴이 두근거리고 몸이 떨렸다. 잔뜩 긴장한 눈빛으로 문 쪽을 쳐다보며 말했다.

"세 분이 뭘 상의하고 계실까?"

"왜 이렇게 긴장해. 너희 부모님이 반대하실까 봐? 아니다, 전부 다시 오시라고 해. 우리 앞에서 말씀 나누시게 하자."

"그래, 우리 일인데 대화에서 우리가 빠지면 안 되지. 네 목소리가 크니까 네가 불러."

잉친은 목청껏 그의 어머니를 불렀다. 그러나 3번이나 불렀는데도 대답이 없었다.

"어디 다른 곳으로 가서 자리를 잡으셨나 본데. 됐어, 공연한 걱정이야. 부모님이 우리한테 피해를 줄 일은 없어. 안심해."

추잉잉은 켕기는 게 있어서 도저히 마음을 놓을 수가 없었다. 잉친과 잡담을 하면서도 불안해서 두 눈은 계속 문 쪽을 주시했다. 시간이 한참 흐른 뒤에 잉친의 아버지가 굳은 표정으로 돌아왔다. 회오리바람처럼 병실로 들어온 그는 추잉잉 앞에 철탑처럼 우뚝 섰다.

"잉친 어머니 말씀이 사실이냐?"

추잉잉은 가슴이 덜컥 내려앉았다.

"뭐가?"

"네가 그런 어처구니없는 짓을 정말로 했어?"

추잉잉은 머릿속에서 사이렌 소리가 들리는 듯했다. 가장 우려했던 일이 벌어지고 만 것이다. 그녀는 침울한 표정으로 뒤따라 들어오는 어머니를 봤다. 그 뒤에는 평소와 다름없는 표정의 잉친 어머니가 있었다. 말이 나오지 않았다. 추잉잉의 아버지는 얼이 빠진 딸의 모습을 보고 잉친 어머니의 말이 거짓이 아님을 눈치챘다. 흥분한 아버지는 큼지막한 손을 들어 올려 딸의 뺨을 후려쳤다. 추잉잉의 어머니는 이 광경을 보고 온몸을 던져 남편의 팔을 꽉 붙들었다. 그러나 추잉잉의 아버지는 다른 한 손으로 딸에게 손가락질하며 야단쳤다.

"어릴 때부터 지금까지 태어나면서부터 쭉, 아빠는 너한테 손끝하나 댄 적 없고 몸가짐이 단정해야 한다고 그렇게 가르쳤는데 지금, 이 꼴이 뭐냐…. 이게 무슨 일이냐! 창피해서 고개를 들 수가 없다. 부모를 속일 생각을 하다니, 부끄러운 줄은 알아? 아빠가 알면 야단날 줄 몰랐어? 나하고 네 엄마가 여태 널 어떻게 가르쳤는데, 어? 처신을 똑바로 하고 온순하고 부지런해야 한다고 얼마나 교육했니. 그런데, 넌? 네가 말해 봐. 대체 이게 어떻게 된 일인지 말해, 말하라고!"

추잉잉의 어머니는 속이 시커멓게 타들어 가서 남편을 말렸다. 추잉잉은 얼굴을 감싸고 펑펑 울었다. 눈물이 앞을 가려서 성난 아버지의 얼굴도 또렷이 보이지 않았다. 잉친은 한쪽에서 계속 외쳤다.

"때리지 마세요. 다쳤는데 또 때리시면 안 돼요. 잉잉도 실수한 거알고 있어요."

잉친의 어머니도 근엄하게 말했다.

"잉잉 아버님, 체벌은 거두세요. 더구나 잉잉은 입원 중이고 아직 몸이 성하지 않은데 맞아서 더 심해지면 어떡해요."

추잉잉의 아버지가 소리쳤다.

"가자. 여기서는 남사스러우니까 네 병실로 가."

추잉잉의 아버지는 아내에게 잉친의 어머니를 도와 중상을 입은 잉친을 간호하도록 당부했다. 그러고는 인상을 팍 쓴 채로 추잉잉을 데리고 병실로 돌아갔다.

추잉잉은 감히 반항할 수도 없었다. 아버지의 이런 사나운 모습을 한 번도 본 적이 없었기 때문이다. 그녀는 잉친을 쳐다봤다. 잉친이 애타게 간청했다.

"아버님, 제발 잉잉을 때리지 마세요. 이렇게 빌게요."

추잉잉의 아버지는 흥분해서 콧숨을 세게 쉬며 "좋은 청년이군." 하고는 추잉잉을 데리고 뒤도 돌아보지 않고 나갔다.

추잉잉은 훌쩍거리며 벽을 짚고 자기 병실로 걸어갔다. 추잉잉이 병실로 막 들어가는데 아버지가 그녀를 사뿐히 들어 안아 침대 위에 조심스럽게 눕혔다. 놀라고 당황한 추잉잉은 어찌할 바를 모르고 속눈썹에 눈물이 대롱대롱 맺힌 채로 아버지를 빤히 쳐다봤다. 아버지가 손을 내밀자 추잉잉은 겁을 먹고 황급히 고개를 돌려 피했다.

아버지가 한숨을 쉬며 말했다.

"많이 아팠지? 아빠는 가슴이 찢어졌어. 지금은 그렇게 할 수밖에 없었다. 어디 얼굴 좀 보자."

추잉잉은 동그랗게 떴던 눈을 더 크게 뜨고 얼이 빠진 사람처럼 멍하니 있었다. 아버지는 딸의 뒤통수를 손으로 받치고 얼굴을 돌리며 꼼꼼히 살폈다.

"잉친 집에서는 네가 눈에 차지 않나 보다. 단정하지 않다고 여기는 거 같아. 아빠도 너한테 화가 많이 나지만 넌 나쁜 애가 아니잖아. 아마 잠깐 정신이 해이해져서 실수를 했다고 봐. 그렇지만 아빠는 우리가 인간의 도리를 아는 사람이란 걸 그쪽 집에 보여 줘야 할 것 같아서 일부러 너한테 험악하게 했어. 젊은 사람은 실수도 할 수 있어. 한 번 실수는 용서할 수도 있고. 당연히 용서해야지. 같은 실수를 두 번 하지만 않으면 돼. 아빠는 부득이하게 그쪽 집 사람들 보다 훨씬 모질게 널 꾸짖어야만 했어. 마음은 아프지만 널 위해서 어쩔 수 없었다. 이해하지?"

추잉잉은 알 듯 모를 듯 했지만, 고개를 끄덕였다. 눈물이 또 폭포수처럼 쏟아졌다.

아버지는 빨갛게 부어오른 딸의 뺨을 쳐다보며 묵직하게 탄식했다. 딸의 울음소리가 차차 잦아들자 다시 말을 시작했다.

"너하고 잉친 일은 이미 얘기가 끝났어. 어차피 양쪽 집안에서 허락했으니 결혼을 서두르는 게 좋아. 말이 나왔을 때 해야지 일을 길게 끌면 문제가 생길 수 있거든. 다만 잉친 집안에서 구실 삼아 선수를 쳐 둔 게 있어서 우리가 좀 곤란하긴 해. 그래도 잉친이 널 아껴서 다행이야."

아버지가 잉친을 두둔하자 추잉잉은 울음을 뚝 그치고 귀를 쫑긋 세워 집중했다.

"아무튼, 걱정하지 마. 잉잉. 아빠가 왔으니 일은 문제없이 잘 진행될 거야."

추잉잉은 여전히 멍한 표정으로 고개를 끄덕이며 잠시 생각하다가 더듬더듬 말을 시작했다.

"잉친 어머니는 잉친 아버지 말씀을 잘 따라. 아버지가 날 마음에 들어 해서 어머니도 더 이상 반대는 안 하셨어."

아버지는 고개를 숙이고 깊은 생각에 잠겼다.

정오가 되어 아버지는 추잉잉이 알려준 곳에 가서 점심 식사를 풍성하게 사 왔다. 잉친 가족에게도 식사를 갖다 주고 추잉잉의 어머니한테 같이 점심을 먹게 병실로 돌아가자고 했다.

잉친의 어머니는 공손하게 허리를 약간 앞으로 숙이며 말했다.

"죄송해서 어쩌죠. 아직 두 집안이 결혼을 확정한 것도 아닌데 이렇게 받아도 되는지 모르겠네요."

"아이고, 별말씀을 다 하십니다. 저야말로 그동안 우리 잉잉을 보살펴 주신 보답을 제대로 못 했습니다."

"하하, 그럼 이번에만 받겠습니다. 잉잉 어머니는 이미 퇴직하셔서 딸이 퇴원하고 건강을 회복할 때까지 여기서 간호하시겠다고 하시더군요. 그래서 말인데, 식권을 두 집이 같이 사용하면 어떨까요? 비용은 잉친이 부담할 거고요."

"그건 도리가 아닙니다. 저희도 공짜 밥을 먹을 수는 없지요. 이렇게 합시다. 일단 오늘 여기 일을 마무리해놓고 내일 다시 고향으로 가서 잉친 아버님을 뵙겠습니다. 옛말에 결혼은 부모와 중매쟁이가 결정한다고 하지 않습니까. 아버지끼리 만나서 술이나 한 잔 하면서 상의하고 결정하겠습니다."

잉친의 어머니는 약간 놀랐지만 이내 고개를 끄덕였다.

"그게 정도지요"

추잉잉의 아버지는 한숨을 돌리며 아내를 데리고 나갔다. 잉친이 물었다.

"이미 결정한 거 아니었어요?"

"아직은 아니지. 두 아버지가 직접 만나서 결정해야지. 결혼이 인생에서 얼마나 중요한 일인데. 애들 장난이 아니잖아. 자, 먹자. 동향이라 입맛이 비슷해서 메뉴도 입에 잘 맞는구나. 밥 먹고 나서 내가 불러주는 말을 그대로 아버지한테 메시지로 보내. 먼저 안부부터 전하고. 경우가 바른 사람들이라서 말은 잘 통하겠어."

추잉잉은 잉친의 아버지가 관쥐얼을 자신으로 오해하고 있다는 사실을 아버지한테 알릴 수 없었다. 아버지가 모르니 오히려 마음은 더 편했다.

앤디가 먼저 식당에 도착했다. 식당은 환락송 아파트 근처였다. 앤디는 집에 들러 핸드백을 놓고 왔는데도 약속 시각이 넉넉히 남았다. 가정식 요리를 하는 식당 내부는 깔끔했다. 한눈에 봐도 가격이 터무니없이 높은 식당은 아니었지만 상하이 요리 중에서 자신 있게 선보이는 대표 메뉴 몇 가지는 있었다. 이렇게 모임 목적에 딱 알맞은 식당은 거리를 휩쓸고 다니는 판성메이만 찾을 수 있는 곳이었다.

두 번째로 도착한 사람은 취샤오샤오였다. 취샤오샤오가 들어오자 룸 안은 어수선해졌다.

"혼자야? 귀염둥이 쥐얼은 같이 안 왔어? 손 좀 치워. 언니는 다 예쁜데 손가락 관절이 굵더라. 꼭 막일꾼 손 같잖아. 흠… 어디 보자."

앤디는 취샤오샤오를 향해 웃으며 왼손을 들어 올려 손등을 보였으나 취샤오샤오한테 핀잔만 듣고 뾰로통해서 손을 내렸다.

"쥐얼은 지금 따로 오고 있어."

취샤오샤오는 앤디 옆에 풀썩 앉으며 그녀의 왼손을 끌어당겼다.

"다이아몬드 빛깔이 좋아. 세공도 훌륭하고 브랜드 제품이네. 역시 바오 사장님은 통이 크셔. 결혼하기로 했어? 결정했으면 나한테 밥 사. 내가 두 사람을 커플로 맺어줬잖아. 반지 구경은 내가 처음이야? 아니겠지? 어쨌든 밥 사."

"다음에 이판 씨가 오면 다들 시간이 되는지 물어볼게."

"나만 따로."

"너 혼자서 우리 커플이랑 만나면 엄청 지루할걸. 어쨌든 너한테 사례는 꼭 할게. 됐지?"

"그럴 수도 있겠네. 언니, 쥐얼이 언니한테 경찰 오빠 얘기했어?"

"내가 결혼을 왜 승낙했는지는 안 궁금하고? 아니면 이판 씨가 왜 별안간 청혼했는지는?"

"언니네 커플은 이제 흥미 없어. 앞으로 어떻게 될지는 아마 발가락도 알 거야. 천천히 차나 마셔. 아무래도 쥐얼이 누구랑 같이 올 거 같아. 입구에 나가서 지켜봐야지."

앤디는 어이가 없어서 밖으로 나가는 취샤오샤오를 쳐다보기만 했다. 가십거리를 좋아하는 취샤오샤오는 시에빈이 결코 만만치 않은 사람임을 알면서도 손발을 가만히 두지 못하고 들썩였다. 앤디는 그런 취샤오샤오를 보며 혀를 내둘렀다. 도대체 어디서 그런 에너지가 솟아나는지 궁금할 뿐이었다.

취샤오샤오는 룸을 나가서 수술실에 발이 묶여 있는 자오치펑에게 보낼 메시지를 입력했다.

'앤디 언니가 약혼반지를 받았어.'

그러나 다시 곰곰이 생각하다가 내용을 삭제하고 보내지 않았다. 그녀는 입을 뾰로통하게 내민 채로 잠시 넋을 놓고 있더니 이내 활기를 되찾았다.

취샤오샤오는 거리 쪽으로 난 창가에 앉았다. 노땅처럼 촌스럽게 손을 잡고 걸어오는 관쥐얼과 시에빈은 금방 눈에 띄었다. 봄바람이 살랑거리고 온 도시의 거리마다 화려한 꽃들이 만발한 그때, 두 사람은 애정이 뚝뚝 묻어나는 눈빛을 교환하고 있음에도 어쩐지 희뿌옇

게 나뒹구는 먼지 속에 파묻혀 있는 것처럼 보였다. 두 사람이 뜨겁게 사랑하는 중이라는 걸 아무도 눈치채지 못할 정도로 칙칙한 분위기를 풍겼다. 취샤오샤오는 특히 시에빈을 눈여겨보며 생각했다. 찢어지게 가난한 농촌 출신에 부모에게 버림받고 계부의 집에서 얹혀 살며 어른이 된 남자, 언젠가 그의 과거가 세상에 드러나지 않을까? 만약 그런 일이 일어나지 않는다면 저 남자는 대단히 무서운 사람일 것이다.

길을 건너는 시에빈의 모습은 도시의 여느 청년들처럼 편안하고 여유로워 보였다. 관쥐얼을 보호하려는 몸짓은 딱히 없었다. 사실 관쥐얼도 다른 사람의 보호는 필요 없었다. 취샤오샤오는 자신과 자오치펑의 데이트 장면을 반추했다. 자오치펑은 항상 그녀를 한쪽 팔로 껴안고 길을 건넜다. 차가 왼쪽에 있으면 그가 왼쪽에 서고 차가 오른쪽에 있으면 자리를 오른쪽으로 옮겼다. 그렇게 보호를 받는 느낌은 매우 특별했다. 취샤오샤오는 하이시에서 태어나서 자랐고 뉴욕에서 유학 생활을 한 터라 야생을 경험한 적이 없었다. 그녀는 길을 건널 때마다 사랑스럽게 자오치펑의 품에 안겨서 자상한 보살핌을 받았다. 취샤오샤오는 그렇게 보호를 받는 느낌을 무척 좋아한다. 취샤오샤오는 생각만으로도 입꼬리가 위로 올라가서 얼굴에 미소가 피었다. 취샤오샤오조차도 거부할 수 없는 그런 느낌을, 하물며 관쥐얼이 좋아하지 않을 리가 있을까.

잠시 후, 환락송 아파트 방향에서 종종걸음으로 다가오는 판성메이와 식당 오른편에 심어진 나무 아래에 서 있는 왕바이촨이 눈에 들어왔다. 취샤오샤오는 눈을 반짝이며 두 사람의 움직임에 집중했다. 그때 왕바이촨이 판성메이를 발견했는지 손가락을 닭발처럼 펴서 손가방을 꽉 틀어쥐고는 불안한 표정으로 한쪽을 주시했다. 판성메이는 왕바이촨을 발견하지 못한 게 분명했다. 판성메이는 짧은 치마에 단화를 신고 있었다. 모두 새 제품인 것 같았다. 낯빛은 환하고 좋아 보였다. 관쥐얼 커플보다 시선을 사로잡는 포인트가 많았다. 작은 가방을 아무렇게나 들고 길을 걷는 모습조차도 멋스러웠다.

취샤오샤오는 무심결에 같잖은 감정을 표정으로 드러내며 판성메이의 전신을 빠르게 한번 스캔했다. 단번에 옷과 신발 가격의 총액을 짐작할 수 있었다. 그때 갑자기 주의력이 분산되면서 취샤오샤오의 눈길이 관쥐얼에게로 옮겨갔다. 관쥐얼 커플은 이미 식당 입구에 도착해 있었다. 시에빈이 말을 주절주절하며 관쥐얼에게 편지를 건넸다. 취샤오샤오의 눈이 또 반짝였다. '저 편지가 두 사람이 작성해서 서로 교환하기로 합의했다던 그것일까?' 취샤오샤오는 발을 동동 구르며 흥분을 감추지 못했다. 당장 달려들어 편지를 낚아채고 싶은 마음이 굴뚝같았다. 편지를 손에 넣을 방법을 궁리하느라 눈동자를 데굴데굴 바쁘게 굴렸다.

취샤오샤오는 관쥐얼이 안으로 들어오기를 조급하게 기다렸다. 그런데 관쥐얼은 문밖에서 시에빈에게 재차 사정을 설명하며 사과하고 있었다. 그녀는 야근하느라 약속한 글을 완성하지 못했던 것이다. 두 사람의 대화는 주거니 받거니 하며 계속되었다. 취샤오샤오는 판성메이가 어디까지 왔는지 또 힐끗 보았다. 취샤오샤오는 혼자 마음이 급해서 주문을 외듯 중얼중얼했다.

"쥐얼, 빨리 안 들어오고 뭐 하니? 네가 밖에 있으면 성메이 언니가 바이촨 오빠를 피할 수도 있단 말이야. 이 훼방꾼아, 성메이 언니랑 바이촨 오빠가 정면으로 맞닥뜨려야 불꽃이 일어서 오늘 볼거리가 생긴다고. 알아?"

그 사이 판성메이는 순식간에 빠른 걸음으로 성큼 다가와서 이별을 아쉬워하며 손을 놓지 못하는 관쥐얼과 시에빈을 금방 따라잡았다. 실망한 취샤오샤오는 자리에서 벌떡 일어나 룸으로 들어갔다. 이런 상황이라면 오늘 관전 포인트는 과연 어떻게 될까?

룸으로 들어가니 앤디가 휴대폰으로 영상을 보고 있었다. 취샤오샤오가 물었다.

"뭐 봐?"

취샤오샤오는 앤디의 옆자리에 앉으며 잠시 기억을 되돌렸다.

"내가 직접 시에빈 오빠 고향에 가지 않고, 아니야, 내가 직접 고향에 가서 시에빈 오빠의 실체를 보고 왔는데도 내 정보가 틀렸다고 의심한단 말이지."

"내가 고아원에서 자란 사람처럼 보여?"

"당연하지. 언니는 아주 쌀쌀맞잖아. 중요한 순간에 냉정해져. 결단력도 있고. 딱 보면 어릴 때 맘고생한 티가 나."

앤디는 뜻밖의 말에 놀라서 고개를 들고 취샤오샤오를 보며 단호하게 말했다.

"그래도 어쨌든 난 좋은 사람이야."

"언니랑 비교하지 말라니까."

취샤오샤오는 밖에서 인기척이 들리자 바로 문 쪽으로 고개를 돌렸다. 앤디는 눈을 동그렇게 뜨고 황당해하다가 이내 생각을 정리했다. 취샤오샤오의 결론을 인정할 수 없었다. 왜냐하면 앤디가 아는 다른 고아들은 그녀와 똑같은 특징을 지니지 않았기 때문이다. 앤디는 안심했다.

문밖에 있던 사람들이 차례로 들어왔다. 판성메이가 가장 먼저 들어오고 관쥐얼이 뒤를 따랐다. 마지막을 들어온 사람은 왕바이촨이었다. 취샤오샤오는 분위기상 판성메이가 밖에서 왕바이촨을 외면

했다고 판단했다. 취샤오샤오가 히죽거리며 장난을 걸었다.

"오빠는 오늘 청일점이니까 술 따르고 차 따르는 건 전부 오빠 담당이에요."

먼저 들어온 판성메이는 왕바이촨이 대답할 틈도 주지 않고 생글 웃으며 인사했다.

"와, 다들 일찍 왔네. 방금 시에빈 씨도 초대했는데 안 오겠대."

"시에빈 오빠가 어째서 사양했을까. 아까 보니까 귀염둥이 쥐얼을 여기까지 데려다주고는 헤어지기 아쉬워서 발걸음을 못 떼던데. 분명 쥐얼이 그냥 가라고 눈치를 줬을 거야."

취샤오샤오는 애매한 눈빛으로 관쥐얼을 한번 훑어봤다. 관쥐얼이 어리둥절해 하자 그녀는 의미심장한 미소를 지어 보였다. 그러고는 고개를 돌려 앤디를 쳐다보며 사연을 가득 실은 눈짓을 보냈다. 관쥐얼은 마음이 뒤숭숭해졌다. 취샤오샤오의 표정 뒤에 숨은 의미가 무엇인지 궁금했다. 그러다가 문득 취샤오샤오가 시에빈의 고향에 가서 무언가를 알아냈기에 저렇게 얄궂은 표정을 지었다는 생각이 들었다.

취샤오샤오는 마른기침을 하며 표정을 자연스럽게 풀었다.

"성메이 언니가 주인공 자리에 앉아. 오늘은 언니가 쏘는 거니까 체면 차리지 마."

판성메이가 웃으며 말했다.

"쑥스럽네. 그럼 염치 불고하고 그렇게 하겠습니다."

판성메이는 관쥐얼을 데리고 가서 나란히 앉았다. 외면당한 왕바이촨은 룸 입구 쪽에 있는 주인공 자리의 맞은편 자리에 앉았다.

취샤오샤오는 실실 웃으며 눈앞의 상황을 한 장면도 놓치지 않고 주시했다. 왕바이촨이 자리에 앉자 그녀의 눈길은 또 관쥐얼에게로 향했다. 뜻밖에 관쥐얼이 미심쩍은 눈초리로 그녀를 응시하고 있었다. 당황한 취샤오샤오는 눈길을 거두고 딴전을 피우며 말꼬리를 돌렸다.

"주문은 누가 해? 누가 주문할 거야? 난 시금치로 만든 거 먹을래."

취샤오샤오는 원래 거침이 없고 뒤로 물러나거나 움츠리는 법도 없다. 그러나 오늘따라 몸을 사리는 취샤오샤오의 모습이 관쥐얼을 더욱 불안하게 했다. 시에빈에게 무슨 문제가 있는 걸까? 관쥐얼은 자기도 모르게 가방에 든 편지를 만지작거렸다. 취샤오샤오는 초조해하는 관쥐얼의 표정을 고스란히 눈에 담았다. 관쥐얼과 취샤오샤오는 이렇게 말없이 눈빛과 몸짓으로 남몰래 서로를 간파했다.

앤디는 판성메이와 함께 메뉴판을 보며 생선찜 하나를 골랐다. 판성메이는 꽤 많은 요리를 종업원에게 주문했다. 관쥐얼이 급하게 끼어들었다.

"언니, 그 정도면 충분해. 우리 겨우 몇 명밖에 안 되는데 오늘 밤에 다 먹지도 못하겠어. 많이 시키면 돈만 아깝잖아."

판성메이가 웃었다.

"오늘은 너희가 나를 위해서 많이 먹어야 해."

판성메이는 마지막으로 새우튀김 한 접시를 추가하고 주문을 마쳤다.

취샤오샤오는 빈틈을 놓치지 않고 왕바이촨에게 물었다.

"둘이 싸웠어요?"

왕바이촨은 대답을 얼버무리며 화제를 돌렸다.

"이탈리아 쪽 하고 상담한 건 어떻게 됐어요? 확정했어요? 진행할 거면 미리 생산 계획을 짜려고요."

취샤오샤오는 여우처럼 웃었다.

"보통 문제가 아닌가 보네. 오빠, 겁먹지 말아요. 내가 방어해 줄 게요."

취샤오샤오는 태연했고 판성메이는 어처구니없이 쳐다봤다. 한마디도 하지 않고 보고만 있던 앤디는 문득 자신의 이런 무뚝뚝한 면 때문에 냉정하다고 하는지 궁금해졌다. 사실 틀린 말도 아니었다. 앤디는 여태껏 주변에서 무수히 일어나는 작은 마찰에 관심이 없었다. 마치 신경이 둔한 사람 같았다. 그도 그럴 것이 어렸을 때 큰 충격을 워낙 많이 받아서 어지간한 갈등에는 대체로 무덤덤했다. 관쥐얼은 목소리를 냈다가 취샤오샤오를 자극할까 봐 두려워서 잠자코 있었다. 테이블에 앉은 사람 중에서 취샤오샤오만 활기가 넘쳤다. 취샤오샤오는 "엥?" 하며 좌우를 두리번거렸다.

"성메이 언니, 할 말 있으면 지금 해. 오늘 초대한 이유가 있다고 했잖아."

"음식 나오면 먹으면서 할게."

판성메이는 미소를 지었다.

"언닌 부쩍 긴장한 거 같은데. 얼굴도 실룩거리고. 오빠, 잘 좀 해요. 음식 나올 때까지 핑곗김에 밖에 나가서 산책이나 한 바퀴 돌고 오든가. 여기서 서로 멀뚱멀뚱 쳐다보면서 기다리지만 말고요. 언니 숨넘어간단 말이에요."

앤디는 고개를 돌려 웃음을 참았다. 왕바이촨은 취샤오샤오를 보며 마지못해 웃었다. 판성메이는 리 사장과 식사를 함께 했던, 그날 저녁이 생각났다. 그날도 왕바이촨은 리 사장 앞에서 꾹 참고 있기만 했다.

"그래, 얘기할게."

판성메이는 두 손을 가슴 앞에 가지런히 모으고 여전히 아름답게 미소를 지었다.

"지난 반년은 내 인생에서 가장 힘들었던 시간이야. 알다시피 그 반년 동안 우리 집안이 발칵 뒤집히는 일이 꽤 많았지. 다행히도 너희들이 있어서, 잉잉을 포함해서 너희들 모두가 실질적인 도움도 주고 정신적으로도 힘이 되어 줘서 내가 이겨낼 수 있었어. 모두 정말 고마워. 오늘 초대는 너희들에게 감사하는 마음을 전하는 자리야. 앤디는 지금 건강상 외식을 자제해야 하고 샤오샤오는 오늘도 출장 갔다가 바로 여기로 올 만큼 바쁘고 피곤한데도 참석했어. 쥐얼은 늘 하던 야근을 미루고 바이촨은 그 많은 접대를 물리치고 여기로 왔지. 너희들 덕분에 체면이 살았어. 모두에게 고맙다는 말을 꼭 하고 싶었어."

63

모두 체면 차리지 말라고 한마디씩 했지만 취샤오샤오만은 말이 없었다. 그녀는 턱을 괴고 판성메이를 쳐다보며 다음 말을 기다렸다. 그런데 아무리 기다려도 판성메이는 더 이상 말이 없었고 방금 나온 요리를 모두에게 권하기만 했다. 안달이 난 취샤오샤오가 말했다.

"성메이 언니, 난 언니 체면 세우려고 온 게 아니야. 언니가 바이촨 오빠한테 어떻게 하는지 보려고 왔거든. 두 사람 지금 사이가 안 좋잖아. 시원하게 얘기 좀 해 봐."

앤디가 차분하게 취샤오샤오에게 말했다.

"그런 계획은 없어. 긁어 부스럼 만들지 마."

"누가 계획에 없대? 한 사람은 공격할 준비, 다른 한 사람은 방어할 준비하고 있는 거 못 봤어? 지금 폭풍전야잖아. 다들 긴장해, 곧 달려들 거야. 그게 아니라면 왜 아직까지 아무도 언니 약혼반지를 언급하지 않을까? 이렇게 눈에 띄게 반짝이는 반지를 말이야. 난 들어오자마자 눈길이 확 사로잡혔는데."

모두의 시선이 앤디의 왼손에 집중되었다. 앤디는 아예 왼손을 다시 들어 손등을 보였다.

"조금 전까지 손을 내리고 있어서 쥐얼도 못 봤어. 괜한 소란 피우지 마."

"그러게, 왜 쥐얼도 못 봤을까? 쥐얼, 시에빈 오빠랑 헤어질 때 무슨 얘기 들었어?"

취샤오샤오는 곧장 자기가 가장 관심 있는 포인트로 화제를 돌렸다. 그런데 속눈썹을 몇 번 깜빡이더니 이내 판성메이를 따라서 그녀와 거의 동시에 소리쳤다.

"와, 다이아몬드 크기가 굉장해."

당연히 판성메이는 듣기에 적당한 톤으로 외쳤지만 취샤오샤오는 한껏 과장한 말투로 외쳤다. 룸 안의 사람들 중에서 가장 난처한 사람은 왕바이촨이었다. 그도 그랬지만 관쥐얼의 낯빛도 어두웠다.

판성메이는 시에빈이 관쥐얼의 손에 쥐여준 편지를 금방 떠올렸다. 취샤오샤오에게 남의 아픈 곳을 찌르는 비상한 재주가 있음을 잘 알기에 황급히 대화의 흐름을 바꿨다.

"샤오샤오, 이 반지는 무슨 브랜드야? 상표가 안 보여서 뭔지 모르겠어. 네 예리한 눈으로 확인해 봐."

앤디는 관쥐얼에게 대놓고 말했다.

"샤오샤오한테 속아 넘어가지 마. 지금 너 떠보는 거야."

"언니가 뭘 안다고 그래? 내 배 속에 사는 회충도 아니면서."

"넌 아직도 배 속에 회충을 키우니? 제발, 저리 멀리 좀 떨어져."

"언니가 회충이지. 전부 언니랑 떨어져 앉았잖아. 언니랑 가장 가까운 건 대장, 소장, 똥, 하하하."

취샤오샤오는 깔깔거리며 관쥐얼에게로 시선을 돌리더니 갑자기 웃음기를 싹 거두고 진지한 표정을 지었다.

"쥐얼, 넌 내가 해코지할까 봐 줄곧 의심했어. 그러지 않는다고 했는데도 날 못 믿었고. 좀 전에 네가 들어올 때 시에빈 오빠의 편지를 쥐고 있길래 일부러 떠본 거 맞아. 네가 또 날 오해할지 궁금했거든. 결론은 다른 사람들은 아무렇지도 않은데 너만 생각이 복잡해. 넌 아직도 내가 너와 시에빈 오빠 사이를 이간질할까 봐 걱정하고 있지? 너한테 실망이지만 어쩌겠어. 네 일에 상관하지 않을 테니까 마음 졸이지 마. 하지만 너의 이런 태도는 네가 시에빈 오빠한테 자신감이 없다는 뜻 아니야?"

"연애하면 누구나 일희일비하기 마련이야. 그런 사소한 일로 물고 늘어지지 마. 쥐얼은 경험이 부족해서 걱정이 많을 수도 있어."

판성메이가 대범하게 끼어들었다. 평소 같았으면 되도록 취샤오샤오의 심기를 건드리지 않으려고 피하고 길에서도 마주치지 않으려고 돌아서 가던 그녀였다. 그런데 오늘은 어쩐지 용기가 나서 한마디 거들었다.

앤디는 얼굴이 붉게 타오른 관쥐얼을 위해 가장 직접적인 방법을 썼다. 대꾸하려고 입술을 달싹이는 취샤오샤오의 입을 배시시 웃으며 손으로 틀어막았다.

"네가 쥐얼을 얼마나 아끼는지는 내가 가장 잘 알지. 남몰래 마음을 많이 쓰는 것도 내가 증명할 수 있어. 쥐얼은 이래저래 걱정이 많아서 널 서운하게 했겠지만 모두 소통이 부족해서 벌어진 일이야. 네가 스스로 인정했듯이 일부러 오해를 살 행동도 했고. 이제 정리됐지? 우리 시시콜콜 따지지 말자. 고개를 끄덕하면 놔줄게."

취샤오샤오는 앤디의 손바닥 아래에서 꿈틀거리며 꽥꽥거리듯이 말했다.

"내가 이 더러운 손을 치울 힘이 없어서 당하고 있는 줄 알아? 언니 배 속 아기한테 해로울까 봐 걱정돼서 참는 거야."

앤디는 웃으며 손을 내렸다. 취샤오샤오는 앤디에게 버럭 성을 냈다.

"언니는 늘 나보다 쥐얼을 더 아껴. 앞으로도 이런 식이면 계속 쥐얼을 괴롭힐 거야."

앤디만 계속 깔깔 웃었다. 다른 사람은 각자 자기 고민에 빠져서 웃을 기분이 아니었다. 그런 가운데 관쥐얼이 일어서서 찻잔을 들며 말했다.

"샤오샤오, 미안해. 내가 잘못했어. 용서해…. 나는…, 네 말이 맞아. 사실 자신감이 없어. 지금 상황이 너무 완벽해서 걱정스럽고 현실 같지 않아."

이때 테이블에 앉은 모든 사람의 표정이 처음으로 일치했다. 다들 놀란 토끼 눈을 했다. 때마침 앤디의 휴대폰이 울리면서 시간이 멈춘 듯 얼었던 분위기가 깨졌다. 앤디는 바오 회장의 전화를 받았다. 바오 회장이 말했다.

"오늘 오후에 아들이랑 통화했는데 얘기가 아주 잘됐어. 다 네 덕분이다."

"이판 씨한테 들었어요. 두 분의 진심이 변한 건 아니었잖아요. 전 살짝 거들었을 뿐이에요. 언제 돌아가세요? 이판 씨가 굉장히 바쁘다고 하던데요."

"바빠도 괜찮다. 젊은 사람은 단련을 해야지. 지금은 마음이 아주 편안해. 며칠 더 푹 쉬고 옛 친구들도 좀 만나고 공도 쳐야겠어."

"그렇게 하세요."

"고맙다. 가족끼리는 서로를 위하는 마음이 무엇보다 중요해. 바쁜데 일 보거라. 참, 너 주려고 페라리 1대 주문했다. 결혼 선물이야. 그런데 차가 도착하면 아마 이판이 주로 사용할 거 같아. 걔가 슈퍼카를 좋아하잖아. 하하. 다음에 보자."

앤디가 전화를 받는 동안 취샤오샤오는 관쥐얼에게로 다가가서 그녀를 자리에 앉히고 사과했다. 취샤오샤오의 눈길은 자연스레 관쥐얼의 가방으로 향했다. 취샤오샤오는 가방 안에 든 편지가 궁금했다. 편지를 읽어보고 싶어서 좀이 쑤셨지만, 얌전히 있기로 했다. 취샤오샤오가 다시 제자리로 돌아오는 사이에 앤디는 통화를 금방 끝냈다.

"벌써 끊었어?"

취샤오샤오는 공연히 한마디 물었다.

앤디는 "응." 하고 대답하고는 머리를 흔들며 덧붙여 말했다.

"내가 또 속았어."

"날 왜 그런 눈으로 봐? 바오 부자 때문에? 반격하고 싶으면 말만 해. 아이디어는 무궁무진하니까 도와줄게."

취샤오샤오는 손바닥을 탁탁 털며 앤디 앞에서 흔들어 보였다.

"진짜로 화났어?"

"아니, 재밌어서. 아버지가 아들한테 환심은 사고 싶은데 체면은 깎이기 싫어서 내 결혼 선물이라는 빌미로 페라리를 주문했어. 쳇, 차 나오면 하이시에 두고 아무도 손도 못 대게 할 거야."

왕바이촨이 의아한 눈빛으로 쳐다보자 앤디가 설명했다.

"바오 집안 얘기예요."

왕바이촨은 모두 판성메이 편만 들고 자신은 본체만체할 줄 알았다. 그런데 뜻밖에도 앤디가 친절하게 먼저 말을 건네자 자기도 말을 섞었다.

"다들 오늘 모임이 꽤 소란할 줄 알았을 텐데 지금 분위기 좋네요. 두 분 축하드려요."

"무슨 일이든 소통을 많이 해야 복잡한 문제도 쉽게 풀려요. 합리적인 범위 안에서 먼저 한발 양보하면 손해 볼 일도 적죠. 그러면 대부분은 순조롭게 해결돼요. 크게 걱정할 것도 없죠."

왕바이촨이 음료 잔을 들며 말했다.

"좋은 말씀 감사해요. 도움이 됐어요."

앤디가 놀라며 말했다.

"바이촨 씨한테 한 말이 아니에요. 바오 집안 문제예요."

판성메이가 웃으며 말했다.

"공교롭게 상황이 딱 들어맞았네. 왕바이촨, 지난 반년 동안 진심으로 너무 고마웠어. 너한테 특별히 고마운 마음을 전하려고 오늘 초대한 거야. 우리 둘만 있으면 진지한 말이 안 나오고 또 내가 성질을 부리면 말을 못 할 거 같아서 22층 친구들을 감시자로 초대했지. 그동안 넌 내 정신적 지주나 마찬가지였어. 오빠가 사고를 치고, 아빠가 뇌졸중으로 쓰러지고, 또 오빠가 감옥살이하고, 엄마가 길에서 구걸하고, 여러 가지 일들이 많았는데, 그렇게 막다른 길에 몰릴 때마다 난 너만 찾았어. 네가 있어야만 내 모든 짐을 떠넘길 수 있었거든. 하지만 난 한 번도 네 입장을 생각해 보지 않았어. 내가 무슨 자격으로…."

모두 깜짝 놀라서 완전히 굳어버렸다. 취샤오샤오도 판성메이에 대한 개인적인 감정을 거두고 진지하게 그녀의 말을 들었다. 취샤오샤오는 판성메이가 마지막에 무슨 말을 할지 예측할 수 없었다. 어쨌든 지금까지 한 말은 모두 분명한 사실이었다. 판성메이의 눈가에 눈물이 맺혀 반짝였다. 그녀는 등을 돌리며 잠시 말을 멈췄다. 이번만은 결코 가식이 아니었다. 하지만 무슨 이유일까? 집 문제 때문일까? 취샤오샤오는 줄곧 경계심을 늦추지 않았다.

가장 충격을 받은 사람은 당연히 왕바이촨이었다. 그는 판성메이가 22층 아가씨들 앞에서 자신을 비난하고 만신창이로 만들 거라고 예상했지 이렇게 뜻밖의 얘기를 듣게 될 줄은 꿈에도 몰랐다. 정말로 상상조차 못 한 일이었다. 그는 놀라서 목소리도 나오지 않았다. 판성메이는 돌아앉아서 한참이나 눈물을 훔쳤다. 왕바이촨이 마침내 입을 열었다.

"나는…, 당연히 할 일을 한 거야. 매번 썩 잘하지 못해서 항상 미안했지. 22층 친구들의 도움이 더 컸어. 네가 감사할 사람은 친구들이야."

판성메이는 감정을 추스르고 손거울을 꺼내 얼굴을 비췄다. 머리를 가볍게 매만진 뒤에 다시 고개를 돌려 말을 시작했다. 취샤오샤오는 그 모습을 보고 저도 모르게 웃음이 나서 말을 가로챘다.

"하하, 성메이 언니가 새 옷으로 차려입었길래 그러려니 했는데 작은 동작 하나까지 신경 쓰는 걸 보니 역시 언니다워. 계속 얘기해 봐."

판성메이는 머쓱해했지만 감정은 차분했다.

"그래, 계속할게. 왕바이촨, 너는 나랑 동갑이고, 출신도 같고, 나처럼 하이시에서 자리를 잡으려고 아등바등하며 살아. 너나 나나 처지가 똑같은데 난 왜 너한테 그렇게 많은 요구를 했을까. 내가 이룰 수 없는 일들을 모두 너한테 미루고 내가 만족할 때까지 네가 해내길 강요했어. 그런데 이제야 깨달았어. 난 널 내 목숨을 유지할 지푸라기로 여기면서 죽도록 붙잡고 있었던 거야. 널 구속해서 미안해. 너한테 엄청난 마음의 빚을 졌어."

"넌… 너한테는 내가 꼭 필요했고 넌 날 존중했어."

"아니, 너 말고는 다른 사람이 없었던 거야. 사람을 그렇게 쉽게 만날 수 있는 건 아니니까. 누구나 자기가 더 잘살게 되길 바라지 남에게 도움을 주기를 원하는 사람은 드물잖아. 그런데 너처럼 이렇게 좋은 사람을 만날 줄은 몰랐어. 다 내 복인 것 같아. 왕바이촨, 넌 날 위해서 궂은일도 마다하지 않았는데 난 널 힘들게만 했고 네 부모님까지 고생시켰어. 널 놓치지 않으려고 터무니없는 짓도 많이 했지. 미안해. 널 이렇게 이용하면 안 되는 거였는데. 아무래도 미쳤었나 봐. 정말 미안해."

왕바이촨은 말이 없었다. 앤디는 먼저 취샤오샤오 쪽으로 고개를 돌렸다. 앞으로 벌어질 일을 예상하고 취샤오샤오에게 확인하려는 의도였다. 취샤오샤오도 눈을 똥그랗게 뜨고 왕바이촨을 보고 있었다. 관쥐얼은 취샤오샤오보다 더 놀란 듯했다. 앤디는 확인할 길이 없었다. 룸 안은 고요했다. 한참이 지난 뒤에야 왕바이촨이 겨우 말을 시작했다.

"네 말 알아들었어…."

"안 돼요, 이렇게 금방 수긍하지 마세요."

취샤오샤오는 손을 뻗어서 왕바이촨을 말렸다.

"성메이 언니, 바이촨 오빠는 내 고객이야. 난 친구보다 고객이 더 중요해서 언니한테 실례 좀 해야겠어. 오빠 대신 한 가지만 물어볼게. 집 문제를 핑계로 오빠랑 헤어지려는 건 아니지? 아니면 한 발 뒤로 물러서는 척하면서 오빠한테 원하는 걸 얻어내려고 우릴 지원군으로 부른 거야?"

"집과 관련해서는 문제 삼을 일이 전혀 없어. 왕바이촨은 내게 최선을 다했고 계약서에 우리 둘의 이름을 같이 올리려고 준비했어. 문제는 내가 앤디한테 고향에서 부탁한 일이 있어서 신분증을 맡기는 바람에 계약할 때 신분증 원본이 없어서 서명을 못 한 거야. 앤디가 증인이지. 그날 일은 전적으로 내 잘못이야. 돈 한 푼 보태지도 않는 주제에 계약서에 내 이름을 못 올린다고 몰상식하게 왕바이촨에게 화를 냈으니까. 집에 돌아와서 온종일 누워서 생각하고 또 생각해 봤어. 이건 쥐얼이 증인이야. 휴, 결국 또 왕바이촨이 내게 사과를 하더라. 그런데 쥐얼 덕분에 정신을 차렸어. 쥐얼이 사랑 없이 어떻게 결혼하느냐고 그러더라고. 그 말에 많은 걸 생각하게 됐어. 다음 날 잉잉을 만나러 병원에 갔었는데, 잉잉이 결혼을 위해서 모든 걸 던지는 모습을 옆에서 지켜보면서 또 많은 생각을 했어. 왕바이촨, 미안해. 난 지금껏 지푸라기라도 잡는 심정으로 널 붙잡고 있었어. 내가 나빴어. 이런 비정상적인 관계는 이제 그만 끝내야 해. 우리 집안의 일은 마땅히 내가 책임져야지. 사랑이라는 미명으로 널 붙잡지 않을게. 만약 훗날에 언젠가 다시 시작할 수 있으면 그때 만나자. 단, 반드시 각자의 삶을 스스로 영위할 수 있어야만 다시 시작할 수 있어."

왕바이촨의 얼굴이 시뻘게졌다. 그에게 집 문제는 그리 단순한 일이 아니었다. 하지만 지금, 이 순간 그 사실을 설명하고 싶진 않았다. 그저 솔직하게 고백하는 판성메이 앞에서 감정을 다스리지 못해서 얼굴이 붉어졌을 뿐이었다. 그는 자리에서 일어났다. 쿨하게 웃으며 작별 인사를 하려고 했지만 웃음이 나오지 않았다. 판성메이를 보았다. 그녀의 눈가가 빨갰다. 화장이 뭉개진 얼굴이 오히려 더 예뻐 보였다. 전에 보던 전형적인 미인의 얼굴보다 훨씬 사랑스러웠다. 홀로 설 수 있게 된 판성메이가 다시 그에게 돌아와서 사랑할 수 있을까?

왕바이촨은 그 자리에 서서 한참을 생각했다. 마침내 그가 입을 열었다. 그는 "잘 있어." 하고 인사를 한 뒤에 돌아서다가 "몸조심해." 라고 하고 싶었지만, 말없이 그대로 자리를 떠났다.

모두 말문이 막혀서 입을 떡 벌리고 왕바이촨을 쳐다봤다. 그다음 엔 판성메이에게로 시선을 옮겼다. 판성메이는 금방 표정을 바꿔 웃었지만 미소 띤 얼굴 위로 눈물이 흘러내렸다.

"다들 고마워. 너희들이 없었다면 이런 말을 할 용기도 못 내고 또 바이촨한테 기댔겠지. 아마 잡을 지푸라기가 있다면 또 멋대로 행동하며 나태하게 살 거야."

"굳이 헤어질 거까진 없잖아. 성메이 언니, 적은 나이도 아닌데 오빠도 그 정도면 좋은 사람이고 언니를 진심으로 사랑하잖아. 잘 생각해 봐. 바이촨 오빠 같은 사람은 싱글로 있으면 여자들이 떼로 달려들어서 며칠 만에 뼈도 안 남을걸. 다시 시작하고 말고 할 기회도 안 와."

"말로는 다 설명할 수가 없어. 그저게 잉잉이 그러더라. 친구는 가족에 비할 바가 아니라고. 대부분 사람은 그 말에 동의해. 그런데 불행하게도 나는 극소수에 해당하잖아. 너희는 나랑 이해관계로 얽힌 사람들이 아닌데도 가족 이상으로 나한테 더 잘 해주고…."

취샤오샤오가 말을 끊었다.

"그만해, 오글거려. 언니네 식구가 그렇게 형편없지만 않았다면 생판 남인 우리의 존재를 크게 느끼지 못했겠지. 우릴 친구로 여기지도 않았을 거고."

앤디가 말했다.

"성메이 말에 동의해. 난 원래 가족이 없고, 친구뿐이잖아. 지금은 이판 씨가 있지만 그래도 친구는 변함없이 친구야."

"솔직히 말할게. 지난 이틀 동안 골똘히 생각해 봤는데 아빠가 뇌졸중으로 쓰러지신 일이 내 인생의 전환점이었더라. 그때부터 우리 집 경제권을 내가 쥐었고 돈을 마음대로 융통할 수 있었어. 그래서 내 주머니에도 돈이 조금씩 쌓이기 시작했다. 어제까지 은행 잔고를 확인하고 내 통장에 정말로 돈이 모인 걸 확인하고 나니 그동안 내가 뭘 위해 살고 누구를 위해 살았나 싶더라. 남 앞에서 굽실거리며 죽도록 일해서 적은 돈이라도 벌면 빈 독이나 다름없는 집에 쏟아붓고, 또 어떻게든 기회를 잡아서 돈을 벌면 또 집에 보태며 살았어. 그러니 나 자신을 돌볼 겨를이나 있었겠어? 내 인생은 한마디로 비극이었어. 이런 날 너희는 무시하지 않고 친구로 대하고 항상 도와줬지. 정말 너희한테 어떻게 고마움을 전해야 할지 모르겠어. 그런데 왕바이촨은 차마 못 보겠더라. 내가 한 짓이 너무 역겨워서. 오늘 너희들이 옆에 없었다면 난 또 걔한테 아무 말도 못 했을 거야."

판성메이는 말하면서 눈물이 흘러 목이 메었다. 눈물에 화장이 다 지워졌는데도 개의치 않고 힘이 다 빠지도록 말하고 또 말했다. 나머지 세 사람은 지난 반년 동안 판성메이에게 일어났던 갖가지 비극적인 일과 복잡했던 남자관계를 자연스레 떠올렸다. 취샤오샤오조차도 말이 없었다. 그녀는 판성메이가 띄엄띄엄 말을 다 마치고 테이블에 엎드려서 목 놓아 우는 모습을 가만히 지켜보기만 했다.

관쥐얼의 시야도 흐릿해졌다. 관쥐얼은 연신 눈물을 훔치며 판성메이를 안아주고 그녀의 눈물도 닦아주었다. 취샤오샤오는 입을 삐죽 내밀고 천장을 바라보며 눈동자를 굴렸다. 그러다가 이따금 두 손으로 눈가를 가볍게 누를 뿐 말이 없었다. 앤디는 울지도 않고 손을 내밀지도 않았다. 묵묵히 판성메이를 바라보기만 했다. 앤디는 판성메이가 왕바이촨과 헤어지려는 이유를 이해할 수 있었다. 앤디는 자신이 과거에 알던 사람에게 노출되지 않고 어린 시절의 고통스러운 기억에서 벗어나기 위해 개명을 하고 여권에 기재된 영문 이름을 평소에 사용하는 이유와 다르지 않다고 여겼기 때문이다. 이틀 전 바오이판이 결혼식을 성대하게 치르자며 제안했을 때도 앤디는 단칼에 거절했었다. 행여 누군가 자신을 알아볼까 봐 많은 사람의 주목을 받는 게 두려웠다. 하지만 판성메이처럼 용기가 없어서 무슨 얘기든 솔직히 털어놓지도 못하고 늘 숨겼다.

테이블 위에 차려진 음식은 거의 다 식었다. 판성메이가 한참 만에 고개를 드니 관쥐얼은 그제야 용기 있게 취샤오샤오에게 말했다.

"샤오샤오, 시에빈 씨에 대해 아는 게 있으면 다 말해 줘."

"아주 유능하고 훌륭한 청년이지. 넌 뭘 의심하는데?"

"시에빈 씨는 아주 유능하고 훌륭한데 난 예쁘지 않거든. 시에빈 씨의 조건이라면 나와 비슷한 조건에 훨씬 예쁜 여자를 만날 수 있잖아. 사랑에도 이유가 있다는 것쯤은 나도 이미 알고 있어. 시에빈 씨가 왜 날 좋아하는지 알려줘."

취샤오샤오는 무심결에 앤디를 보았다. 앤디도 그녀를 보고 있었다. 취샤오샤오는 시에빈이 더 예쁜 여자와 사귀지 않는 이유가 예쁜 어머니에 얽힌 아픈 과거가 남긴 마음의 그늘 때문이 아닐지 앤디에게 묻고 싶었다. 그러나 취샤오샤오는 시치미를 뚝 떼고 자연스럽게 앤디에게 물었다.

"언제? 이유가 있어?"

앤디가 관쥐얼에게 말했다.

"쥐얼, 넌 정말 좋은 여자야. 자신을 함부로 비하하지 마. 예쁘진 않지만 싫증 나는 타입도 아니라서 보면 볼수록 귀여워."

"자기 비하가 아니야. 어릴 때부터 여자는 무조건 예뻐야 사랑받는다고 알고 있었어. 사실을 말했을 뿐이야."

취샤오샤오가 말했다.

"좋아, 그럼 내가 시에빈 오빠한테 물어봐 줄게. 그 대신 조건이 있어. 우리 사이에 했던 말은 오빠한테는 비밀로 하기. 안 그러면 나 고소당해."

"너 정말 몰라?"

"모른다니까. 못 믿겠으면 앤디 언니한테 물어봐. 출장 간 며칠 동안 언니가 틈틈이 전화해서 날 감시했으니까. 너한테 상처가 되는 말은 하지 말라면서 말이야. 내가 그렇게 못된 사람이니? 진짜 질투 나더라. 앤디 언니는 나보다 널 더 아껴."

앤디는 잠자코 듣다가 관쥐얼을 보며 웃었다. 그제서야 관쥐얼은 안심이 되었다.

"샤오샤오, 그럼 뒷조사할 필요 없어. 뭔가 있다고 해도 알고 싶지 않아. 분명히 아무것도 없을 거야. 내 믿음이 부족해서 의심이 깊었어."

취샤오샤오가 소리를 버럭 질렀다.

"허, 지금 나 놀리냐? 조사하랬다가 또 하지 말랬다가 무슨 변덕이야? 지금 여기 사람들 앞에서 손가락 깨물어서 혈서 쓰고 맹세해. 앞으로 다시는 이랬다저랬다 하지 않겠다고. 친구를 말 잘 듣는 자식쯤으로 여기는 거니?"

관쥐얼은 겸연쩍어서 웃었다.

"그게… 미안해. 성메이 언니 말대로 내가 걱정이 많아서 그래. 사과의 뜻으로 힘껏 껴안아 줄게."

"야, 됐어. 그건 잉잉이나 하는 짓이지."

취샤오샤오는 나가서 종업원을 불렀다. 팁을 주머니에 찔러주며 음식을 다시 데워 달라고 부탁했다. 취샤오샤오가 자리로 돌아오자 앤디는 그녀의 머리를 쓰다듬으며 웃었다.

"이 애기는 나쁠 때는 참 나쁘고 착할 때는 또 참 착하단 말이야. 하지만 본성은 역시나 착해."

취샤오샤오는 앤디가 무슨 뜻으로 하는 말인지 알았다. 그래서 눈을 흘기면서도 '모욕'을 꾹 참았다. 종업원에게 계산서를 달라고 하니 왕바이촨이 이미 계산을 끝내고 갔다고 전했다.

환락송 아파트로 돌아가는 길에 판성메이와 관쥐얼은 팔짱을 끼고 같이 걸었다. 앤디는 취샤오샤오가 팔짱을 끼려고 다가오자 예민하게 반응하며 냉큼 도망갔다. 취샤오샤오는 몇 번이나 다시 시도했지만 모두 실패했다. 하는 수 없이 판성메이와 관쥐얼과 셋이서 어깨동무를 했다. 취샤오샤오는 관쥐얼의 가방 쪽에 붙어 서는 바람에 걷는 동안 가방이 계속 몸에 스쳤다. 공교로운 상황 같지만 사실은 취샤오샤오가 일부러 그쪽으로 자리를 잡은 것이다. 그녀는 가방 안에 든 편지를 투시할 수 있는 특별한 재능이 자신에게 있었으면 하고 진심으로 바랐다. 하지만 조금 전 식사 자리에서 또 허튼수작을 부리면 따귀도 불사한다고 정의롭게 다짐한 터여서 억지로 참으며 얌전히 걸었다.

그때 취샤오샤오에게 메시지 1통이 도착했다. 자오치펑이 포장마차 테이블에서 여자들과 시시덕거리는 사진을 친구가 보낸 것이었다. 한 무리의 젊은 여성과 중년 여성이 자오치펑에게 술을 권하고 있었다. 취샤오샤오는 태연하게 22층 친구들에게 사진을 보여주었다.

"대수술을 마치고 나면 스트레스도 풀어야지."

앤디는 사진을 보자 동공이 확장되었다.

"질투 안 나?"

"여자랑 단둘이 있는 것도 아닌데 뭘."

취샤오샤오는 곧장 친구에게 전화를 걸었다.

"어디야? 내가 데리러 갈게. 술 마셔서 운전 못 할 거 아냐."

판성메이도 깜짝 놀라서 물었다.

"너무 점잖은데?"

"여자 몸에는 전혀 관심 없어. 치펑 오빠한테는 감정이 가장 중요하거든. 앤디 언니, 기억해 둬."

"네 치펑 오빠가 나랑 무슨 상관이야."

"내가 오빠를 희생양 삼아서 바오 사장님이 언니를 길들이는 데 도움을 주고 있잖아. 만약 나중에 이런 일이 생기면 쿨하고 유연하게 대처하라고."

"그건 안 돼. 원칙은 대등하게 적용해야지. 난 다른 남자랑 접촉하지 않을 거니까 그 사람도 불가야. 그 사람이 다른 여자랑 만나고 싶다면 나하고는 끝이지."

"하하, 맞는 말이야. 나도 생각대로 되진 않을 거야. 바이 바이. 난 여기서 택시 타고 갈게. 먼저 들어가."

관쥐얼은 취샤오샤오의 뒷모습을 보며 어렵사리 말을 꺼냈다.

"샤오샤오는 정말 강심장이야. 난 재 앞에만 서면 중학생이 되는 거 같아."

판성메이가 말했다.

"말은 저렇게 해도 어떻게 신경 쓰지 않을 수 있겠어? 차에 타자마자 화장부터 고치고 도착해서는 외모로 사람들 기를 팍 죽일 게 뻔해."

"거봐, 여자는 예뻐야 한다고."

관쥐얼은 한탄하며 한숨을 푹푹 내쉬었다. 앤디는 취샤오샤오의 연애담을 웃으며 들었지만 취샤오샤오가 정말로 질투를 할지 안 할지는 별 관심이 없었다. 취샤오샤오가 무슨 얘기를 해도 늘 듣기만 하고 반응하지 않았다. 그런데 관쥐얼이 여자는 예뻐야 한다는 말을 또 꺼내니 식사 자리에서 시에빈한테 자신감이 없다고 했던 관쥐얼의 말이 생각났다. 이건 심각한 문제여서 그냥 듣고만 있을 수는 없었다.

"쥐얼, 넌 자꾸 여자는 예뻐야 한다고 하는데, 어디 진지하게 한번 물어보자. 만약에 네가 예쁘지 않아서 시에빈 씨가 널 좋아한다면 그 사랑은 네가 생각하는 것처럼 그렇게 순수한 게 아니거든. 그러면 어떻게 할래?"

"언…니, 뭐 아는 거 있어?"

판성메이가 한숨을 쉬며 말했다.

"앤디, 너무 정곡을 찌르진 마. 그렇게 물으면 쥐얼이 어떻게 대답해. 아직 걱정이 많을 때니까 네가 좀 봐줘야지."

앤디는 어둠 속에서 관쥐얼의 당황한 기색을 보았다.

"아, 하기야."

판성메이는 앤디가 관쥐얼에게 위로의 말이라도 몇 마디 건네길 바랐다. 하지만 앤디는 끝내 한마디도 더 하지 않았다. 관쥐얼은 여전히 긴장한 기색이 역력했다. 하는 수 없이 판성메이가 애써 웃으며 말했다.

"쥐얼은 긴장 대왕이야. 또 긴장했네. 시에빈 씨는 틀림없이 네가 자기하고 마음이 가장 잘 맞아서 널 좋아할 거야. 만약에 네가 예쁘다고 입이 닳도록 칭찬한다면 그건 거짓말이야. 또 너도 네가 예뻐서 시에빈 씨의 사랑을 받는다고 생각하면 그야말로 너 자신도 속이고 남도 속이는 일이야. 여자들은 대부분 자기가 예뻐서 남자가 좋아한다고 생각하거든. 그러니까 넌 정신을 차리고 시에빈 씨의 사랑을 정확한 눈으로 봐야 해. 그러지 못하면 너와 시에빈 씨를 동시에 속이는 거야. 그리고 앤디가 잘못 알고 있는 게 있어. 연애할 때는 누구나 눈에 콩깍지가 씌는 거 아니야? 누구나 내 남자가 세계 최고 미남이고 내 여자가 세계 최고 미녀라고 여기잖아. 그렇게 다들 눈에 콩깍지가 씐 채로 연애도 하고 결혼도 하는걸. 콩깍지가 벗겨지고 나면 그때는 이미 결혼해서 안정적인 생활을 하는 거고."

"하하, 어쩐지 이판 씨가 너무 섹시하더라니. 이성적으로 생각하면 전에 같이 일하던 유럽 출신 동료가 정말 멋있었거든. 사랑의 콩깍지가 씌어서 이성을 잃은 거였어. 난 계속 나 자신도 속이고 이판 씨도 속일래. 세상에서 이판 씨가 가장 잘생겼고 내가 가장 예뻐. 성메이는 가장 똑똑하고."

"정답이야."

엘리베이터를 탔다. 안에는 세 사람밖에 없었다. 관쥐얼이 말했다.

"이 아파트 사람들은 다 집에만 틀어박혀 있나 봐. 이 시간에 사람이 거의 없잖아."

관쥐얼의 말이 채 끝나기도 전에 세 사람의 휴대폰에서 메시지 알림음이 동시에 울렸다. 관쥐얼이 말했다.

"샤오샤오가 웬일이지?"

세 사람은 모두 취샤오샤오가 보냈을 거라고 생각하고 휴대폰을 열었다. 의외로 추잉잉의 메시지였다. 관쥐얼이 소리 내어 메시지를 읽었다.

"우리 아빠하고 잉친 아빠하고 같이 술을 드시면서 얘기가 잘 풀려서 방금 결정했대. 나랑 잉친 결혼이 드디어 확정됐어. 퇴원하면 바로 혼인신고할 거야. 축하해 줘!!!"

세 사람은 복도에서 동시에 발걸음을 멈췄다. 앤디가 웃으며 말했다.

"서둘러야겠네. 22층에서 내가 첫 번째로 결혼할 거란 말이야. 잉잉한테 뒤처질 수 없지."

앤디는 말하면서 추잉잉에게 '축하해!'라고 메시지를 보냈다.

"휴, 잉잉이 곧 잉친 아버지하고 만날 텐데 나랑 잉잉 목소리가 완전히 다르잖아. 잉친 아버지가 사실을 알게 되면 어떡하지? 잉잉이 곧 혼인신고를 하면 결혼식도 빨라질 거고, 잉잉 방에는 어떤 사람이 새로 들어올까? 마음이 맞는 사람이 왔으면 좋겠는데."

판성메이는 웃기만 하다가 추잉잉에게 전화를 걸었다.

"잉잉, 축하해. 정말 잘됐어. 지금 쥐얼이랑 앤디랑 모두 같이 있는데 다들 굉장히 기뻐하고 있어."

추잉잉은 한껏 낮춘 목소리로 흥분해서 말했다.

"드디어 이뤄졌어. 기뻐서 날아갈 거 같아. 지금 우리 엄마랑 잉친 어머니랑 복도에서 다음 일을 어떻게 처리할지 상의 중인데 궁금해서 미치겠어. 아빠 말씀이, 양쪽 집에서 혼인신고부터 먼저 하기로 해서 증명서도 떼고 사진도 찍어야 한대. 필요한 서류가 준비되면 나중에 편한 시간에 가서 신고할 거야. 잉친은 방금 실밥 뽑았어. 잉친도 자기 아버지한테 소식 듣고 기뻐서 까무러쳤어. 당장이라도 나한테 달려오고 싶을 텐데 어머니가 말리고 있는 형편이야. 조금 전까지 잉친이랑 계속 통화했는데 일단 좀 기다리라고 했어. 좋은 소식은 친구들한테 먼저 메시지로 보고해야 한다고 타일렀거든. 너무 행복해."

"최고의 굿 뉴스야. 양쪽 부모님이 모두 동의하시고 너희 둘이 이렇게 잘 맞으니 그야말로 천생연분이지. 우리도 정말 기뻐. 어서 잉친한테 전화해. 기다리다가 애간장 녹겠다. 우리도 끊을게. 나중에 보자. 다시 한번 축하해."

추잉잉은 웃음을 감추지 못하고 싱글벙글하며 전화를 끊었다. 판성메이는 앞에 선 두 사람을 보았다. 특히 관쥐얼을 쳐다보며 웃었다.

"얘는 얼마나 기쁘면 내 목소리가 잠긴 것도 못 알아차리네. 쥐얼, 걱정하지 마. 궁하면 통하는 법이니까 다 해결될 거야. 보통 예비 시아버지가 예비 며느리하고 직접 연락하는 경우는 드물어. 직접 대화할 기회도 많지 않을 거고."

"언젠가는 만날 거 아냐. 결혼하고 나서 만나면 도망도 못 가잖아."

"계획을 들어보니 아마 결혼 증서를 받은 다음에나 만날 거 같은데, 어쨌든 이미 다 된 밥이야. 잉친은 전에 맞선 본 여자랑 그 난리를 피웠는데 결혼 증서까지 받은 여자하고도 헤어지면 평생 웃음거리가 될걸. 결국엔 잉잉을 인정할 수밖에 없어. 잉잉 결혼에 큰 걸림돌은 없을 거야."

앤디는 판성메이의 얘기를 들으며 웃었다.

"역시 성메이는 똑똑해. 거듭 칭찬해."

판성메이는 진심으로 웃겨서 폭소를 터뜨렸다. 세 사람은 복도에서 헤어지는 인사를 나누고 각자 집으로 들어갔다. 판성메이는 문을 열고 들어서면서 말했다.

"잉잉이 방을 빼면 집주인한테 얘기해서 돈을 더 주고 잉잉 방으로 옮겨야겠어. 햇볕에 타는 게 낫지, 환기도 안 되는 어두컴컴한 방엔 살기 싫어."

관쥐얼은 저녁 식사 자리에서 판성메이가 울며 하소연했던 말이 생각났다.

"언니는 가족들을 챙기느라 자신한테는 너무 야박했어."

"그 얘기는 그만하자. 앞으로는 복잡한 생각 하지 않고 소녀처럼 인생을 즐길 거야. 쥐얼, 넌 우리 22층에서 샤오샤오 다음으로 부담 없는 삶을 누리는 사람이야. 그러니까 걱정은 접어두고 좀 더 용기를 내 봐."

곰곰이 생각하던 관쥐얼은 고개를 저으며 웃었다.

"못 하겠어. 사람은 먼 앞날을 걱정하지 않으면 가까이에서 근심이 생긴다고 했어. 난 지금처럼 사는 게 좋아."

판성메이가 말했다.

"지금도 나쁘진 않아. 자기 성격대로 사는 게 가장 좋지. 쥐얼, 나

오늘 에너지를 너무 많이 썼나 봐. 머리가 아파서 일찍 자야겠어. 욕실은 내가 먼저 사용할게."

"언니, 난 진심으로 언니를 응원해. 언니는 정말 용기 있는 사람이야."

판성메이는 기쁜 표정을 지으면서도 겸손하게 말했다.

"정말로 용기가 있는 사람이라면 일을 이 지경까지 만들진 않았겠지. 어쩔 수 없는 선택이었어. 더 이상 방법이 없어서 눈 딱 감고 저지른 거야. 응원해 줘서 고마워…."

말을 꺼내니 또 눈물이 흘렀다. 판성메이는 쓴웃음을 지으며 손등으로 눈물을 닦아냈다.

"욕실에 먼저 들어갈게."

"응, 난 시에빈 씨가 준 편지부터 읽을 거야."

관쥐얼은 긴장하는 한편 미소를 지었다. 판성메이는 관쥐얼의 표정을 보며 한편으로는 부러웠다.

밤 10시 정각, 관쥐얼은 웨이보에 새로운 멘션을 남겼다.

'내 이야기를 열심히 쓰는 중. :)'

앤디는 골똘히 생각하다가 화면을 캡처해서 취샤오샤오에게 보냈다.

"무슨 의미지? 뭔가 해답을 찾았나?"

취샤오샤오는 자오치펑을 데리고 막 집에 도착했다. 술을 많이 마신 자오치펑은 굉장히 거칠어서 취샤오샤오도 속수무책이었다. 두 사람은 엘리베이터 안에서부터 뜨겁게 키스하며 집으로 들어왔다. 취샤오샤오는 간신히 자오치펑을 욕실로 들여보낸 뒤에야 틈이 나서 메시지를 확인했다. 그녀는 메시지를 보자마자 당장 문을 박차고 달려가서 앤디의 현관문을 두드렸다. 앤디는 립스틱이 번져서 엉망이 된 취샤오샤오의 얼굴을 보고 웃으며 안으로 끌어당겼다.

"재미를 방해했네. 쥐얼을 어떡하지?"

"내가 묻고 싶은 말이야. 언닌 어떻게 생각해?"

"저녁 먹고 오는 길에 슬쩍 물어봤거든. 쥐얼은 만약 시에빈 씨가 쓴 편지를 읽고 실상을 알면 시에빈 씨가 자기 어머니의 염문 때문에 미인을 거부하고 자신을 만난다고 분명히 의심할 거야. 그런데 지금은 웨이보에 글을 올려서 시에빈 씨한테 자기 근황을 간접적으로 알리며 즐거워하고 있어. 이건 시에빈 씨 편지에 거짓이나 숨긴 게 있다는 얘기지."

"쥐얼한테 싹 다 밝힐까? 보니까 시에빈 오빠가 계산도 빠르고 담도 커서 감히 건드리진 못하겠어. 난 사업하는 사람이라서 약점이 한 다발이거든. 뭐라도 하나 잡히기만 하면 손해가 어마어마해. 내가 그런 큰 위험을 무릅쓰면서까지 쥐얼을 도울 의미는 없지. 내가 너무 솔직해서 우스워 보이나?"

앤디는 숙연해졌다.

"네 말이 맞아. 나도 약점이 많아서 못 해."

두 사람은 말없이 한참을 서로 마주 보고 있었다. 취샤오샤오가 이윽고 입을 열었다.

"치펑 오빠가 기다리고 있어."

취샤오샤오는 무표정한 얼굴로 몸을 홱 돌려서 나갔다. 앤디는 붙잡지 않았다. 취샤오샤오의 약점이 뭔지는 모르지만 무슨 약점이든 드러나기만 하면 취샤오샤오가 돌아버릴 거라는 추측은 충분히 할 수 있었다. 앤디의 입장에서는 탐문 실력이 뛰어난 사람은 추호도 건드릴 마음이 없었다.

관쥐얼을 어쩌면 좋을까? 앤디는 망설였다. 취샤오샤오도 욕실 문 밖에서 갈팡질팡했다. 반면 추잉잉은 이불 속에서 휴대폰을 쥐고 잉 친과 메시지를 주고받으며 달콤한 시간을 보내고 있었다.

이른 아침, 22층은 여느 때처럼 고요했다. 앤디는 도우미 아주머 니 집에서 밥을 먹고 올라왔다. 엘리베이터 문이 열리는 소리와 함께 무슨 소리가 들렸다. 이내 판성메이가 뭔지 모를 주머니를 눈에다 대 고 나왔다. 현관문을 나오다가 하마터면 앤디와 부딪칠 뻔했다. 앤디 가 황급히 그녀를 부축했다.

"조심해, 엘리베이터는 여기야. 이건 뭐니?"

"눈이 퉁퉁 부어서 얼음주머니로 가라앉히려고. 우리 같은 동양인 은 눈이 그렇게 밝은 편도 아닌데 눈꺼풀까지 부었으니 앞이 보일 리가 없지. 앤디, 버튼 좀 눌러 줘."

앤디는 계속 웃으며 엘리베이터 버튼을 눌렀다.

"22층에서 출근은 네가 1등이야."

"상황이 달라졌어. 쥐얼이 나보다 훨씬 일찍 출근했거든. 분명 시 에빈 씨가 쥐얼이랑 같이 출근하려고 왔을 거야. 만나서 같이 아침을 먹고, 쥐얼 먼저 회사에 데려다주고, 그다음에 자기도 출근하겠지."

"그게 효율이 좀…. 둘이서 같이 아침을 먹는 것까지는 좋은데, 먹 고 나서 쥐얼은 내 차로 출근하면 데이트도 하고 시간도 절약할 수 있을 텐데."

앤디는 웃으며 말을 이었다.

"네가 뭐라고 할지 알겠어. 하지만 걔네는 연애 중이야. 연애하면 눈에 뵈는 게 없다고 하겠지."

판성메이도 하하 웃었다.

"나사가 빠진 것처럼 정신없이 푹 빠졌던 첫사랑이 참 그립다. 뽕 맞은 사람처럼 밤을 꼴딱 새워도 다음 날에 기운이 팔팔했지."

앤디가 "난 왜…." 하고 말을 막 꺼내는데 엘리베이터가 도착했다. 앤디는 황급히 판성메이를 엘리베이터 안으로 밀어 보냈다. 그녀는 닫힌 엘리베이터 문에다 대고 하려던 말을 중얼거렸다.

"난 왜 나사가 빠진 것 같은 감정을 느껴 보지 못했을까? 나하고 바오이판은 너무 이성적이야."

앤디는 약간 아쉬움이 들었다. 정말로 나사가 빠진 것처럼 연애하면 그녀의 예민한 신경이 감당할 수 있을까? 아마 앤디는 도중에 포기할 것이다. 그게 그녀의 운명이었다.

관쥐얼이 차에서 내렸다. 빌딩 주변을 오가는 사람과 자동차의 풍경이 평소와 달랐다. 유난히 차분했다. 빌딩 안에 위치한 회사들의 평소 출근 시간보다 조금 이른 때여서 길고양이 두세 마리만 눈에 띄었다. 관쥐얼은 차에서 폴짝 내려서 똑바로 섰다. 시에빈은 활기찬 몸놀림으로 관쥐얼 앞으로 와서 차 문을 닫았다. 관쥐얼의 손에 들린 두툼한 편지 봉투는 그녀가 꼭 쥐고 있었던 탓에 온기가 있었다. 관쥐얼은 미소를 지으며 봉투를 시에빈에게 건넸다. 시에빈은 무심코 봉투를 뒤집어서 앞면을 봤다. 관쥐얼은 얼른 손으로 봉투를 가렸다. "아직요. 내 앞에서 보지 말아요." 하고 잠깐 생각하더니 한마디 덧붙였다.

"보고 나서 어땠는지 나한테 얘기하지 말아요."

"당장 보고 싶은데."

"어서 가요, 어서요. 경찰한테 딱지 떼겠어요. 하하, 같은 경찰인데."

"소속이 달라요."

시에빈은 가볍게 뛰어 운전석으로 가서 앉고는 헤어짐을 아쉬워했다.

관쥐얼은 시에빈의 차가 자취를 감출 때까지 그 자리에 서서 웃으며 지켜봤다. 그런 뒤에 성큼성큼 걸어서 빌딩 안으로 들어갔다. 하늘에는 봄날에 갓 떠오른 태양이 걸려 있었다. 관쥐얼은 빙그레 웃음을 지었다. 그녀가 이 도시에서 보았던 일출은 모두 떠오른 지 2시간이 지나 높이 솟은 태양이었다는 걸 처음으로 알았다. 관쥐얼의 마음은 눈앞의 태양처럼 싱그러웠다.

사무실에는 지난밤부터 내내 근무하는 동료들이 있었다. 관쥐얼은 출입 카드를 긁고 안으로 들어갔다. 보안 요원은 깜짝 놀라다가 이내 웃으며 말했다.

"벌써 나오셨어요?"

관쥐얼이 밝게 웃었다.

"네, 네. 어쩔 수 없죠."

그녀가 빠른 걸음으로 자기 자리로 가는데 뒤에서 무슨 소리가 들렸다. 뒤를 돌아보니 보안 요원이 유유히 뒤따라오고 있었다. 관쥐얼은 당황했다. '날 왜 따라오지?' 하고 생각하면서도 익숙하게 자기 자리에 앉아서 책상 서랍을 열었다. 보안 요원도 걸음을 멈췄다. 관쥐얼은 의심스러운 눈빛으로 보안 요원을 쳐다봤다. 그가 웃으며 말했다.

"여기로 출근하는 분들은 거의 칙칙한 빛깔의 옷을 입으셔서 누가 누구신지 얼굴이 잘 기억나질 않아서요."

관쥐얼이 호탕하게 웃었다.

"여기 왼쪽은 민지아(閔佳) 씨, 맞은편은 뤄치리(羅綺立) 씨. 됐죠?"

"하하, 네, 됐습니다. 문제없어요. 거참, 이제 생각이 나는군요. 그럼. 일 보십시오."

보안 요원은 확인을 마치고 곧장 나갔다.

"쳇, 뭐치리는 나보다 늦게 입사했는데."

관쥐얼은 저도 모르게 또 중얼거렸다. 걸어가는 보안 요원의 뒷모습을 보며 자연스럽게 휴대폰을 꺼내 아빠에게 전화했다.

"아빠, 출근했어? 메일 하나 보낼 거니까 아빠가 보고 괜찮다 싶으면 엄마한테 말해. 지금 출근했어. 그거 보고 나서 아빠 생각이 어떤지 메시지나 메일로 보내."

관쥐얼은 할 말을 다 전한 뒤에 시에빈이 쓴 편지를 과감하게 아빠에게 보냈다. 아빠의 반응이 궁금했다. 그러나 회신을 기다리는 시간이 길어질수록 마음이 불안했다. 관쥐얼은 일거리를 꺼내 업무를 처리하기 시작했다. 바쁘게 일하다 보니 잠시 잊을 수 있었지만, 부모님의 반응이 염려스러웠다. 특히 까다로운 엄마가 어떤 태도로 나올지 조마조마했다. 엄마는 하나밖에 없는 딸에게 사사건건 간섭하는 성격이라서 시에빈에게도 분명 트집을 잡을 것 같았다.

이윽고 아빠에게서 메시지가 도착했다.

'금요일 저녁에 하이시로 가서 하룻밤 묵고 토요일에 시에빈을 만나야겠다.'

관쥐얼이 회신을 보냈다.

'노동절 연휴로 하면 안 될까?'

아빠의 답장이 왔다.

'안 돼. 우리하고 만나기 전까지는 그 청년하고 선을 지켜야 해. 너무 가까이하지 말란 뜻이야.'

관쥐얼은 얼굴이 발개졌다. 동료들이 속속 사무실로 들어오고 있었다. 그녀는 짬을 내어 시에빈에게 전화를 걸었다.

"아빠가 금요일에 오시는데 토요일에 같이 식사할 수 있어요?"

"이번 주요?"

시에빈은 몹시 놀랐다.

"네, 부모님한테 시에빈 씨 얘기했더니 당장 오시겠다고 하셔서요. 혹시 내키지 않으면 내가….'"

"괜찮아요. 절 중요한 사람으로 보시는 거 같아서 기쁘네요. 오실 때 내가 마중 나갈게요."

"직접 운전해서 오실 거예요. 보스 왔어요. 끊어요."

관쥐얼은 전화를 끊고 나니 막막했다. 이렇게 일찍 부모님에게 소개하는 게 과연 옳은 일인지 판단이 서지 않았다.

앤디는 엘리베이터를 기다렸다. 그런데 기다리는 엘리베이터는 오지 않고 취샤오샤오와 자오치펑이 샴쌍둥이처럼 찰싹 붙어서 나타났다. 옆에서 보기에 민망해진 앤디는 엘리베이터 문을 쳐다보며 말했다.

"도우미 아주머니가 두 사람 아침 식사도 준비했대. 내려가는 길에 들러서 가지고 가."

"늦었어. 어? 오늘은 왜 약혼반지 안 꼈어?"

"바오이판의 여자라는 걸 알리는 시간은 이틀이면 충분해. 잉잉이 오늘 퇴원한다고 하던데 어떻게 처리할지 모르겠다."

"곧장 잉친 씨 집에 가겠지. 덤벙대는 애를 여기다 두면 누가 돌봐? 잉잉 어머니는 여기서 지낼 곳도 없는데."

자오치펑이 중얼거리듯이 끼어들었다.

"끼어 살면 가능하겠지만, 상처에 감염되지나 않을지 모르겠어."

취샤오샤오는 하하거리며 크게 웃었다.

"성메이 언니랑 쥐얼한테는 반가운 말이네."

"금요일에 이판 씨하고 혼인신고하러 갈 때 입을 옷이 필요하거든. 어떤 걸 사야 할지 모르겠는데 오늘 저녁에 시간 있어?"

"오늘 저녁, 내일 저녁, 다 안 돼. 성메이 언니한테 물어봐. 지금 가장 한가하잖아. 가격에 연연하지 말고 고르라고 하면 꽤 도움이 될 거야. 워낙 안목이 뛰어나니까."

취샤오샤오는 자오치펑의 등에 찰싹 붙어서 슬그머니 목을 쭉 빼며 그의 안색을 살폈다. 그가 별다른 반응을 보이지 않자 한마디 더 했다.

"정말 뜻밖이야. 서로 알게 된 지 불과 얼마 전 같은데 벌써 시간이 이렇게 흘러서 언니가 결혼을 하고, 잉잉도 곧 결혼 준비하고."

앤디는 취샤오샤오의 행동이 재미있어서 그녀의 작전을 도왔다.

"너희는 언제 해?"

자오치펑이 서슴없이 대답했다.

"샤오샤오가 MBA 들어가서 한 학기 다녀본 뒤에 우리 부모님을 만나겠대요. 아마 그때쯤이겠죠."

취샤오샤오는 생각지도 못한 대답에 놀랍고 기뻐서 자오치펑의 몸에 엉겼다. 자오치펑은 그녀를 거의 업다시피 해서 엘리베이터에 탔다.

"자기는 우리 부모님이 자기를 언제 만날 건지 왜 안 물어봐? 내가 말하기 전에 물었어야지. 못됐네. 어차피 자기한테 발언권은 없지만 말이야."

자오치펑이 거만하게 대답했다.

"나 같은 사윗감은 어느 집에 데려가도 무조건 합격이야. 걱정할 게 전혀 없거든. 부모님은 당연히 날 좋아하실 테니까 언제 만나든 고민할 필요가 없지."

"하하, 언니, 이 오빠 뻔뻔한 얼굴 봤지?"

"자신감이야."

자오치펑이 대답을 가로챘다. 앤디가 웃었다. 두 사람이 재결합하기 전에 헤어졌던 이유가 각자 자신감이 없었기 때문임을 앤디는 똑똑히 기억하고 있다. 세 사람은 엘리베이터 앞에서 헤어져 각자의 차로 갔다. 취샤오샤오는 자오치펑에게 매달려서 물었다.

"난 자신감이 없어 보여?"

"우선 네가 자신감을 가져야 해. 왜냐하면 넌 우리 부모님을 만나는 게 두렵잖아. 그다음엔 나도 자신감이 필요해. 난 네 친구들을 만나기가 겁나거든. 물론 마음을 단단히 먹으면 만나도 별일은 없겠지. 그런데 마지못해 억지로 만나면 꼭 안 좋은 일이 생기더라고. 내가 얻은 교훈이야."

"응, 난 자길 사랑하니까 자기가 하라는 대로 할게."

두 사람은 취샤오샤오의 차에 올랐다. 곧장 출발하지 않고 포옹하고 입맞춤부터 했다. 앤디가 옆을 지나가며 보고는 빙긋이 웃었다. 자오치펑은 입을 맞추고 나서 한숨을 쉬었다.

"넌 출장이니 접대니 업무가 끝나질 않고, 난 수술이 줄줄이 있고, 우린 왜 이러냐? 재결합하고 나서도 실컷 즐길 시간이 없네."

"자기가 휴가 내면 가능하잖아!"

취샤오샤오가 소리쳤다.

"안 돼. 수술이 날 기다리고 있어. 내가 하루 미루면 환자는 하루를 더 고통과 싸워야 해. 차마 그럴 순 없지."

"사실은 나도 그래. 돈은 아무리 벌어도 부족해."

두 사람은 잔뜩 우울한 기분으로 출근길에 나섰다.

추잉잉은 엄마와 잉친 어머니의 도움으로 퇴원해서 마침내 환락 송으로 돌아왔다. 당분간 잉친을 만날 수 없다고 생각하니 병원을 나오면서부터 눈물이 쏟아져서 오는 내내 울었다. 두 어머니가 억지로 집으로 데려오지 않고 22층 친구들이 퇴원을 시켰다면 분명 취샤오샤오를 통해 자오치펑한테 부탁했을 것이다. 잉친과 헤어지기 싫으니 병원에 며칠 더 입원하게 도와달라고 말이다.

2202호에 도착한 세 사람은 현관문을 열었다. 잉친의 어머니가 인상을 찡그렸다.

"사돈, 방 한 칸에 침대도 하나밖에 없는데 저녁에 어디서 주무시게요?"

"이따가 나가서 돗자리하고 스티로폼 몇 개쯤 사 와서 바닥에 깔고 자면 돼요. 며칠만 버티면 되니까 괜찮아요. 사돈, 이쪽으로 앉으세요. 물부터 좀 끓여야겠네요."

추잉잉이 서둘렀다.

"물은 내가 끓일 수 있어. 허리를 굽히는 일만 아니면 다 할 수 있어. 어머님도 앉아 계세요. 물은 금방 끓어요."

추잉잉의 어머니는 딸을 말리고 싶었지만, 사돈이 보고 있어서 어쩔 수 없이 딸이 하게 두었다.

잉친의 어머니가 다짜고짜 말했다.

"물 끓이지 마라. 이렇게 지내면 안 되겠어. 너도 아직 다 낫지 않았는데 네 어머니까지 쓰러지시겠다. 며칠 안 있으면 혼인신고도 할 거고 잉친도 아직 병원에 있으니까 모녀가 잉친 집에서 지내는 게 좋겠어요. 어차피 빈집이니까. 나는 도둑맞을 걱정 안 해도 되고, 사돈과 잉잉은 편안하게 쉬고 몸조리할 수 있으니 일석이조잖아요. 잉친이 혼자 침대에서 내려올 수 있게 되면 나도 집에 가서 요리하고 빨래할 수 있으니 편해서 좋고요. 잉잉, 어서 잉친한테 전화해서 점심 식사는 다른 사람한테 부탁해서 가져다 먹으라고 해. 난 여기서 두 사람이 지낼 수 있게 챙겨주고 다시 병원으로 간다고 전하고."

추잉잉의 어머니는 망설였다.

"그렇게 하는 게 편하시겠어요? 아직 혼인신고도 안 했는데. 일단 잉잉 아버지한테 물어볼게요."

"묻지 마세요. 큰 방향은 남자들이 정했으니 사소한 일은 우리끼리 해결하죠. 사사건건 귀찮게 하지 말자고요. 잉잉, 잉친한테 전화하렴."

마음속으로는 진작에 전화하고 싶었지만 두 어른의 눈치를 살피느라 머뭇거리던 추잉잉은 잉친 어머니의 말이 떨어지자 바로 휴대폰을 꺼내 잉친에게 전화했다. 두 어머니는 앞으로 보름 동안 필요한 옷가지와 물건들을 챙겼다.

잉친은 추잉잉에게 소식을 전해 듣고 의아해서 물었다.

"내친김에 월세방도 빼는 게 낫지 않아? 어차피 내가 퇴원하면 혼인신고할 거고 결혼하고 나면 월세방으로 돌아갈 일도 없잖아. 굳이 방을 잡아 둘 필요가 있어? 월세가 아깝지 않아? 어머니하고 상의해 봐."

"음, 뭐라고 대답해야 할지 모르겠어. 어머니 바꿀 테니까 네가 얘기해."

잉친의 어머니는 아들의 얘기를 듣고 일리가 있다고 생각했다. 방으로 돌아와서 추잉잉의 어머니와 상의했다. 추잉잉의 어머니는 반대했다.

"아이고, 그리 좋은 생각은 아니네요. 얘기를 들을수록 영 내키지 않아요. 말이야 그럴 수 있다고 치지만 결혼을 한 것도 아닌데 이렇게 급하게 집을 옮기면…, 아무래도 경우에 어긋나겠죠?"

"쯧쯧, 여자들은요, 융통성이 좀 없는 편이죠. 내가 잉잉 아버지한테 말할게요. 잉잉, 네가 대신 아버지한테 전화 좀 걸어라."

추잉잉의 어머니는 정황상 마지못해 잉친 어머니의 뜻을 따르기로 했다. 딸에게는 전화를 걸지 말라고 일렀다. 흥분한 추잉잉은 또 22층 친구들에게 단체 메시지를 보냈다.

"나 퇴원했어. 컨디션도 좋고 혼자 걸을 수도 있어. 잉친 집에서 지내려고 엄마랑 잉친 어머니가 짐정리를 도와주고 계셔. 나 이제 2202호를 떠나. 모두 그리울 거야. 몸조리 끝나고 회복되면 놀러 올게. 성메이 언니, 집주인한테 월세 환불해 달라고 어떻게 말하지?"

관쥐얼이 가장 먼저 메시지를 확인했다. 그녀는 놀라고 의아했다. 잉친 집안은 보수적인데 왜 별안간 생각이 트여서 결혼 전에 살림을 합치라고 했을까. 관쥐얼은 의문을 일단 접어두고 화장실로 가서 추잉잉에게 전화를 걸었다.

"잉잉, 지금은 근무 중이라서 도와줄 수가 없네. 짐 잘 정리하고, 우선 당장 필요한 것부터 챙겨. 무겁고 크고 당분간 필요하지 않은 건 잘 싸고 봉해서 방 안에 두고. 좀 늦겠지만 저녁에 퇴근하고 가서 시에빈 씨랑 같이 옮겨 줄게."

"아, 쥐얼, 역시 넌 좋은 친구야. 내 뽀뽀 받아. 올 때 저녁 먹지 말고 와. 엄마랑 같이 맛있는 거 만들어 놓을게."

"그럴 필요 없어. 짐 옮길 때 힘나게 배불리 든든하게 먹고 갈 거야. 그런데 정말로 아쉽다."

"쥐얼, 나도 헤어지는 건 아쉬워. 안타깝지만 지금은 내가 할 수 있는 게 아무것도 없어서 다 나으면 다시 보러 올게."

추잉잉은 전화를 내려놓고 곧장 두 어머니에게 가서 보고했다. 어머니들은 안도의 한숨을 쉬었다. 자동차가 있는 친구의 도움을 받을 수 있게 돼서 한결 편해졌기 때문이다. 잉친의 어머니가 웃으며 말했다.

"넌 인복이 많구나. 도와주는 친구들이 한둘이 아니잖니. 돈도 내주고 힘도 보태주고, 다들 하나같이 능력이 뛰어난 친구들이야."

"맞아요. 우리 22층에 사는 여자 5명은 너 나 할 것 없이 서로서로 도와요. 저희 아빠 말씀이 제대로 된 친구 몇 명만 있으면 걱정할 일이 없대요."

잉친의 어머니가 웃었다.

"그러게 말이다. 하지만 결혼 전에는 친구들과 놀아도 결혼하고 나서는 가정을 중시해야 해."

"그럼요."

잉친의 어머니는 마음을 놓았다.

"철이 많이 들었네. 역시 잉친 아버지가 사람 보는 눈이 정확해. 큰 명절도 문제없이 잘 치르겠어."

추잉잉은 고개를 연거푸 끄덕였다. 말로 인정하기는 쑥스러웠지만, 마음으로는 말도 못 하게 기뻤다. 지금 마음 같아서는 추잉잉은 뭐든지 할 수 있을 것 같았다.

64

관쥐얼은 점심에 판성메이와 추잉잉의 이사와 관련해서 상의했다. 둘이 만나야 했지만 관쥐얼의 야근 때문에 뒤로 미뤄졌다. 그 사이에 판성메이는 시간을 내서 앤디와 함께 앤디의 혼인신고 예복을 사러 가기로 했다. 판성메이는 퇴근 이후의 일정을 계획적으로 안배했다. 그러나 앤디보다 일찍 퇴근하기 때문에 앤디를 만나기까지 시간이 비었다. 비는 시간을 어떻게 보낼까? 하고 생각하는 찰나에 금방 답을 찾았다. 마침 공교롭게도 호텔 로비에서 천자캉과 마주친 것이다. 두 사람은 서로 뜻이 통했고 판성메이는 그에게 커피를 대접하기로 했다. 천자캉이 공항에 데려다주었을 때 진 신세를 갚을 생각이었다.

　앤디는 강의 하나를 끝내고 나와서 몇 걸음 만에 판성메이와 만나기로 한 스타벅스에 도착했다. 자기가 잘 아는 지역이어서 어쩔 수 없이 판성메이를 그쪽으로 불렀다. 카페에 들어서자마자 판성메이의 맞은편에 앉은 신사가 눈에 들어왔다. 지난주 공항에서 판성메이에게 신분증을 건네받을 때 판성메이를 공항까지 데려다주었던 그 사람이었다. 의외였다. 앤디는 코코아 한 잔과 케이크 2개를 주문해서 들고 판성메이의 옆에 앉았다. 천자캉에게는 고개를 까딱하며 인사했다.

"방금 1시간 30분 동안 서서 강의했더니 배고프고 피곤해. 이것 좀 먹고 잠깐 쉴게."

"급할 거 없어. 지금 천 선생님의 유학 시절 이야기를 듣던 중이었어. 유학 생활에서 이런 특이한 일화가 정말로 있을 수 있는지 네가 경험자로서 인증해 줘."

"난 몰라. 밥 먹고 자는 시간 외에는 공부만 했으니까. 취직한 뒤로는 일만 했고. 중국으로 돌아와서 너희들하고 어울리면서 삶이 다채로워졌지. 엉뚱한 생각할 틈도 없을 만큼."

"아, 학자세요? 전 화학공업 공장을 운영해요. 전공 실력을 충분히 활용하고 있죠."

앤디가 웃으며 말했다.

"연구 활동도 하시는 줄은 몰랐네요. 정통 비즈니스맨이라고 생각했거든요. 전 금융권에서 일해요."

앤디가 동석한 뒤로 판성메이는 소파에 몸을 깊숙이 기대고 친구들의 웨이보에 새로운 글이 있는지 훑어봤다. 추잉잉의 웨이보에 올라온 새로운 사진이 시선을 끌었다. 아마도 잉친의 집에서 찍은 사진인 듯했다. 실내는 기본적인 인테리어만 되어 있고 분양받은 당시 그대로의 시멘트 바닥이었다. 앤디에게 사진을 보여주었다.

"초가삼간이라도 내 집이 최고라고 하잖아. 곧 잉잉의 집이 될 거라서 그런지 멘트의 행간에서도 만족감이 엿보여. 하지만 여간 걱정이 아니야. 잉잉 앞길에 지뢰가 곳곳에 숨어 있거든. 결혼증서를 받기 전까지는 방심하지 말라고 이따가 단단히 일러야겠어."

앤디는 또 못 참고 웃어버렸다.

"나도 곧 결혼증서를 받는데 잉잉한테만 당부하지 말고 나한테도 해 줘."

"하하, 너랑은 다르지. 넌 적극적인 구애를 받아서 결혼하는 거고 잉잉은 자기가 안달해서 하게 된 결혼이잖아. 만약에 결혼증서를 못 받으면 잉친 씨 집에서도 못 살고 제 발등을 제가 찍은 꼴이 돼서 다시 되돌릴 수도 없어. 한마디로 수습 불가야. 지금은 너무 행복해서 다 까먹었나 본데 내가 몇 가지 사건을 다시 일깨워 줘야지."

"결혼 문제는 거의 다 결정이 난 거 같던데. 네가 잉잉한테 어떻게 당부하는지 나도 좀 보고 들어야겠어. 잉잉이 뭘 주의해야 하는지 내 머리로는 도저히 모르겠거든."

"넌 조건이 좋으니까 그런 거 몰라도 돼."

천자캉은 미소 띤 얼굴로 나긋나긋하게 대화하는 두 미녀와 마주하고 있으니 기분이 더없이 유쾌했다. 대화를 듣던 그는 판성메이의 말투에서 부러움이 묻어나자 끝내 한마디 끼어들었다.

"요즘 결혼 시장에서는 금융권에서 일하는 여성이 인기가 좋아요. 몇 년 동안 재산을 불리는 재미를 쏠쏠하게 본 기업주들은 대개 과감하게 다른 데로 눈을 돌리는데요, 쉽게 말해서 금융권 여성을 꼬셔요. 야무진 본처가 있는데도 말이죠. 전에 같이 유학했던 사람 중에서 몇 명은 서른 살이 넘어 마흔이 될 때까지도 잘난 척하며 목을 빳빳하게 세우더니, 결국, 기업 CEO의 재혼 상대로 들어가서 일만 죽어라 하더군요. 하하, 물론 그쪽은 젊고 미인이니까 경우가 다르겠죠."

"하하, 그 여성들을 쫓아다니다가 차인 남자들이 그 사실을 알면 꽤 통쾌해하겠네요. 깨소금 맛이다, 이러면서요. 당당왕(當當網 중국 최초의 온라인서점)이나 SOHO중국(중국의 부동산 개발 기업)처럼 상장하는 회사들이 많아지면 금융권 여성한테 차이는 평범한 남자들이 또 늘어날 테고요."

"그렇게까지 진흙탕이 되진 않겠죠. 남자는 어쨌든 자기가 좋아했던 여자가 행복하길 바라거든요. 실리 때문에 결혼하거나 CFO가 되거나 새엄마가 되길 바라진 않아요. 또 능력 있는 커리어 우먼도 상대를 진심으로 사랑하고 진실한 사랑을 기반으로 한 가정을 꾸리기를 원하니까요."

"지금 말씀하신 걸 들어보면, 재혼 부부는 진심으로 사랑하지 않고 부부가 공동으로 사업하는 집은 진정한 가정이 아니다, 이거군요. 재밌네요."

판성메이는 앤디와 천자캉이 겉으로는 웃으면서 속으로는 서로 날을 세우고 있음을 감지했다. 그녀는 웃으며 분위기 전환을 시도했다.

"앤디, 벌써 다 먹었네. 그럼 옷을 보러 가야 하니까 서두르자."

"오케이."

앤디는 대답과 함께 쌩하고 일어나 나가며 천자캉을 거들떠보지도 않았다. 판성메이는 웃는 낯으로 인사하고 앤디를 따라 나갔다. 카페 밖에서 판성메이가 궁금한 듯이 물었다.

"왜 이렇게 화가 많이 났어? 제 잘난 맛에 사는 저런 남자한테 뭘 하러 정색해."

"미안해. 네 친구한테 실례해서. 나하고 이판 씨 관계를 생각했어. 우리가 사랑하는 사이가 맞는지 갑자기 헷갈려. 이판 씨는 사귀던 여자 친구도 있었고 학교의 메이퀸을 차지했던 화려한 과거도 있어. 결국은 다 헤어졌지. 그러다가 날 쫓아다녔고 우린 곧 결혼하고 아이도 생겨. 꼭…, 아까 그 남자가 한 얘기랑 비슷하잖아."

판성메이는 깜짝 놀라며 앤디를 끌어당겨 잡았다.

"절대로 그렇지 않아. 그 지질한 남자가 하는 헛소리는 무시해. 아이참, 내가 원래 그 사람한테 눈길도 안 줬었는데 너한테 신분증 갖다 주러 가던 날에 택시가 안 잡혀서 신세를 지는 바람에 그만. 됐어.

이제 신세는 갚았고 앞으로 또 본체만체하면 돼. 너도 쓸데없는 생각 그만해."

앤디는 제자리에 섰다. 한 곳을 응시하며 잠시 생각하더니 확신에 찬 듯이 말했다.

"쓸데없는 생각이 아니야. 근거가 있어. 구체적으로 말하기엔 너무 개인적인 일이라서 자세히 말할 순 없지만."

"네가 화를 낼지도 모르지만 그래도 말해야겠어. 앤디, 넌 아마 쥐얼보다 연애 경험이 적을 거야. 쥐얼은 주변에서 간접 경험이라도 많이 했지만 내 생각에 넌 남들 연애에도 관심이 없었을 것 같아. 바빠서 그런 일은 시시했겠지. 남자는 본능적으로 어떤 여자를 가장 좋아하는지 알아? 예쁜 여자야. 그다음으로는 아마 청순한 여자일 거야. 넌 둘 다 갖췄어. 게다가 돈도 많고 똑똑해서 웬만한 남자들하고는 상대가 안 될 정도라고. 그러니까 너한테 구애하는 남자는 당연히 능력이 출중한 사람이란 얘기야. 바오 사장님은 너한테 어떤 식으로 구애했는지 모르겠지만 내가 남자라면 난 널 갖기 위해서 온몸을 던지겠어. 우선 너를 향한 마음을 가장 강렬한 방법으로 표현할 거야. 즉 연애 초반부터 결혼하자고 들이대는 거지. 그다음엔 빠른 시간 안에 너의 모든 것을 차지할 거야. 네 시간, 공간, 마음, 그리고…. 하하, 뭔지 알겠지? 그런 뒤에는 평생 천천히 연애하듯이 즐기면서 살아가겠어."

"방법이 문제가 아니야. 이판 씨는 대체 뭣 때문에 연애 초반부터 나랑 결혼하려고 마음먹었을까? 그 사람 마음이 처음부터 그렇게 확고했다고 생각하진 않거든. 애초에 전혀 모르는 사람이었고 서로에 대해 아는 것도 없었으니까 결혼을 쉽게 확신할 순 없었다고. 그래서 간을 보려고 무책임하게 일단 들이댔던 건 아닐까? 데이트하다가 마음에 안 들면 그냥 떠나려고 말이야. 한마디로 데리고 놀다가 버리는 거지. 만약 운이 좋아서 마음에 들면 결혼하는 거고. 그런데 내가 멍청해서 그 꾀에 홀랑 넘어가고 말았어. 이판 씨는 나한테 반한 게 아니라 자기가 원하는 조건에 맞는지를 따져서 날 선택했어."

판성메이는 말문이 막혀서 간신히 입을 뗐다.

"그건 분명히 아닐 거야. 당연히 너한테 마음이 있어서 쫓아다녔겠지. 사람 사이에는 말로 설명하기 어려운 인연이라는 게 있어. 완전히 남인 두 사람이 우연히 만나서 사랑을 하게 되는 건 이치로 설명할 수 없는 일이야. 쥐얼도 너한테 똑같은 질문을 했었잖아. 시에빈 씨가 왜 자기를 좋아하는지 궁금해했지만 정작 자기 자신한테는 물어보지 않았어. 쥐얼이 다른 남자가 아닌 시에빈 씨와 함께 있을 때 유난히 행복해하는 이유가 뭔지 알아? 두 사람은 인연이기 때문이야. 너하고 쥐얼은 경험이 없어서 기회를 잡을 줄 몰라. 나하고 샤오샤오 같은 사람은 상대를 만나면 제 짝인지 아닌지 금방 알아. 그런데도 난 실수를 저질렀거든. 왕바이촨을 만났을 때는 줄곧 속으로 주문을 외다시피 했어. 내 진짜 감정에는 소홀하고 무조건 저 남자를 내 남자로 만들어야 한다는 생각뿐이었지. 그래서 결국은 헤어졌잖아. 샤오샤오는 굉장히 똑똑해. 잡으면 절대로 놓지 않고 끝까지 쫓아가. 아휴 참, 내가 무슨 소릴 하는 건지. 어쨌든 내 말은 바오 사장님의 진심을 멋대로 추측하지 말란 뜻이야."

앤디의 낯빛이 창백해졌다. 판성메이의 말을 거의 듣지도 않고 중얼중얼 혼잣말만 했다.

"만약에 이판 씨가 나중에 내가 마음에 안 들면…, 정말로 그런 일이 일어나면, 나하고 배 속의 아기를 버리고 떠날까?"

순간 지난날의 어슴푸레한 기억이 밀물처럼 또다시 밀려왔다. 앤디는 자칫하면 엄마와 같은 길을 가게 될 것만 같아 두려웠다.

판성메이는 어리둥절해서 눈이 절로 커졌다. 앤디가 별안간 이렇게 이해할 수 없는 반응을 보일 줄은 상상도 못했다. 판성메이는 앤디가 정신을 차릴 때까지 그녀를 붙잡고 계속 몸을 흔들었다. 앤디가 가까스로 정신을 차린 듯 하자 판성메이가 겨우 말을 붙였다.

"왜 그래? 무슨 엉뚱한 생각을 하는 거야? 잘 들어, 그런 일은 일어나지 않았어. 넌 곧 결혼증서를 받을 거고 바오 사장님은 절대로 널 놓지 않아. 더구나 넌 아이가 생겼다고 해서 바오 사장님과 반드시 결혼해야 하는 건 아니라고 네 입으로 직접 말하기까지 했어. 그랬지?"

앤디는 고개를 끄덕였다. 하지만 앤디의 두려움은 판성메이가 이해할 수 있는 차원의 것이 결코 아니었다. 그녀는 말로 형언할 수 없는 공포에 휩싸였고 두려움에 판성메이의 손을 꼭 잡았다.

"집에 가자. 옷 안 사. 다시 생각해야겠어. 충분히 다시 생각해야겠어."

"잠깐. 앤디, 다시 말하지만 그런 너절한 남자가 한 말은 새겨듣지 마. 일부러 널 자극하려고 한 말에 정말로 발끈한 거야?"

판성메이도 겁이 났다. 당장이라도 바오이판에게 전화해서 상황을 수습하러 오라고 하고 싶었다. 하지만 두려움에 떨고 있는 앤디 앞에서 그녀가 할 수 있는 일은 기껏해야 용기 내어 손을 꼭 잡고 의심을 풀어주는 것뿐이었다.

"아니야, 아니야."

앤디는 손가락으로 관자놀이를 문지르며 과거의 기억을 떨쳐내고 이성적으로 생각하려고 안간힘을 썼다.

"지금까지 만난 다른 여자들하고는 결혼 얘기가 없었어. 그렇게 연애만 했으면 결국 그 많은 여자들에게 상처를 준 거잖아?"

"연애는 어른들의 놀이야. 좋으면 즐기고 싫으면 헤어지는 게 연애라고. 성인이니까 자기 선택에 대한 책임은 스스로 져야지. 그 여자들이 바오 사장님 때문에 상처를 입었다면 바오 사장님도 여자들한테 상처를 받았을 거야. 연애하면 쌍방이 다 상처를 입기도 하고 별별 상황이 다 벌어지니까. 어쨌든 선택도 책임도 자신의 몫이야. 어떤 식으로 매듭지어지더라도 결과에 승복해야 해. 희롱할 목적으로 만난 게 아닌 이상 어떤 결과도 비난할 수 없어. 너처럼 똑똑한 애가 왜 그렇게 꽉 막힌 생각을 하니?"

앤디는 망연자실한 표정으로 판성메이를 보고 있었다. 판성메이는 방금 한 말을 한마디씩 쪼개어 반복하며 앤디의 동의를 유도했다. 그렇게 거듭 타이른 뒤, 다시 물었다.

"아직도 석연치 않아?"

"아니야, 이건 아니야. 성메이, 돌아가자. 옷 살 마음이 없어졌어."

"내…내가 바오 사장님 대신 너한테 다시 한번 물어볼게. 설마 사장님을 포기하려는 거야? 사장님이 충격을 받아도 괜찮아?"

앤디는 놀라서 펄쩍 뛰며 대답했다.

"아니."

앤디가 포기할 리는 없었다. 판성메이가 머리를 흔들었다.

"아무리 똑똑한 사람도 연애랑 결혼을 처음 경험하면 머리가 뒤죽박죽이 되는구나. 지금 네 앞에 있는 사람이 내가 아니고 바오 사장님이라고 생각해 봐. 네가 이렇게 호들갑을 떨면 사장님이 얼마나 당황하겠니. 너한테 사장님을 포기할 마음이 없으면 둘 사이에 문제 될 일도 없잖아. 주저할 게 뭐 있어."

"나는…."

앤디는 판성메이에게 무슨 말을 하려다가 멈췄다. 솔직히 털어놓을 수도 없고 말할 엄두도 나지 않았다. 이성적으로 생각하면 결혼하지 않을 이유는 전혀 없었다. 앤디는 허탈하게 판성메이의 팔을 잡으며 약속했던 아르마니 상점으로 들어갔다.

판성메이는 앤디 대신 점원과 함께 무릎길이의 흰색 스커트를 골랐다. 앤디는 꼭두각시처럼 옷을 입어보고는 신용카드로 결제했다. 판성메이는 그 돈이 퍽 아까웠지만, 그저 옆에서 숨만 들이켰다. 옷을 사 들고 밖으로 나오니, 봄날의 밤빛은 호수처럼 고요하고 공기는 청량했다. 앤디는 판성메이와 함께 주차장으로 갔다. 판성메이는 앤디가 제법 평온을 되찾은 듯 보여서 조심스럽게 물었다.

"아직도 생각하고 있어?"

"응. 마음이 아주 많이 불편해."

"앞으로 천 선생은 모른 체할 거야. 팔푼이 같은 남자가 말썽만 일으키네."

"내 문제야."

"바오 사장님한테 말할 거야?"

"아니. 단지 지금은 결혼이 두려워. 결혼했다가 헤어질까 봐 겁나고."

"결혼은 형식일 뿐이야. 사랑한 뒤의 이별은 아프지만 사랑이 없는 결혼을 하면 헤어지고 나서도 무덤덤해. 결혼 자체가 중요하진 않다고."

"그래, 맞아. 아무튼…."

앤디는 말을 하려다가 또 뚝 끊었다.

"아무튼, 너의 그 천재적인 머리로 감정을 분석하진 마. 분석할수록 혼란스러워져. 집에 가서 바오 사장님한테 전화해. 사랑을 속삭이고 나면 싹 잊힐 거야. 둘이 떨어져 있어서 안타깝긴 하지만."

"응."

앤디는 기분이 좋지 않은데도 운전 실력은 여전해서 판성메이의 안내에 따라 안전하게 환락송으로 돌아왔다.

22층에 도착하니 관쥐얼과 시에빈이 추잉잉의 물건들을 복도로 옮기고 있었다. 판성메이가 물건들을 보며 말했다.

"그 작은 방에 이렇게 많은 물건이 있을 줄은 몰랐네. 시에빈 씨 차 1대에 다 못 실을 거 같은데. 샤오샤오는 집에 있어? 가서 불러와야겠다."

앤디가 힘없이 말했다.

"내가 갈게. 샤오샤오는 부르지 마."

"됐어. 넌 들어가서 좀 누워. 바오 사장님한테 전화도 하고."

"혼자 있으면 쓸데없는 생각이 많아져서. 네가 길 안내해."

관쥐얼은 두 사람이 무슨 대화를 나누는지도 모르면서 끼어들었다.

"앤디 언니는 짐 옮기지 마. 임신부잖아. 그럼 우린 시작해 볼까?"

시에빈이 주로 힘을 썼고 혼자서 물건 대부분을 옮겼다. 예상대로 물건은 차 2대에 가득 찼다. 차 2대가 나란히 잉친의 집으로 향했다.

추잉잉이 반갑게 문을 열고 나왔다. 마사지를 하느라 얼굴에 오이를 잔뜩 붙이고 있었다. 웃으며 얘기하는 사이에 오이 조각은 우수수 바닥으로 떨어졌다. 물건들은 재빠르게 집 안으로 옮겨졌다. 앤디는 추잉잉의 옆에 앉아서 한마디도 하지 않았다. 추잉잉이 종일 집안 청소한 이야기를 재잘재잘 떠드는 동안 듣고만 있었다. 판성메이는 짐 정리가 거의 끝나자 추잉잉에게 다가와서 차분하게 말했다.

"잉잉, 언니가 너한테 몇 가지만 주의를 줄게. 우선 잉친 씨 아버지 전화는 절대로 받지 마. 꼭 받아야 하는 상황이면 감기에 걸린 척하면서 쉰 목소리를 내. 네 목소리를 들키지 않게 하란 뜻이야. 만약 직접 만나게 되면 되도록 말하지 마. 생글생글 웃으며 고개만 끄덕거리고 연약한 척해도 괜찮아. 혹시 널 의심해도 절대로 인정하면 안 돼. 쥐얼이 걸었던 전화는 무조건 네가 한 걸로 해야 해. 알겠어?"

앤디는 처음 듣는 얘기라서 어리둥절하여 두 사람을 쳐다봤다. 추잉잉은 연신 고개를 끄덕이며 판성메이의 손을 잡고 고맙다고 했다. 판성메이가 마지막으로 한마디 덧붙였다.

"어쨌든 결혼증서만 나오면 모든 게 완벽해져."

관쥐얼도 다가와서 같이 듣다가 추잉잉에게 말을 건넸다.

"그날 아프고 힘들어서 종일 뒤척였던 데다가 목도 아프고 기운도 없고 말이 잘 안 나왔었다고 둘러대면 되잖아. 그러면 내 목소리랑 비슷할걸? 어쨌든 미리 대비책을 세워놓을 필요는 있어. 잉친 씨 부모님이 물을 때 대답도 못 하고 우물쭈물하지 않게 말이야."

"모두 정말 고마워."

판성메이가 웃으며 말했다.

"고마우면 단단히 기억해 뒀다가 남들한테 결혼 사탕 1개씩 줄 때 우리한테는 2개씩 줘. 꼭이다. 자, 너무 늦었으니까 네가 알아서 정리하고 우린 그만 갈게."

앤디는 내내 잠자코 있다가 차에 타서야 영문을 물었다. 뒤늦게 사태를 파악한 앤디는 황당해했다.

판성메이가 웃었다.

"거봐, 한 사람은 결혼에 목숨을 걸고 또 한 사람은 결혼을 안 하려고 도망가잖아. 연애란 게 원래 이렇게 사람을 이상하게 만들어. 하하."

"잉잉도 참을성이 대단해."

"어쩔 수 없지. 사랑이 아무리 낭만적이라도 결혼이라는 현실에 맞닥뜨리면 세속적으로 변할 수밖에 없어. 경제적인 조건도 그중에 큰 몫을 차지하지. 발언권을 결정하니까. 그래서…."

"내가 생탈을 부렸나 봐."

"하하하, 난 아무 말도 안 했어."

앤디는 웃고 있었지만, 마음은 여전히 우울했다. 지난 기억은 그녀의 마음에 단단히 맺혀서 잊히지 않았기 때문이다.

"짐도 다 옮겼는데 시에빈 씨 차는 왜 우릴 따라오고 있어?"

판성메이는 뒤를 돌아보았지만 시에빈의 차가 어디에 있는지 찾지 못했다. 그녀는 눈을 반짝이며 손가락으로 오른쪽을 가리켰다.

"이 길목에서 커브를 돌아."

길눈이 어두운 앤디는 판성메이의 말대로 핸들을 오른쪽으로 돌렸다. 뒤따르던 시에빈이 말했다.

"앞차가 길을 잘못 들었는데?"

관쥐얼은 입을 가리고 하품을 하다가 시에빈의 말에 주위를 두리번거렸다.

"나도 모르겠어요. 이 늦은 시간에 어딜 가지? 일단 따라가요. 앤디 언니가 엉뚱한 짓을 할 리는 없으니까."

"앤디 씨는 오늘 걱정이 많아 보였어요."

"업무 스트레스가 심해요. 나라도 매일 걱정이 산더미일 거예요. 잉잉은 꽤 흥분했던데, 그래도 보기 좋았어요. 이제 마음이 놓여요."

시에빈이 웃었다.

"쥐얼 씨는 불만이 있어도 겉으로 표현을 안 하네요. 그저께처럼 들고 갔던 과일을 도로 가져올 정도로 기분이 상해도 막상 만나면 끝까지 친절하잖아요. 자기 시간과 에너지를 희생하면서까지 잉잉 씨를 기분 좋게 보내주고."

"잉잉이… 행복하겠죠?"

"글쎄요, 잉친 씨 가족들한테 달렸겠죠. 어, 앞차가 어디로 갔지?"

"하하, 형사가 앞차를 놓치다니, 흑역사가 생겼네요."

"내가 뭐랬어요, 우리끼리 가자니까. 굳이 따라가자고 해서 놓쳤잖아요. 아마 우리를 떼놓으려고 도망갔을 거예요."

관쥐얼은 또 못 참고 눈물이 나도록 하품을 크게 했다.

"그냥 집으로 가요. 피곤해서 정말 죽을 것 같아요. 나는 잠을 8시간 이상 못 자면 지적 장애인처럼 변해요. 우리 길을 잃은 건 아니죠?"

"하하, 안심해요. 길을 잃은 거면 형사 생활 접을게요. 뭐 하나 물어봐도 돼요?"

"시에빈 씨가 질문할 때마다 왜 취조당하는 느낌이 들죠?"

"맙소사. 내가 감히 어떻게 쥐얼 씨를 그렇게 대해요. 난 그저 너무 고마워서, 날 이렇게 빨리 부모님께 소개할 줄은 몰랐거든요. 처음 뵙는 자리라 걱정이 많아서 쥐얼 씨한테 미리 정보를 얻으려고요. 부모님은 내 존재가 갑작스러우실 텐데 현재까지는 어떻게 평가하고 계세요?"

"시에빈 씨가 쓴 편지를 아빠한테 팩스로 보내드렸어요. 부모님은 그걸로 시에빈 씨를 파악하고 계시겠죠. 우리 부모님이 어떻게 생각하실 거 같아요?"

"시에빈이란 사람은 참 훌륭한 청년이구나, 이만하면 됐다, 그러시겠죠. 이번에는 인사 나누고 얼굴이나 보려고 오시는 거 아닐까요."

관쥐얼은 피식하고 웃었다.

"그러다가 퇴짜 맞아요. 직장에서처럼 기회를 줬으면 실력으로 자신을 증명해야죠."

"쥐얼 씨 아버지는 이렇게 생각하실 거예요. '어디서 느닷없이 나타난 놈이 내 딸을 뺏어가려고? 안 돼. 아빠 엄마가 먼저 만나봐야지. 우리 딸, 이번 일은 처신을 아주 잘했어. 그렇지만 아빠한테 좀

지. 당장은 그놈이랑 너무 가까이하지 마. 아빠가 만나서 샅샅이 뜯
어본 다음에 다시 얘기하자.' 이런 식으로요."

"와, 역시 형사다운 추리예요. 무서운데요. 셜록 홈스처럼 추리 과
정을 설명해줄 수 있어요?"

"진짜예요? 내 추측이 맞았어요? 그냥 한번 넘겨짚어 본 건데. 추
리라고 할 것도 없죠. 그런 생각이 번뜩 스치고 지나갔어요. 쥐얼 씨
는 집에서 귀한 외동딸이니까 누구든 함부로 접근하면 아버지가 때
려죽이려고 할 수도 있죠. 안 그래요? 어휴, 무서워라."

"그런데… 약간 틀린 부분도 있어요. 내가 왜 이렇게 서둘러서 부
모님한테 말씀드렸는지 안 궁금해요?"

"왜 궁금해야 하죠? 난 당연하다고 생각하는데. 쥐얼 씨는 원래 성
실하고 바르니까 이런 중요한 일은 당연히 부모님께 감추지 않을 거
라고 생각했어요. 부모님의 허락을 먼저 받고 싶겠죠. 나 같은 이혼
가정 출신처럼 대부분 혼자 고민하고 해결하진 않을 테니까."

"그렇진 않아요. 그게… 말하기가 좀 곤란해요."

"우리 집안 때문이죠? 보통은… 그래요. 부모님들은 딸한테 결손
가정에서 자란 남자는 멀리하라고 하잖아요."

"그런 뜻이 아니에요. 일단 내 말부터 들어봐요. 난 마음이 급하면
말이 빨리 안 나오거든요."

"천천히 얘기해요. 기다릴게요. 그 전에 한마디만 먼저 할게요. 쥐
얼 씨가 어떤 말을 해도 난 쥐얼 씨를 원망하지 않아요. 쥐얼 씨가 뭘
염려하는지도 충분히 이해하고요."

"아이, 말하지 말라고요. 시에빈 씨 생각에 틀린 면도 있다고 했잖
아요. 그걸 탓할 생각은 없지만요. 어쨌든 내 말이 끝날 때까지 조용

히 있어요."

시에빈은 손으로 자신의 입을 틀어막으며 "윽." 하고 소리를 냈다. 말하지 않고 얌전히 듣고 있겠다는 제스처였다. 관쥐얼은 긴장해서 얼굴이 굳었다가 시에빈의 반응에 덜컥 웃어버렸다. 그러고는 또 한참을 우물쭈물했다. 기다리다 못한 시에빈이 또 입을 열려고 하는데 관쥐얼이 말을 시작했다.

"우리 엄마는 말도 못 하게 까다로운 분이에요. 어려서부터 까탈스러운 엄마의 잔소리를 들으며 자랐죠. 지금은 잔소리가 익숙하고 엄마가 나를 위해서 얼마나 정성을 쏟는지도 잘 알아요. 아빠는 제가 안쓰러워서 늘 엄마 몰래 저를 토닥이고 응원해 주셨고요. 그런데도 여전히 엄마의 간섭이 불편해요. 엄마는 다른 사람의 자존심 같은 건 전혀 개의치 않거든요. 아마 시에빈 씨도 예외는 아닐 거예요. 난 그게 염려스러워요. 시에빈 씨가 감당 못 할지도 몰라요. 그래서 내 생각은요, 우리가… 오래 교제한 뒤에 시에빈 씨가 우리 엄마를 소개받으면 시에빈 씨는 힘들어도 날 위해서 참고 또 참다가 내성이 생길 거예요. 그렇게 되면 여러 가지 걸리는 일이 많아서 헤어지기도 힘들어지죠. 그럴 바에야 차라리 연애 초반에 그런 일을 겪고 깔끔하게 관계를 끝내는 게 낫다고 생각해요. 시에빈 씨가 견디기 힘들면 얼마든지 떠나요. 원망하지 않을게요. 난 특별한 여자가 아니니까 차버리면 기억 속에 묻혀서 조용히 잊힐 거예요. 어차피 일어날 일이라면 빨리 겪고 정리해야 시에빈 씨 발목을 잡지 않겠죠. 난 나 자신을 잘 알아요. 얘기 끝났어요."

시에빈은 입을 'O'자 모양으로 떡 벌렸다. 한참 뒤에 그가 말했다.

"지금 그게 무슨 말이에요? 나는…. 어, 울지 말아요. 잠깐 차를 세울게요. 울지 말아요. 아니, 그래요, 울어요. 울고 싶으면 울어요. 그렇지만 난 쥐얼 씨가 생각하는 그런 사람이 아니에요. 쥐얼 씨가 예상한 나의 모습 때문에 우는 거라면 눈물 그쳐요. 어, 울어도 된다니까 진짜로 우네."

시에빈이 말을 할수록 관쥐얼은 더 속상하고 서러웠다. 그녀는 시에빈이 건넨 티슈 케이스에서 티슈를 1장씩 뽑아서 얼굴을 닦았다. 시에빈은 당황해서 어쩔 줄을 몰랐다. 가까스로 안전한 곳에 차를 세우고 얼른 티슈 1장을 꺼내어 관쥐얼의 눈물을 닦아 주었다.

"날 믿어요. 난 떠나지 않아요. 어머니가 헤어지라고 하셔도 안 떠날 거예요."

"그렇지 않을 거예요."

관쥐얼은 간신히 한마디 꺼냈다.

시에빈은 수많은 범인을 상대로 심리전을 펼친 유능한 형사인데도 관쥐얼에게 만큼은 속수무책이었다. 그가 차분하게 물었다.

"그렇지 않다니요? 난 알아요. 쥐얼 씨를 처음 봤을 때부터 알았어요. 바로 저 여자다! 하고 생각했거든요. 어떻게 어머니 잔소리 때문에 헤어져요? 하물며 쥐얼 씨도 견디는데 내가 못 견디겠어요? 지금 맹세할게요. 난 절대로 쥐얼 씨를 떠나지 않아요."

관쥐얼은 목이 메어서 "그렇지 않아요."라는 말 외에 다른 말은 나오지 않았다. 가까스로 다시 입을 뗀 그녀가 더듬더듬 말했다.

"나한테 첫눈에 반하진 않았잖아요."

시에빈은 갑자기 머릿속이 하얘졌다.

"당신은 설마 신선? 요괴?"

"아니요."

시에빈은 영화배우 저우싱츠(周星馳)의 말투를 흉내 냈다. 관쥐얼은 시에빈의 어설픈 흉내에 자기도 모르게 '흥!' 하고 콧방귀를 뀌며

슬쩍 웃었다. 그녀는 영화 〈대화서유(大話西游)〉의 팬이어서 영화의
대사를 대충 외울 정도였기 때문이다. 덕분에 서러운 마음이 조금 누
그러졌다.

"내가 눈에 안 띄었을 거예요. 엄마는 맨날 내가 엄마를 안 닮았다
고 해요. 워낙 평범하게 생겨서 사람들 속에 섞여 있으면 못 찾는대
요. 엄마 말이 맞아요. 앤디 언니랑 같이 있을 때 만났던 사람한테 나
중에 물어보면 앤디 언니만 기억하더라고요. 회사의 보안 요원도 그
래요. 나보다 1년이나 늦게 입사한 동료도 알아보면서 근무한 지 1년
반이나 된 나는 아직도 못 알아봐요. 만약 시에빈 씨가 나랑 헤어져
도 아마 금방 날 잊을 거예요. 적어도… 시에빈 씨한테 상처가 되진
않을 거라고요. 두고 봐요, 내 말이 맞을 테니까."

시에빈은 머리가 어질어질했다. 관쥐얼이 지금까지 한 말을 하나
로 꿰어서 연관성을 찾은 다음에야 오해의 실마리를 발견했다. 마침
내 그녀의 억울함이 어디서부터 시작되었는지 깨달았다.

"난 첫눈에 쥐얼 씨가 내 여자임을 알아봤어요. 내가 쥐얼 씨 닮은
사람을 길에서 봤다고 메시지 보냈던 거 기억나요? 그때 처음에는
아니라고 하다가 나중에 인정했었잖아요. 난 처음부터 쥐얼 씨가 인
상에 깊이 남았고 쥐얼 씨는 처음부터 내 마음에 자리를 잡았어요.
그걸 어떻게 잊겠어요. 메시지가 증거로 남아 있는데."

"그랬죠…."

관쥐얼은 그 기억이 뒤늦게 떠올랐다.

"재수 없는 보안 요원. 아침에 날 못 알아보고 좀도둑으로 오해하
더라고요."

시에빈은 그제야 관쥐얼이 한 말이 이해가 갔다.

"그래서 곧장 부모님한테 보고했어요? 시간이 지나면 나도 쥐얼

씨를 못 알아볼까 봐 먼저 부모님한테 소개하기로 마음먹은 거예요?
연애 초반에 내가 쥐얼 씨 어머니를 못 견뎌서 떠나면 쥐얼 씨를 금
방 잊고 고통받지 않을 거 같아서요? 무슨 그런 생각을 해요."

"쓸데없는 생각이나 하는 내가 우스워 보여도 할 수 없어요."

"그럴 리가요. 쥐얼 씨는 화났을 때도 날 걱정해 줘서 내가 얼마나
감동받았는데요. 쥐얼 씨, 당신은 내가 아는 사람 중에서 최고의 여
자예요. 당신 미소는 부드럽게 살랑살랑 부는 봄바람처럼 따뜻해요.
내가 야간 당직을 끝내고 왔던 날, 춥고 피곤하고 정말 지쳐있었거든
요. 그때 쥐얼 씨가 웃으면서 엘리베이터에서 내리는 걸 봤어요. 또
박또박 걸어서 내 앞으로 오는데 분명 날 보고 웃는다고 생각했죠.
그 순간부터 알았어요. 쥐얼 씨는 내가 바라던 여자라는 걸요."

"정말이에요?"

"그럼요. 키스… 해도 될까요?"

관쥐얼은 그동안 마음속에 간직했던 아름다운 키스 장면이 무수
히 많았다. 흑백, 컬러, 3D 등등. 그녀는 사랑을 꿈꾸는 동시에 그처
럼 아름다운 키스신도 꿈꿔 왔다. 하지만 순식간에 까맣게 잊어버렸
다. 아름다운 키스는 연애 고수들에게나 허락된 것이었다. 연애 초보
관쥐얼과 시에빈은 각도도 안 맞고 속도도 안 맞고 호흡조차도 제각
각이었다. 리듬감은 더 말할 것도 없었다. 뻣뻣하게 입술을 붙인 두
사람은 심장이 두근두근 뛰고 머릿속이 혼란스러운 것 외에 다른 감
정은 느끼지 못했다. 하지만 시에빈은 멈추지 않고 관쥐얼을 꼭 붙잡
았다. 실전이 진행될수록 기술도 늘어서 점점 아름다운 신이 연출되
기 시작했다. 마침내 가장 아름다운 키스신이 완성되었다.

"부모님이 못 오시게 핑계를 댈까요? 출장 간다고 하면 어때요?"

"난 걱정 안 해요. 부모님도 날 좋아하실 거라고 확신해요. 일찍 만

나 뵈면 부모님이 날 좋아할 시간도 길어지잖아요. 쥐얼 씨랑 헤어지지 않게 부모님 앞에서 꼭 잘할게요. 나 좀 봐요."

"싫어요."

관쥐얼은 부끄러워서 아예 손으로 얼굴을 가려버렸다.

시에빈은 차분히 관쥐얼을 기다려 주었다. 그녀의 손가락 하나가 슬며시 위로 들리더니 그 사이로 촉촉한 눈동자가 살짝 드러났다. 시에빈은 그 앞으로 바짝 다가가서 입을 벌리고 불쑥 치아를 드러내며 괴물 같은 표정을 지었다. 관쥐얼은 생전 처음으로 아무 생각 없이 실컷 웃었다.

앤디는 시에빈의 차를 따돌리고 판성메이가 알려준 방향을 따라 다른 길로 차를 몰았다. 멀리 가게가 보였다. 판성메이가 말했다.

"저쪽에 잠깐 세울 수 있어? 저 집이 밀뢰유를 정말 잘 만든대. 시간이 늦어서 아직 있을지 모르겠네."

"저긴 차를 세울 곳이 없는데. 길가에 내려주고 한 바퀴 돌고 올게."

말하는 사이에 벌써 가게 앞에 도착했다. 판성메이는 차에서 내려 나풀거리듯이 가게 안으로 들어갔다. 앤디는 근처를 한 바퀴 돌아서 다시 왔다. 판성메이가 보이지 않았다. 하는 수 없이 한 바퀴 더 돌고 와서 판성메이를 차에 태웠다.

"있어?"

"딱 하나 남았는데 약간 찌그러진 거야. 점원이 안 판다고 하는 걸 사정해서 가져왔어."

"응. 나중에 천 선생님 만나면 내가 미안해했다고 전해 줘."

"사과할 필요 없어. 그런 사람은 재미로 하는 짓이야. 진지하지도 않고. 나도 건성으로 대할 거야."

"너한테 참 잘하더라."

"결혼 경력이 있는 사람인데 나한테 별 수작을 다 부린다고 한들 내가 넘어가겠어? 그 사람은 아마 자기가 얘기하질 않아서 내가 모르는 줄 알 거야. 그런 건 딱 보면 알아. 이를테면 그 남자 옆에 아는 사람이 있을 때 나한테 알랑거리는지를 관찰하면 알 수 있어. 알랑거리지 않으면 거리낄 게 있는 사람이야. 거리낄 게 있어도 괜찮아. 오늘은 신세 진 거 갚으려고 커피 한 잔 샀을 뿐이고 앞으로는 단골 고객으로 대하면 돼. 점잖게."

"와, 괜찮은 노하우야. 난 결혼했냐고 직접 물어보거든. 결혼했다고 하면 'No' 하고."

판성메이는 어리둥절했다.

"나도 그렇게 물어볼걸. 그러면 실례할까 봐 걱정하지 않아도 되고 떳떳하잖아."

"넌 이렇게 관찰하면 정확히 알 수 있는데 뭣 하러 나처럼 물어봐. 그나저나 쥐얼은 왜 따돌렸어?"

"쥐얼이 부끄러움을 잘 타잖아. 자기네끼리 가려니까 쑥스러워서 시에빈 씨한테 우리 뒤를 따라가자고 했겠지. 굳이 따라올 이유가 없는데."

"아, 역시 현명해. 쥐얼이랑 시에빈 씨 둘이 잘 어울려?"

"지금은 아주 좋아 보여. 둘 다 발전 가능성이 높은 청년이고 직업도 좋고. 자유롭게 연애하다 보면 미래를 예상할 수 있을 거 같아."

"오늘 머리가 좀 혼란스러워. 너한테 상의할지 말지 고민했는데, 아까 저녁에 있었던 그 불쾌한 일 있잖아, 이판 씨한테 말할까?"

"난 네가 왜 불쾌한지 아직도 잘 모르겠지만 중요한 문제라면 만나서 얘기하라고 조언하겠어. 얼굴을 보고 얘기하면 쉽게 풀릴 일도 전화로 하면 오해를 살 수 있거든."

앤디는 "응." 하고 대답했다. 두 사람은 환락송 아파트 단지 입구에 도착해서 차를 세웠다.

"성메이, 너 혼자 들어가. 밀푀유는 가는 동안 야식으로 먹게 조금만 남겨 주고. 지금 바로 이판 씨 집에 가야겠어."

"뭐? 미쳤어?"

"마음이 너무너무 불편해서 지금 만나야 해."

판성메이는 황급히 차에서 내렸다. 앤디가 커브를 크게 돌아서 빠른 속도로 빠져나가는 것을 얼떨떨하게 지켜봤다. 앤디의 차는 어둠 속에서 순식간에 사라졌다.

한참을 멍하니 서 있던 판성메이는 다급하게 바오이판의 휴대폰 번호를 찾았다. 하지만 어디서 지워졌는지 아무리 뒤져도 찾을 수 없었다. 하는 수 없이 취샤오샤오에게 묻기로 했다. 그러나 취샤오샤오는 접대를 마치고 곧장 집으로 와서 자오치펑에게 찰싹 들러붙어 있느라 휴대폰을 일찌감치 꺼 두었다. 기다리다 못한 판성메이는 부득이하게 왕바이촨에게 메시지를 보냈다. 앤디에게 일이 생겨서 바오이판에게 연락해야 한다고 했다. 왕바이촨은 번호를 알려주며 군더더기 말은 하지 않았다. 판성메이는 잠시 우두커니 있다가 아랫입술을 깨물며 성큼성큼 걸어서 아파트 안으로 들어갔다. 엘리베이터는 거울처럼 반들거렸다. 판성메이는 거울 속에 비친 자신의 모습에 흠칫 놀랐다. 애써 미소도 지어 보았다. 하지만 웃는 얼굴은 억지로 꾸밀 수 없음을 알기에 저도 모르게 냉소를 머금었다. 그러고 나니 오히려 생기가 살아났다. 판성메이의 탐미 본능도 꿈틀거렸다. 엘리베이터 안에 혼자 탄 그녀는 거울 앞에서 갖가지 포즈를 취해 보았다. 밝은 불빛, 심플한 배경, 널찍한 거울, 그녀의 작고 어두운 방 안에서 거울을 비추는 것보다 훨씬 기분 좋았다. 엘리베이터가 '띵' 하는 소리와 함께 멈췄다. 판성메이는 아쉬움을 뒤로 하고 엘리베이터에서 내렸다.

뜻밖에도 바오이판의 전화는 신호만 갈 뿐 받지 않았다. 판성메이는 여러 번의 시도에도 통화가 불발되자 바오이판의 개인 휴대폰 번호가 변경되었으리라고 추측했다. 어쩔 수 없이 앤디에게 다시 전화를 걸었다. 앤디가 전화를 받았다.

"그렇게 먼 길을 달려가서 무슨 말을 하려는 거야? '마음이 너무너무 불편해!' 하면서 소리라도 지르게?"

갑작스러운 질문을 받은 앤디는 뜨끔했다.

"모르겠어."

판성메이가 찬찬히 타일렀다.

"보고 싶어?"

앤디는 또 뜨끔했다.

"몰라."

판성메이는 화를 내는 듯 웃는 듯하며 앤디에게 조언했다.

"근처에 마땅한 곳이 있으면 차를 세우고 곰곰이 생각한 뒤에 다시 출발해. 가는 게 쉬운 일도 아니고 길도 너무 멀어. 내일 아침에나 도착할 텐데."

"갈 만해. 새로운 길이 뚫려서 2시간은 절약할 수 있어."

판성메이는 황당했다.

"너 임신부야. 버틸 수 있어? 빨리 돌아와. 내일 아침 일찍 비행기 타고 가도 늦지 않아. 넌 임신부라고. 네 몸부터 걱정해야지. 이 밤에 그 먼 길을 혼자서 못 가."

"생각해 볼게."

판성메이는 앤디가 대답을 대충 얼버무리자 실망해서 전화를 끊었다. 어쩔 수 없다고 생각한 것이다. 그러나 아무리 생각해도 젊은 임신부가 한밤중에 차를 몰고 고속도로를 달리는 건 너무 위험한 일이었다. 판성메이가 할 수 있는 일은 받지 않는 바오이판의 휴대폰에 메시지를 남겨서 그가 확인하기를 바랄 뿐이었다.

판성메이는 바오이판에게 메시지를 보내고 혼자 남은 2202호의 현관으로 들어섰다. 문득 밤새 추잉잉의 방으로 짐을 옮길 수 있을 것 같은 생각이 들었다. 그녀는 설레는 마음으로 추잉잉이 살던 방을 둘러봤다. 활짝 열 수 있는 창문도 눈에 들어왔다. 곧장 서슴없이 창가로 다가가서 창문을 끝까지 밀어 열고 환기를 시켰다. 봄밤의 촉촉한 공기가 방 안으로 훅 들어왔다. 공기를 흠뻑 들이마시니 피부의 모공이 활짝 열리는 듯했다.

폼에 살고 폼에 죽는 판성메이는 허리에 손을 얹고 다리를 쩍 벌린 채로 텅 빈 방 한복판에 문짝처럼 우뚝 서 있었다. 방 안에 제3의 눈이 있다면 보고도 믿을 수 없는 광경이었다.

앤디는 고속도로로 진입하기 전에 주유소에 들러 기름을 넣고 집에 되돌아갈 일이 없게 필요한 물건들도 준비했다. 시원한 물을 한 모금 마시고 나니 머리도 맑아지는 듯했다. 그녀는 휴대폰을 들고 한참을 생각하다가 막 짐을 옮기기 시작한 판성메이에게 통화 대신 메시지 1통을 보냈다.

'이판 씨한테 날 사랑하는지 물어보려고 해.'

판성메이는 하마터면 웃음이 터질 뻔했지만, 마음은 놓았다. 남자와의 신경전 경험이 많은 판성메이는 앤디의 심정을 충분히 이해했다. 이렇게 마음에 대한 갈피를 잡지 못할 때는 당장 가서 물어보는 게 가장 좋은 방법이다. 그렇게 하지 않으면 쿨하게 집으로 돌아와서도 밤새 잠 못 이루고 전전긍긍할 것이다. 판성메이는 짧게 한마디로 답장을 보냈다.

'다녀와.'

앤디는 판성메이의 답장을 받고 차를 돌려 고속도로로 진입했다.

판성메이가 가장 먼저 옮긴 물건은 전신 거울이었다. 그녀는 거울을 창가에 놓았다. 거울이 창가에 있으면 방을 드나들 때 습관적으로 거울에 몸을 한 바퀴 휙 비춰 보며 폼을 잡아 볼 수 있다. 이런 소소한 일상을 생각하니 짐을 옮기는 과정이 점점 재미있어졌다.

세상일은 늘 예측하기 어려운 법, 판성메이가 침대를 옮기고 나니 휴대폰이 울렸다. 추잉잉이 몹시 절박하게 상의할 일이 있다고 했다.

"언니, 내가 잉친 집으로 이사했다는 걸 방금 아빠가 아시고는 화나서 완전히 폭발해버렸어. 노발대발하면서 당장 살던 집으로 돌아가래. 결혼증서를 받기도 전에 남자 집으로 이사하는 건 품위에 어긋나는 일이라고 하셔. 만약 우리가 품위 없는 짓을 해서 잉친 집안에서 결혼을 파기하면 아직 결혼증서도 못 받은 마당에 낭패잖아. 엄마도 불안해서 밤새 다시 짐을 옮기자며 지금 난리도 아니야. 어떡하면 좋지?"

판성메이의 눈길은 자연스럽게 방금 가져다 놓은 우아한 침대로 향했다. 밤바람이 불어 들어오는 창문도 보았다.

"그래서 넌 어떻게 하려고? 네 방은 아까 내가 집주인한테 연락해서 정리하기로 이미 얘기가 됐어."

"좀 전에 쥐얼한테 전화하니까 휴대폰이 꺼져 있어. 쥐얼한테 다시 와달라고 부탁하려고 했는데. 언니, 쥐얼은 집에 왔어? 언니가 쥐얼한테 얘기해 줄래? 부탁해, 미안하지만 다시 와 줘. 앤디 언니한테는 도저히 전화를 못 하겠어. 아직 내 방에 세입자가 안 들어왔으면 다시 들어가도 되잖아."

판성메이는 침대를 또 한 번 쳐다보고는 단호하게 말했다.

"쥐얼은 아직 안 왔어. 앤디는 아파트 입구에 날 내려주고 어디로 가버렸고. 오늘은 너무 늦었으니까 옮기고 싶으면 내일 해. 넌 왜 잉친 집으로 들어갈 생각을 했어? 잉친 어머니가 그렇게 하랬다고 하지 않았어? 자세히 좀 설명해 봐."

판성메이는 걸레로 창문턱을 닦으며 말했다. 우울해져서 애꿏게 창문턱에 낀 때만 박박 문질렀다. 추잉잉은 상황이 예사롭지 않음을 깨닫고 아침에 퇴원할 때부터 있었던 일을 고스란히 판성메이에게 얘기했다.

판성메이는 얘기를 다 듣고 잠시 생각한 뒤에 말했다.

"해결 방법은 간단해. 아빠한테 이렇게 말씀드려. 양쪽 모두 격식을 따지는 집안이니까 두 어머니 함께 계실 때 네가 자녀로서 갖춰야 할 최대한의 예의는 두 분의 말씀을 잘 따르는 거야. 두 어머니가 너한테 잉친 집으로 옮기라고 말씀하셨으면 넌 하늘이 두 쪽이 나도 두 분 말씀대로 이사해야 해. 그렇지? 그래서 이사했고 잉친 어머니가 손수 이사를 도와주시기까지 했는데 갑자기 원래 살던 집으로 돌아가겠다고 하면 그것도 도리가 아니지. 잉친 어머니의 체면에 먹칠하는 꼴이고 호의를 무시하는 처사 아니겠어? 이거야말로 잉친 집안에 큰 실례를 저지르는 일이 아니냐고 아빠한테 여쭤 봐."

"와, 언니 말이 맞아. 아빠한테 얘기해야겠어. 언니는 뭐 해?"

"내 일은 상관 말고 네 일이나 어서 해결해. 오늘 일찍 자야 내일 아침에 일찍 일어나서 엄마랑 같이 장도 보고 맛있는 음식도 만들어서 잉친 씨한테 갖다 주지. 그게 올바른 처신이야."

판성메이는 휴대폰을 내려놓고서 휴 하고 한숨을 쉬었다. 하지만 추잉잉이 다시 돌아올 가능성은 아직 남아 있기에 기운이 쭉 빠졌다. 그럼에도 일단 시작한 일은 끝장을 보기로 했다. 그녀는 굳은 마음을 먹고 곧장 집주인에게 전화해서 추잉잉의 방을 빼기로 완전히 정리했다. 그런 뒤에 이삿짐을 서둘러 옮겼다. 추잉잉의 말은 개의치 않기로 했다. 추잉잉이 아빠 말씀대로 다시 돌아오기로 결정했다고 해도 판성메이는 이미 방을 차지한 이상 물러나지 않을 참이었다. 누구든 더 나은 생활을 경험하고 나면 궁상맞은 이전의 생활로 돌아가고 싶지 않으니 말이다.

바오이판의 집 앞에 도착한 앤디는 자연스럽게 지문을 인식시키고 들어갔다. 집 안은 밝았다. 도시의 밤은 그리 어둡지 않았다. 앤디는 집 안으로 발을 들이다가 문득 생뚱맞게 출장을 간 배우자가 몰래 집에 돌아와서 간통 현장을 목격하는 이야기가 생각났다. 그 순간 갑자기 당황해서 갈팡질팡하며 한참을 현관에 서 있었다. 손목시계를 보니 이미 새벽 2시가 넘었다. 그녀는 물을 한 모금 마시고 실내 슬리퍼로 갈아 신은 다음 살금살금 걸어서 안방으로 갔다.

안방 문은 잠겨 있지 않았다. 앤디는 문을 엶과 동시에 안도의 한숨을 깊이 내쉬었다. 침대에 누운 바오이판이 한눈에 들어왔다. 창문의 커튼은 빈틈없이 닫혀 있었지만 앤디를 위해 안방에 설치해 둔 스탠드 불빛 덕분에 또렷이 보였다. 그녀는 빠른 걸음으로 침대 쪽으로 다가가서 잠든 바오이판의 얼굴을 물끄러미 바라봤다. 깊은 잠에 빠진 그의 얼굴에는 미소가 걸려 있었다. 꿈에서 무엇을 보았을까. 최근에 그에게 너무도 많은 일이 일어났던 터라 그가 편안하게 웃는 모습을 본 지가 까마득했다. 그의 얼굴을 바라보는 앤디의 입꼬리도 슬며시 위로 올라가 미소로 피었다. 앤디는 바오이판의 얼굴을 하염없이 바라보며 손을 뻗었다가 다시 거두었다. 끝내 발소리를 죽이고 사뿐사뿐 걸어서 안방을 나왔다. 그의 달콤한 꿈을 깨우고 싶지 않았다.

앤디는 메모지 1장을 꺼내어 바오이판 앞으로 쪽지를 남겼다.

'게스트 룸에 있어요. 깨우지 말아요. 앤디.'

쪽지를 다시 읽으며 웃다가 한 줄 더 적었다.

'아무튼, 난 당신을 사랑해요.'

앤디는 가볍게 혼잣말로 중얼거렸다.

"당신이 날 사랑하지 않아도."

펜을 내려놓고 나니 그제야 피로감이 엄습해왔다. 앤디는 히죽히죽 웃으며 게스트 룸으로 들어갔다.

게스트 룸의 문은 열려 있었다. 앤디는 방 안으로 들어가서 불을 켰다. 뜻밖에 침대 위에 누군가 있었다. 그녀는 소스라치게 놀라서 황급히 방을 나왔다. 급하게 나오느라 불을 끄지 않은 게 생각나서 불을 끄려고 다시 문을 살그머니 열었다. 그런데 그사이에 침대 위에 있던 사람이 비몽사몽간에 일어나 앉아 있었다. 앤디는 밝은 불빛 아래에서 그 사람의 자태가 분명히 보였다. 다름 아닌 웨이궈창이었다. 앤디는 아연실색했다. 웨이궈창이 부르지도 않았는데 왔을 리는 만무했다. 웨이궈창도 정신을 가다듬고 안경을 쓰며 입을 열었다.

"이렇게 늦은 밤에 웬일이냐?"

앤디는 대답하지 않고 반사적으로 뒷걸음질을 치며 나와서 안방 쪽을 쳐다봤다. 그러고는 '쾅' 소리가 나도록 힘껏 방문을 밀어 닫고 가버렸다. 몇 발자국 가다 보니 발걸음이 현관문과는 반대쪽인 안방을 향하고 있었다. 고개를 돌리니 웨이궈창이 방에서 나오고 있었다.

"앤디, 어딜 가니? 좋게 말로 하자. 이판이 불러서 온 게 아니야. 이판은 너하고 달라서 날 거절하지 못했을 뿐이야."

웨이궈창이 앤디의 앞을 가로막았다. 앤디는 혐오하는 사람과 접촉하기 싫어서 분노에 찬 눈빛으로 쳐다보기만 했다.

"난 당신을 몰라요. 저리 가요. 비키라고요. 여긴 당신 집이 아니에요. 내가 당신한테 역겨운 소리 하게 만들지 말아요."

웨이궈창이 갑자기 소리쳤다.

"이판, 바오이판, 앤디가 왔어. 어서 일어나."

그 소리에 깬 사람은 깊이 잠든 바오이판이 아니라 도우미 아주머니였다. 아주머니는 눈이 휘둥그레졌다. 어쩐 일인지 손님이 1명 더 늘었고 엎친 데 덮친 격으로 두 사람이 팽팽히 맞서고 있었다. 아주머니는 놀라서 다급히 바오이판을 깨웠다. 바오이판이 허둥지둥 뛰쳐나왔다. 앤디는 화가 치밀어 올랐다.

"저 사람이 왜 여기 있어요? 당장 나가라고 해요."

바오이판은 어리둥절해서 도리어 앤디를 끌어안으며 물었다.

"당신은 어쩐 일이에요?"

"내가 먼저 물었잖아요. 저 사람이 왜 여기에 있냐고요. 저 사람을 왜 집으로 끌어들였어요?"

바오이판은 웨이궈창의 난감한 표정을 읽었다. 자신한테도 면목이 없을 텐데 하물며 딸에게는 오죽할까 하는 마음이 들었다.

바오이판이 태연하게 웃으며 말했다.

"아휴 식겁이야. 간통 현장을 안 걸려서 얼마나 다행인지. 큰일 날 뻔했네. 하하."

도우미 아주머니는 분위기를 파악하고 불을 켠 뒤에 다시 자러 갔다. 환한 불빛 아래에서 바오이판은 웨이궈창에게 앤디를 자극하지 말라고 연신 눈짓을 주었다. 웨이궈창은 이를 눈치채고 서둘러 방으로 들어갔다. 하지만 문밖에서 들리는 바오이판과 앤디의 대화 소리는 그의 귀에 또렷하게 들렸다.

"여기서 지내겠다고 와서 버티시는데 내가 어떻게 반대해요. 여긴 당신 말고는 감히 쫓아낼 사람이 없어요. 내가 여기서 우리 아버지랑 야단법석을 피워도 아버지가 하이시로 당신을 찾아가면 당신도 예의 바르게 대하잖아요."

"그건 달라요. 완전히 다른 경우라고요."

"뭐가 달라요? 두 아버지가 두 어머니한테 저지른 일은 따지고 보면 같은 성질이에요. 심지어 우리 아버지가 한 일이 더 악랄했죠. 다른 점이 있다면 당신은 어렸을 때 아버지의 존재를 몰랐고 난 어려서부터 아버지를 사랑했던 거죠. 신경 쓰지 말고 방으로 들어가요. 어떻게 왔어요?"

앤디는 말문이 막혔다. 며칠 전에 바오이판을 그렇게 타일렀던 그녀이기에 지금은 어떤 말도 꺼낼 수 없었다. 하지만 속에서는 불이 나서 도무지 가라앉질 않았다. 앤디는 바오이판이 고개를 돌려 게스트 룸 문 앞에 있는 웨이궈창에게 인사를 하는 것도 모른 채 그의 품에 안겨 안방으로 들어갔다. 웨이궈창도 그제야 안심하고 방문을 닫았다.

바오이판은 들어가자마자 방문을 걸어 잠그고 신이 나서 앤디를 꼭 끌어안았다.

"왜 왔어요? 어떻게 왔어요? 온다고 왜 미리 말 안 했어요?"

그는 대답할 틈도 주지 않고 뜨거운 키스를 퍼부었다. 그 순간 앤디는 자기가 그곳에 온 이유를 까맣게 잊었다. 그녀는 몽롱한 상태에서 딱 한 가지 생각이 들었다. 판성메이의 말이 백번 옳았다. 얼굴을 봐야 얘기가 수월해진다는 말이 맞았다. 아니, 굳이 말하지 않아도 얼굴을 보면 절로 문제가 풀리는 거였다.

바오이판은 계속 앤디에게 왜 왔는지 물었다. 앤디는 머리를 굴리다가 딱 한마디 했다.

"불현듯 당신이 그리워서요. 그래서… 이렇게 왔어요. 피곤할 텐데 어서 자요. 난 씻고 올게요. 당신을 깨우지 않고 게스트 룸에서 자려고 했는데 그 사람이 있을 줄은 몰랐죠."

"당신은 아무 때나 와서 날 깨워도 괜찮아요."

바오이판은 기어코 앤디를 따라 욕실로 들어갔다. 앤디의 칫솔을 새것으로 바꿔주고는 치약을 짜기도 전에 욕실에서 쫓겨났다. 그는 욕실 문 앞에서 웃으며 으스대다가 웨이궈창에게로 갔다.

"앤디는 모레, 아니, 이제 내일이지. 내일 아침에 온다고 하지 않았나? 혼인신고는 내일이잖아."

"제가 보고 싶어서 충동적으로 차를 몰고 왔대요. 어쩌죠?"

"호텔에서 묵을 순 없다. 이번에는 순전히 너희들 혼인신고 절차를 참관하러 왔으니 다른 사람들 눈에 띄면 안 돼. 헛소문이 돌면 곤란해져. 난 괜찮지만 앤디한테 타격이 될 수 있어. 날이 밝으면 자네가 알아서 하게."

바오이판은 난감했다.

"저희 아버지 댁에 계시는 방법밖에 없는데, 불편해서 내키지 않으시겠죠. 아니면 좀 서운하시겠지만 날이 밝으면 운전 기사한테 종일 모시라고 할 테니 여기저기 둘러보러 다니셔도 됩니다. 앤디가 빈손으로 와서 아침에 혼인신고에 필요한 서류들을 가지러 다시 돌아가야 해요. 저녁에는 여기서 머무르지 않을 거고요."

웨이궈창은 어쩔 수 없다는 듯이 "너희 아버지 집에서 있으마."라고 말하고는 손을 휘휘 내저으며 바오이판을 돌려보냈다.

바오이판은 불을 끄다가 식탁 위에서 생수병 밑에 끼인 쪽지 1장을 발견했다. 다가가서 쪽지를 들고 보던 그는 웃음이 터져서 그대로 들고 방으로 갔다.

앤디가 욕실에서 나오자 바오이판은 침대에 앉아서 백기를 흔드는 것처럼 쪽지를 들어 보였다. 당황한 앤디는 쪽지를 빼앗아 쫙쫙 찢었다. 그런데 바오이판이 등 뒤에서 또 1장을 꺼내며 웃었다.

"당신이 이럴 줄 알고 사본을 보여줬죠. 이건 코팅해서 두고두고 간직하려고요. 내가 아무리 애원해도 당신은 내 앞에서 사랑한단 말을 죽어도 안 하잖아요. 이제 증거가 생겼어요."

앤디는 낯간지러워서 화제를 돌렸다.

"방금 또 그 사람이랑 얘기했어요? 대체 왜 왔대요?"

"솔직히 말할게요. 사실 베이징에서 만난 이후로 나한테 자주 연락해서 당신 안부도 묻고 그랬어요. 평소에는 내가 별 얘기를 안 하는데 결혼은 중요한 일이라서 말씀드렸죠. 그랬더니 멀리서라도 딸이 결혼하는 모습을 보고 싶다고 곧장 날아오셨어요. 당신을 귀찮게 하진 않겠대요. 호텔에 묵었다가 혹시라도 다른 사람이 알아보면 당신한테 피해가 갈 수도 있기에 여기서 지내기를 원하셨어요. 혼인신고하는 것만 보고 바로 공항으로 가신다고 했어요. 당신한테 번거로운 일은 절대로 안 한다고 다짐도 하셨고요. 도저히 거절할 수가 없었어요. 부탁인데, 아버지가 여기 안 계신다고 생각해요. 날 샌드위치 신세로 만들지 말고요."

"왜 나한테는 말을 안 했어요?"

"당신이 아버지 얘기를 꺼내는 걸 끔찍하게 싫어하니까. 또 내가 계속 아버님을 거절해서 갈등이 생기면 당신을 볼 낯이 있을까도 생각해 봤죠. 굳이 이런 일로 당신한테 부담을 줄 필요는 없겠다 싶었어요. 난 당신 남편이니까 이렇게 주변의 번거로운 일은 내가 대신할게요. 그렇게 무서운 눈으로 보지 말아요. 자, 안아 줘요."

"난 당신 아버지랑 만나면 뭐든 다 당신한테 말했어요. 시간이니 장소니 하나도 빼먹지 않고요."

"앤디, 그런 말 하면 난 억울해요. 솔직히 말해서 당신은 내가 화나는 게 두렵지 않잖아요. 난 절대 도망가지 않을 거고 찰거머리처럼 당신한테 달라붙어서 물고 늘어질 거니까. 하지만 난 당신이 화내는 게 너무 두려워요. 당신이 손을 흔들면서 날 버리고 떠날까 봐 겁나서 당신 안색만 살핀다고요. 방금 전에도 그랬죠. 내가 간통 현장을 잡힐 뻔했다고 하는데도 당신은 눈도 끔쩍 안 했어요. 지금 내 심장에 손대봐요. 터져나갈 듯이 뛰고 있잖아요."

앤디는 몇 시간 전에 걱정하고 괴로워했던 자신의 모습을 돌이키니 웃음이 났다. 답은 이미 정해졌고 더 물어볼 필요도 없었다. 앤디는 그제야 바오이판의 품속에 자신의 몸을 맡겼다.

"난 성메이처럼 교태를 부릴 줄도 모르고, 샤오샤오처럼 애교가 넘치지도 않고, 섹시한 곳도 전혀 없는데 왜 날 사랑해요?"

"당신을 만난 이후로 다른 여자는 전부 평범해 보였어요. 또 뭐해요?"

"비행기 예약해요. 나중에 기사한테 부탁해서 내 차는 집으로 보내줘요."

"앤디, 그렇게 내가 보고 싶었다니…. 하하, 그렇게 먼 길을 직접 운전해서…."

"뭘 웃어요, 웃지 말아요."

"기분 좋아 죽겠어요. 나도 매일 당신이 너무 보고 싶고 과속으로 달려가서 만나고 싶은데 당신이 촐싹댄다고 타박하고 코웃음을 칠까 봐 참거든요. 잘했어요, 당신이 스타트를 잘 끊었어요."

"내일은 어떻게 할 거예요? 저 사람 안 보고 싶은데."

"모른 체해요. 내일은 우리에게 행복한 날이니까 다른 사람 때문
에 화내지 말자고요."

앤디는 더 얘기하고 싶었지만 바오이판의 뜨거운 몸짓에 입을 닫
고 말았다. 웨이궈창 일은 그렇게 묵인되었다. 그녀는 몇 마디 궁얼
거리기는 했지만 더 이상 예민하게 굴지는 않았다.

65

이른 아침 햇살에 잠을 깬 판성메이는 간밤에 짐을 정리하느라 정신이 없어서 커튼을 깜빡하고 닫지 않았다고 생각했다. 그런데 눈을 떠보니 커튼은 단단히 닫혀 있었다. 알고 보니 이른 아침 햇빛은 두꺼운 커튼을 투과해서 온 방을 환하게 비출 만큼 밝았던 것이다. 그녀는 고층 아파트에서 맞이하는 아침 태양이 이렇게 밝은지 예전엔 미처 몰랐다.

말 타면 경마 잡히고 싶다는 말처럼, 늘어지게 기지개를 켜고 나니 아메리칸 스타일의 조식이 배달된다면 편하겠다 싶었다. 커피 한 잔과 빵 한 조각만 있어도 신선이 부럽지 않을 듯했다. 판성메이는 행복한 시선으로 방안을 빙 둘러보았다. 방안은 이미 옷을 가득 담은 정리함이 빽빽이 들어차 있어서 작은 원형 테이블 하나 놓을 공간이 없었다. 설령 빈 공간을 찾아 놓는다고 해도, 어울리지 않을 것 같았다. 하지만 방법은 있었다. 판성메이는 방문을 열고 자신이 살던 작고 컴컴한 방을 쳐다봤다.

'쥐얼이 동의하면 저 방도 같이 세를 얻어서 두 사람의 공용 창고로 사용할 수 있지 않을까?'

이른 아침은 한마디로 긴장감이 도는 전쟁터다. 판성메이는 꿈같은 상상을 하면서 씻고 화장도 했다. 밝은 빛 아래에서 화장하는 얼굴이 선명하게 보였다. 문을 나서려던 그녀는 관쥐얼이 아직 일어나지 않았음을 그제야 깨닫고 방문을 두드렸다.

"쥐얼, 아직도 자고 있어? 밑에서 누가 기다리다가 목 빠지겠어."

관쥐얼은 노크 소리에 짜증이 나서 큰소리로 외쳤다.

"좀 더 잘 거야. 오늘은 앤디 언니랑 같이 가려고 언니한테 메시지 보냈어."

"앤디는 밤에 바오 사장님한테 갔어. 아마 지금쯤 자느라 네 메시지는 못 볼 거야. 어서 일어나. 늦겠어."

순간 방 안에서는 취샤오샤오의 비명에 필적할 만한 소리가 터져 나왔다. 그러나 판성메이는 시간에 쫓겨서 관쥐얼의 비명은 무시하고 큰 소리로 자기가 할 말만 했다.

"어젯밤에 잉잉한테 전화가 왔어. 걔네 아버지가 잉친 집으로 이사하는 걸 반대해서 다시 환락송으로 와야 한대."

"오라고 해. 지금 난 걔한테 신경 쓸 겨를이 없어. 부모님이 토요일에 시에빈 씨 심사하러 오시거든."

"벌써 부모님한테 소개해?"

관쥐얼은 방에서 총알처럼 튀어나와서 잽싸게 욕실로 들어가며 한마디 던졌다.

"나도 지금 후회하고 있어."

"만약 잉잉이 돌아오지 않으면 누가 새로 들어올지 모르잖아. 그래서 내가 쓰던 방을 우리가 같이 임대해서 잡동사니를 보관하는 방으로 사용하면 어떨까 싶어. 아마 삶의 질이 훨씬 좋아질 거야."

"아, 좋아. 무조건 동의. 새로운 사람이랑 같이 사는 건 정말 상상이 안 돼."

판성메이는 흡족해하며 출근길에 나섰다. 햇살은 아름답고 기분은 상쾌했다. 관쥐얼은 욕실에서 나온 뒤에야 눈이 확 떠지고 앞이 잘 보였다. 그때 무심코 판성메이가 쓰던 방을 보고는 흠칫 놀랐다. 어느새 이미 귀신같이 방을 비워놓았기 때문이었다. 판성메이가 이렇게 빨리 방을 옮기리라고는 전혀 예상치 못했다. 예전에 관쥐얼이 이 집으로 이사 올 때 판성메이는 방 3칸 중에서 가장 초라한 방을 차지하고 있었다. 돈을 아껴서 욕심이 한도 끝도 없는 가족을 돌봐야 했기 때문에 그녀에겐 불가피한 선택이었다. 관쥐얼은 그렇게 가족을 수년 동안 부양한 판성메이가 딱하고 가여웠다. 좋은 집에서 살고 맛있는 것을 먹고 싶지 않은 사람이 누가 있을까.

그러나 관쥐얼은 판성메이를 안타까워하고 있을 여력이 없었다. 지금은 자신의 걱정만으로도 벅찼다. 토요일인 모레, 부모님이 시에빈을 만나면 무슨 말을 할지 궁금했다. 그녀는 엄마가 만난 자리에서부터 까탈을 부릴까 봐 여간 걱정이 아니었다. 평소 자신에게 잔소리하듯 시에빈에게 마음에 드는 구석이 한 군데도 없다고 트집을 잡을 수도 있는 일이었다. 그 생각을 하니 심장 박동 수가 빨라졌다.

그 시각 취샤오샤오는 자오치펑의 등 뒤에 웅크리고 누워서 꾸물거리고 있었다. 자오치펑은 잠에서 깨어 몸을 일으키려고 했지만 취샤오샤오가 꼭 붙잡고 놓아주지 않았다. 그도 더 누워 있고 싶던 터라 손을 뻗어 휴대폰 알람을 껐다. 눈을 돌리다가 취샤오샤오의 휴대폰도 보았다. 그녀의 휴대폰에는 부재중 전화와 메시지 알림이 꽤 여러 통 와 있었다.

"어, 부모님이 전화랑 메시지를 많이 하셨는데."

취샤오샤오는 어머니 목소리를 흉내 내며 들뜬 목소리로 말했다.

"어머, 우리 딸, 청명절 휴가가 끝나고 곧 노동절 휴가가 다가오는데 엄마랑 같이 홍콩 갈래? 아니면 마카오? 엄마가 핸드백 하나 사줄게. 맘대로 골라 봐."

그러고 나서는 또 아버지 목소리를 흉내 내며 소곤소곤 말했다.

"아가, 엄마한테 빨리 답장해. 홍콩에서 쓰는 돈은 전부 아빠가 적극적으로 지원할 거야."

그리고 마지막으로 애교스럽게 자신의 목소리로 말했다.

"분명히 이런 스토리일 거야. 엄마한테 노동절은 탈출구거든."

자오치펑은 그녀 집안의 독특한 개성을 알기에 웃겨서 배꼽을 잡았다. 그는 휴대폰을 취샤오샤오에게 건네고 자신은 마수 같은 그녀의 손에서 벗어나 욕실로 갔다. 그가 치약을 막 짜내는 찰나에 취샤오샤오의 비명 소리가 들렸다.

"할머니가 위독하셔. 어떡해. 대박 사건이야."

자오치펑이 말했다.

"아버지한테 연락해서 내 도움이 필요한지 여쭤봐."

"아빠는 간밤에 벌써 가셨대. 아침 일찍 비행기 타고 가도 별로 안 늦을 텐데 뭣 하러 밤새 간 거야. 쳇, 두 아들은 어김없이 데리고 갔겠지. 자기야, 아빠가 아들들은 데리고 가면서 나는 왜 안 데리고 갔는지 알아?"

"할머니가 아들만 오냐오냐하시나? 거참, 그렇다면 할머니가 잘못하시는 건데."

"와, 자기야, 난 자기가 너무 사랑스러워. 그런데 자기 말은 반만 맞았어. 나머지 반은 우리 아빠 잘못이야. 아빠가 하이시에서 사업하면서부터 본처한테 마음이 떠나서 이혼하고 싶었대. 본처가 낳은 아들 둘이 있는데 할머니가 손자들 때문에 결사적으로 이혼을 반대했

182

지. 하이시에 살던 우리 엄마는 여장부였는데, 아빠는 우리 엄마가 있어야만 하이시에 머물면서 사업을 키울 수 있었어. 하지만 엄마가 아빠에게 이혼하기 전에는 엄마 앞에 나타나지도 말고 데이트도 꿈도 꾸지 말라고 했대. 이때부터 아빠는 이중생활을 시작한 거야. 그 이후로는 할머니가 잘못했고. 할머니는 두 손자를 위해서 아빠의 본처를 기어코 고향에 머물게 하고 우리 엄마는 절대로 못 오게 했어. 나도 손녀로 인정하지 않았고. 만약에 아빠가 이 약속을 어기면 할머니는 울고 불며 강물에 뛰어든다고 난리를 치셨어. 그래서 매년 설이나 명절 때마다 아빠는 효도한답시고 엄마를 내팽개치고 혼자 고향에 갔어. 하지만 내가 보기엔 효도는 핑계고 양손에 떡을 쥐고 싶어서 그랬던 거 같아. 도둑놈 심보지. 사실 가장 불쌍한 사람은 우리 엄마야. 엄마 옆에는 나밖에 없었거든. 해마다 그랬어. 엄마는 결혼하고 나서 성질이 많이 죽었대. 아까 말한 노동절 휴가가 어떻게 된 사연인지 이제 알겠지?"

자오치핑은 칫솔질 소리가 방해해도 귀를 쫑긋 세우고 취샤오샤오의 얘기에 집중했다. 그가 입에 물었던 치약 거품을 뱉으며 말했다.

"어쨌든 난 무조건 네 편이야."

취샤오샤오는 기뻐서 큰 소리로 웃으며 곧장 욕실로 뛰어가서 자오치핑에게 뽀뽀했다.

"엄마한테 전화할래. 할머니가 위독한데도 아빠가 엄마랑 나를 안 데리고 갈지 궁금하거든. 솔직히 할머니 건강 상태는 관심 없어. 아빠가 할머니 앞에서 엄마를 며느리로서 인정하는지 똑똑히 지켜볼 거야. 결혼증서도 엄마한테 안 줬어. 엄마를 꼼짝 못 하게 하려고 말이야."

"만약 어머니가 그런 생활에 불만이 없다면?"

"엄마가 어떻게 불만이 없을 수가 있어. 해마다 섣달 그믐날이면 통곡하는데. 난 한편으로는 아빠가 날 달래려고 주는 돈을 챙기면서 다른 한편으로는 엄마의 기분을 맞추면서 같이 목 놓아 울었어. 나도 두 분 사이에서 입장이 참 곤란했어. 어쨌든, 이번엔 내가 엄마를 위해서 나서볼까 해. 우선 두 손자 놈들부터 처치하고."

자오치핑은 잠시 주저하다가 말을 꺼냈다.

"이번 일의 주원인은 아버지한테 있어. 아버지가 할머니의 뜻을 거부하면 할머니도 어쩔 도리가 없거든. 할머니가 손자들을 놓고 떠나면 손자들도 다시는 삐기지 못해."

"자기 말이 맞아. 처음에는 서로 지킬 건 지키면서 자기 갈 길을 갔어. 아빠가 엄마 집에 살면서 정기적으로 그 집에 돈을 갖다 주면 손자들을 잘 돌봤고. 그런데 할머니가 욕심을 부리기 시작한 거야. 손자들을 우리 회사에 꽂아 넣으려고 죽자고 기를 썼지. 내 생각엔 아빠도 할머니가 바람을 잡으니까 따라서 욕심을 낸 거 같아. 아빠는 아들들이 고향에서 자리를 잡을 수 있게 돈만 대주면 되는데 왜 굳이 우리 회사에서 한자리를 주려고 했는지 모르겠어. 사실 그건 내 몫을 빼앗는 거여서 엄마가 절대로 안 된다고 했지. 집안 재산은 전부 엄마랑 같이 번 돈이니까. 그랬더니 할머니가 자살을 기도한 거야. 약도 먹고 목을 매고 두 번이나. 그 지경이 되니 엄마도 허락할 수밖에 없었어. 할머니가 위독하신 마당에 아빠도 굳이 두 아들만 고향에 데려갈 명분이 있을까? 아무튼, 이번엔 내가 마음먹은 대로 꼭 할 거야. 내 성격 알잖아."

"아버지 심기 건드리지 않게 조심해. 아버지는 끝까지 두 아들을 책임지려고 하실 거야. 네가 오빠들을 쫓아내기 전에 아버지한테 먼저 쫓겨날 수도 있어. 하긴 쫓겨나도 내가 널 먹여 살릴 거니까 상관

184

은 없어."

"아직 그런 말 하긴 일러. 두고 봐. 엄마한테도 일일이 다 말하진 않을 거야. 자기도 약속해. 아빠한테 절대로 보고하기 없기야."

"쳇, 내가 보고한다고?"

취샤오샤오는 "죽도록 사랑해…."라고 하더니 쌩하고 침실로 가서 어머니에게 전화를 걸었다. 자세한 정황을 물으니 아니나 다를까 할머니는 정말로 매우 위독한 상황이었고 예상대로 아버지는 모녀와 함께 가길 원하지 않았다. 취샤오샤오는 서슴없이 엄마에게 제안했다.

"엄마, 아빠가 안 계신 틈에 우리가 손을 쓰자."

"너…, 무슨 짓을 하려는 거야?"

"됐어. 엄마는 아직도 내 앞에서 시치미를 떼네. 이번에 할머니가 입원하면 하루 이틀 안에 퇴원하실 것도 아니고 아빠도 당분간 안 오실 테니까 기회가 딱 좋아."

"샤오샤오, 아빠는 어쩌면…."

"두 아들을 우리 회사로 들인 건 애초에 아빠가 잘못한 일이야. 아빠가 화낼까 봐 겁나면 이 일은 내가 알아서 할게. 아무래도 내가 하는 게 나아. 난 원래 어려서부터 사고뭉치였으니까. 만약 아빠가 화나서 날 쫓아내면 치펑 오빠가 날 먹여 살릴 거니까 하나도 안 무서워. 엄마도 이제 참는 거, 이제 그만 해. 이번 기회를 놓치면 더 이상 희망은 없어."

자오치펑이 씻고 나왔다. 그는 취샤오샤오가 평소 머리를 다듬는 시간이 오래 걸리는 걸 알고 수고를 덜어주려고 빗을 가져와서 통화 중인 취샤오샤오의 머리를 빗겼다. 취샤오샤오는 원래 자오치펑에게 숨기는 게 없었기에 그도 자연스럽게 통화 내용을 들었다. 그의 이런 작은 행동들은 취샤오샤오에게 힘이 되었다. 비록 남자의 둔탁

185

한 손놀림에 취샤오샤오의 두피가 당기고 아팠지만, 그녀는 그마저도 사랑으로 느꼈다. 취샤오샤오는 자오치펑에게 몸을 기대어 계속 통화하며 마음을 더욱 단단히 먹었다.

"이쪽으로 출근해. 엄마랑 얘기하게. 우리 착한 딸, 이제 엄마랑 이런 큰일도 상의할 수 있구나."

"그러게. 난 엄마가 모욕당하는 꼴은 못 봐. 나한테 다 생각이 있으니까 딱히 상의할 건 없어. 일단 거기로 바로 출근할게."

취샤오샤오는 통화를 끝낸 뒤에 감사의 표시로 자오치펑을 꼭 끌어안았다. 그런 다음에 욕실로 뛰어 들어가서 서둘러 몸을 씻었다. 양치질을 절반쯤 했을 때, 그녀가 욕실에서 머리를 내밀고 자신 없는 말투로 말했다.

"오빠, 난 오빠를 정말로 너무 사랑해. 혹시 내가 사악하다고 생각하진 않지? 나중에 인상 찌푸리면서 나 싫다고 도망가면 안 돼."

"은혜는 은혜대로 갚고 원한은 원한대로 갚는 거지. 안 그래?"

"의리남! 사랑해!"

자오치펑은 웃으며 욕실로 들어가서 취샤오샤오를 뒤에서 안았다.

"자기는 주제 파악을 잘해서 마음이 놓여. 항상 마지막엔 내가 있어. 내가 자길 책임질 거야. 비록 풍족하게 해주진 못하더라도."

"정말?"

취샤오샤오는 거울에 비친 두 사람의 얼굴의 멍하니 보며 묵묵히 자오치펑의 말을 되새겼다. 잠시 뒤에 그녀는 입안에 치약 거품을 가득 문 채로 자오치펑의 머리를 잡고 짜릿한 입맞춤을 나눴다. 그녀는 자신을 이해해 준 남자 자오치펑을 인생의 남자로 확신했다.

자오치펑과 취샤오샤오는 주차장에서 헤어졌다. 취샤오샤오는 차를 몰고 지상으로 올라오다가 바쁜 걸음으로 지나가는 관쥐얼을 보왔다. 그녀는 얼른 차창을 열고 관쥐얼을 스치듯이 지나며 "쥐얼, 난 자오치핑을 죽도록 사랑해." 하고 고함치듯 외쳤다. 관쥐얼은 까닭도 모른 채 멀리 사라져가는 자동차의 뒤꽁무니를 쳐다봤다. 취샤오샤오가 왜 별안간 저런 말을 했는지도 알 수 없었다.

취샤오샤오는 흥분을 주체하지 못하고 정지 신호에 걸린 김에 아예 단체 메시지를 보냈다. 메시지 내용은 관쥐얼에게 한 말과 똑같았다.

'난 자오치핑을 죽도록 사랑해.'

어려서부터 취샤오샤오와 함께 놀던 친구들의 답장이 속속 도착했다. 하나같이 그녀가 간밤에 자오치핑과 실컷 즐긴 다음에 기쁨을 표현한 것이라고 확신했다. 취샤오샤오는 웃기만 할 뿐 해명하지 않고 속으로 생각했다.

'쟤네들이 내 사랑을 어떻게 이해하겠어. 쳇.'

취샤오샤오는 어머니의 사무실에 자리를 잡고 앉았다. 그 앞에는 그녀가 이미 반 이상 마셔버린 커다란 커피 잔이 놓여 있었다. 그녀는 테이블 맞은편에 있는 어머니를 외계인 보듯이 쳐다보며 성을 냈다.

"이제 본론으로 들어가야지. 난 앤디 언니 따라서 아침 먹는 얘기도 했고, 치핑 오빠 따라서 바르게 사는 얘기도 했는데 엄마는 한나절을 변죽만 울리고 있잖아. 애초에 아빠를 공격할 마음이 없는 거지?"

어머니는 얼굴이 빨개져서 딸의 시선을 피하며 약간 겁먹은 듯이 말했다.

"그게…. 나는 네 아빠를 조금만 벌을 줬으면 좋겠는데 넌 생각이 너무 많아서 말이야. 난 완전히 망가뜨릴 생각은 없어. 그러면 가정이 깨져."

"오, 어쩐지 아빠가 엄마를 철석같이 믿는다 싶었어. 엄마는 날 방

패로 삼으려고 속여서 귀국하게 만들고 늘 나한테만 도와달라고 하지. 그렇게 잘 참으면서 왜 섣달 그믐날만 되면 서럽게 울고 연휴 때마다 나랑 해외로 여행 가자고 해? 아빠한테는 왜 가벼운 벌만 주겠다는 건데? 참는 김에 아예 죽을 때까지 참아. 차라리 두 아들을 우리 집으로 들어오라고 해서 엄마가 친엄마처럼 부양해. 그럼 아빠는 본처는 영원히 거들떠보지도 않고 엄마더러 현모양처라고 입에 침이 마르도록 칭찬하면서 엄마랑 백년해로할 거야."

취샤오샤오는 끓어오르는 화를 화산처럼 분출하며 말을 마치고는 분을 삭이지 못하고 새된 비명을 질렀다. 어머니도 분하고 답답해서 마호가니로 만든 문진을 손에 꽉 쥐고는 탕 소리를 내며 테이블을 내리쳤다. 순간 취샤오샤오의 비명이 뚝 끊겼다.

"너 이게 무슨 태도야!"

"내 엄마한테 하는 태도! 엄마가 아니면 내가 미쳤다고 이렇게 발 벗고 나서? 남편한테 무시나 당하는 여자를 한 방에 차버리고 말지, 이렇게 머리를 싸매고 방법을 궁리하고 있을 줄 알아?"

"너…."

어머니는 또 성을 내며 문진을 집어 들었다. 이번에는 취샤오샤오가 방심하지 않고 재빠르게 문진을 빼앗았다.

"엄마, 갱년기 증후군이 아직도 진행 중이야? 뭐가 이리 난폭해. 딸한테는 이렇게 매섭게 굴면서 남편한테는 찍소리도 못하지. 총부리를 잘못 겨눴어."

"못된 계집애. 넌 엄마 아빠가 이혼하는 꼴을 보고 싶어?"

"당연히 아니지. 그렇지만 엄마도 제발 그만 참으라고. 할머니도 이제 아무 말씀도 못 하시고 오늘내일하는 마당에 또 목매달고 강물에 뛰어들진 않으실 거 아냐. 상황이 이런데도 아빠는 고향에 엄마를 데리고 가지도 않잖아. 이건 명백히 엄마를 무시하는 처사야."

"헛소리 그만해. 아빠도 곤란한 입장이야."

"그래, 안팎으로 다 잘하기는 어렵지. 그럼 아빠한테 전화해서 어떻게 할지 물어볼게."

취샤오샤오가 말하는 도중에 마침맞게 취샤오샤오의 아버지가 어머니에게 전화를 걸었다. 어머니는 휴대폰 화면에 뜬 발신자를 확인하고는 취샤오샤오에게 미리 엄포를 놓았다.

"허튼소리 하지 마."

어머니는 취샤오샤오가 고개를 끄덕이자 바로 전화를 받았다. 스피커 모드를 켜고 부드러운 음성으로 태연하게 말했다.

"도착했어요? 피곤하죠?"

"방금 도착했어. 휴, 아직 숨은 쉬고 계시는데 내가 말을 시켜도 반응을 안 하셔. 의사한테 무슨 수를 써서라도 어머니를 꼭 살려내라고 했어."

"애써요. 여기 일은 내가 살필 테니 염려 말고요. 샤오샤오도 여기 있어요. 나랑 같이 있겠다고 왔어요. 얼마나 착한지."

"아, 나하고 생각이 통했네. 당신한테 연락하고 나서 샤오샤오한테 전화해서 엄마 옆에 있으라고 당부하려던 참이었어."

취샤오샤오는 아빠의 말에 눈을 흘겼다.

"당신은 늘 그렇게 세심해요. 여긴 걱정하지 말고, 눈 붙일 만한 곳이 있으면 잠시 쉬어요. 절대로 무리하면 안 돼요. 어머니 치료에 당신이 적극적으로 관여해야 하잖아요. 의사한테 고생한다는 말도 잊지 말고요."

"알았어. 지금은 못 자. 의사한테 바로 가 봐야 해. 수시로 내 신용카드 잔액 좀 확인해. 부족하면 채워놓고."

"그럴게요. 재무팀에서 확인하고 있어요. 참, 만약에, 절대로 그런 일은 없겠지만, 그래도 만약에 안 좋은 일이 생기면 나한테 꼭 미리 연락해요. 샤오샤오랑 일찍 준비해서 밤새 가면 장례를 모실 수 있어요."

"그게…, 알다시피 당신이 와도 난처해져. 아이쿠, 의사 선생님 오셨네. 나중에 다시 연락할게."

어머니는 휴대폰을 내려놓았다. 낯빛이 금세 파래진 어머니는 혀를 내밀며 짓궂은 표정을 짓는 딸을 말없이 주시했다. 취샤오샤오가 능청스럽게 말했다.

"이제 똑똑히 알았지? 할머니의 잘못만은 아니라고! 저쪽은 본처, 엄마는 첩, 두 아들은 본처 소생, 나는 첩의 딸…."

"입 다물어!"

어머니는 취샤오샤오를 크게 호통쳤다. 이 호통은 막대기보다 효과가 좋았다. 취샤오샤오는 바로 입을 꾹 닫았다. 어머니는 실의에 빠진 눈빛으로 한참이나 딸을 쳐다보다가 힘없이 한마디 했다.

"샤오샤오, 우리 웃자. 웃으며 나가자. 네가 운전해. 은행에 가게."

취샤오샤오는 "알았어."라는 대답 외에는 아무 말도 하지 않았다.

자리에서 일어나 어머니 옆으로 간 그녀는 온몸을 부들부들 떨고 있는 어머니를 부축해서 일으켰다. 모녀는 다정하게 서로 의지하며 사무실을 나가서 엘리베이터를 탔다.

취샤오샤오는 은행의 개인 금고 앞에서 신경질적으로 왔다 갔다 했다. 어머니가 자신을 왜 그곳에 데려왔는지 궁금했다. 시간은 더디게 갔다. 한참을 기다리던 그녀는 마음이 급해져서 발을 동동 굴렀다. 이윽고 어머니가 무표정한 얼굴로 걸어 나왔다. 손에는 무언가가 두툼하게 담긴 부직포 가방을 들고 있었다.

취샤오샤오가 물었다.

"이게 뭐야?"

어머니는 고개를 가로저으며 딸을 데리고 은행을 나왔다. 차에 탄 뒤에 어머니는 잠겨 있던 봉투를 뜯었다. 그 안에서 부동산 등기권리증을 꺼내 취샤오샤오에게 건넸다.

"내가 몇 년 동안 네 신분증으로 구입한 부동산이야. 모두 상가 건물이고 네 명의로 되어 있어. 자세히 살펴봐."

취샤오샤오는 아연실색했다. 등기권리증을 하나씩 펼쳐 보았다. 놀랍게도 현재 가장 인기 있는 지역의 상가였다. 어머니의 말대로 명의는 모두 그녀의 이름이었다.

"내가… 그동안 난 해외에 있었는데 내 신분증으로 이걸 샀다고? 돈은 어디서 나서…."

"엄마는 네 마음 다 알아. 그래서 일찌감치 네 몫을 준비해 뒀어. 모두 집안 재산으로 샀고 아빠는 몰라. 이거 다 챙겨서 네가 보관해. 아빠는 원망하지 말고. 아빠는 지금 빈껍데기만 갖고 있어. 돈은 버는 족족 엄마 주머니로 들어와. 네 주머니로도 들어가고. 엄마는 아빠하고 잘 지내고 싶어. 만약 이번에 할머니가 돌아가시면 아빠도 고향에 가서 명절을 지낼 핑계가 없어지니까 앞으로 쭉 엄마 옆에 있을 거야. 어차피 이혼할 마음도 없으니 예전 일은 다 잊고 아빠랑 잘살아보려고. 두 오빠 문제도 엄마를 생각해서 넌 모른 체했으면 좋겠다. 할머니가 돌아가시면 기가 팍 죽을 테고 회사에서 푼돈이나 벌게 해주면 돼. 힘들게 걔들 다 쓸어낼 필요 없단 뜻이야. 엄마 말 알겠지?"

취샤오샤오는 놀라서 입이 다물어지지 않았다. 한참이나 어머니를 쳐다보다가 이윽고 정신을 차린 그녀는 말없이 엄마를 껴안고 눈물을 흘렸다.

"엄마, 역시 엄마가 최고야."

감정을 주체하지 못한 취샤오샤오가 한마디 덧붙였다.

"엄마가 가장 고생했어."

"엄마가 이 나이 먹어서 이혼하면 오히려 마음이 더 힘들어. 너희 젊은이들이랑은 다르거든. 엄마 말 듣기로 약속해. 알았지?"

취샤오샤오는 연거푸 고개를 끄떡이며 어머니의 뜻을 받아들였다.

"엄마, 저녁까지 엄마랑 같이 있을게."

"넌 치펑이나 잘 챙겨."

취샤오샤오가 펄쩍 뛰었다.

"내가 치펑 오빠랑 같이 지내는지 어떻게 알았어?"

어머니는 휴대폰을 꺼내어 취샤오샤오가 아침에 보냈던 단체 메시지를 찾아 보여주었다.

"엄마는 아빠가 피땀 흘려 번 돈도 다 빼돌렸는데 너에게 스파이 1명 붙이는 게 대수겠어?"

"와, 엄마가 양의 탈을 쓴 늑대였어. 스파이는 분명히 내 친구 중 하나겠지. 당장 찾아낼 거야."

"저녁에 시간 있으면 치펑하고 같이 밥 먹자. 나중에 치펑더러 아빠한테 전화 1통 넣으라고 해. 혹시 도와줄 일이 있는지도 물어보고. 네 신분증은 돌려줄까?"

"엄마가 보관해. 돈이 더 생기면 또 빼돌려서 나한테 계속 상가 건물 사 줘야지. 아 맞다, 엄마 몫도 챙겼어?"

"내가 어떻게 내 몫을 챙기니. 내 돈은 곧 집안의 돈이야. 아빠한테도 절반의 몫은 있어. 참, 여기 등기권리증은 모두 네가 잘 가지고 있어. 치펑한테는 말하지 말고. 둘이 같이 지낸다고 해서…."

"알았어, 알았어. 나 멍청이 아니야. 아, 내가 이렇게 똑똑한 게 다 엄마 닮았나 봐."

"후유, 넌 내가 아빠의 마음을 원한다고 생각했지? 샤오샤오, 엄마한테는 너밖에 없어."

"엄마."

취샤오샤오는 어머니를 또 끌어안으며 눈물을 흘렸다. 눈물을 그치고 난 뒤에는 자신의 태도에 대한 입장을 분명히 밝혔다.

"엄마, 앞으로도 말썽은 계속 피울 거야. 내 성질은 엄마가 물려준 거고 엄마를 닮았으니까 엄마가 감당해야 해."

어머니는 황당해했지만, 마음에 가득 찼던 노기는 제법 가라앉았다.

퇴근 시간이 되어 관쥐얼은 추잉잉의 메시지를 받았다. 메시지의 내용을 보고 놀란 그녀는 눈썹이 들리도록 눈을 위로 크게 치켜떴다.

'회사 1층에서 기다리고 있어. 꼭 내려와. 급한 일이야.'

관쥐얼은 마침 하던 일이 거의 다 끝나서 상사에게 퇴근하겠다고 말하고 쏜살같이 1층으로 내려갔다. 병원에서 막 퇴원한 추잉잉이 위험을 무릅쓰고 관쥐얼을 찾아왔다면 사소한 일은 아닐 것이 분명했다.

로비로 달려 내려온 관쥐얼은 나무에 기대어 서 있는 추잉잉을 금방 발견했다. 뜻밖에도 그녀는 맨몸으로 혼자 와서 기다리고 있었다. 그녀의 어머니도 곁에 보이지 않았다.

"어쩐 일이야? 몸은 괜찮아? 잉친 씨한테 무슨 일 있어? 몰래 도망 나왔니?"

"몰아세우지 마, 제발. 계집애, 인상 좀 풀고 웃어."

"웃을 수가 없지. 전화로 못 할 말이 뭐야?"

"도와줄 사람이 너밖에 없어서 직접 왔어. 휴우, 무슨 일이든 아빠 엄마가 간섭하면 일이 복잡해져. 잉친 어머니가 잉친 집으로 이사하라고 해서 내가 옮겼잖아. 잉친 말로는 자기 아버지가 그 사실을 뒤늦게 알고는 생각 없는 짓을 했다고 나무라며 어머니랑 다퉜다는 거야. 어머니는 아버지한테 야단맞고 울면서 잉친을 꾸짖었대. 잉친이 어리석어서 이런 일이 벌어졌으니 직접 문제를 해결하라고 말이야. 그래서 잉친이 나더러 당분간 다시 환락송으로 가서 지내라고 했는데 그다음엔 우리 엄마가 화났어. 잉친 집에서 이랬다저랬다 변덕을 부린다며 잉친 어머니한테 따지려는 걸 내가 겨우 말렸어. 네가 좀 도와줘야…."

"잉친 씨도 나가래?"

관쥐얼은 최대한 감정을 억누르며 악담을 퍼붓고 싶은 마음을 다스렸다.

"잉친 어머니가 억지로 시키니까 잉친도 방법이 없지. 나가라고는 했지만 무조건 가라고 강요하진 않았어. 어쨌든 난 안 나갈 거야."

관쥐얼은 속이 터질 것 같았다.

"나도 잘 모르겠다. 나라면 방법은 딱 하나야. 일단 그 집에서 나올 거야."

"너라면 그럴 줄 알았어. 하지만 난 너 같은 배짱이 없어. 이미 이사했는데 절대로 다시 나갈 순 없어. 성메이 언니한테도 물어봐서 내린 결론은 잉친 아버지한테 직접 말하는 거야. 전화해서 허심탄회하게 말씀드리려고 해."

"너 미쳤어? 벌써 들키면 어쩌려고 그래?"

"두려울 게 뭐 있어. 잉친이 퇴원할 때까지 전전긍긍하며 기다리는 것보다 나아. 스스로 해결할래. 잉친 집에서는 문제가 생기면 아버지가 도맡아서 해결하니까 아버지하고 직접 얘기하는 수밖에 없어. 내가 잉친 아버지한테 하고 싶은 말을 여기 쪽지에 적었어. 네가 대신해서 잉친 아버지한테 전화해 줘. 네 방식으로 쪽지에 적은 뜻을 전하기만 하면 돼."

관쥐얼은 쪽지를 받아들고 펼쳐보기 전에 한마디 물었다.

"넌 이런 잉친 씨가 좋아?"

"이런 잉친이라니? 잉친은 좋은 사람이야. 잉친 회사에서 과일이랑 건강식품을 다 먹지도 못할 만큼 계속 보내서 나한테도 줬어. 날 아끼니까. 우리 회사는 그런 인사치레가 전혀 없거든. 날 대수롭지 않게 여긴다는 뜻이지. 어서 내가 쓴 쪽지부터 봐. 우선 내 앞에서 연습 한 번 하고 잉친 아버지한테 전화해. 도와줘, 제발."

관쥐얼은 쪽지를 펼쳤다가 보지 않고 다시 덮었다.

"이렇게 중요한 일을 내가 어떻게 해. 지난번에는 잉친 씨를 구해야 하니까 어쩔 수 없었고 상황을 정확하게 전달하기만 하면 되니까 가능했지. 이번에는 네 뜻을 말하고 나면 잉친 아버지가 반드시 질문도 하고 상의도 하려고 할 거야. 만약 내가 모르는 두 집안의 사적인 이야기를 꺼내면 쩔려서 제대로 말도 못 하고 들통 날 게 뻔해. 네가 하고 싶은 말을 내 말투로 새로 적어줄 테니까 네가 쉰 목소리로 잉친 아버지와 통화하는 게 낫겠어."

"내가 직접? 절대 안 돼. 불가능한 일이야. 아직 잉친 아버지랑 대화해 본 적도 없어. 목소리 변조하면서 동시에 머리까지 써야 하는데 질문에 대답할 정신이 어디 있어. 나야말로 쩔려서 쩔쩔매다가 망신당할 거야. 쥐얼, 네가 도와줘. 필요하면 내가 옆에서 할 말을 알려줄게. 설령 통화를 망쳐도 절대로 널 탓하지 않아. 딱 한 번만 도와주면 나중에 어떻게든 꼭 보답할게. 쥐얼, 제발. 결혼증서를 받기 전까지는 아무 일도 일어나면 안 된단 말이야."

관쥐얼은 결혼을 위해서 한없이 자신을 낮추는 추잉잉의 태도에

195

진저리가 났다. 그렇지만 추잉잉의 간절한 부탁을 거절할 수도 없었다. 하는 수 없이 속마음과 다르게 대답했다.

"알았어. 네가 무슨 일을 하고 있는지 너 자신이 잘 알 테니까 최악의 경우도 각오해. 나도 울며 겨자 먹기로 한 번만 더 돕는 거야…."

"어, 그래, 그래. 일단 평소처럼 사무적인 말투로 하면 좋겠어. 좀 조용한 곳을 찾아보자. 자, 가자!"

관쥐얼은 하마터면 체할 뻔했지만 추잉잉을 부축해서 회사 근처의 분위기 좋은 카페로 갔다. 카페 입구에서 추잉잉은 무언가 생각난 듯이 말했다.

"쥐얼, 안 들어갈래. 지금 주머니에 차비밖에 없어. 출근을 못해서 수입도 없고 요즘 형편이 좀 빠듯해. 오늘만큼은 절대로 너한테 커피를 사라고 할 수 없으니까 돈이 들지 않는 곳으로 가자."

관쥐얼은 추잉잉을 카페 안으로 밀었다.

"알아. 내가 일단 계산할 테니까 나중에 잊지 말고 갚아."

추잉잉은 그제야 안심하고 자리에 앉았다. 관쥐얼은 쪽지를 펼쳐서 꼼꼼히 읽었다. 쪽지를 읽는 관쥐얼의 볼이 실룩거렸다. 삼종지도(三從之道 여자가 따라야 할 세 가지 도리)와 사덕(四德 사람으로서 갖추어야 할 네 가지 마음가짐인 인의예지)에나 나올 법한 진부한 말들이어서 차마 입 밖으로 꺼낼 수 없었다. 다행히 그녀는 거부감을 크게 드러내지 않고 펜을 꺼내 내용을 다시 정리했다.

"이렇게 말할게. '아버님, 안녕하세요. 바쁘신데 전화해서 방해가 된 건 아닌지…'"

"먼저 식사하셨는지 물어보는 게 좋아."

"그건 내 스타일이 아니야! 계속할게. 말 끊지 마. '아버님, 안녕하세요. 바쁘신데 전화해서 방해가 되진 않았는지 모르겠네요. 잉친한테 연락받았어요. 이렇게 사소한 결정으로 집안에 큰 문제를 일으킬 줄은 몰랐어요. 정말 죄송합니다. 몇 가지 소소한 문제가 있었는데 아버님께 먼저 설명해드려야 할 것 같아요. 들어보시고 어떻게 하면 좋을지 말씀해 주세요. 우선 어머님은 제가 사는 곳이 너무 협소해서 상처가 쉽게 감염될 수 있는 환경이라고 하시면서 잉친 집으로 옮길 것을 제안하셨어요. 어머님의 호의와 배려는 정말로 제게 귀감이 되었고요. 그러니까 어머니를 탓하지 마세요. 잘못이 있다면 무턱대고 어머니 말씀을 따른 제 잘못이죠. 두 번째는, 잉친이 전화로 집을 옮기라고 설득할 때 옆에 계시던 어머님과 저희 엄마도 같은 뜻이어서 감히 거역할 수가 없었어요. 제가 신중하게 판단하고 이사하지 않았어야 했는데 죄송해요. 제 생각이 짧았어요…'"

불안해진 추잉잉이 또 말을 끊었다.

"내 잘못이라고 인정하면 안 되지. 인정하면 당장 나가야 하잖아."

"내 스타일은 이런 식이야. 자꾸 끊지 마. 내키지 않으면 네가 알아서 해."

추잉잉은 답답해서 손을 내저으며 말했다.

"알았다, 알았어. 내가 바라는 건 딱 하나야. 잉친 집에서 안 나가는 거. 나머지는 네 맘대로 해."

관쥐얼은 계속 말을 이어갔다. 추잉잉이 마지못해 동의한 뒤에야 잉친의 아버지 휴대폰으로 전화를 걸었다. 관쥐얼은 잉친 아버지와의 두 번째 통화를 앞두고 가슴이 조마조마했다.

통화하는 사이에 시에빈이 종종걸음으로 다가와서 조용히 옆에 앉았다. 그는 스피커폰을 켜고 잉친의 아버지와 통화하는 관쥐얼을 빙그레 웃으며 응시했다.

"세 번째로 드릴 말씀은, 이미 일이 이렇게 된 이상 아버님이 어머님과 잉친을 절대로 나무라지 않으셨으면 하고 감히 부탁드려요. 어머님과 잉친은 저를 위해서 그랬던 거니까 책임은 저한테 있어요. 절 꾸짖어 주세요. 네 번째는, 잉친이 말로는 어머님이 저희 아빠와 엄마가 이 상황을 못 받아들일까 봐 염려하고 계신다고 하던데, 정말로 걱정하지 않으셔도 돼요. 저희 아빠와 엄마는 제가 말씀드리면 다 이해하실 거예요. 잉친이 호의로 한 일로 욕을 먹지 않고 선의가 악의로 뒤바뀌지 않도록 제가 해명할게요. 마지막으로, 가능한 한 빨리 이사할게요. 아직 상처가 덜 아물어서 행동이 불편하긴 하지만 친구들이 와서 도와주면 할 수 있어요. 친구들이 토요일에 와서 도와준다고 했어요. 아버님, 제가 알아듣기 쉽게 잘 설명했는지 모르겠어요. 아무튼, 어머님과 잉친한테 책임을 지우지 마세요. 전 토요일에 짐을 옮길게요."

시에빈은 영문도 모를 말을 들으며 저도 모르게 자꾸 추잉잉을 쳐다봤다. 추잉잉은 자신을 쳐다보는 시에빈의 예리한 눈빛이 무서워서 오금이 저렸다. 전화를 받는 잉친 아버지도 이처럼 날카로운 눈빛으로 그녀를 주시할 것만 같았다. 추잉잉은 슬그머니 고개를 돌려 시에빈의 시선을 피했다. 하지만 여전히 마음은 가시방석에 앉은 듯했다.

관쥐얼은 준비한 말을 모두 마쳤다. 그러나 수화기 너머에는 침묵만 흘렀다. 관쥐얼은 당황했다. 추잉잉도 어쩔 줄을 몰라서 쪽지에 한마디 적었다.

'어떡해.'

관쥐얼은 또 목이 턱 막힐 뻔했다. 어떻게 하냐고 추잉잉에게 물어보기도 뭐했다. 그녀는 하는 수 없이 마음을 다잡고 나긋나긋하게 말했다.

"아버님, 듣고 계세요? 제가 하고 싶은 말은 이렇게 5가지고 이게 다예요. 걱정하지 마세요. 그럼 더 하실 말씀이 없으시면 그만 끊을 게요."

"얘, 잠깐만. 끊지 마라. 잉잉, 네 말이 맞다. 그런 상황에서 너도 방법이 없었을 거야. 두 어머니 말씀을 따를 수밖에 없었겠지. 게다가 잉친 엄마 성격이 좀 드세서…."

"아니에요. 어머님은 좋은 분이세요. 순전히 저를 위해서 하신 말씀인걸요. 제가 신중하지 못했어요. 어머님 말씀은 무조건 따르는 게 도리라는 생각만 하느라 다른 건 미처 생각지 못한 탓이죠. 그 바람에 어머님과 잉친의 호의가 도리어 화가 돼서…. 호의를…, 하여간 호의였어요."

시에빈은 듣다가 웃음이 났다. 특히 관쥐얼이 입에서 나오는 대로 둘러맞추다가 '하여간'이라고 말할 때는 정말로 못 참고 폭소가 터질 뻔했다. 여자가 저렇게 나긋하고 간절하게 부탁하면 누군들 거절할 수 있을까. 시에빈처럼 대화 훈련을 전문적으로 받은 사람도 그녀의 말에 혹해서 잉친 아버지 대신 대답하고 싶을 정도였다.

잉친의 아버지도 웃었다.

"네 잘못이 아니야. 넌 경우가 바른 아이니까. 이사하지 말고 거기서 몸조리해. 이참에 너희 부모님한테 안부나 전해 다오. 어머니한테 너무 고생하지 마시라고 전하고. 잉친 엄마가 경솔했어. 내가 나중에 잉친 엄마가 오해하지 않게 잘 얘기하마."

"고맙습니다, 아버님. 몸조리 잘하고 빨리 회복할게요. 외람된 말씀이지만, 그러면 이번 일은 특별히 잘못한 사람은 없고 여러 가지 이유로 일이 복잡하게 되었다고 봐도 될까요?"

"그래. 시외 전화라서 길게 얘기할 수는 없네. 너희 아버지 성격이 시원시원하시던데 만나서 얘기하면 잘 마무리될 거야. 시간이 늦었는데 저녁은 먹었나?"

"먹었어요. 정말 죄송해요. 저하고 잉친이 사고를 치는 바람에 종일 고생하신 아버님은 집에 가서 따뜻한 식사도 아직 못 하셨네요."

"하하, 괜찮다, 괜찮아. 너희들만 괜찮으면 난 상관없어. 시외 전화라서 요금이 비싸겠구나. 그만 끊고 네 아버지하고 상의하마."

통화를 마친 관쥐얼은 마침내 긴장했던 몸에서 힘을 쭉 뺐다. 그녀는 허탈함에 녹초가 되어 의자에 몸을 기대고 멍하니 있었다. 추잉잉은 관쥐얼의 통화가 끝나자 기뻐서 눈물을 흘리며 관쥐얼을 끌어안았다.

"넌 해낼 줄 알았어. 성메이 언니의 조언도 훌륭했고. '구두장이 셋이면 제갈량보다 낫다.'더니 우리가 해냈어. 아, 안심이야. 이제 마음을 놔도 되겠어. 잉친 아버지가 날 이렇게 좋아하시니까 앞으로 별일 없을 거야. 거봐, 누가 해결해줄 때까지 기다릴 게 아니라 적극적으로 나서야 문제가 해결되잖아."

추잉잉은 재빨리 눈물을 닦으며 말했다.

"이제 온몸에서 기운이 펄펄 나. 쥐얼, 먹고 싶은 거 있으면 맘껏 시켜. 계산은 일단 네가 하고 나중에 월급 받으면 갚을게. 잠깐만 앉아 있어. 여기 사장님한테 우리 가게 커피가 필요한지 물어보고 올게. 아휴, 살았다."

관쥐얼은 깜짝 놀라며 추잉잉이 일어나지 못하게 붙잡았다.

"내가 대신 갈게. 네 명함이나 줘."

"네가 대신할 수 있는 일이 아니야. 넌 네슬레(Nestlé)하고 맥스웰하우스(Maxwell House)밖에 모르잖아."

관쥐얼은 손을 놓았다. 일어나서 가는 추잉잉을 보며 잠시 생각에 잠기다가 시에빈에게 말했다.

"잉잉이 옳았어요."

시에빈은 여전히 영문을 몰랐다. 두 사람은 아직 완쾌되지 않았지만 기뻐서 가뿐해진 발걸음으로 영업하러 가는 추잉잉의 뒷모습을 묵묵히 바라봤다. 추잉잉과 카페 점주의 대화가 잘 진행되는 것으로 보아 영업에 성공한 것 같았다. 잠시 후, 추잉잉은 신이 나서 자리로 돌아왔다. 거래가 성사될 가망이 있다는 희소식을 전했다.

취샤오샤오는 자오치펑과 팔짱을 끼고 데이트를 했다. 두 사람은 차가 있는 쪽을 향해 걸었다. 밤 풍경은 온화했고 이름 모를 꽃들의 향기가 사방에 가득 퍼졌다. 취샤오샤오는 몇 걸음 가다가 폴짝 뛰어서 자오치펑에게 가볍게 뽀뽀했다. 차에 오른 취샤오샤오는 주변을 두리번거리며 사람이 있는지 살피더니 자오치펑에게 비밀스럽게 말했다.

"자기야, 나 오늘 부자 됐어. 완전 부자. 순식간에 돈방석에 앉았어."

자오치펑은 평소에 취샤오샤오의 과장이 심한 걸 알기에 웃으며 말했다.

"너 원래 부자잖아. 쭉 부자였어. 너희 가족도 모두 부자고."

"하하, 틀렸어. 핸들 꽉 잡아, 어서. 듣고 나면 졸도할지도 몰라."

"쳇, 난 사람이 죽고 사는 걸 수없이 본 사람인데 더 놀랄 일이 뭐가 있어. 다 덤비라고 해."

취샤오샤오는 본격적으로 자세를 잡고 이야기를 시작했다.

"아침에 내가 엄마한테 상의하러 갔었잖아. 그런데 결과는 완전히 내 예상을 빗나갔어. 엄마는 내가 생각했던 것보다 훨씬 무서운 사람이었어…."

취샤오샤오는 유창한 말솜씨로 생동감 있고 떠들썩하게 상황을 재연했다. 마치 자동차 앞 유리에서 3D 화면이 재생되는 듯했다.

"…세상에, 부동산 등기권리증이 포커 카드처럼 눈앞에 쫙 펼쳐져 있는데 그 위에 적힌 명의가 전부 내 이름인 거야. 쉽게 설명하면 우리 집 재산의 적어도 80퍼센트가 내 손에 들어왔단 뜻이야. 회사 운영 자금은 거의 대출금과 선수금으로 충당하거든…. 어, 뭐 하는 거야? 왜 유턴해?"

"어머니를 살려야 해. 응급실 당직할 때 이런 경우를 많이 봤어."

"뭐? 아니야, 아닐 거야. 엄마는 강한 사람이야. 생각도 쿨해. 자기야, 빨리 가, 서둘러…. 자기야, 엄마한테 전화할까…? 아니야, 경솔하면 안 돼…. 아, 밤새 엄마랑 같이 있을걸…. 아, 어떡해, 어떡해…."

"진정해. 침착하라고."

"자기야, 흑흑…. 진정이 안 돼. 심장이 두근두근해. 아, 느낌이 안 좋아. 심장이 터질 거 같아. 어떡하지…."

취샤오샤오는 심장이 두근두근 뛴다기보다 온몸이 부들부들 떨렸다. 머리를 차 유리에 박아 보아도 통증이 느껴지지 않았다. 취샤오샤오는 자오치펑의 한마디에 정신이 번쩍 들었다. 생각해 보니 엄마의 행동이 어딘가 평소답지 않았던 듯했다. 그 많은 재산을 한꺼번에 넘겨준다는 것은 다른 뒷일을 도모한다는 의미로 봐야 했다. 다행히도 자오치펑의 손은 흔들림 없이 핸들을 잡고 있었다. 초조한 가운데에도 안전하게 차를 몰았다.

집 앞에 도착한 두 사람은 차에서 뛰어내려 쏜살같이 현관으로 달려갔다. 취샤오샤오는 거추장스러운 하이힐을 벗어 던지고 맨발로 미친 듯이 달리는 데도 자오치펑에게 뒤처졌다. 자오치펑이 먼저 문 앞에 도착했다. 취샤오샤오는 문 앞에 거의 다다라서 다리에 힘이 풀리는 바람에 바닥에 철퍼덕 넘어졌다. 그녀는 아픔을 참으며 열쇠를 꺼내 문 앞에서 발을 동동 구르는 자오치펑에게 던졌다.

"난 상관 말고 어서 들어가."

자오치펑은 두말하지 않고 문을 열고 들어갔다. 취샤오샤오의 어머니가 찻잔을 들고 고독하게 소파에 앉아서 텔레비전을 보고 있었다. 어머니는 인기척에 고개를 돌렸다가 자오치펑을 발견하고는 깜짝 놀랐다. 자오치펑은 재빠르게 어머니 입 가까이에 있던 찻잔을 빼앗았다. 예상대로 테이블 위에는 약병과 비슷한 물건이 놓여 있었다.

"어머니…, 이러시면 안 돼요…."

자오치펑은 숨이 차서 헐떡거리느라 겨우 이 말만 하고는 날쌔게 약병을 집어 들었다.

"수…수…."

어머니는 어리둥절해서 자오치펑을 보았다. 자오치펑은 가슴을 쓸어내리며 후유 하며 한숨을 길게 내쉬고는 큰소리로 외쳤다.

"샤오샤오, 어머니 무사해."

"내가…? 왜?"

어머니는 영문을 몰라 여전히 어리벙벙했다.

자오치펑은 손에 든 수면제 약병을 흔들어 보이며 고개를 가로저었다.

"샤오샤오가…. 애간장이 탔는지 급하게 뛰어오다가 밖에서 넘어졌어요."

"너희…. 아, 내가 자살했을까 봐? 아니야, 무슨 소리야. 잠이 안 와서 약 먹었어. 잠 좀 자려고. 아이고, 샤오샤오는 어디서 넘어졌어? 나가봐야겠다."

자오치펑은 반신반의하면서 약병을 주머니에 넣고 어머니를 억지로 자리에 앉혔다. 그러고는 스탠드 불빛에 어머니를 비추며 육안으로 건강을 진단했다. 취샤오샤오는 거의 기다시피 해서 현관으로 들어오다가 어머니의 무사한 모습을 발견했다. 자오치핑이 막 어머니를 구한 것처럼 보였다. 그녀는 머리가 헝클어진 채로 현관에서 신발을 갈아 신을 때 사용하는 작은 스툴에 퍽 엎어졌다.

"엄마, 흑흑, 엄마한테는 내가 있잖아. 내가 엄마를 얼마나 사랑하는데. 그런 생각 하면 안 돼. 엄마."

어머니는 그제야 상황을 파악했다. 순간 눈물이 폭포수처럼 쏟아졌다. 어머니는 자오치핑의 손을 뿌리치고 딸에게로 달려가서 와락 끌어안았다.

"샤오샤오, 엄마가 왜 그런 바보 같은 짓을 하겠어. 넌 엄마한테 세상에 둘도 없는 딸이야, 얼마나 귀한 딸인데…."

모녀는 서로 부둥켜안고 대성통곡했다. 자오치핑은 찻잔 속에 담긴 물을 조심스럽게 살폈다. 색, 맛, 냄새 모두 이상 없음을 확인하고서야 비로소 안심했다.

자오치핑이 막 한숨을 돌리려는데 별안간 비명이 들렸다.

"악, 내 보물 크리스챤 루부탱(Christian Louboutin)! 자기가 헛소리하는 바람에 내 구두만 날아갔잖아. 벌 받는 셈 치고 빨리 가서 찾아와."

자오치핑은 머쓱했다.

"일단 네가 넘어진 자리에 가볼게. 으흠?"

취샤오샤오의 어머니는 딸과 딸의 남자친구를 보니 흐뭇했다.

"치핑, 오늘 밤에 샤오샤오하고 같이 두 번이나 와서 기분이 너무 좋아. 너희는 마음씨가 정말 고와. 착하기도 하지."

취샤오샤오는 눈물이 맺혀 반짝이는 눈으로 자오치핑에게 눈짓하며 말했다.

"엄마, 아까 오는 동안 심장이 폭발할 뻔했어. 오빠한테 한번 물어 봐. 오빠도 놀라서 갑자기 유턴하더니 여기까지 거의 날아왔다니까. 나도 엄마가 어떻게 됐을까 봐 얼마나 놀랐는지 몰라. 이 남자 내일 부터 진료 관두라고 해. 사람 놀라게 하는 의사가 무슨 의사야."

자오치핑은 별말 없이 조심스럽게 취샤오샤오의 발바닥, 무릎, 손 바닥에 난 상처를 처치했다. 취샤오샤오는 그제야 안정을 찾았는지 온몸에서 얼얼한 통증을 느끼며 아파서 울부짖었다. 마치 원래 상처 보다 백배나 큰 상처가 난 것처럼 엄살을 피워서 어머니의 마음을 아프게 했다. 어머니는 딸을 위로하기도 하고 남편을 욕하기도 하며 자오치핑의 웃음을 자아냈다. 또 말하다가 쑥스러웠는지 웃으며 고 개를 숙이기도 했다. 취샤오샤오는 몰래 키득키득 웃었다. 취샤오샤 오와 자오치핑은 어머니의 턱 밑에 바싹 다가앉아서 어머니가 아버 지를 욕할 때마다 소리 없이 입만 살짝 벌리고는 자기들끼리 비난 수위를 판정했다. 그러다가 한 번씩 취샤오샤오는 비명을 지르며 아 버지를 비난하는 어머니를 지지하며 즐거운 분위기를 연출했다.

그런데 취샤오샤오의 휴대폰에서 때아닌 전화벨이 울렸다. 관쥐 얼의 전화였다. 취샤오샤오는 냉큼 전화를 받았다.

"쥐얼, 무슨 일이야?"

"시에빈 씨하고 같이 있는데 교통사고가 나서, 자오 선생님한테 물어보려고…."

"심해? 치핑 오빠 병원으로 가. 우리도 당장 출발할게."

자오치핑은 다급히 휴대폰을 건네받았다.

"네…. 네…. 보험처리 하시고 제가 확인해 보죠. 저희도 빨리 갈 게요."

"안 돼. 나 못 움직이겠어. 움직이니까 살갗이 당겨져서 아파. 자기 혼자 갈래?"

취샤오샤오는 또 엄마 턱 밑에 웅크리고 앉아서 자오치펑에게 눈짓을 했다. 자오치펑은 금방 눈치를 챘다. 급한 불을 끄듯 되돌아와서 어머니의 자살은 막았지만 아무래도 오늘 밤에는 취샤오샤오가 어머니 옆에 남는 게 좋을 듯했다. 자오치펑은 취샤오샤오의 상처를 붕대로 잘 감싸서 처치를 끝낸 다음에 서둘러서 혼자 병원으로 출발했다.

추잉잉은 모처럼의 외출에 자유롭게 건강한 공기를 들이마셨다. 더불어 마음속의 큰 부담을 말끔하게 해결해서 뜰 듯이 기뻤다. 그녀는 집에 들어가기 싫었지만 관쥐얼이 억지로 그녀를 차에 태우고 시에빈과 함께 집에 데려다주었다. 가는 내내 추잉잉 혼자 재잘거렸다. 그녀는 잉친의 집을 경제적이면서 효율적으로 수리할 예정이라고 했다. 물론 잉친의 어머니가 고향으로 돌아가신 다음에나 시작할 계획이었다.

시에빈은 차를 멈춘 뒤에야 한마디 거들었다.

"잉잉 씨, 요 며칠간 별일이 없으면 휴대폰을 꺼두는 게 좋겠어요. 유선전화는 어머니한테 받으라고 하고요. 휴대폰은 받지도 걸지도 말아요. 받는 즉시 들통나니까요. 오늘 밤에는 더더욱요. 우리가 가고 난 뒤에 잉친 씨 아버지가 할 말이 생각나서 전화하면 통화할 사람도 없잖아요."

"아, 그럴게요. 고마워요."

추잉잉은 힘겹게 차에서 내렸다. 시에빈과 관쥐얼은 먼저 내려서 차 문 앞에서 기다렸다가 추잉잉을 부축했다. 관쥐얼은 기어코 추잉잉을 대문 앞까지 데려다주겠다고 했다. 추잉잉도 관쥐얼의 호의를 거절하기는 어려웠다. 두 사람은 느릿느릿 걸어서 엘리베이터에 탔다. 엘리베이터 안에 다른 사람은 없었다. 관쥐얼이 한숨을 쉬며 말했다.

"잉잉, 자신을 그렇게까지 비하하진 마."

추잉잉은 곧장 변명했다.

"가끔은 도저히 방법이 없을 때가 있어. 오늘처럼 엄마가 집에 같이 있으면 말을 할 수가 없잖아. 엄마가 알면 분명히 전화도 못 하게 말릴 게 분명하거든. 저번에 내가 잉친을 구하려고 목숨 걸고 병원을 탈출했을 때도 난 정말로 잉친과 생사를 같이하겠다는 마음으로 갔어. 잉친도 날 보호하느라 주먹으로 맞으면서 목숨에 연연하지 않았는데 잉친한테 문제가 생기고 사람들한테 감시를 받는 상황에서 내가 어떻게 손 놓고 구경만 할 수 있었겠어."

관쥐얼은 아무 말도 하지 않았다. 추잉잉이 관쥐얼의 말을 다른 의미로 받아들인 것이다. 그러나 방금 단숨에 한껏 해명을 늘어놓은 추잉잉에게 다시 해명하라고 하자니 추잉잉은 이미 기운이 떨어진 듯 보였다. 게다가 추잉잉을 번거롭게 할 용기도 없었다. 관쥐얼은 시에빈의 차로 돌아와서 자신의 행동을 후회했다.

"난 왜 늘 이렇게 마음이 약할까요. 거절을 못 하겠어요."

"오늘 같은 일은 언제고 일어날 일이었어요. 잉잉 씨가 무슨 수를 써서라도 쥐얼 씨한테 부탁했을 테니까. 잘못되면 책임을 다 쥐얼 씨한테 떠넘기겠죠. 쥐얼 씨가 전적으로 한 일이니까. 결국 쥐얼 씨는 적이 1명 더 생기는 거예요. 또 일이 잘못돼서 결국 결혼이 파투가 나면 잉잉 씨는 그 남자를 원망하지 않고 쥐얼 씨한테 화풀이할걸요. 그런데 뭣 하러 도와요."

관쥐얼은 멍하니 생각하다가 짜증스럽게 손을 휘저었다.

"맘대로 하라고 해요. 난 양심에 거리끼지만 않으면 돼요."

"그럴 수밖에 없죠. 아무튼, 잉잉 씨 같은 사람을 만나면 쥐얼 씨는 거의 속수무책이네요."

"맞아요. 내가 직접 나쁜 짓을 하려고 마음먹지 않는 이상 나도 어쩔 수 없죠. 저번에 과일을 사 들고 갔다가 안 줬잖아요. 스스로 너무 옹졸하단 생각을 했지만, 그때는 그럴 수밖에 없었어요."

"쥐얼 씨는 이미 충분히 잘 해줬어요."

"아니요. 정말 잘하는 거라면 뒤에서 옹알옹알 불평하진 않겠죠."

"하하, 성인군자라도 되려고요? 잉잉 씨 얘기는 그만하죠. 재미없어요. 부모님은 언제 오세요? 내가 마중 나갈게요."

"괜찮아요. 항상 직접 운전하고 오셔서 환락송 근처에 있는 호텔에 묵거든요. 난 도착했다는 전화가 오면 가서 만나곤 해요."

"자신감이 없어서 부모님한테 잘 보일 기회를 찾는 중이에요. 부모님한테 전화해서 일정 좀 알아봐요. 도착하실 때 되면 꽃다발이라도 준비해서 정성스럽게 길가에서 기다리려고요."

관쥐얼은 웃음이 났다. 까탈을 부릴 엄마를 생각하면 준비를 단단히 해서 엄마를 즐겁게 해주는 것도 좋은 방법인 듯했다.

그녀는 곧장 아빠에게 전화를 걸었다.

"아빠, 토요일에 집에서 몇 시에 출발해?"

"금요일 저녁에 하이시에 도착할 거야."

"뭐? 그렇게 일찍? 음, 퇴근하자마자 출발하게? 잠깐만 시간 좀 계산해 볼게. 저녁에는 이정표가 잘 안 보이니까 우리가 고속도로 출구에서 기다릴게."

"그럴 필요 없어. 금요일 저녁에 비행기 타고 갈 거야. 표도 이미 예매했어. 너한테 할 말이 있으니까, 금요일 저녁에 시간 비워 놔. 일단 우리 세 식구끼리 먼저 얘기하게."

"비행기? 아빠랑 엄마랑 같이 비행기 타고 와? 우리 집에서 하이시까지 오는 항공편이 있어? 자동차가 비행기보다 빠를 텐데."

"어제 휴가를 내고 비행기로 시에빈의 고향에 왔어. 여행 오는 셈치고 와서 둘러보고 시에빈에 대해서도 자세히 알아보려고."

"뭐라고? 어쩜…. 엄마 생각이야? 분명히 그렇겠지. 하…, 두 분 정말…."

관쥐얼은 불안한 눈빛으로 시에빈을 봤다. 그는 운전에 집중하느라 관쥐얼의 통화를 염두에 두지 않는 듯 보였다. 관쥐얼은 뒷말을 하지 않고 그냥 삼켰다. 순간 얼굴이 화끈 달아올랐다.

"이 일은 나도 엄마 편이야. 인생에서 얼마나 중요한 일이냐. 조심해서 나쁠 거 없어. 우리는 외식할 때도 인터넷으로 검색하고 입소문도 들어보잖아. 그냥 시에빈의 고향 동네 한 바퀴 둘러볼 거야. 무례한 일은 하지 않을 테니 염려 마. 시에빈의 가족한테도 폐를 끼치지 않을 테니까 너도 시에빈한테 말하지 마."

"내일 늦잠 자고 일어나서 바로 짐 챙겨서 와. 아무 데도 가지 말고."

"엄마가 동의하지 않을 거야. 알았어, 어쨌든 아빠가 최대한 막아볼게."

아빠는 건성으로 대답한 것을 관쥐얼도 눈치챘다. 그녀는 통화를 마친 뒤에 저도 모르게 한숨을 쉬었다. 무슨 말을 해야 할지 몰랐다. 고개를 들어 시에빈을 보았다. 그는 의아한 눈빛으로 관쥐얼을 보았다. 관쥐얼이 말했다.

"부모님이 내일 저녁에 오신대요."

"아버지는 공공기관에서 근무하시고 어머니는 은행원이신 걸로 아는데 어떻게 두 분이 같이 출장을 가셨어요?"

시에빈은 말하면서 또 고개를 돌려 관쥐얼을 힐끗 봤다. 관쥐얼은 도둑이 제 발 저려서 예리한 칼처럼 날카로운 시에빈의 눈빛에 놀라 심장이 벌렁거렸다.

"그게…, 출장은 아니래요. 날 보지 말고 앞을 봐요. 조심해요…."

그 순간 나무 한 그루가 차를 덮쳤다. 관쥐얼은 나무가 덮치는 찰나를 손으로 입을 꽉 틀어막고 눈을 똑바로 뜬 채로 목격했다. 그러나 미처 피할 틈도 없이 나무가 차 위로 쓰러졌고 그 힘으로 관쥐얼의 몸이 세게 흔들렸다. 놀란 그녀는 깜빡 정신을 잃었다.

시에빈은 찌그러진 차 안에서 관쥐얼을 구출했다. 한 손으로 그녀를 부축하며 다친 곳이 없는지 위아래로 훑어봤다.

"쥐얼, 관쥐얼, 정신 차려요. 어디 아픈 데 없어요? 쥐얼 씨, 대답해요. 한 글자라도 괜찮아요. 두 걸음만 움직여 봐요. 두 걸음 걸을 수 있겠어요?"

"나는…. 난… 나 살아 있어요."

"설 수 있어요? 어디가 아파요?"

당황해서 허둥지둥하던 시에빈은 휴대폰의 손전등 기능이 퍼뜩 생각났다. 휴대폰을 찾아 손전등을 켜고 관쥐얼이 다친 곳이 있는지 꼼꼼히 살폈다. 관쥐얼은 계속 "괜찮아요. 난 괜찮아요."라는 말만 반복했다. 그러나 너무도 놀란 터라 시에빈의 팔을 꽉 붙잡고 놓지 않았다. 시에빈은 관쥐얼의 버팀목이 되어 주었다. 그것도 아주 강인한 버팀목이 되어 든든히 버티고 있었다.

시에빈은 어쩔 수 없이 한 손으로 필요한 일을 처리했다. 관쥐얼은 시에빈이 경찰에 신고하는 모습을 보다가 문득 내상이 있을지도 모른다는 생각이 들어 자오치펑과 상의하기로 했다. 그녀는 서슴없이 취샤오샤오에게 전화를 걸었고 자오치펑의 병원으로 가기로 결정했다. 전화를 걸고 나니 감정이 약간 차분해졌다.

"어, 손바닥에 피가 묻었어요. 어딜 다쳤지? 신분증하고 운전면허증은 나한테 주고 어서 병원부터 가 봐요. 내가 여기서 경찰을 기다릴게요."

"별거 아니에요. 작은 상처인데 어디서 난 건지도 모르겠네요. 부축할 테니 몇 걸음만 걸어볼래요? 정말로 어디 아픈 데 없어요?"

관쥐얼은 자신이 시에빈의 팔을 단단히 붙잡고 있음을 그제야 깨달았다. 시에빈은 아픈 곳이 있느냐고 연거푸 물었다. 관쥐얼은 그의 관심에 마음이 따뜻해졌다. 시에빈은 피가 흐르는 자기 손바닥은 들여다보지도 않고 오로지 관쥐얼의 안위에만 집중했다. 관쥐얼은 고개를 저으며 가늘게 떨리는 다리로 억지로 버티고 서서 세 걸음을 걸었다.

"운이 좋았어요. 가방 안에 반창고가 있는데 우선 내가 지혈해 줄게요."

"내가 할게요."

시에빈은 잽싸게 관쥐얼을 앞질러 가서 가방과 잡동사니를 차 안에서 꺼내더니 자기 몸에 걸쳤다. 관쥐얼은 가방에서 물티슈와 반창고를 꺼내 들고 가로등 불빛 아래에서 시에빈의 상처를 처치했다. 다행히 예상대로 상처는 크지 않았다. 새끼손가락이 어디에 부딪혔는지 살갗이 쓸려서 까져 있었다. 교통사고에서 이 정도 상처는 천만다행이었다.

처치하는 관쥐얼의 손이 떨렸다. 그녀는 떨리는 손을 진정시키려고 안간힘을 썼다. 시에빈은 멍한 눈으로 관쥐얼을 바라봤다. 다정한 그녀의 모습에 시에빈은 하고 싶은 말을 또 참았다. 그는 다른 한 손으로 흐트러진 관쥐얼의 머리를 쓸어 올렸다. 몇 가닥은 가볍게 귀

뒤로 넘겼다. 관쥐얼은 고개를 더욱 푹 숙였다. 다소곳하게 고개를 떨구는 모습이 마치 한 송이의 수줍은 연꽃 같았다. 그는 가슴이 떨렸다. 치료하느라 허공에 뜬 손이 아래로 처질세라 꼿꼿이 힘을 주며 끝까지 버텼다. 관쥐얼이 "다 됐어요." 하고 말하자, 그가 불쑥 "미안해요."라고 답했다.

관쥐얼은 이상한 느낌이 들어 문득 고개를 들었다.

그녀도 엉겁결에 "미안해요."라는 말이 입에서 나왔다.

"쥐얼 씨 부모님이 내 고향에 가서 미안해요?"

관쥐얼은 시에빈의 태도가 무척 공격적으로 느껴졌지만, 그냥 고개를 끄덕였다.

"네, 정말 미안해요. 상상도 못 한 일이에요."

시에빈은 말없이 관쥐얼을 잠시 주시하다가 다시 입을 열었다.

"경찰이 왔어요. 가서 금방 처리하고 올게요. 가로등에 기대고 잠시만 기다려요."

관쥐얼은 마침내 우려했던 일이 닥친 것 같아서 몹시도 침울했다.

자오치펑은 취샤오샤오의 상처를 치료하고 아쉬워하는 모녀의 시선을 뒤로한 채 다른 치료 현장으로 시크하게 떠났다. 취샤오샤오의 어머니는 그의 뒷모습을 바라보며 감동하여 딸에게 말했다.

"전문직 신랑감을 데려오다니, 참 잘했어. 너도 사람 보는 눈이 있구나."

취샤오샤오는 대수롭지 않게 돌아보며 눈을 흘겼다. 자오치펑은 병원에 도착한 지 한참이 지나서야 택시에서 내리는 두 사람을 발견했다. 관쥐얼의 눈에는 자오치펑 한 사람만 띄었다. 주변을 아무리 둘러봐도 취샤오샤오를 찾을 수 없었다. 자오치펑 바로 앞까지 다가

갔는데도 취샤오샤오는 그림자도 보이지 않았다. 관쥐얼이 자오치펑에게 말했다.

"번거롭게 일부러 오시라고 해서 정말 죄송해요. 샤오샤오는요?"

"지금 어머니랑 같이 있어서 못 왔어요."

자오치펑은 손을 내밀어 시에빈과 악수했다.

"샤오샤오가요?"

"하하, 의외죠? 안으로 들어가서 일반적인 검사부터 해 봅시다."

시에빈이 불쑥 대답했다.

"미안해요. 난 안 들어가요. 몸을 움직여 보니 불편한 곳이 없어요. 그만 갈게요."

관쥐얼은 어이가 없었다. 자오치펑도 황당해했다. 관쥐얼은 거의 무의식적으로 대답했다.

"알았어요. 가요."

뜻밖에도 관쥐얼이 말리지 않자 시에빈은 당황했다. 관쥐얼 옆에 서 있는 멋있는 자오치펑을 보니 관쥐얼을 막 알았을 때 찻집에서 관쥐얼이 짝사랑하는 자오치펑을 그리던 장면이 떠올랐다. 시에빈은 취샤오샤오 없이 혼자 온 자오치펑의 모습에 쓴웃음이 났다.

"이따가 둘이 같이 집에 가요. 자오 선생님, 쥐얼 씨를 부탁합니다."

관쥐얼은 순간 머릿속에서 '윙' 하는 소리가 울렸다. 황당한 그녀는 "잘 가요." 한마디를 남기고 돌아서서 병원 로비 안으로 들어갔다. 자오치펑이 웃으며 말했다.

"두 분 다툼에 전 끌어들이지 마세요. 우리 샤오샤오가 절 잡아먹을 거예요. 하하, 시에빈 씨, 어떡하죠?"

시에빈은 관쥐얼을 부탁한다는 제스처를 취했다. 자오치펑은 빙긋이 웃으며 관쥐얼을 뒤따라갔다. 시에빈은 멍하니 서서 두 사람이

사라지는 모습을 한참이나 바라본 뒤에야 슬며시 자리를 떠났다. 관쥐얼은 모퉁이를 돌아서며 걸음을 멈추더니 눈물로 얼룩진 얼굴로 자오치펑에게 말했다.

"자오 선생님, 저도 다친 데 없어요. 검사 안 해도 돼요. 정말 죄송해요."

자오치펑이 웃으며 말했다.

"괜찮아요. 내가 아는 사람이라서 검사하기 불편하면 다른 동료 의사를 불러줄게요."

"그럴 기분이 아니에요."

"잠깐만 봅시다. 교통사고 충격은 경추에 손상을 줘요. 피가 나지 않는다고 무사한 게 아니거든요. 동료 의사한테 부탁하고 나는 차에서 기다릴게요. 택시 타고 가겠다는 말은 하지 말고요. 쥐얼 씨를 데려다주지 않은 걸 샤오샤오가 알면 저 다리 몽둥이 부러져요."

"고마워요."

관쥐얼은 눈물을 그치려고 애썼다. 그러나 울음은 억지로 참을 수 있었지만, 눈물은 멈추지 않고 속절없이 줄줄 흘러내렸다. 불쑥 뒤를 돌아보았다. 시에빈의 그림자는 보이지 않았다. 그는 정말로 가버린 것이었다.

취샤오샤오는 자오치펑에게 관쥐얼의 소식을 전해 듣고 깜짝 놀랐다.

"두 사람이 싸웠어? 쥐얼이 얼마나 착한데, 시에빈 오빠가 뻔뻔하게 먼저 가겠다고 했다고? 기가 막혀, 뭐 그런 놈이 다 있대? 시에빈 3명을 데려와도 우리 쥐얼한테는 한참 모자랄 판인데. 자기는 집으로 와. 성메이 언니한테 연락해서 쥐얼 좀 챙기라고 할게."

"질투해? 나이스! 끝까지 쥐얼 씨 옆에 있어야지, 하하. 성메이 씨

214

한테 빨리 전화해 봐. 이따가 쥐얼 씨가 또 울면서 와서 내 차에 타면 난감해. 난 우는 여자가 가장 무섭거든."

그러나 취샤오샤오는 흥미진진한지 전화기를 붙잡고 놓지 않았다.

"자기는 그 둘이 왜 싸웠는지 정말 몰라? 전혀 감이 안 잡혀?"

"몰라. 싸우다가 교통사고를 냈다는 것도 내 억측일 뿐이야. 빨리 성메이 씨한테 전화해. 한시가 급해."

취샤오샤오는 어머니 앞에서 거리낌 하나 없이 하하거리며 큰 소리로 웃었다. 매력적인 자오치펑과 막 홀로 남겨진 관쥐얼이 단 1분도 같이 있게 할 수 없었던 그녀는 곧장 판성메이에게 전화를 걸었다. 그러나 통화가 연결되자 대화는 샛길로 빠져나갔다.

"어, 언니, 왜 앤디 언니 목소리가 들려?"

"귀도 참 밝네. 꽃을 한 다발 사서 집에 돌아오다가 앤디랑 마주쳤거든. 이글루같이 썰렁한 집을 꽃으로 장식하면 어떠냐고 내가 제안했더니 앤디는 아주 질색하더라. 그래도 내가 무안할까 봐 내 방 꾸미는 걸 구경하고 배우겠다고 왔어. 하하. 지금은 아주 멀찍이 떨어져서 현관 앞에 서 있어. 꽃에 무슨 독이라도 들어 있는 줄 아나 봐. 참, 나 잉잉이 살던 방으로 옮겼어."

취샤오샤오는 저도 모르게 휴대폰 화면을 다시 보며 상대방이 판성메이임을 재확인했다.

"아, 그 방 좋지. 저기, 쓸데없는 소리 그만하고. 글쎄 쥐얼이 교통사고를 당했어. 시에빈 오빠랑 같이 있다가 사고가 났는데 지금 치펑 오빠 병원에 있어서 오빠도 병원으로 갔어. 큰 문제는 없다고 하는데 시에빈 오빠가 쥐얼만 두고 가버렸다. 치펑 오빠가 계속 쥐얼을 다독이기도 곤란하고 울게 내버려 둘 수도 없어서 난처한가 봐. 그래서 언니가 빨리 가서 쥐얼을 달래야겠어. 앤디 언니도 여유가 있어서 같이 가면 더 좋고. 아무래도 쥐얼이랑 시에빈 오빠랑 싸운 거 같아. 쥐얼은 평소에 앤디 언니 껌딱지니까 언니가 가서 위로하면 좋겠는데. 어서 가. 서둘러."

판성메이는 손에 들고 있던 백도라지 꽃을 내려놓고 막 벗었던 외투를 황급히 다시 걸쳤다. 앤디는 물끄러미 보다가 의아해서 물었다.

"왜 그래?"

"쥐얼이 시에빈 씨랑 다툰 거 같아서 가보려고. 남은 꽃들은 마음에 들면 네가 가져갈래?"

"음, 알레르기가 있어서. 감당 못 할 일은 사절이야. 가자, 같이 가."

"넌 집에 있어. 어젯밤에도 피곤했을 거 아냐. 내일 아침에는 또 비행기 타고 혼인신고 하러 가야 하니까 무리하면 안 돼. 일찍 쉬고 내일 최고로 아름다운 신부가 될 준비나 해. 이깟 일은 내가 눈 감고도 해결할 수 있어."

"그렇게 별일도 아닌데 넌 뭣 하러 가? 자기들끼리 알아서 해결하라고 하지. 엘리베이터 잡고 있어. 차 키 가지고 나올게. 운전만 하니까 피곤하지도 않을 거야."

"눈치가 너무 빨라도 얄밉단 말이야."

판성메이도 말리지 않고 앤디를 기다렸다. 두 사람은 함께 차를 타고 출발했다.

차에 타서 판성메이가 말했다.

"늘 그랬듯이 난 길을 안내하고 넌 운전하고. 앤디, 너한테 꽃 알레르기가 있는 줄 몰랐어."

"심리적인 거야. 극복하려고 노력 중이고. 이제 꽃은 악이 아니라 아름다운 거라고 느끼고 있어."

판성메이는 어둠 속에서 두 눈을 똑바로 떴다.

"당연히 악이 아니지. 꽃은 도구일 뿐이고, 꽃으로 나쁜 짓을 하는 사람이 악이야."

"나도 알아. 그런데 머리랑 마음이 따로 놀아서 말이야. 시간이 좀 필요해. 그나저나 쥐얼과 시에빈 씨는 무슨 일이래?"

판성메이는 앤디가 대화에 집중하면서 운전도 잘할 수 있다고 믿고 이야기를 늘어놓았다. 취샤오샤오한테 전해 들은 이야기에 자신의 추측을 더해서 상황을 설명했다.

"쥐얼이랑 시에빈 씨랑 각자 살아온 이야기를 적어서 교환했거든. 그런데 이번 주말에 쥐얼 부모님이 시에빈 씨를 보러 오신다는 거야. 상대방의 부모님을 만나는 건 꽤 부담스러운 일이잖아. 아무래도 그 문제로 마찰이 생긴 거 같아."

앤디는 자기도 모르게 '어머나.' 하고 탄식했다. 취샤오샤오가 시에빈의 고향에 가서 뒷조사를 한 일도 생각났고, 바오 부인이 연애 초반에 그녀를 백방으로 뒷조사해서 트집을 잡았던 일도 당연히 떠올랐다.

"성메이 넌 눈치가 보통이 아니야. 쥐얼 일은 좀 번거롭게 됐네. 내 휴대폰으로 샤오샤오한테 전화해. 샤오샤오한테 할 말이 있어."

판성메이는 영문을 몰랐지만 취샤오샤오의 말대로 관쥐얼은 앤디의 껌딱지여서 앤디가 분명 어떤 내막을 알고 있을지도 모른다고 생각했다. 그런데 취샤오샤오는 과연 이 일과 무슨 상관이 있을까? 앤디는 통화가 연결되자 이어폰을 귀에 꽂고 곧장 본론으로 들어갔다.

"샤오샤오, 너도 와야겠어. 쥐얼 부모님이 이번 주말에 시에빈 씨를 만나러 오신대. 시에빈 씨가 쓴 내력을 본 지 단 며칠 만에 시에빈 씨를 보러 오는 거잖아. 아무래도 두 사람이 싸운 이유와 관련이 있는 것 같아. 이런 일은 실전 경험이 없으면 대처하기 어려워. 우리 중에서 너만 할 수 있단 뜻이야."

"뭐라고? 아! 환장하겠네! 이래서 세상에 비밀은 없는 거야. 언니, 치핑 오빠 만나면 당장 집으로 오라고 해. 이건 내가 언니한테 부탁하는 대단히 중요한 일이야. 오늘은 집에 일이 있어서 못 가. 아무리 중대한 사건이라도 오늘은 절대로 안 돼. 수시로 연락하는 걸로 대신하자."

앤디는 이렇게 된 이상 난처한 상황을 피할 수 없겠다고 생각했다. 그런데 판성메이가 불쑥 물었다.

"내가 저녁 식사 초대했던 날 말이야, 쥐얼이 계속 샤오샤오한테 뭘 추궁했거든. 설마 샤오샤오가 시에빈 씨 뒷조사했어? 샤오샤오는 아니라고 했지만, 사실은 한 게 맞지?"

"눈치가 너무 빨라도 얄밉단 말이야."

앤디는 판성메이에게 들은 말을 그대로 따라 하며 킬킬거렸다. 판성메이는 체념했다.

두 사람은 병원에 도착하자마자 자오치핑을 찾았다. 그는 엑스레이 사진 1장을 들고 나와서 부득이하게 두 사람에게 상황을 설명했다.

"제가 억지로 데리고 가서 엑스레이를 찍었거든요. 그런데 잠시 한눈을 판 사이에 어디론가 사라져 버렸어요. 엑스레이 사진은 제가 대신 받아왔고요. 경추에는 전혀 문제가 없어요. 아마 정신적으로 충격을 많이 받은 거 같아요. 전화도 안 받아요."

앤디는 대뜸 판성메이에게 물었다.

"어떡해?"

판성메이는 골을 내며 말했다.

"넌 어쩜 아무렇지도 않게 물어보네. 쥐얼은 겁이 많고 바른 애라서 멀리 가진 않았을 거야. 집에 가면서 찾아보자."

"역시 넌 영리해. 치펑 씨, 샤오샤오가 당장 집으로 오라고 했어요. 쥐얼은 저하고 성메이가 맡을게요."

"그러죠. 기껏 두 분 오시라고 해놓고 전 도망가네요. 시에빈 씨한 테는 알릴까요?

앤디가 말했다.

"알리지 말죠. 이유는 샤오샤오한테 물어보세요. 그럼 조심히 들어가세요."

앤디는 곧장 차에 타서 가속 페달을 힘껏 밟으며 굉음과 함께 내달렸다. 자오치펑은 약간 어리둥절했다. 뭐니 뭐니 해도 취샤오샤오의 성격이 가장 명쾌하다고 생각했다. 좋으면 좋고, 싫으면 싫고, 하고 싶은 말을 다 하는 성격이라 갈피를 잡지 못하고 어리둥절할 일은 없었다.

판성메이는 몇 번이고 다시 생각한 끝에 앤디에게 솔직하게 말했다.

"모든 일에 간섭하지 말자. 쥐얼의 의사를 무시하고 우리 멋대로 시에빈 씨한테 연락하지 않기로 결정하는 건 잘 못하는 거 같아."

앤디는 판단이 서지 않았다.

"방금 싸웠는데 쥐얼이 시에빈을 만나려고 할까?"

"모르지. 하지만 쥐얼은 이런 감정을 매우 소중하게 여기거든. 포기하겠다고 해서 금방 손을 놓는 그런 사람은 아니야."

"아, 머리가 복잡해. 아무튼, 네가 진두지휘해. 난 따르기만 할게. 시에빈 씨 전화번호 알려줄게. 네가 연락해."

판성메이는 솔직하게 말했다가 앤디한테 미움을 살 줄 알았는데 의외의 반응에 웃음이 났다. 판성메이는 시에빈에게 전화를 걸었다. 관쥐얼이 사라졌다는 한마디만 전했는데 시에빈은 놀라서 야단법석을 떨었다. 전화를 끊고 나서 판성메이가 진중하게 말했다.

"두 사람, 굉장히 사랑하나 봐."

앤디는 취샤오샤오가 시에빈을 평했던 말을 속으로 되새길 뿐 입밖으로 꺼내지 않았다. 연애 경험이 부족한 앤디는 오늘 유난히 바쁜연애 고수 취샤오샤오 대신 또 1명의 연애 고수 판성메이의 조언을따르기로 했다.

66

앤디는 반신반의했지만 판성메이가 엘리베이터에 타자마자 확신에 차서 말했다.

"쥐얼의 퇴근 복장이 엄청 고급스럽던데, 노트북에 아이폰 휴대폰까지 딱 봐도 핫 하잖아. 소매치기 당하기 딱이지. 쥐얼도 위험하다는 건 알겠지? 혼자 여기저기 돌아다니지도 못하니까 가봤자 집 근처 공원이 다 잖아."

"아니면 홧김에 병원 근처 호텔에 방이라도 얻는 거 아니야?"

"쥐얼이 홧김에 뭘 할 사람은 아니잖아. 너무 만만하게 보지 마. 매일 출근할 때마다 옷도 꼭 세트로 맞춰 입고 가잖아. 요만큼의 빈틈도 없다고! 얼굴에 여드름만 나도 얼마나 철저하게 관리하는데. 아주 똑 부러진다고. 방을 얻는다고 해도 그럴 돈이 없는 것도 아니고. 조금 지내다가 방 빼고 집으로 들어가면 되니까, 그렇게라도 안 하면 번거로운 문제들을 해결할 수 없을걸. 그게 쥐얼 스타일이야. 내 생각엔 우리보다 먼저 집에 도착해 있을 것 같은데."

"어…, 난 이런 세세한 부분까지는 신경도 못 썼는데. 시에빈이 쥐얼 실종된 걸 알면 단숨에 달려와서…."

말이 끝나기가 무섭게 엘리베이터 문이 열렸다. 앤디는 2202호 현관문이 활짝 열려 있는 걸 보고 깜짝 놀랐다.

"성메이 네 말이 맞았어, 역시 집에 있었어."

"아아…."

판성메이는 몹시 만족스러워하며 웃다가 순간 얼굴빛이 변했다.

"어떻게 된 거야? 안에 누구야!"

그녀가 얼른 집 안으로 들어가 보니 방금 옮겨온 듯한 살림살이가 집안 복도에 어수선하게 널려 있었다. 그리고 낯선 그림자가 그녀의 방 안에서 바쁘게 움직이고 있었다.

"누구세요? 뭐 하는 거예요?"

"도둑인가 봐! 성메이 도망쳐…."

방 안에 있던 사람이 퉁명스럽게 말했다.

"모두 셋방살이로 고생하는 사람들끼리 이렇게까지 난리를 피다니. 나가는 사람이 있으면 들어오는 사람이 있는 건 지극히 정상인 거 아니에요?"

"어머나!"

앤디와 판성메이는 자기도 모르게 말이 동시에 튀어나왔다.

앤디가 한눈에 그 사람의 얼굴을 알아봤다. 지난번, 이 건물에 방이 있는지 알아보러 다니면서 세 들어 사는 사람들은 모두 가난하다며 대놓고 무시했던 여자였다. 딱히 아는 척을 하고 싶지는 않았다.

판성메이는 재빨리 앤디 옆으로 다가가서 침울하게 말했다.

"내가 바보 같은 짓을 했어. 이 방 월세가 3일 후 만기여서 그 때 돼서 집주인한테 말하고 나랑 쥐얼이랑 같이 살려고 했는데, 그깟 3일 치 방값 아끼겠다고 시간 끌다가 이렇게 돼 버렸지 뭐야. 나는 이 방이 안 나갈 거라고 생각했거든. 만약에 잉잉한테 무슨 일이라도 생기면 돌아올 자리는 있어야 되니까. 근데 완전히 망했네."

"다른 방법이 있을 거야. 근데 딱 봐도 그렇게 착해 보이진 않네."

앤디는 어깨를 한번 으쓱거리고는 더 중요한 일이 생각나서 발을 옮겼다. 그녀는 새로 이사 온 여자가 이리저리 어질러놓은 상자들을 피해서 방문이 굳게 닫혀 있는 관쥐얼의 방 앞에 섰다.

"쥐얼, 방에 있어? 우리가 너 걱정하고 있는 거 알지?"

"어휴"

옆에 있던 판성메이가 뛰어 들어가서 문을 두드렸다.

"쥐얼? 쥐얼."

하지만 새로 들어오는 사람의 이삿짐 옮기는 소리 외에는 아무 소리도 들리지 않았다. 두 사람이 어찌할 바를 몰라 하자 이사 온 사람이 촉각을 곤두세우고 두 사람을 쳐다보았다. 하지만 딱히 기발한 생각이 떠오르지 않았는지 다시 방으로 돌아가 짐 정리를 시작했다. 판성메이는 가려는 앤디를 붙잡고 눈짓을 보내며 조심히 말했다.

"쥐얼이 방에 없나 보네, 내가 내려가서 아파트 단지랑 주변을 좀 찾아봐야겠다. 넌 집에 가 있어. 배불러서 여기저기 돌아다니면 안 되잖아."

"이 밤에 너 혼자 나가면 위험해. 같이 가자. 내가 손전등 가지고 올게."

앤디는 그녀의 눈짓이 무슨 의미인지 알 수 없었지만 판성메이의 눈빛이 관쥐얼의 방으로 향하자 그때 비로소 이해했다.

"안 돼, 정말 무슨 일이라도 생기면 난 도망치면 되지만 넌 안 되잖아. 어서 들어가."

판성메이는 바닥에 널브러진 이삿짐 때문에 절로 한숨이 나왔지만, 지금으로선 자기가 망친 일까지 돌아볼 겨를이 없었다.

"집에 바로 들어가지 않아도 되면 복도에서 쥐얼이 돌아오는지 보고 있으면 되겠다. 그리고 나 대신 다른 사람이 못 버리게 박스 좀 지켜보고 있어 줘. 여기, 안에 있는 건 내가 평생을 모아온 거라, 내가 좀 아끼는 옷들이거든."

말이 끝나기도 전에 두 사람의 휴대폰이 동시에 울렸다. 관쥐얼이 보낸 메시지였다.

"나 찾으러 갈 필요 없어. 나…, 방에 있어. 근데, 나 조용히 혼자 있고 싶어. 미안해. 그리고 고마워."

판성메이는 그제야 한시름 놓고 웃을 수 있었다. 그때 밖에서 문 두드리는 소리가 들렸다. 시에빈은 밖에 서서 큰 소리로 외쳤다.

"관쥐얼 있나요? 들어가도 될까요?"

온몸에 소름이 쫙 돋은 판성메이는 얼른 휴대폰을 주머니 안에 넣었다. 앤디도 똑같이 휴대폰을 집어넣고 고개를 내밀었다.

"쥐얼 찾으러 온 거예요? 들어와요. 안 그래도 지금 문을 부수고 들어가서 안에 쥐얼이 있나 없나 확인해야 하나 얘기 중이었어요."

시에빈은 급하게 들어오다 실수로서 새로 이사 온 사람의 짐에 다리가 걸리고 말았다. 세숫대야와 보온병 등 온갖 물건이 한꺼번에 쿵하고 떨어졌다. 부서지고 굴러다니느라 매우 시끄러워졌다.

새로 이사 온 사람이 뛰어나오더니 화가 나서 발을 동동 구르며 소리를 질렀다.

"안에 아무도 없다고요, 아무도! 방금 저기 두 분이 한참 동안 성가시게 여기 서 있어도 귀신 하나 안 지나갔다고요. 이제 나가서 찾겠다고 하더니 진짜 계속 이렇게 귀찮게 할 거예요? 뭐 하나 정리되는 게 없네, 정말! 셋방살이가 힘들다고 하더니 정말이었네요. 그냥 가기만 해요. 내 보온병 물어내고 가요. 아, 정말 짜증 나! 이사하면 3년은 가난하다더니, 그 말이 딱이네, 딱이야."

판성메이는 이 기회를 틈타 어떻게든 당황스러운 분위기에서 벗어나고자 했다.

"오늘 새로 이사 오신 분이에요. 나도 막 보긴 했는데. 어쨌든 우리는 지금 아파트 단지 내를 돌아보려던 참이었어요. 쥐얼이 그렇게 멀리 가진 않았을 것 같고. 어떻게 생각해요?"

앤디도 한마디 거들었다.

"시에빈도 있으니까, 넌 따라가지 않아도 되겠다."

새로 이사 온 여자가 분노에 찬 목소리로 말했다.

"세입자들 수준이란, 남의 물건을 다 부숴놓고 미안하단 말도 안 하다니 ."

이 말에 여자들 틈에 끼어 안절부절못하던 시에빈이 정신을 차리고는 급히 돈을 꺼내 그 여자에게 주고 몸을 숙여 굴러간 그릇들을 주웠다. 그 여자는 콧방귀를 뀌고는 바닥에 잔뜩 어질러 놓은 물건들을 정리하기 시작했다. 앤디는 괜히 시간을 끌었다가 관쥐얼이 집에 있는 걸 들키기라도 할까 봐 급하게 말했다.

"그럼 얼른 나가서 찾아봐. 여긴 내가 있을게. 조심해, 특히 시에빈. 정신이 하나도 없어 보인다. 성메이, 시간 나면 나한테 집주인 전화번호 좀 줘봐. 이 집 방세 기한 다 되면 나한테 달라고 말해볼게."

판성메이는 그 여자를 한번 흘겨보고는 앤디에게 고개를 저었다. 시에빈을 데리고 나가려고 하자 전화가 울렸다. 판성메이는 혹시나 관쥐얼일까 봐 그가 보지 못하게 몸을 돌려서 전화를 받았다. 다행이 추잉잉이었다.

"잉잉, 나 지금 좀 바빠서 그런데 급한 일 아니면 내일 전화주면 안 될까?"

시에빈이 숨죽이고 듣고 있었다. 판성메이는 이 모습을 보고 아예 스피커폰으로 돌려서 그에게 관쥐얼의 전화가 아니라는 것을 확인시켜 주었다.

추잉잉은 킥킥거렸다.

"급한 일이야! 끊지 마, 언니. 저녁 먹을 때 쥐얼이 나 대신 잉친 아버지한테 전화해서 얘기가 잘되긴 했는데 아무리 생각해 봐도 다시 2202호로 돌아가는 편이 나을 것 같아. 내가 워낙 활동적이기도 하고 내 물건이 은근 자리도 많이 차지해서 말이야. 잉친은 아마 다음 주 월요일이면 퇴원할 수 있을 것 같은데. 나도 별일 없으면 언니한테 말하고 내일 짐을 옮길까 했지. 기다리고 있어, 언니. 내가 가자마자 안아줄 테니까!"

"어, 근데 네 방에…, 방금 누가 들어왔어."

"왜? 집 주인은 왜 그랬대? 나 아직 기간 남아 있는데, 3일이나 남았잖아."

"미안해, 난 네가 전셋집에서 멋지게 탈출한 줄 알고 집주인이랑 얘기했었거든. 네 방으로 옮기겠다고. 내 방은 너무 좁아서."

"아, 어떻게 그럴 수가 있어. 언니 너무 급하게 움직인 거 아니야? 적어도 내가 좀 정리되거든 옮기지…."

얼굴이 새파래진 판성메이는 끓어 오르는 화를 참지 못해 전화를 끊고는 바로 전원도 꺼버렸다. 그리고 시에빈에게 말했다.

"가요, 가서 쥐얼이나 찾아보죠."

시에빈은 배가 볼록한 앤디를 한번 본 후, 다시 잔뜩 화가 나 있는 판성메이를 보고는 단호하게 말했다.

"날도 늦었으니, 저 혼자 나가서 찾아볼게요. 혼자 가는 게 빨라요. 누님들은 쥐얼이 갈 만한 친구 집이 있나 한번 찾아봐 주세요. 그리고 만약에 쥐얼이 돌아오면 저한테 꼭 알려주시고요."

"쥐얼이 오면 그쪽이 급하게 찾았다고 전해줄까요?" 앤디가 물었다.

시에빈은 잠시 머뭇거리다가 앤디의 눈을 피했다.

"괜찮아요. 안전하게 돌아오기만 하면 돼요."

앤디는 시에빈과 엘리베이터를 함께 기다려주며 초조함으로 가득한 그의 얼굴을 바라보니, 바오 여사가 그녀의 뒷조사를 하면서 그녀를 막판까지 몰아갔을 때가 생각났다. 그녀도 처음에는 도망치고 싶다는 생각뿐이었다. 그래서인지 자기도 모르게 시에빈에게 연민이 느껴졌다. 지금 이 사람은 실연의 고통을 겪고 있을 뿐만 아니라 다른 사람 앞에서 마음이 벌거벗겨지는 것까지 감수해야 한다는 걸 누구보다 잘 알고 있었기 때문이다.

"시에빈, 쥐얼에 관해서라면 쥐얼의 부모님 다음으로 우리가 제일 잘 알고 있으니까 얘기할 사람이 필요하면 언제든지 찾아와요."

엘리베이터가 도착했지만, 그는 급히 서두르지 않았다. 시에빈은 앤디를 바라보다가 불쑥 말을 내뱉었다.

"저기, 근데 왜 저한테 쥐얼을 찾으면 바로 연락 달라는 말씀을 하지 않으세요?"

앤디는 너무나 갑작스러운 질문에 한참을 머뭇거렸다.

"그 말투 좀 거슬리네요? 우리가 일부러 쥐얼을 숨기기라도 했다는 건가요? 그쪽이 조급하다는 건 잘 알고 있어요."

"알겠어요. 지금 이거 재미 하나도 없거든요? 안녕히 계세요."

시에빈이 엘리베이터를 잡고 있던 손을 놓자 엘리베이터 문이 바로 닫혔다. 앤디는 멍하니 엘리베이터를 바라보고 있다가 역시나 같이 멍하게 서 있는 판성메이를 바라보았다.

"망했네. 설상가상이야. 역시 전문가의 예리한 통찰력은 피할 수 없나 봐. 미안해, 쥐얼."

그때 새로 이사 온 여자가 비웃고는 문을 쾅 하고 닫았다. 깜짝 놀란 판성메이는 정신을 가다듬고 가슴을 쓸어내렸다.

"뭐 저런 사람이 다 있어! 아무래도 집주인한테 얘기해야겠어."

그러자 새로 이사 온 여자가 문 안쪽에서 비웃으며 말했다.

"거기, 입 조심해요. 다 세 들어 사는 처지에 웬 허세는!"

판성메이가 너무 기가 막혀 당장이라도 쳐들어갈 기세로 나오자 앤디가 그녀를 2201호로 끌고 갔다.

"지금 보니까 저 여자 쥐얼이 들어온 걸 알고 있는 것 같아. 근데 우리한테 아무 말도 안 한 거 보니까 그냥 잠깐만 살다가 나갈 것 같긴 한데. 보통이 아니야, 저 여자. 같이 사는 사람들이랑 관계도 틀 생각도 없고 무슨 일이 있는지 관심도 없잖아. 그냥 건드리지 마. 원래 저런 사람인가 봐. 저 여자랑 얘기해봤자 뭐해, 바로 집주인이랑 얘기해서 돈을 더 내더라도 내보내는 걸로 하자."

판성메이는 앤디가 주는 물을 마신 후에도 한참을 씩씩거렸다.

"됐어, 돈 아까워. 그리고 생각해보면 저 여자가 맞아. 친절하게 대해줘 봤자, 저렇게 모르는 사람 취급하는데. 딱 허점을 보이니까 바로 얼굴색이 변하던데. 아무리 잘해줘도 남자 친구만도 못한 거야. 내 물건을 저 여자가 마음대로 버려도 아무도 나 대신 아파하지 않는구나."

앤디는 판성메이가 앞서 한 말은 추잉잉을 두고 한 말이고, 뒤는 관쥐얼을 두고 한 말이라는 것을 알았다. 그녀는 실절적인 문제는 해결할 수 없다고 달래고 재빨리 화제를 전환했다.

"맞다. 바오이판이 네 오빠가 널 고소하기로 했다는 얘기를 하면서 너희 오빠 쉬고 있으니까 일자리 하나 줄 수 있다고 하던데, 감시할 사람도 붙여두고."

"네가 나 대신 부탁한 거지? 진짜 고마워. 정말 너밖에 없다. 근데 난 다시는 그 사람들 도와줄 생각이 없어. 꼭 소송하겠다는 것 자체가 날 가족으로 생각하지 않았다는 뜻이잖아. 난 지금까지 가족이 있었던 적이 없어. 이제는 이 굴레에서 좀 벗어나서 날 찾지 못하게 하고 싶어. 나도 그 사람들 찾아갈 필요도 없고, 다 같이 죽자는 거지, 뭐. 정말 살기 너무 힘들다.

"지금 네 말은 안 들은 걸로 할게. 좀 진정하면서 생각 좀 해봐."

"진짜야. 다 자기 집 앞에 쌓인 눈만 치우는 거지 뭐. 누구도 다른 사람한테 묻어갈 수 없어. 난 안 도와줄 거야."

판성메이는 화가 치밀어 올랐지만 앤디의 마음이 진심이라는 걸 너무나 잘 알고 있었기에 그저 자연스럽게 앤디에게 팔짱을 끼고 기댔다. 앤디는 잠시 멈칫하더니 역시나 팔을 빼버렸다. 판성메이는 자기도 모르게 웃음이 터져 나왔다. 그 덕분에 화가 조금 사그라지자 판성메이는 문 쪽 소파에 자리를 잡았다.

그때 문 두드리는 소리에 나가보니 관쥐얼이 물끄러미 서 있었다. 관쥐얼은 들어오면서 소파에 앉아 있던 판성메이를 보지 못하고 멀뚱히 있다가 입을 열었다.

"그 사람, 그 사람이 자오치핑에 대해 오해하고 있어. 내가 미련을 못 버린 줄 알고. 그래서 날 병원에 혼자 두고 온 거야. 지금은 또, 흑흑, 오해가 더 커지고. 아마 언니들이랑 내가 짜고 일부러 없어진 척한다고 생각할거야."

"근데 어떻게 했기에 시에빈을 오해하게 만들어? 그 사람은 네가 자오치핑을 좋아한 것도 모르잖아."

"전에 말한 적이 있어. 그 사람도 알고 있어."

앤디가 흠칫 놀랐다. 판성메이도 자기감정에 취해 있던 걸 단번에 잊어버릴 정도로 깜짝 놀랐다. '뭐라고? 관쮜얼이 자오치핑을? 대체 어떻게 된 일이야?'

판성메이는 갑자기 자신의 존재가 부각되어 민망해지자 조용히 몸을 일으켜 일단 커다란 소파 뒤로 몸을 숨겼다. 혹시라도 관쮜얼이 부끄러워할까 봐 선뜻 나서서 얘기할 수가 없었다.

"너희 사고 난 것도 다 그거 때문이야? 그럼 사고 후에 샤오샤오한 테 전화해서 자오치핑을 부른 건 잘못했네."

앤디는 판성메이가 꿀 먹은 벙어리처럼 가만히 있는 이유를 몰라 의아해했다.

"사고 나기 바로 전에 우리 엄마한테 전화가 와서 시에빈네 집안 사정을 알아봤다고 했어. 시에빈은 불쾌해 보이긴 했는데 아무 말도 안 하더라고. 사고가 나고는 자기는 신경도 안 쓰고 나부터 구하고 차도 내팽개치고 병원으로 데려왔는데. 내가 진짜 미쳤었나 봐. 나도 모르게 샤오샤오한테 도와달라고 전화를 하다니. 샤오샤오는 안 오고 자오치핑 혼자만 올 거라곤 생각도 못 했어. 그래서 시에빈이 화가 난 것 같아. 어떻게 봐야 할지 모르겠어. 난 아는 것도 하나 없고, 그 사람한테 신세만 지고, 그것도 모자라서 계속 실망만 시키고 있어. 근데 정말 그 사람이 오해하지 않았으면 좋겠어. 그 사람이 날 그런 애라고 생각하는 게 너무 싫어. 그 사람한테 장난도 아니었고, 난 감정 가지고 장난치는 법 따위는 모른다고."

"내가 대신 가서 말해볼까? 네가 이런 데 머리 굴리는 사람은 아니 니까, 시에빈도 이해할 거야."

"아니, 그러지 마."

관쮜얼을 말로는 거절하면서도 빤히 앤디만 쳐다보며 뭔가 방법을 찾아주길 바라는 눈치였다.

"그 말이 맞네. 난 그 사람 앞에서 머리 쓴 적이 한 번도 없는데 오늘 왜 또 날 오해한 걸까? 설마 내가 어떤 사람인지 제대로 모르는 걸까? 그럼 정말 실망인데. 내가 어떤 사람인지 안다면…."

"시에빈이 밥 먹고 하는 일이 바로 상대방이 어떤 사람인지 구분해 내는 건데, 설마 네가 어떤 사람인지 모르겠니. 방금 내가 너 없는 척한 것도 말 한마디만 듣고 알아차리던데. 참…."

"어쩌면 말이야. 시에빈이 일부러 오해하는 거면? 그 사람도 네 성격이 어떤지 알고 있잖아. 근데 네가 자오치펑에게 마음이 있다고 일부러 오해하는 척하는 거라면 목적은 이제 발을 빼겠다는 것밖에 없잖아. 그래서 네가 없어졌다는 소리에 급하게 여기까지 와서 네가 무사한 걸 알면서도 만나지 않은 거지. 우리가 그를 속였으니 발을 빼도 된다고 정당화하면서 말이야. 자, 그럼. 여기서 2가지 결론을 도출해볼 수 있어. 하나는 시에빈이 널 걱정하고 있다는 거, 또 하나는 시에빈은 무슨 일이 있어도 너랑 대면하진 않을 거라는 거."

판성메이도 소파 뒤에서 고개를 끄덕였다. 시에빈에게 무슨 꿍꿍이가 있는 것 같았다. 그녀 생각에는 사고가 나기 전 그 전화 때문인 게 확실했다. 관쥐얼 부모님이 그의 집안을 탈탈 털어낸 일 말이다. 하지만 판성메이는 관쥐얼이 이런 추론을 받아들이지 못하리란 걸 잘 알고 있었다. 역시나 날카로운 대답이 돌아왔다.

"그…그럴 리가 없어! 미안해. 잘 자."

그리고 바로 문이 닫히는 소리가 들렸다.

판성메이는 앤디를 위로해줄 생각이었지만 앤디가 어깨를 들썩였다.

"나도 방금 눈먼 사랑을 경험했잖아. 오늘부터 시에빈에 대한 생각을 좀 바꿔야겠어. 나라면 어땠을까, 스스로 오해 거리를 만들어서 상대방을 오해하게 만드는 건 좋은 방법이 아니야. 그걸 전부 책임지지도 못하잖아. 안 그래?"

"부탁이야. 그 말이 일리가 있긴 한데 쥐얼 앞에서는 제발 하지 마. 어차피 지금 말해도 아무 말도 안 들릴 거야. 태도가 싹 돌변하던데. 너도 얼른 씻고 자. 내일 큰일이 남았잖아."

"그래야지. 시에빈이 무슨 수를 써서라도 쥐얼을 떠날 생각이라면 쥐얼에게 이렇게 상처를 주면 안 되지. 내가 지금 뭐 하고 있는 건지. 사실 이전에 분석한 것도 쥐얼한테 말할 필요 없겠어. 쓸데없는 일이야."

"아니야, 아니야. 친구 간의 우정이 떨어진 것 같을 때는 위로가 필요한 법이야. 무슨 수를 써서든, 사실을 말해야 해. 상대방이 죄책감을 느끼더라도 말이야. 하지만…."

판성메이는 지금껏 본인이 해왔던 일을 생각해 보니 과연 그렇게 해서 돌아오는 것이 무엇일까 라는 생각이 들어 의기소침해졌다.

"됐다. 사는 것도 힘든데 자기 몸이나 챙겨야지. 난 우리 집 일도 제대로 해결 못 하는데 남의 일까지 신경 쓰고 있고…. 다른 사람들이 비웃지 않는 것만 해도 천만다행이지. 앤디, 난 옛날 일만 생각하면 열 받는다니까, 서글프다. 서글퍼. 안녕. 나도 가서 잘래."

앤디는 판성메이를 붙잡지 않고 배웅해주었다.

하지만 먼저 손을 내밀어 그녀의 어깨를 토닥여주는 건 여전히 어려웠다. 앤디는 아무 말도 하지 않았지만 판성메이는 잠시나마 마음이 따뜻해지는 걸 느꼈다. 22층 이웃 중 범접할 수 없는 앤디가 그녀를 인정해 준 것이 아닌가.

앤디는 문을 닫고는 혼잣말로 중얼거렸다.

"내일 바오이판이랑 혼인신고 하러 가는데, 어떻게 아무도 아는 척을 안 하지? 나름 큰일 아닌가?"

2202호로 돌아온 판성메이는 그녀의 상자들이 여전히 바닥에 어질러져 있는 것을 보고 관쥐얼이 전혀 도와주지 않았다는 것을 알았다. 그녀는 마음이 살짝 불쾌해져서 입을 삐죽거리고 상자를 방 안으로 옮기기 시작했다.

판성메이의 방에서 기척이 들리자 관쥐얼이 얼른 고개를 내밀고 들여다보았다. 그리고 수건을 걸치고 이를 닦으면서 애잔하게 그녀를 불렀다. 그 소리에 마음이 잠시 누그러질 뻔했지만, 그녀가 옷상자를 옮기는 걸 보고서도 손 하나 거들지 않는 관쥐얼의 모습이 거듭 실망스럽긴 했다.

그녀는 아무렇지 않은 척 다정한 척 한마디만 남기고 관쥐얼에게 눈길 한 번 주지 않고 방 안으로 들어갔다.

"일찍 자."

관쥐얼은 뭔가 말을 하려고 하더니 잠시 멍하니 서 있었다. 그렇다고 씻으러 가지도 않고 다시 방으로 들어갔다. 판성메이는 관쥐얼을 보고 물어볼 말이 있다는 걸 눈치채긴 했지만 관쥐얼은 선뜻 말을 꺼내지 않았다. 판성메이가 아무것도 모른 척 와서 물어봐 주기를 기다리는 듯했다. 하지만 판성메이도 앤디에게는 적극적으로 나서는 관쥐얼의 모습이 떠올라 저런 어린애한테도 무시당하는 건가 싶어서 갑자기 울적해졌다. 이렇게 살 필요가 있을까 하는 생각까지 들었다. 그녀는 얼굴이 빨갛게 달아올랐다.

관쥐얼은 방으로 돌아와 고민 끝에 휴대폰을 열었다. 지금 시간이면 시에빈도 그녀에게 다시는 전화하지 않을 게 확실했다. 휴대폰을 쳐다볼수록 마음이 아파 왔다. 휴대폰과 손등에 눈물이 뚝뚝 떨어졌다. 그러다 결국 눈물이 터지자 두 손으로 입을 꼭 막았다.

판성메이는 낑낑거리며 물건을 모두 방으로 들여놓은 후 손을 탁탁 털고 굳게 닫힌 옛날 그녀의 방을 바라봤다. 저 방에 새 주인이 이렇게 빨리 들어올 줄이야. 기분이 이상했다. 그제야 열기가 식어 내린 그녀는 화장대 앞에 앉았다. 관쥐얼의 방에서 흐느끼는 소리가 희미하게 들려오는 것 같았다. 그녀는 한숨만 내쉬고 모른척하고 있으려고 했지만 결국 화장을 지우다 말고 관쥐얼의 방으로 가서 문을 두드렸다. 문이 열리니, 아니나 다를까 두 손으로 얼굴을 가리고 있는 관쥐얼이 보였다.

"쥐얼, 내일 앤디 혼인신고 한다는데, 인사는 했어?"

울고 있던 관쥐얼이 깜짝 놀랐다.

"아, 맞다. 정신이 없어서 까먹고 있었어. 어떡해."

"잊어버렸을 것 같았어. 내일 아침에 앤디 배웅 해주면서 꼭 안아주면 돼. 진심으로 축복해주면 될 거야. 앤디한테 내일 몇 시에 공항에 갈 건지 물어보고 알려줄게."

"알았어. 고마워, 언니."

판성메이는 관쥐얼이 또 말을 하려다 머뭇거리며 한마디도 하지 않자 정말 모른 척하고, 가고 싶었지만 마음이 약해져서 결국 먼저 물었다.

"하고 싶은 말 있으면 언니한테 말해."

그녀는 말을 하고도 자신의 뺨을 때리고 싶었지만, 혹시라도 말소리가 나갈까 방문을 닫았다.

"말하기도 부끄러워. 난 다시는 연애 같은 거 못할 거야. 잘난 것도 없으면서 꼴값을 떤 거 같아. 다시는 이렇게 되고 싶지 않아."

"말 못할 게 뭐 있어. 교통사고나 오해는 누구나 다 겪는 일이야. 보통 사람들도 다 티격태격하면서 연애하고 살아."

"하지만, 언니나 앤디 언니, 취샤오샤오의 남자 친구는 교통사고가 난 후에 언니들을 그냥 내버려 두진 않을 거 아니야. 대체 얼마나 대단한 오해기에 날 거기다 내버려 두고 혼자 갈 수 있는 걸까? 나 혼자 북 치고 장구 치고 다 한 거야. 짝사랑한 거라고."

"그럼, 내가 시에빈을 만나서 얘기해볼게. 대체 왜 그랬는지, 무슨 일인지 물어볼게. 사람을 죽이고 불을 질렀어도 그 사람한테 해명할 기회는 줘야 하는 거잖아."

"그럴 필요 없어. 나 다시는 그런 굴욕을 당하고 싶지 않아. 이제 내 분수를 확실히 알았어."

"휴, 뭔가 오해가 있을 거야. 먼저 그렇게 단정 짓지 마."

"설사 오해가 있어도 교통사고가 났는데 나를 병원에 혼자 내버려 두고 가버리다니."

한참을 듣고 있던 판성메이는 관쥐얼이 지금 한 말과 앤디에게 했던 말이 조금 다르다는 것을 느꼈다. 앤디에게 말할 때는 그래도 시에빈을 변호하는 것 같았는데 지금은 완전히 다르지 않은가. 하지만 그녀는 그런 티를 내지 않고 계속 관쥐얼을 위로해주었다. 이제 눈물을 흘리지 않는 관쥐얼을 보았지만 그래도 여전히 걱정은 됐다. 그리고 그 순간 판성메이는 조금 전 관쥐얼이 짐 정리를 도와주지 않았던 이유를 깨달았다. 그녀도 절망적인 상태에 빠졌을 때 아무것도 눈에 들어오지 않았던 것이 떠올랐다.

판성메이가 가려고 하자, 관쥐얼의 생각에도 변화가 생겼다. 두 사람이 사고가 났을 당시 시에빈도 여자 친구의 위로가 필요했을 것이다. 하지만 그녀는 경솔하게 예전에 짝사랑했던 사람을 불렀으니 그의 충격도 적지 않았을 것이다. 관쥐얼의 마음이 갈팡질팡해서 잠이 오지 않자 아예 일어나 인터넷에 접속했다. 그리고 결국 참지 못하고 웨이보에 글을 하나 남겼다. '진짜 같지 않은 아름다움은 처음부터 진짜가 아니었다.'

역시나 잠 못 이루고 있던 시에빈이 그 글을 보고 순간 얼굴빛이 변했다.

앤디는 제시간에 일어났다. 커튼을 치자 쾌청한 하늘에서 햇빛이 쏟아져 들어왔다. 오늘은 그녀와 바오이판이 법적으로 가족이 되는 아주 특별한 날이다. 무엇보다 중요한 것은 그녀에게 가족이 생긴다는 것이다. 앞으로 어떻게 될지 그녀도 모른다. 그녀와 바오이판 두 사람의 사랑이 영원할까? 두 사람의 아이가 건강하게 태어날까? 아무것도 알 수 없지만 지금 사랑하는 사람과 함께 있으니 그런 미래에 대한 두려움도 희망이 되었다. 모두가 희망이 가득한 미래를 꿈꾸고 있지 않은가. 창문에 스며드는 아침 햇살처럼 그녀의 마음에도 기쁨이 스며들었다. 어찌 기쁘지 않을 수 있겠는가.

그녀는 아무런 망설임 없이 환락송 친구들에게 만회할 기회를 한 번 더 주기로 했다. 오늘이 자신의 결혼이니 분명히 어떤 메시지든 있어야 했다. 그렇지 않다면 친구의 도리가 아니지 않은가.

그녀가 메시지를 보내기가 무섭게 바로 전화가 왔다. 판성메이가 다짜고짜 노래를 불렀다.

"토끼야, 착하지. 문 좀 열어보렴. 어서 열어보렴…."

앤디가 얼른 가서 문을 열어보니 역시나 판성메이와 관쥐얼이 문 앞에서 기다리고 있었다. 판성메이는 얼굴에 가득 미소를 띤 채 예쁘게 포장된 상자 하나를 건넸다. 관쥐얼은 눈도 퉁퉁 붓고 이마에 여드름도 뽈록 올라온 게 여전히 상태가 안 좋아 보였지만 앤디를 꼭 안아주었다. 친구들의 넘치는 축복에 둘러싸인 앤디는 친구의 포옹도 따듯하다는 것을 알게 되었다.

판성메이는 아예 휴가까지 내고 앤디를 공항까지 바래다주기로 했다. 관쥐얼은 별다른 준비를 하지 못해서 그냥 아파트 입구까지 배웅을 해주기로 했다. 앤디가 캐리어를 끌고 나오자 판성메이가 그녀 대신 받아들고는 내친김에 앤디의 브로치까지 가지런히 만져주었다. 앤디가 떠날 준비를 마쳤는데도 손도 내밀지 않는 관쥐얼을 보고 판성메이는 그제야 그녀를 완전히 이해할 수 있었다. 그러고 보니 관쥐얼도 응석받이로 귀여움만 받고 자라서 부모님이 앞다퉈 그녀를 안아주는 것을 받아만 봤지 그녀 자신은 사소한 도움이라도 줘본 적이 없었던 것이다. 그랬기에 판성메이의 짐을 옮겨 줄 생각도 못 했던 거고 지금도 역시 앤디의 캐리어를 받아 줄 생각을 못 하는 게 당연했다. 이 어른 아이는 지금까지 누군가를 기다리거나 보살펴본 적이 없어서 그녀와 앤디에게 한 치의 차별 없이 똑같이 대한 것뿐이었다. 판성메이는 싱글거리며 관쥐얼의 팔짱을 끼고 같이 밖으로 나갔다.

아직 이른 시간이라 그런지 거리에 오가는 사람들이라곤 운동을 마치고 돌아오는 여유 가득한 사람들과 아직 눈도 뜨지 못한 학생들뿐이었다. 그래서인지 입구에 서 있던 시에빈의 모습이 유독 돋보였는지도 모르겠다. 앤디가 저 멀리 서 있는 시에빈을 발견했다. "시에빈?" 그녀의 시선이 관쥐얼을 향했다.

"봤어? 저기 입구에, 기둥 쪽에…."

관쥐얼과 판성메이는 둘 다 약간 근시가 있었지만 죽어도 안경을 쓰지 않았다. 하는 수 없이 앤디가 손으로 기둥 쪽을 가리켰다. 그런데 방금까지만 해도 보이던 사람이 흔적도 없이 사라졌다.

"어디, 어디 있는데?"

판성메이가 묻자, 앤디가 소심하게 말을 이었다.

"분명히 저기 있었는데, 눈 깜작할 사이에 어디로 가 버렸네."

판성메이가 물었다.

"제대로 본 거 맞지?"

"난 바오이판만 제대로 보면 되지, 잘 모르는 시에빈은 상관없지. 저기 가서 경비원한테 물어봐."

"어…. 미안해, 앤디 언니. 나 저기까지는 못 가겠어."

관쥐얼은 방금 앤디가 '시에빈'을 살짝 불렀을 때부터 이미 어쩔 줄을 모르고 앤디 뒤에 숨어 있었다.

"앤디언니, 정말 축하해. 정말 꼭 진짜로 행복해야 해!"

"시에빈은 여기서, 뭐하는 거야? 여기 나도 있고 성메이도 있으니까 우리랑 같이 나가자. 겁먹을 것 없어. 우리가 있잖아."

"겁이 나서 그런 게 아니라, 내가 준비가 안 돼서 그래. 나 갈게. 미안, 미안해."

관쥐얼은 도망치듯 안으로 들어갔다.

판성메이도 물었다.

"온갖 핑계를 대고 도망가 놓고 여기 왜 또 온 거래? 그리고 왔으면 온 거지 뭘 또 도망을 가? 진짜 사랑하면 말 못 할 게 뭐 있어? 안 그래?"

"그만큼 사랑하진 않는데 포기하자니 아까운거지."

앤디는 자기의 말 못 할 출신 배경이 시에빈보다 훨씬 암담하다고 생각했다. 하지만 바오이판이 자기 사람이라는 걸 인정하고 난 후에는 그를 포기할 생각은 한 번도 해 본 적이 없었다. 바오 여사의 끝없는 방해 공작에도 아랑곳하지 않고 그와 함께였고 그에게 어떤 것도 숨기지 않았다.

두 사람은 아파트 입구까지 나와서 주위를 두리번거렸지만 시에빈의 모습은 찾아볼 수 없었다. 하지만 판성메이가 약간의 애교 섞인 목소리로 경비원에게 물어보자 그녀가 원하는 정확한 대답을 주었다. 그녀는 관쥐얼에게 메시지를 보냈다.

'쥐얼, 1시간 정도 있다가 출근하는 게 좋겠어. 시에빈이 여기서 기다리고 있는 것 같아.'

"이렇게 일찍부터 와서 얼굴만 보고 말다니. 와, 이건 나도 못 받아본 대운데. 마음이 흔들리네, 시에빈 편을 들어줄까 봐."

"그건 양다리지. 근데 나 이 선물 열어봐도 돼? 무슨 규칙이라도 있는 건가?"

"그런 거 없어. 열어봐. 난 왜 안 열어보나 했네. 원래 너 주려고 했던 거니까 네가 좋을 대로 해."

앤디가 택시에 타서 조심스럽게 상자를 열어보니 그 안에는 손가락 크기만한 컵 2개가 들어 있었다. 각각 하늘색과 분홍색인 컵은 빨간 줄로 묶여 있었는데 딱 봐도 정교해 보였다. 판성메이가 설명을 덧붙였다.

"내가 1년 동안 틈틈이 지점토 공예를 배웠거든. 뭔가 그럴듯하게 컵 모양을 만드는 게 쉽지 않더라. 히히. 여기서는 결혼할 때 합환주를 마시는데 술잔을 동심결로 엮어둬. 변함없는 마음으로 백년해로하라는 의미지. 이게 너무 작아서 술이 한 방울이나 제대로 담길까 모르겠지만 그래도 두 사람의 결혼을 진심으로 축복하고 싶었어."

"너무 좋다. 정말 고마워. 내가 요즘 미신을 좀 믿잖아. 옛말에 운이 좋다고 하는 건 다 좋은 것 같아. 목에라도 걸고 다닐 수 있어."

판성메이는 기가 막혀하며 대답했다.

"내가 아무 말이나 해도 그냥 속아 넘어가겠는데, 내가 너 대신 열심히 행운을 빌어 볼 테니까, 너무 자랑은 말고 그냥 우리끼리 조용히 행운을 빌어보자고."

"어젯밤에 고민 좀 했지, 결혼은 나한테 큰일인데 아무도 반응이 없어서 말이야. 그렇다고 내가 먼저 축하해달라고 할 수도 없고 말이야. 근데 미리 이렇게까지 준비했을 줄이야, 정말 너무 기뻐. 너희랑 이렇게 지낼 수 있어서, 또 진심으로 대할 수 있어서 정말 감동이야."

앤디가 어린애처럼 좋아하는 모습에 판성메이는 기쁘기도 하고 놀랍기도 했다.

바오이판은 처음부터 프로페셔널한 앤디의 모습 뒤에 감춰진 천진난만한 모습을 알고 있었단 것인가. 이런 진정한 천진난만함을 어느 누가 좋아하지 않을 수 있겠는가. 그녀는 항상 치밀하고 그럴싸한 방법으로 좋아하는 감정을 표현해 왔던 자신의 모습이 떠올랐다. 왕바이촨처럼 어수룩한 남자한테나 먹히지 다른 사람이었다면 어림도 없었을 것이다. 판성메이는 자기도 모르게 얼굴이 화끈거렸다. 지금껏 똑똑한 척 과시했던 게 모두 틀렸다는 사실을 알게 된 것이다.

앤디는 판성메이의 선물 덕분에 넉살을 부리며 취샤오샤오에게 전화를 걸었다.

"샤오샤오, 나 오늘 결혼하는 거 몰라? 어쩌면 아무 말도 없어? 기다리고 있고만."

"나 지금 운전 중이야, 운전 중. 지금 우리 어마마마를 모시고 가는 길이야. 아주 아주 중요한 일이니까 차 세우고 다시 전화할게."

"뭐 있는 거야?"

"당연하지. 너랑 나랑 무슨 사인데, 아무것도 준비 안 했을까 봐?

우린 친자매나 다름없는 사이잖아."

전화기 저편에서 선글라스를 쓴 취샤오샤오의 어머니가 딸이 전화를 끊기를 기다렸다.

"나를 그냥 중간에 내려줘라. 지금 기분이 영 아니어서."

"지금 엄마 기분이 별로라서 내가 엄마를 혼자 둘 수가 없잖아. 근데 앤디 일도 모른 척할 수가 없어서 엄마를 데리고 가는 거야."

"내가 말했잖아, 나 괜찮다고. 넌 가서 친구들이나 만나. 괜히 내 걱정하지 말고."

"됐어. 내가 밤새워서 겨우 얻은 표인데, 이제 와 안 간다니, 너무 하잖아? 자오치펑도 그랬어. 며칠 동안은 엄마랑 같이 있어주라고."

"자오치펑은 정말 괜찮은 사람이야."

"누가 아니래. 원래 사람이 좀 괜찮다 싶으면 생긴 게 별론데, 자오치펑은 사람도 괜찮은 데다가 잘생기기고 성품도 끝내주잖아. 곧 만날 앤디도 그런 사람이야. 엄마가 분명히 좋아할 거야. 이제 말 걸지 말아봐, 꼭 앤디보다 먼저 공항에 도착해서 깜짝 놀라게 해 줘야 한단 말이야."

앤디와 판성메이가 막 차에서 내려 공항으로 들어서자 검은 그림자가 살금살금 다가왔다. "서프라이즈!" 소리에 공항이 쩌렁쩌렁 울렸다. 판성메이는 취샤오샤오가 앤디에게 달려드는 걸 확인하고 나서야 한숨을 돌렸다. 그래도 얼마나 다행인지, 만약 취샤오샤오가 오지 않았다면 앤디는 실망했을지도 몰랐다. 취샤오샤오는 누가 먼저 말할 새랴 얼른 입을 열었다.

"앤디, 내가 배웅해주려고 비행기 표도 진작 사놨다고. 게다가 오늘 하루 우리 엄마 빌려줄게. 원래 신부 측에서 증인으로 1명 가야 되거든."

"원래 풍습이 그래?"

취샤오샤오는 깜짝 놀라긴 했지만 이내 정신을 차렸다.

"당연하지. 그리고 신부 측 가족이 없다는 건 말이 안 되지. 그냥 혼인신고만 하는 거라고 해도 말이야. 아, 혹시 피로연 할 거면 내가 외삼촌 불러서 사회 봐달라고 할게."

앤디는 전혀 의심하지 않고 감격하여 얼른 취샤오샤오 어머니의 손을 잡고 악수를 나눴다. 판성메이가 취샤오샤오에게 속삭였다.

"아주 꼼꼼하게 준비했네."

"당연하지. 너도 같이 갈래? 너희 오빠가 널 못 찾아서 안달인데, 돌아가도 괜찮겠어?"

"못 가지. 네가 와서 정말 다행이다! 비행기에 앤디 혼자 태울 생각 하니까 뭔가 좀 짠했는데, 이렇게까지 생각했을 줄이야. 대단한데."

취샤오샤오는 갑자기 얼굴이 빨개지자 얼른 화제를 돌렸다.

"어라, 근데 앤디 아바타는 왜 안 왔어?"

판성메이는 웃음이 터졌다.

"얼른 가서 티켓팅이나 해. 앤디 잘 부탁해. 앤디가 비행기에서 내릴 때 어느 신부보다 예쁜 모습으로 나오게 해줘야 해!"

판성메이가 앤디와 헤어질 때 앤디가 먼저 손을 뻗어 판성메이를 안아주었다. "아이고." 참기 힘들었는지 그녀 입에서 절로 탄성이 나왔다. 앤디가 멋쩍게 웃고는 바로 안고 있던 손을 내렸다.

"정말 고마워. 이렇게까지 신경 써주다니. 정말 감동이야."

"신경은 무슨, 친구끼리 당연한 거지. 여권 이리 줘. 가서 티켓팅해 올게. 오늘은 내가 네 매니저니까."

"알았어, 알았어."

앤디는 두 사람을 보고 무슨 말을 해야 좋을지 적당한 말이 떠오르지 않았다. 너무 기뻐서 입을 다물지 못했다. 그리고 멀리서 황급히 달려온 탄 사장과도 고마움의 포옹을 나눴다. 그는 너무 놀라 어리둥절했다.

잔뜩 무거운 마음으로 2202호에 돌아온 관쥐얼은 아침을 먹은 후 깔끔하게 차려입고 집을 나섰다. 여전히 가슴은 두근두근거리고 숨도 제대로 못 쉴 지경이었지만 심호흡을 몇 차례 하고 나니 그제야 좀 진정이 된듯했다. 그녀는 시에빈과 마주칠까 두려워 정문 반대 방향인 서문 쪽을 향해 걸었다. 돌아가는 길이라 조금 더 걷더라도 마음은 이게 훨씬 편할 것 같았다.

하지만 그녀가 막 문을 나서려는 순간 고개를 푹 떨어뜨린 채 기둥에 기대있는 시에빈이 눈에 들어왔다. 그는 고개를 숙이고 있어서 그녀가 나가는 모습을 보지 못한듯했다. 관쥐얼 나름 머리를 굴려서 찾아낸 방법이었는데 정말이지 믿을 수 없었다. '대체 여기 어떻게 온 거지?'

뭔가 느껴졌는지, 시에빈의 시선이 천천히 이쪽으로 다가왔다. 그의 눈빛이 마치 최면을 거는 것 같았다. '달려, 어서!' 투박한 노트북을 멘 가녀린 관쥐얼은 하이힐을 신은 채 미친 듯이 달리기 시작했다. 시에빈뿐만 아니라 지나가던 사람들도 눈이 휘둥그레져서 마치 뒤에서 악당이 쫓아오는 것처럼 그녀가 후다닥 달려가는 모습을 바라보고 있었다. 그 모습을 본 시에빈의 표정이 더욱 어두워졌다.

멀리까지 달려온 관쥐얼은 시에빈이 시선에서 사라진 것을 확인하고서는 두 다리에 힘이 풀려서 땅에 주저앉고 말았다. 그녀는 젖먹던 힘까지 다 써버려서 제대로 일어날 수도 없어 숨을 식식 몰아쉬며 바닥에 주저앉아서 주변에 몰려드는 사람들을 두리번거리며 쳐다보고 있었다. 사람들은 멀쩡해 보이는 여자가 왜 바닥에서 이러고 있는지 의견이 분분했다. 어떤 사람은 휴대폰을 꺼내 사진을 찍기도 했다. 그녀는 태어나서 처음으로 이렇게 많은 사람의 주목을 받은 이 상황이 너무 당황스러웠다. 관쥐얼은 너무 창피해서 쥐구멍에라도 들어가고 싶은 심정이었다. 누군가 부축해주려는 손길을 뿌리치고 혼자서 얼른 몸을 일으켜서 노트북 가방을 들고 무리를 빠져나왔다. 마침 다행히 택시 1대가 그녀를 향해 다가오고 있었다. 그녀가 택시에 타려는 순간, 결국 참았던 눈물이 쏟아졌다. 눈물 때문에 택시 기사에게 목적지도 말하지 못하고 명함만 쓱 내밀었다. 택시에 타 있는 내내 관쥐얼은 휴대폰을 꼭 쥐고 있었다. 앤디에게 전화가 오긴 했지만, 그녀의 좋은 기분을 망칠까 봐 결국 전화를 받지 않았다. 택시에 내린 관쥐얼은 사람들의 시선을 피하기 위해 휴대폰으로 뭔가를 열심히 하는 것처럼 고개를 푹 파묻고는 아버지에게 메시지를 보냈다. '엄마, 아빠 둘 다 이제 그만해요. 나 이미 시에빈이랑 헤어졌으니까.'

관쥐얼의 어머니는 메시지를 보고 의미심장한 웃음을 지어 보였다. "내 딸이 잔꾀도 부릴 줄도 아네. 그놈이 이렇게 순순히 물러날 리가 없지. 가요, 여보."

관쥐얼의 부모님은 딸에게 회신조차 하지 않았다. 관쥐얼은 왜 부모님이 연락이 없는지 이해할 수 없고 의심스러웠지만 그렇다고 다른 사람한테 물어보고 싶지는 않았다. 다시는 남부끄러운 짓은 하고 싶지 않았다. 어젯밤에 이어 오늘 아침까지 그녀의 자존심이 땅에 떨어진 지 이미 오래였기에 또 다른 문제가 생기지 않게 할 용기가 나지 않았다. 어쩌겠는가, 그녀의 운명인 것을.

앤디는 자리를 잡고 앉아서 진지한 주제로 이야기를 나누고 있었지만, 얼굴 가득한 미소는 숨길 수가 없었다.

"샤오샤오, 미안해. 나 때문에 너의 어머니까지 먼 길을 나서게 했네. 어머니 바쁘신데 괜히 고생하시네."

"아니야, 아니야. 우리 엄마 다크서클은 다 우리 아빠 때문에 그런 거야. 아빠가 또 정신 팔려서 새 부인을 들였거든. 지금 할머니 댁에서 극진하게 수발을 들고 있지. 그러면서 돈도 벌고 말이야. 정말이지."

그녀는 고개를 내밀어 앞쪽을 쳐다보며 말했다. 그녀의 어머니가 탄 사장과 그런대로 대화를 잘하고 있는 것 같아 보이자 마음이 한결 놓였다.

"바오이판네 집도 마찬가지야. 만약에 그 사람이 아버지처럼 행동한다면 가만두지 않을 거야."

"그렇게 해야 해. 젊었을 때부터 교육을 제대로 시켜 놔야지."

취샤오샤오도 그제야 얼굴에 미소가 돌았다.

"어젯밤 쥐얼한테 무슨 일이 있었던 거야, 오늘은 어째 아무 말도 없는지 이상하네."

"어젯밤에 진짜 많은 일이 있었지. 시에빈은 이제 쥐얼 같은 숙맥은 흥미 없어졌어. 쥐얼네 부모님이 자기 집에 간다는 말을 듣고 도둑이 제 발 저려서 온갖 변명을 다 들어놓고 쥐얼을 떠난 거야. 관쥐얼 부모님이 손쓰기 전에 먼저 도망가는 거지. 쪽 팔리기 싫으니까. 정말이지 남자들은 체면이 목수보다 중요하다니까. 정말 바보 같아."

"어쩐지, 어젯밤에 쥐얼이 없어졌다는 말에 한걸음에 달려와 놓고, 쥐얼이 있는 걸 눈치채고는 우리가 일부러 속인 것처럼 하고 가버렸잖아. 그런데 오늘은 또 아파트 입구에서 기다리고 있는 건 또 뭐야. 우리 나오는 거 보고 또 사라지고. 정말 마음에 안 든다니까."

245

"아 진짜? 이상하네. 그런 사람은 바로 차버려야 해. 내가 자오치 핑을 다시 만난 이유는 우리가 헤어질 때 그 사람이 모든 책임을 다 자기 탓으로 돌렸거든. 판성메이도 봐. 그렇게 멍청한 사람이 아닌데도 왕바이촨이랑 헤어지려고 한 상 크게 차려줬잖아."

"내 말이 그 말이야. 나도 지금은 완전 반대야."

"진작 반대했어야지. 난 처음부터 시에빈의 시커먼 속내가 보이던데. 생각해 봐. 시에빈이 혼외자로 태어나서 어려서부터 괴롭힘을 많이 당했을 텐데…. 언니랑은 다르지, 언니는 천재잖아…."

"나도 어렸을 때 고생이란 고생은 다 해봤어. 매일 쭈그리고 앉아 있거나 벽 안에 숨어 있었어. 그래도 난 친구들한테 숙제는 보여 줘서 딱히 괴롭힘을 당하진 않았지. 근데 내 짝꿍은 정말 불쌍했어. 좀 약한 애들은 진짜 엄청나게 괴롭힘을 당했지, 약삭빠른 애들은 힘 있는 애들한테 붙어서 나쁜 짓을 일삼기도 하고 말이야. 그러고 보니 친구들이 많았네. 모두 값진 경험이지. 그리고 부모님이 든든하게 버티고 있는 애들한테는 함부로 할 수도 없었어. 힘이 센 애들이라고 해도 어른들 앞에서 뭘 할 수 있겠어. 근데 정말 신기한 건 나중에 이런 애들이 커서 변하더라고, 아주 괜찮은 착한 사람으로."

"시에빈이 좋은 사람인지 아닌지 단정 짓겠다는 건 아니야. 내 말은 그냥 그런 환경에서 자란 사람은 속이 아주 복잡하다는 거지. 만약에 시에빈이 나랑 만났으면 아무 문제 될 게 없었을 거야. 내 어린 시절이 훨씬 더 복잡했으니까. 뭔가 말이 통했을지도 모르지. 온실 속 화초처럼 자란 쥐얼은 절대 이해 못 할 거야. 시에빈이 뭘 하려고 해도 쥐얼은 아무것도 모를 텐데. 작게 작게 수를 쓰다가 완전히 덫에 걸려 버릴 텐데. 난 친구를 사귀든 남편감을 찾든 명확한 기준이 있어. 본성이 선한 사람이 최고라는 거! 본성이 선하지 않으면 능력이 너무 좋아서 설사 그게 나한테 도움이 된다고 하더라도 평생을 그 사람 뒷바라지만 하고 살 텐데. 그건 아니지."

샤오샤오는 거기까지 말하고 작은 소리로 속삭였다.

"우리 엄마는 사람 볼 줄 몰라서 저렇게 고생하고 있잖아. 어려서 부터 직접 배운 경험으로 말하는 거야. 어렸을 때는 별일 아니라고 생각했는데 귀국해서 사업을 하면서 이게 정말 중요한 일이라는 생각이 들더라고. 다른 사람한테는 절대 안 해주는 말이야. 언니한테만 특별히 해주는 거야."

앤디가 고개를 끄덕였다.

"네가 보는 눈이 있네, 자오치펑을 만난 걸 보니."

"히히, 자오치펑은 다른 얘기고. 그 사람은 잘생긴 데다 성격이 살짝 거칠긴 하지만 그래도 좋아. 정말 너무너무 보고 싶어서 하루도 못 떨어져 있겠어."

탄 사장은 앤디가 그 옆에 있는 여자와 끊임없이 수다를 이어가는 걸 보고는 또다시 의아해했다. 앤디 몸속에 다른 사람의 영혼이 들어가 있는 건 아닌가 라는 생각까지 할 정도였다. 하지만 앤디의 변한 모습에 너무나 안심이 됐다.

"그럼 쥐얼은 어떡해야 되나?"

"시에빈은 뭐랄까, 본성이 나쁘지도 않고 내가 얘기를 제대로 나눠 본 적이 없어서 모르겠지만 그래도 쥐얼에게 잘 대해줬을 때는 공주님 받들 듯이 했을 거 아니야. 쥐얼한테 잘 안 했다면 이런 일도 없었겠지. 난 두 사람 일에는 신경 안 쓸래. 쥐얼은 부모님이 계시니까. 그리고 쥐얼은 내가 별로인가 봐, 이런 일이 생겨도 날 찾아오지 않는 걸 보면. 근데 나 혼자 뭐 하러 이리 뛰고 저리 뛰어다녀. 언니도 조심해."

앤디는 갑자기 거리낌이 느껴져 안색이 변해버렸다.

"말하고 싶었는데 시에빈이 그 정도란 말이야?"

"나도 그 사람이 어떤지 모르지."

"아미타불, 시에빈은 이미 내가 쥐얼이랑 짜고 자기를 속였다고 생각하잖아."

"그건 아무것도 아니야. 아무튼, 거리를 두는 게 좋아. 만일이라는 게 있잖아."

"한숨이 절로 나오네. 어려서 힘들었을 텐데 커서도 그렇게 달라진 게 없잖아. 내가 그 마음을 아주 잘 알지. 잘 알아."

67

바오이판은 두 사람의 결혼을 혼인신고만으로 간소하게 치르기로 했지만 차량 여러 대를 준비해서 앤디 일행이 공항에서 구청 로비까지 안전하게 갈 수 있도록 준비해 두었다. 거기다 구청 인맥까지 활용하여 순식간에 혼인신고 수속도 마쳤다.

바오이판은 앤디가 사인할 때까지 눈을 떼지 않았다. 그녀가 사인만 하면 이제 다시는 되돌릴 수 없게 되는 것이다. 그는 너무 기뻐서 웃음을 감출 수 없었다.

"와, 이제는 당신이 어디로 도망가진 않을까 라는 걱정은 하지 않게 됐군요! 검은 머리가 파뿌리 될 때까지 절대 놔주지 않을 거예요."

"앞으로는 다른 남자 보고서 웃지도 못하겠네?"

취샤오샤오가 한마디 거들었다.

"그건 안 되지. 지금 탄 사장보고 웃으려고 했는데?!"

그 말에 탄 사장이 매우 흡족해했다.

바오이판이 황급히 말했다.

"앤디, 앞으로 당신 옷은 내가 사줄게요."

모두 앤디의 스타일을 잘 알고 있기에 터지는 웃음을 참지 못했다. 그때 앤디의 시선이 한쪽 구석에 멈췄다. 그녀의 표정이 순간 불편해 보였다. 그곳에는 바오이판의 아버지와 함께 온 웨이궈창이 쭈뼛거리며 서 있다가 미소만 남기고 자리를 떠났다. 바오이판의 아버지는 아들의 결혼식을 놓치고 싶지 않았지만 웨이궈창을 따라나설 수밖에 없었기에 가면서도 계속 뒤를 돌아봤다.

앤디는 그가 바오이판의 부자를 미끼로 잡고 있다는 사실에 화가 치밀어 올랐다. 이를 알아챈 탄 사장이 앤디에게 귓속말을 했다.

"앤디, 현실을 똑바로 봐야 해. 여기서 너 말고는 아무도 그를 건드릴 수 없어. 그런 기분, 나도 겪어봐서 잘 알아. 저 사람 때문에 너랑 바오이판 사이에 영향을 받으면 안 돼. 그리고 앞으로 바오이판이 웨이궈창의 꾐에 넘어가지 않도록 잘 지켜보고. 자, 이제 좀 즐겨. 사람들이 또 멋대로 의심할라."

바오이판은 주변 사람들이 모두 석연치 않은 표정으로 웨이궈창과 그의 아버지를 주목하고 있는 것을 눈치챘다. 특히 취샤오샤오가 새로운 먹잇감을 찾은 것처럼 신이 나서 눈을 이리저리 굴리는 모습을 보고 황급히 앤디에게 말하는 척 큰 소리로 말했다.

"내가 말한 거 아니에요. 그나저나 어떻게 아신 거지? 오래된 손님까지 모시고 오셨네. 그렇다고 딱히 불만이 있는 건 아니에요."

탄 사장이 웃으면서 말했다.

"부자지간에 싸움이 나도 바오이판이 어린아이 같은 부분이 있어서 아버지도 그렇게 반대하거나 그러시진 않을 것 같아. 앤디, 바오이판 대신 화를 낼 필요는 없지만, 겉모습에 현혹되면 안 돼. 앞으로 네 역할은 두 사람을 적당히 구슬려서 화해시키는 거야."

주변에 있던 사람들은 모두 바오이판 부자의 갈등을 알고 있었기에 그저 살며시 미소만 지어 보일 뿐이었다. 취샤오샤오는 앤디가 감정을 숨기지 못한다는 것을 누구보다 잘 알고 있었기에 그녀가 억지로 웃고 있다는 것쯤은 알아챌 수 있었다. 유일하게 취샤오샤오 어머니만 감흥에 젖어 있었다.

"신혼 초에는 무조건 시키는 대로 해야 해."

"지금은 이 딸이 얼마나 잘하고 있어. 그것도 꽃같이 예쁜 딸이 말이야. 늙은 영감보다 훨씬 낫지."

"자오치펑은 잘할 거야. 얼마나 다행인지 몰라."

"엄마, 그런 말하지 마. 듣기 좀 이상하다."

"알았어, 안 할게. 그래도 자오치펑이 괜찮은 젊은이라는 건 맞아. 악의는 없고 패기는 있잖아."

"바오이판보다 낫지? 그렇지?"

취샤오샤오가 어머니 옆구리를 콕콕 찔렀다.

"당연하지, 그렇다고 내가 편애하는 건 아니다."

"오예!"

취샤오샤오는 엄마를 끌어안고 기쁨의 환호를 질렀다.

그 모습을 본 앤디는 너무 부러워서 옆에 있던 바오이판에게 말했다.

"저기 취샤오샤오와 어머니가 서로 신체적 언어를 나누고 있는 걸 봐요. 딱 봐도 모녀인 줄 알겠죠?"

"핏줄이란 게 참 신기해요. 자연스럽게 친화력이 생기니까 말이에요. 나도 우리 아버지한테 으르렁거리긴 해도 무슨 일이 생기면 제일 먼저 생각나긴 하더라고요. 어제 아버지한테 1년에 한 번씩 하는 대장 내시경 할 때가 왔다는 말을 듣는데, 이상하게 코가 찡해지더라고요. 난 평생 아버지를 미워하기로 다짐했는데, 괜히 풀어주면 끊임없이 인생이 어쩌고저쩌고 참견하실 게 뻔하잖아요."

"아까 탄 사장이 당신한테 아이 같은 면이 있다고 하던데, 그게 맞네요."

"내가 뭔가 진지한 상황에서는 말을 잘 듣잖아요. 이미 웨이궈창한테도 여러 번 훈계를 받았어요. 방금도 취샤오샤오 어머니가 절 잡아끌더니 당신한테 잘하라고, 절대 신의를 저버리면 안 된다고 하셨어요. 그러니까 샤오샤오를 부러워할 필요 없어요. 당신을 사랑하는 사람이 이렇게 많으니."

"에이, 탄 사장이랑 샤오샤오 어머니는 저한테 당부하러 오신 게 아니잖아요. 하하, 알았다! 다들 당신이 못 미더운가 봐요. 많은 사람이 이렇게 든든하게 받쳐주고 있으니 정말 기분은 좋네요. 바오이판, 혼인신고 전후에 뭐가 달라진 게 있는 것 같아요? 나는… 나는 뭔가 좀 더…."

"어때요?"

"뭐라고 말하기 어렵네요. 전 뭔가 바보가 된 것 같아요. 당신도 말하기 힘든 변화가 있어요?"

바오이판은 잠시 생각하더니 크게 웃었다.

"있어요. 당신이 말하니까 뭔가 떠오르는 게 있어요. 앞으로는 당신 앞에서 허세 부릴 필요는 없을 것 같아요."

두 사람은 서로 귓속말로 소곤거리고는 손을 잡고 아주 빠르게 걸어갔다. 뒤에 있던 친구들이 고래고래 큰 소리로 불러대자 두 사람은 앞도 제대로 보지 않고 주차장 반대편으로 슥 사라져 버렸다.

탄 사장은 바오이판과 앤디의 표정과 행동에 예의주시하고 있었다. 두 사람이 바오이판 차에 올라타서 무리들과 소란스럽게 식사를 하는 모습을 확인하고 나서야 주차되어 있던 검은색 벤츠로 여유롭게 다가갔다. 차 안에는 바오이판의 아버지와 웨이궈창이 그를 한참 동안 기다리고 있었다. 탄 사장은 200위안을 꺼내서 운전석 문을 열었다. 그런데 그 자리에 바오이판의 아버지가 앉아 있었다. 웨이궈창도 조수석에 앉아 있었다. 탄 사장을 황급히 돈을 주머니에 집어넣고 뒷문을 열고 앉았다.

"아이고! 직접 운전하시게요? 제가 너무 호강하네요. 그렇다면 기사를 따로 보낼 필요도 없겠네요."

웨이궈창이 그를 보고 미소를 지었다.

"탄 사장이 고생이죠."

"웨이 사장님, 편하게 말씀하세요. 원래 이건 제 일이지 않습니까. 바오 사장님, 오늘부터 여기 세 사람도 가족이나 다름없습니다. 저 젊은 사람들은 가족이란 말을 불편해하지만, 가족을 가족이라고 해야죠. 그나저나 무리한 부탁을 드려야 할 것 같은데요. 앞으로 절대 다른 여자한테 한눈팔지 못하게 누구 하나 붙여서 아드님 좀 감시해 주세요. 만약 다른 여자가 생기면 절대 입 밖에 내지 말고 무슨 수를 써서라도 내연녀를 처리하는 거로요. 처리하는 건 저랑 웨이 사장님이 알아서 할 겁니다. 만약에 아드님을 감시하는 게 마음에 걸리시면 제가 나서도 되고요. 웨이 사장님께서 저를 도와주시리라 믿습니다만 누군가가 두 분 부자 곁을 맴도는 것이 불편하시다면 배려는 해드리죠."

"두 사람이 평생을 같이하기로 약속했고 둘 다 똑똑한 애들이니 앞으로 어떻게 살아야 할지는 우리보다 더 잘 알고 있겠죠. 그저 긍정적으로 생각하도록 합시다. 저 아이들은 우리가 참견하는 걸 분명 싫어할 테니."

"제가 앤디를 잘 알잖아요. 그래서 앤디가 전문직을 가진 사람과 살길 바랬어요. 인간관계도 단순하고 순수한 사람 말이에요. 바오이판은 제가 생각했던 것 이상으로 너무 뛰어난 사람이라 앤디가 좀 걱정스럽긴 해요. 웨이 사장님 생각은 어떠세요?"

"그런 문제라면, 나도 자네 생각에 동의하네. 앤디는 절대 바오이 판을 당해낼 수 없을 거야. 두 사람은 레벨이 다르잖나. 나도 도통 마음을 놓을 수가 없어서 참견을 안 하려고 해도 안 할 수가 없다니까. 더 구체적인 건 바오 사장이 알아서 하겠지. 그래도 애들이 당신은 인정해 주잖아요. 고생 좀 해줘요."

바오 사장은 마음에 없는 대답만 늘어놓았다.

"에이, 당연한 말씀을요. 당연히 해야죠. 아들 하나 있는 게 평생 빚이네요. 그냥 눈 딱 감으면 상관하지 않아도 되는데. 우리 어디 가서 식사나 하면서 얘기하죠."

웨이궈창은 그제야 의자에 몸을 기대고 긴 한숨을 내쉬었다.

"아, 이제야 한시름 덜었네요. 바오 사장, 우리 간단하게 먹읍시다. 아무래도 여기 온 김에 바오 사장 데리고 동료들 좀 만나러 가야겠어요. 그래도 바오 사장은 여기 토박이 아니십니까. 좋은 조언 좀 해주세요. 탄 사장, 시간 되면 같이 가려나?"

탄 사장이 웃으면서 대답했다.

"저도 같이 가고 싶지만, 오후에 돌아가는 비행기 표를 예약해 뒀어요. 저녁에 또 출장이 있거든요."

"그래? 어디로 가는데?"

웨이궈창이 아무 생각 없이 물었다.

그러자 탄 사장이 싱글거리며 대답했다.

"비서가 아직 말을 안 해주네요."

웨이궈창은 탄 사장이 앤디를 위해 자신과 거리를 두고 싶어 한다는 것을 눈치채자 탄 사장이 새삼 대단하다고 느껴졌다. 방금까지만 해도 활기 넘치던 바오 사장도 멋쩍음을 감추지 못했다.

반면에 조촐하게 진행되는 피로연 현장에서는 바오이판과 앤디는 서로 떨어지지 않고 시종일관 세 글자를 속닥거리느라 정신이 없었다. "사랑해."

관쥐얼은 온종일 일이 손에 잡히지 않았다. 다행히 회사가 바쁘지 않은 시즌이라 정시에 맞춰 퇴근할 수 있었지만, 행운은 그리 오래 가지 않았다. 그녀가 탄 택시는 의자도 너무 지저분하고 차 안에 기름 찌든 냄새로 가득했다. 그녀는 바지가 더러워질까 걱정돼 당장이라도 일어나고 싶었지만, 택시 천장이 충분히 높을 리가 없었다. 환락송 입구에 다다르자, 그녀는 조금 전까지만 해도 그렇게 신경 쓰던 택시 내부를 조금도 개의치 않고 몸을 바짝 숙였다. 하지만 차마 살짝이라도 고개를 들고 창밖을 살필 만한 용기는 없었다. 그녀는 퀴퀴한 냄새를 꾹 참아내며 택시기사에게 아파트 단지 안으로 들어가 달라고 부탁했다. 그리고 택시에서 내리자마자 구석으로 달려가 헛구역질을 해댔다. 관쥐얼이 죽을 만큼 힘들어하고 있던 찰나에 귓가에 무슨 소리가 들려왔다.

"에이, 여기 있네. 우리 오둥이, 빨리 이리 와봐. 여기 관쥐얼 이모 왔네."

눈을 들어보니 역시 취샤오샤오가 저쪽 구석에서 고양이들에게 밥을 주고 있었다.

"거기서 뭐라고 중얼거리고 있는 거야. 앤디 언니 따라간 거 아니었어? 우엑…."

"갔다가 바로 돌아왔지. 두 사람이 어느 호텔로 허니문을 가는지 모르겠지만 날 헌신짝 버리듯 놓고 가더라고. 아파트 입구 오른쪽에

약국 있어. 가서 임신테스트기 사서 해봐."

"그런 거 아니야."

관쥐얼이 황급히 숨을 몰아쉬며 덧붙여 말했다.

"택시 안에 냄새가 너무 고약해서 그래. 게다가 엎드려서 왔거든. 입에 뭔가 묻은 거 같아서 그래. 우엑, 더러워 죽겠어."

"왜 엎드리고 와?"

"아, 아무것도 아니야. 나 먼저 올라간다."

취샤오샤오는 관쥐얼이 의심스러웠지만, 그녀가 왜 그랬는지 이유를 알 것 같았다. 시에빈을 피하려고 한 것이 틀림없었다. 취샤오샤오는 얼른 탈탈 털어서 고양이 밥을 다 먹이고 아파트 입구로 달려가 이리저리 두리번거려보았지만 시에빈의 그림자조차 보이지 않았다. 그녀는 도무지 이해가 가지 않았다. 분명히 시에빈이 제 발 저려서 떨어져 나간 건데, 이제 와서 다시 찾아오는 이유가 뭘까? 그렇게 의심을 품고 있을 때쯤 자오치펑의 차가 들어오는 것이 보였다. 그녀는 너무 기뻐서 방금까지 자신이 관쥐얼과 같이 있었다는 것은 까맣게 잊어버렸다. 자오치펑은 2203호에 들어가서 봉지 하나를 꺼내더니 취샤오샤오에게 건넸다.

"내일 은행가서 금고 만든다고 했지. 그럼 이것도 갖다가 넣어둬."

"와, 뭔지 꽤 두툼한데."

취샤오샤오는 슬쩍 들춰 보았다.

"다 무형재산이야. 넣어둬도 이자도 안 붙을걸. 그래도 잃어버리면 골치 아파지니까."

"와, 박사님이네, 박사님. Hello. 우와 오빠 이름으로 된 집 계약서네. 오빠, 이거 월세라도 주자, 임대료로 대출금 갚고."

"나중에 네가 나 쫓아 내면 어떻게? 갈 데도 없는데."

"왜, 호텔 있잖아. 오빠가 대출받은 은행 카드 나한테 줘봐. 내가 가서 처리해줄게. 오빠 귀찮게 안 할 테니까 걱정하지 말고."

"알았어, 이거야. 카드 비밀번호는 여기 있어."

자오치핑은 가방에서 뒤적거리더니 은행 카드를 취샤오샤오에게 주었다.

"알았어. 내일 엄마한테 은행에 같이 가달라고 해야겠다. 엄마 아는 분 좀 소개해달라고. 그래서 상가 임대료도 다 돌려놓은 다음에 은행 가서 금고 만들어야지."

취샤오샤오의 말이 떨어지자마자, 그녀 방 침대에서 누군가가 벌떡 일어나 앉았다. 원래 취샤오샤오 어머니는 앤디의 결혼식에 다녀오느라 피곤해서 집에 가서 쉴 생각이었으나 집에 가서 바람난 남편 얼굴을 볼 생각을 하니 화가 치밀어 올라서 견딜 수가 없었다. 그래서 몰래 딸 집으로 와서 잠깐 쉰다는 게 지금까지 잠이 들고 만 것이다. 두 사람이 들어오는 소리에 잠이 깨긴 했지만, 자리에서 꾸물거리다가 두 사람의 대화를 듣게 되었다. 그렇게 신신당부를 했건만 취샤오샤오가 약속을 어기고 자오치핑에게 부동산에 대해 모두 얘기하는 걸 듣고 깜짝 놀랐다. 하지만 다시 일어나고 싶지도 않아서 방에서 혼자 깊은 한숨만 내쉬었다. 그렇다고 지금, 이 상황에 흥분해서 달려나갈 수도 없는 노릇이었다.

자오치핑이 취샤오샤오에게 물었다.

"아, 하나 생각났어. 의료보험 있어?"

"의료보험은 월급으로 해야지. 월급으로 연금에다 공공적립금에다, 세금까지 내면 지출이 만만치 않단 말이야. 정말 수지가 안 맞지. 그거 알아? 개인연금은 정말 기대할 것도 없다니까. 그냥 내는 건데, 그렇게 큰돈을 내서 뭐해? 아래 직원들은 어쩔 수 없이 내는 거지만,

나는 없어도 돼."

"하나 해. 내가 만날 보는 게 병원비 때문에 힘들어하는 사람들이
야. 병원비 때문에 파산한 집도 여럿 봤다고. 잘난 척하지 말고 내 말
들어."

"알았어, 알았다고. 정말!"

"생각났다. 내 월급 카드 안에 얼마 들어 있을 거야. 보통예금은 수
지가 맞지 않을 텐데 어떻게 하면 좋을까? 그냥 이것도 다 줄게, 비
밀번호는 똑같아."

"응, 그럼 매달 나한테 얼마씩 주는 거로 해."

"하하, 분기에 한 번씩 주는 거로 하자, 어차피 달마다 주면 얼마
되지도 않을 거야. 아이고, 취 집사님, 우리 밥이나 먹으러 갑시다. 제
가 사드리죠."

"오예!"

취샤오샤오는 기뻐서 펄쩍 뛰다가 문 두드리는 소리가 들리자 무
의식적으로 현관 쪽으로 고개가 돌아갔지만 잠시 후 자신의 방에서
나는 소리임을 감지했다. 다시 고개를 돌리니 그녀의 어머니가 마지
못해 고개를 내밀고 있는 것을 보고 바로 달려갔다. 그녀가 놀라서
물었다.

"엄마가 어떻게 여기 있어?"

그녀의 어머니는 그녀를 방안으로 잡아당기고는 자오치펑에게 웃
으면서 말했다.

"내가 얘랑 좀 할 말이 있어서. 잠깐만 실례하겠네."

"그럼요, 천천히 말씀 나누세요. 저 먼저 내려가 있을게요."

어머니는 그가 나가는 것을 지켜보고 있다가 취샤오샤오에게 말
했다.

"너 자오치펑한테 내가 부동산 준 얘기를 다 한 거야?"

"말만 하기는 벌써 다 봤지."

어머니가 다 알게 된 이상 취샤오샤오는 아예 다 말해버렸다.

"너…. 너 대체 무슨 생각으로…. 아니 평소에는 그렇게 똑똑하더니, 열 길 물속은 알아도 한 길 사람 속은 모른다는 말 몰라? 자오치펑이 혹시라도 다른 마음 먹으면 어쩌려고, 안 그래도 수시로 네 아빠랑 연락하고 지내는 것 같던데."

"저 사람은 괜찮아, 경계 같은 거 안 해도 돼. 얼마나 깨끗한 사람인데."

"사람 마음은 변해. 지금 마냥 좋다고 다 좋게 보지 마, 사람 변하는 거 순식간이다. 너는 어쩌면 이렇게 조심성이 없어. 너무 경솔해, 어휴."

"아니래도! 내가 그랬잖아. 그 사람은 내가 잘 알아! 엄마, 조급해하지 말고, 좀 진정하고 잘 살펴봐. 저 사람 됨됨이가 얼마나 좋은데, 참 한결같고 의젓한 사람이야. 다 변해도 저 사람 인품은 절대 안 변할 거야. 장담할 수 있어!"

"네가 당연히 지금은…."

취샤오샤오는 더 이상 듣고 있기가 싫어서 어머니를 다시 침대에 눕혔다. 놀란 어머니가 이불을 뒤집어쓰고 소리를 질렀다.

"엄마, 누워서 천천히 생각 좀 하고 있어. 난 가서 밥 먹고 올게. 오면서 엄마 것도 사 올게."

"나쁜 계집애, 필요 없다."

"엄마, 내가 엄마 사랑하는 거 알지? 날 위해서 잘 생각해 봐."

"나도 같이 가서 먹으련다. 내가 살게. 어디 자오치펑이 어떤 놈인지 한번 제대로 봐야겠다."

"장모가 사위를 보고 좋아지면 어떻게, 그건 안 되지."

그제야 취샤오샤오는 엄마를 놓아주었다. 그녀의 어머니가 성난 눈으로 그녀를 노려보았다.

관쥐얼이 집 안에 들어가자마자 작은 방문이 쾅 하고 닫혔다. 그녀는 잠시 멍하니 있다가 2202호 문을 닫았다. 아직 저 방에 새로 이사 온 사람이랑 인사도 제대로 나누지 못해서 마음이 조금 불편하긴 했지만 그래도 선의라도 표현해야겠다는 마음에 가서 문을 두드렸다.

"저, 저는 베란다 있는 방을 쓰고 있는 관쥐얼이라고 해요. 어젯밤에 제가 있다는 것을 말해주지 않아서 고마웠어요."

방 안에서 아무런 인기척도 느껴지지 않았다. 그야말로 완전 무시당한 거나 마찬가지였다.

관쥐얼은 잠시 고민하다가 더 이상 문을 두드리지 않았다. 그리고 혹시라도 모르는 사람이 2202호 문을 두드리면 그녀도 모른 척해야겠다고 생각했다.

방안은 숨이 멎을 정도로 조용했다. 그녀는 배고픔도 느껴지지 않았다. 그저 침대에 똑바로 누워 멍하니 천장만 바라보고 있었다. 그녀의 머릿속으로 '왜'라는 질문만 수없이 스쳐 지나갔다. 도무지 이해가 되지 않았다. 생각도 그녀 뜻대로 되지 않고 깊게 생각에 빠지고 싶지도 않았다. 그녀가 생각할 수 있는 유일한 것은 시에빈이 아파트 입구에서 기다리고 있었던 이유였다.

'정말 우연이었을까? 아니면 다른 생각이 있었던 걸까? 그렇다면 대체 무슨 의도였을까?'

생각이 너무 많아지자 또 바로 멍해져버려서 아무것도 생각나지 않았다. 그저 앞으로 펼쳐질 칠흑같이 어두운 길만 떠올라 아무런 희망을 기대할 수 없었다.

그때 갑자기 그녀의 휴대폰이 울렸다. 관쥐얼은 그제야 오늘 부모님이 오시기로 한 날임이 생각났다. 후다닥 휴대폰을 보니 역시나 부모님이었다. 두 분은 이미 근처 호텔에 체크인까지 마친 상태였다. 그녀는 가장 헐렁한 옷을 꺼내 입고 고개를 푹 숙이고 달려갔다. 누군가가 그녀를 알아보지 않았으면 했다. 그리고 무엇보다 아파트 입구에서 그와 마주치고 싶지 않았다.

관쥐얼이 방문을 두드리자 그녀의 아버지가 문을 열어주고는 깜짝 놀라서 물었다.

"너 왜 그래? 너 설마 진짜 시에빈이랑…."

관쥐얼의 어머니가 화장실에서 세수를 하다가 바로 달려 나와 딸의 행색을 보고 깜짝 놀랐다.

"다크서클에 여드름까지, 얘가 맥이 다 풀려서 왜 이러니, 나 원 참. 며칠 쉬면 좀 나아질 거야. 어서 뜨거운 물이라도 마셔 독소라도 빠지게. 시에빈은? 응?"

"아침에 내가 문자 보냈잖아. 헤어졌다고."

관쥐얼이 말하는 도중에도 그녀의 아버지는 뜨거운 물에 찬 물을 섞어가며 물의 온도를 맞추고 있었다. 그녀의 어머니도 다시 화장실로 들어가 세수를 마치고는 대충 로션으로 마무리하고는 얼른 마스크 팩을 꺼내 관쥐얼의 얼굴에 들이밀었다.

"대체 어떻게 된 건데? 언제 그런 거야? 왜 갑자기 헤어졌어? 엄마한테 말해 봐. 그놈이 딴짓한 건 아니지? 괜찮니?"

"어젯밤에 엄마랑 아빠가 전화하고 얼마 안 돼서 교통사고가 났어. 다행히 아무도 안 다쳤고. 그리고 헤어졌어. 그게 다야."

"시에빈이 우리가 자기네 집 뒷조사했다고 화가 난 거지? 어쩌자고 그런 말까지 한 거야. 그냥 숨기지 그랬어. 그게 뭐 화낼 일이라고 화를 낸다니? 어느 집이 딸 시집보내는데 남자 집 뒷조사도 안 해보니? 그 애가 공무원인거 말고 잘난 게 뭐 있다고?"

"엄마…."

관쥐얼의 아버지가 나서서 일단 일이 커지지 않게 수습했다.

"시에빈 그 아이가 나쁜 건 아니야. 아주 겸손하게 잘 썼더구나. 어려서부터 고생해서 이만큼 성장한 거 봐봐. 그 아이 중학교 선생님도 아주 칭찬을 많이 하더구나, 주변 이웃들도 좋은 아이고 예의 바르다고 하고. 그렇게 똑똑한 아이가 단순히 우리가 자기네 집을 찾아갔다는 이유로 헤어지지는 않지. 무슨 다른 이유라도 있는 게냐? 우리가 한번 만나서 얘기를 해 볼까? 오해도 풀 겸 말이다."

아버지의 말에 그녀는 어찌 된 건지 어깨에 힘이 쫙 풀리고 마음이 한결 부드러워졌다. 그러다 그녀가 줄곧 걱정하던 것이 문득 떠올랐다.

취샤오샤오가 항상 뒷조사, 뒷조사를 입에 달고 다니더니 어느새 그녀 마음에도 자연스럽게 뿌리를 내린 것 같았다. 지금은 아무것도 생각하고 싶지 않았다.

"설명할 필요 없어. 다른 오해가 있어도 그 오해를 풀려고 할수록 더 엉켜버릴 거야. 헤어졌으니까 됐어."

"이렇게 쉽게 헤어지는 게 어디 있어? 그래도 한 가닥 희망은 있는 거잖아? 지금 정부 기관에서 일하는 자리가 얼마나 꿀인지 몰라서 그래? 우리 회사에 동료 딸도 그런 사람 만나더니 신혼집 꾸며주고 난리가 아니었다고. 남자가 돈 하나 안 쓰고 신부를 그냥 얻은 거지. 네 회사도 안정적이지 않고 철밥통도 아니잖아. 그러니까 공무원 만

262

나서 살면 좀 안정적이고 훨씬 낫지 않겠니. 시에빈이 지난번 그 학교 선배보다 좀 떨어지긴 하지만 어쨌든 그 아이 새아버지가 공무원이고 어머니도 기업 조직 기획 일을 하고 있으니 시에빈에게 손 벌리진 않을 테고 말이야. 그냥 멍청하게 싫다고만 하지 말고. 다른 여자애들은 이런 남자 못 만나서 안달인데 너는 대체 왜 그러니. 그 아이 전화번호 줘봐. 너는 부끄러움도 많으니까. 엄마가 대신 해 볼게."

"됐어. 엄마가 생각하는 거처럼 그렇게 간단한 일이 아니야. 헤어진 거면 헤어진 거지. 나 그만 갈게, 가서 잘래."

관쥐얼은 될 대로 되라는 식으로 가려고 하자 관쥐얼의 어머니는 바로 자세를 낮췄다.

"알았다, 알았어. 이제 말 안 꺼낼 테니 가지 마. 오늘은 그냥 여기서 자고 가, 엄마랑 아빠랑 좀 껴서 자지 뭐. 우리가 얼마나 못 봤지? 엄마가 얼마나 보고 싶었다고. 봐라, 엄마가 신경 안 쓰니까 네 얼굴에 뾰루지 올라왔잖아."

관쥐얼의 어머니는 아버지에게 눈짓을 하자, 아버지도 자고 가라며 그녀를 붙잡았다. 사실은 그녀도 딱히 가고 싶지 않았다. 오늘 온종일 넋을 놓고 있으면서도 가족 생각이 얼마나 많이 났는지 모른다. 부모님이 시에빈에 대한 얘기만 꺼내지 않는다면 굳이 갈 이유가 없었다. 그리고 혹시라도 아파트 입구에서 그를 만나지 않을까 걱정되기도 했다.

하지만 누가 생각이나 했겠는가, 그녀가 잠이 들자 어머니가 슬그머니 일어나 너무나 숙련된 모습으로 그녀의 휴대폰을 꺼내 시에빈의 번호를 찾아낼 줄 말이다.

간단하지만 즐거운 저녁 식사였다. 입맛이 전혀 없던 취샤오샤오의 어머니도 세 사람 중 가장 적게 먹긴 했지만 그래도 몇 숟가락은 떴다. 그녀가 자연스럽게 식사비를 계산하려고 하는 찰나에 지금까지 당연하게 엄마 덕을 보고 살던 딸이 그녀를 막았다.

"자오치펑이 계산한대."

어머니가 웃었다.

"자오치펑의 인격 수준으로 계산할 수 있으면 당연히 그러라고 하겠지만, 병원에서 받는 월급이 얼마나 된다고 어떻게 우리까지 얻어먹겠니."

그러자 자오치펑은 얼른 지갑을 주머니에 다시 넣었다.

"아, 그렇다면 사양하지 않겠습니다."

취샤오샤오 어머니는 순간 멍해 있다가 취샤오샤오가 되레 아무렇지 않아 하는 것을 보고 웃음을 금치 못했다.

"네가 마음이 안 편할까 걱정했는데, 그럼 됐지. 됐어."

"그럼, 엄마랑 같이 먹을 때 안 얻어먹으면 누구한테 그러겠어."

취샤오샤오는 자오치펑의 눈치를 살폈다. 그가 아무렇지 않아 보이자 그제야 마음을 놓았다. 자라 보고 놀란 가슴 솥뚜껑 보고 놀란다고 지난번 헤어졌던 이유도 다 이 때문이 아니었나. 자오치펑이 얼른 지갑을 주머니에 넣는 모습을 떠올리니 안도의 웃음이 나왔다.

자오치펑이 취샤오샤오 어머니에게 말했다.

"어머니에게 드릴 말씀이 있어요. 예전에는 좀 불편했었는데, 취샤오샤오와 함께하기로 결정한 이상, 제 고집만 부릴 수는 없겠더라고요. 취샤오샤오의 생활 수준이 떨어져 버릴 게 분명하니까요. 우리 두 사람이 같이 노력하면서 서로 상대방을 배려하고 자기 멋대로 하지 않는다면, 큰일도 작은 일이 되고 작은 일은 아무 일도 아닌 게 될 거예요."

"아, 자오치펑, 그렇지!"

취샤오샤오 어머니는 뭔가 생각이 났는지 얼굴을 찌푸리더니 깊은 생각에 잠겼다.

자오치펑이 어쩔 줄 몰라 하며 취샤오샤오를 바라보니 그녀도 얼떨떨해보였다. 두 사람은 어머니 모르게 몰래 눈빛을 왔다 갔다 주고받더니 결국 취샤오샤오가 깔끔하게 결정을 내렸다.

"오빠랑 상관없는 일이야."

자오치펑은 취샤오샤오가 어머니를 방해하지 못하도록 잡아당겨 앉힌 후 조용히 차를 마셨다. 어머니는 얼마 지나지 않아 원래 모습으로 돌아와 씽긋 웃어 보였다.

"방금 집에서 두 사람이 한 말을 엿들으려고 한 건 아니었어. 자다 깼는데 두 사람이 뭔가를 의논하고 있는데 재밌었던 거 같은데 지금은 생각도 안 나네. 두 사람 다 나이가 많은 것도 아닌데, 자오치펑이 상대방을 배려한다는 말이 참 듣기 좋네. 내가 마음이 다 놓여. 예전에 내가 결혼하고 나서 회사를 휴직하고 샤오샤오 아버지랑 같이 자영업을 시작했는데 나중에는 그 회사 방침이 바뀌어서 더 이상 무급 휴직 인정이 안 되는 거야. 복직을 하든지 아니면 그만두던지 둘 중에 하나를 선택해야 했지. 그 회사 수익이 많아서 복지도 정말 좋았어. 근데 정책이 이렇게 바뀔 줄 누가 알았겠어. 그때는 정말 결정하기 힘들어서 네 아빠랑 의논을 했어. 여러 면으로 이야기를 해 보긴 했지만 결국 최종 선택은 내 몫이었어. 혹시라도 내가 나중에 원망할까 봐 간섭하고 싶지 않다고 하더라고. 그래서 생각을 해봤지. 방금 너희 두 사람처럼 말이야. 샤오샤오는 자신이 재테크를 잘하니까 두 사람의 재정 관리를 다 맡아서 하려고 하고, 자오치펑은 병원에서 많은 일을 겪으면서 의료보험이 꼭 있어야 한다고 하면서 두 사람 다 서로의 일을 자기 일처럼 생각하고 책임지는 걸 두려워하지 않는 걸 보니 두 사람이 마음이 딱 맞는 거 같아서 보기가 좋구나. 그리고 나니까 네 아빠랑 내 마음이 하나로 맞은 적이 한 번도 맞은 적이 없는 것 같아서 좀 씁쓸하구나. 이제야 알았어."

취샤오샤오는 멍하니 듣고 있다가 자오치펑에게 물었다.

"내가 오빠한테 정말 진심이야? 한결같이?"

자오치펑이 신중하게 대답했다.

"우리 둘 다 밖에 나가면 넌 잘생긴 남자만 쳐다보고 난 예쁜 여자만 쳐다보잖아. 마음이 더 안 맞을 수도 있고."

그러자 취샤오샤오의 어머니가 말했다.

"너희 괜히 그럴 필요 없어. 내가 별것 아닌 일을 얘기해서 괜한 짓을 했구나. 그래도 어찌 됐든, 이제 내 마음은 이미 확고하니까."

"엄마, 엄마 마음은 처음부터 확실했었어. 안 그랬으면 그렇게 많은 부동산을 사뒀겠어?"

자오치펑이 황급히 일어났다.

"저 화장실 좀 다녀올게요."

어머니는 그의 뒷모습을 보고 말을 이었다.

"예전에는 느낌이 별로였는데, 지금은 어찌 된 일인지 명확해진 것 같구나. 원래 네 아빠도 그쪽 아들 둘을 버릴 수 없으니까 꽤 마음이 안 좋겠구나. 그리고 한 사람이 가진 역량에 제한이 있으니까 두 아들 보살피느라 나한테는 소홀해 질 수 밖에 없다고 생각했었는데 지금 생각해 보면 아니야. 네 아빠는 단 한 번도 나한테 진심이었던 적이 없었던 거야. 이렇게 된 이상 나는 끝까지 그 사람이 뭐 하고 사나 지켜볼 거야."

"어, 이혼한다고? 안 돼."

취샤오샤오 어머니는 탄식했다.

"나도 이혼은 안 할 거야. 이미 내 인생 반이 지났는데 뭐 하러 그러겠니. 샤오샤오, 난 그저 이해해보려고 한 거지 사소한 문제에 끝까지 매달리려고 한 건 아니니까 걱정하지 마."

취샤오샤오는 뭔가 느낌이 이상했다.

"엄마…."

"이제 그 사람이 같이 있는 것도 논쟁하는 것도 이제 신물이 난다. 며칠간은 시간 나는 대로 나한테 전화 좀 자주 해줘. 내 마음이 아직도 편하진 않구나. 그래도 곧 회복할 테니까 앞으로 어떻게 할지는 내가 정신을 좀 차린 후에 얘기하자."

"오늘 밤은 엄마 집에 가서 잘게. 나랑 자오치펑이 며칠 귀찮게 하더라도 엄마가 회복하는데 도움은 될 거야."

그러면서 자오치펑에게 전화를 걸었다.

"오빠, 이제 화장실에서 나와도 돼."

그리고 다시 어머니에게 물었다.

"아빠한테 비자금 있지? 내가 가서 좀 뜯어낼게, 엄마 화풀이라도 좀 되게."

"참 나, 네가 돈을 뜯어내고 싶으면 그렇게 해, 괜히 나까지 끼워넣지 말고."

취샤오샤오 어머니도 말을 그렇게 했지만 웃음이 절로 나왔다.

"알았다. 너랑 자오치펑 사이가 이렇게 좋으니, 결혼도 서둘러서 하면 좋겠구나."

그러자 취샤오샤오가 발끈했다.

"우리는 지금 이대로도 좋아. 이래라저래라하는 말 안 들어도 되고. 그리고 난 아직 어리다고. 결혼하기에는 너무 어려. 난 몇 년 더 이렇게 놀 거라고."

"네가 아이 낳으면 엄마가 대신 봐줄게."

"엄마, 엄마도 즐기면서 살아. 아빠는 저렇게 엄마 뒤통수치고 신나 하시는데, 엄마는 내 애 봐줄 생각이나 하고 있어?"

어머니가 어쩔 줄을 몰라 했다.

"일찍 결혼하면 내가 네 아빠 비상금 뜯어내는 거 도와줄게."

취샤오샤오 눈이 순간 반짝거렸다. 마침 밖에서 어슬렁거리다가 들어오던 자오치펑은 그 모습을 보고 그녀에게 무슨 꿍꿍이가 있음을 짐작했다.

잠에서 깬 판성메이는 밖에서 나는 소리를 듣고 어젯밤 관쥐얼의 부모님이 오신 게 생각났다. 갑자기 호기심이 발동한 그녀는 살그머니 침대에서 내려와 살짝 문을 열어보았다. 역시 새로 이사 온 사람이 물을 끓이고 있었다. 또렷한 이목구비에 단발머리를 한 그녀는 판성메이와 눈을 마주쳐도 아무런 미동도 없고 그냥 지나가는 사람 보는 듯했다. 판성메이는 더 이상 예의를 차릴 필요 없이 사무적으로 말을 건넸다.

"저기요, 몇 가지 할 얘기가 있는데요. 하나는 여기 전기세랑 관리비는 3명이 똑같이 분담해서 내는데, 다들 저한테 냈었거든요. 그러면 제가 집주인에게 전달해주곤 했죠. 이제, 새로 온 사람도 있으니까, 한번 물어는 봐야 할 것 같아서요. 어떻게 하실래요?"

"저는 바로 아래층에 있는 부동산에 내는 거로 할게요. 두 번째는요?"

"화장실이랑 공동 공간 청소는 원래 하루에 한 사람씩 돌아가면서 했는데, 괜찮겠어요? 괜찮으시면 오늘부터 그쪽에서 하시면 돼요."

"또 있나요?"

"아니요."

순간 판성메이는 어딘지 모르게 찝찝함이 느껴졌다. 더 이상 그녀와 대화를 이어갈 수가 없어서 몸을 돌려 방안으로 들어가 버렸다. 뒤에서 그녀가 자기를 어떻게 생각할지 모를 일이었다. 갑자기 추잉잉이 얼마나 좋은 룸메이트였는지 새삼 온몸 가득 느껴졌지만 그래도 한번 참아보기로 했다. 괜히 그녀에게 가서 그녀의 화를 돋울 생각은 없었다. 그리고 모처럼 조용한 주말을 망치고 싶지 않았다. 그러던 중 추잉잉에게 전화가 왔다. 전화를 받자마자 그녀는 기관총을 쏘는 것처럼 소리를 질러댔다.

"언니, 언니, 언니. 끊지 마. 내가 미안해. 잘못했어. 백번 미안하다고 해도 부족한 거 알아. 지난번에는 내가 너무 버릇없이 말했어. 언니가 나한테 화난 거 아주 당연해."

판성메이는 그저 웃을 수밖에 없었다.

"그저께 밤에 여기는 난리도 아니었어. 그래서 너한테 신경 쓸 겨를도 없었어. 너도 너무 마음 상해하지 마. 나가서 움직이면서 근육 풀어줘야 하는 거 아니야?"

"엄마 음식 하는 거 기다렸다가 잉친한테 갖다주려고. 잉친 말로는 걔네 엄마가 병원 밥에 질릴 대로 질려서 차라리 자차이만 해서 밥 먹는 게 낫겠다고 하셨대. 근데 그저께 대체 무슨 일이 있었던 거야? 그날은 정말 환락송에서 나만 쏙 빼놓은 느낌이었어. 모두가 난 신경도 안 쓰는 것 같고…. 그저께 밤에 쥐얼한테 전화했었는데, 전화기가 꺼져 있더라고."

"이미 지난 일이니까 얘기 안 하는 게 나아. 언제부터 출근해?"

"원래는 월요일부터 하려고 했는데, 잉친이 그날 퇴원해서 데리러 가야 할 것 같아. 언니, 나 며칠 사이에 엄청 회복하고 있는 것 같아. 정말로. 기분도 좋고 누가 보면 불로장생약이라도 먹은 줄 알 거야. 아, 언니랑 쥐얼 너무 보고 싶다. 잉친 퇴원하고 나면 혼인신고 하러 갈 건데 그때 같이 밥이라도 먹자."

"좋아, 그럼 다음 주쯤으로 생각하고 있을게. 미리 축하해. 날짜 정해지면 미리 알려줘. 선물이라도 준비하게."

판성메이가 그녀를 무시한 게 아니라는 것을 확인하고 나서야 추잉잉은 마음이 놓였다. 그녀는 주방으로 들어가 엄마를 도와 밑반찬을 이것저것 만들었다. '잉친 어머니가 분명히 좋아하실 거야.'

관쥐얼은 부모님 틈에서 잠에서 깼다. 아직 눈을 뜨기도 전에 그녀의 어머니가 가지런하게 개어진 옷 한 벌을 내밀고 따뜻한 물 한 잔도 가져다주었다. 관쥐얼은 눈을 감은 채 물을 다 마시고 확신에 가득 찬 어머니의 목소리를 들었다.

"거봐라, 어젯밤에 한 팩이 효과가 있잖니. 여드름이 거의 들어갔네. 앞으로도 꾸준히 신경 좀 써. 아침 먹고 여기 2개는 짜버리자. 짜면 나올 것 같다."

"아빠는?"

"아빠는 먼저 아침 먹으라고 내보냈지. 네가 웅크리고 자는 게 불편해 보여서."

관쥐얼은 투덜거리며 일어났다.

어머니는 이미 호텔에 있는 칫솔을 뜯어서 그녀가 사용할 수 있도록 준비해 두었다. 그녀가 이를 닦고 있는데 어머니가 굳이 문을 열고 들어와 캐묻기 시작했다.

"어젯밤에는 네 기분이 별로고 잠도 제대로 못 잔 것 같기에 물어보지 않았는데, 엄마는 시에빈의 이력을 보자마자 별로 마음에 들지 않았어. 이혼 가정에서 자란 사람들을 보면 꼭 크든 작든 문제가 있긴 하더라고. 내가 선입견을 가지고 봐서 그런 게 아니라…. 우선 이부터 닦아. 엄마 말 듣기 싫어도 잘 새겨들어."

관쥐얼은 엄마를 말리고 싶었지만, 입안 가득 양치를 물고 있어서 제대로 말을 할 수 없었다. 또 물컵도 엄마가 가지고 있어서 별수 없이 이를 닦을 수밖에 없었다.

"마음에 안 들긴 해도 네가 계속 좋아한 사람이잖아. 공무원이고 그리고 무엇보다 네가 더 이상 어리지 않다는 거야. 벌써 졸업한 지 2년이나 됐잖니. 지금까지 집에 누굴 데려온 적이 없어서 얼마나 조바심 났었는데. 그래서 얼마 전에 친구한테 회사에 괜찮은 사람 있는지 물색해보라고 부탁했었는데, 걔가 하는 말이 그럭저럭 괜찮은 사람들도 다 임자가 있는데, 오히려 조건이 아주 괜찮은 30대 여자들이 아직 짝이 없다더라. 네 주변에도 다 그런 사람들뿐이니 내가 오죽 답답하겠니. 지금 직장이 괜찮긴 하지만 너무 바쁘잖아. 남자들은 너처럼 겉만 번드르르한 사람은 별로라고 생각해. 그렇다고 네 얼굴이…. 어휴. 너 진짜 노력해야 해. 1년 1년이 얼마나 다른 줄 아니? 그러다 노처녀 되는 건 순식간이다. 알겠어? 내가 널 협박하고 싶어서 그러는 게 아니야. 나랑 네 아빠는 가만있을 수가 없어서 시에빈이라는 애가 어떤지 알아보러 갔던 거야. 지금 생각해보니 괜찮은 거 같네, 미래도 있어 보이고. 그리고 제일 중요한 건 너희 둘이 아직 감정이 남아 있잖아. 헤어지고 안 헤어지는 건 걱정하지 마. 그래도 어른들 눈이 정확하지. 가서 입이나 헹궈."

관쥐얼은 얼른 입을 가시고 나와 말했다.

"나 쫓아다니는 사람 하나 없겠어? 다른 사람 있어. 진짜야. 린 선배도 있고 리자오성도 있다고."

"리자오성네 부모님은 뭐 하시는데? 형제자매는? 고향은?"

관쥐얼 어머니는 딸이 아무 대답이 없자 단번에 눈치를 챘다.

"별 볼 일 없나 보네."

관쥐얼은 발끈해서 대꾸도 하지 않고 세수하러 다시 화장실로 들어갔다. 아무리 발버둥을 쳐도 결국 어머니 손바닥 안이었다.

세수를 하는데 어머니의 휴대폰이 울렸다. 관쥐얼은 얼른 화장실 문을 걸어 잠갔다. 순간 조용해졌지만 그리 오래가진 않았다. 어머니가 문 밖에서 소리를 질렀다.

"네 아빠가 방금 시에빈이랑 연락했단다. 조금 있으면 도착한대."

"뭐라고? 아, 정말!"

"거봐라. 내가 못 헤어진다고 했지. 진짜 인연이면 된다니까. 네 아빠가 딱 두 마디 했더니 바로 이해하더란다. 너 그 내성적인 성격 못 고치면 아무것도 못 한다니까. 앞으로 큰일 하려면 몇 마디 다투고 그러는 건 아무것도 아니야."

관쥐얼은 아무 말도 안 했지만 속에서 뿜어 오르는 기쁨은 주체할 수 없었다.

추잉잉은 엄마가 방금 만들어준 음식을 가지고 병원으로 향했다. 그녀의 어머니가 한사코 데려다준다고 했지만, 택시를 타고 가면 된다고 어머니를 진정시켰다. 길에 나가서 막상 택시를 잡으려니 택시비가 아까워 그냥 전철을 타고 가기로 했다. 시간도 이르고 주말이라 전철도 한산할 것 같았지만 현실은 잉잉의 마음 같지 않았다. 전철 안은 평소만큼 붐볐다. 그녀는 혹시라도 상처가 덧나지 않을까 걱정스러워지자 이내 후회가 밀려왔다.

병원에 도착해서 입원동 엘리베이터를 탔는데 역시나 사람이 한 가득이었다. 겨우 사람들 틈에 끼어서 간신히 잉친의 병실이 있는 층에 도착했다. 엘리베이터에 내려서 병실로 향하는 그녀 앞에 짐 가방을 든 중년 남자가 지나갔다. 그 남자는 잉잉과 가는 길이 같은지 긴 복도를 계속 같이 걷다가 거의 순서대로 잉친의 병실로 들어갔다. 잉친 어머니가 반갑게 맞이하는 소리에 그 중년 남자의 실체가 밝혀졌다. 바로 잉친의 아버지였다.

잉친 어머니는 추잉잉의 손을 잡아당기며 웃으면서 말했다.

"어머나, 마침 둘이 같이 들어오네. 이 아이가 추잉잉이에요. 잉잉, 이분이 잉친 아버지셔. 당신, 어떻게 말도 없이 왔어요."

"어차피 오늘 내일 쉬어서 밤에 출발하는 게 낫겠더라고. 여기서 이틀 같이 지내고 월요일에 퇴원 수속하고 가면 될 거 같아."

잉친 아버지는 추잉잉을 한번 훑어보았다.

"네가 추잉잉이구나? 우리 전화 통화는 두어 번 한 것 같은데 이렇게 보는 건 처음이구나. 겁먹을 것 없다. 난 아무도 해치지 않아."

병실에 있던 모두가 웃음을 터뜨렸다. 하지만 추잉잉만은 그러지 못했다. 여기서 도망치고 싶었지만 그럴 수는 없었기에 그저 억지 웃음만 지어보였다. 잉친 어머니가 잉잉의 손에 들린 음식을 받아들었다.

"너희 어머니가 이 많은 음식을 하느라 아침부터 고생이 많으셨겠다. 마침 아버지도 오셨으니 같이 먹으면 되겠다. 어머니께 감사하다고 전해드려."

추잉잉은 여전히 아무 말도 하지 않고 그저 웃기만 했다. 잉친이 결국 참지 못하고 웃음을 터트렸다.

"천하의 추잉잉이 우리 아빠는 무서운가 보네. 아빠가 오고 난 후부터 한마디도 안 하고 있잖아. 딱 맞춰왔어. 안 그래도 네 휴대폰 업그레이드를 해줘야겠다고 생각하고 있었거든. 휴대폰 이리 줘봐."

추잉잉은 잉친 아버지를 보고 미소를 짓고는 얼른 잉친 곁으로 갔다. 아버지는 살짝 의아해하다가 아내에게 말했다.

"내가 생각했던 거랑은 좀 다르군."

잉친 아버지의 말에 그녀는 안절부절못하며 급히 미소를 지어 보였지만 어색함은 숨길 수 없었다. 설상가상으로 허둥대다가 침대 옆에 놓인 컵을 떨어트렸다. 다행히 뚜껑이 닫혀 있어서 물을 엎지르진 않았다. 그녀는 얼른 휴대폰에다 몇 글자를 적어서 잉친에게 내밀었다.

"너희 아빠가 무서워서 아무 말도 못 하겠어."

"우리 아빠가 뭐가 무서워, 차라리 엄마면 모를까. 아빠, 잉잉이 아빠 보니까 아무 말도 못 하겠대. 근데 희한하게 엄마랑은 잘 말한다."

추잉잉이 또 휴대폰 자판을 두드렸다.

"그냥 나 집에 갈게."

"가지마. 너 오는 걸 얼마나 기다렸는데. 통화하는 것보다 훨씬 좋잖아. 어서 여기 앉아."

그는 추잉잉이 앉을 수 있도록 침대 안쪽으로 몸을 옮겼다.

어머니도 한마디 거들었다.

"잉잉, 어서 앉아라. 얘네 아빠랑 밖에서 얘기 좀 하고 올게. 집에서 무슨 일이 있는지 잘 모르거든."

추잉잉은 지난번 약혼녀의 일에 대해 알고 있었기 때문에 잔뜩 긴장한 채 두 분이 나가는 걸 바라보고 있었다.

잉친 아버지는 복도 끝으로 가자마자 참았던 입을 열었다.

"아닌데, 볼수록 안 닮았어."

"당신은 본 적도 없으면서, 전화 통화만 달랑 두어번 했잖아. 내가 말했었죠. 저 아이는 심지도 굳고 성격도 활발하다고."

"아니야, 당신 들어가서 애들한테 나는 호텔로 갔다고 하구려. 난 문밖에서 얘기 나누는 걸 듣고 있을 테니까. 혹시 다른 사람이 저 아이인 척하고 나랑 통화한 건 아니야?"

그 말에 잉친 어머니는 내심 놀랐다.

"그러니까, 당신이 처음 통화했을 때 잉잉이 조리 있게 말 잘한다고 했잖아. 내 눈에는 그렇다니까, 눈물 콧물 흘려가면서도 말은 아주 똑 부러지게 하더라고. 그날 저 아이가 어땠는지는 내가 확실히 기억해. 어쩐지 당신도 한마디도 안 하더라니."

"그렇게 말하니, 그럼 우리도 몰래 엿듣지는 말아야겠군. 같이 가서 물어보지. 별 큰일도 아닌데. 설령 내가 통화한 사람이 다른 사람이라고 해도 저 아이 나름의 생각은 있겠지."

"당신도 저 아이 첫인상이 좋은가 보네. 나도 저 아이가 마음에 들기 시작했거든. 성질이 급하긴 한데 사람들한테 친절하고 특히 우리 애한테 참 잘하더라고. 저런 애가 속으로 딴마음 안 품고, 무엇보다 우리 애랑 잘 맞으면 되지. 저 아이가 말하는 게 어느 정도 납득이 되면 우리도 그냥 넘어가 주자고요."

두 사람은 병실로 돌아오자 추잉잉은 자리에서 벌떡 일어나 웃기만 하고 아무 말도 하지 않았다.

잉친 부모님이 다시 나가자 잉친이 추잉잉의 손을 붙잡고 몹시 감격한 듯 말했다.

"의사가 그러는데 월요일에는 퇴원할 수 있대. 드디어 퇴원하게 됐어. 월요일에 나 데리러 올 거야? 아니면 집에서 기다릴 거야?"

추잉잉은 부모님이 나간 후부터 마음이 딴 곳에 가 있는 것 같았다. 잉친이 그녀의 손을 한 번 더 잡아당기자 그제야 정신이 조금 돌아온 듯 보였다. 잉친의 눈빛을 보고 있자니 두 사람이 처음 만났을 때 서로를 원하기만 했던 그 시절이 떠올랐다. 추잉잉은 용기를 내서 차분하게 말했다.

"병원에 데리러 가고 싶지. 근데 네가 내가 집에서 기다리는 게 더 좋으면 엄마랑 같이 요리하면서 기다리고 있을게. 뭐든 네가 원하는 대로 할 거야."

"난 네가 예전처럼 네가 원하는 대로 결정했으면 좋겠어. 나 신경 쓰는 거 별로 안 좋아하잖아. 그냥 아무것도 신경 안 쓰고 내가 할 일에만 집중하는 게 제일 좋아."

"나도 그래, 나도 네 일을 다 챙겨주고 싶지만, 너희 부모님께서 좋아하지 않으실 수도 있어. 사실 겁나, 부모님이 날 좋아하지 않으실까 봐, 내가 널 챙겨주는 걸 싫어하실까 봐. 나 벌써 말 한마디도 못 하는 거 봤지. 혹시라도 실수할까 봐 무서워. 그러니까 네가 나 좀 도와줘."

"그런 거였구나. 난 단순히 네가 우리 아빠를 무서워하는 줄 알았지. 진짜 걱정할 거 없어. 우리 아빠 엄마는 꽉 막힌 분들은 아니니까. 다른 사람한테 함부로 대하지도 않으시고."

추잉잉은 눈이 빠지도록 잉친의 남자다운 이 한마디를 기다리고 있었다. '내가 널 지켜줄게.' 하지만, 아무리 기다려도 그 말을 들을 수 없었다. 그녀는 무척이나 실망스러웠지만, 지난번 그가 온몸으로 자신을 막아 준 기억이 떠올리며 다시 그에 대한 희망에 부풀었다. 그녀는 잉친의 부모님이 돌아오면 말할 기회가 없을까 봐 거리낌 없이 솔직하게 말했다.

"너희 부모님이 열린 분이신 건 잘 알지. 그냥 내가 실수할까 봐 걱정되는 거야. 난 아직 어려서 실수도 자주 하잖아. 그거랑 비슷한 거야. 축구! 골대 바로 앞에서 득점 기회를 놓치는 것 같은, 지금 또 어긋나면 우리 인연이 끝날까 봐. 잉친, 네가 나 대신 우리가 앞으로 어떻게 될지 생각해 보면 안 돼? 지난번에 헤어지고 나서 크고 작은 일들이 많았잖아. 심리적 스트레스는 그렇다 쳐도 이번에는 정말 죽을 뻔했잖아. 게다가…. 사실은 네가 의식이 없는 동안 나도 살아 있지만 살아 있는 게 아니었어."

추잉잉은 당시의 기억이 떠올랐는지 절망과 원망이 얼굴에 가득했다. 오늘까지도 가슴이 떨릴 정도로 두려웠던 순간이었다. 그녀의 모습에 잉친이 살며시 입을 열었다.

"잉잉, 정말 힘들었구나."

"그래, 맞은 거보다 훨씬 아팠다고."

"걱정할 필요 없어. 우리 두 사람 이미 생사를 함께 했는데, 이까짓 게 뭐라고. 내가 어떻게 해줬으면 좋겠어? 나한테 말해 줘."

"네 퇴원 날짜가 가까워져 올수록 걱정이 몰려오더라고, 그때는 부모님도 다 계실 텐데, 혹여나 내가 실수라도 해서 날 안 좋게 보면 어떻게 하나 싶기도 하고 말이야. 그래서 너희 아버지를 본 순간 그 시간이 왔다는 걸 깨달았지. 그랬더니 아무 말도 못 하겠더라고. 그저 실수하지 않으려면 입을 꾹 다물고 있어야 해."

잉친도 잉잉의 말에 완전히 동의했다.

"맞아. 항상 말이 씨가 되는 법이니까."

두 사람은 손을 꼭 맞잡았다. 그 순간 마치 전우라도 된 것처럼 두 사람의 미래를 향한 굳은 의지를 다졌다.

부모님이 병실로 돌아오자, 잉친은 먼저 분명하게 의사를 밝혔다.

"아빠, 엄마. 우리 결정했어요. 앞으로 아빠 엄마 앞에서는 내가 말하고, 잉잉 부모님 앞에서는 잉잉이 말하기로요. 그러면 실수도 안할 거고 헤어질 일도 없으니까요."

예상 밖으로 일이 진행되자 잉친의 부모님은 순간 멍해졌다. 그들은 서로 손을 잡은 채 웃고 있는 두 사람을 바라보니 무슨 말을 해야할지 적당한 말이 떠오르지 않았다. 그 후부터 부모님이 무슨 말을하든 모두 잉친이 적극적으로 나서서 대답하기 시작했다. 잉친은 대답할 때마다 어깨에 힘이 잔뜩 들어가서는 잉잉에게 윙크를 보냈다. 그가 부모님 말을 안 들을 때가 있다니, 이런 기분이 나쁘지만은 않았다. 추잉잉도 매우 기뻤다. 오랫동안 그녀를 짓누른 압박에서 해방된 기분이었다. 이렇게 순식간에 해결되다니.

판성메이는 따뜻한 봄 햇살이 비치는 방에서 컴퓨터 앞에 앉았다. 따사로운 햇볕 탓인지 절로 하품이 나왔다. 이런 삶이라면 정말이지 살 만하다는 생각이 들었다. 지금 당장 해결해야 할 골칫거리가 있었지만 얼마든지 해낼 수 있을 것 같았다.

그녀는 미간을 찌푸리며 법률 사이트에 들어갔다. 변호사 친구가 가르쳐준 대로 민사소송법을 열어 조항을 하나하나씩 읽어 내려갔다. 하지만 법률 조항들은 너무 지루해서 급히 사용할 데가 있어도 마음이 좀처럼 잡히지 않았다. 순간, 판성메이는 방금까지만 해도 좋았던 따스한 햇살이 본인에게 얼마나 치명적인지를 깨달았다. 더 이상 직사광선에 노출된 자신을 그대로 둘 수 없었다. 그녀는 선크림과 커튼 사이에서 아주 잠깐 고민하다가 벌떡 일어나 블라인드 커튼을 내렸다.

햇빛이 들지 않은 방은 적막하기까지 했다. 하지만 집중해서 책을 보기에는 이보다 좋을 수 없었다. 판성메이는 소송법에 집안일을 대조해가며 곧 다가올 오빠의 소송을 차근차근 준비해갔다. 이전에 인사팀에서 일할 때 소송을 한 번 해 본 적이 있지만 그건 회사 일이나 마찬가지여서 크게 신경을 쓰지 않았었다. 회사 변호사가 그녀가 어떻게 하면 되는지 다 알려준 데다가 일어날 수 있는 모든 경우에 대한 해결책이 있었기 때문이다. 하지만 지금 모든 걸 혼자 떠맡은 지금, 특히 변호사 선임비도 없는 상황에서 기댈 수 있는 건 오직 그녀 자신뿐이었다. 설령 어쩔 수 없는 상황이긴 했지만, 그녀 자신만 의지하기에는 너무 힘든 일이 아닐 수 없었다. 판성메이는 지루하기 짝이 없는 법률 조문 앞에서 머리를 쥐어뜯었다. 제대로 집중할 수가 없었다. 뭉그적거리는 것 같아도 그녀는 A4 반 분량의 요점을 이미 모두 외우고 있었다. 그때 집중하지 못한 자신을 설명할 수 있는 이유가 생겼다.

누군가 2202호 문을 두드렸다. 새로 이사 온 사람이 절대 나가지 않을 것을 알고 있었기에 친히 밖으로 나갔다. 문을 열자, 앤디와 잔뜩 짐을 들고 있는 바오이판이 서 있었다.

"두 사람 허니문 간 거 아니었어? 어떻게 여기 있어?"

이미 체념한 듯한 바오이판이 먼저 말을 가로챘다.

"누가 어차피 하이시에 있을 거면 환락송 22층이 훨씬 편하고 좋다고 하더라고."

앤디가 웃었다.

"그래서 결국 문을 두드려봤지. 엘리베이터에서 내리는데 너희는 뭐 하고 있으려나 궁금하더라고. 오늘 날씨가 너무 좋잖아. 뭐 하고 있었어?"

판성메이는 그녀가 보낸 커플 컵이 그대로 묶여 있는 것을 알아차리고 내심 기뻤다.

"어젯밤에 쥐얼 부모님이 올라오셔서 거기 가 있고 난 민사소송법을 보고 있느라 머리가 깨질 것 같고."

"그럼 결국 오빠랑 소송하는 거야? 그걸 혼자서 한다고? 내가 우리 법률고문 보내줄게, 비용을 낼 필요 없어."

판성메이가 5살 정도 어렸으면 그 말에 좋아서 펄쩍 뛰었을지도 모른다. 그녀는 속으로 뛸듯이 기뻐하며 말했다.

"정말요? 바오이판 회사 변호사라면 보나 마나 엄청난 실력자일 텐데, 고마워요, 정말 고맙습니다. 어떻게 인사를 해야 할지 모르겠네요."

"에이, 뭐 이런 걸 가지고. 도움이 필요한 사람에게 도움을 주는 건 당연한 일인데."

"누구는 혼인신고서 하나로 날 간섭할 수 있다고 생각해. 얼마나 말도 안 되는 생각이야. 그래도 이번 일은 묵인하겠어."

"시끄러워죽겠네. 이 부부가 아침부터 아주 제대로 오글거리게 하네."

취샤오샤오가 2203호 문을 열고 팔짱을 낀 채 문 앞에 기대섰다.

"앤디, 왜 2202호만 두드렸어? 우리 집은? 지금 편애하는 거야?"

"너는 어머니 댁에 가서 같이 지낸다고 하지 않았어?"

"그러려고 했지. 그런데…." 취샤오샤오가 소리를 질렀다.

"짜증 나 죽겠어. 처음에는 엄마를 동정했는데, 엄마는 딱 3분만 멀쩡한 거 같아. 잔소리가 아침 댓바람부터 시작해서 밥 먹을 때까지 끝나지 않더라니까. 불쌍한 자오치펑은 병원에 환자가 걱정돼서 자진해서 회진 돈다고 나갔어. 아무도 날 막아줄 사람이 없다고. 나 너무 비참해. 언니도 나한테 관심 없고 정말 마음이 아프다. 아, 관쥐얼 부모님이 뭐라고 했는지 아는 사람 없어?"

"우리 다 아직 쥐얼을 못 만났어. 잉잉이 문자 보냈나?"

앤디가 휴대폰을 꺼냈다. 사실 추잉잉이 22층 식구들에게 보낸 단체문자였다. 바오이판은 여자 3명이 머리를 맞대고 있는 모습을 보고 먼저 2201호로 돌아갔다.

취샤오샤오가 큰 소리로 읽어 내려갔다.

"내가 이겼어! 잉친이 내 말대로 드디어 부모님의 간섭에서 벗어나기로 했어!!! 대체 이게 무슨 말이야? 결혼할 생각이 없는 거야?"

앤디가 말을 이었다.

"결혼할 가능성이 있는 거지. 결혼에 방해되던 큰 걸림돌 하나가 사라진 거잖아."

"추잉잉이? 전 남친이랑 죽기 살기로 싸우느라 직장에서도 잘렸잖아. 근데 희망적이라고? 난 말하고 싶지도 않은데."

판성메이가 말을 이었다.

"잉친 같은 애가 부모님 뜻을 거스른다고? 그렇게 쉽진 않을 텐데. 다들 어려서부터 집안 분위기에 길들여지잖아. 부모님 뜻을 거스른다는 건 과거 자신까지 거부한다는 건데, 대대적인 변화 없이 오랜 노력 없이 누가 할 수 있겠어. 가끔은 줄기 살기로 달려들어야 해결되는 문제가 있더라고."

"꼭 그렇지도 않아. 처음부터 똑똑하게 타고나면 어려서부터도 얼마든지 자기 뜻을 펼칠 수 있어, 나처럼. 근데 성메이 같은 사람들은 …. 쯧쯧, 참 보기 드물지. 언니 욕하는 거 아니야."

판성메이는 본능적으로 받아쳤다.

"네가 날 안 비꼬면 어디가 아픈 거지, 안 그래?"

취샤오샤오가 또 한마디 하려는 찰나에 앤디가 그녀의 입을 막

왔다.

"샤오샤오, 소인배처럼 행동하지 말자."

엘리베이터 문이 열리고 관쥐얼과 그녀의 부모님이 멋지게 등장했다. 이 틈을 타 취샤오샤오는 앤디의 주의력을 관쥐얼에게 돌리려고 말도 안 되는 말을 내뱉었다.

"내가 없었으면 어쩔 뻔했어, 내가 다 밝혀낸 거잖아."

"진상을 골라내서 밝힌 거지. 네 태도는 이미 다 설명됐네."

앤디는 예의를 갖춰 관쥐얼 부모님께 인사를 드렸다. 취샤오샤오가 더 이상 쓸데없는 말을 하지 못하게 하기 위함이었다.

"내가 갑자기 생각난 건데, 나에게는 널 가르칠 책임이 있어."

"살려줘!" 취샤오샤오는 앤디를 피해 도망갔다.

"사람이 어떻게 결혼하더니 이렇게 변하냐, 정말 얄미워! 흥흥흥흥! 배 속에 아기나 잘 돌봐. 앞으로 앤디 주니어든 바오이판 주니어든, 걔가 얼마나 언니한테 반항하나 지켜볼 거야!"

판성메이도 얼른 관쥐얼 부모님께 인사를 드렸지만 관쥐얼 어머니도 요란스러운 취샤오샤오에게 집중하고 있었다. 관쥐얼이 손에 든 휴대폰을 흔들어 사람들의 시선을 집중시키려 했지만 아무 소용없자, 그냥 말문을 열었다.

"잉잉한테 메시지가 왔어."

관쥐얼은 무척이나 말을 하고 싶어 하는 듯 무슨 말을 하려다 멈추고 고개를 저었다. 관쥐얼은 얼른 말을 삼키고 입을 꾹 다물었다. 취샤오샤오가 웃으면서 말했다.

"잉잉? 아무것도 모르면서 부모한테 반항하고 있는? 잉친 부모님이 조금이라도 단속하지 않았으면 두 사람은 이미 목숨을 잃었을 거야. 두 사람 다 양심이 있어야지. 세상에서 누구보다 자식을 아끼는

282

분들인데, 조금만 고심했다면 반항이니 뭐니 그런 소리는 나오지 않을 텐데 말이야. 부모님이 잘못했으면 그냥 인정하면 될 것을, 부모님이 막무가내로 구는 분들도 아니고. 난 정말 잉잉을 이해 못 하겠다니까. 특히 잉친을 부추겨서 부모님한테 반항하라고 하다니, 정말 이해가 안 가."

취샤오샤오는 일장 연설로 22층 사람들의 따가운 시선을 받았지만 관쥐얼 어머니 마음에 쏙 들었다. 그래서인지 기다렸다는 듯 바로 관쥐얼 어머니에게 물었다.

"어머니, 쥐얼이 깨끗이 해놓고 사나 확인하러 오셨어요?"

관쥐얼 어머니는 바로 나름 예의를 갖춰 대답했다.

"아아, 아니에요. 쥐얼 옷 갈아입으러 오는데, 따라 왔어요."

그리고는 바로 관쥐얼에 말했다.

"가서 옷 갈아입고 나와. 난 그냥 여기 있을게. 들어가면 정말 여기저기 청소할 데만 찾아다닐 것 같구나."

"역시 어머니세요. 저희 엄마는 항상 몰래 오셔서 잔소리만 하신다니까요. 근데 엄마는 잘 모르시니까요. 요즘 저희 같은 사람들은 일도 바쁘고 스트레스도 심해서 집에 오면 밥 먹을 기운도 없거든요. 근데 청소까지 어떻게 하겠어요. 아이고, 가서 의자라도 가져다드릴게요, 어머니를 계속 세워놓고 있었네요."

취샤오샤오의 말이 떨어지자마자 판성메이가 바로 가서 의자를 가져다가 관쥐얼 어머니 앞에 갖다 놓았다. 관쥐얼의 어머니는 판성메이에게 고맙다고 하면서 얼굴은 취샤오샤오를 향해 있었다. 앤디는 순식간에 취샤오샤오가 또 무슨 꿍꿍이를 벌이려고 하는 것을 눈치채고 2201호로 돌아가려다가 그냥 그 자리에 남아서 취샤오샤오가 뭘 하든 자제시키기로 했다. 하지만 취샤오샤오는 앤디가 자신을 주시하고 있다는 사실을 무시하고는 여전히 천진난만한 얼굴로 속내를 내비쳤다.

"제가 맞춰볼게요. 어머니는 쥐얼 맞선 보게 하시려고 그러시는 거죠? 저희 엄마도 그러시거든요. 매번 저한테 화사한 옷으로 입으라고 귀에 딱지가 앉도록 말씀하시거든요. 와, 엄마들은 다 똑같은가 보네요."

"아, 아니에요. 이번에는 맞선이 아니고, 혹시 시에빈이라고 알아요?"

"아, 시에빈 만나러 가세요?"

취샤오샤오가 의미심장하게 말했다.

밖에서 '시에빈' 이름이 들리자 바로 고개를 내밀었다. 취샤오샤오의 말이 어딘지 모르게 이상하게 들려서인지 마음이 복잡해졌다. 그녀는 걱정스럽게 엄마를 바라보았다. 역시 엄마도 뭔가 묻고 싶은 얼굴이었지만 일부러 못 본 체하고 황급히 고개를 돌렸다.

역시 취샤오샤오도 사방에서 느껴지는 시선을 외면하고는 아주 태연하게 순간의 분위기를 압도했다. 너무나 대조적인 표정 때문인지 관쥐얼 어머니가 조심스럽게 물었다.

"시에빈을 본 적 있어요?"

"몇 번 봤죠. 근데 말을 해 본 적은 없어요. 어머니께서 시에빈 뒷조사를 하셨다던데."

앤디가 눈을 부릅뜨고 취샤오샤오를 보고 있었음에도 그녀는 포기할 줄 몰랐다.

"어떤 엄마가 마음을 놓을 수 있겠어요. 그래도 한번 봐야 마음이 편하죠."

관쥐얼 어머니는 이미 경계를 풀었는지 처음 보는 사람과도 이런 저런 이야기를 잘 나눴다.

"그렇죠. 맞아요. 어머니들이 그렇게 걱정해 줘서 저희가 이만큼 편안하게 클 수 있었던 거죠. 어쩔 수 없어요. 모성애는 타고나는 거잖아요. 쥐얼이 지금은 싫어하죠? 그래도 나중에는 다 이해할 거예요."

관쥐얼 어머니는 그래도 딸을 감쌌다.

"괜찮아요. 쟤는 그래도 우리가 왜 그랬는지 이해해주더라고요."

관쥐얼도 취샤오샤오가 결코 좋은 의도를 가진 게 아니라는 것을 잘 알고 있었기 때문에 후다닥 옷을 갈아입고 뛰어나왔다.

"엄마, 나 다 됐어. 이제 그만 가자."

"서두를 게 뭐 있어."

관쥐얼 어머니는 관쥐얼을 한번 훑어보고는 순식간에 그녀의 옷과 머리를 정리해 주었다.

"맞어, 맞어. 시에빈 차도 사고 나서 그렇게 빨리 못 오잖아, 쥐얼, 너 아직 우리에게 인사도 안 시켜 준 거 알아?"

취샤오샤오의 눈빛이 갈수록 이상해졌다.

관쥐얼은 그동안 취샤오샤오가 한 행동들을 많이 봐 왔고 계속해서 자신과 시에빈의 사이를 간섭하려고 기다려온 것을 알고 있었기 때문에 속에 있던 말이 나와 버리고 말았다.

"샤오샤오, 거기까지만 해."

취샤오샤오는 순간 멍해졌다.

"내가 너한테 해코지할 거라고 생각하고 있는 거야?"

취샤오샤오가 눈을 돌려 앤디에게 물었다.

"앤디, 내가 말 안 하는 게 관쥐얼한테 안 좋은 거 아니야?"

취샤오샤오가 '쥐얼'을 '관쥐얼'로 부르기 시작했다는 걸 모두가 눈치채면서 이제는 그녀를 말릴 수 없다는 것을 알았다. 앤디는 관쥐얼 어머니 앞에서 차마 취샤오샤오의 입을 막을 수 없었기에 그녀의 어깨를 붙잡았다. 그리고 진지하게 말했다.

"사람에게는 기준이 하나여야 해. 넌 부모님이 간섭하는 거 싫다고 했잖아. 그럼 너도 다른 사람 일에 간섭하면 안 되지."

"그게 아니지. 난 방금 부모님이 자식을 위해서 간섭하는 건 당연하다고 했어. 앤디, 나 관쥐얼한테 잘해줬잖아? 언니도 동일한 기준으로 생각해야지."

앤디는 그제야 취샤오샤오가 그리고 있던 큰 그림이 무엇인지 알게 되었다. 너무 놀라서 아무 말도 나오지 않았다.

"샤오샤오, 신경 써줘서 고마워. 하지만 난 부모님이 간섭하는 것도 별로고 네가 간섭하는 것도 달갑지 않아. 엄마, 엄마 안 가면 나 먼저 간다."

관쥐얼 어머니는 딸의 손을 놓고는 취샤오샤오에게 다가갔다.

"샤오샤오, 참 어른스럽구나. 방금 해준 말은 모두 일리가 있는 말이었어. 우리 애한테 이렇게 신경 써줘서 정말 고마워. 언제든지 할 얘기가 있으면 해주렴."

앤디는 눈살을 찌푸렸다.

취샤오샤오의 목적은 처음부터 관쥐얼이 아니라 그녀의 어머니였다. 이 모든 게 어머니의 신임을 얻기 위함이었다.

"샤오샤오, 난 개인적으로 네가 간섭하는 거 반대야."

"하지만 어제 비행기에서 내 생각에 동의했잖아. 앤디, 전혀 겁먹을 필요 없어."

판성메이는 취샤오샤오 화를 돋워 봤자 좋을 게 없다는 걸 알고 있었지만, 이번에는 꼭 한마디 해주고 싶었다.

"샤오샤오, 네가 우리보다 경험도 많고 안목도 좋다는 거 잘 알아. 문제를 다루는 시선도 예리하고. 하지만 대부분 네가 좋은 의도로 한 도움이 우리한테는 받아들이기 버거울 때도 있거든. 특히 오늘 같은 경우는 말이야. 우리 잠깐 쉬는 게 어때?"

"성메이 언니, 내가 언제 그랬다는 거야? 거칠긴 하지만 맞는 말 아니야?"

앤디가 말을 이었다.

"샤오샤오, 의도는 그렇지 않아도 그 방법이 거칠면, 누가 네 얘기를 받아들이겠어?"

취샤오샤오가 코웃음 쳤다.

"알았어, 신경 안 쓸게. 내가 신경 쓰는 게 오히려 해가 된다니까."

취샤오샤오는 말을 마치고 소매를 뿌리치고 가버렸다. 관쥐얼 어머니는 2203호를 한참을 바라보고 있었다. 그곳에 있던 다른 환락송 사람들도 뭔가 기분이 썩 좋지는 않았다.

관쥐얼 모녀가 자리를 떠나고 나서야 판성메이는 깊은 숨을 내쉬었다. 그녀와 앤디는 약속이라도 한 듯 동시에 2203호를 한참 동안 바라만 볼 뿐 아무 말도 하지 않았다.

잠시 후 앤디가 머리를 움켜쥐며 걱정스럽게 말했다.

"샤오샤오한테 가서 사과해야겠어. 일을 수습하려고 그랬던 건데, 내가 말이 좀 심했어."

"하지만 방금 샤오샤오가 말한 부모님 간섭 어쩌고 한 거에 대한 건 네 말이 맞아. 다른 사람들한테도 함부로 말하길 좋아하잖아."

앤디는 고개를 저으며 딱히 뭐라고 말이 없었다.

판성메이가 앤디가 몸을 돌리자 다급하게 말했다.

"앤디, 바오이판한테 전해 줘. 소송은 나 혼자 한다고. 괜히 그쪽

287

변호사 귀찮게 하는 거 같아서."

"어? 내가 방금 뭐 실수라도 한 거야?"

"아니야, 아니야. 나도 방금 부모님한테 반항하는 건 나 자신을 부정하는 거라고 했잖아. 엎친 데 덮친 격이긴 하지만…. 다른 사람한테는 쉬우면서 나 자신은 제대로 못 보는 거지. 소송은 그렇게 어렵지 않아. 지금 어려운 건 바로 나 자신을 대면하고 싶지 않은 거지. 아직도 다른 사람의 힘으로 문제를 해결하려고 하다니…. 내가 그들의 실상을 대면하는 게 두렵고 내 마음이 약해질까 두렵고 또 법원에서 내린 판결이 내 뜻대로 안 될 수도 있다는 걸 인정해야지. 내 일이잖아. 결국, 나 스스로 해결해야 하니까. 혼자 해 볼게."

"알았어. 네 말대로 할게. 만약 도움이 필요하면 언제든지 알려줘."

"나한테 절대로 기회를 주지 마."

앤디는 고개를 끄덕이고는 다시 2203호를 바라봤다. 그리고 문에 대고 말하기 시작했다.

"샤오샤오, 너 문에 기대서 다 듣고 있는 거 알아. 나와서 나랑 얘기 좀 해. 대체 무슨 생각을 하고 있었던 거야."

역시나 취샤오샤오가 고개를 내밀었다.

"나 화났어. 내가 관쥐얼한테 얼마나 잘해줬는데. 나한테 어쩌면 이럴 수가 있어. 그리고 앤디 언니!"

"내가 너한테? 너 자꾸 이러면 나 사과 안 한다."

"이게 사과하러 온 사람 태도야?"

"너한테 배운 거야. 네가 이미 불을 붙인 거나 다름없어. 시에빈이랑 쥐얼네 가족이 만나면 쥐얼 어머니가 시에빈을 놓아줄까?"

"나 아무 말도 안 했어. 흥, 내가 말 할 수나 있었나, 뭐! 앤디 언니도 말 안 하려고 하고. 그런데 내가 어떻게 함부로 말하겠어. 특히 형사 뭐 그런 거 말이야."

앤디가 발을 동동 굴렀다.

"너, 네가 그린 그림이…."

취샤오샤오는 의기양양하게 웃었다. 아무런 거리낌도 없이 다른
사람이 화난 걸 전혀 신경쓰지 않았다.

68

관쥐얼은 내심 걱정스러웠다. 아마 엄마만 옆에 있지 않았다면 멍하니 생각에 잠겨 있다가, 신호 따위는 무시하고 지나가는 차에 치였을 것이다. 그나마 그녀가 아무 생각 없이 횡단 보도에 발을 내딛는 순간 어머니가 잡아당겨서 위험한 상황은 넘기고 안전하게 인도로 올라섰다. 그리고 바로 뭔가를 결심한 듯 휴대폰을 꺼내 시에빈에게 여기로 오지 말고 그냥 집으로 돌아가라는 메시지를 적어 내려갔다. 그러나 메시지를 보내기도 전에 눈치 빠른 어머니에게 저지당하고 말았다. 눈도 안 좋은 어머니는 딸과 실랑이를 벌이면서도 메시지의 내용을 정확히 확인했다. 그리고는 너무 화가 나 딸에게 몇 마디 퍼부었다.

"너 대체 무슨 생각을 하는 거야? 우리가 그냥 시에빈, 그 애가 어떤지 보겠다는 거잖아. 우리가 뭐 해코지라고 할까 봐? 우리가 너보단 사람 보는 눈이 좋으니 대신 봐주겠다는 거 아니니. 우리가 뭘 바라기라도 한대? 다 네 행복을 위해서지. 네가 어려서부터 책밖에 모르는 순둥이라 걱정돼서 그러지. 책에서 배울 수 없는 것도 있어. 책에 있는 대로 하면 웃음거리가 될 수도 있단 말이야. 그러니 우리가 직접 가르쳐 주는 수밖에 없지. 너 졸업하고 직장 구할 때만 해도 그래, 그때 우리가 그냥 남아서 은행원이나 하라고 했잖아. 그랬으면 일도 금방 배우고 벌써 좋은 사람한테 시집가서 잘 살고도 남았지. 매일 매일 야근에 치이고 밥도 제대로 못 먹고 배경도 없는 그런 평범한 사람이나 만나고 있었겠니? 이걸로 우리를 이렇게 신경 쓰게 하고. 그러고도 네가 지금 할 말이 있다는 거야? 내가 이번에도 네가 스스로 결정하도록 손 놓고 가만히 있어야 하겠냐고? 다 너를 위해서 네가 하고 싶다는 일도 하게 내버려 뒀는데 지금은 시에빈 같은 애도 받아들이라는 거잖니."

관쥐얼은 엄마의 말에 얼굴이 귀밑까지 빨개져서 이내 고개를 숙였다. 지나가는 사람들의 여러 시선이 느껴졌다. 어머니가 한 숨을 돌리자 그제야 그녀가 입을 열었다.

"그래도 난 후회 안 해."

"정말 후회 안 한다고? 근데 왜 네 아빠가 시에빈이랑 다시 만나라고 했을 때 그런 표정이었어? 그다지 기뻐 보이지 않던데?"

관쥐얼은 꿀 먹은 벙어리마냥 아무 말도 하지 못했다. 어렸을 때도 그랬지만 그녀는 지금도 어머니의 적수가 될 수 없었다. 그렇기에 약속 장소에 나가지 않겠다고 버티는 수밖에 딱히 할 수 있는 게 없었다. 50kg도 안 되는 그녀는 어머니가 무슨 말을 해도 꼼짝도 하지 않았다. 그러자 어머니는 그녀를 힘껏 밀어 억지로 꾸역꾸역 끌고 갔다.

카페 앞에 도착하니 안쪽에 시에빈의 모습이 보였다. 어머니도 남편 앞에 앉아 있는 시에빈을 한눈에 알아보고는 걸음을 멈추고 유심히 그를 살펴보았다.

"안에 들어가면 말 많이 하지 마. 엄마 말 들어."

관쥐얼은 공연히 반항을 한번 해봤다.

"이건 내 일이야."

"그래, 네 일이야. 근데 오늘 저 애랑 약속한 건 우리니까, 우리가 주인공이야."

그녀가 깊은 한숨을 내쉬었다.

"저 사람 출신이 마음에 안 들면 그냥 쫓아내면 그만이지. 꼭 이렇게 불러다 망신을 줘야겠어?"

"무슨 소리야? 네 엄마가 그 정도로밖에 안 보여? 우리는 정말 진심으로 저 아이랑 얘기를 나눠보고 싶은 것뿐이야. 이걸 잘 통과하면 가족이 되는 거지. 내가 저 아이 망신 줘서 뭐 하겠니? 들어가자, 넌 표정 관리 좀 하고."

관쥐얼은 엄마에게 거의 떠밀리다시피 카페 안으로 들어갔다. 들어오는 소리가 조금은 시끄러웠는지 안에 있던 사람들의 시선이 모녀에게 집중됐다. 역시나 시에빈도 그녀를 단번에 알아보고 자리에서 벌떡 일어났다. 그는 진한 남색 정장에 셔츠까지 세심하게 신경 쓴 모습이 너무나 잘 어울렸다.

그의 모습에 꽂힌 어머니는 반짝이는 눈으로 그녀를 바라봤다.

"멋지네. 이번에는 네 안목이 정확했구나."

그녀는 어머니의 말이 거의 들리지 않았다. 카페에 들어선 순간 시에빈과 눈이 마주치자 갑자기 그녀 눈에 아무것도 보이지 않더니 마음속에 있던 원망도 연기처럼 사라졌다. 그녀는 자연스럽게 그를 향해 발걸음을 옮겼다. 시에빈도 그녀를 향해 다가왔다. 작은 카페가 그동안 두 사람에 있었던 문제와 어려움을 해결하기에는 몹시 좁아 보였지만 두 사람은 이미 서로를 대면하고 있었다.

"미안해!" 마치 약속이라도 한 듯 동시에 같은 말이 튀어나왔다.

관쥐얼은 시에빈에게 여기서 나가도 좋다고 말해줘야겠다고 생각했지만, 막상 얼굴을 보고 나니 그 말이 선뜻 나오지 않았다.

"저기, 그냥 가도…."

그가 떠나는 모습을 보고 싶지 않아서였는지 입술을 다물었다.

어머니는 싱글벙글하며 말했다.

"자자, 앉아서 천천히 얘기하자."

시에빈은 그제야 오늘이 얼마나 중요한 날인지 깨달았다.

"어머니, 안녕하세요."

그는 어머니에게 의자를 빼 드리고 관쥐얼에게도 마찬가지로 의
자를 빼줬다. 관쥐얼은 시에빈에게 자기에게 사과한 이유를 묻고 싶
었다. 그리고 왜 자기를 오해했는지 말이다. 하지만 부모님 앞에서
그에게 부담을 주고 싶지 않았다. 그녀는 가만히 숨죽인 채 자리에
앉으면서 의자에 얹은 그의 손을 힐끗 쳐다봤다. 이렇게 가까이 있는
데 이상하게 멀게만 느껴졌다. 심지어 너무 낯설기까지 했다. 그래서
인지 그녀는 더욱 아무 말도 할 수 없었다. 하지만 그의 손은 뭔가 알
고 있는 것처럼 아쉬워하는 것 같았다. 그의 손이 의자 등받이를 스
치고 손끝까지 미끄러져 가더니 어느 시점에 다다라서야 천천히 손
을 뗐다. 그녀는 손가락 끝의 여운을 읽은 듯했지만, 확신은 할 수 없
었기에 마음이 왔다 갔다 했다.

그녀의 부모님은 시에빈이 그녀에게 의자를 빼주는 모습을 가만
히 보고 있다가 입을 열었다.

"시에빈군, 차는 수리했어요?"

"폐차했어요. 원래 좀 오래된 차였거든요. 막 운전 배울 때 산 차라
연수도 그 차로 했거든요. 그래서 그리 아깝지는 않아요. 게다가 보
험도 들어 놔서 피해를 많이 보지는 않았어요. 안 그래도 방금 아버
님께 말씀드리고 있었어요."

"아, 다행이네요. 그 차는 시에빈 군이 직접 산 거예요?"

"네, 졸업하고 일하면서 한 1년 정도 아껴 쓰면서 모은 돈으로 산 거예요. 그때 제가 가진 돈으로는 낡은 중고차밖에 살 수 없더라고요."

그녀 아버지가 웃으면서 말했다.

"그런 차를 1년 넘게 탔으면 정비 실력이 아주 많이 늘었겠어."

"네, 자동차 부속품 파는 데는 눈 감고도 갈 정도예요."

두 남자가 서로 즐거운 대화를 나누고 있을 때 어머니가 치고 들어왔다.

"시에빈 군은 집에 생활비를 갖다 줄 필요는 없죠?"

관쥐얼이 눈살을 찌푸렸다. 그녀도 물어보지 않았던 질문을 저렇게 아무렇지도 않게 하다니 말이다. 시에빈은 무슨 질문에든 공손하고 겸손하게 대답했다.

"집에다 생활비를 드리지 않아요. 근데 가끔 여동생 용돈 정도는 줘요. 여동생이 아직 학교에 다니고 있어서요."

그의 대답에 감탄한 어머니가 말을 이었다.

"요즘은 다 그러더라고요. 부모님들이 다 수입이 있어서 자식들이 굳이 생활비를 드리지 않고 가끔 용돈 정도만 드리더라고. 우리 집처럼 자식이 하나인 집은 애가 태어나면서부터 온갖 신경을 애한테만 쓰니까 혹시라도 애가 고생하면 어떨까 그 걱정뿐이에요. 시에빈 군이 조금 이해해줘요. 딸애가 남자 친구가 있다는 말에 누구를 만나는지 안 만나보고는 안 되겠더라고요. 그래서 웃음거리가 될 줄 알면서도 시에빈 군 집에 가서 몰래 알아본 거예요. 신경 쓰는 거 아니죠? 우리가 먼저 사과할게요. 미안해요."

관쥐얼은 만약 지금 집이었다면 어머니가 저렇게 예의를 차려 말하지 않았을 거라는 것을 너무나 잘 알고 있었기에 피식 웃음이 나왔다. 그리고 어머니가 직접 시에빈의 집에 갔다는 얘기를 들으니 다시 화가 치밀어 올랐다. 또 시에빈이 뭐라고 대답할지 심히 기다려졌다.

"죄송합니다. 어머니, 저는 절 못 믿으시는 줄 알았어요. 제 직업병 이기도 하죠, 뭔가 조사라고 하면 저희가 하는 그런 일이라고 생각하 거든요. 제가 사과를 드려야 할 것 같네요."

"아, 나중에 부모가 되면 다 이해가 될 거예요. 우리 딸도 이해 못 하는데요 뭐. 우리가 속이 타서 밤에 올라온 거예요. 대체 무슨 일로 애가 그렇게 화가 난 건지 우리는 정말 모르겠더라고요. 그래서 얼른 짐 싸서 올라왔죠. 오고 나서야 일이 이렇게 된 줄 알았죠. 직장 얘기 가 나왔으니 말인데, 실력이 정말 좋다면서요. 어떻게 경찰대학에 갈 생각을 한 거예요?"

"경찰대학 합격선이 굉장히 높은 거로 알고 있는데, 그리고 점수 가 있어도 뒤에서 누가 봐줘야 겨우 들어갈 수 있다고 하더라고. 요 즘은 석사생도 다 공무원 시험 본다고 난린데, 바로 경찰대학에 들어 간 거면 남들보다 훨씬 빠른 거지. 자네가 지원할 때 아버지가 가만 계시진 않았을 텐데."

시에빈은 예전에도 관쥐얼에게 경찰대학에 간 이유를 말해 준 적 이 있었다. 이번에도 그는 동일한 답을 했다.

"어려서부터 경찰이라는 직업이 멋있어 보였어요. 그래서 경찰대 학에 가야겠다는 생각을 하게 되었고요. 대학에 가고 나니까 수사를 하는 것도 나름 과학적이더라고요. 그래서 여러 가지 학문을 배우게 되었고, 배우면 배울수록 매력적이라고 느끼고 있습니다."

관쥐얼은 그가 여가 시간에 법학도 공부하고 있다는 말을 해주고 싶었으나, 혹시라도 어머니의 핀잔을 들을까 가만히 있기로 했다.

어머니가 웃으면서 물었다.

"시에빈 군이 어려서부터 경찰이 되고 싶었던 건 집안의 영향을 받아서 그런 건가요? 밖에서 너무 괴롭힘을 당해서?"

그 말에 아버지가 헛기침을 했다. 관쥐얼도 더 이상은 가만히 있을 수 없었다.

"엄마! 엄마는…."

하지만 어머니는 전혀 개의치 않고 웃으면서 시에빈만 물끄러미 바라보고 있었다.

그는 할 수 없이 대답했다.

"꼭 그런 건 아니에요. 그때 당시 제 또래 친구들은 거의 군인 아니면 경찰에 대한 꿈을 가지고 있었던 것 같아요. 전 그저 하고 싶은 걸 실행으로 옮길 줄 아는 사람인 것뿐이에요.

관쥐얼은 한숨 돌리나 싶었지만, 어머니는 포기할 줄 몰랐다.

"그러네요. 시에빈 군 말대로라면 친아버지도 어쩔 수 없었겠네요. 맞다, 친아버지는 뭐 하세요? 경제적 상황은 괜찮으세요? 재혼하셨나? 혹시 나중에라도 시에빈 군을 찾을 가능성이 있나요?"

관쥐얼이 놀라서 소리를 질렀다.

"엄마, 이제 그만해. 할 만큼 했잖아. 다른 사람 상처를 들추는 경우가 어디 있어?"

그녀 아버지도 아내의 손을 끌어당기며 그만하라며 말렸다. 하지만 어머니는 얼굴색 하나 변하지 않고 천천히 그의 반응을 살피고 있었다.

"시에빈 군, 이해해주기 바래요. 내가 이러는 건 그쪽을 상처 주려고 하는 게 아니에요. 두 집안이 서로 엇비슷해야 된다고 생각해요. 결혼은 진짜 현실이거든요. 아침에 일어나 눈 뜨는 순간부터 작든 크든 돈 새나가는 소리가 들리거든요. 결국, 모든 문제가 삶의 질과 연관이 되죠. 쥐얼이 차마 물어보지 못할 게 뻔하니 내가 악인을 자처하는 수밖에요. 도통 마음이 놓이지 않아서 말예요. 지금 친어머니와 새아버지, 그리고 이복동생에게만 용돈을 주는 거 아니죠? 게다가 그쪽 이력서에도 친아버지에 대한 언급이 하나도 없던데, 이건 좀 이상하지 않아요? 쥐얼 이웃에 사는 사람도 이상하다고 생각하는데, 누가 안 그러겠어요. 일부러 우리한테 숨기는 거 아니죠?"

관쥐얼은 더 이상 그 자리에 앉아 있을 수 없어서 테이블 아래로 몇 번이고 엄마 발을 찼다. 하지만 어머니는 결코 멈추지 않았다.

그녀는 걱정스런 눈빛으로 시에빈의 얼굴빛을 살폈다. 그의 얼굴은 점점 붉어지고 입술은 점점 굳게 닫혀갔다. 무엇보다 그의 눈빛은 아픈 곳을 정통으로 찔린 것 같았다. 그런데도 그는 어머니의 질문에 대답하려고 입을 뗐다.

"저는." 딱 한마디였다.

관쥐얼은 마음이 찢어질 듯 아팠다.

그녀는 벌떡 일어나 그의 손을 세게 잡아당겨서 자리에서 일으켰다.

"그만하라고! 아무 말도 안 해도 돼. 아무나 상대할 필요는 없어."

그녀는 있는 힘껏 당겨서 그를 카페 밖으로 내보냈다. 카페 안에 있던 사람들이 모두 놀랐고 그녀 어머니도 말문이 막혀 그녀가 하는 행동을 지켜보고 있었다. 그는 몸을 완전히 펴지도 못한 채 그녀에게 이끌려 밖으로 끌려나갔다. 마치 그녀가 안으로 들어올 때 어머니에게 끌려 들어온 것처럼 말이다.

관쥐얼은 입구를 막아선 채 평소와는 사뭇 다른 사나운 말투로 말했다.

"어서 가. 여기는 내가 알아서 할게."

"같이 가자."

그 순간 시에빈이 관쥐얼을 손을 잡아끌었다. 그녀 아버지가 두 사람을 쫓아 나왔을 땐 두 사람이 이미 택시를 타고 자리를 벗어난 후였다.

쉽게 마음을 놓을 수 없었던 관쥐얼은 계속해서 택시 뒤를 바라보고 있다가 아버지의 모습이 보이지 않자 그제야 고개를 돌렸다. 그리고 그때 시에빈이 자신의 손을 꼭 잡고 있다는 것을 알게 되었다. 얼마나 꽉 잡고 있는지 그녀 손이 으스러질 정도였다. 그도 잔뜩 긴장해서 자꾸만 뒤를 살폈다. 그녀가 시에빈에게 그만 손을 놓아달라고 말하기도 전에 그녀 아버지에게 전화가 왔다. 그녀는 신경질적으로 전화를 받았다.

"아빠, 어쩜 이럴 수 있어? 난 괜찮아. 안전하냐니, 당연히 안전하지. 나 안 돌아갈 거야. 아빠 엄마한테 너무 실망했어. 할 말도 없어. 안가, 안 간다고! 더 이상 무슨 할 말이 있겠어? 엄마 뜻대로 안 해, 우리 두 사람의 앞으로는 없어. 그런 줄 알아. 난 혼자 살다가 죽을 거야. 이건 절대 감정적으로 하는 얘기는 아니야. 너무 실망스러워. 그럼 끊을게."

아예 휴대폰 전원을 꺼버린 그녀는 손이 후들후들 떨려서 휴대폰은 주머니에 넣지도 못했다. 그녀가 처음으로 부모님께 반항한 순간이었다. 대체 무슨 용기로 그렇게 부모님께 소리를 지른 건지 알 수 없었지만 그렇게 반항을 마친 그녀는 긴장이 스르르 풀렸다. 시에빈이 그녀의 휴대폰은 들어 자신의 주머니에 넣었다. 그리고 그녀의 손을 더 꼭 잡아주었다.

"고마워."

"미안해, 정말 미안해. 신경 쓸 필요 없어."

그녀는 말하면서도 여전히 이를 악문 채 온몸을 오들오들 떨고 있었다.

시에빈은 방금까지만 해도 사나운 호랑이 같았던 그녀를 꼭 안아주었다. 그리고 계속해서 고맙다는 말만 되풀이했다. 그녀가 자신을 위해서 이 일을 해준 것이 너무 고맙고 감격스러웠다.

그는 그동안 감추고 있던 비밀을 억누르기 힘들어졌다.

"만약에 어렸을 때 누군가가 나를 보호해줬다면 경찰이 되고 싶지 않았을지도 몰라. 그때 나는 괴롭힘을 당하지 않으려면 내가 강해지면 된다고 생각했거든. 고마워. 쥐얼, 정말 고마워. 고마워. 그리고 걱정하지 마. 아무 일 없을 거야."

"두렵지 않아. 나 부모님한테 이렇게 말한 거 처음이거든. 살짝 긴장하긴 했지만 금방 괜찮아질 거야. 걱정하지 마."

시에빈도 더 이상 아무 말도 하지 않고 가볍게 그녀 볼에 입을 맞췄다. 그녀가 어느 정도 안정을 되찾는 것 같더니 냉정하게 그를 밀어냈다. 하지만 그는 그녀의 손을 놓지 않았다.

"시에빈, 어디 내릴 만한 데서 내려. 우리 집은 네가 본 그대로야. 또 그런 꼴을 당할 필요 없어."

"난 다시는 널 놓치지 않을 거야. 나 돌아갈래. 너희 어머니한테 제대로 확인 받아야지. 사실 아까 네가 카페 앞에 나타난 그 순간, 널 위해서 뭐든 참아내기로 결심했어. 난 절대 널 떠나지 않을 거야. 절대, 무슨 일이 있어도. 미안해, 내가 잘못했어. 용서해 줘."

그의 말에 그녀도 냉담함을 잃었다.

"그런데 왜 나한테 그런 거야? 나랑 자오치펑은 아무 사이도 아니라고."

"미안, 정말 미안해. 그때 내가 정말 미쳤었나 봐. 미안해. 나 꼭 용서해줘야 해. 우리 어디 가서 얘기 좀 하자, 내가 왜 그랬는지 말해줄게. 다시는 도망치지 않을게, 절대로. 쥐얼, 너처럼 좋은 사람이 어디 있다고. 정말 내가 미안해."

앞에서 두 사람의 오글거리는 대화를 듣고 있던 기사도 닭살이 돋았다. 그의 말에 기분이 풀린 관쥐얼이 대답했다.

"용서해줄게. 나 정말로 너한테 잘못한 일 한 적 없어."

"응. 나 아직, 내가 왜 그랬는지 말 안 했잖아."

"난 널 믿어, 무슨 이유가 있었겠지. 너도 나쁜 사람은 아니니까. 저번에 추잉잉을 집까지 데려다준 것만 봐도 알 수 있어."

"쥐얼….'

시에빈은 무슨 말을 하려고 했지만 눈물이 터져 나와 목소리도 나오지 않았다. 두 사람을 서로 부둥켜안고 눈물만 흘렸다.

자오치펑은 취샤오샤오가 얼굴이 새빨개져서 돌아와서 휴대폰을 못살게 구는 걸 보고 알아서 휴대폰은 집어 들었다.

"기계치가 애쓰고 있네."

"아빠한테 걱정하는 척 관심을 좀 표현하려고 며칠 동안 고민하고 있었는데, 뭐야, 아빠 전화기가 꺼져 있어. 큰일이네, 아빠랑 연락이 돼야 아빠가 지금 어디 있는지 알아내는데 말이야. 근데 할머니 전화번호는 기억도 안 나고, 그렇다고 그 정신없는 이복오빠한테 전화할 순 없잖아?"

"어제 저녁에 병원에서 밤새고 낮에 주무시는 거 아니야? 간단한데. 아이패드에서 아버지 휴대폰 소재지를 찾을 수 있잖아. 근데 왜 갑자기 효녀가 된 거야? 양심이란 게 생긴 건가?"

취샤오샤오가 눈을 흘겼다.

"오빠는 너무 단순해. 난 아빠한테 무슨 일이 생겼을까 봐 걱정하는 게 아니야. 우리 아빠는 할머니 집에서 신처럼 대우받거든. 만약에 아빠한테 무슨 일이 생겼으면 벌써 엄마한테 연락이 왔을 거야. 와서 돈 내고 일 해결하라고 말이야. 난 그저 아빠가 몰래 하이시로 돌아왔는지가 알고 싶을 뿐이라고."

"하하, 어떤 환자가 매번 출장을 갈 때마다 집에다가 이틀씩 불려서 말하고 남자 친구랑 몰래 여행을 가더라고. 휴대폰도 꺼놓고."

"어렸을 때 용돈 쓰는 게 얼마나 된다고 그것까지 관리하겠어. 비가 오는 거랑 엄마가 시집가는 막을 수 없다고 그렇게 많은 여자들이 거저 사는데, 너라면 다 신경 쓸 수 있겠어? 우리 엄마는 일찍 깨달은 거지, 많은 에너지를 쏟으면서 저런 일을 신경 쓰느니 차라리 그 사람이 제일 소중하게 생각하는 걸 차지하기로 말이야. 바로 돈. 이제 알았지?"

자오치펑은 놀라서 눈을 번쩍 뜨더니 단호하게 선을 그었다.

"우리는 바람피우는 사람이 빈털터리로 집을 나가는 거로 하자. 그리고 한 가지 덧붙이자면, 네가 바람피우다 걸리면 널 목 졸라 죽일지도 몰라. 아니 그럴 거야."

"목 졸라 죽인다고?"

취샤오샤오가 목 조르는 흉내를 내며 말을 이었다.

"정말 목을 조를 거야? 와, 잘생긴 데다 정의롭기까지 한걸! 사형선고를 받는 것도 두렵지 않은 만큼 날 사랑하는구나. 그렇다면 나도하나 추가할래. 만약 오빠가 바람피우다가 걸리면 식물인간을 만들어 버릴 거야. 그럼 사는 동안 날 떠날 생각은 꿈에도 못 하겠지."

"좋아! 그렇게 하자. 네가 집안의 영향을 받을까 두렵긴 하지만, 내가 막는다고 막아지는 것도 아니니. 음, 아버님 지금 본가에 안 계시네."

"뭐라고? 확실해?"

"적어도 아버님 휴대폰은 본가에 없는 게 확실해."

"아!" 취샤오샤오는 뭐라도 알아낸 듯 엄마에게 전화를 걸었다.

"엄마, 아빠 휴대폰도 꺼져 있고 행방이 묘연해. 할머니 집에는 없는 것 같고. 몰래 하이시로 돌아온 거 아닐까? 아빠가 하이시와 할머니 집 중간에 있으면 위험한 거 아니야?"

"응?" 그녀 어머니는 잠시 말이 없었다.

"너 지금 집이니? 거기 있어, 내가 바로 가마."

자오치펑은 좋아서 어쩔 줄을 몰랐다.

"나는 놀러 나갔다가 올게, 어머니랑 은밀하게 계획을 세워봐."

"어디 가게? 있다가 나도 갈게. 주말에 혼자 나가 논다고? 말도 안 돼."

"하하, 영락없이 억울한 부인 같네. 운동하러 갈 거야. 며칠 운동을 안 했더니 가슴둘레가 1인치는 늘어난 것 같아. 셔츠를 입으니까 꽉 끼더라고."

취샤오샤오는 몹시 흡족해하며 한숨을 내쉬며 그의 가슴을 만지더니 얼른 밖으로 내보냈다.

자오치펑이 문 밖으로 나오는 순간 남녀 한 쌍이 엘리베이터에서 내렸다. 관쥐얼의 부모님이었다. 그들이 당황하는 기색이 역력하자 순간 취샤오샤오의 눈이 반짝거렸다. 관쥐얼 어머니도 그녀를 보고 부랴부랴 달려가 물었다.

"샤오샤오, 혹시 우리 애 들어오는 거 봤어요?"

관쥐얼의 아버지는 바로 2202호 문을 두드렸다. 취샤오샤오가 고개를 저었다.

"못 봤어요. 쥐얼이 왔으면 2202호로 들어갔을 텐데, 무슨 일 있으셨어요?"

관쥐얼 어머니는 말하기를 꺼려했다.

그때 판성메이가 2202호 문을 열더니 놀라서 상황을 살피려 두리번거렸다. 판성메이의 표정만 봐도 관쥐얼이 집에 없다는 것쯤은 충분히 알 수 있었다. 마음이 다급해진 어머니가 판성메이의 손을 잡았다.

"성메이, 시에빈 군 전화번호 알아요?"

"잊어버렸어요. 아마 앤디는 알고 있을 거예요. 제가 한번 물어볼게요. 무슨 일 있으세요?"

취샤오샤오가 중간에 끼어들었다.

"물어서 뭐 하시게요? 어머니께서 쥐얼이랑 시에빈을 다시 만나게 했는데 둘이 어디로 가버린 거군요. 우리 쥐얼이 이렇게 순진해요. 정말 심각하네요."

"아니에요. 그런 건 아닌데, 그냥 걱정돼서. 앤디는 어디 있어요? 저기예요?"

문을 두드리기도 전에 복도가 소란스러워지자 앤디가 나와서 상황을 살폈다.

"무슨 일이에요?"

"아, 시에빈 군 전화번호 좀 물어보려고. 네 사람이 얘기하다가 시에빈이랑 쥐얼이 어디로 가버렸나 봐."

판성메이는 취샤오샤오가 상황을 이상하게 전개 시킬까 봐 얼른 대답했다.

앤디는 한참을 생각하더니 대답했다.

"안 알려드릴래요. 쥐얼은 자기 의지로 시에빈이랑 떠난 걸 거예요. 제가 시에빈이랑 얘기해보고 알려드릴게요."

그녀는 한 치의 망설임도 없이 문을 닫았다. 그리고 취샤오샤오는 애써 웃음을 참고 자오치펑을 엘리베이터에 밀어 넣고는 혹시라도 웃음을 참지 못할까 봐 하는 수 없이 엘리베이터에 올라탔다. 22층 복도에서 놀라서 2201호만 쳐다보고 있던 관쥐얼의 어머니가 판성메이에게 다급해하며 물었다.

"앤디가 혹시 뭐 알고 있는 거 아니에요?"

"앤디 성격이 그래요. 다른 사람 일에 간섭하는 걸 별로 좋아하지 않아요. 마음 놓으세요."

관쥐얼 어머니는 2201호 문에 찰싹 붙어서 소리를 질렀다.

"앤디, 시에빈 군에게 말 좀 전해 줘요. 우리가 곤란하게 하지 않겠다고 말이에요. 돌아와서 할 말 있으면 좋게 하는 게 좋을 것 같다고요."

낄낄거리며 20층까지 내려갔던 취샤오샤오가 다시 22층으로 돌아왔다. 좋은 구경꺼리를 결코 놓칠 수 없었다.

"그 말씀은 부모님 허락 없이 몰래 결혼이라도 할까 봐 그러신 거죠?"

"어? 샤오샤오, 혹시 시에빈 군 집안에 대해 좀 알아요?"

"저는…저는 아무것도 몰라요. 그렇지만 전 원래 경찰이라는 직업을 별로 좋아하지 않아요. 위험하기도 하고 근무 환경도 그렇고 특히나 형사는 더 그렇잖아요. 그래서 쥐얼한테 여러 번 말해봤지만 별 소용없더라고요."

관쥐얼 어머니는 어안이 벙벙했다. 취샤오샤오가 어느 정도 알고 있는 줄 알았는데, 그저 단순히 싫어서 그런 거라니. 그런 줄도 모르고 갑자기 생긴 의심 때문에 시에빈에게 안면몰수하고 꼬치꼬치 따져 묻느라 결국 관쥐얼과 시에빈이 화가 나서 가버리게 만들지 않았는가. 그녀는 취샤오샤오를 보고 있자니 갑자기 속에서 화가 치밀어 올랐다.

판성메이는 차가운 눈초리로 취샤오샤오를 보고 있었다. 취샤오샤오가 또 말도 안 되는 장난을 치고 있다는 걸 알고 있었지만, 그동안 누구보다 취샤오샤오의 덕을 본 사람이기에 무거운 한숨만 내뱉을 뿐 선뜻 나서지 않았다.

앤디가 생각보다 빨리 나왔다.

"신호는 가는데 전화를 안 받네요. 제가 메시지 남겨놨으니까 두 사람이 알아서 결정해서 연락하겠죠. 제 생각은 나중에 말씀드릴게요. 쥐얼은 분별할 줄 아는 애고, 시에빈도 제가 몇 번 만나보니까 바른 사람이더라고요. 그러니까 어머니, 너무 걱정하지 마세요."

취샤오샤오가 말을 이었다.

"지금 두 사람의 안전을 걱정하는 건 아니잖아. 두 사람이 이대로 사랑의 도피라도 할까 봐 그러는 거지. 알겠어?"

관쥐얼 어머니가 걱정하는 게 바로 그거였다. 어머니는 가슴을 움켜쥐었다. 관쥐얼 아버지도 한숨을 깊게 내쉬었다. 앤디는 취샤오샤오를 흘겨보고는 관쥐얼 부모님께 말을 건넸다.

"두 분 다 여기서 쥐얼을 기다리실 거면 저희집으로 가세요. 남편이랑 영화 보려던 참인데, 같이 보시겠어요? 취샤오샤오가 가만둘지는 모르겠지만요."

"가만두지 않는 거로 하자. 그래도 어제 결혼했는데 우리가 가서 방해할 순 없지. 어머니, 아버지, 저희 집으로 가세요."

관쥐얼 부모님은 문 앞에서 딸이 오는 걸 기다리고 싶었지만 앤디네 집에 가기도 그렇고, 그렇다고 취샤오샤오 집에 가기에는 왠지 모르게 꺼려졌다.

이러지도 저러지도 못하고 있는 모습에 판성메이도 제안을 했다.

"차라리 제 방으로 가시는 게…."

"아이고, 고마워요, 고마워. 우린 그냥 복도에 앉아 있을게요. 미안한데 의자 2개만 좀 가져다줄 수 있어요?"

판성메이는 아예 의자 4개를 가지고 나와 그녀도 함께 앉고 남은 의자에는 마실 물을 가져다 놓았다. 흥미가 떨어진 취샤오샤오가 막 집으로 들어가려고 할 때 엘리베이터에서 그녀의 엄마가 내렸다.

"어, 엄마! 어떻게 이렇게 빨리 왔어? 오는 길에 자오치펑 못 봤어?"

"여기 근처에서 차 마시고 있었거든. 자오치펑은 못 봤는데."

취샤오샤오 어머니는 몹시 싱숭생숭해 보였지만 복도에 있는 사람들을 보고는 억지로 웃음을 지어 보이며 인사를 건넸다. 그리고 취샤오샤오를 집안으로 끌고 들어갔다.

앤디도 집으로 돌아갔다. 바오이판이 관쥐얼 부모님에게 간식과 커피를 가져다주고 들어가자 관쥐얼의 어머니가 판성메이에게 물었다.

"서로 사이가 너무 좋아 보이네요. 쥐얼이 혼자 나가서 사는 게 그렇게 마음이 안 놓였었는데 서로 아껴주고 우리한테까지 이렇게 신경 써 주는 걸 보니 이제야 마음이 놓이네요."

"처음에는 다들 싱글이어서 서로 의지하고 도와주고 그랬죠. 뭐, 당연한 일이지만. 그리고 쥐얼이 사람이 좋아서 덕분에 저희 관계도 더 좋아진 거예요."

"혹시 시에빈 군 만난 적 있어요?"

"몇 번 보긴 했는데 대화를 해보진 않았어요. 다른 건 모르겠지만 쥐얼이 참 많이 좋아해요."

"아, 우리 애가 좋아하는군요. 좋아한다… 좋아한다…라."

관쥐얼 어머니는 마음속 가득한 걱정을 말하진 않았지만, 얼굴에

306

드러나는 근심은 결코 숨길 수 없었다.

취샤오샤오 어머니가 문을 닫고 진지하게 물었다.

"너희 아빠 어디 있니?"

취샤오샤오는 아이패드를 얼른 내밀었다.

"지도 좀 봐봐, 여기, GPS 잡히는데."

"네 아빠가 할머니 집에서 나오긴 한 거구나, 하이시로 오고 있는 건가? 맞네, 운전해서 오나 보다. 당연히 차를 가져오겠지. 너희 할머니는 괜찮으신 거야? 어째 한마디도 없니."

"그러니까, 근데 왜 휴대폰까지 꺼놓고 몰래 오는 거야? 배터리가 없나? 근데 내가 춘절 지나고 휴대폰 사주면서 충전기까지 사줬었잖아."

관쥐얼 어머니는 돋보기안경을 쓰고 한참을 보다가 조심스럽게 물었다.

"나 하나만 물어보자, 네가 사준 휴대폰에 무슨 짓 했지? 너 아빠 미행하니? 나도 했어? 어?"

취샤오샤오는 순간 멍해졌지만 일이 커질 거라는 걸 짐작할 수 있었다.

"내가 좋은 거 사줬잖아. 혹시라도 도둑맞을까 봐 거기 대리점 사람한테 프로그램을 하나 깔아달라고 했어. 이걸로 휴대폰에 있는 정보도 지울 수 있다고…."

"휴대폰에 있는 정보를 지울 수 있다고?"

취샤오샤오 어머니가 꼬투리를 잡았다.

취샤오샤오는 이런 상황이 지긋지긋했지만, 엄마 옆에 찰싹 붙어서 애교를 부렸다.

"나도 몰라, 난 이거 사용할 줄도 몰라서 방금 자오치펑한테 부탁해서 아빠 위치 좀 확인해 달라고 한 거야. 그 사람도 아빠가 휴대폰은 분실한 줄 알고 내가 미리 설치해두길 잘했다고 얼마나 칭찬했는데.

"샤오샤오, 나한테는 그런 말 안 통해. 사실대로 얘기해. 왜 우리 휴대폰에 이런 걸 설치해 둔 거야?"

"엄마 거에는 안 했어. 그렇지만 아빠는…. 엄마도 아빠가 어떤 여자한테 가는지 항상 궁금해했잖아."

"사실대로 말 안 하겠다 이거지? 알았어. 그럼 양 비서 불러다가 물어봐야지. 이걸 보면 네가 내 휴대폰에 무슨 짓을 했는지 정도는 알 수 있을 테니 말이다. 네 입으로 말하는 게 좋을 것 같은데."

"2개 다 설치했어. 하지만 정말 맹세코 혹시라도 분실할까 봐 그런 거야. 다른 기능은 사용해 본 적도 없어. 이번에 처음으로 해 본 거라고. 어떻게 하는지도 몰라서 자오치펑이 올 때까지 기다렸다가 아빠 위치만 확인한 거고. 아빠랑 통화가 안 되니까 너무 초조해서 그냥 있을 수가 없었단 말이야."

"샤오샤오, 난 널 낳고 기른 사람이야. 내가 네 성격을 모를 것 같아? 오늘 처음 사용한 거라고?"

어머니는 잔뜩 화가 난 얼굴로 고개를 저었다.

"네가 어떻게 내 휴대폰에 그런 짓을 할 수 있니, 네가 어떻게 엄마를 감시하고 정보를 빼내고…. 네가 어떻게 나한테 이럴 수가 있어?"

"억울해!" 취샤오샤오가 소리를 질렀다.

그녀의 어머니는 떨리는 손으로 그녀를 가리키며 내키는 대로 말을 쏟아 부었다. 그녀의 괴성 따위는 겁나지 않았다.

"내가 널 왜 누명을 씌우겠니? 난 그저 마음이 아플 뿐이야. 마음이."

그녀 어머니가 말을 마치고 가려고 하자 재빨리 달려가 엄마를 끌어안았다.

"엄마, 나 진짜 맹세하는데 엄마 감시한 적 없어. 내가 엄마 감시해서 뭐해? 엄마한테는 나밖에 없잖아. 나한테 다 줬는데 내가 왜 엄마를 감시하겠어? 생각해 봐, 내가 그럴 이유가 없잖아. 엄마가 아빠가 바람난 여자들 잡는 것도 돕고 얼간이 같은 아들들한테 재산을 다 가져다줄까 봐 그런 거야. 엄마, 제발 잘 생각해 봐."

취샤오샤오 어머니가 고개를 저었다.

"내가 전 재산을 너한테 줘서 돈 한 푼 없었더라도 넌 날 감시했을 거야. 너 같은 사고뭉치는 그러고도 남았을 거야. 내가 널 너 자신보다 훨씬 더 많이 알아."

어머니는 그녀의 손을 세게 뿌리치고 눈길 한번 주지 않고 나가버렸다. 집 안에 남겨진 취샤오샤오가 미친 듯이 소리를 질러댔다.

'정말이지 이번에는 거짓말이 아닌데, 왜 엄마는 날 믿지 못하는 거야.'

바오이판과 앤디는 서로에게 기대어 공포영화를 보고 있었다. 두 사람은 과학적 지식을 사용해 사건의 내막을 밝혀내는 영화를 제일 좋아했다. 바오이판 전화가 울리자 앤디는 그가 통화를 마치고 돌아오면 같이 보려고 잠시 영화를 멈췄다. 모름지기 영화는 같이 봐야 재미가 있지 않은가.

바오이판은 아버지의 전화임을 확인하고 앤디에게 휴대폰을 넘겼다.

"난 결혼했으니까, 이제 아버지보다 더 열심히 살아야지. 나 대신 받아줄래? 난 아직 아버지와 냉전 중이니까."

"하하, 뭐죠. 나도 당신 편이라 아버님과 대치 중인 건 똑같은데."

바오이판은 할 수 없이 직접 전화를 받았다. 그가 말할 새도 없이 그의 아버지는 꽤 흥분한 상태로 시끄럽게 말을 했다.

"어제 오후에 시내에 들어가서 웨이 선생이랑 겨우 쉬려고 하는데, 사람들이 무더기로 찾아오지 뭐냐. 옛날에는 만나려고 갖은 수를 써도 못 만날 사람들이, 아니지 약속 잡기도 힘든 사람들이었는데…."

바오이판은 순간 당혹스러워하며 얼른 스피커 모드를 취소했지만 비밀이라고 할 정도의 내용도 아닌 말들은 여전히 앤디에게 들려왔다. 두 사람은 경직된 표정으로 서로를 바라보았다.

이미 돌이킬 수 없다는 걸 두 사람 다 잘 알고 있었지만 다 큰 어른들의 자발적인 행동을 막을 도리가 없었다. 바로 그때 바오이판의 눈이 반짝였다.

"뭐라고요? 재심할 방법이 있다고요?"

앤디는 바오이판이 하는 말이 무슨 소린지 전혀 알 수 없었지만, 그가 흥분한 모습을 보니 웨이궈창이 뭔가 도움 되는 일을 한 게 틀림없었다. 그가 거절하기 힘든 일인 것이 분명했다. 앤디가 흘겨보고 있는 것을 눈치챈 바오이판은 그녀를 계속 달래면서도 "네, 네." 대답은 잊지 않았다.

그는 통화를 마무리하면서 휴대폰은 잠시 멀찍이 떼고 앤디에게 상황 설명을 했다.

"우리 아버지가 웨이궈창에게 시내 일에 들어가는데 도움을 좀 받았나 봐. 근데 나도 그 덕을 보게 될 줄이야. 작년에 내가 진행하던 프로젝트가 무산되었거든. 에너지 소비량이 높아서. 알다시피 요즘 정부에서 에너지 소비 높은 사업은 엄격하게 제한하잖아. 작년에는 그런대로 괜찮았는데 전기를 사용하는데 걱정도 없고. 그런데 지역별로 전기 사용을 제한해서 4일 일하고 3일 쉬는 공장들은 생산력에도 당연히 차질이 왔지. 다 연말 전기 사용 기준을 맞추려고. 그런데 어젯밤에….”

“알!았!어!요!”

앤디는 더는 듣고 싶지 않았다. 정부에 인맥이 있으면 좋은 거 아닌가.

“내가 뻔뻔하다고 생각하겠지만, 이 프로젝트는 내가 중국에 돌아오자마자 독일로 날아가서 합작을 이끌어 낸 거였어. 독일 쪽에서 내내 아무 반응도 없었거든. 그냥 수출 계약만 사인하고 기술 협력에는 영 시큰둥했었어. 그런데 유럽에 경제위기가 닥치고 유로화도 경쟁력이 떨어져 버리니까 그들의 최대 수출시장도 위축될 수밖에. 잃는 것이 있으면 얻는 것도 있다고 재작년부터 그쪽에서 적극적으로 합작을 추진하더니 작년에는 아예 합병까지 얘기하더라고. 당신도 알다시피, 상품의 질 향상과 완벽함을 추구하는 사람에게 선진 기술을 가진 외국 기업과의 합병이 무엇을 의미하겠어? 상품과 기업을 글로벌화 할 수 있는 절호의 기회지, 도약! 그런데 안타깝게도 심사가 걸림돌이 되고 말았어. 그래서 요즘 계속해서 관련 부서 사람들을 만나서 재심사를 부추기던 중이야. 토론회도 이미 2번이나 열었었고, 결과는 그저 그렇지만. 단순히 합병 얘기만 하면 너무 이상적이기만 하잖아. 당신이 웨이궈창이랑 엮이는 걸 얼마나 싫어하는지 잘 알지만 그렇다고 내가 위선 떨면서 당신이 싫다면 그만둔다고 하는 것도 아니잖아. 난 내 의지를 있는 그대로 말하는 게 낫다고 생각해. 그러니 당신이 날 이해해줬으면 좋겠어.”

“내가 뭐라고 대답하든 당신은 하고 싶은 대로 할 거잖아요. 그건 내가 답을 하든 안 하든 그 사람을 끌어들여서 나한테 그 사람을 인정하라는 거나 마찬가지라고요.”

바오이판은 차마 그녀를 똑바로 바라지 못하고 한숨을 푹 내쉬었다.

"앤디, 사업이라는 게 쉬운 일이 아니잖아요. 특히나 이런 어수선한 분위기에 기술을 발전시켜 회사를 일으키는 건 훨씬 어려운 일이에요. 민간 기업은 더욱 힘들고요. 그래서 더 혹하게 되네요. 좀 빠른 길로 가면 안 되는 거예요?"

"내가 웨이궈창을 받아들일 수 없다는 거 누구보다 잘 알고 있잖아요. 그 사람이 눈앞에만 나타나도 발작을 할 정도라고요. 하지만 내가 거절하면 당신이 발작을 일으키겠죠. 당신이 그렇게 되느니 차라리 내가 미치는 게 나아요. 당신을 사랑하니까요."

바오이판은 깜짝 놀라서 한참을 멍하니 있었다. 그리고 천천히 다가가 그녀의 어깨에 고개를 푹 묻었다.

"어? 왜 그래요?"

가까스로 그가 입을 열었다.

"마음속 갈등이 장난이 아니군."

앤디는 아무 말도 하지 않고 손을 내밀어 바오이판의 머리를 쓰다듬어 주었다.

"내가 정상적인 사람이었다면 이건 선택할 문제도 아니었을지도 몰라…."

"누가 당신이 정상이 아니래!"

그는 고개를 번쩍 들고는 깊은 한숨을 내쉬었다.

"내가 포기할게요. 재심사를 받을 수 있는 다른 방법을 생각해 볼게요."

앤디는 휴대폰을 쥐고 있는 그의 손을 잡았다.

"웨이궈창은 자신이 무슨 일을 하는지 모를 리가 없어요. 당신이 오늘 포기한다고 해도 그 사람은 내일 새로운 방법으로 당신을 승복시킬 거예요. 내가 아무 소리 못 하게. 우리가 순진한 사람들은 아니잖아요. 유혹이 강해지면 승복할 수밖에 없을 거예요. 그러면 오늘 우리가 했던 고민과 갈등은 한순간에 우스워지겠죠. 그 사람이 포기한다면 몰라도.”

“지레짐작하지 말아요. 내가 포기할게요.”

그런 바오이판의 모습을 보고 있자니 앤디는 마음이 아팠다. 그리고 갑자기 그의 공장에 처음 갔던 그 날이 떠올랐다. 그때 바오이판은 의기양양하게 거금을 투자해서 만든 연구센터와 품질의 완벽함을 추구하는 자신의 경영철학은 소개했었다. 어쩌면 웨이궈창 자신도 바오이판이 간절히 원하던 핵심을 찔렀을 거라곤 상상도 못 했을 것이다. 하지만 그녀 자신과 어머니의 처지를 생각하면 아직도 피가 거꾸로 솟아 결코 웨이궈창을 인정할 수 없었다.

“바오이판, 미안해요. 그리고 포기해줘서 고마워요.”

바오이판의 목소리는 푹 가라앉아 있었다.

“내가 당신을 지켜줄 거라고 했잖아요. 약속을 어길 순 없죠. 아, 어제 혼인신고서에 사인하고 난 다음에 꼭 하고 싶은 말이 있었어요. 당신이 결재 권한을 위임할 필요가 없다고 생각하지만 만약을 대비해서 나에게 위임을 해두면 좋을 것 같아요. 당신에게 만일의 상황이 생기면 내가 당신과 남동생까지 책임질게요. 우리가 결혼했으니 그런 건 당연한 거잖아요. 안 그래요?”

“미안해요. 나는 항상 당신한테 걱정만 끼치는 것 같네요.”

“당신도 그랬잖아요. 나도 그래요. 당신을 사랑하니까, 내가 원해서 하는 거예요. 걱정할 것도 기분 나쁠 것도 없어요. 기꺼이 하는 거예요.”

앤디는 탄 사장에게 전화를 걸었다. 휴대폰 너머로 들려오는 그의 대답은 아주 간결했다.

"바꾸려면 귀찮은데, 그럼 3년 후에 위임장 기간이 만료되면 다시 얘기하는 거로 해."

그 말을 들은 바오이판은 불편한 심기를 숨기려 앤디의 시선을 피했다. 앤디 입장에서도 뭐라고 해야 할지 난감하긴 마찬가지였다. 하지만 바오이판에게 알려줘야 했기에 조심스럽게 입을 열었다.

"탄 사장이 위임자 변경하는 게 귀찮다고 3년 있다가 당신 이름으로 이전해 준대요."

순간 몸을 일으킨 바오이판은 왔다 갔다 하며 흥분을 가라앉혔다.

"웨이궈창이 뭘 하고 있다고 생각해요? 그 사람은 이익으로 날 유혹하고 속박하려고 했어요. 당신을 보호한다는 이름 아래 말이에요. 탄 사장은 나한테 주기 불안하니까 3년이란 시간을 벌려고 하는 거잖아요. 대체 무슨 의도지?"

앤디는 어찌할 바를 몰랐다.

바로 그때, 취샤오샤오의 비명소리가 들리더니 그 뒤로 문을 쾅 닫는 소리가 들렸다. 평소 듣던 소리가 아니었다. 복도 반대편에 있던 앤디도 깜짝 놀랐는데 복도에 앉아 있던 관쥐얼의 부모님과 판성메이는 두말할 필요도 없었다. 그들은 서둘러 집을 나서는 취샤오샤오 어머니의 뒷모습을 지켜보고 있었다.

바오이판은 귀찮은 듯 혼잣말로 중얼거렸다.

"날 뭐로 보는 건지."

"당신을 뭐로 보다니요?"

바오이판의 반항기 가득한 눈빛을 보고 앤디는 눈을 감아버렸다.

"당신 어머니가 처음에 나한테 했던 일을 생각해 봐요. 지금 드디어 누군가 나타나 나 대신 싸워준다고 하니까, 속이 시원하네요. 친정이 있는 느낌이 이런 거구나 싶기도 하고."

"아주 고소해하는 것 같네요. 지금 내 기분이 어떨 것 같아요?"

앤디는 여전히 눈을 감고 있다가 마치 아무 일도 아닌 것처럼 말했다.

"당신이 처음에 나한테 어머니 신경 쓰지 말라고 했었잖아요. 그래서 아무런 조치도 취하지 않고 그냥 내버려 뒀었죠, 내가 꽤 관대했다고요. 결과적으로 내 눈물 나는 경험에 비춰 보면 지금 당신에게는 두 가지 옵션이 있어요. 끝까지 저항할 것이냐 아니면 그냥 무시할 것이냐. 애매한 입장을 취하면 할수록 당신 자신에게 미안해하는 일이 자꾸 생길 거예요. 아직도 화났어요? 나 이제 눈 떠도 되는 거죠?"

"눈 뜨지 마요. 나 그렇게 형편없는 놈 아니에요. 그나저나 저 사람들은 날 대체 어떻게 생각하고 있는 걸까요?"

"당신 어머니도 처음에는 안 그랬어요. 나를 그저 욕심 많은 꽃뱀 정도로 생각했었잖아요. 나 이제 눈 떠도 되죠?"

"아, 하긴 처음에는 나도 별일 아니라고 생각했으니까. 이제 당신이 이해가 가네요. OK! 눈 떠요. 당신이 날 그렇게 생각하지 않으면 그걸로 됐어요."

"어, 그거랑 달라요. 눈 안 뜰래요. 당신의 화려한 과거를 보면 우리 결혼이 얼마나 오래갈지 모르겠네요. 하지만 나랑 탄 사장이 다른 점은 나는 사랑하면 같이 있어야 하는 게 당연하고 사랑할 때는 진심으로 그리고 사랑이 식으면 헤어질 수 있다고 생각하는 거죠. 탄 사장은 아마 내가 헤어지는 걸 감당할 능력이 없다고 생각할 수도 있어요. 그래서 저렇게 걱정하는 거고요."

"눈 뜨지 마요. 당신의 그 말이 날 아프게 한다고 생각하지 않아요? 탄 사장은 그렇다 쳐도 당신이 어떻게 그래요."

"이 팔찌 좀 봐요. 동심결, 영원한 사랑을 의미하잖아요. 미신이긴 하지만 그래도 난 항상 그걸 애타게 바라고 있다고요."

"그런 말 하지 말아요. 전 절대 당신을 떠나지 않아요. 우리는 평생 같이 있을 거예요."

"정말 입이 근질근질하네요. 하하. 난 계속 감고 있을게요. '절대 당신을 떠나지 않는다.'라는 말이 당신의 무의식적으로 당신이 나보다 더 못 미더워한다고 말하는 거 같은데요."

바오이판은 가만히 눈을 감고 있는 앤디를 바라보며 웃음을 참지 못했다. 더 이상 화가 난 척할 수 없었다. 앤디는 그가 더 이상 반박하지 않자 살며시 눈을 떴다. 그의 우스꽝스러운 모습에 역시나 웃음이 터졌다.

"정말 적응 안 되네. 특히나 적응이 안 되는 건 갑자기 누군가가 내 삶에 이래라저래라하는 거예요. 뭐, 좋은 의도긴 하지만."

"당신도 웨이궈창이 좋은 의도로 하는 거라고 인정하긴 하는 거예요?"

"하지만 그 사람한테 돌아서는 일은 절대 없을 거예요."

바오이판은 평소 꾸미는 걸 좋아하지 않은 앤디가 속눈썹을 올린 것을 보고 의아해했다.

"우리 다른 사람 얘기는 하지 말아요. 며칠은 우리 두 사람만 생각해요."

"에이, 웨이궈창한테 연락해봐요. 시간 끌다가 그 사람이 가버리면 좋은 기회를 놓치게 되잖아요."

바오이판은 깜짝 놀라서 한동안 아무 말도 하지 못했다.

"그동안 힘들게 애써오던 일이잖아요. 내가 지지해줘야죠. 그리고 이번 일로 당신이 숙이고 들어가면 당신을 얕보진 못할 거예요. 당신이 잘 조율해서 나랑 그 사람이랑 마주치게만 안 하면 돼요. 천천히 통화해요. 난 샤오샤오한테 가 볼 테니."

바오이판은 고맙다는 말을 한가득 쏟아내려다가 지금 그러면 왠지 가벼워 보일 것 같아 그녀를 꼭 안아주기만 했다. 오랜 포옹으로 자신을 위해 희생해준 앤디에게 고마움을 대신했다. 그리고 더 이상 거절하지 않았다.

바오이판이 웨이궈창과 통화를 할 수 있도록 앤디가 집을 나섰다. 관쥐얼 어머니가 남편 귀에 대고 뭐라고 속닥거리고 있었고 판성메이는 난감한 얼굴로 멀찍이 떨어져 앉아 있었다. 앤디가 다가와서 물었다.

"샤오샤오 무슨 일 있어?"

"모르겠어. 어머니가 문을 쾅 닫고 가버리셨어. 기분이 엄청 안 좋아 보이시던데."

판성메이는 터져 나오는 웃음을 참지 못했다.

"오늘 같은 날 여기서 뭐 하고 있는 거야? 바오이판을 이렇게 내버려 둬도 되는 거야?"

앤디가 고개를 저었다.

"무슨 일인지 모르겠어. 결혼하기 전에는 나는 나, 그 사람은 그 사람이었는데, 결혼하고 나니까 그 사람이 나, 내가 그 사람이 된 것 같아. 서로 살피면서 존중하게 되고, 그렇게 되네. 하룻밤 사이에 이렇게 큰 변화가 생기다니. 참 신기한 일이지."

가만히 듣고 있던 판성메이는 앤디의 말이 끝나자 씩 웃으면서 말했다.

"아이가 태어나면 네가 더 죽을 맛일 거야."

앤디가 2203호로 시선을 옮기더니 익살스러운 표정을 지어 보이자 판성메이는 웃음을 참을 수 없었다. 호랑이도 제 말하면 온다고

317

2203호 문이 갑자기 쓱 열리더니 취샤오샤오가 허둥지둥 나왔다.

판성메이는 취샤오샤오의 얼굴빛을 보고 얼른 앤디 뒤로 몸을 숨겼다. 하지만 관쥐얼 부모님은 처음 취샤오샤오의 엄청난 비명을 듣고는 2203호에서 기척이라도 느껴지면 약속이나 한 것처럼 고개를 돌렸다. 심란해하던 취샤오샤오가 밖으로 나오자 반짝반짝한 여섯 눈동자가 그녀를 주목하고 있었다. 하지만 그런 시선에 이미 습관이 된 취샤오샤오는 별로 아랑곳하지 않았다.

다만 이상하게도 앤디의 시선만은 피할 수 없었다.

"어! 아직도 여기 계시네요? 사랑해서 달아난 데에는 어찌할 수 없어요. 이미 엎질러진 물이라고요."

취샤오샤오는 엘리베이터 버튼을 눌렀다. 그리고 마치 온몸으로 '나와 상관없는 일' 임을 표현하는 것 같았다. 그녀의 행동 하나하나가 관쥐얼 부모님의 마음을 콕콕 찔렀다. 오로지 앤디만 말을 걸었다.

"지금 뭐 하는 거야? 내가 바오이판 버려두고 특별히 널 위해 나온 거잖아."

"흥, 결혼까지 했는데 나까지 신경 쓸 겨를이 있겠어? 바오이판이 나갔나 보지. 할 일 없어서 나온 거 아니야?"

"그럼 가서 확인해 봐. 그 사람이 집에 있는지 없는지. 내가 방금 한 말 못 들었어? 너 때문에 나온 거라고."

"그럼 왜 우리 집 문을 두드리지 않은 거야? 왜 거기 서서 수다만 떨고 있어? 응?"

그러더니 취샤오샤오는 앤디를 끌고 2203호로 들어가려고 했다.

"우리 같이 평범한 시민이 어떻게 경찰을 건드릴 수 있겠어요. 힘 있는 사람이나 그렇게 하죠. 어머니, 저희를 곤란하게 하지 말아주세요. 이미 여러 번 문자를 보내서 엄청 귀찮아하고 있을지도 몰라요.

놔주세요. 임산부 놀라게 하지 마시고요."

앤디는 관쥐얼 어머니의 손을 뿌리치면서 취샤오샤오에게 얼른 말했다.

"어머니, 걱정하지 마세요. 쥐얼은 도를 지킬 줄 아는 아이니까 함부로 뭘 하진 않을 거예요. 게다가 이미 어머니가 여기서 기다리고 계신 것도 알고 있고요…."

"그렇다면 더욱 반항하는 거죠!"

취샤오샤오는 앤디에게 기회를 주지 않고 그녀를 데리고 집으로 들어갔다.

앤디는 2203호에 들어가자마자 물었다.

"왜 자꾸 부추기는 건데?"

"엄마란 사람들이란…."

"너 지금 엄마한테 화난 거지? 그렇다고 관쥐얼 부모님한테 풀면 안 되지."

"화는 무슨 화, 그냥 걱정인 거지. 언니는 몰라. 이제 엄마가 나 안 볼지도 몰라! 내가 엄마를 화나게 만들었어. 지금 자오치펑한테 도움을 청하러 가려던 참이야. 그 인간, 운동할 때 휴대폰 꺼두거든. 바보 멍청이. 자, 그럼 어디 한번 들어봐 줄게."

"일단 진정하고 내 얘기 들어. 엄마라면 절대 자식을 버리지 않아. 네가 내가 임신해서 오늘까지 봐서 알겠지만 나한테 1순위는 무조건 배 속에 있는 아이야. 만약 지금 무슨 일이 생기면 난 아이 먼저 지키려고 할 거야. 아이를 본 적도 없는데도 말이야. 너는? 네 어머니는 20년 넘게 널 기르시고 아끼셨는데 널 버릴 수 있으실 것 같아? 말도 안 되지. 게다가 네가 어떤 사람인지 모르실 리도 없잖아."

"그렇지만 이번에는 정말일지도 몰라. 정말 화가 많이 났다고. 근데 나도 이번에는 진짜 억울해. 내가 얼마나 엄마를 사랑하는데."

"어머니한테 잘 설명해드려."

"설명할 도리가 없어. 이미 날 믿지 않으신다고."

"자오치핑한테 중간에서 잘 전달해달라고 해. 그리고 쥐얼 어머니께도 사과하고. 쥐얼이랑 시에빈 그렇게 심각한 상황 아니야."

"바보 같기는. 앤디 언니만 이 일을 심각하게 생각하지 않는 거야. 쥐얼 어머니가 단지 나 때문에 저렇게 초조해한다고 생각해? 잘 생각해 봐. 바오이판이랑 막 연애를 시작했을 때, 바오이판이 축 처져서 언니한테 하소연했었잖아. 그 바람에 언니 마음이 조금씩 누그러져서 오늘날까지 오게 된 거 아니야? 우리 엄마가 날 사랑하지 않을 수 없다고 했지? 그 말이 맞아. 그리고 언니도 날 사랑해야 내가 기쁘지. 계속해서 날 사랑해 줘. 쥐얼보다 날 더 많이. 지금은 바오이판한테 가. 나도 자오치핑한테 가볼게."

"너도 쥐얼 사랑하잖아. 복잡하긴 해도."

취샤오샤오는 앤디와 같이 나온 후 문을 걸어 잠갔다.

"내 마음을 누가 알아줄까. 어휴, 쥐얼 부모님은?"

판성메이가 복도를 정리하고 있었다.

"경찰서 가셨어."

"망했네, 길을 가르쳐 드렸어? 아이고. 쥐얼 아버지는 공무원으로 오래 지내셨는데…. 시간 좀 더 끌지. 나중에 쥐얼이 후회해도 늦어 버리게 됐잖아."

취샤오샤오는 엘리베이터로 후다닥 뛰어 들어갔다. 판성메이는 어리둥절하여 멍하니 있었다.

"이번에는 좋은 마음인 거지?"

"쥐얼이 조금 덜 걱정됐을 뿐이야. 아니면 혼란을 틈타 뭔가 노린 거 일수도."

앤디는 얼른 휴대폰을 꺼내 시에빈에게 전화를 걸었다.

"전원이 꺼져 있네."

"내가 직장으로 찾아가라고 했는데, 가서 시에빈을 찾을 생각이신가 봐. 그렇게 되면 앞으로 시에빈도 곤란해질 텐데. 쥐얼 부모님한테는 말해도 소용없을 거야. 자식을 자기 소유물이라고 생각하니까, 그렇다고 해도 다른 집 귀한 자식한테 그러면 안 되지. 샤오샤오가 사고 쳤네."

앤디는 열심히 메시지를 적고 있다가 판성메이의 말에 지워버렸다.

"맞아, 최대한 도울 방법을 찾아야 해. 역시나 다른 사람 일에, 특히나 다 큰 성인 일에 간섭하면 안 돼. 샤오샤오가 이번에 크게 실수했지. 조심해, 오늘 샤오샤오 기분이 완전 저기압이야."

"그렇지, 나는 멀리할 수 있을 만큼 멀리 할거야. 방법을 계속 찾아보자."

두 사람은 미소로 인사를 대신했다.

22층 복도는 다시 조용해졌다. 하지만 두 사람은 약속이나 한 듯 작은 방을 들여다보고 몹시 의아해했다. 바깥이 오랫동안 이렇게 시끄러웠는데 새로 이사 온 사람은 얼굴 한번 내비치지 않았다. 정말 이상했다.

69

앤디는 2201호 벨을 누르려다 잠시 망설였다. 결국, 너무 일찍 들어
가는 게 아닌가 싶어서 엘리베이터를 타고 아래층으로 내려가 도우
미 집으로 갔다. 딱 문에 들어서는 순간 도우미 휴대폰이 울렸다. 바
오이판이었다. 앤디는 한창 바쁜 도우미를 대신해 자기가 전화를 받
았다. 바오이판이 인사도 없이 바로 말을 할 줄 몰랐다.

"우리 밥 먹으러 안 내려가니까 먼저 식사하세요. 죄송해요."

"계획이 바뀌었어요? 집에 있기로 했잖아요."

"하, 당신 왜 거기 있어요? 배고파서 뭐 먹으러 간 거예요? 그럼 조
금만 먹고 올라와요. 나가서 먹게."

앤디는 구운 두부 몇 개를 집어먹고 집으로 올라갔다. 바오이판은
이미 외출복으로 갈아입고 나갈 준비를 마친 상태였다.

"왜 계획이 바뀐 거예요?"

"재심사요. 이 좋은 아침에 내 며느리가 아이를 낳는다는 게 갑자
기 생각났어요. 가서 봐요."

앤디는 자신을 드레스 룸으로 밀어 넣는 바오이판의 행동이 너무
이상하게 느껴졌다.

"당신, 며느리요?"

"하하, 네, 내 며느리요. 이 옷 어때요? 교외로 나가는 거니까 색깔 있는 옷을 입는 게 나을 것 같은데."

앤디는 옷을 받아들었다.

"시치미 떼지 말고요. 당신 아들…. 아! 그때 그 말. 홀스타이너의 짝이요? 정말 별일이 다 있네요."

"맞아요. 내 말의 부인. 하하하"

앤디는 바오이판의 웃는 얼굴 보는 걸 좋아하긴 하지만 지금처럼 그가 이렇게 흥분해서 전화로 업무지시를 하면서도 두 다리를 가만 두지 못하고 당장이라도 탭 댄스를 출 것 같은 모습을 보니 이미 그의 생활에 웨이궈창이 깊게 영향을 미치고 있다는 것을 느낄 수 있었다. 그렇기에 앤디 또한 적극적으로 나서기로 했다. 그녀는 옷을 다 챙겨 입고 여전히 통화 중인 바오이판을 끌고 나와 엘리베이터에 태웠다. 그는 그녀가 자연스럽게 운전석에 앉으려고 하자 바로 그녀를 조수석으로 옮겨 태웠다.

바오이판은 통화를 마친 후 휴대폰은 앤디에게 건네며 열정적으로 말했다.

"나 대신 가지고 있어 줘요. 형제들이 다 기분이 업 돼서 재심사 건에 대한 업무 배분을 한 지 30분도 안 됐는데 벌써 다들 착수했더라고요. 앤디, 당신 말대로 난 내가 꿈꾸던 아주 지적인 여자와 결혼도 했고, 이제 얼마 안 있으면 똑똑한 아이도 태어나겠죠. 거기다 내가 그토록 이루고 싶었던 일이 다시 이루어질지도 모른다고 생각하니 정말 믿어지지 않아요. 나랑 동료들이 오랫동안 공들인 수고를 드디어 써먹을 수 있게 됐잖아요. 그리고 눈 앞에 펼쳐진 봄날이 하루하루 이렇게나 새로울 수 있다니. 어디든지 가죠! 집에만 있기 그렇잖아요."

"맞아요, 좋아요!"

앤디에게도 그 기운이 전해졌는지 운전에 집중하고 있는 바오이판의 말을 전적으로 동의했다.

"정말이지."

바오이판이 의미심장하게 물었다.

"우리 결혼도 똑같아요. 좋은 날만 있을 거예요."

"알았어요. 걱정을 그만해야 미래가 밝을 것 같아요."

바오이판은 하마터면 고꾸라질 뻔했다.

"그리고 그 만일 때문에 돈을 벌어야 한다는, 그런 말은 하지 말아요."

"아, 진짜. 정말 만약에 생사를 결정해야 할 날이 오게 될지도 모르는데, 돈은 많이 모아둘수록 안심이 되니까요. 별일 아니니까 놀랄 필요 없어요. 당신 인생의 처음 기억이 나라면 당신도 나랑 똑같았을 거예요. 너무 크게 놀라서 작은 일에도 겁을 내는 그런 사람 말이에요."

바오이판은 한참을 말이 없다가 잠깐 차를 세웠다. 그리고 잔뜩 겁에 질린 앤디를 바라보았다. 그의 기억 속 앤디는 남동생 때문에 자신과 헤어질 결심까지 하지 않았던가.

무언가 골똘히 생각하던 그가 입을 열었다.

"자, 눈을 감고 딱 한 가지에만 집중해 봐요. 내가 가진 전 재산을 걸고 맹세하는데, 당신한테 그 만일이라는 상황이 생긴다면 내가 당신을 책임질 거예요. 그게 사는 길이든 죽는 길이든. 그러니까 그런 생각은 다시는 하지 말아요. 앞으로는 당신이 하고 싶은 게 무엇인지 우리 미래가 얼마나 아름다울지 그런 것만 생각해요."

"그런 거 생각해 본 적 없는데…."

"그럼 지금부터 생각해봐요."

"공상은 백해무익할 뿐이에요."

"그건 공상이 아니죠, 인생 계획이에요. 날 위해 한번 생각해봐요. 난 내 아내가 아무런 희망도 없이 살지 않았으면 좋겠어요. 미래가 없는 현실보다 지나치게 이상적이라도 희망이 있는 게 나으니까요. 그리고 사랑이 변하는 확률이나 우리가 헤어질 확률 같은 것을 통계를 들어 설명하는 것도 듣고 싶지 않아요. 나는 그저 내 신부가, 아내가, 내가 사랑하는 사람이, 내 곁에 있고 우리는 검은 머리가 파뿌리가 될 때까지 함께 있을 거라는 것만 생각할 거예요."

"아까 집에 있을 때 내가 말실수라도 한 거예요? 앞으로 조심할 게요."

"이런 단순한 사람 같으니라고, 당신은 날 아프게 하지 않아요. 난 그저 당신이 행복하게 지냈으면 좋겠어요. 당신이 없었으면 내가 이렇게 기쁠 수 있었을까 싶어요. 그러니까 내 말대로 날 위해서 좋은 생각만 해요."

바오이판이 슬쩍 째려보자 반항이라도 하듯 앤디는 눈만 몇 번 껌벅거리다가 결국 그의 뜻대로 하기로 했다. 더 이상 그에게 상처를 주고 싶지 않았다.

바오이판은 그제야 다시 가던 길에 올랐다. 얼마나 갔을까 앤디의 휴대폰이 울렸다. 그는 그녀를 힐끔 보고는 휴대폰에 발신자를 확인했다. 취샤오샤오였다.

"당신은 하던 생각만 계속해요. 여보세요? 앤디가 지금 좀 바쁜데, 괜찮으면 나한테 말해줄래요?"

"바오이판, 앤디의 도움이 꼭 필요해서 그런데 우리 엄마 집으로 좀 와 줄 수 있을까요? 빨리요. 우리 엄마가 자오치펑도 안 볼 생각인지, 코빼기도 안 보여주는 거 있죠. 근데 왠지 앤디라면 좋은 방법이 있을 것 같아서, 같이 와도 돼요. 그러면 더 좋겠어요."

"무슨 일인데?"

"우리 엄마가… 엄마를 잃을지도 몰라요."

"음, 주소 보내줘요."

바오이판이 앤디가 신경 쓰지 못하게 하자 그녀는 힐끔힐끔 그를 곁눈질하며 혼자 중얼거렸다. "치사하기는." 그리고 다시 눈을 감았다.

관쥐얼과 시에빈은 그의 기숙사 앞에서 내렸다. 그는 선글라스를 꺼내서 관쥐얼에게 건넸다. 그녀의 빨개진 눈을 가리라는 의미에서였다. 하지만 선글라스를 받아 든 그녀는 다시 그에게 건넸다.

"네가 써. 여긴 너희 집 근처라 널 알아보는 사람이 훨씬 많을 거야."

시에빈이 선글라스를 도로 넣자 관쥐얼은 그에게 강제로 선글라스를 씌웠다. 그리고 그녀의 손을 꼭 잡고 천천히 집으로 올라갔다.

집안에 들어서자마자 시에빈은 긴 숨을 내쉬고 문을 닫았다. 관쥐얼은 호기심에 가득 차서 한눈에 다 들어오는 크기의 방을 여기저기 살펴보았다. 반쯤 낡은 방은 흰 벽에 타일 바닥으로 되어 있었다. 가구도 매우 심플했는데 모두 합성 보드로 만든 저렴한 것들이었다. 침대도 철제 난간으로 된 원목 침대였다. 침대 위에는 얇은 파란색 체크 무늬 요와 이불이 아주 깔끔하게 깔려 있었다. 남학생 혼자 사는 기숙사에서 흔히 나는 홀아비 냄새도 나지 않았다. 오히려 시에빈의 향기가 방안을 은은히 채우고 있었다. 그의 향기를 인식한 순간 관쥐얼은 이곳에 오지 말았어야 했던 게 아닌지 생각하면서 어쩌면 경솔했다는 생각까지 들었다. 그래서 그녀는 시에빈과의 일정한 거리를 유지하기로 했다.

시에빈은 방 안에 딱 하나 있는 의자를 가져다가 그녀를 접이식 테이블 앞에 앉혔다. 그리곤 손을 씻고 물을 끓이고 테이블을 닦았다. 한꺼번에 여러 가지를 하면서도 간간이 손등으로 커피포트의 온도를 체크했다. 관쥐얼도 꼼꼼한 스타일이라 찻잔을 들어 자세히 살펴보았더니, 역시나 티끌 하나 없이 깨끗했다.

"그럼 저렇게 좁은데서 미엔빙을 만들어 온 거였어? 온 집안에 파 냄새가 진동했겠네."

"나름 괜찮았어. 주방 환풍기도 틀어놓고 창문 열어서 환기도 시켰더니 냄새가 금방 빠지더라고. 혹시 지금 배고파? 지금 뭐라도 만들어줄게."

"아직 안 고파. 아침 먹고 안 온 거야?"

"나… 먹었지."

가스레인지 앞에 서 있던 시에빈은 마땅히 할 일이 없자 둥근 스툴을 가져다가 관쥐얼 앞에 앉았다. 그 순간 두 사람 사이에 어색한 기운이 맴돌자 서로 애써 웃기만 했다. 다행히 커피포트가 시끄러운 소리를 내며 끓기 시작했다. 시에빈은 얼른 일어나 그녀에게 물을 따라주고는 다시 자리에 앉았다.

"엄청 뜨거울 거야, 천천히 마셔."

"응, 나도 그 정도는 알아."

시에빈이 갑자기 일어났다.

"아이고, 찻잔 닦는다는 걸 까먹었네."

그는 순식간에 두 사람의 찻잔을 가져갔다. 동작이 너무 빨라서 뜨거운 물이 다 넘쳐버렸다.

그녀는 놀란 동시에 뭔가를 깨달았다.

"오늘 날씨도 좋은데, 꽃이나 보러 갈래?"

누가 봐도 티가 나는 그녀의 어설픔은 숨길 수 없었는지 말을 더

듬었다. 시에빈이 고개를 가로저었다.

"싫어, 이미 얘기 다 끝났는데 계획을 변경할 순 없지."

그는 세심하게 찻잔을 닦은 후 찻잎을 담가 테이블로 가져왔다. 그리곤 다시 관쥐얼을 쳐다보고 씩 웃었지만 역시나 경직돼 있었다.

관쥐얼은 정말이지 모든 걸 폭로하고 싶었다.

"너를 테스트하려고 한 건 우리 엄마지 내가 아니야. 난 그저 네가 날 가벼운 사람이라고 생각하지 않았으면 좋겠어. 사실 이력서 같은 거 쓸 필요 없었어. 내가 멋대로 한다고 성메이 언니한테도 잔소리를 들었었거든. 근데 우리 엄마가 너무 걱정스러웠어. 미안해, 너한테 너무 많은 일이 벌어지게 해서."

"아니야, 네가 사과할 필요 없어. 넌 지금까지 아주 잘해왔어. 사실은 내가…"

시에빈은 눈을 꼭 감고 깊은 심호흡을 했다. 너무 긴장해서인지 심호흡도 안 통하고 얼굴도 온통 빨개졌다. 그는 갑자기 벌떡 일어나더니 서랍을 뒤져서 신분증 복사본을 하나 찾아다가 관쥐얼 앞에 내밀었다.

"이건 나 일하기 전에 쓰던 신분증이야."

"이게 왜?"

"대학 들어가기 전에 내 주소는 엄마 집 주소가 아니라 여기였어. 이력서에는 엄마 집 주소를 적어놨어. 미안해."

관쥐얼은 의심스러운 듯이 다시 살펴봤다.

"이사하는 게 뭐 별거라고. 에이, 취샤오샤오도 너희 집 주소 말한 적 있잖아. 앤디 언니한테도 다 말한 것 같은데, 무슨 말은 했는지는 모르겠지만. 언니가 샤오샤오한테 함부로 말하지 말라고 하더라고. 어, 전화 온다."

그의 얼굴이 갑자기 굳어졌다. 앤디의 전화였다. '앤디? 어떻게 이렇게 많은 걸 알고 있는 거지?' 그는 전화를 받지 않았다.

"지난번 교통사고가 났을 때도 앤디가 이 번호로 전화했었는데, 무슨 일로 나한테 전화하는지 모르겠어. 받을까 말까?"

"아마 나 찾는 전화일 거야. 앤디 언니한테 고민 상담을 제일 많이 하거든. 근데 언니한테 네 번호를 알려준 적은 없는데. 그날 병원에서 나온 다음에 아무도 안 만나고 바로 내 방으로 들어간 건데, 이상하네. 놀라게 할 생각은 없었는데. 앤디 언니가 너한테 연락할 줄 몰랐어. 그리고 그날은…."

전화벨 소리가 멈췄다. 그는 휴대폰을 한 번 쳐다보았다.

"넌 잘못한 거 없어. 네가 일부러 그런 것도 아니고, 다 내 잘못이야. 내가 마음이 급한 나머지 무턱대고 행동했어. 도망치면 그만이라고 생각했거든. 그나저나 앤디 씨가 어떻게 내 번호를 알고 있지? 그분도 내 뒷조사를 한 건가?"

"어쩌면 내가 무심결에 말했을 수도, 휴대폰 번호가 뭐 비밀도 아니고 난 신경 안 써. 앤디 언니가 무슨 일로 날 찾는 건지 모르겠네."

그는 아무 대답 없이 고개를 숙인 채 생각에 잠겼다. 그때 메시지 하나가 들어왔다. 역시 앤디였다.

"역시나 널 찾는 거네, 다 영어야."

"언니는 영타가 훨씬 빠르거든. 우리 아빠엄마가 22층에서 기다리고 있대, 맙소사. 내가 너랑 도망이라도 간 줄 알고 애가 타 죽으려고 한대. 앤디 언니라면 우리 부모님한테 네 번호를 알려주진 않을 거야. 답장 안 할래. 돌아가지도 않을 거고. 요즘 같은 시대에 사랑의 도피가 웬 말이야."

"돌아가는 게 낫겠어. 너희 어머니 테스트, 기꺼이 당해보지 뭐."

"안 돼, 그런 테스트는 할 필요 없어. 너무 굴욕적이야."

그녀는 시에빈의 휴대폰 전원을 꺼버렸다.

"아빠가 있으니까 별일은 없을 거야. 너무 걱정하지 마."

"마음이 너무 복잡해. 널 잃고 싶지 않은데 그렇다고 대놓고 부모 님 뜻을 거스를 수도 없는 노릇이고. 그냥 내 전화번호를 어머니께 알려드리고 직접 대화를 하는 건 어때?"

"대화 안 될걸. 난 20년 넘도록 엄마한테 지고 살았잖아. 시작부터 지고 들어가면 안 돼, 그럼 우리 엄마는 죽을 때까지 그럴 거야."

그는 한참을 망설이며 휴대폰만 바라보고 있다가 눈을 떼고는 숨을 한번 들이켰다.

"그럼 우리 하던 얘기를 마무리해보자. 내 출생지와 내 신분증 상에 있는 주소 얘기."

관쥐얼은 시에빈이 찻잎을 꼼꼼하게 걸러내며 혹여나 데일까 봐 조심스럽게 차를 마시는 모습이 무척이나 부자연스러워 보였다. 그리고 찻잔을 든 그의 손 마디마디가 새하얘졌다. 그녀는 자기 앞에 있던 찻잔을 그에게 내밀었다.

"이렇게 좋은 날, 꽃이나 보러 가자. 말 안 해도 돼. 너희 부모님이 이혼하신 건 그리 큰일이 아니야. 이혼은 사람들한테 손가락질 받는 그런 부정적인 의미가 있긴 하지만 그렇다고 그게 그 사람들이 나쁘다는 건 아니잖아. 다른 사람들은 신경 쓸 필요 없어."

"고마워. 하지만 너희 부모님이 '다른 사람'은 아니잖아."

시에빈은 찻잔에서 휴대폰으로 손을 옮겼다. 그리고 전원 버튼을 눌렀다.

"억지로 그럴 필요 없어. 지금 나한테 얘기하는 것도 이렇게 힘들어하는데, 엄마 앞에서 괜찮겠어? 너는 너고, 부모님은 부모님이지,

대체 무슨 상관있다고."

관쥐얼은 시에빈이 쥐고 있던 휴대폰을 뺏었다.

"난 다시는 널 잃고 싶지 않아. 처음에는…. 아니야, 어쨌든 한 번은 거쳐야 할 일이야."

관쥐얼은 몹시 심란하긴 했지만 휴대폰은 그에게 돌려줄 수밖에 없었다.

"네가 그런 게 아니라, 내가 가자고 한 거잖아. 그러니까 우리 엄마 아빠도 날 나무라는 게 맞아. 그럼 네가 전화해서 다시 약속을 잡자, 아마 아직도 우리 집에 계실 거야."

"그렇게 되면 너의 투쟁도 끝나는 건가?"

시에빈은 휴대폰을 받고 나서 미동도 없이 걱정스러운 얼굴로 그녀를 바라봤다.

그녀는 멍하니 있다가 입을 열었다.

"억울한 건 너지. 자책은 나의 몫이고."

그리고 여전히 망설이고 있는 시에빈을 끝까지 기다려주었다. 마치 눈앞에 엄마 아빠가 나타난 것 같은 느낌이었다. 아빠는 엄마 앞에서 눈치만 살피며 뭐든 다 좋다고 할 게 뻔했다. 그녀는 자신의 상상에서 벗어나기 위해 눈을 질끈 감고는 창밖으로 고개를 돌렸다. 날은 여전히 좋았다. 그녀는 주머니에 손을 넣어 휴대폰을 켰다.

추잉잉은 천신만고 끝에 집으로 돌아오니 이미 점심때가 지나고 있었다. 그녀의 자신감 넘치는 모습에 그녀의 어머니가 두근거리는 마음으로 물었다.

"어떻게 됐어? 내가 만든 음식은 맛있어하시니? 뭐라고 하셔? 고맙다고 하시지? 월요일에 퇴원하면 어떻게 하신대?"

추잉잉은 계속 웃기만 했다. 지금 그녀의 머릿속에는 온통 잉친이 자신을 위해 '투쟁'한 생각으로 가득했다.

"좋아하시지, 당연히! 어떻게 안 고마워할 수가 있겠어."

하지만 어머니가 가장 듣고 싶은 것은 무엇보다 잉친이 퇴원하는 월요일에 대한 것이었다.

"너 그날 어떻게 할지 아직 안 물어봤구나? 퇴원하면 어떻게 살지, 혼인신고는 언제 할지 아직 얘기 안 한 거야? 이도 저도 아닌 상황에다가 아무 명분 없이 같이 사는 건 아니지 않아? 아이고, 또 새까맣게 까먹었구나."

"아, 아까 갑자기 급한 일이 생겨서 물어볼 타이밍을 놓쳤어. 잉친 아버지가 오셨거든."

"잉친 아버지가 왔는데 왜 못 물어봐? 빨리 전화해서 물어봐. 집안에 어른이 왔으니까 결정하기는 한결 쉽겠네. 엄마는 벌써 저 방도 청소해뒀는데, 여기 천장이 높아서 창문 하나 닦는데도 다리가 후들거리더라. 얼른 물어봐."

추잉잉은 관쥐얼이 자기 대신 잉친의 아버지와 통화한 일은 아직 엄마에게 말하지 않았기 때문에 본능적으로 말이 툭 튀어 나왔다.

"물어보고 싶으면 엄마가 직접 물어봐. 내가 그렇게 많은 일을 어떻게 다 기억해."

자기가 말하면서도 뭔가 앞뒤가 맞지 않음이 느껴졌다. 지금만 해도 엄마한테 이렇게 잘 따지는데, 왠지 모르게 잉친한테 선뜻 전화를 걸지 못했다. 혹시라도 잉친 아버지가 화가 나서 잉친과 어머니한테 화를 내뿜고 계시지 않을까 걱정스러웠다. 괜히 섣불리 움직였다가 불똥이 튈 수도 있었다. 그녀가 아무 말도 하지 않은 거로 이렇게 화를 내실 줄은 상상도 못 했다. 어머니는 딸의 얼굴을 빤히 보고 있자니 무슨 일이 있음을 눈치챘다.

"왜 그래? 무슨 일 있었어? 또 사고 친 거야?"

"아니야, 아무 일도 없어."

"아무 일 없는 사람 없는 표정이 그래? 무슨 일인데? 엄마한테 숨기지 말고, 모레 잉친이 퇴원하는 중요한 순간이라고. 나한테 말 안 해도 괜찮으니까 네 아빠한테 말해봐. 휴대폰 줘봐, 네 아빠한테 전화나 걸어봐야겠다."

"그러네, 맞아. 중요한 순간이야!"

정신이 번쩍든 그녀는 급히 아버지에게 전화를 걸어서 그동안의 일을 있는 그대로 설명했다. 어머니는 옆에서 듣고 있다가 쓸데없는 잔머리를 굴렸다며 욕을 한가득 퍼부었다. 추잉잉이 말을 마치자 아버지가 한숨을 내쉬었다.

"다른 건 네 엄마한테 듣고, 지금 내가 그쪽으로 가마. 골칫거리는 얼른 수습해야지. 걱정하지 마. 그리고 지금부터 아무것도, 아무 말도 하지 않는 게 낫겠어. 내가 가면 다시 말하자꾸나."

추잉잉은 부랴부랴 대답하고 보니 일이 심각해지고 있다는 것을 깨달았다. 휴대폰을 내려놓고 멍하니 있는 엄마를 바라보았다.

"네가 무슨 사고를 쳤는지 이제 알겠구나. 네가 잉친 엄마였으면 어쩔 것 같니? 힘들게 아들 하나 길러났더니 생판 모르는 사람이 한 말을 듣고 와서 너랑 그러고 있었으면…. 잉친 엄마가 널 집안에 들일 것 같아? 절대 안 그러지. 널 집안에 들인다면 아들 헛 키운 거지. 너 정말, 내가 너 때문에 못 살겠다."

"그럼 어떻게 되는 거야? 우리 이사 가야 해? 나 잉친이랑 결혼 못 하는 거야? 아, 살고 있던 환락송 방도 뺐는데, 어떻게 해."

"쓸데없는 생각은 말고 어떻게 하면 원래대로 돌아갈 수 있는지만 생각해봐. 네 아빠한테 전화해서 무슨 좋은 생각이 있는지 물어봐야 겠다. 방법은 많을수록 좋은 거니까."

"잉친 부모님이 정말 나랑 잉친이랑 결혼 못 하게 하시려는 건가? 하지만 잉친은 나 없이 못 산다고 했단 말이야."

추잉잉은 말을 하면 할수록 의욕을 잃어갔다. 앞서 두 사람이 한 창 연애 중일 때 그녀가 처녀가 아니라는 말에 잉친이 한 치의 망설임 없이 돌아선 걸 생각해보면 그럴 만도 했다.

"엄마, 어떡하지? 지금이라도 잘못했다고 할까?"

추잉잉 어머니는 딸을 바라보며 혼자 중얼거렸다.

"내가 만약 잉친 엄마였다면…."

"엄마라면? 응? 어떨 것 같아? 지금이라도 사과하는 게 효과가 있 을까? 잉친 엄마가 선생님이라 그런지 좀 엄격하긴 하던데."

"나라면 널 용서하든 용서하지 않든, 애는 좀 먹일 것 같아. 그리고 널 받아들인다고 하더라도 지금은 매운맛을 보여주는 거지. 나중에 무슨 일이 일어날 줄 모르니까 뭐, 본보기라고 해두자. 어휴, 너 혼자 어떻게 사과하러 보내니. 정말이지, 못 말린다니까. 일단은 가만히 좀 기다려보자."

"내가 가서 사과할…."

"아니, 지금은 그냥 있어 보자니까. 네 아빠한테 한번 물어보고. 일 단 밥이나 먹자, 벌써 2시가 넘었네. 너희 아빠 점심은 먹었는지 모 르겠네. 기차역에서 파는 건 비싸기만 하고 맛도 없는데."

두 모녀는 밥이 코로 들어가는지 입으로 들어가는지 알 수 없었 다. 그때 누군가 현관문을 두드리는 소리에 추잉잉이 깜짝 놀라 토끼 눈이 되었다. 그리고 혹시 문을 두드린 사람이 잉친 부모님일 것 같 아 풀이 죽은 채 앉아 있었다. 그녀 어머니는 약간 드세 보이는 중년 여성이 서 있는 것을 확인하고 문을 열어주었다.

"어떻게 오셨어요?"

"여기가 1303호 맞죠? 집 좀 보러 왔어요. 집주인이 오늘 집에 사람이 있다고 하더니 마침 계셨네요. 허탕 치면 어쩌나 했는데. 식사 중이셨어요? 죄송해요."

중년 여성은 예의를 차리는 것 같으면서도 다짜고짜 문을 밀고 들어왔다. 추잉잉은 밥그릇을 손에 든 채 멍하니 서 있었고 그녀 어머니는 무의식적으로 집으로 들어오려는 그 여성이 집에 들어오지 못하도록 온몸으로 막아섰다.

"어, 뭐 하시는 거예요? 누가 들어와도 된다고 했어요?"

정신을 차린 추잉잉은 빗자루를 들고 쫓아 나갔다. 상처가 땅기는 고통쯤은 견딜 수 있었다. 그러자 중년 여성이 소리를 지르기 시작했다.

"어머, 지금 대체 뭐 하시는 거예요? 집주인이 말이 당신들 계약 기간이 다 돼서 집을 내놓는다고 했다고요. 난 그냥 부동산에서 온 거라고요. 집을 봐야 어디다 내놓든 말든 할 거 아니에요. 근데 지금 뭐 하시는 거예요?"

추잉잉이 의아해하며 물었다.

"대체 누가 집을 내놓는다고 한 거예요? 우리는 자가로 살고 있어요. 세입자가 아니에요. 잘못 찾아오신 거 같네요."

"제대로 찾아온 거 맞아요. 여기 보세요."

중년 여성이 쪽지를 꺼내 보여주었다.

"여기 맞죠? 방 2개에 거실 2개, 집주인은 잉친이고요."

추잉잉은 순간 멍해졌다.

"맞긴 맞는데요. 여긴 잉친이 살고 있어요. 여기 세주면 그 사람은 어디 가서 살겠어요. 잉친이 직접 이 집을 내놨다고요? 말도 안 돼요. 그 사람 지금 병원에 입원 중이에요. 그러니까 돌아가세요. 어서요."

"아이 참, 왜 이래요."

중년 여성이 안 나가고 버티려고 하자 그녀는 어머니와 힘을 모아 그 여성을 현관문 밖으로 내쫓았다. 그제야 추잉잉은 안도의 한숨을 내쉬었다. 그녀 어머니가 얼떨떨해하며 물었다.

"걔네 부모님이 그랬나보다. 우릴 내보내려고."

"뭐라고? 어떻게 이럴 수 있어?"

추잉잉은 현관문 구멍으로 밖을 내다봤다. 중년 여성이 삿대질을 하며 뭐라고 욕을 몇 마디 퍼붓고는 자리를 떠났다.

"집은 내놓다니, 그럼 잉친은 어디서 살고? 설마 진짜 우리를 내보내려고?"

두 사람의 표정이 순식간에 어두워졌다. 지금 닥친 문제가 결코 그냥 넘길 수 없는 것임을 깨닫고는 바로 추잉잉 아버지에게 전화를 걸어 조언을 구했다.

추잉잉 아버지가 결단력 있게 말했다.

"아무것도 하지 말고 그냥 있어. 내가 가서 해결할 테니까."

전화를 끊은 추잉잉은 닭똥 같은 눈물을 뚝뚝 흘렸다.

"어떻게 나한테 이럴 수 있어? 내가 뭘 그렇게 잘못했다고! 잉친도 안 말렸었단 말이야. 이제 상처가 아무나 싶었는데 또 이렇게 상처를 주다니."

추잉잉 어머니는 딸의 얼빠진 모습에 이번 일이 쉽게 해결되기 힘들겠다는 생각이 들어, 참으로 걱정스러웠다.

차 안은 쥐죽은 듯 조용했다. 빨간색 신호에 바오이판은 차를 멈추고 입가에 미소를 띠고 있는 앤디를 바라보고는 궁금해하며 물었다.

"왜 웃어요? 뭐 재밌는 거라도 생각했어요?"

"어?" 눈을 뜬 앤디는 뭔가 어리둥절하더니 웃으면서 말했다.

"내가 웃었다고요? 아, 당신의 제안을 좀 생각해봤어요. 나같이 매일 변수가 일어나지 않길 바라는 사람이 무슨 공상을 하겠어요."

"뭐예요, 날 속인 거예요? 그냥 가정만 해보라고요, 그것도 안 돼요?"

"네, 가정이요. 아무리 생각해도 당신과 같이 있는 것 말고는 딱히 바라는 건 없어요. 다른 건, 실현 가능성을 고려해봤을 때 생각해볼 필요가 없더라고요. 알아요. 이건 당신이 바라던 대답이 아니라는 걸."

"그래도 좋네요. 어쨌든 날 생각했다는 거니까."

바오이판은 그야말로 울어야 할지 말아야 할지 난감하기 그지없었다.

"날 생각했을 때 무슨 생각이 들었어요?"

"오타쿠? 당신 먼저 말해요."

바오이판은 순간 일말의 가능성이 보였다.

"당신이 먼저 말해요. 나 배고파요. 머리를 쓰려면 먼저 좀 먹어야겠어요."

"샤오샤오가 전화했었는데 어머니가 말도 하지 않으려고 하신대요. 그래서 당신한테 잠깐 와달라고 하던데, 어머니가 당신이랑은 얘기할 수도 있다고 하면서요. 가는 길이긴 한데…."

"어, 유턴해요. 샤오샤오가 날 골탕 먹이려고 또 수를 쓰는 거야. 이번에는 절대 당하지 않을거예요. 늘 그렇듯이 방법을 찾아낼 테니 그냥 내버려 둬요."

"샤오샤오라면 하고도 남지. 그럼 우리 밥이나 먹으러 갑시다. 가면서 당신이 왜 오타쿠를 생각했는지 얘기나 해줘요."

"묻지 말아요. 그냥 장난친 거니까."

앤디는 잠깐 가만히 있다가 다시 입을 열었다.

"당신 조언대로 생각해봤어요. 내 인생의 가장 큰 목표가 '만약'을 해결하는 거였더라고요. 그걸 지우고 나니 갑자기 평안해졌어요. 수많은 일이 다 아무렇지 않아지고 심지어 일도 그만둘 수 있겠더라고요. 당신이 내 옆에 있어 줄 거니까. 근데 눈을 뜨고 나니 이런 감정들이 두렵게 느껴졌어요. 마치 블랙홀에 빠진 것처럼 내 존재가 전혀 느껴지지 않았어요."

"아, 그랬군요."

바오이판은 급히 뭔가를 생각해내려 했지만, 운전 중이어서 깊은 생각에 이르진 못했다.

앤디도 생각에 잠겼다. 그녀가 다시 눈을 감고 잠시 생각에 잠겼다.

"난 내 존재 이유를 '만약'의 경우를 대비하는데 두었나 봐요. 이제 그 만약을 생각하지 않는다면 내 존재 이유를 어디서 찾아야 할지 모르겠어요. 당신이 나에게 이제 새로운 존재 이유를 찾으라고 조언해준 거 다 알아요."

바오이판이 핸들을 탁 쳤다.

"그거예요! 큰 산을 하나 넘은 것 같지 않아요?"

"그래요. 고마워요. 인생 계획을 다시 세워보죠!"

바오이판은 차를 멈추고 강한 의지를 내비치는 앤디를 바라보았다.

"가장 편안한 방법은 나와 아이를 중심으로 생각하고 다른 건 그냥 마음대로 내버려 둬요. 그거 알아요? 사람들은 이런 걸 경지라고 불러요. 인생 최고의 경지. 당신 옆에는 내가 있잖아요. 우리 밥 먹고 당신 동생 보러 가요. 같이 가서 거기 직원한테 동생 상태에 대해서도 들어봐야겠어요. 이제 내가 옆에서 다 할게요. 당신은 마음 푹 놓고 있어요."

지금까지 앤디는 무슨 일이든 자기가 직접 해야 직성이 풀렸기 때문에 다른 사람이 하는 건 별로 만족스러워하지 않았다. 하지만 지금은 기꺼이 한발 물러나 있기로 했다. 아니 어쩌면 그녀가 정말로 새로운 존재 이유를 찾기로 한 건지도 모르겠다. 바오이판이 말한 희망을 찾을 수 있도록 삶에 대한 희망을 주었다.

취샤오샤오와 자오치펑은 그녀 엄마 집 앞 계단에 앉아 있었다. 봄 햇살이 좋았지만, 혹시라도 얼굴이 탈까 봐 자오치펑 뒤에 숨어 있었다. 온몸이 땀으로 뒤덮인 자오치펑은 누가 봐도 운동 중에 끌려 나온 것임이 틀림없어 보였다. 취샤오샤오는 그의 모든 것을 사랑하긴 하지만 그의 땀까지는 아니었다.

시간이 얼마나 흘렀을까, 취샤오샤오는 앤디가 어디쯤 오고 있는지 재촉 전화를 걸었다. 취샤오샤오에게 전화가 온 걸 확인한 앤디는 얼른 바오이판에게 휴대폰을 넘겼다.

"당신이 알아서 해결해요."

"그럼 음식 좀 주문해둬요."

바오이판은 메뉴판을 앤디에게 건네면서 사랑이 넘치는 목소리로 종업원에게 말했다.

"이 사람 너무 아름답죠. 제 아내예요."

앤디는 온몸이 오글거리긴 했지만, 기분이 나쁘진 않았다.

통화하다가 더욱 초조해진 취샤오샤오는 몸을 벌떡 일으켰다.

"안 돼요. 오기로 했잖아요. 하루 종일 기다리고 있는데."

"임산부잖아요, 못 갈 것 같은데."

"여기 의사도 있잖아요. 바오이판, 바오 사장님, 바오 오빠! 한번 말한 건 지키는 사람인 줄 알았는데, 이러는 게 어디 있어요?"

"유부남 말은 믿으면 안 되죠. 아내 말을 들으면 자다가도 떡이 나온다잖아요."

취샤오샤오는 하마터면 넘어질 뻔했다. 자오치펑은 두 사람의 대화를 듣고 뒤에서 낄낄 웃었다.

"애초에 그런 행동을 하지 말았어야지. 이제 다들 네가 어떻게 할지 다 알고 있으면서 말하지 않는 것뿐이야. 얼른 가서 사과해, 그러다 친구까지 잃을라."

"앤디 언니는 이런 거로 화낼 사람이 아니야."

"네 엄마도 화가 나서 널 안 보려고 하시잖아. 나까지 이게 뭐야. 그런데도 네가 뭘 했는지 반성하지 않는 거야? 지난번 나랑 우리 엄마 대화를 몰래 들었을 때도 이미지가 확 깼었는데, 또 잔소리를 들어야겠네."

"그때랑은 다르잖아. 우리 엄마는 나한테 화도 안 내더니 이번에는 왜 이러는 거야, 대체. 설명할 틈도 안 주고 너무 하잖아. 하늘에 맹세코 절대 일부러 그 기능을 설치한 게 아니야. 그 점원이 뭘 설치해준다기에 뭔지도 모르고 그냥 해달라고 한 거야. 그리고 오빠 아니었음 그걸 어떻게 사용하는지도 몰랐을 거라고! 정말 억울해."

취샤오샤오는 시선을 현관문에 고정한 채 계속해서 말을 이었다. 혹여나 집 안에 있는 엄마가 들을지도 모른다는 생각에서였다.

"수적석천! 물방울이 바위를 뚫는다잖아."

자오치펑이 사자성어로 간결하게 상황을 마무리하고는 몸을 일으켜 세웠다.

"난 마당에 물이나 줘야겠다. 넌 거기 앉아 있어."

취샤오샤오의 눈이 휙 돌아갔다.

"오빠, 이리 와."

그녀가 자오치펑을 잡아당겼다.

"우리 엄마가 작약을 제일 좋아하거든. 저기 있는 거. 오빠가 목숨 걸고 물을…."

자오치펑은 그녀를 노려보고는 저만치 밀어냈다. 취샤오샤오는 따분하게 가만히 앉아 있을 수밖에 없었다. 그가 있어서 예전에 하던 대로 난장판을 부려 엄마를 나오게 할 수도 없었다. 그렇다고 자오치 펑을 보낼 수도 없었다. 이번 사안이 사안인 만큼 그녀와 엄마 사이 에서 중간 역할을 해 줄 수 있는 사람은 자오치펑밖에 없었기 때문 이다.

바로 그때, 취샤오샤오 아버지로부터 전화가 왔다. 그녀 아버지는 집안에 무슨 일이 일어난 줄도 모르는 눈치였다.

"네 엄마 휴대폰이 꺼져 있던데? 집 전화도 안 받고."

"뭐예요? 감시하는 거예요? 아빠 전화도 오전 내내 연결이 안 되 던데요. 엄마는 급한 일이 있어서 비행기타고 내려갔어요. 비행 중에 는 휴대폰은 다 꺼놓잖아요. 아빠가 공항으로 사람 좀 보내줘요."

취샤오샤오는 일부러 스피커폰을 켰다. 아버지와 통화를 하면서 문틈을 노려보고 있었다. 자오치펑도 들으면서 발을 동동 굴렀다.

"어? 뭐라고? 네 엄마가 비행기를 탔어? 병원에서 휴대폰을 도둑 맞아서 몰랐네. 일단 임시번호 불러주마. 근데 네 엄마는 몇 시 비행 기야?"

"왜요? 가는 중인 엄마를 못 오게 막을 셈이에요? 틀렸어요. 안 가 르쳐줄 거예요. 그러니까 정리할 사람 정리해서 빨리 보내세요. 괜히 엄마한테 들켜서 안 좋은 꼴 당하지 말고."

"무슨 말도 안 되는 소리냐. 빨리 몇 시 비행기인지 말해. 우리 딸,

아빠가 에르메스 가방 하나 사서 보내마."

"필요 없어요. 이런 문제 앞에서 뇌물 같은 건 받지 않을래요."

취샤오샤오는 자오치펑이 호스를 두고 다가오는 것을 보고 황급히 자리를 피했다.

"어쨌든 빨리 뒷정리나 해요. 안 그러면 엄마가 하는 수밖에 없잖아요. 그건 말도 안 되는 거고 어쩌면 경찰이 올지도 모르겠네요. 아, 자오치펑, 나 통화만 마무리하고."

그녀 아버지는 자오치펑이 그곳에 있는 것을 알고 휴대폰에 대고 소리를 질렀다.

"자오치펑 군, 여보세요? 나랑 얘기 좀…."

하지만 그녀 아버지가 말이 끝나기도 전에 그녀는 얼른 전화를 끊어버리고 자오치펑을 바라보며 웃었다.

"뭐야. 왜?"

"아직도 부족한 거야? 무슨 일을 꾸미는 거야?"

자오치펑이 말이 끝나기가 무섭게 현관문이 열리더니 그녀 어머니가 무표정한 얼굴을 내밀었다.

"자오치펑, 들어와요. 바깥 햇빛이 강하네. 너도 들어와."

깜짝 놀란 자오치펑에 비해 취샤오샤오는 알고 있었다는 듯 그를 앞세워 안으로 들어갔다. 엄마가 몸을 돌리자마자 그녀는 자오치펑에게 익살스런 표정을 지어 보였다. 이런 역전의 기회가 생길 줄이야.

취샤오샤오는 자오치펑을 앉히고 새색시라도 되는 듯 부지런히 움직이며 차까지 따라주었다. 그녀 어머니는 그녀가 건네는 찻잔을 무뚝뚝하게 받아들더니 자오치펑에게는 사근사근하게 말했다.

"미안해요. 괜히 자네까지 밖에 오랫동안 세워뒀네. 차 좀 들어요."

취샤오샤오는 얼른 찻잔을 들어 그 앞에 두었다. 그리고 곧바로 엄마 옆으로 바짝 붙어 앉았다.

"엄마, 엄마, 엄마, 우리 엄마…."

"이게 무슨 냄새야. 얼른 가서 세수 먼저 하고 와."

그녀는 엄마를 있는 힘껏 꼭 안아줬다. 어머니가 그녀를 밀어내지 않자 그제야 마음을 놓을 수 있었다.

어머니의 까칠한 얼굴로 자오치펑에게 말했다.

"쟤가 날 너무 실망시켰어요. 쟤 아빠도 저러지 쟤도 저러지. 우리 집안 꼴이 말이 아니네요. 주변에 믿을 만한 사람도 없고, 인생이 참 그러네요. 나중에 나 죽으면 장례 치러주는 사람도 없을까 봐 걱정이에요. 다들 재산 나누느라 정신없겠죠."

"샤오샤오가 일부러 그런 건 아닌 것 같아요. 그때 휴대폰 3개를 사서 본인도 하나를 사용하고 있었어요. 그 후에 제 것도 하나 사주고요. 그때마다 영업점 직원이 프로그램을 다 깔아줬더라고요. 근데 사용할 줄도 몰라요. 필요하면 그때 가서 제가 가르쳐주곤 했으니까요. 저도 다른 생각을 안 하려고요. 이번에는 정말…."

"자오치펑 군, 자네는 자네가 이해한 대로 말하는군요. 난 믿어요. 다만 쟤는 내 딸이잖아요. 누구보다 내가 잘 알아요. 저 아이가 그런 프로그램을 설치했을 때는 적어도 속으로 뭔가를 생각하긴 했을 거예요. 그건 확실해요."

그때 그녀가 세수를 마치고 자리로 돌아왔다. 그녀 어머니는 계단 소리를 듣고는 고개를 휙 돌리고 여전히 그녀를 신경 쓰지 않았다.

자오치펑이 웃으면서 말했다.

"샤오샤오가 가끔 무법천지일 때는 있죠. 그래도 이렇게 빨리 용서해주셔서 감사드려요."

그녀 어머니가 그녀를 힐끔 바라봤다. 하지만 그 눈빛에 미움이 가득했다.

"어휴, 일말의 양심이라도 남아 있는지 모르겠네요. 쟤가 저렇게 내 속을 후벼 판다니까요. 쯧쯧"

그녀 어머니는 눈을 질끈 감고 그녀가 곁으로 오는 것을 무시했다.

자오치펑 얼굴에 곤란함이 역력했다. 아무리 생각해도 적당한 말이 떠오르지 않았다.

"어머니, 방금 샤오샤오가 악의적으로 장난친 건 아버지와 통화하느라 그런 거예요."

"알지, 내가 왜 모르나. 쟤가 날 더 좋아하는 걸 잘 알고 있지."

"엄마를 더 좋아해서 그런 거기도 하고 약자를 보호하기 위해서 그런 것도 있어. 아빠가 어떻게 엄마한테 그럴 수가 있어?"

취샤오샤오가 생색을 냈다.

자오치펑은 고개를 저으려다가 꾹 참고 조용히 말했다.

"방금 아버님이 전화하신 건 병원에서 휴대폰을 도둑맞았다는 얘기를 하려고 하신 건데, 아버지를 그렇게 대하면 안 됐어요. 어머니는 샤오샤오가 잘했다고 생각하실지도 모르지만, 어느 날 어머니에게 똑같이 대했다고 생각해보세요. 아마 화가 치밀어 오르면서 쟤가 왜 저러지 하실 거예요. 휴대폰에 위치추적 기능을 설치한 것처럼 말이죠. 만약 샤오샤오가 아버님 휴대폰에만 설치를 해두고 어머님 것에는 하지 않았다면 아마 어머니는 그녀가 잘했다고 생각하셨겠죠. 제가 보기에 어머니는 두 가지 잣대로 샤오샤오를 판단하고 요구하고 계신 것 같아요. 그게 오늘 이런 갈등의 원인이 되었을지도…."

"어, 자오치펑. 이번 일 때문만은 아니에요. 아직 우리 집을 잘 몰라서 그런 것 같군요. 그렇게 말하지 않았으면 하네요."

"샤오샤오, 밖에 가서 산책이나 좀 하고 와. 난 어머니랑 얘기 좀 할게."

자오치펑도 쉽게 물러나지 않았다.

취샤오샤오는 그의 곁으로 다가가 다급히 말했다.

"하지 마. 말하고 싶은 게 있더라도 조금 기다렸다가. 오늘은 엄마가 저기압이잖아. 아빠 일도 그렇고, 한꺼번에 일이 터져버렸는데 엄마가 어떻게 받아들이겠어. 우리 엄마도 여잔데, 안 그래? 부탁이야. 다음에 하자."

하지만 자오치펑은 의지를 굽히지 않았다.

"네가 어머니를 사랑하는 마음은 나도 알지. 하지만 까놓고 얘기하지 않으면 갈등은 결코 해결되지 않아. 걱정하지 마. 어머니도 걱정하지 마세요. 제가 정말 걱정돼서 그러는 것만 알아주시고 제3자인 제 얘기를 한번 들어봐 주세요."

"자오치펑, 말해봐요. 샤오샤오, 넌 가만히 있어. 내가 널 20년 넘게 길렀는데 어떻게 자오치펑에게 더 믿음이 가니. 이게 왜 그런 것 같니?"

"제가 대신 답을 드릴게요. 왜냐하면 취샤오샤오에게 두 가지 행동 패턴이 있기 때문이에요. 그리고 나름의 기준에 따라 사람들을 대하는 태도가 명확하게 달라지죠. 누구에겐 잘하고 또 누구에게는 그렇지 않아요. 이런 점 때문에 그녀 스스로도 많은 어려움을 당하긴 해요. 그녀가 갖은 방법을 다 써서 사람을 대하는 걸 보면 걱정스러울 때도 있어요. 누군가를 악독하게 대하는 건 그 마음을 짐작할 수 있어서예요. 저한테 못되게 굴지 않는 이유는 제가 이용할 가치가 있어서일 수도 있어요. 언젠가 제 이용 가치가 떨어지면 저한테 어떤 태도를 취할까요. 이런 사람은 환경적인 요인으로 발생한 경우가 많은데 샤오샤오의 행동은 의심에서 비롯된 경우예요. 예를 들어 어머니께서 재산을 샤오샤오에게 물려준 다음에야 휴대폰 일을 알게 된 거 잖아요. 어머니도 심리적으로 뭔가가 일어난 것 같은데, 맞으시죠."

"난…."

그녀 어머니는 소파에서 등을 떼고 몸을 곧추세웠다. 자오치펑의 말에 반박이라도 하고 싶었지만 자오치펑이 허락하지 않았다.

"제 얘기 먼저 들어주세요. 그리고 제 말에 일방적으로 동의하실 필요도 없어요."

그의 진심 어린 눈빛에 어머니의 마음이 누그러졌다. 그녀는 계속해서 그의 얘기를 들어보기로 했다.

"그녀가 어려움을 겪는 이유는 두 가지 행동 패턴을 능숙하게 사용할 수 없고 둘 사이의 경계가 분명하지 않아서 그래요. 본인 스스로도 헷갈리는 거죠. 기본 방향은 맞는데 작은 부분에 있어서 실수하는 거예요. 특히 나쁜 행동을 할 때는 더 그래요. 왜냐하면, 나쁜 일을 하는 게 더 쉽거든요. 그래서 손만 댔다 하면 일을 치고 말죠."

취샤오샤오는 불안에 떨며 두 사람의 대화를 듣고 있었다. 자오치펑을 믿을 수 있었기에 함부로 나서지 않았지만, 이 말을 들을 때는 자기도 모르게 격하게 고개를 끄덕였다.

"맞아, 맞아. 내가 나쁜 일을 해도 속마음은 그렇지 않았어, 일을 크게 만들지도 않았고. 특히 엄마한테는 더! 그 프로그램을 설치한 건, 좋은 의도는 아니었다고 쳐도 엄마에게 해코지 할 생각은 전혀 없었어."

취샤오샤오 어머니가 그녀를 힐끗 흘겨보았다.

"에고, 네가 아주 어렸을 때 내가 일이 내 맘대로 안 돼서 너한테 잘 못 가르친 것 같구나. 나한테는 잘하게 하고 네 아빠한테는 잔꾀만 굴리게 해서 나 대신 골리기나 하고 말이야. 이게 다 내가 널 제대로 못 가르쳐서 그래. 내 잘못이야."

"아니야, 엄마. 설사 그게 잘못됐다고 하더라도 아빠가 원인제공을 해서 그런 거지 엄마도 어쩔 수 없었잖아. 됐어, 됐어. 어쨌든 난 엄마를 사랑하니까. 나 한 번만 더 째려보면 자오치펑이랑 도망가 버릴 거야."

"가라, 가. 자오치펑이랑 간다면 걱정 안 해. 자오치펑 군, 자네 부모님이 자네를 가르친 대로 우리 딸 좀 잘 가르쳐줘요. 애가 아직 어려서 아직도 뭘 몰라."

"엄마, 이 사람이 얼마나 멋있는 줄 모르지? 이 사람 말로는 자기 연구생 시절에…."

자오치펑은 쑥스러워하며 그녀의 입을 막았다. 지금까지 약세에 몰려 있던 그녀가 다시 새롭게 부활한 것이다. 하지만 그녀 어머니는 미안하고 걱정스러운 표정으로 딸을 바라보다가 자신이 안 좋은 영향을 미쳤다는 사실을 깨닫게 되었다. 그리고 앞으로 딸의 행복에도 자신이 걸림돌이 되지 않을까 하는 걱정이 조심스럽게 들었다.

바로 그때 취샤오샤오 아버지에게서 전화가 왔다. 그녀가 스피커폰으로 받았다.

"샤오샤오, 네 엄마 오후 4시에 도착하는 거니?"

"왜요? 막으러 가시게요? 말 안 해 줄 거예요. 아빠, 엄마 올 때 거기서 파는 강정이나 사서 보내주세요…."

그녀 어머니가 휴대전화를 빼앗았다.

"나 비행기 안 탔으니까 걱정하지 말아요. 얘가 그냥 괜히 그러는 거예요. 어머니는 어떠세요?"

"뭐라고? 이놈의 자식이. 나 벌써 공항 가는 고속도로 탔는데, 정말 못 말리겠군."

취샤오샤오가 큰 소리로 웃자 이번에는 그녀 어머니가 저지했다. 할머니는 거의 임종을 바라보고 계신 듯했다. 통화를 마친 후 별다른 말은 하지 않고 샤오샤오에게 부탁조로 한마디 했다.

"샤오샤오, 아빠 엄마 문제는 앞으로 우리가 알아서 할게, 앞으로 나 때문에 네 아빠한테 화낼 필요 없어. 그리고 자오치펑 말대로 모든 사람한테 착하게 대해줘. 그리고 너 자신한테도. 엄마 사랑한다고 했지? 그러면 내 말대로 해줘. 엄마 걱정하게 하지 말고."

그러자 취샤오샤오는 소리를 지르며 자기 방으로 올라가 버렸다.

"아, 몰라, 귀찮아! 못 해!"

하지만 그녀 어머니는 전혀 신경 쓰지 않았다.

"어려서부터 저래요. 죽을 만큼 힘들겠지만 잘 가르쳐 줘요."

취샤오샤오가 고개를 빠끔히 내밀었다.

"오빠, 오빠가 이렇게 아부를 잘하는지 몰랐네."

"대체 왜 그러는 거야?"

잠시 후, 정원에서 무슨 소리가 들리자마자 취샤오샤오 어머니가 급히 나가보았다. 역시 취샤오샤오가 2층 발코니에서 나무를 타고 내려와서 쌩하고 도망가고 있었다. 자오치펑은 어머니와 제대로 인사도 나누지 못한 채 황급히 차를 타고 그녀를 따라갔다. 그런데 차가 어머니 시야에 벗어난 곳에 들어서자 취샤오샤오가 씩 웃으면서 그를 기다리고 있었다.

그녀가 차에 타면서 말했다.

"쳇, 우리 엄마는 오늘이 기회다 싶었을 거야. 내가 미안해해서 엄마 말에 고분고분 대답할 거로 생각했을 거라고. 오빠가 설명하기 전에 말했으면 내가 엄마 말대로 했을 텐데, 안타깝네. 이미 늦었어! 이제 엄마가 나한테 미안해해야지. 하하하하. 왜?"

조금 전까지의 일은 모두 잊은 듯 한참을 웃으면서 온 그녀가 정신을 차려보니 다시 어머니 집이었다. 자오치펑이 그녀를 다시 데려다 놓은 것이다. 그녀 어머니는 눈에 잔뜩 힘을 주고 그녀를 쳐다봤다.

"저 먼저 갑니다."

자오치펑은 그녀를 버려두고 먼저 자리를 떴다. 취샤오샤오는 어머니한테 붙들려 집 안으로 들어갔다.

관쥐얼의 손에는 시에빈이 건네준 신분증 사본이 들려 있었다. 시에빈이 갑자기 자리를 떠나자 그녀가 노트북을 꺼내 일사불란하게 지명을 검색해서 열심히 확대해 보았다. 지금까지 한 번도 듣도 보도 못한 곳이 눈앞에 튀어나왔다. 어느 성, 어느 도시에 서북쪽 언저리 그쯤이었다.

"농촌인가?"

"어떻게 알았어?"

생각할 겨를도 없이 시에빈이 되물었다.

관쥐얼은 그가 급하게 물어보는 것은 아마도 농촌에서 자랐다는 사실이 꺼려져서일 거라고 여기고 조심스럽게 대답했다.

"잘 모르겠지만 이쪽에 시내 지역이 밀집돼 있긴 한데. 구글 맵에서 보면 정확하게 알 수 있겠지."

"네 말대로야. 거기는 농촌에서도 멀리 떨어져 있거든, 깡촌이라고 하는 게 나을지도 모르겠다. 거긴 출산율도 낮아서 사는 사람도 없고 무척 가난해. 가난한 부부에게는 모든 일이 다 서럽다는 말도 있잖아, 알지?"

관쥐얼은 나긋한 목소리로 말했다.

"우리 어렸을 때는 다 어려웠지. 지금보다 부족한 것도 많고. 동상에 걸린 적도 있었어. 특히 발에! 겨울에 아빠가 유치원에 데려다줬는데, 자전거에서 내릴 때마다 발이 아팠어. 동상이 콕콕 찌르게 아프잖아. 그때는 정말 인어공주였으면 좋겠다는 생각을 진짜 많이 한 것 같아. 지금처럼 패딩이나 온풍기가 없었으니까…."

관쥐얼은 잠깐 말을 멈추고 시에빈의 표정을 살폈다. 그가 무슨 생각을 하고 있는지 전혀 알 수가 없어서 이리저리 추측한 후 조심스럽게 말문을 열었다.

"어쩌면 네가 살던 데가 더 힘들었을 수도 있겠다."

"쥐얼, 고마워. 항상 따뜻하게 배려해줘서. 근데 내가 어렸을 때 겪은 가난은 못 먹고 못 입는 정도였거든. 아마 네가 상상할 수 없을 정도의 가난일 거야. 영화나 소설은 대부분 별 어려움 없이 자란 사람들이 만들어 낸 창작물이잖아. 자기가 직접 경험하지 않고서는 극도의 가난에서 자란 우리 같은 사람들의 심리를 이해하긴 힘들 거야. 특히 막다른 지경에 몰려서도 어떻게든 살아보려고 발버둥 치는 사람들의 심리를 더더군다나 이해가 안 되지."

관쥐얼은 무척이나 공감하는 눈치였다. 그리고 달달 외우다시피 한 시에빈의 과거가 생각나서 주저 없이 물었다.

"그래도 나중에는 엄마랑 같이 시내에서 산 거 아니었어? 초등학교는 시내에서 다닌 거로 알고 있는데, 어쨌든 생활은 점점 좋아졌잖아. 나빠지지 않고."

시에빈이 웃어보였다.

"맞아, 그렇지. 나도 어렸으니까, 가난이 뭔 줄 알기나 했겠어."

"그러니까. 네가 너무 심각하게 말해서 놀랐잖아. 뭐, 별일도 아닌 걸 가지고. 난 네가 대체 이걸로 뭘 하려나 했네, 이제 됐지?"

그녀는 이 일이 그렇게 간단하지 않을 거라는 생각이 들었지만 그

렇다고 그가 꾸물거리는 건 다시 보고 싶지 않았기에 바로 결론을
내리는 게 나을 것 같았다.

그때 시에빈이 웃으면서 말했다.

"응, 맞아. 초등학교부터 고등학교까지. 그리고 이쪽으로 넘어와서
대학을 다닌 거야."

관쥐얼은 그가 할 말이 더 있는데 하지 않고 별로 중요하지 않은
얘기만 하고 있다는 걸 느꼈지만 반나절 동안 이러고 있을 수만은
없었다. 그가 없다면 없는 거니까.

그제야 마음이 놓인 그녀는 물을 한 모금 마셨다. 다 마신 물 잔을
내려놓자마자 그가 가져다가 물을 가득 따라주었다. 관쥐얼은 그가
시간을 끌기 위해 계속해서 물을 따라준다는 걸 눈치챘다. '대체 왜
시간을 끌려는 거지? 그가 말할 때까지 기다려야 하나, 아니면 내가
먼저? 뭘 저렇게 머뭇거리는 거지?' 그녀가 인내심이 좋긴 하지만 답
답해서 견딜 수가 없었다. 결국, 아주 진지하게 말을 건넸다.

"그다음은? 모범생에다가 친구들 사이에서 인기도 좋은 학생이 된
건가? 선생님들한테 칭찬도 받고. 친구들한테 질투도 받고. 말하기
좀 그러나?"

"그럴 리가. 누가 날 질투하겠어. 쥐얼, 네가 어머니라면 뭘 물어볼
것 같아?"

"아까 오전에 우리 부모님을 만난 건 내 잘못이야. 앞으로 그럴 일
없을 거야. 너한테 질문할 일도 없을 거고."

"난…, 상관없어. 난 최선을 다해서 내 마음을 전하고 싶어. 그러니
까 네가 어머니라고 생각하고 뭘 물어볼지 한번 생각해볼래? 아니면
나중에 어머니께 물어보면 뭘 원하시는지 알 수 있지 않을까."

관쥐얼은 한참 동안 멍하게 있다가 말했다.

"알았어."

마침, 그녀의 휴대폰이 울렸다. 어머니였다. 그녀는 먼저 시에빈에게 얼른 사과부터 했다.

"미안해, 방금 내가 긴장했는지 휴대폰을 켰나 봐."

그리고는 전화를 받았다.

관쥐얼 아버지가 계속 시에빈에게 전화를 걸어도 연결이 되지 않자 지푸라기라도 잡는 심정으로 그녀에게 한번 걸어본 거였다. 그런데 이렇게 연결이 될 줄 꿈에도 몰랐다. 순간 모든 관심과 걱정이 분노와 실망을 압도했다. 어머니는 아무 말 없이 흐느끼기만 하더니 겨우 몇 마디 내뱉었다.

"아무것도 묻지 않을게, 어서 돌아오렴."

어머니의 흐느낌에 그녀는 아무것도 할 수 없었다. '엄마가 나 때문에 운다고?' 그녀도 모르게 눈물이 왈칵 쏟아졌다. 그리고 시에빈이 건넨 휴지를 받고 나서 몸을 돌려 앉아 한참을 흐느껴 울었다. 어떻게 해야 할지, 해답을 찾을 수 없었다. 시에빈의 그녀의 어깨에 얹은 손이 오히려 부담스럽게 느껴졌다.

결정적인 순간에 그녀의 아버지가 나섰다.

"쥐얼아, 거기 어디냐? 괜찮은 거지? 주소만 알려줘, 내가 지금 데리러 가마."

"나 괜찮아. 아무 일도 없으니까 걱정할 필요 없어."

그녀가 말하면서 몸을 일으키자 그의 손이 미끄러졌다. 그녀 어머니는 딸이 올 생각을 하지 않은 듯 느껴지자 급하게 남편을 찾았다.

"어떻게든 해봐요. 난 애 얼굴을 봐야 마음 놓고 내려갈 수 있을 것 같으니까."

"쥐얼, 우리가 네 집 앞에서 기다리면서 시에빈한테 아무리 전화를 해도 안 받기에 어쩔 수 없이 그 아이 회사에 찾아왔다…"

"뭐라고? 어떻게 그럴 수가 있어? 얼른 나와."

"네 얼굴을 봐야 안심할 것 같아서 그랬어. 홧김에 바보 같은 짓이라도 할까 봐 얼마나 걱정했는지 아니. 그래서 여기 기관장을 찾아온 거야. 이런 데는 주말에도 1명씩 당직이 있거든."

"아, 정말. 그러지 말고 빨리 나오라니까. 내가 엄마 아빠 호텔로 갈게."

시에빈도 자리에서 일어났다.

"지금 가야겠어. 미안해."

그녀는 잠시 망설였지만 차마 사실대로 말할 수 없었다. 하지만 직업적 특성 때문인지 그의 통찰력을 알기에 이 상황을 설명할 수밖에 없었다.

"미안해. 우리 엄마 아빠가 우리 집 앞에서 기다리고 있대. 지금 가봐야겠어. 환락송 식구들이 무슨 얘기를 할지도 모르니까."

"내가 데려다줄게."

"괜찮아."

그녀의 말투에 다급함이 묻어났다.

"지금은 괜찮아. 내가 우선 처리하고 나중에 다시 얘기하는 거로 하자."

시에빈은 선글라스를 끼고 그녀를 택시 타는 곳까지 바래다주었다. 차가 시동을 걸자 시에빈이 창문 틈으로 100위안짜리 지폐를 안으로 던졌다. 관쥐얼은 그제야 조금 전, 급하게 나오느라 지갑도 안 가지고 나왔다는 사실을 알았다. 시에빈은 택시가 보이지 않을 때까지 길가에 멍하니 서 있었다.

반면에 관쥐얼은 그가 멀어질수록 마음에 편안함이 느껴졌다. 며칠 동안 긴장과 걱정에 잠을 제대로 못 자서인지 이제야 잠이 몰려왔다. 그녀는 택시 안에서 살짝 잠을 청했다. 호텔 앞에 도착하니 부모님이 먼저 나와서 기다리고 있었다. 말하는 것도 귀찮아서 엄마에게 기대어 안으로 들어갔다. 기댈 곳이 있다는 게 이렇게 좋을 줄이야. 눈꺼풀이 저절로 감겼다.

그녀 부모님은 겨우 반나절 나가 있었던 건데 이렇게 피곤한 모습으로 돌아온 딸을 보고 다시는 강압적으로 하지 말아야겠다는 마음을 먹었다.

추잉잉의 아버지는 전철을 타기 전에 딸의 메시지를 확인하고 전철역을 빠져나왔다. 역 앞에는 두 모녀가 서로 의지한 채 목이 빠지도록 그를 기다리고 있었다. 아버지는 감동할 새도 없이 바로 물었다.

"아까는 시외 전화비가 너무 비싸서 제대로 못 물어봤는데, 그…, 부동산 업자는 어떻게 된 거야?"

세 사람은 오롯이 전철역 입구에 서서 지금까지 있었던 일을 차근차근 이야기했다. 추잉잉은 잉친네 부모님이 어떻게 저럴 수까지 있나 생각하니 눈물이 절로 났다.

자초지종을 다 들은 아버지는 딸에게 말했다.

"울지 마. 부동산이 저녁에도 문을 여나?"

"이렇게 늦었는데 다 닫았지. 아빠 뭐하게?"

"확실히 물어보려고 그러지. 잉친네 집에서 그런 건지 아니면 다른 사람이 그런 건지. 아무나 의심할 순 없잖아. 그냥 내버려 둘 수도 없고."

"아빠, 잉친네 부모님이 그랬을 리 없지? 분명히 잉친 전 여자 친구가 그랬을 거야. 확실해. 아빠. 정말이야. 잉친이 나한테 이럴 리 없어. 다시는 날 떠나지 않는다고 했단 말이야."

"뭐 하나만 묻자, 네가 방을 구해본 적이 있잖아. 누가 부동산에 가서 방을 내놓는다고 하면 그 사람이 그냥 믿을까? 집문서도 없이 그 사람이 집주인인 줄 어떻게 알고?"

"부동산은… 중개수수료 챙기기에 급급하니까 다른 건 신경도 안 쓸걸."

그녀 아버지는 딸의 회피성 발언은 귀 담아 듣지 않고 아내에게 물었다.

"잉친네 집에서 왜 그런 걸까? 나름 교사 출신이 있어서 무슨 일을 하더라도 체면 먼저 앞세우고 나올 텐데, 이런 집에 우리 딸을 시집 보내도 괜찮은 거야?"

"아빠, 됐어. 설사 걔네 집에서 그렇게 했더라도 잉친이랑은 상관없을 거야. 이런 일을 할 사람이 아니야. 아빠, 결혼은 우리 두 사람 문제야."

"잉잉, 아빠 말 들어."

그녀 아버지는 딸 앞에서 서서 근엄한 얼굴로 힘들게 말을 꺼냈다.

"잉잉, 저쪽에서 이렇게 나올 정도면 이미 널 받아들이지 않겠다는 뜻이야. 저 사람들이 직접 밀어낼 때까지 기다리기라도 하겠다는 거야?"

"그럴 리 없다니까. 잉친이 그럴 리 없어."

추잉잉은 울면서 소리를 지르긴 했지만, 아버지 말이 일리가 있다는 건 부인할 수 없었다. 잉친이 어떻게 그의 부모님 말을 거역할 수 있겠는가.

그녀 어머니가 한숨을 내쉬었다.

"방금 잉잉이랑 얘기해봤는데 예전에 살던 집도 이미 누가 들어와 살고 있다고 하고, 오늘 밤새도록 살 집을 구한다고 해도 보증금을 당장 줘야 하는데, 우리가 그 돈을 어디서 구하겠어. 친척들한테 조금씩 빌리던지 해야 할 텐데. 그럴 바에 그냥 집으로 돌아가는 게 어떨까싶어. 잉잉도 고향에서 일을 구하면 되니까."

아버지가 단호하게 말했다.

"우리 집안에서 처음으로 하이시에 나와서 사는 사람이 잉잉인데, 이대로 돌아갈 순 없지. 사람들이 뭐라고 하겠어. 먼저 여기 있는 친구들한테 도움을 구해서 일단 내일 그 집에서는 나오는 거로 하자. 아무 데나 잘 데만 있으면 상관없잖아. 모레 잉친이 퇴원하면 다시 얘기해보자. 그래도 안 되면 내가 내려가서 돈을 좀 빌려올게. 어쨌든 잉잉은 무조건 하이시에 있어야 해."

얌전히 있던 어머니가 결국 화가 났다.

"당신, 왜 이렇게 앞뒤가 꽉 막혔어? 잉잉 혼자 여기 두고 아무것도 해 주지도 않으면서. 얘가 졸업하고 바로 내려왔으면 지금 이렇게 되지도 않았어."

"지금 돌아가기엔 이미 늦었어."

아버지는 단호하게 어머니의 말을 끊었다. 그러자 어머니는 그냥 참고만 있을 뿐 아무 말도 하지 않았다.

"지금 돌아가서 직장을 구하기엔 올해 졸업생도 아니고 나이도 그렇고 남편감 찾기도 힘들어. 그러니까 아빠 말 들어. 어서 친구한테 전화해봐."

추잉잉이 고개를 가로저었다.

"아니, 아빠. 일단 집을 나가면 다시 돌아가기 힘들어. 딱 붙어 있어야 협상할 여지라도 있지."

"아빠 말 들으라니까. 괜히 그쪽에 책잡힐 짓 하지 않는 게 나아.

어서, 아빠 말대로 해. 친구한테 전화나 걸어보래도."

추잉잉은 힘들게 멈췄던 눈물이 다시 쏟아지기 시작했다. 그리곤 엄마 품에 기대어 확신에 찬 목소리로 말했다.

"전화할 필요 없어. 그냥 환락송으로 가자! 분명 잘 데는 있을 거야."

아버지는 고개를 끄덕이며 아내에게 말했다.

"봐봐, 잉잉이 집으로 돌아간다고 하잖아. 쟤가 여기서 산 시간이 얼만데. 잉잉! 걱정하지 마. 이번에는 아빠가 처리해주고 갈 테니까."

추잉잉은 반신반의했다. 커가면서 아버지의 권위를 의심하기 시작했었는데 오늘은 유달리 더욱 의심스러웠다.

70

이른 아침, 관쥐얼 어머니는 여전히 곯아떨어져 있는 딸을 걱정스럽게 바라보고는 남편에게 속삭였다.

"여보, 나가서 먹을 거라도 좀 사와. 길에서 파는 막 만든 유타오랑 바오즈 같은 거 있잖아. 아휴, 이렇게 계속 잠만 자면 안 되는데, 좀 깨워봐야겠어."

"한번 살짝 깨워봐."

"쯧쯧, 당신 딸이 그렇게 해서 깨겠어? 일어난다고 해도 종일 몽유병 환자처럼 돌아다닐걸. 얼른 다녀오기나 해요."

아버지는 아침 식사 임무를 완수하기 위해 방을 나선 후 환락송 주위를 두리번거렸다. 물론 그의 코의 활약으로 가장 맛있어 보이는 유타오와 바오즈를 찾는 데 성공했다. 그는 서둘러 호텔로 돌아갔다. 방에 도착해서 아내에게 넘겨주자, 어머니는 바오즈와 유타오를 관쥐얼 코에 갖다 댔다. 벌써 20년이 넘게 써온 방법이지만 역시 이번에도 예외는 아니었다. 관쥐얼은 몇 차례 뒤척이다가 결국 잠에서 깼다.

관쥐얼 아버지는 문 밖으로 조용히 나가버렸고 어머니는 어제 일은 깨끗하게 잊은 듯 딸이 일어나기만을 기다렸다. 두 모녀는 서로 마음이 통했는지 마치 약속이라도 한 것처럼 어제 있었던 일은 입 밖으로 내지 않았다. 그 대신 아침으로 뭘 먹을 건지 어디 가서 먹을 건지에 대한 얘기만 나누었다. 그러던 중 관쥐얼이 먼저 얘기를 시작했다.

"어제 시에빈네 회사에 갔었어? 직장 동료들도 만났어?"

"아니, 다행히 그때 너랑 통화가 돼서. 근데 만나도 별거 없었을 거야. 우리 같이 나이 먹은 사람들이 알면 얼마나 알겠어."

"다행이네."

그녀가 같은 말을 여러 번 반복하는 게, 마치 소리가 벽에 부딪쳐서 돌아오는 것 같았다. 그녀 어머니가 웃으면서 말했다.

"별거 아니야."

관쥐얼이 피식 웃었다.

"안 돼. 시에빈한테는 그러지 마."

어머니도 대수롭지 않은 듯 웃어 보였다.

"알았어. 시에빈은 특별하니까. 뭐 두고 보면 알겠지."

관쥐얼은 잠시 망설이다가 용기를 내서 말했다.

"시에빈은 정말 특별하긴 하지. 겉으로 보기에는 시원시원해 보여도 속은 은근히 예민하거든. 난…"

그녀가 또 한 번 망설이다가 어머니가 중간에 끼어들지 않자 우물거리다가 이리저리 말을 둘러댔다.

"어제 그렇게 나가고 나서 시에빈이랑 계속 얘기를 나눴었는데, 우리는 거짓말로 가득한 세상에 살고 있는 것 같다고. 아무것도 모르는 척, 피곤한 척 그렇게."

그녀의 얘기에 어머니는 어제 아무 일도 일어나지 않은 것 같아서 기쁘긴 했지만, 한편으로는 하필이면 시에빈을 선택한 것에 대해 걱정스럽기도 했다. 하지만 혹시라도 그녀가 또 도망칠까 봐 말을 아끼기로 했다. 마음속에 쉴 새 없이 떠오르는 말들은 무시하고 딱 한마디만 했다.

"얼른 세수하고 이 닦고 와. 마음도 좀 정리될 겸."

관쥐얼은 많이 생각하지 않기로 했다.

22층의 일요일의 고요함을 깨는 건 항상 앤디였지만 이번에는 바오이판이었다. 두 사람은 3층에서 식사를 마치고 올라왔다. 배를 꼭 받친 채 조심스럽게 걷는 앤디 옆에서 바오이판은 쉼 없이 꼼지락거리며 가볍게 몸을 풀고 있었다.

엘리베이터에서 내려서 2202호 현관문이 열려 있는 것을 보고 앤디가 말했다.

"성메이 일찍 일어났네? 운동해?"

판성메이가 싱크대 앞에서 고개를 쑥 내밀었다.

"아, 두 사람이 더 일찍 일어났나 보네. 오늘 데이트가 있어서 뭐라도 하고 나가야 할 거 아니야."

바오이판이 큰 소리로 웃었다.

"행운을 빌어."

앤디가 행운을 빌어주자 바오이판이 또 한바탕 웃었다.

"이런 데이트에 행운을 빌어 줄 필요까진 없어. 아무도 그 결과에 대해 크게 기대하진 않거든. 그저 도시에 사는 젊은 남녀가 만나서 시간 때우는 정도거든."

"천자캉 만나는 거 아니야?"

"내가 아는 그 천자캉? 나랑 같이 유학했어."

판성메이가 신기해하며 대답했다.

"세상 참 좁네, 그치? 딱 거기까지만 말하는 걸로."

하지만 바오이판은 그만둘 생각이 없어 보였다.

"우리가 데이트를 막 시작할 때 내가 한번 얘기했던 거 같은데, 학교 동기 아내가 사람들 앞에서 나한테 돈 갚으라고 했다고. 50만 위안이어서 다행이지, 아니었으면 거래처한테 신임을 잃을 뻔했다니까요. 기억나죠? 개예요. 개가 내 명의로 회사에서 돈을 빌려놓고 안 갚은 거죠. 그 돈을 어디다 썼는지 모르겠다니까. 지금도 그 사람 아내 보면 무서워서 피한다니까요."

판성메이가 난처해하는 것 같았다.

"그 사람 아니에요. 바오이판이 말한 사람은 엄청 찌질한 것 같은데. 전혀 어울리지 않잖아요."

그때 옆방에서 비웃음 소리가 들렸다. "쳇."

판성메이의 얼굴이 점점 달아오르자 바오이판은 그쯤에서 자리를 피했다.

"나 먼저 가요."

하지만 그가 움직이기도 전에 엘리베이터 문이 열리더니 추잉잉 가족이 양손에 잔뜩 짐을 들고 내렸다.

22층 복도가 순식간에 소란스러워졌다. 순간 멍해진 판성메이는 본능적으로 도망가고 싶은 마음은 굴뚝같았으나 그러기에는 이미 늦었다. 그녀는 억지로 미소를 지으며 퉁퉁 부은 눈으로 그녀를 바라보고 있는 추잉잉에게 다가갔다. 그녀는 눈을 질끈 감은 채 추잉잉을 꼭 안아주었다. 추잉잉이 여기에 있는 원인과 결과를 이미 간파한 그녀는 탄식이 절로 나왔다. 앤디는 판성메이를 바라보는 추잉잉 부모님의 뜨거운 시선을 느끼고는 무슨 일이 벌어졌는지 짐작할 수 있었다. 그녀 역시 진퇴양난이었다.

역시 추잉잉 어머니가 웃으면서 말문을 열었다.

"우리가 원래 그쪽으로 이사하려고 했는데 약간 변수가 생겼지 뭐야. 그래서 어쩔 수 없이 이사를 나오게 됐어. 친자매처럼 지냈던 옛정을 생각해서라도 어디 바닥에 잘 만한 공간이라도 사용할 수 없을까 해서 왔어요. 정말이지 애 아빠나 나나 일이 이렇게 될 줄 전혀 예상을 못 해서 가지고 온 돈도 부족한 데다가 잉잉도 오랫동안 일을 안 해서 월급이라고 할 것도 없고, 해서 보증금 마련될 때까지만 어떻게 안 될까요? 성메이, 이해 좀 해줘요. 애 아빠랑 나는 잉잉이 집을 구하고 잉친네 집이랑 일을 해결할 때까지만 있으면 돼요."

추잉잉이 개미만한 목소리로 말했다.

"언니, 미리 말 못 해서 정말 미안해."

이 광경을 가만히 지켜보던 앤디가 선뜻 나섰다.

"2202호가 비좁아서 마땅한 공간이 없을 거예요. 예전에 성메이 부모님도 며칠 계셨었는데, 지금까지도 아버님은 침대에 누워계셔서…."

추잉잉 어머니가 재빨리 대답했다.

"2202호에서 복닥거리고 있을 순 없지. 여기 복도도 깨끗하고 괜찮은 것 같은데 나랑 애 아빠는 여기서 며칠 지내죠, 뭐. 그럼 우리 딸이라도 방에서 지내게 해줘요. 이번만 폐 좀 끼칠게요. 미안해요."

그 와중에 추잉잉은 간절한 눈빛으로 앤디를 쳐다보고 있었다. 그녀는 앤디 집에 여유 공간이 있다는 걸 알고 있었다.

앤디는 바오이판의 지갑을 꺼내서 그녀에게 3천 위안을 건넸다.

"일단 묵을 만한 호텔이라도 찾아봐. 이제 막 퇴원했는데 불편하게 지낼 순 없잖아. 몸 먼저 회복하고 다시 출근하면 그때 천천히 갚아도 돼."

추잉잉이 받으려고 하는데 그녀 아버지가 가로막았다.

362

"우리는 친구들한테는 돈을 빌리지 않아요. 나중에 좋은 관계로 남는 경우가 별로 없더라고요. 그저 며칠만 있게 해주면 돼요."

앤디가 대답했다.

"성메이 방은 너무 작아서 지낼 수가 없어요. 예전에 성메이 부모님이 오셨을 때는 우리 집으로 모셨었지. 그런데 지금은 나도 상황이 이런지라. 지금 내가 해 줄 수 있는 건 이거밖에 없어. 그러니까 사양하지 말아줘."

앤디는 내민 손을 거두지 않았다.

판성메이와 바오이판은 순간 얼어붙었다. 혹시라도 앤디의 직언에 추잉잉 가족들이 상처를 받지 않았을까 주의를 살폈다. 바오이판이 앤디를 데리고 들어가면서 판성메이에게 돈을 주며 마무리를 부탁했다. 역시나 그들 뒤로 추잉잉 아버지의 붉으락푸르락한 얼굴이 보였다. 추잉잉은 아버지를 보고 다시 판성메이에게 시선을 돌렸다. 그리고 다시 판성메이 손에 들린 앤디의 '도움'인 돈에 시선이 고정됐다. 아버지의 결정을 기다릴 수밖에 없었다.

추잉잉 아버지는 가만히 있다가 말없이 모든 짐을 본인이 지고 엘리베이터로 몸을 돌렸다. 판성메이가 추잉잉을 붙잡았다.

"어디로 가려고? 봄이라지만 날씨가 아직은 추운데, 날이 이렇게 흐려지는 거 보니까 비도 올 것 같고. 아직 몸도 안 괜찮은 애가 어딜 가겠다는 거야? 아버님, 다른 곳을 찾으실 거면 일단 잉잉이랑 짐은 놓고 가세요. 지낼 곳이 정해지면 그때 잉잉을 데려가시면 되잖아요."

집 안에서 듣고 있던 앤디가 바오이판에게 말했다.

"제대로 쉬지 않으면 나중에 큰일 날 텐데, 잉잉 부모님은 그런 생각까지 못 하시는 걸까요?"

"지금 상황이 너무 안 좋아서 그렇지. 아까처럼 그냥 돈을 내밀면 다른 사람은 자존심에 상처를 받을 수도 있어요."

앤디가 그를 째려봤다. 어딘지 모르게 취샤오샤오의 모습과 흡사해 보였다.

"잉잉은 처음부터 받을 생각이 있었어요."

"내가 할 수 있는 말은 사람마다 다르다는 거예요. 신경 쓰지 마요. 사람들은 신경 써주는 것도 좋아하지 않으니까요. 그런데 방금 성메이한테 말한 거요. 천자캉 부인이 보통이 아니라고, 그 사람 처가 덕에 재기한 거라 걔랑 만나려면 조심해야 할 거예요."

바깥 상황을 어느 정도 정리가 된 것 같았다. 추잉잉 아버지는 판성메이의 말대로 아내와 딸은 두고 혼자 묵을 곳을 찾으러 갔다. 그는 하이시 땅값이 비싸기 때문에 호텔비도 만만치 않을 것이라는 걸 잘 알고 있었다. 그리고 오늘 안에 올라오려고 기차에서 졸면서 왔는데 정말이지 뾰족한 수가 보이지 않았다. 도시가 원래 이렇게 삭막하고 매정한 곳인지, 새삼 느끼고 있었다.

판성메이는 추잉잉과 어머니를 방으로 들였다. 추잉잉 어머니는 관쥐얼 어머니와 다르게 그녀의 제안에 순순히 응했다. 추잉잉은 얼마 전까지만 해도 자기가 쓰던 방이 지금은 판성메이 짐으로 꽉 들어차 있는 모습을 보고 있자니 뭔가 울컥하는 것 같았다. 세 사람이 지내기에는 아무래도 방이 비좁아 보였다. 그리고 무엇보다 바닥에 누워서 잔다고 해도 두 다리를 쭉 편다는 건 사실상 불가능했기 때문에 가구를 옮겨야만 했다.

판성메이가 물을 따르면서 말했다.

"아까 앤디는 좋은 의도로 제안한 거니까 오해는 하지 마."

"오해 안 해. 아빠가 걱정이지, 아빠는 여기 분위기가 어떤지 전혀 모르니까."

추잉잉 어머니도 말을 덧붙였다.

"그렇다고 함부로 돈을 빌릴 순 없으니까. 빌린 돈은 언젠가는 갚아야 하는 돈이잖아. 우리가 무슨 수로 갚겠어. 평소에 아낄 수 있는 대로 아껴야지, 그래야 너 시집갈 때 남자 집에 책 안 잡히게 혼수라도 제대로 해주지."

"그런 건 신경 쓰지 마세요. 예전에 저희 부모님도 오셨을 때 저도 방 얻어드릴 돈이 한 푼도 없었거든요. 그때 저도 도움을 받았어요. 다들 상황이 비슷비슷하니까요."

추잉잉과 어머니는 그제야 마음이 한결 가벼워졌다. 추잉잉은 판성메이를 꼭 안더니 눈물을 흘렸다.

"언니, 누가 뭐래도 언니는 우리 언니야. 나는 만날 잘못만 하고 언니는 용서만 해주네. 언니가 날 도와줄 거라고 생각했어."

하지만 판성메이는 살짝 힘이 풀렸다. 추잉잉 가족의 어려움이 자기에게도 떠넘겨진 것 같은 기분이 들었다. 그녀는 화제를 딴 데로 돌리며 조심스럽게 물었다.

"근데 잉친이랑은 무슨 일이 있었던 거야?"

추잉잉은 깊은 한숨을 내쉬었다.

"잉친, 잉친이… 걔네 부모님 말대로 집을 부동산에 내놓은 거 있지. 우리더러 그 집에서 나가라는 거잖아. 아빠 생각도 그렇고. 더 있을 수가 없어서 나온 거야."

"잉친도 별수 없었을 거야. 지금 제대로 움직이지도 못하니까."

"그렇지, 그렇지. 언니 말이 맞아. 잉친도 그러고 싶지 않았을 거야. 그때 온몸으로 날 막아줬었잖아, 목숨까지 바쳤었다고. 잉친도 지금 어찌할 방법이 없어서 그런 걸 거야. 언니, 고마워. 미안한데 잉친한테 대신 전화해 줄 수 있어? 통화 한번 하고 싶은데."

"너희 아버지까지 오셨으니까 아버지가 하자는 대로 하는 게 좋지 않을까? 아버지 나름대로 계획이 있으실 거야."

"그래, 네 아빠가 생각한 게 있을 테니까 기다려보자."

추잉잉 어머니도 판성메이의 의견에 동의했다.

판성메이는 하는 수 없이 친구에게 전화를 걸어 오늘 약속을 다음으로 미뤘다.

아침 식사를 마친 관쥐얼 가족은 호텔 근처를 돌아다니다가 점심때가 되어 과일과 간식을 잔뜩 사서 22층으로 향했다. 세 사람이 엘리베이터에서 내리자 복도에 커다란 캐리어 몇 개가 눈에 들어왔다. 관쥐얼은 그것들이 추잉잉 것임을 알아차리고는 깜짝 놀랐다.

침실 입구에 앉아 있는 판성메이를 본 관쥐얼 어머니는 먼저 웃으면서 인사를 건넸다.

"성메이, 안 나갔네요? 밖에 금방이라도 비가 올 것 같던데."

일어나서 그들을 맞이하던 판성메이는 관쥐얼이 미안해하는 모습에 다 이해한다는 듯 그녀의 등을 도닥여주었다.

"비 오는 거 귀찮아서 안 나갔어요. 쥐얼, 방에 있는 의자를 가지고 나와야 할 거야. 내 방에 추잉잉이랑 잉잉 어머니가 계시거든."

관쥐얼 어머니는 사온 과일과 간식거리를 싱크대에 올려놓았다.

"그럴 필요까지 없어요. 그냥 쥐얼 데려다주러 온 거니까. 그리고 차를 안 가져와서 버스 타야 해서 얼른 가봐야 해요."

쥐얼 어머니는 손을 내밀어 판성메이의 손을 꼭 잡았다.

"성메이, 이번에 와서 보니까 지금까지 우리 집 애가 신세를 많이 지고 있는 것 같아서, 뭐라고 고맙다고 해야 할지 잘 모르겠어요. 그래서 과일이랑 이것저것 사오긴 했는데 사양하지 말고 받아요. 우리가 너무 고마워서 그래요."

판성메이는 사양하며 관쥐얼 칭찬을 하던 중에 추잉잉 나와 관쥐얼 가족과 마주쳤다.

판성메이가 관쥐얼에게 상황을 설명했다.

"잉잉도 잉친 집에서 나왔어. 며칠은 여기서 지내야…."

이 말이 떨어지기 무섭게 추잉잉 아버지가 들어오자 그녀는 얼른 달려가 물었다.

"아빠, 지낼 데는 찾았어? 이렇게 많은 골판지는 어디서 가져온 거야?"

추잉잉 아버지가 대답했다.

"반나절을 헤맸는데도 적당한 데가 없더라. 비싼 호텔도 여기 복도보다 못한 것 같아서 아예 튼튼한 상자를 몇 개 사서 깔고 자는 게 나을 것 같더구나. 여기서 이틀만 지내보지 뭐."

관쥐얼 어머니는 추잉잉 아버지와 인사를 나누고 판성메이에게도 인사를 건넸다.

"우린 이만 가보는 게 좋겠네요. 나중에 시간 나면 우리 집에 놀러 와요. 내가 뭐라도 꼭 보답하고 싶으니까."

관쥐얼 어머니는 꼭 잡은 판성메이 손을 놓고 자리를 엘리베이터를 탔다. 관쥐얼도 부모님을 버스 역까지 배웅하기 위해 같이 따라나섰다.

"불편할 것 같아서 따라 나오는 거지? 혹시라도 그 사람들이 네 방에까지 들어올까 봐. 우리랑 점심 먹고 좀 있다가 느지막이 들어가. 그럼 좀 정리가 되겠지."

앤디와 바오이판이 밖으로 나와 보니 그동안 많은 변화가 있었음

을 알 수 있었다. 2202호 현관 벽 쪽으로 종이가 깔려 있었다. 깜짝
놀란 앤디는 얼른 집으로 들어가서 한창 정신이 없어 보이는 판성메
이에게 3층 열쇠를 건네주었다.

"우리 집은 바오이판이 있어서 그렇고, 여기는 마음대로 왔다 갔
다 해도 되니까 일단 가지고 있어. 화장실도 그렇고 불편할 거야. 그
리고 잉잉한테 만약에 혹시라도 돈이 필요하면 아버지 모르게 나 찾
아오라고 전해 줘."

그때, 곱게 화장을 마친 취샤오샤오도 외출을 하려던 참이었다. 그
녀는 문을 열자마자 소리를 질렀다. 추잉잉은 그녀에게 설명하기도
전에 아버지한테 말했다.

"거봐. 샤오샤오는 저런다니까. 그냥 얼마만 빌려서 호텔로 가자
니까."

"상관없어. 우리가 또 언제 만난다고, 그냥 한 번 망신당하면 그만
이지. 이제 너도 결혼하면 이 사람들이랑 놀 시간도 없을 테니 크게
신경 쓸 필요 없어. 그리고 그깟 호텔에 돈 쓸 필요가 뭐 있니?"

취샤오샤오는 판성메이는 신경도 쓰지 않고 바로 앤디를 찾아
갔다. 하지만 앤디가 자세한 내막을 모르자 다시 판성메이를 찾아
왔다.

"잉친이랑은 끝난 거야?"

"나도 잘 몰라, 안 물어봤어."

"잉잉, 내가 잉친이랑 끝장을 내고 올까? 아니면 한 번 더 혼쭐을
내줄까?"

"내가 하지."

추잉잉 아버지가 취샤오샤오를 가로 막았다. 그녀 아버지도 취샤
오샤오가 좋은 의도를 갖고 있지 않다는 것쯤은 눈치챌 수 있었다.

깜짝 놀란 취샤오샤오는 앤디에게 바짝 붙어서 엘리베이터에 올라탔다. 추잉잉 아버지는 무사히 취샤오샤오를 '물리치고' 나서야 하던 일을 마무리했다. 판성메이는 나오는 웃음을 찾을 수 없었다.

취샤오샤오가 앤디에게 물었다.

"뭐야, 잉친한테 차인 거야? 잉친 때문에 잉잉도 저렇게 됐는데 보상은 제대로 받아야지. 안 그래? 잉잉 가족들은 순진한 거야 뭐야, 왜 저러고 가만히 있어? 순순히 집을 나오면 안 되지. 정말 가만히 보고 못 보고 있겠네."

"또 어쩌려고?"

"아주 밟아줘야지."

취샤오샤오는 말을 뱉자마자 갑자기 어깨를 축 떨어트렸다.

"으이그, 날 안 믿더니. 걔네 아버지도 결혼 전부터 그 집에 들어가 살게 하고. 앞으로 어떻게 하려고 저러실까."

바오이판이 참다못해 입을 뗐다.

"하여튼 남의 일에 쓸데없이 참견하는데 뭐 있다니까."

"나니까 잉잉 그 바보 같은 애 걱정해주는 거지. 내가 뭘 그렇게 나대는 건가? 쳇. 뭐 이런 형부가 다 있담. 앤디 언니, 어떻게 생각해? 남편 때문에 친구는 뒷전인 그런 사람은 아니지? 어, 그리고 보니 어제도 날 안 도와주고 고아처럼 혼자 내버려 뒀지?"

앤디가 피식 웃었다.

"이러니까 네 걱정이 안 되지. 나보다 아이디어도 훨씬 많고 심리적으로 감당할 수 있는 영역도 크잖아. 관쥐얼네 집안일도 당사자들한테는 큰일인데 너한테는 아무것도 아니잖아. 눈도 깜짝 안 하는! 어제 내가 널 도와줬다면 널 무시해서 그랬다고 생각했을 거야. 안 그래?"

취샤오샤오는 눈을 아래로 착 내리깔고는 스스로 몹시 만족해하더니 바로 콕 집어서 물었다.

"이거 다. 형부가 가르쳐 준 거지?"

"하하, 하여튼 넌 못 속인다니까."

앤디가 웃으면서 말했다.

"바오이판, 얘가 추잉잉한테 허튼짓 못 하게 어떻게 좀 해봐요."

"내가 무슨 허튼짓을 한다고 그래. 내가 언제 모두에게 나쁜 짓 한 적 있어? 원래 입에 좋은 약이 쓰다고 내 진심을 이렇게도 모르네."

바오이판이 대꾸했다.

"원래 영웅은 다른 사람들이 어려움 속에 있을 때 짠하고 나타나는 거라지만, 지금은 추잉잉 아버지가 하시는 대로 두는 게 맞는 것 같아."

"그 말이 맞네. 그럼 이만 안녕. 괜히 섞여봤자 골치만 아프지 뭐. 근데 어디 놀러 가?"

앤디가 대답했다.

"아가씨는 가던 길 가세요."

취샤오샤오는 미소를 지으며 그녀의 차 쪽으로 향했다. 그녀의 뒷모습을 지켜보던 앤디가 말했다.

"샤오샤오는 인내심이 강한 게 아니라 저 정도면 튼튼한 거지."

"뭐 별로 대단한 것도 아닌 걸 가지고. 튼튼해서 뭐 하려고요."

"그냥, 나중에 우리 아이도 저렇게 씩씩했으면 좋겠어서요. 당신처럼."

"당신이 처음으로 우리 아이에 대한 희망을 얘기한 거 알아요?"

두 사람은 바오이판의 회사에 도착해서 바오이판의 차로 갈아탄 후 앤디 동생을 보러 갔다.

추잉잉 아버지의 만족스런 '처리'에 따라 2202호는 드디어 평안을 되찾았다. 추잉잉도 판성메이 방에서 나와 엄마 옆으로 자리를 옮겼다.

"엄마, 오늘은 엄마랑 잘래."

판성메이는 속으로 아미타불을 외우고 있는데 문 두드리는 소리가 귓가에 들려왔다. 순간적으로 모두가 사방을 둘러봤지만 아무도 보이지 않았다. '대체 어디서 나는 소리지?'

잠시 후 작은 방 쪽에서 여자 목소리가 들려왔다.

"당신들은 서로 아니까 도와준다고 쳐도 나랑은 아무 상관 없는 사람이잖아요. 난 본 적도 없는 생판 모르는 남인데. 내가 손해를 봐야 할 이유가 있나요? 딱 3가지만 말할게요. 대답 안 하면 바로 관리사무소에 연락할 줄 알아요. 첫째, 큰 소리로 말하는 건 금지예요. 쉬는데 방해 되거든요. 둘째, 관리비는 다 나눠서 내는 거로 하죠. 하루에 10위안씩 보상금으로 주세요. 그리고 마지막으로, 여기서 지내는 만큼 화장실 청소는 하세요. 아셨죠?"

'사람들이 갈 곳이 없어서 그런 건데 이렇게까지 할 필요가 있을까?' 판성메이가 속으로 정말 까다롭게 군다고 생각하고 있는데 갑자기 추잉잉 아버지가 저 쪽방 문에 대고 고개를 끄덕이며 대답했다.

"당연하죠. 그러도록 하죠. 여보, 어서 가서 화장실 청소 좀 해. 난 가서 돈 좀 찾아올 테니까."

추잉잉 아버지는 10위안을 곱게 접어서 문틈으로 밀어 넣고는 웃으면서 말했다.

"집 떠나면 친구밖에 없다더니."

판성메이는 뭐라고 대답해야 좋을지 몰랐다.

관쥐얼은 부모님과 같이 식당에 가긴 했지만 도통 입맛이 없었다.

식사를 다 마친 관쥐얼 어머니는 짐을 찾은 후 딸에게 말했다.

"어디 가서 산책이라도 하고 들어가. 영화라도 한 편 보고 들어가던지. 우리는 배웅 안 해줘도 돼. 터미널은 복잡하니까 괜히 따라나설 필요 없어."

"나 애 아니야. 출장 갈 때마다 갔었는데 뭐."

"오지 말래도. 우리가 외지인도 아니고. 넌 가서 바람 좀 쐐. 괜히 쓸데없는 생각은 하지 말고. 엄마가 도착하면 전화할게."

"나 전원 꺼둘 거니까 내가 1시간 간격으로 전화할게."

관쥐얼 부모님은 그런 딸을 보고 있자니 더욱 마음이 놓이지 않았다. 그녀 어머니는 하고 싶은 말은 많았지만 역시나 꾹 참기로 했다. 그리곤 남편에게 은근슬쩍 눈치를 보냈다.

"당신, 지금까지 한마디도 안 했는데, 뭐라도 한마디 해요."

"가면서 마실 물이라도 좀 사 와요."

그녀 어머니는 몹시 당황스러워 남편은 한 번 흘겨보고는 자리를 떠났다.

그제야 아버지가 말문을 열었다.

"딸아, 네 상태를 보고 있자니 선뜻 말이 떨어지지 않는구나. 네가 항상 시에빈이 어떤지 물었는데, 내가 보기에는 너랑 아주 잘 어울리는 것 같더라. 자기와 잘 어울리는지 확인하려면 두 가지 기준만 보면 되는데, 하나는 네 엄마가 말했던 건데 경제적인 문제야. 그리고 두 번째는 아주 주관적이긴 하지만 네가 얼마큼 그 사람을 좋아하냐는 거지. 너랑 그 아이가 서로 잘 맞고 힘들게 하지도 않는 것 같아서 다행이긴 하더구나. 아빠의 지금까지 결혼생활을 바탕으로 조언을 하나 하자면 일단 생활이 힘들면 두 사람이 아무리 좋아도 티격태격하게 되어 있단다. 그런 것들이 오랫동안 쌓이고 쌓이면 나중에는 서

로 유리한 방향으로 관계를 이끌어가려고 하지. 처음에는 피곤하다
고 느껴지겠지만 갈수록 어려워지게 되고, 결국 두 사람 관계는 망가
지게 될 거야. 그리고 그렇게 습관처럼 살아가게 되겠지. 아빠는 결
코 네가 그런 비정상적인 결혼생활을 하길 원하지 않는단다. 현실에
서 도망갈 필요 없어. 문제를 직면하고 이성적으로 침착하게 판단하
길 바란다."

관쥐얼은 아버지가 체면도 버리고 자신의 결혼생활을 빗대어 조
언까지 해주는 모습에 아무 생각도 할 수 없었다. 그녀는 천천히 고
개를 끄덕이며 아버지 말대로 침착하게 생각해보기로 했다.

부모님이 떠나고 그녀는 휴대폰 전원을 켰다. 메시지 도착 알림과
부재중 통화 알림이 계속해서 울려댔다. 거의 대부분이 시에빈에게
서 온 거였다.

그녀는 갑자기 마음이 답답해지더니 머릿속이 하얘졌다. 시에빈
이 궁금한 건 무엇일까? 그녀의 감정일까 아니면 그녀 어머니의 생
각일까? 그녀는 당장은 이 문제로 고민하고 싶지 않았기에 메시지를
확인하지 않고 다시 휴대폰 전원을 껐다.

앤디는 모처럼 밖에 나와서인지 온몸에 잔뜩 힘이 들어가고 긴장
됐다. 동생 방과 가까워질수록 의심이 점점 강해졌다.

"누가 뒤에서 나 따라오는 거 같은데? 나만 그런가요?"

"뒤도 안 돌아봤는데 어떻게 알아요? 무슨 촉이라도 있는 거예요?"

앤디가 뒤를 돌아봤지만, 아무것도 없었다.

"내가 착각했나 보네요."

"착각은 무슨, 내가 당신 옆에 있는 게 아직도 습관이 안 된 모양이
군요. 자, 들어가요."

바오이판이 앤디를 동생 방으로 안내했다.

앤디 뒤에서 누군가가 홱 지나갔다. 정말 누군가 있었다. 시에빈은 상사에게 새로운 임무를 부여받았는데 마침 이 요양원의 책임자와 얘기를 나누고 나오는 길이었다. 그때 앤디와 바오이판이 엘리베이터에서 내리는 것을 보고는 자기도 모르게 본능적으로 몸을 숨긴 것이다. 앤디가 방 안으로 들어가는 것을 확인하고 나서야 자신의 심장이 미친 듯이 뛰고 있다는 것을 알게 되었다. 그는 숨을 고르고 다시 마음을 가다듬고 나서 앤디와 반대 방향으로 비상계단을 통해 조용히 건물 아래로 내려왔다. 건물을 빠져나온 후 경비와 인사를 나누고 휴대폰을 보는 순간 걸음을 멈췄다. 휴대폰 속 관쥐얼이 그를 바라보고 있었다.

경비원이 지켜보고 있었지만, 다시 건물 안으로 들어갔다. 관쥐얼에게 다시 전화를 걸어봤지만 여전히 전원이 꺼져 있었다. 시에빈에게 너무나 큰 충격이었다. 그는 두세 계단씩 올라 방금 앤디를 봤던 그 방 앞까지 도착했다. 심호흡을 한 번 하고 문을 두드렸다. 앤디에게 관쥐얼은 괜찮은지 지금 어디 있는지, 뭐라도 물어봐야 할 것 같았다. 바오이판은 앤디 동생과 신나게 노느라 앤디가 방문을 열었다. 그녀는 시에빈을 보자마자 깜짝 놀라 뒷걸음질을 치고는 바로 바오이판을 불렀다. 이 상황은 시에빈도 예상치 못한 일이었다. 그는 가만히 서서 바오이판이 앤디 곁으로 다가오는 걸 지켜보고 있었다. 그는 앤디의 긴장한 눈빛과 바오이판의 경계 가득한 눈빛을 바로 느끼자 바로 의문이 들었다.

'뭐지, 예전에 앤디를 만났을 때는 굉장히 친근하게 대해줬었는데, 오늘은 뭔가 이상한데?' 머릿속으로 많은 생각이 스쳐 지나갔다.

'내 신분증 주소를 쥐얼한테 알려줘서, 지금 도둑이 제 발 저리는 건가?' 바오이판은 시에빈이 누군지 알지 못했기 때문에 낯선 남자가 앤디를 뚫어지게 쳐다보는 것이 기분 좋을 리 없었다. 바오이판이 앤디에게 물었다.

"이 사람 누구예요?"

"쥐얼 남자 친구, 시에빈이요. 형사예요."

앤디는 바오이판의 어깨에 얼굴을 묻고 그를 쳐다보지 않았다.

"미안합니다. 시에빈 씨. 일 때문에 오신 건가요? 아니면 개인적인 일로 오신 건가요?"

시에빈은 앤디의 뒷모습을 보며 신중하게 물었다.

"방해해서 죄송합니다. 이만 가보는 게 좋겠군요."

그는 하고 싶은 말을 꾹 참고 말없이 발길을 돌렸다. 시에빈이 발걸음을 옮기자 잔뜩 긴장했던 앤디가 바오이판에게 귓속말을 했다.

"나를 따라온 거 맞죠. 어쩐지 누가 자꾸 따라오는 것 같더니. 내가 잘못 본 게 아니었네요."

"굿 뉴스네요. 당신이 착각한 게 아니니까. 근데 저 사람이 당신을 왜 따라온 걸까요? 공적인 일로? 아니면 사적인 일로?"

"차라리 공적인 일이라면 낫겠네요. 아마 쥐얼 때문에 그랬을 거예요. 쥐얼한테 시에빈이랑 무슨 말했는지 물어봐야겠어요."

앤디는 관쥐얼에게 전화를 걸어 보았지만 역시나 전원이 꺼져 있었다.

"쥐얼이 전화기를 꺼놓은 적이 없었는데, 두 사람 헤어진 건가?"

"헤어진 거면 헤어진 거지, 당신한테 화풀이할 이유가 없죠."

"두 사람이 어떻게 헤어지게 된 건지 나도 잘 몰라요. 예전에 취샤오샤오가 시에빈 뒷조사를 했었는데, 그 사실을 나만 알려 주었다가 며칠 있다가 쥐얼한테도 말한 것 같더라고요. 쥐얼도 조금씩 의심하고 있던 찰나에 어제 또 쥐얼 부모님한테도 말하는 바람에 두 분도 시에빈을 의심하게 된 거죠. 근데 방금 시에빈이 말할 때 뭔가 고의성이 다분하지 않았어요? 그리고 여기까지 날 따라왔다는 것 자체가 그리 좋은 행동은 아닌 것 같네요. 어떻게 하죠?"

그때 남동생이 소리를 질렀다.

"앤디, 앤디, 이리 와서 나랑 놀자."

"당신은 뭐든 숨기는 건 꽝이네요. 방금 놀란 것만 보면, 길 가던 사람이 당신한테 아는 척만 한 건데도 당신이 지레 놀라면 당신한테 '무슨 꿍꿍이가 있나 보다'라고 생각 할거라고요. 당신은 여기 있어요. 내가 한번 가볼게요."

바오이판이 시에빈을 찾으러 나갔을 때 그는 이미 경찰차를 타고 떠난 후였다. 바오이판은 다시 앤디에게로 돌아갔다.

"시에빈이 내 배경이나 이력을 찾아낼 수 있어요? 내 과거를 다 들춰내면 어떡해요?"

"걱정하지 말아요. 내가 알아서 할게요. 당신에 찾아봐도 나올게 없는데 뭘 걱정해요. 이 정도는 내가 처리할 수 있어요. 전혀 걱정할 거 없어요."

"정말이죠?"

"100% 확신할 수 있어요!"

앤디는 안도의 한숨을 내쉬고 자신만만해 보이는 바오이판을 바라보고 있자니 한결 마음이 놓였다.

22층으로 돌아와서 판성메이에게 관쥐얼이 지금 부모님과 같이 있고 시에빈은 만나지 않았다는 것을 듣고 오히려 마음이 놓였다. 이유를 알고 나니 대책을 마련하기가 쉬워졌다.

월요일 이른 아침은 모두에게 괴로운 시간이지만 앤디와 바오이판은 역시나 아침 운동 길에 올랐다. 2202호 입구에 있던 종이 상자 중 하나는 보이지 않고 추잉잉 어머니는 여전히 깊은 잠에 빠져 있었다. 두 사람은 다른 종이 상자가 마구 어질러져 있는 것을 보고는 조용히 엘리베이터에 올라탔다.

엘리베이터 문이 닫히자 앤디가 말했다.

"성메이 말이야. 사람들이 처음에는 다들 오해하는데 정말 좋은 사람이야."

"당신 이웃 모두가 좋은 사람인 것 같아요. 당신이 좋은 사람이라 모두가 당신에게 좋은 사람이 되는 이치죠."

"나는 성메이에 비하면 아무것도 아니에요. 내가 가진 게 10,000개라고 치면 그녀는 10개도 안 될 거예요. 우리 두 사람이 똑같이 잉잉을 도와준다고 하면 나는 10,000개 중 1개를 내놓는 거고 그녀는 10개 중 1개를 내놓는 거니까. 그 차이는 정말 어마어마한 거죠. 나한테는 식은 죽 먹기지만, 성메이한테는 마음먹는 것조차도 쉽지 않을 거예요."

"그녀가 피동적이지 않고 주동적으로 행동한다면 미래가 달라질 거예요."

앤디가 슬쩍 눈을 흘겼다.

"또, 또, 또, 직업병 나오네요. 당신은 모든 사람을 볼 때 면접관처럼 얘기하는 경향이 있어요."

환락송을 빠져나온 두 사람은 복도에서 보이지 않았던 추잉잉의 아버지가 밖에서 발을 동동 구르고 있는 걸 보았다.

"아이고, 아는 사람 나올 때까지 기다렸네요. 여기 출입 카드가 있어야 들어갈 수 있다는 걸 몰랐지 뭐예요."

바오이판은 얼른 추잉잉 아버지를 아파트 안으로 모셨다.

"이렇게 일찍 어딜 가셨어요…. 에? 뭘 이렇게 많이 사 오셨어요?"

"공짜로 살아도 공짜로 먹을 수는 없잖아요. 하하. 하나 가져가세요. 아직 뜨거워요."

바오이판은 극구 사양했다.

"괜찮습니다. 지금 운동가는 길이라서요. 감사해요."

바오이판은 추잉잉 아버지 같은 사람이 도무지 이해가 가지 않았다. 인정이 많은 것 같기도 하다가 또 아닌 것 같기도 하고 대체 어느 장단에 춤을 춰야 할지 알 수가 없었다. 앤디도 쓴웃음을 지어 보였다. 2202호의 판성메이와 관쥐얼이 저 바오즈를 보고 어떤 반응을 보일지 안 봐도 뻔했다. 특히나 겉으로 보기에는 무던해 보이지만 실제로는 까다롭기 그지없는 관쥐얼의 반응이 어떨지 걱정스러웠다.

추잉잉의 아버지는 22층에 도착해서 자기 종이 상자 위에 바오즈를 올려놓고는 이불로 꼭 덮어두었다. 그리고는 근처 전철역으로 가서 세수를 한 후 바로 잉친이 입원한 병원으로 향했다.

이른 아침이었음에도 병원은 22층과는 다르게 사람 소리로 떠들썩했다. 산책을 하는 환자도 있었고 의사와 간호사들이 이리저리 바쁘게 뛰어다녔다. 아무도 추잉잉 아버지가 얼마나 특별한지 눈치채지 못했다. 하지만 그가 잉친 병실에서 같이 밤을 새운 잉친 부모님 앞에 나타나자 모두가 깜짝 놀랐다. 잉친 아버지가 물었다.

"아이고, 여기까지 어쩐 일이십니까? 시간도 이렇게 이른데…."

추잉잉 아버지는 두 손을 맞잡으며 대답했다.

"잉친이 오늘 퇴원한다기에 와봤어요. 잉친도 챙겨야 하고 짐도 옮겨야 하고 정신없을 것 같아서요. 또 의사가 언제 퇴원 확인을 해줄지도 모르니까 미리 준비해두면 좋잖아요. 아침은 먹었어요? 듣자

하니 병원은 아침을 일찍 준다던데."

"아, 그럼요. 먹었죠. 여기 좀 앉으세요. 여기까지 안 오셔도 되는데, 뭘 여기까지 오셨어요. 가뜩이나 오늘 월요일인데 출근도 못 하셨겠네요."

"괜찮아요. 하루 휴가 내고 왔어요. 오늘 여기 정리하고 내려가도, 내일 출근하는 데는 문제 없으니까요. 잉친, 몸은 좀 괜찮니? 좀 좋아진 거니?"

"많이 좋아졌어요. 이제 어느 정도 걸을 수도 있어요. 계단도 오르락내리락하고요, 부축 없이도 할 수 있어요. 퇴원하면 출근도 가능할 것 같아요. 얼마 정도 쉬고 나면 뇌 회전도 빨라진다더니 어제는 동료에게 몇 가지 아이디어도 주고 이 정도면 출근한 거나 마찬가지죠. 잉잉은요? 조금 이따가 오기로 한 거예요?"

"다행이구나. 젊어서 그런지 회복도 눈 깜박할 정도로 빠르구나. 어, 잉잉은 오늘 못 올 것 같구나. 퇴원하는데 와서 도움도 안 될 것 같고 오히려 누군가는 그 아이를 돌봐야 할지도 모를 것 같아서. 그냥 오지 말라고 했어. 그나저나 이렇게 회복해서 다행이야. 다행이야. 하늘이 살렸지."

"빨리 집에 가고 싶어 죽겠어요. 의사가 빨리 회진을 돌아야 할 텐데 말이에요. 잉잉도 기뻐하죠?"

'이 질문의 의미는 뭐지?' 추잉잉 아버지는 그의 물음에 어찌할 바를 몰랐다.

"그럼, 좋아하지. 자네가 이렇게나 빨리 회복했으니 당연히 모두가 기뻐하지."

두 사람이 한창 대화를 나누는 중에 잉친 아버지가 직접 차를 건네고 어머니가 예쁘게 깎은 사과를 내밀었다.

"형님, 애들이 무사하니 이제야 좀 마음이 놓이네요. 이렇게 기쁠 수가 없어요. 이따가 집에 가서 식사라도 하면서 우리끼리 술이나 한잔합시다. 급하게 내려가시기 없기에요."

추잉잉 아버지는 잉친 가족의 너무 호의적인 태도에 순간적으로 어리둥절했다.

추잉잉의 어머니는 일어나자마자 머리를 빗을 새도 없이 잠자리부터 정리했다. 침낭에서 몸을 빼내 먼저 남편이 어질러놓은 자리부터 정리했다. 이불을 들추니 그 안에 바오즈 한 봉지가 놓여 있었다. 추잉잉 어머니는 잠시 눈살을 찌푸리고는 한숨을 내쉬었다. 그리고 한쪽 구석에 이불을 잘 개 놓고 바오즈도 그 위에 올려두었다. 이불에서 올라오는 바깥 냄새와 아무것도 없는 복도를 보고 있자니 한숨이 절로 나왔다. 그리고 몸을 돌려 앉자, 2202호 문이 살짝 열렸다.

판성메이가 웃으면서 나오는 모습에 아침 인사를 건넸다.

"일어났네요?"

"쉬-"

판성메이가 작은 방을 가리키면서 목소리를 낮추라는 신호를 보내며 밖으로 나왔다.

"잉잉은 아직 안 일어났어요. 화장실 먼저 쓰세요. 전 아래층에 가서 쓸게요."

"에이, 그럼 안 되지. 여기 화장실 써요. 다 큰 처녀가 밖에 있는 화장실을 쓰면 되나. 내가 갈게요."

"공중화장실이 아니고요. 여기 옆집 사는 앤디네 도우미가 여기 아래층에 살거든요. 거기 화장실 사용하면 되요."

"진짜 부자인가 보네. 도우미도 이렇게 큰 집이 있고 말이에요. 그쪽 남편이 돈을 잘 버나 봐요."

판성메이는 씩 웃고는 아무 말도 하지 않았다. 그녀가 가고 난 후 추잉잉 어머니는 부리나케 집안으로 달려가 단잠에 빠져 있는 딸을 깨웠다.

"잉잉, 네 아빠 어디 간 줄 아니? 문 앞에 바오즈만 사다 놓고 어디 갔는지 보이질 않는구나. 무슨 일이 있는 것 같은데, 혹시 알아?"

추잉잉은 눈도 제대로 뜨지 못하고 이리저리 비틀거렸다. 추잉잉 어머니가 최후의 카드를 꺼내 들었다.

"설마 병원에 간 건 아니겠지? 오늘 잉친 퇴원하는 날이잖아."

이 말은 들은 추잉잉은 눈을 바짝 떴다.

"아빠가 나더러 포기하라고 하지 않았어?"

잉잉 어머니가 대답했다.

"에이, 너한테 물은 내가 바보지. 네 아빠 올 때까지 기다려보지 뭐. 무슨 수가 있겠지. 지금 화장실에 아무도 없어, 얼른 가서 씻어. 싱크대에 아빠가 사다 둔 바오즈 있으니까 사람들이랑 같이 먹자."

추잉잉이 입을 삐죽거렸다.

"여기 사람들은 길거리에서 파는 바오즈 같은 거 안 먹어. 안 좋은 기름에다가 완전 밀가루지, 거기다 고기도 안 좋은 거 쓰잖아. 나도 잘 안 먹어."

"쳇, 없는데 따지기는. 네가 안 부르면 내가 부르지 뭐."

아침 단장을 마친 판성메이가 2202호로 돌아오니 눈을 반만 뜬 관쥐얼이 방에서 나왔다. 그녀가 관쥐얼에게 무슨 말을 하려고 하는 찰나에 추잉잉 어머니가 손에 들고 있던 바오즈 2개를 그녀에게 건 넸다.

"성메이, 바오즈 먹어요. 아직 따뜻하니 먹을 만하네."

너무 갑작스러운 제안에 미처 거절할 타이밍을 놓친 그녀는 바오즈 2개를 받아 들고 웃으면서 말했다.

"어머니, 감사합니다. 이른 아침부터 나가서 사 오신 거예요?"

관쥐얼은 졸음이 덜 깬 상태였지만 판성메이가 보내는 눈짓을 알아차리고는 급히 다가왔다. 하지만 추잉잉 어머니가 건네는 바오즈는 받지 않았다.

"어머니, 감사합니다. 근데 제가 아직 손을 안 씻어서요."

그녀는 추잉잉 어머니가 아직 세수를 하지 않았다는 것을 알 수 있었다. 그렇다면 지금 바오즈를 든 손은 말할 것도 없었다. 판성메이는 방으로 들어가 바오즈를 내려놓고 얼른 관쥐얼에게 내민 바오즈를 대신 받아 들었다.

"내 손은 깨끗하니까, 내가 대신 받을게. 잘 먹겠습니다. 쥐얼, 잠깐 나 좀 봐. 할 얘기가 있거든."

두 사람은 방으로 들어가서 방문을 닫았다.

"어제 앤디가 널 찾았어. 그리고 나한테 이 말을 전해주라고 했어. 내일 아침에 같이 출근하자고. 너한테 할 말이 있대."

관쥐얼은 이 얘기가 문까지 닫고 할 비밀 얘기인가 싶었다.

"중요한 일이래?"

"나도 모르겠어. 근데 앤디가 꽤 심각해 보이긴 했어. 그리고 너랑 시에빈 사이에 무슨 일이 있는지 물어보긴 했었어. 앤디가 남 얘기하는 스타일도 아니고 왜 그런 걸 물어봤는지 모르겠더라고. 뭔가 이유가 있겠지. 시간 되면 앤디한테 가 봐."

"나…, 앤디 언니가 나한테 물어봐도 대답해줄 게 없는데."

판성메이가 바오즈를 추잉잉에게 건넸다.

"나중에 어떻게 하든 일단 지금은 가지고 나가. 집 안에다가는 버리지 말고."

관쥐얼은 바오즈를 두 손에 받아들고 잠시 망설였다.

"언니, 앤디 언니한테 메시지 좀 보내줘. 이따가 같이 출근하자고. 휴대폰은 그냥 꺼두는 게 좋을 것 같아서."

"응, 알았어. 가자, 나도 화장해야지."

관쥐얼은 판성메이의 미소 띤 얼굴을 보고 갑자기 달려가 그녀의 어깨에 고개를 푹 묻었다. 그렇게 잠시 있다가 고개를 들며 말을 이었다.

"언니, 나 있잖아. 연애는 아닌가 봐. 사람들은 사랑이 아름답고 멋지다고 하는데, 난 아닌 것 같아. 난 연애하면 바로 결혼 후의 생활이 떠오르는데 그렇게 아름답지도 멋지지도 않아."

판성메이가 그녀를 다독여주었다.

"그렇게 빨리 결론을 낼 필요는 없어. 결혼하는 데 문제가 있으면 그냥 단순하게 연애만 하면 되잖아, 안 그래?"

"그건 불가능해. 사람이 앞일을 미리 생각하지 않으면 반드시 문제가 생기게 마련이잖아. 그런데 어떻게 생각을 안 하겠어. 휴, 언니 어서 가서 화장해. 이러다 지각할라."

관쥐얼이 두 손에 바오즈를 들고 나가려는데 추잉잉이 원망스러운 표정으로 문 앞에 서 있었다.

"지금 둘만 얘기하고 나는 안 껴주는 거야? 겨우 며칠이라고. 며칠만 있을게."

관쥐얼은 굳이 대답하지 않았다. 사실은 대답하기 귀찮아서 그냥 추잉잉을 지나쳤다. 판성메이는 후다닥 화장과 머리 손질을 마쳤다.

"너도 요즘 정신없지, 일단 네 일부터 잘 해결하고 나중에 천천히 앉아서 차 마시면서 얘기하자."

추잉잉은 어머니가 화장실 문을 닫자, 나지막한 소리로 말했다.

"일단 아빠가 가시고 나면 잉친이랑 얘기해볼게. 지금은 내 마음대로 할 수가 없어. 누가 우리 아빠 아니랄까 봐."

판성메이는 이번에도 아무런 대꾸를 하지 않고 바오즈를 손에 들고 집을 나섰다. 추잉잉 어머니는 판성메이가 나가는 모습을 보고 추잉잉에게 자신 있게 말했다.

"봐라, 누가 여기 사람들 바오즈 안 먹는다고 했니?"

추잉잉이 웃었다.

"두고 봐, 아마 아파트 앞 쓰레기통에 갖다 버릴걸. 못 믿겠으면 내려가서 쓰레기통 확인해 봐."

관쥐얼은 자기 앞에 놓인 바오즈를 보고 잠시 갈등하다가 추잉잉을 불렀다.

"잉잉, 오늘 출근 안 해?"

말이 떨어지기가 무섭게 작은 방에서 날카로운 목소리가 들렸다.

"아, 정말! 작게 얘기하면 못 알아들어요? 여기가 무슨 시장판도 아니고."

여기서 가장 고상한 관쥐얼이 욕을 먹을 줄 대체 누가 알았단 말인가. 관쥐얼은 화가 나서 얼굴이 빨개졌지만, 딱히 뭐라고 받아칠 말이 없었다.

추잉잉이 얼른 달려와서 속삭였다.

"잉친이 오늘 퇴원해. 가서 보고 결정하려고."

"앞으로 너희가 어떻게 되든 일은 꼭 해야 돼. 스스로를 의지하면서 살아야 하는 거야. 우리 사촌 언니 중에 일 안 하는 언니가 있는데 시댁에서 만날 무시만 당하다가 우리가 언니 일할 만한 데를 찾아줬더니 그때부터 시댁 어른들 얼굴이 싹 바뀌더라고."

"아!"

추잉잉은 순간적으로 뭔가를 깨달은 듯 가만히 있다가 조용히 발걸음을 돌려 짐 가방에서 출근할 때 갖고 다니던 가방을 찾았다. 그녀 어머니가 왜 그걸 찾고 있는지 묻자 걱정스럽게 대답했다.

"출근하려고. 출근 안 하면 내 자리가 없어져 버릴지도 몰라. 나중에 어떻게 또 일을 찾아, 너무 끔찍해."

출근 준비를 마친 관쥐얼은 곧장 주차장으로 내려가서 앤디를 기다렸다. 얼마 지나지 않아 앤디와 바오이판이 같이 내려왔다. 두 사람의 스킨십을 보니 영락없이 뜨거운 연인들이 나누는 사랑의 표현이었다. 두 사람은 관쥐얼을 발견하고는 웃으면서 헤어졌다. 바오이판이 앤디에게 인사를 건넸다.

"이 일은 내가 해결할 테니 걱정하지 말아요. 이따 봐요."

그는 앤디의 이마에 입을 맞추고 자신의 차로 향했다.

그 모습을 지켜보고 있던 관쥐얼은 자기도 모르게 자신과 시에빈의 관계를 떠올렸다. 앤디도 바오이판의 뒷모습을 흐뭇하게 지켜보다가 자기 차로 오면서 하마터면 관쥐얼과 부딪칠 뻔 했다.

"정장 입은 거 보니까 훨씬 예쁘네."

관쥐얼은 앤디가 사랑받는 걸 즐기고 있다는 것을 느낄 수 있었다.

'매사에 모든 변수를 생각하는 앤디도 이렇게 사랑할 줄 아는데, 나는 왜 못하지?'

그때 앤디가 정색하며 물었다.

"쥐얼, 너한테 할 얘기가 있는데, 차 안에서 잠깐 얘기하고 갈까?"

관쥐얼은 얼른 차에 올라타서 불안에 떨며 앤디를 기다렸다.

"무슨 일인데?"

"어제, 시에빈이 나를 따라왔어."

앤디는 군더더기 없이 말했다.

"따라다니지 말라고 얘기했는데, 생각해보니까 이런 생각을 하는 것 자체가 그리 좋은 건 아닌 것 같아서 너한테 도움을 좀 구하려고. 그가 왜 날 따라왔는지 한번 생각해봤는데, 첫째는 업무상인데 이건 아무래도 확률이 좀 적은 것 같고, 두 번째는 사적인 일인데, 너랑 관련이 있을 것 같아서. 혹시 시에빈이 왜 그랬는지 감 오는 거 있어?"

앤디가 말을 마치고 관쥐얼의 대답을 기다렸지만, 그녀는 아무 말도 하지 않았다. 앤디가 천천히 주차장을 빠져나가면서 그녀를 쳐다보니 너무 놀라서 영혼이 나간 것 같았다. 아무래도 대답을 듣기는 어려울 것 같자, 앤디는 액셀을 꽉 밟으며 주차장을 빠져나갔다. 불행인지 뭔지 그때 아파트 입구에 서 있는 시에빈을 보자 앤디는 결국 화를 참지 못하고 한마디 내뱉었다.

"시에빈이 날 미행하는 거니? 아니면 널 기다리는 거니?"

미행이라는 말에 너무 놀라서 아무 말도 하지 않고 있던 관쥐얼이 창밖을 바라보았다. 역시 시에빈이 아파트 입구에 서서 두 사람이 탄 차를 지켜보고 있었다. 하지만 시에빈은 차를 멈출 생각은 없어 보였다. 관쥐얼도 차를 세워달라고 하지 않았다. 앤디는 시에빈을 흘겨보며 천천히 그 앞을 스쳐 지나갔다.

관쥐얼이 혼자 중얼거렸다.

"설마, 시에빈이 언니를 미행했을 리 없어."

앤디는 관쥐얼의 말에 아랑곳하지 않고 회사에서나 나올 법한 단호한 태도로 말했다.

"문제는 '왜 나를 미행했냐는 거'야, 너는 '왜 시에빈이 나에게 강한 감정을 가졌는가?'를 생각해보면 될 것 같아. 날 미행했다는 건

날 위협하겠다는 의도가 있었다는 거거든. 나는 그와 만난 적도 없고, 해봤자 저번에 2202호에 너 없다는 거짓말한 거 말고는 딱히 다른 사건은 없었던 것 같은데 말이야. 근데 그것만으로는 날 미행한 동기가 성립되지 않아. 기억 좀 해봐, 혹시라도 시에빈 앞에서 내 얘기를 한 적이 있었는지, 그게 어떤 영향을 미쳤을지도 모르잖아."

"아니야, 그럴 리 없어."

말은 이렇게 하면서도 관쥐얼은 앤디 말대로 혹시라도 자신이 그 앞에서 앤디를 언급한 적이 있었는지 이전 기억들을 되짚어 보기 시작했다.

앤디는 관쥐얼을 방해하지 않기 위해 말도 건네지 않고 묵묵히 운전에만 집중했다. 관쥐얼의 기억은 고통 그 자체였기 때문에 다시 떠올리고 싶지 않았다. 특히 그저께 대화는 더욱 그랬다. 하지만 앤디가 너무 강압적으로 몰아붙이는 바람에 반드시 어떻게든 기억을 해내야만 했다. 그녀는 미간을 잔뜩 찌푸린 채 조심스럽게 입을 뗐다.

"평소에 언니가 얼마나 똑똑한지, 나에게 얼마나 잘해주는지 그런 얘기만 했었어."

"그건 날 위협할 거리가 안 되는데, 그 사람한테 위협 거리가 안 되면 너희 둘 관계에도 위협이 안 되니까, 그건 아닌 것 같다. 또 다른 건?"

관쥐얼이 인상을 쓴 채 호소하듯 말했다.

"언니, 믿어 줘. 난 지금까지 언니를 너무 좋아하고 존경했기 때문에 그 사람 앞에서 다른 얘기는 한 게 없어."

"어? 내 뜻은 그런 게 아니야. 어, 내가 조급해서 미안해. 근데 조절이 잘 안 돼서. 그렇지만 꼭 뭔가를 생각해 내줬으면 좋겠어. 귀찮게 해서 미안해. 난 누가 내 뒤에서 날 지켜보는 느낌이 너무 싫단 말이야. 그래서 단 1%의 가능성이라도 없애버리고 싶어. 이해해 줘."

"아, 하나 더 있다. 그저께, 시에빈이 과거 신분증에 있는 주소 얘기를 하더라고. 그래서 내가 취샤오샤오가 나한테 말해줬고 앤디 언니가 샤오샤오가 그런 얘길 하고 다니는 걸 막아줬다고. 그런데 이건 별 큰일이 아니잖아."

"바로 그거야. 이제야 실마리를 잡았네. 이제 뭔가 대응을 할 수 있겠어."

"이건 그렇게 심각한 일이 아니잖아."

"아니야, 이거야말로 결정적이야."

관쥐얼은 앤디를 무척이나 믿고 따랐기에 앤디의 판단을 믿었다. 그래서 바로 시에빈이 말했던 신분증 상의 주소에 대한 소소한 기억들을 떠올려 보았으나 당시에도 이에 대한 설명이 부족했다는 것을 깨달았다.

"언니, 이게 왜 결정적인 건지 설명해 줘."

"안 돼."

관쥐얼은 아무 말도 하지 않고 앤디를 바라보고 있었다. 마음속으로 무수히 많은 의문이 떠다녔지만 모두 아침에 생각하고 싶지 않아서 일부러 피했던 것들이었다. 여러 가지가 전부 몰아닥치니 그녀는 어쩔 수 없이 하나하나 제대로 분석해보기로 했다.

71

추잉잉은 단정하게 차려입고 카페로 출근했다. 출근 시간의 전철은 여전히 지옥철을 방불케 했다. 카페까지 가는 사이에 벌써 10년은 늙은 것 같았다. 그녀가 카페에 도착하자 한창 오픈 준비 중이던 점장님이 나와서 그녀를 반갑게 맞이하고는 사정없이 안으로 끌고 들어갔다. 아직 상처가 완전히 회복되지 않아서 살짝 통증을 느끼긴 했지만 나름 익숙한 공간에 오니 한동안 심란했던 마음이 조금은 차분해지는 것을 느꼈다. 그녀는 점장의 만류에도 불구하고 행주를 가져와 예전처럼 열심히 청소했다. 느리긴 했지만, 누구보다 꼼꼼하게 열심히 했다. 한창 청소를 하고 있는데 사장님이 친히 내려와 추잉잉의 안부를 묻고는 그녀가 무리하지 않도록 앉아서 일할 수 있도록 배려해주었다.

추잉잉은 이 틈을 이용해 관쥐얼에게 메시지를 보냈다.

'하루라도 빨리 출근하라고 얘기해줘서 고마워. 오늘 첫날인데, 사람들이 많이 신경 써줘서 잘 지내고 있어.'

동생의 담당 의사로부터 전화가 오자, 앤디는 회의 중간에 회의실을 빠져나갔다. 앤디에게는 참으로 이례적인 일이 아닐 수 없었지만 바오이판이 담당 의사와의 관계를 잘 맺어두어야 동생에게도 좋고 앤디도 마음을 놓을 수 있다는 말을 밥 먹듯이 해왔기 때문에 어쩔 수 없었다.

"방금 경찰이 와서 앤디 씨랑 동생분 관계를 묻고 갔어요. 그냥 있는 그대로 얘기해주긴 했는데 잘한 건지 모르겠네요. 근데 왜 여기까지 와서 그런 걸 묻고 갔는지 모르겠어서요. 아무래도 말씀드리는 게 맞는 것 같아서 전화 드렸어요. 제가 말했다고는 하지 말아주세요."

"아, 말 안 할게요. 정말 감사합니다. 혹시 그 경찰 이름이 시에빈이었어요? 남자답고 상고머리보다는 조금 긴 머리에 키는 180cm 정도 되는 사람인데."

"이름은 안 물어봤어요. 근데 생김새는 맞아요."

"고마워요. 그 사람이 맞나보네요."

앤디는 통화를 마치고 바로 바오이판에게 전화를 걸었다. 바오이판은 미행에 대해서도 심기가 불편했었는데 이번에는 정말 화가 많이 난 것 같았다.

"공적인 지위로 사적인 일을 하다니, 어떤 사람인지 알겠네."

그는 앤디를 위해 포기했던 웨이궈창과의 관계를 떠올리며 그에게 직접 전화를 걸어 도움을 청했다.

점심 식사를 마치고 마지막 주사까지 맞은 잉친이 드디어 퇴원했다.

택시 1대에서 성인 4명이 줄줄이 내렸다. 조수석에 탄 잉친이 그나마 제일 편안하게 내렸는데도 잉친 어머니는 아직도 조마조마한지 살살 움직이라고 아들을 다그쳤다. 잉친 아버지는 추잉잉 아버지와 함께 트렁크에서 짐을 하나씩 하나씩 내리고 있었다. 그렇게 오랫동안 입원해 있었는데 짐이라고는 식기류가 전부였다. 하지만 그나마 아내가 아들을 잘 부축하고 있는지 신경 쓰는 사이에 추잉잉 아버지가 가로채 가고 말았다. 그는 짐을 다시 받으려고 했지만 추잉잉 아버지가 웃으면서 거절했다.

"이거 가져갈 생각 말고 얼른 가서 아들 부축이나 해줘요. 이제 곧 계단인데."

아니나 다를까 잉친이 곧 계단을 오르려 하고 있었다. 그는 얼른 가방을 들고 있는 힘껏 쫓아가서 아내와 함께 아들을 부축했다. 추잉 잉 아버지는 크고 작은 가방들을 둘러메고 힘들게 따라 올라갔다. 문을 열자 네 사람은 한꺼번에 들어가서 너나 할 것 없이 거친 숨을 몰아쉬었다. 그렇게 한숨 돌리고 나니 매우 깨끗하고 산뜻한 실내가 눈에 들어왔다. 오늘따라 유독 햇빛이 밝게 비치는 것 같았다.

잉친은 문을 열자마자 추잉잉을 찾아다녔다. "잉잉, 추잉잉!" 방마다 돌아다니며 그녀의 이름을 불렀지만 흔적도 찾을 수 없었다. 너무 놀란 그가 추잉잉 아버지에게 물었다.

"아버님, 어떻게 된 거예요? 잉잉은요? 병원으로 간 건 아니겠죠?"

추잉잉 아버지는 무거운 한숨을 내쉰 후 그 집 열쇠를 꺼내서 잉친 손에 쥐여주었다.

"무사히 퇴원했으면 됐다. 이 일은 여기서 마무리하는 게 좋을 것 같구나. 잉잉은 어제 이사했어. 짐은 나랑 애 엄마랑 같이 옮겼고. 잉친, 몸조리 잘하고 두 내외분도 건강하세요. 집안일은 천천히 해결하는 거로 하죠. 시간이 되면, 그때 천천히요. 전 이만 갈게요. 기차 시간 맞추려면 가서 애 엄마 만나서 준비도 해야 하고요."

잉친은 무의식적으로 아버지를 바라봤다.

"아빠, 무슨 일 있었어?"

잉친 아버지가 돌아서 가려는 추잉잉 아버지를 얼른 붙잡았다.

"에이, 어디 가시려고요. 무슨 일 있으셨어요? 저희 식사하면서 술 한잔하기로 했잖아요. 갑자기 이러시니까 대체 무슨 영문이지 모르 겠네요. 잉잉은 왜 이사한 거예요? 대체 무슨 일이에요? 저희가 뭐 실수라도 한 거 있으면 편하게 말씀해주세요. 우선 앉으시죠, 어서 요. 이렇게 가시면 안 되죠."

추잉잉 아버지는 잉친 아버지와 실랑이 아닌 실랑이를 벌였다.

결국 추잉잉 아버지는 잉친 아버지의 손에 이끌려 억지로 거실 소 파에 앉았다. 잉친 아버지가 담배 한 개비를 건네자 잉친 어머니가 얼른 라이터를 찾아다 주었다. 두 사람은 가만히 앉아서 뻐끔뻐끔 담 배만 피워댔다.

어느새 잉친은 대화의 중심에서 이미 벗어나버렸다. 심지어 어머 니도 주방에서 바쁘게 물을 끓이고 있었다. 그는 말없이 서 있다가 이유가 생각났는지 입을 열었다.

"아버님, 혹시 잉잉이 더 이상 저를 좋아하지 않는 건가요? 그렇군 요. 어쩐지 어제 전화도 없더라고요."

"아니야, 그런 거 아니야. 내가 전화하지 말라고 했네. 좀 더 잘 생 각해보라고 말이야."

"형님, 대체 무슨 일이에요?"

잉친 아버지가 재차 물었다.

"이미, 애들 결혼시키는 거로 얘기가 다 된 거잖아요. 갑자기 이러 시면 어떻게 해요?"

추잉잉 아버지가 담배 한 모금을 깊이 빨아들이더니 담뱃재를 재 떨이에 털면서 대답했다.

"나도 지금 좀 헷갈리는데, 그냥 있는 그대로 말해볼게. 그저께 우 리 애랑 애 엄마랑 여기 있는데 부동산 중개인이 찾아와서 잉친네가 이 집을 내놨다며 집을 보러 왔다는 거야. 그래서 재차 확인해 봤더니 잉친 이름이 맞더라고. 그 의미가 뭘까 생각하다가, 이 집에서 나가는 게 맞겠다 싶어서 이사한 거야."

이 말을 듣자마자 잉친이 조급해하며 말했다.

"아니에요, 절대 그럴 리가요. 제가 여기서 살아야하는데 어떻게 집을 내놓겠어요. 그리고 제가 어떻게 잉잉을 내쫓아요. 말도 안 되죠."

잉친 어머니도 허겁지겁 주방에서 달려 나와 한마디 거들었다.

"어떻게 그러겠어요. 대체 누가 이런 짓을! 대체 누가 우리 집을 마음대로 내놓은 거야?"

추잉잉 아버지가 말을 이었다.

"지금 보니까 대체 이게 무슨 일인가 싶네요. 하여튼 우리 애가 좀 철이 덜 들어서 결혼도 하기 전에 여기서 지내긴 했는데, 아무래도 이사시킨 건 잘한 것 같아요. 다른 뜻은 전혀 없고요."

잉친 아버지는 추잉잉 아버지의 말이 끝나고 나서야 겨우 한시름 놓을 수 있었다.

"오해예요. 잉친아, 얼른 잉잉한테 전화해서 우리가 지금 데리러 간다고 해라. 여보! 밥하지 마요. 우리 다 같이 나가서 식사합시다. 이런 오해는 말로 해서만은 안 되니까, 두 집안이 같이 만나서 정확하게 정리를 하는 게 좋을 것 같아. 그리고 이참에 아이들 결혼도 어떻게 진행할지 얘기해보도록 하죠. 빠를수록 좋을 것 같은데, 그렇죠? 여보, 혹시 애들 혼인신고에 필요한 서류 가지고 있나? 있으면 다 챙겨가지."

잉잉 아버지는 잉친 아버지를 멍하니 바라보다가 자기처럼 멍한 잉친을 바라보았다. 그리고 쉴 새 없이 남편의 질문에 대답하기 바쁜 잉친 어머니도 바라보고 있자니 도통 정신이 돌아오지 않았다. 자신이 담배를 피우고 있었는지조차도 기억하지 못해서 하마터면 담뱃재를 재떨이가 아닌 테이블 위에 떨어트릴 뻔했는데 잉친 아버지가 잽싸게 재떨이로 받아냈다. 짧은 순간에 벌어진 일이었지만 추잉잉 아버지는 왠지 마음이 찝찝했다.

잉친 아버지의 말대로 추잉잉 아버지는 환락송에 짐을 찾으러 갔다. 지금 상황에서는 짐을 잉친 집으로 옮길 수밖에 없는 것 같았다. 아파트 앞에 도착은 했지만 출입 카드가 없이는 안으로 들어갈 수 없어서 추잉잉 어머니 혼자서 짐을 날랐다. 원래는 세입자들에게 엘리베이터 하나만 열어주는데 추잉잉 어머니가 엘리베이터 하나를 완전히 독점하고 있어서 다른 주민들에게 불편을 끼치고 있어서 어쩔 수 없이 한 사람을 더 들여보내 주었다.

결국 두 사람만 엘리베이터에 남게 되자 추잉잉 아버지의 웃음기 가득했던 얼굴은 사라지고 연신 한숨만 푹푹 내쉬었다. 그러자 추잉잉 어머니가 넌지시 물었다.

"무슨 일 있었어? 오해였다며, 근데 왜 한숨이야?"

"내가 보기에 오해는 아닌 것 같아. 방금 잉친이 퇴원해서 집에 갔을 때, 잉친은 잉잉을 찾아다녔는데, 두 사람은 마치 잉잉이 없을 거라는 걸 알고 있었던 것처럼 별로 놀라지 않더라고. 그리고 잉친 아버지란 사람은 그저께 있었던 일로 내가 열변을 토하고 있는데도 내가 담뱃재를 떨어트릴까 봐 예의주시하고 있더라고. 허둥대지도 않고 아주 침착하게 말이야. 이미 다 알고 마음의 준비를 하고 있었던 거야. 그런데 우리한테는 심증만 있으니 뭐라고 할 수도 없는 노릇이고, 그냥 이렇게 되고 마는 거지."

"잉잉이랑 잉친 결혼 때문에? 그건 아니지. 잉잉 아빠, 근데 그 사람들이 한 짓이 아닐 수도 있잖아. 어차피 결혼시킬 텐데 뭐 하러 이런 짓까지 하겠어."

"저들이 그렇게 한 데는 이유가 있지. 우리가 알게 되면 잉잉이 자기 아들과 만나지 않을 수도 있잖아. 그러면 우리가 저절로 약자가 될 테고 나중에 잉잉 혼자서 3명을 감당해야 하니까 선뜻 뭘 어떻게 하려고 하지 않을 거 아니야. 그리고 또 우리가 알게 해서 나중에 우리 잉잉한테 이래라저래라하기 편할 것 같아서 그랬을 수도 있고. 결국, 결혼을 한다고 해도 그쪽 집이 하자는 대로 따르게 되는 거지. 지금 당장 혼인신고를 하면 우리가 고마워하고 신세 진다고 생각할 테니까. 보니까 이번 일로 애들 사이도 더 좋아지고 잉친이 잉잉을 좋아하는 게 너무 보이니까 생각을 바꾼 것 같아. 우리가 나쁜 사람들도 아니고 도리도 아니까 이 집에 손 벌리지 않을 것 같아서 걱정이 안 되겠다 싶었나 보지."

"아…."

추잉잉 어머니도 깊은 한숨을 쉬었다. 그녀는 남편의 판단이 맞는다는 걸 확신했다.

"그 사람들은 잉친이 어떻게 나올지 겁도 안 나나 보네?"

"자기들이 했다는 걸 뭐로 증명하겠어?"

두 사람 다 한숨을 내쉬었다. 추잉잉 어머니 눈에 어느새 눈물이 고였다. 남편이 아무리 달래도 눈물이 쉽게 멈추지 않았다. 엘리베이터에서 내려서 깔아둔 상자들을 정리하는데 눈물이 앞을 가렸다.

"우리 잉잉 어떡해. 시집살이도 만만치 않을 텐데. 그냥 결혼시키지 말까 봐."

"말도 안 되는 소리 하지 마, 잉친 같은 조건을 가진 남자가 또 어디 있다고. 당신도 봤잖아. 이 집에 사는 노처녀들, 지금까지 있었던 일은 그냥 눈감아주는 거로 합시다. 나중에 우리가 다 돌아가면 잉친이랑 잉잉만 남을 테니 아무리 잉친 엄마라고 해도 어떻게 할 수 없을 거야. 그리고 잉잉이 애라도 낳으면 그때 당신이 와서 봐주면 되는 거고. 같이만 안 살면 그리 고생스럽진 않을 거야. 그러니까 당신도 그만 울어. 인정하긴 싫지만, 우리 집보다 저쪽이 사정이 더 나은 건 사실이잖아. 잉잉을 위해서 더럽고 치사해도 참아야지. 잉잉만 괜찮으면 된 거라고."

잉잉 어머니는 훌쩍이며 고개를 끄덕였다.

관쥐얼의 회사 전화벨이 울렸는데 뜻밖에도 시에빈이었다.

그는 아주 쿨하게 직접적으로 용건을 밝혔다.

"할 말이 있어. 내가 퇴근할 때 즈음 그쪽으로 갈게."

관쥐얼의 심장이 몹시 요동치기는 했지만, 그녀도 단호하게 대답했다.

"나도 할 말 있어."

그녀는 퇴근하자마자 짐을 챙겨서 회사 로비로 내려갔다. 건물을 밖에서 시에빈이 그녀를 기다리고 있었다. 두 사람은 다시 만나긴 했지만 관쥐얼은 시에빈의 눈빛을 피해 고개를 돌렸다. 그리고는 어색한 듯 인사를 건넸다.

"일찍 왔네, 난 내가 기다릴 줄 알았는데."

"나 다른 데로 발령 났거든. 원래 나가던 파출소에 내일까지만 보고하면 돼서 오늘은 시간이 좀 남았어."

놀란 그녀가 시에빈을 향해 고개를 돌렸다. 그의 얼굴에 슬픔이 가득 서려 보였다.

"무슨 일 있어?"

"내가 선량한 시민을 미행했다며 직권남용으로 누가 고발을 했어.

활동영역이 커서 그런지 그런 말도 안 되는 일도 생기네."

그 순간 관쥐얼은 아침에 앤디가 한 말이 떠올랐다.

"앤디?"

시에빈이 고개를 끄덕이자 그녀가 목소리를 높였다.

"난 앤디 언니를 믿어. 언니가 항상 사람은 진실해야 하고 손해 보는 것도 두려워해서는 안 되고 사람은 오래 두고 봐야 한다고 했어. 물론 언니는 나한테 말한 대로 살고 있지. 그래서 언니를 믿어."

"난…"

시에빈은 깜짝 놀라서 한동안 아무 말도 하지 못했다. 이런 그의 모습 때문인지 관쥐얼의 마음이 다시 약해졌다. 이런 불의한 처분을 받은 것만으로도 억울한 텐데 여기서 기름을 더 끼얹어서는 안 될 것 같았다. 잠시 침묵하던 그가 말문을 열었다.

"미안해, 집에 데려다줄게. 가자."

"나한테 할 말 있다고 하지 않았어?"

"아니야, 별로 중요한 거 아니야."

이 말 한마디에 관쥐얼은 그동안 참아왔던 속마음을 쏟아냈다.

"네가 전화해서 나한테 할 말 있다고 했잖아. 근데 이제 와서 모호하게 둘러대고! 그저께는 또 어떻고, 하나하나 차근차근 얘기해준다고 해놓고, 뭐 했어? 계속 우리 엄마 기분이 어떤지만 살피고 나한테 제대로 얘기하지도 않았어. 그런데 내가 널 어떻게 믿어? 분명하게 말하는데 네가 무슨 말을 해도 이제 소용없어. 이건 나 때문이 아니라 다 너 때문이야. 바로 이런 너의 태도 때문이라고. 그러니까 억울해할 필요도 없어."

평소에 상상도 할 수 없었던 관쥐얼이 화를 내는 모습에 시에빈은 반 발자국 물러섰다.

"난 앤디를 미행한 게 아니야. 정말 아니라고. 어제 업무차 갔다가 우연히 만난거야. 네 상태가 어떤지 물어보려고 한 건데 날 보자마자 깜짝 놀라시더라고. 앤디가 그런 얘기는 안 했어?"

"도무지 이해할 수가 없어. 네가 왜 미행했다고 느꼈는지, 그건 네가 미행했으니까 그런 거야. 안 그래? 나라도 무서웠을 거야"

"아니야, 내가 오늘 너한테 하려고 했던 얘기도…. 앤디가 제 발 저린 거야. 어쩌면 내가 무슨 짓을 할 거라고 생각했다는 거잖아."

"언니는 아무 짓도 안 했어, 다른 사람이 그랬을 거야. 그렇게 화가 난 상태에서도 오늘 아침에 내가 네 신분증 상의 주소에 대해 물어봤을 때도 언니는 나한테 한마디도 말해주지 않았어. 언니는 어떤 경우에도 일관적인 사람이야. 마음에 거리낄 것도 없으니까 제 발 저릴 것도 당연히 없지. 난 언니를 믿어, 분명 네가 잘못한 거야."

시에빈은 말문이 턱 막혔다. 그리고 억울한 듯 한마디 내뱉었다.

"나 미행 안 했다고."

관쥐얼은 고개를 들어 조금도 두려워하는 기색 없이 시에빈을 바라봤다. 그가 가엾긴 했지만, 한편으로 화가 나서 참을 수가 없었다. 마치 그가 지금까지 연기를 한 것 같아서 견딜 수가 없었다.

평소보다 일찍 퇴근한 판성메이는 바로 집으로 돌아가고 싶진 않았지만, 집에서 자기를 기다리고 있을 사람들을 떠올라서 어쩔 수 없이 집으로 발길을 돌렸다. 엘리베이터가 천천히 움직이자 그녀의 머리도 지끈거리기 시작했다. 하지만 문이 열리고 눈앞에 횅한 복도가 그녀의 눈에 들어왔다. 2202호 앞에 깔려 있던 종이 상자도 어디로 갔는지 흔적도 찾아볼 수 없었다. '어떻게 된 거지?' 하지만 그녀를 더욱 놀라게 한 건 새로 이사 온 사람이 작은 방 안에서 열심히 체조를 하는 모습이었다.

역시나 새로 이사 온 사람은 판성메이를 보고도 못 본척했다. 그녀는 새로 이사 온 사람 옆을 지나가면서 먼저 인사를 건넸다.

"미안해요. 이틀 동안 너무 민폐를 끼쳤네요."

그녀는 이해한다는 눈빛으로 판성메이를 한번 쳐다볼 뿐 아무런 대꾸도 하지 않았다.

판성메이는 오늘에서야 새로 이사 온 사람의 얼굴을 제대로 볼 수 있었다. 짧은 머리에 브이라인, 커다란 눈이 약간은 고집스러워 보였다. 그동안 인사팀에서 쌓은 경험으로 봤을 때 다루기 쉬운 스타일이긴 했지만 더 이상 얽히고 싶지 않아서 그냥 웃으면서 지나갔다.

판성메이의 방은 아주 깔끔하게 정리되어 있었다. 테이블 위에 추잉잉 어머니가 남기고 간 쪽지가 놓여 있었는데 다시 잉친네 집으로 이사를 갔다는 소식이 들어 있었다. 그녀는 오늘 낮에 무슨 일이 있었는지 알 수 없었지만, 쪽지를 구겨서 휴지통에 던져 넣었다.

지금 그녀가 신경 써야 하는 건 다름 아닌 그녀의 오빠가 칼을 갈며 준비 중인 소송이었다.

그때 문 두드리는 소리가 그녀의 정적을 깨트렸다. 새로 이사 온 사람이 싱크대 앞에 삐딱하게 서 있었지만 절대 나가보지 않을 것 같아서 얼른 뛰어나갔다.

"누구, 찾으세요?"

한 남성이 대답했다.

"판성메이란 분이 여기 사시나요?"

그녀는 똑바로 서서 살짝 헝클어진 머리를 가볍게 손질한 후 웃으면서 문을 열었다. 문밖에는 아주 준수한 외모의 남성 1명이 서 있었다. 키는 그리 크지 않지만 하얀 얼굴에 스탠다드한 체격으로, 입고 있는 셔츠도 아주 깔끔해보였다. 그 남성이 판성메이를 자세히 살피더니 웃으면서 말을 건넸다.

"판성메이 씨? 바오 사장님이 가면서 리엔우(Wax Apple) 2상자를 가져다드리라고 했어요. 괜찮으시면 제가 옮겨드려도 될까요?"

"아, 네네. 감사해요."

판성메이는 아무리 생각해도 갈피를 잡을 수 없었다. 바오이판이 왜 과일을 보냈을까. 혹시라도 앤디 모르게 보낸 거라면 더 큰 문제가 아닐 수 없었다. 판성메이가 휙 돌아보았더니 새로 이사 온 사람은 이미 방에 들어갔는지 보이지 않았다. 바오이판이 보낸 남성은 리엔우를 내려놓고 명함을 꺼내서 그녀에게 건넸다.

"저도 이 근처에 살아요. 혹시 무슨 일이라도 생기시면 언제든 연락 주세요. 24시간 열려 있습니다."

그녀는 앞길이 창창해 보이는 남자가 도대체 왜 이러는지 도무지 영문을 알 수 없었다. 그녀는 급히 앤디에게 메시지를 보내 퇴근 후에 잠깐 보자고 했다. 정신을 차린 그녀가 손에 받은 명함을 들여다보았다. '변호사?'

그때, 걸려온 전화에 그녀가 깜짝 놀랐다. 발신 번호를 보니 그녀의 집에서 온 전화였다. 가슴이 터질 것처럼 화가 치밀어 올라서 어떻게 하면 좋을지 아무것도 생각나지 않았다. 며칠 새 절차법을 공부해서 시처럼 줄줄 외울 정도는 아니어도 어느 정도 손에 칼자루는 쥐고 있다고 봐도 무방했다. 그녀는 전혀! 결코! 두렵지 않았다! 하지만 휴대폰 너머로 들려오는 또렷하고 온화한 여자 목소리가 한순간에 그녀에게 무력감을 안겨줬다.

"실례지만 판성메이 씨 맞으신가요? 소송 문서가 있어서 좀 보내드리려고 하는데요…."

"법원인가요?"

판성메이가 잔뜩 긴장한 투로 물었다.

"네, 법원이에요. 보이스 피싱은 아니니까 긴장하실 필요 없어요. 소송 문서를 보내드려야 하는데 주소는 없고 휴대폰 번호만 있더라고요. 그리고 며칠 간 계속 전원이 꺼져 있어서요…."

"네, 일할 때는 전화 받기가 곤란해서요. 죄송합니다. 번거롭게 해드렸네요."

"아니에요. 번거롭긴요. 저희가 서류를 보내도 그쪽에서 못 받으시면 어쩌나 했어요. 그래서 퇴근 시간 지나고 한번 전화를 드려본 거예요. 이왕 연결 된 김에, 혹시…."

"감사합니다. 제가 대리수령인 정보를 드려도 될까요? 대리수령인 주소랑 연락처 바로 보내드리도록 할게요."

통화를 마친 그녀는 경직된 채 방으로 돌아왔다. 화장대 앞에 앉은 그녀는 손가락도 마음대로 움직이지 못할 정도로 손을 파르르 떨고 있었다. 안정을 되찾을 새도 없이 누군가 2202호 문을 두드렸다. 새로 이사 온 사람 때문에 큰 소리로 대답하지 않고 살며시 현관문을 열었다. 앤디였다.

앤디가 싱긋 웃어보였다.

"짜잔, 내가 방해…. 어! 얼굴이 왜 그래? 무슨 일 있었어? 차오 변호사가 무슨 실수라도 한 거야?"

판성메이는 옆방을 가리키고는 바로 2202호 현관문을 닫고 복도로 나왔다.

"방금 일어난 일에 비하면 차오 변호사 일은 아무것도 아니지. 너네 집에 가서 얘기해도 돼?"

앤디가 고개를 끄덕일 때 엘리베이터 문이 한 차례 더 열리더니 취샤오샤오가 내렸다. 그녀의 손에는 그녀보다 큰 장바구니가 들려 있었다. 몹시 무거워 보이는 것 같더니 역시나 판성메이에게 도움을 구했다.

"판성메이, 이것 좀 같이 들어줘."

판성메이는 얼른 가서 그녀를 도와주었다. 그녀가 판성메이를 바라보며 물었다.

"무슨 큰일이라도 있는 사람 얼굴인데? 나 도와주기 싫었던 거 아니야?"

"그럴 리가. 근데 오늘은 일찍 왔네?"

"어쩔 수 없었어. 오빠가 옌두시엔(소금에 절인 삼겹살)이 먹고 싶다고 해서. 식당에서 먹는 건 다 옛날 맛이 안 난다고 하더니 엄마의 손맛이 그립네 뭐네 해서 원조집 가서 하나 사 왔어. 집에 오면 해줘야지. 얼른 가서 해야겠어. 오빠가 퇴근할 때쯤이면 아마 다 끓을 거야."

"너⋯. 할 줄 알아?"

"도우미 아주머니 불렀거든? 쳇!"

판성메이와 앤디는 머리를 한 대 맞은 것 같았다. '이렇게 지혜로울 수가!' 평소 취샤오샤오의 모습이라고는 믿기지 않을 정도였다. 2203호 문을 열자, 도우미 아주머니가 취샤오샤오의 짐을 받으러 나오셨다. 정말 사실이었다. 취샤오샤오는 손에 난 빨간 자국을 호호 불었다.

이를 지켜보던 판성메이는 엉뚱한 생각이 하나 떠올라 취샤오샤오에게 말했다.

"우리 오빠가 기어코 날 법원에 고소했어. 방금 법원에서 전화를 받았는데 어떻게 해야 할지 모르겠어서 말이야. 좋은 아이디어 없어?"

취샤오샤오와 앤디가 거의 동시에 말을 하려고 했지만 앤디의 양

402

보로 취샤오샤오가 먼저 입을 열었다.

"언니네 오빠한테 가서 똑바로 말해. 땡전 한 푼도 줄 수 없다고, 차라리 그 돈으로 사람을 사서 쥐도 새도 모르게 없애버린다고. 돈 한 푼 안 남느니 그게 낫지 않아? 아무튼, 그 인간 손에 아무것도 넘겨주지 마!"

앤디가 샤오샤오를 흘겨보며 한심해하는 듯 보였다.

"무서운 게 없나 보지? 그렇게 되면 성메이를 보석으로 풀려나게 하려고 어머니가 고생하시겠지. 그건 절대 안 돼. 성메이, 나한테 미국에서 말도 안 되는 소송에 대처하는 방법이 나온 책이 있는데, 그거 갖다 줄게, 참고하면 좋을 것 같아. 어쨌든 너는 돈을 벌고 있고 그 돈도 너한테 있으니까 네가 시간 끌기 좋잖아. 변호사 1명 대리인으로 고용해서 최대한 질질 끌어달라고 해. 너희 오빠 아주 안달 날 거야. 그렇게 되면 생활하는 것도 힘들어질 테고 결국 포기하고 말걸."

"뭐, 그것도 방법이긴 하네. 하지만 시간을 끌면 뭔가 찝찝해지잖아. 내가 예전에 언니네 오빠한테 했던 거 기억나? 그때 얼마나 통쾌했다고! 자, 선택은 언니가 하는 거야!"

두 사람 다 빤히 쳐다보고 있자 그녀가 쓴웃음을 지었다.

"사실 오빠가 어떻게 나와도 대처할 수 있을 거라고 생각했는데, 방금 법원에서 전화를 받고 나니까 생각처럼 안 되더라고, 내 손 봐봐."

그녀는 방금까지 팔짱을 끼고 있던 손을 내밀어 보여주었다. 아까보다 떨림이 약해지긴 했지만, 여전히 그녀의 손은 떨고 있었다.

"걱정 돼?" 두 사람이 동시에 물었다.

그녀는 창피하지만 인정할 수밖에 없었다.

"응, 그런가 봐. 나도 왜 생각 안 해봤겠어. 돈이 얼마가 들어도 된 통 혼을 내줘야겠다고 생각하긴 했는데 못 하겠더라고. 앤디 생각도 좋긴 한데, 너희도 알겠지만 그러다가 결국 내가 나가떨어지고 말거야. 나 같은 애는 재판 생각만 해도 걱정이 돼서 잠도 제대로 못 잘걸 알고는 이 방법을 생각해 낸 거야. 내가 법원이나 소송, 이런 걸 무서워한다는 걸 아니까."

취샤오샤오는 입이 근질근질했지만, 얼굴까지 빨개질 정도로 긴장한 판성메이를 보고 짠한 마음이 들어 자제하기로 했다.

"그럼 어떻게 할 생각인데? 나한테 한 가지 생각이 더 있긴 한데, 언니가 능력 있는 남자를 만나서 결혼하는 거야. 남편 될 사람이 언니를 대신해서 처리해주는 거지. 이 방법이야말로 언니한테 쉬울지도 몰라. 그렇다고 왕바이촨을 다시 만나라는 건 아니야. 그 오빠는 언니 가족을 상대할 능력은 안 돼."

판성메이의 얼굴이 더욱 붉어졌다.

"안 돼, 다시 그런 일을 당하고 싶지 않아."

취샤오샤오는 결국 소리를 빽 질렀다.

"그럼 대체 어쩌겠다는 건데! 어?"

귀를 막고 있던 앤디가 판성메이에게 말했다.

"무슨 일이든 다 처음이 있는 거야. 소송이든 재판이든 마찬가지고. 재판하는 거 별로 어렵지 않아, 당연히 무섭지도 않고. 그러니까 이번에는 도망치지 말고 직접 맞서봐. 내가 널 지금까지 지켜본 결과, 너의 가장 큰 문제는 수동적이라는 거야. 뭔가 능동적으로 문제를 해결하지 않더라고. 그런데 말이야, 수동적으로 대처하게 되면 일을 다 그르치게 돼. 해결할 능력은 충분한데 수동적인 네 태도 때문에 좋은 시기를 다 놓친다고 해야 하나. 이번에는 그러지 않았으면 좋겠어. 먼저 능력 있는 변호사부터 찾자! 하나씩 하나씩 해나가면 분명히 좋은 결과가 있을 거야. 재판, 까짓것 별거 아니래도. 나는 두렵지 않다! 스스로에게 주문을 걸어."

"판성메이 언니는 질까 봐 두려운 게 아니야, 쪽팔릴까 봐 그런 거지. 쪽팔리려면 팔려라! 이런 태도여야 살아남을 수 있어!"

취샤오샤오의 말에 앤디가 한소리 했다.

"끼어들지 말아줘."

취샤오샤오는 눈을 한껏 흘기고는 집으로 들어가 버렸다. 안에서 울리는 휴대폰 벨 소리가 들렸던 모양이다. 판성메이는 앤디만 뚫어져라 쳐다보느라 취샤오샤오가 비꼬는 소리는 듣지도 못했다.

"정말 가장 큰 문제가 내 수동적인 태도라고 생각해?"

"그래, 사람이 너무 수동적이면 무책임해 보일 수도 있거든. 이참에 연습한다 생각하고 능동적인 모습을 보여줘 봐. 그러면 일할 때도 도움이 될 수도 있어."

판성메이는 자신도 모르게 침을 꿀꺽 삼켰다.

"나도 한번 해보고 싶어. 우리 집 일인데 또 도망가는 건 아닌 것 같아. 네 말이 맞아. 내가 태도를 바꾸지 않으면 작은 병을 큰 병으로 키우는 격이 될 거야."

"에이, 잠깐만."

취샤오샤오가 조금 전까지 울리던 휴대폰을 내밀었다.

"이거 시에빈 휴대폰 번호 아니야? 내가 기억하기론 그 사람 번호인데. 내 번호를 어떻게 알았지? 누가 알려준 건가?"

"시에빈 씨 번호 맞네. 난 시에빈이랑 얘기한 적이 없어서, 쥐얼한테 한번 물어봐봐. 시에빈이…."

앤디는 잠시 망설이다가 취샤오샤오에게 말했다.

"어제 시에빈이 날 미행했었어. 너도 조심해."

판성메이가 조심스럽게 한마디 덧붙였다.

"쥐얼네 부모님 오셨을 때는 시에빈 씨 전화번호 모른다고 하더니, 어떻게 그걸 외우고 있어?"

하지만 취샤오샤오는 너무 긴장한 나머지 판성메이의 허를 찌르는 질문에도 아무런 반응이 없었다. 진정한 철면피인 그녀도 얼굴이 빨갛게 상기될 때도 있나 보다.

"난 진작부터 알고 있었지. 앤디, 근데 그 사람이 왜 미행한 거야? 쥐얼이 무슨 얘기라도 한 거야? 두 사람 이미 끝난 사이 아니었어?"

"나도 모르겠어. 쥐얼이 입이 가벼운 애는 아니니까 걱정할 필요 없어. 그가 쥐얼이 말하도록 유도했겠지."

취샤오샤오의 눈동자가 쉼 없이 움직였다.

"왜 날 찾는 거지? 내 번호는 또 어떻게 알았고?"

억울한 건 절대 못 참는 그녀는 직접 전화해서 물어보기로 했다.

"누구세요?"

조금의 빈틈도 없는 그녀는 마치 상대가 시에빈인 줄 모르는 것처럼 통화했다. 이런 일에 특히나 영특한 그녀인지라 혹시라도 다른 사람이 통화 내용을 들을까 봐 집으로 들어가서 요리에 집중하는 척했다. 그 모습을 지켜보던 판성메이가 앤디에게 조용히 말했다.

"이제 능동적으로 한다는 게 뭔지 알았어. 샤오샤오 하는 걸 보고 배워야겠어!"

앤디도 귓속말로 속삭였다.

"좋아. 그렇다면 내가 기술지원을 해주지. 아까 왔다 간 변호사는 내가 특별히 바오이판한테 부탁한 거야. 그 사람이 너한테 호감을 갖고 있다고 언제 한번 만나게 해달라고 하더라고. 원래 그분은 소송 담당 변호사는 아닌데 예전에 비소송 변호사들이 소송을 해야 하는 필요성에 대해 얘기한 적이 있거든. 아마 도움은 될 거야."

"네가 부탁한 거야?"

판성메이는 앤디가 이렇게까지 자신을 도와줄지 생각도 못 했다. 이렇게 직접 소개팅까지 준비해주다니 말이다.

"같이 점심 먹었었는데, 느낌이 괜찮더라고. 앞으로 전망도 밝고. 하하."

"이렇게 잘난 사람들은 까다로울 텐데, 아무튼 정말 고마워."

"바오이판이 그랬어. 남자들 눈에 여자는 예쁘기만 하면 어디다 내놔도 잘 된대. 너무 웃기지."

판성메이도 웃음을 터트렸다.

"앤디, 나 이제 손 안 떨려."

두 사람은 서로 마주 보고 웃었다.

그런데 갑자기 취샤오샤오가 심각한 얼굴을 하고 나왔다.

"망했어. 시에빈이 나한테 자기네 고향 집에 갔었냐고 물어보네."

"그 사람이 날 미행해서 바오이판이 손을 썼거든. 그래서 기분이 안 좋을 거야. 조심해. 어, 저기 쥐얼 온다."

"뭐라고? 그걸 왜 이제 얘기해? 난 그 사람이 너무 침착하기에 아무 일도 없는 줄 알았지. 망했네, 망했어. 완전 당했어. 쥐얼, 이리 와 봐."

관쥐얼은 마치 못 들은 듯 2202호로 바로 들어가 버렸다. 그녀의 행동에 모두가 의아해하고 있는데 앤디가 그녀를 따라 들어갔다.

"쥐얼, 나한테 할 얘기 있다고 했었지?"

그녀가 살며시 문을 닫고 작은 소리로 속삭였다.

"앤디 언니, 미안해. 언니를 너무 귀찮게 하네."

그녀의 눈에서 눈물이 뚝뚝 떨어졌다.

"울지 마. 다 잘 해결했어. 시에빈도 앞으로 그런 식으로 날 미행하지 못할 거야. 시에빈이 너한테 해코지한 건 아니지?"

"내가 한소리 했어. 지금까지 살면서 누구한테 싫은 소리 한번 한 적 없는데, 시에빈이 처음이네. 하지만 그렇다고 언니를 의심하진 않아. 언니에 대한 믿음이 더 큰가 봐. 그래도 시에빈이 아니라고, 자기 믿어달라고 하는데, 그 눈빛이 너무 마음이 아팠어."

관쥐얼은 눈물을 펑펑 쏟았다.

"자기는 억울하다고, 그냥 일 때문에 갔다가 언니를 우연히 마주 친 거라고…."

"거기? 어디?"

"말 안 하더라고. 좀 억울해하는 것 같았어. 상처받았을 거야, 그렇 게 좋아하던 일도…. 아, 그렇다고 언니를 탓하는 건 아니야. 다 자업 자득이지. 근데 내가 생각해도 시에빈이 언니를 미행했을 것 같진 않 거든, 원래 악한 사람도 아니고 무엇보다 진심으로 억울해하는 것 같 았어."

"그럼 날 미행한 게 아니라면, 일 때문에 거길 왔다는 거야?"

"언니, 신경 쓰지 마. 그냥 내 추측일 뿐이니까. 내가 마음이 약해 서…."

앤디가 어제 있었던 일을 다시 되짚어 보았다.

"어제 뒤에서 누군가가 날 따라오는 것 같은 느낌을 받고 나서 시 에빈이 나타났거든, 그리고 오늘은 거기 직원한테 나에 관해 물어봤 대. 그래서 그냥 가만히 있으면 안 될 것 같았어."

앤디는 당장이라도 울 것 같은 관쥐얼을 보니 이상하게 마음이 아 팠다. 아무래도 그녀에게 진실을 말해줘야 할 것 같았다. 그래야 그 녀도 더 이상 마음 아파하거나 자책하지 않을 테니까 말이다.

앤디는 바오이판에게 메시지를 보내 어제 CCTV 영상을 구해달라 고 부탁했다.

앤디가 집에서 나오자 취샤오샤오가 얼굴이 하얗게 질려서 복도에서 기다리고 있었다.

"앤디, 큰일 났어. 완전 망했다고."

"시에빈? 걱정하지 마."

"넌 모른다고, 몰라."

취샤오샤오는 어쩔 수 없이 그녀의 어머니가 아버지의 재산을 모두 털어서 그녀 앞으로 돌려놓은 일을 말했다. 그리고 무엇보다 그녀가 걱정되는 건 시에빈이 그녀를 두 사람의 관계를 망쳐놓은 장본인이라고 확신하고 있기 때문에 혹시라도 그가 앙갚음이라도 하려고 그녀 앞으로 된 재산을 조사하기라도 한다면 정말 걷잡을 수 없는 일이 벌어지고 마는 것이다. 그녀는 이제 다른 사람의 일에 참견할 마음이 싹 사라져버렸다.

취샤오샤오가 이렇게 긴장한 모습을 처음 목격한 판성메이는 그녀가 지나가자 자리를 슬쩍 비켜주었다. 사실 그녀가 자오치펑에게 자신이 22층에 사는 사람들 가운데 높은 수준을 가지고 있다고 어필한다고 해도 그게 그녀가 다른 사람을 대할 때의 태도도 그렇다는 의미는 아니기 때문이다.

그녀가 문을 닫고 들어가자, 뒤에서 관쥐얼이 말했다.

"시에빈이 샤오샤오한테 무슨 짓을 한 거야?"

판성메이가 앤디에게 눈짓을 하자 앤디가 상황을 설명하기 시작했다.

"시에빈이 어떻게 샤오샤오의 휴대폰 번호를 알아냈는지 모르겠지만 네 성격상 우리한테 말도 안 하고 번호를 알려줬을 것 같진 않고, 샤오샤오가 걱정하는 포인트가 그게 아닐까 싶어."

관쥐얼의 눈앞에 앤디와 판성메이가 자신을 무시하는 것 같은 눈

빛과 분노에 가득한 시에빈의 눈빛이 교차하여 보이는 것 같았다. 그
녀는 이런 상황이 도저히 견디기 힘들었는지 상당히 격양된 목소리
로 말했다.

"샤오샤오 번호는 내가 알려 준거야. 잉잉이 입원했을 때 두 사람
이 같이 일을 처리할 게 많았었잖아. 그래서 물어보지도 않고 그냥
알려줬어. 더 편할 것 같아서."

앤디는 뜻밖의 상황에 너무 놀랐다.

"알았어, 그럼 샤오샤오한테 가서 설명해주는 게 좋을 것 같아."

관쥐얼은 눈물을 닦고 2203호 문을 두드렸다. 앤디와 판성메이는
뒤에서 서로 바라보고 있다가 2203호 문이 열리자 한숨을 내쉬었다.

"쥐얼은 취샤오샤오가 방해할까 봐 그 남자를 감싸고 보호해주고
있었다는 걸 우리가 모르는 줄 알거야. 근데 지금 그 샤오샤오한테
가서 사정을 얘기해야 한다니. 정말 싫겠다."

"어쩔 수 없지, 자기가 선택한 거니까 책임은 져야지."

"근데 쥐얼이 저러고 있는 거 너무 보기 힘들다."

두 사람은 친언니 같은 마음에 관쥐얼이 너무 안타까웠다.

성인 4명이 탄 택시가 길가에 멈춰 섰다. 추잉잉 아버지가 잉친을
부축해주려고 먼저 내렸다. 택시에서 내려서 아들을 넘겨받은 잉친
아버지는 잉친의 노트북 가방을 둘러메고 아들의 사무실로 올라갔
다. 추잉잉 아버지와 어머니는 활짝 웃으면서 두 사람을 건물 로비까
지 배웅하고 나서 잉친이 가르쳐준 추잉잉이 일하고 있는 카페로 발
걸음을 돌렸다.

가는 길 내내 두 사람은 한숨이 끊이지 않았다. 추잉잉 어머니는
여전히 추잉잉이 잉친 집에 들어가서 살 수 없을까 봐 걱정이었다.

추잉잉 아버지가 먼저 말을 꺼냈다.

"아무 문제 없을 거야. 며칠만 조심하면 돼."

"아니면 오늘 일을 잉잉한테 말해줄까? 그럼 대충 눈치채고 앞으로 말하거나 행동할 때 신경 쓸 거 아니야."

추잉잉 아버지가 길 건너편을 가리켰다.

"저기다, 잉잉 일하는 곳. 무지 세련돼 보이는데, 어! 저기 잉잉 있네, 저기, 저기."

추잉잉 어머니도 까치발을 들고 열심히 딸을 찾았다.

"아이고, 우리 딸 저렇게 입고 있으니까 진짜 예쁘네. 누가 봐도 도시 여자야. 우리 딸이 저렇게 출세할지 생각도 못 했는데. 잉친네 집은 뭐가 그렇게 못마땅한 거래. 그만두라고 할 수도 없고⋯."

추잉잉 어머니는 또다시 한숨을 내쉬더니 기가 폭 죽었다.

"내 생각에는 잉친네서 몰래 부동산 사람을 끌어들인 건 잉잉한테 얘기 안 하는 게 낫겠어, 둘 다 모르고 그냥 자기들끼리 여기서 자리 잡고 잘 지내면 그걸로 됐지 뭐. 나중에 시부모님 미워하고 남편 원망하면서 살면 불행하잖아. 안 좋은 건 다 우리 선에서 해결하는 거로 합시다."

두 사람은 처량한 석양 아래, 퇴근하는 차로 붐비는 거리에 서서 아무런 미동도 없이 눈에 넣어도 안 아픈 딸을 탄식 섞인 흐뭇한 눈빛으로 바라보고 있었다.

취샤오샤오는 문을 열고 들어오는 관쥐얼을 의아하게 쳐다봤다. 그녀답게 단도직입적으로 물었다.

"네가 시에빈한테 내 전화번호 알려줬어? 근데 걔가 왜 날 찾는 거야?"

이번에는 관쥐얼도 물러서지 않을 생각이었다.

"네가 먼저 말해봐. 시에빈네 집에 가서 뭘 알아본 거야?"

취샤오샤오가 깜짝 놀랐다.

"좋아, 교환해. 나도 앤디 언니한테 내가 알고 있는 전부를 말했고, 너도 네가 알고 있는 전부를 앤디 언니한테 말했으니까, 앤디 언니한테 판단해달라고 하자. 그게 가장 공평할 것 같아."

"이 모든 일은 앤디 언니랑은 상관없어. 괜히 언니 끌어들이려고 하지 마. 상대방이 말하는 게 거짓인지 아닌지 각자 판단하면 되잖아."

취샤오샤오는 아무 대꾸도 하지 않고, 얼마나 울었는지 눈이 빨개진 관쥐얼을 바라보더니 갑자기 웃음을 터트렸다.

"관쥐얼, 그냥 돌아가. 갑자기 너랑 교환하기 싫어졌어. 네가 내 친구가 아니었다면 여기 이렇게 내 앞에 있지도 못했을 거야."

그리고는 베란다로 나가면서 한마디 덧붙였다.

"내가 시에빈을 못 찾아갈 것 같아?"

관쥐얼은 그 자리에서 어찌할 바를 몰라 하다가 2203호에서 나왔다. 그녀는 너무 답답한 나머지 소리라도 지르고 싶었지만 입을 벌려도 막상 소리가 터져 나오지 않았다.

오늘에서야 그녀는 취샤오샤오의 상대가 될 수 없다는 사실을 깨달았다. 지금까지 이런 일이 없었던 이유는 취샤오샤오가 그녀를 제대로 상대하지 않았기 때문이었던 것이다.

화장을 지우던 판성메이는 새삼 화장대 거울을 방문을 등지고 놓길 잘했다고 생각하고 있었다. 그래야 몸을 등지고 있더라도 지금처럼 아무에게도 들키고 싶지 않은 표정으로 들어오는 관쥐얼의 얼굴을 분명하게 볼 수 있으니까 말이다. 하지만 그녀는 가만히 앉은 채 못 본 척하고 넘겼다. 그녀는 관쥐얼이 질 거란 사실을 이미 알고 있었다. 취샤오샤오는 지금까지 단 한 번도 억울한 상황에 처해 본 적이 없던 사람이라 분명히 그 화를 주체하지 못했을 것이 뻔했다. 이럴 때는 최대한 멀리 떨어져 있는 게 가장 현명했다. 관쥐얼이 막 들어오고 나서 앤디가 급하게 달려오더니 비웃으면서 휴대폰을 판성메이에게 내밀었다.

"누군지 알겠어?"

판성메이는 흠칫 놀라서 손가락으로 옆방을 가리켰다. 휴대폰 속 정장을 곱게 차려입은 여자 사진은 바로 새로 이사 온 사람이 틀림없었다. 앤디가 고개를 끄덕였다.

"맞아, 저 사람이야. 차오 변호사가 나한테 보내준 건데, 요즘 우리 업계에서 주목받고 있는 사람이래. 실력도 좋다는데."

판성메이는 무엇보다 그녀가 무슨 일로 주목받고 있는지 그 뒷이야기가 궁금했다.

"무슨 일? 왜 주목받는데? 아, 맞다. 차오 변호사가 왔을 때 아마 잠깐 봤을 거야."

"저 여자가 막 하이시에 올라왔을 때 사장이 나쁜 짓을 하다가 걸렸나 봐. 그런데 아무렇지 않게 넘어가니까. 침착하게 있다가 뒤에서 몰래 동료를 꼬여서 복수의 칼날을 간 거지. 한 달도 안 돼서 사장 명의로 된 각종 증명서랑 문서들을 다 중국 증권감독 관리위원회에 넘긴 거야. 그리곤 아무 말 없이 사라졌대. 그 후로 그 사장은 업계에서 매장당했지. 아마 법원에서 처벌도 받았을걸. 당연히 저 여자를 찾는 회사도 없었고, 안타깝지."

판성메이는 지금까지 자기가 만났던 찌질한 남자들이 생각났다.

"멋있다."

"누가 아니래, 그 모욕을 견디면서 지냈다는 게 정말 쉽지 않았을 텐데, 같이 죽으면 죽었지 그냥 넘어가지 않겠다는 그 마음이 대단한 것 같아. 귀국해서 이곳 회사에 와 보니 온통 남자들뿐이고, 성희롱을 당해도 여자라는 이유로 부당한 대우뿐만 아니라 여론의 따가운 시선도 감당해야 하니까. 많은 여자가 이 부분에서 힘들어하지. 그거에 비하면 정말 이 사람은 대단한 거지. 정말 멋있어."

"유난은, 멋있긴 뭐가 멋있어. 저 여자 봐. 지금 아무도 모르게 숨어서 살고 있는 거잖아. 하는 일도 없이. 어쩐지 어딘가 이상하다 했더니 그런 사연이 있었구나. 근데 어리긴 하다. 사회에 발들인지 얼마 안 돼서 그런가, 만약에 닳고 닳은 사람이었다면 증거를 몽땅 가져가서 사장이랑 거래했을 텐데. 그리고 조용히 돈만 챙겨서 다른 곳으로 가서 잘먹고 잘살면 됐을 텐데. 옳은 일을 해놓고 자기가 손해 보고 있는 거잖아. 말 그대로 같이 죽은 거지."

"설마 그렇게까지. 난 그녀가 걱정된다기보다는 할 수 있으면 숨겨주는 게 맞는다고 생각해. 그나저나, 쥐얼이랑 샤오샤오는 얘기 잘했대?"

"한 방 제대로 먹은 것 같아."

앤디는 관쥐얼을 바라보며 아무 말도 하지 않았다. 판성메이가 먼저 입을 열었다.

"이번 일에는 나서지 말자. 둘이 알아서 해결해보라고. 아프지 않고 성장하는 사람이 어디 있겠어. 다들 어려움을 겪으면서 성장하는 거지."

판성메이는 입을 삐죽대며 작은 방을 가리켰다. 앤디도 판성메이의 말이 무슨 의미인지 아는 듯 고개를 끄덕였다. 그때 판성메이의 휴대폰이 울렸다. 추잉잉의 전화였다.

"언니, 내가 지금 뭐 하고 있게? 지금 잉친네 가족이랑 다 같이 호텔에서 밥 먹고 있어. 오늘 우리 정식으로 약혼해. 언니, 시간 괜찮으면 잠깐 와 줄 수 있어? 언니가 꼭 와줬으면 좋겠는데, 언니는 우리 언니니까. 헤헤. 쥐얼이랑 앤디 언니도 시간 괜찮은지 한번 물어봐 줄 수 있어?"

판성메이가 목소리를 낮추고 대답했다.

"와, 축하해! 이제야 마음이 놓이네. 근데 어떻게 하지, 나 못 갈 것 같은데. 나 지금 교육 중인데 잠깐 나와서 전화 받는 거야. 내가 있다고 생각해, 나 대신 많이 먹고 와. 정말 잘 됐다. 진짜 축하해!"

앤디는 자신도 모르게 쓴웃음을 지었다. 흥분한 추잉잉이 금방 전화를 끊을 것 같지 않자, 판성메이는 웃으면서 통화를 마무리했다.

"이제 얘기 그만하고, 얼른 들어가 봐. 잉친 부모님이 예의 없다고 생각하면 어쩌려고 그래. 오늘 같은 날에는 우리가 안 가는 게 맞아. 특히 취샤오샤오 같이 남의 잔치에 가서 찬물 붓는 사람은 더욱 그렇고. 안 그래? 얼른 들어가."

옆에서 듣고 있던 앤디가 씩 웃었다.

"생각하는 게 나보다 낫네. 나도 별로 안 가고 싶었는데."

"네가 나보다 나았을 거야. 난 좀 가식적이잖아."

두 사람은 서로 마주 보며 웃었다.

자오치펑이 온몸에 땀 냄새를 풍기며 2203호로 돌아왔을 때 도우미 아주머니는 이미 가고 없었다. 취샤오샤오는 현모양처처럼 현관 앞에 서서 그의 가방을 받아들고 실내화를 꺼내주었다. 마치 영화 속 일본 주부의 모습을 보는 것 같았다.

"또 수술 있었어?"

"어, 점심때부터 저녁 6시 반까지 계속 서 있다가 오는 거야. 오늘은 중간에 쉴 틈도 없더라."

"아이고, 고생했어. 따뜻한 물 받아놨어, 내가 마사지해줄게, 오빠는 손 하나 까딱 안 해도 돼."

"어? 나 진짜 꼼짝도 안 해도 돼? 내 이두박근 봐봐."

자오치펑이 원반 던지는 사람처럼 포즈를 취해 보였지만 이런 걸 알 리 없는 취샤오샤오는 어리둥절 해했다. 그저 자오치펑을 안으면서 연신 좋다는 말만 내뱉을 뿐이었다. 자오치펑은 취샤오샤오를 컴퓨터 앞으로 데리고 와서 사진 1장을 보여주었다.

"이거나 보고 있어, 난 샤워하고 올게."

"응, 빨리 씻고 와. 내가 오빠 주려고 옌두시엔 해놨으니까. 순 흑돼지 생고기랑 절인 고기, 그리고 오늘 친구네 뜰에서 캐온 죽순까지 넣었다고. 맛있겠지?"

"그럼 먼저 먹어야겠다. 아이고, 예쁜 짓 했네. 현모양처가 따로 없고만."

그의 뜨거운 반응에 취샤오샤오는 몹시 만족해하며 방금 자오치펑이 흉내 냈던 원반 던지는 사람의 사진을 클릭했다.

"아, 이거 따라 했던 거야? 대박! 그럼 이따가 씻고 나와서 옷 입기 전에 한 번 더 해주는 거야?"

두 사람은 온갖 장난을 치면서 거실로 돌아가서 식탁에 앉았다. 막 식사를 시작하려는 찰나에 취샤오샤오 어머니에게서 전화가 왔다. 취샤오샤오는 밥그릇을 들고 자오치펑 그릇에 고기를 올려주느라 정신이 없어서 스피커폰을 켰다.

"샤오샤오, 네 아빠한테서 전화 왔는데, 할머니가 돌아가셨대."

"아, 우리 가봐야 하는 거 아니야?"

"가도 되는 건지 모르겠다. 괜히 갔다가 눈에 거슬릴까 봐 가고 싶지 않은데, 근데 네 아빠가 할머니 유언이 있다고 하더라고. 살아계실 때 네 아빠가 효자 노릇 했으니까 뭘 남기시긴 했겠지. 알아볼 방법이 없을까?"

"남은 유산이 있을까? 있으면 그 잘난 손자한테 줬겠지. 만약에 그게 아니었다면 아빠가 미리 말했을 거야. 그랬으니까 엄마한테 전화로 말 못 했겠지. 아빠가 지분을 다 가지고 와야 엄마한테 말할 수 있지 않을까."

"내 생각도 그래. 네 아빠 이번에는 뭔가 단단히 결심한 것 같아."

"근데 아빠가 이렇게 나오면 안 되지, 엄마랑 같이 모은 재산인데. 할머니랑 아빠가 대체 무슨 생각으로 그러는지 모르겠지만, 엄마랑 날 뭐로 보고 이러는 거지? 아내랑 딸은 사람도 아닌가?!"

"내가 보기에 유언이라고는 해도 네 오빠 둘을 회사 임원으로 올리고 주식을 나눠주려는 수작인 것 같아. 나랑 상의도 하지 않고. 지금 네 아빠 하는 짓 좀 봐라."

"예전부터 그랬잖아. 아빠의 의도가 뭔지 아주 명백해졌네. 두 아들을 하이시로 데리고 올 작정인 거잖아. 내가 그렇게 말을 했는데, 엄마는 어떻게 이제야 안 거야?"

"오늘은 속 시끄럽게 하지 말자. 숨 좀 돌리고 얘기해."

취샤오샤오 어머니는 말을 끝내고 전화를 끊어버렸다. 취샤오샤오는 자오치펑을 멍하니 바라보면서 어떻게 해야 할지 생각하고 있었다. 자오치펑이 한 가지를 제안했다.

"서재 가서 생각하고 와. 내 잘생긴 얼굴을 보고 있으면 집중이 안 되잖아."

"내가 옌두시엔 해줬으니까 오빠도 아이디어 하나 줘봐."

"내 생각에는 너희 집 재산을 6등분해서, 그중 6분의 3은 아버님이, 나머지 6분의 3은 어머님이 가져가시고, 너는 어머님이 가져간 데서 다시 6분의 3, 아버님 거에서 6분의 1을 가져가면 돼. 나머지는 뭐 네 오빠들한테 주시거나 하겠지. 만약 어머니가 너한테 넘겨주신 재산이 이미 6분의 4가 됐다면 그 정도면 충분하지 않나 싶어."

"오빠는 몰라. 내 친구 중에도 이런 일이 있었는데, 6분의 3으로 나누는 공식 따윈 없었대. 친구네 부모님이 교통사고로 돌아가셔서 유산 나눌 때 문제가 생긴 거야. 아빠가 먼저 돌아가셨는지, 엄마가 먼저 돌아가셨는지, 그거에 따라서 유산 분배의 결과가 완전히 달랐대. 나랑 엄마가 주장하는 건 아빠가 우리의 존재를 결코 무시해서는 안 된다는 거지."

"그럼 아버님이랑 만나서 얘기해봐. 어머니를 대하는 것처럼 하지 못하게 말이야."

"얘기가 통했으면 벌써 했지. 이미 할 얘기는 다 했어. 아빠가 그때마다 못 들은 척하긴 했지만. 왠지 이번에는 안 될 것 같아. 괜히 경솔하게 행동했다가 일을 그르칠 수도 있어서."

"어머니한테 받을 재산 다 받으시면 이혼하시라고 해."

"안 돼…."

취샤오샤오는 자기도 모르게 소리를 질렀다.

"아빠 엄마가 이혼하면 어떡해!"

"너도 이제 어른이잖아. 두 분이 매일 싸우면서 평생 살면 좋겠어? 각자의 삶을 사는 게 더 나을지도 몰라."

"안 들을래."

취샤오샤오는 귀를 막고 서재로 들어갔다. 자오치펑은 멍해졌다. 아버지에게 위치추적까지 설치했던 취샤오샤오가 부모님의 이혼을 생각해본 적 없다니. 남편에게 이미 마음이 떠나서 모든 재산을 딸에게 넘겨 놓은 어머니가 아직도 여전히 남편에 대한 환상을 가지고 있다니. 정말이지 여자의 마음을 알 수 없었다. 자오치펑이 서재에 들어가니 취샤오샤오가 울먹이면서 말했다.

"엄마 아빠 이혼하는 거 싫어."

자오치펑이 두 팔을 벌리자 그녀가 그의 품으로 들어왔다.

"두 분을 똑같이 대하기 힘들지? 아빠랑 얘기해봐."

취샤오샤오는 답답했다.

"요즘 일도 많고 바쁜데, 시에빈까지 나타나서 귀찮게 하고, 엄마 아빠 일도 복잡하고, 휴…."

취샤오샤오는 힘이 쭉 빠졌다. 예전으로 결코 돌아갈 수 없다는 걸 그녀도 깨달은 것이다.

72

저녁 시간을 거의 잡담으로 보낸 앤디가 겨우 엉덩이를 붙이고 앉아
서 일을 하려던 찰나에 현관문이 열렸다. 안으로 들어오는 바오이판
은 평소와는 다르게 몹시 헝클어진 모습이었다. 넥타이는 팔에 걸치
고 정장 안에 입은 셔츠 단추는 다 떨어진 데다가 아랫부분도 터져
서 걸을 때마다 펄럭거려서 셔츠 안으로 섹시한 근육이 은근히 비쳤
다. 앤디는 너무 놀라서 이상한 생각까지 하게 됐는지 얼굴에 시무룩
한 기색이 역력했다. 반대로 바오이판은 활짝 웃어보였다.

"살짝 질투했죠? 어디 나 좀 봐요."

앤디가 고개를 획 돌렸다.

"솔직하게 말해요. 그래도 용서해줄까 말까 하니까."

"하하, 당신은 화났을 때가 참 예뻐요. 아, 하던 얘기를 마저 하자
면, 친구들이 주선한 고객들과의 식사 자리에서 몰래 빠져나오려고
하다가 엘리베이터 앞에서 딱 걸렸지 뭐예요. 사람들이 밥 한 끼 먹
고 가라는 거 난 신혼이니까 먼저 가겠다고 했는데도 안 놔주는 거
예요. 실랑이하다 보니 이렇게 됐네요. 당신이 오해할 수도 있겠다고
생각했는데, 에이, 계속 그렇게 찡그리고 있을 거예요?"

앤디는 당연히 바오이판의 적수가 될 수 없었다. 오히려 바오이판

이 앤디에게 무엇을 살펴봐야 하는지, 예를 들어 셔츠에 묻은 립스틱이나 머리카락 같은 것을 살펴봐야 하는 거라며 가르쳐주기까지 했다. 그리고 또 귀가 시간 체크도 중요하다면서, 늦을수록 좋은 징조는 아니라며 이것저것 코치를 해줬다. 앤디는 켁켁 거리며 웃었다. 바람피우는 남자를 확인하는 방법이 이렇게 많은 줄 상상도 못 해봤다.

대화는 22층에서 아래층의 식사 자리까지 이어졌다. 식탁에 앉은 앤디는 그제야 진지하게 물어볼 일이 있었다는 게 생각났다.

"시에빈 말이에요, 어떻게 된 거죠? 나한테 위협이 되거나 하진 않는 거죠?"

"당신도 알고 있었죠? 내가 웨이궈창 찾아간 거. 원래는 뒤탈이 없도록 시에빈을 직책에서 물러나게 해달라고 부탁하려고 했다가 그 사람이 힘들게 얻은 직장을 잃게 되면 아무것도 남지 않게 돼서 오히려 더 물불 안 가리고 달려들 것 같았어요. 웨이궈창이 그러더라고요. 시에빈에게 알아듣게 잘 말해서 앞으로 당신한테 경거망동하지 못하게 하겠다고요. 나중에 시에빈이 경찰서에서 지구대로 옮겨졌다는 얘기는 들었어요."

"아, 어쨌든 다시 찾아오지만 않으면 되죠. 시에빈이 쥐얼한테는 업무 때문에 볼일이 있어서 간 거라고 했대요. 뭐, 그 말을 믿진 않지만."

"억울한 척하지 말라고 해요. 처음에 자기와 쥐얼 사이에 참견하지 말라며 당신을 겁줬잖아요. 언제 어디서나 당신을 찾아갈 수 있다는 걸 은연중에 암시한 거죠. 만약 정말 미행이 아니었다면 우리를 보고 당황하거나 그 자리에서 우리에게 뭐든 설명하는 게 맞죠. 더 이상한 건 다음 날 다시 찾아가서 당신에 대해 알아봤다는 거예요. 그럴 이유가 전혀 없는데 말이죠. 웨이궈창이 이 정도 선에서 처리한 것도 감지덕지해야 할 거예요."

"나도 당신과 같은 생각이에요. 그런 사람은 절대 공직에 있어서는 안 돼요. 특히 언제든 권위를 남용해서 사적인 일을 처리할 수 있는 기관은 더더욱 안 되고요. 공무원 되기가 그렇게 어렵다고요? 말도 안 되는 소리, 시에빈 같은 사람도 명문대 출신이라고 보는 거예요?"

"웨이궈창이 허튼 소리할 사람은 아니잖아요. 요즘은 공무원 되는 게 연구원 되는 것보다 훨씬 어려워요. 시에빈처럼 든든한 백도 없고 현지 사람이 아닌 경우에는 출세하기에 이보다 더 좋은 길은 없어요. 하지만…."

바오이판은 젓가락을 든 채 생각을 달리해보다가 웃음이 터졌다.

"아, 나한테 뭐라고 하지 마요. 웨이궈창이 한 말인데, 이건 꼭 해야겠어요. 저보다 문제를 대하는 게 확실히 노련하시더라고요. 만약에 시에빈을 아예 내보내는 것보다는 현재 위치에서 강등시켜서 마땅한 처벌을 받게 하는 거죠. 나중에 새로운 상사가 와서 그 사람을 데려다 쓸 수도 있지만, 아마 몇 년 동안은 그런 기회는 없을 거예요. 이런 사람은 쉽게 그만두고 나오기도 쉽지 않기 때문에 그냥 평생 저렇게 우물 안 개구리로 살아가겠죠. 그의 인생에 더 이상 반전은 없어요. 그가 대단한 집안에 사위로 들어가지 않은 이상, 당신한테 위협이 될 리는 없다는 말이에요."

앤디가 놀란 듯 되물었다.

"더 이상 반전은 없다고요?"

"백마 탄 공주님을 만나지 않는 한 말이죠."

"그래서 쥐얼이 그런 얼굴로 돌아온 거구나."

바오이판은 앤디의 다음 말은 듣지 못했는지 생각에 잠긴 앤디를 보고 말을 이었다.

"막상 얘기를 들으니까 마음이 약해져요? 시에빈 같은 사람에 대

해서 루쉰 선생님도 한마디 하셨잖아요. '물에 빠진 개는 두들겨 패
라.' 그 개가 다시 나와서 당신한테 해코지라고 하면 어떻게 해요."

"그렇지만 이번 일은 좀 마음이 그러네요."

"마음 쓸 필요 없어요. 우리가 고소할 수 있는 방법이 있으면 해야
죠. 증거도 있고 증인도 있으니까 정당한 방법으로 그 사람의 처분을
요청했다고 해도 결과는 똑같았을 거예요. 우리는 그저 하는 수 없이
개인적인 방법으로 살길을 찾은 것뿐이라고요. 아직 머리가 복잡해
서 그런 거죠?"

"치, 너무 웃는 거 아니에요? 나도 그런 사람이잖아요. 시에빈도
나처럼 어둡고 힘든 어린 시절을 보내면서 자랐어요. 다른 사람보다
몇 배의 노력을 더 했기 때문에 그 어둠에서 나올 수 있었을 거예요.
미래에 대한 희망이 그를 여기까지 이끈 힘이었을 거예요. 만약에 그
가 미래에 대한 희망을 잃어버린다면 앞으로 살아갈 이유가 사라지
는 거나 마찬가지일 텐데, 입장 바꿔 생각해보면, 당신이랑 아이가
내 앞에 나타났을 때, 그때 삶에 대한 이유가 생겼거든요. 알다시피
내 삶은 정말 무미건조했잖아요."

앤디가 자신의 얘기를 하지 않았더라면 바오이판은 또 비웃었을
것이다. 그는 잠시 본론에서 벗어나서 앤디의 손을 꼭 잡았다.

"나는 당신의 새로운 삶의 이유가 될 뿐만 아니라 당신 삶의 다른
영역을 살려내는 이유예요. 봐요, 나한테 당신의 인생이 이렇게 중요
해요. 난 당신의 유일한 사람이에요."

"내가 샤오바오라고 불러도 돼요?"

"사람들이 내가 어렸을 때 다 바오샤오라고 불렀었는데, 그때부터
나는 스스로 내가 샤오바오라고 생각하고 있었어요."

바오이판은 아주 겸허하게 받아들였다. 앤디는 절대 그를 이길 수

없었다.

날이 밝지도 않은 이른 아침, 베갯머리에 둔 휴대폰 알람도 울리기 전에 판성메이는 문밖에서 나는 발걸음 소리를 들었다. 처음에는 새로 이사 온 사람이라고 생각했다가 뭔가 이상한 느낌이 들어서 다시 들어보니 바로 옆방에 있는 관쥐얼의 발걸음 소리였다. '평소에 잠도 많은 애가 이렇게 일찍 뭐하는 거지? 사랑은 역시 사람을 변하게 하나보다'라고 생각한 판성메이는 크게 신경 쓰지 않고 계속해서 잠을 청했다. 그리고 잠시 후 알람이 울리자 벌떡 일어나 세수를 하러 나갔다. 그때 마침 깔끔하게 차려입고 막 나가려는 관쥐얼과 마주쳤다.

"이렇게 일찍 어디가? 출장 가? 나한테 컨실러 있는데, 그거라도 줄까? 좀 바르면 좋을 것 같은데, 그런데 너 얼굴이…."

"많이 그래?"

관쥐얼은 잠을 한 숨도 못 잤는지 푹 잠긴 목소리로 대답하고는 시계를 한 번 쳐다봤다.

"아직 시간 괜찮네, 언니…."

"이쪽으로 와 봐."

판성메이는 그녀를 방으로 데리고 들어가 화장대 앞에 앉힌 후 화장품을 꺼내주었다. 그리고 막 화장실을 가려는 순간, 그녀가 판성메이를 불렀다.

"언니, 나 출장 가는 거 아니야. 나… 시에빈 보러 가면 안 되나? 그냥 멀리서 만이라도."

관쥐얼은 시선을 어디에다 둬야 할지 몰라 앞에 있는 거울에 시선을 고정한 채 말했다. 그녀의 얼굴은 이미 빨갛게 달아오른 지 오래였다.

"다 큰 성인이잖아."

"걱정돼서. 시에빈이 헤비메탈을 좋아하는데, 왜 그렇게 좋아하는지 이제야 이해가 됐어. 속내를 표현할 데가 없었던 거야."

판성메이는 관쥐얼 뒤에서 눈만 깜박거리고 있었다. 관쥐얼이 말하는 헤비메탈이 뭔지 도무지 알 수 없었기 때문에 오직 침묵만이 흘렀다.

황급히 화장을 마친 관쥐얼은 판성메이에게 인사를 하고 집을 나섰다. 그러다 엘리베이터에서 내리는 앤디와 또 마주쳤다. 그녀는 엘리베이터가 상행인지도 모르고 얼른 올라탔다. 앤디가 그녀를 불렀지만 못 들은 것처럼 애써 웃음만 지어 보였다.

엘리베이터 문이 닫히고 앤디가 몹시 의아해하며 판성메이에게 물었다.

"쟤 왜 저래?"

"시에빈이 걱정돼서 지금 보러 가는 길이야. 그냥 멀리서라도 보고 오겠대. 네가 어디 가냐고 물어볼까 봐 후다닥 가버린 것 같아."

"어디 간다고? 시에빈한테 간다고?"

앤디는 바로 엘리베이터 버튼을 눌렀다. 판성메이는 보고만 있었다. 엘리베이터는 두 층 정도 올라갔다가 정확히 22층에서 다시 멈췄다. 관쥐얼은 세상에서 가장 어색한 표정으로 엘리베이터 문이 열리는 것을 지켜보고 있었다.

"어제 아침에 시에빈이 왜 여기서 널 기다렸는지 알 것 같다."

앤디의 말에 관쥐얼의 눈에서 눈물이 왈칵 쏟아졌다. 엘리베이터 문이 천천히 닫히고 그녀 혼자 엘리베이터에 남았다.

"진짜 많이 좋아했나 봐. 앤디, 근데 너 왜 그래?"

앤디는 고개를 들어 지난 일요일 동생 병원에서 시에빈과 마주쳤던 장면을 다시 떠올려 보았지만, 당시 그녀가 너무 놀랐었는지 기억이 제대로 나지 않았다. 아무리 생각해도 그때 시에빈의 눈빛과 표정이 떠오르지 않았다. 한참을 생각하던 그녀는 판성메이에게 인사를 하는 것도 잊어버리고 불안한 마음으로 2201호로 돌아갔다. 홀로 남아 앤디의 뒷모습을 보고 있던 판성메이는 엘리베이터를 또 한 번 바라보았다. 대체 무슨 일이 있었던 건지 감을 잡을 수 없었다. 문을 열고 들어간 앤디의 귀에 침실에서 들려오는 바오이판의 애교 섞인 목소리가 들려왔다.

"유부녀가 아침에 남편을 혼자 깨게 하다니. 오늘 아침 운동은 안 하기로 하지 않았어요?"

"운동 갔다 온 거 아니에요. 아래층에 내려가서 도우미 아주머니께 충요우빙(파전)을 해달라고 했어요."

"앞으론 직접 내려가지 말고 전화해요."

바오이판이 앤디를 이불 속으로 끌어당겼다.

"어떻게 아침부터 전화해서 마음대로 부탁해요. 그래도 직접 가서 얘기해도 마음에 걸리는데."

바오이판은 앤디를 가만히 보고 있다가 갑자기 부탁할 게 하나 생각났다.

"시에빈에 대해서는 다른 사람들한테 말하지 않는 게 좋겠어요. 우리가 아무리 정당한 조치였다고 생각해도 어떤 사람들에게는 부당하다고 느껴질 수도 있으니까요. 재벌 2세가 갑질의 대명사인 거 알죠?"

"나는 기쁘면 기쁘다고 얘기하고, 기쁘지 않으면 그렇지 않다고 얘기해요. 다른 사람들이 어떻게 받아들이는가는 그 사람들 몫이죠.

안 그래요? 안 일어날 거예요?"

"마나님, 우리는 깨가 쏟아지는 신혼이라고요. 그건 알고 있죠? 그 흔한 애정 표현 하나 없다니."

"아침 시간에 할 수 있는 일이 얼마나 많은데요…."

앤디는 잔뜩 찡그린 바오이판을 보고는 그 옆으로 다가가 비위를 맞춰주었다.

"사실은 당신이 날 꼭 안아주는 거 좋아요."

"이제 아무 말도 하지 말고 딱 10분만 더 누워 있어요."

앤디는 무척이나 속이 탔다. 10분이면 얼마나 많은 일을 할 수 있는데, 아무 일도 하지 않고 그냥 누워만 있어야 한다니. 게다가 아무 말도 없이 말이다.

정확히 10분이 지난 후, 앤디가 눈을 뜨자마자 말했다.

"앞으로 아침에 일어나서 침대 밖으로 나오기 전에 이렇게 10분씩 안고 있기로 해요."

바오이판이 뒹굴거리며 웃다가 침대 밑으로 떨어졌다.

앤디는 나름 진지한 얼굴로 한마디 덧붙였다.

"방금 들어오면서 쥐얼을 만났는데, 어딜 가나 했더니 시에빈이 걱정돼서 보러 간다고 하더라고요. 원래 잠이 많아서 출근할 때도 차에서 꾸벅꾸벅 졸던 앤데…."

"아, 난 가서 그저께 복도 CCTV 좀 찾아봐야겠어요. 점심때 사람 보내서 전해주든지 할게요. 내 기억에 복도에 박스가 널려 있었던 것 같은데."

"잠깐만요. 내 말 아직 안 끝났어요,"

"알아요, 당신이 지금 두 사람 동정하고 있다는 거."

앤디는 멋쩍은 듯 웃고는 바오이판을 화장실로 밀어 넣었다.

관쥐얼은 아주 연하긴 했지만 눈 화장을 한 걸 잊었는지 계속 눈을 비벼서 눈 주변이 엉망이 됐지만, 화장에 신경을 쓸 정신도 없었다. 그녀는 앤디의 말이 자꾸 떠올랐다. 그날 시에빈이 아파트 입구에서 그녀를 기다렸을 때, 그녀를 찾아와 변명을 하지도 않았고 잠깐 나오라고 얘기도 하지 않았다. 아마 지금 그녀가 시에빈에게 가는 목적과 같았을 것이다. 그 사람이 괜찮은지 그것만 확인하고 싶었던 것이다. 관쥐얼은 눈물이 멈추지 않았다. 그녀의 발걸음 소리가 마치 자신의 마음을 긍정하는 소리처럼 들렸다. '그래, 그랬던 거야.' 시에빈도 그녀가 걱정스러워서 찾아왔던 것처럼 지금 그녀도 시에빈이 너무나 걱정스러웠다. 2시간밖에 못 잔 것보다, 사람들이 쳐다보는 시선보다, 정말 시에빈이 괜찮은 건지, 직장이 바뀌어서 출근을 안 하는 건 아닌지 그런 생각만 들었다. 단지 그것만 확인해보고 싶었다.

관쥐얼은 서둘러서 전철역으로 들어갔다. 많은 사람이 통로를 가득 메우고 있는 걸 보니 전철이 도착한 것 같았다. 그녀는 후다닥 계단을 따라 내려가 문이 닫히기 직전에 전철에 올라탔다. 그런데 반대편 선로에서 관쥐얼과 상태가 비슷해 보이는 씨에빈이 방금 들어온 열차에서 내렸다. 두 사람이 탄 열차가 서로 엇갈리는 바람에 아무도 서로의 그림자도 보지 못했다. 두 사람은 이 두 열차처럼 그렇게 스쳐 지나간 것이다.

관쥐얼이 자리를 잡고 섰을 때 판성메이의 메시지를 받았다.

"내가 예전에 만났던 사람 중에 파출소에서 일하는 사람이 있었는데, 아침 8시에 출근하더라고, 교대시간을 맞추려고 몇 분 정도 먼저 나가는 것 같아. 그러니까 오늘 시에빈을 못 본다고 해도 너무 속상해하지 마. 그도 일찍 출근했을 수도 있잖아."

관쥐얼도 판성메이에게 답장을 보냈다.

"고마워, 언니. 오늘 못 보더라도 잠깐 있다가 와야 마음이 편할 것 같아서 가는 거야. 신경써줘서 고마워."

판성메이는 자기 코가 석자였지만 그래도 관쥐얼을 살뜰히 챙겼다. 그녀는 여느 때처럼 하이힐을 신고 출근길에 올랐다. 아파트 입구를 지나가는데 낯익은 얼굴이 눈에 띄었다. 시에빈이었다. 그녀는 멀찍이 서 있는 시에빈을 향해 달려갔다. 그는 당황해서 어쩔 줄을 몰라하며 당장이라도 도망갈 것 같자 그녀가 다급하게 시에빈을 불렀다.

"시에빈 씨, 잠깐만요. 할 말이 있어요!"

판성메이는 나이도 많은 사람이 하이힐까지 신고 뛰는데 인사는 커녕 도망을 간다며 속으로 원망하긴 했지만, 그녀의 남자 친구가 아니라 관쥐얼의 남자 친구였기에 다른 소리는 하지 않기로 했다.

"여기서 기다릴 필요 없어요. 쥐얼은 아침 일찍 나갔거든요. 그쪽 만나러 간다고."

판성메이는 출근 시간이 다가와서 다급한 목소리로 생각나는대로 일단 마구 떠들어댔다.

"대체 무슨 일이에요? 쥐얼은 그쪽한테 진심이던데, 그쪽이 오히려 마음을 제대로 못 정하고 있는 것 같은데…."

"쥐얼이요? 쥐얼, 괜찮나요?"

그는 긴장했는지 두 손을 어디다 둬야 할지 몰라 했다.

"두 사람 다 이상하네요. 특히 그쪽이요. 남자가 돼서 여자한테 직접 물어보지도 못하고…, 됐고! 쥐얼한테 기다리지 말라고 연락이나 해요. 내가 할까요? 그쪽이 할래요? 나 지금 출근하는 길이라 이렇게 얘기할 시간 없어요."

판성메이는 말을 하고 자리를 떴다. 조금 더 얘기를 나눴다간 지각을 면할 수 없을 것 같았다.

"제가 할게요. 감사합니다."

시에빈은 흥분한 나머지, 말도 제대로 나오지 않았다.

"암튼 난 갈게요."

시에빈은 한참 동안 판성메이의 뒷모습을 바라보고 있었다. 그만의 고마움의 표시였다. 그리고 엉뚱하지만 하이힐을 신고도 자유자재로 걸어가는 판성메이의 모습이 신기하기도 했다.

전철에서 내린 관쥐얼은 곧바로 시에빈의 집으로 향했다. 이 동네가 그리 익숙하지 않은 데다가 올 때도 차만 타고 와서 전철로 얼마나 걸리는지 잘 몰랐다. 그녀는 시간이 부족할 것 같아서 근처에서 그의 집 입구만 보고 오기로 했다. 출근 가방까지 메고 있어서 걷는 속도는 빠르지 않았지만 그래도 가까워질수록 마음은 편안해졌다. 가쁜 숨을 몰아쉬며 걷고 있는데 시에빈에게서 전화가 왔다. 그녀는 혹시나 그가 근처에서 자신을 지켜보고 있지 않을까 하며 주변을 살펴보았다.

"쥐얼? 나 방금 성메이 누나를 만났는데….."

"너도?"

"응."

관쥐얼은 놀라서 아무 말도 나오지 않았다. 그저 휴대폰을 통해 그녀의 숨소리만 전해졌다.

"내가 오늘 첫 출근이라 지각하면 안 될 것 같아서. 이따가 끝나고 데리러 가도 돼?"

"어? 나 오늘 출장 가."

관쥐얼은 만나서 오해부터 풀어야겠다고 생각하고 있었는데 자기도 모르게 거짓말이 나올지 몰랐다.

"그래, 그럼 조심히 다녀와."

관쥐얼은 그가 그녀의 거짓말을 눈치챘을 거라고 생각했다. 어쩔 줄을 몰라하던 그녀가 용기를 내어 말했다.

"어제 일은 사과할게. 신경 쓰지 않았으면 좋겠어. 안녕, 나도 출근할게."

"쥐얼, 넌 내가 지금까지 만났던 사람 중에 제일 좋은 사람이야. 절대 널 원망하지 않아."

관쥐얼은 한참을 가만히 있다가 천천히 전화를 끊었다. 그녀는 왜 여기에 왔는지, 여기까지 와 놓고 왜 거짓말을 했는지 도무지 알 수가 없었다. 이유를 찾고 싶어도 찾을 수 없었다.

그날 점심, 추잉잉이 판성메이에게 메시지를 보냈다.

"언니, 나 오후에 혼인신고 하러 가. 아빠랑 엄마, 그리고 잉친네 부모님이랑 다 같이 가긴 하는데 언니도 와줬으면 좋겠어. 언니가 근무 중인 건 알지만 와서 증인이 되어줬으면 좋겠어. 신고 마치고 나면 부모님들까지 다 내려가시고 나면 잉친이랑 나랑 둘만 남게 되겠지. 잉친이 회복하면 우리가 모두에게 한턱 낼게. 언니, 나 드디어 결혼해! 정말 너무 기뻐, 이렇게 기쁠 줄 몰랐어. 환락송 식구들도 빨리 결혼했으면 좋겠어. 그때 되면 원탁 테이블에 앉아서 식사해야겠다. 얼마나 좋을까. 언니, 눈을 조금 낮추고 상대방의 부족한 점을 찾으려고 하지 않으면 쉽게 결혼에 골인할 수 있어. 앞으로 우리 집은 언니한테 언제나 열려 있으니까 언제든지 언니가 오고 싶을 때 놀러와."

메시지 내용이 뒤로 갈수록 어이없었지만 판성메이는 기쁜 마음으로 답을 보냈다.

"축하해, 나도 너무 기쁘다. 22층 식구들한테 전달해줄게."

22층의 다른 사람들도 추잉잉에게 메시지를 받았다. 내용은 거의 비슷했지만 관쥐얼이 받은 메시지는 살짝 달랐다. '쥐얼, 너는 조금 더 적극적일 필요가 있어. 더 많이 용서해주고 이해해 줘. 그 사람을 끔찍이 위해줘야 느끼더라고.' 안 그래도 심란한 관쥐얼에게 염장을 지른 격이었다. 그녀는 판성메이와 비슷하게 답장을 보냈다. 하지만 생각할수록 꽤씸한 생각이 들어서 메시지를 삭제해버렸다. 잉친이 회복하고 난 후 다 같이 모인 식사 자리에서 그녀가 무슨 얘기를 할지 불 보듯 뻔했다. 왜 여전히 노처녀로 남아 있는지 아니면 어떻게 하면 자기처럼 성공적인 결혼을 할 수 있는지 이런 것들 말이다.

취샤오샤오가 받은 메시지도 조금 달랐다. '하하하, 내가 잉친을 늦게 알았는데 먼저 결혼하게 됐네. 내가 이겼어!' 취샤오샤오도 질세라 답장을 보냈다. '오늘 밤이네, 조심해. 아니면 내가 처녀막 복원 수술 잘하는 의사라도 소개시켜 줄까? 하하하.' 추잉잉은 이 메시지를 보자마자 황급히 지워버렸다.

앤디에게도 조금 다른 내용의 메시지가 전달됐다. '언니, 나중에 우리 아이들끼리 결혼시키면 어때? 하하하.' 그때 앤디는 바오이판과 만나기로 한 호텔 입구에서 마주쳤다. 그녀는 '축하해.'라는 세 글자만 보내고 식사를 하러 들어갔다.

"잉잉이 드디어 결혼했어. 이제 다시는 허튼짓 안 하겠지?"

바오이판도 앤디의 휴대폰으로 추잉잉에게 축하 메시지를 보냈다.

"추잉잉 때문에 얼마나 골치 아팠는데, 막판에 축하한다고 달랑 세 글자만 보내다니, 그러면 그 간의 모든 공이 다 수포로 돌아가 버리는 거라고요."

"잉잉이 메시지를 계속 보낼까 봐 그랬어요. 샤오샤오가 그러더라고요. 만약에 잉잉이 결혼하면 아마 전 세계 모든 사람에게 이 소식을 알릴 거라고요."

바오이판이 낄낄거리며 웃었다. 그리고 USB를 꺼내서 노트북에 연결했다.

"자, 친구가 복사해서 준 거예요. 나도 아직 못 봤어요."

말이 끝나기가 무섭게 앤디 휴대폰이 울렸다. 역시 추잉잉이었다. 미래의 사돈과 어떻게 하면 잘 지낼 수 있을까라는 정말 쓸데없는 이야기였다. 앤디가 메시지를 확인하자마자 또 다른 메시지가 도착했다. 한꺼번에 연속으로 메시지를 보내다니, 추잉잉이 할 일이 없는 게 분명했다. 누구와 비슷한 경험을 나누고 싶긴 한데, 22층에서 결혼한 사람은 앤디뿐이니, 어떻게든 얘기를 나누고 싶었던 것이다. 하지만 앤디는 답장을 보내지 않았다.

메시지 도착 알림이 계속 울리는 가운데, 두 사람은 식탁에 앉아 음식을 기다리면서 바오이판이 가져온 CCTV영상을 보기로 했다. 영상 앞부분에서 잉친이 어느 사무실에서 나오는 모습이 보였다. 한 20분 정도 머물렀다가 나왔다. 그리고 사무실에서 나오던 그가 갑자기 몸을 숨겼다. 역시나 그때 두 사람이 엘리베이터에서 내리고 있었다. 그 후 시에빈의 시선은 두 사람이 동생의 병실에 들어갈 때까지 계속 고정되어 있었다. 시에빈은 동생 병실에 가까이 와서도 잠시 주변을 살핀 후에야 문을 두드렸다.

"우리를 보고 왜 숨은 걸까요?"

바오이판은 영상을 뒤로 돌려서 반복해서 살펴보았다.

"만약에 미리 일 때문에 왔다고 확실히 말했으면 됐지 않았을까? 그게 의문이라니까. 단지 호기심으로 온 거라면 이런 행동은 안했을 텐데. 그럼 일 때문에 왔다는 건 핑계인가? 먼저 갔던 사무실에서도 우리가 있던 주차장도 보였을 텐데."

"우연히 마주칠 확률은 아주 적어. 미리 사무실에서 우리가 오기를 기다리고 있었을 확률이 지금으로선 더 크다고 보이는데요."

앤디는 시에빈이 동생의 병실을 기웃거리는 그 장면에서 영상을 멈췄지만 안타깝게도 화소가 좋지 않아 당시 시에빈의 표정을 제대로 확인할 수 없었다.

"그가 병실 밖에서 정확하게 23초 있었어요. 기회를 본걸까요? 아니면 염탐한 걸까요? 어쩐지 한참 동안 누가 미행한다는 느낌이 들었는데, 내 느낌이 틀리지 않았나 보네요."

"또 궁금한 거 있어요? 이 사람 행동이 다 설명해주고 있는 것 같은데."

"있어요. 영상을 보니까 의문이 하나 생기는데요. 시에빈은 우릴 따라온 게 아니라 우리보다 먼저 도착한 거잖아요. 여기 두 가지 경우가 있는데, 하나는 그가 이미 나에 대해 조사를 했다는 거예요. 그렇지 않았다면 나와 동생의 관계를 알 수 없었을 거예요. 대체 어떻게 알았을까요? 여기까지 조사했으면 상당히 큰 계획이었을 텐데 시간도 제법 걸렸을 거고요. 직위를 이용하지 않았다면 불가능했겠죠. 왜 그랬을까요? 여자 친구의 친구를 뒷조사한다라? 굳이? 다른 한 가지 경우는 그가 전에 날 먼저 따라왔을 거라는 거예요. 지난주 토요일에 내가 샤오샤오가 그의 뒷조사를 했다는 사실을 알고 있다는 걸 쥐얼한테 들켰거든요. 그걸 알고는 갑자기 나타나서 경고하더라고요. 지금 나는 시에빈과 쥐얼이 서로 알게 된 후에 동생을 보러 몇 번을 갔었는지를 기억해 내는 거예요. 그리고 그때 그와 쥐얼이 같이 있었는지도요. 거의 주말이면 두 사람이 같이 있었다면 날 미행할 시간은 없었겠죠. 알아봐야겠어요."

앤디는 상에 올라온 음식들은 신경도 쓰지 않고 급히 관쥐얼의 웨이보를 뒤지기 시작했고 바오이판은 시에빈이 몰래 병실 안을 들여다보는 영상을 살펴보고 있었다.

"이 남자 정말 마음에 안 드네요. 행동이 너무 미심쩍어요. 원래 사람의 마음이 행동으로 나타나는 거잖아요."

바오이판은 앤디 입에 음식을 넣어주었다. 앤디는 영상을 다 보고 가슴을 쓸어내렸다.

"두 번째 상황도 아닌 것 같네요. 전에 한 번 동생 보러 왔을 때는 쥐얼과 시에빈이 같이 있었네요. 지난주 일요일에 만난 건 우연이라는 게 설명이 되네요."

"시에빈과 당신이 우연히 만난 후 당신을 따라갔던 걸 삭제할 수 있어요?

"영상 분석은 삭제가 불가능해요. 동기 분석도 불가능하고요. 그러니까 시에빈이 악의로 당신을 미행했다는 것도 확신할 수 없죠."

"우리를 보자마자 숨었잖아요, 이건 무슨 동기죠? 직업병? 참나, 시에빈이 스파이였다는 말 같지 않은 말을 하려는 건 아니죠?"

바오이판은 영상을 다시 돌려보았다.

"한 가지 가능성이 더 있어요. 나처럼 과거에 대한 두려움을 갖고 있을 수도 있어요. 난 어렸을 때 알던 사람들을 만나는 걸 별로 좋아하지 않아요. 지금까지 생각해보면 그런 사람들과 마주했을 때 나의 첫 번째 반응은 고개를 돌리고 빠른 걸음으로 걷거나 어디론가 숨어버리는 거였어요. 그래서 결혼식도 하지 않으려고 했잖아요."

바오이판은 한숨을 내쉬었다.

"당신도 생각 못 했던 거잖아요. 그의 어린 시절이 그렇게 힘들었을지 누가 알았겠어요. 그래서 경찰이 된 게 아닐까요, 매일 다른 사람들을 마주 할 수 있어서."

앤디는 시에빈이 재빨리 숨는 장면을 보고 긴 한숨을 내쉬고는 노트북을 닫아버렸다.

"나 지금 심장이 너무 뛰어요. 이렇게 내 사생활과 관련된 일이 생기면 비이성적으로 돼 버려서 큰일이에요."

"그럼 내 말대로 해요. 내가 웨이궈창을 찾아가기로 결심한 건, 시에빈이 우리를 만난 다음 날 다시 의사를 찾아간 것 때문이에요. 처음에는 나도 우연이라고 생각하고 그냥 이런 일이 있었다는 정도만 얘기해서 우리가 만만한 상대는 아니라는 것만 보여주려고 한 것뿐이에요. 첫날 우리를 보고 의심스러운 부분이 있었으면 현장에서 물어봤어야죠. 악의가 없었다면 우리의 비밀, 아니죠, 상처를 건드리지는 않았을 거예요. 시에빈이 의사를 찾아간 건 100퍼센트 악의라고 봐요. 그러니까 너무 마음 쓰지 말고 죄책감도 느끼지 말아요."

앤디는 한숨은 내 쉬고 노트북에서 UBS를 빼서 가방에 넣었다. 바오이판은 그녀의 손을 꼭 잡아주었다.

"다른 생각은 말아요. 그리고 이 영상을 쥐얼에게 보여주지 않는 게 좋겠어요."

"쥐얼이 날 얼마나 믿고 있는데, 어떻게 시에빈이 어떤 사람인지 말을 안 해 줄 수 있어요."

"일단은 우리끼리만 아는 거로 하고 다음 주에 다시 생각해 보는 것으로 하죠."

"정말! 벌써 이렇게 마음이 약해지다니, 이게 다 당신 때문이에요."

바오이판은 모두 다 자기의 잘못이라고 인정하고 앤디의 기분을 풀어주기 위해 온갖 노력을 해봤지만 그녀는 식사시간 내내 시무룩해 있었다. 그날 시에빈이 문밖에 있었던 23초 동안 무엇을 보고 들었기에 다음 날 다시 찾아가 자신에 관해 물었던 걸까. 앤디는 좀처럼 마음을 놓을 수 없었다. 바오이판은 그리 크게 걱정이 되진 않았지만 앤디를 위해서 함께 걱정에 동참하기로 한 것이다.

취샤오샤오는 퇴근하자마자 거래처 손님을 만나러 호텔로 달려갔다. 그녀가 이렇게 일정을 잡은 데는 다 이유가 있었다. 바로 오늘이 자오치펑이 당직을 서는 날이었다.

힘들게 주차 자리를 발견한 그녀가 막 주차를 하려던 찰나에 포르쉐 1대가 쏜살같이 스치고 지나가더니 그녀가 주차하려던 자리에 주차를 해버렸다. 그녀는 바로 창문을 내리고 방금이라도 전쟁터에 나가는 사람처럼 태세를 갖추고 있는데 포르쉐 안에서 여자 1명이 내리더니 그녀 차 앞에 떡하니 서서 화를 냈다.

"쪼잔하기는, 너 아직도 이런 고물차 타고 다니니?"

그 여자는 다름 아닌 그녀의 중학교 동창이었다. 그녀는 너무 기가 막힌 나머지 웃음 터져 나왔다.

"지금 남의 자리 뺏어 놓고 무슨 소리야? 내가 네 차를 받아버려야 정신을 차리려나?"

"받아봐, 받아봐! 맞다, 너 요즘 돈이 좀 있다며? 잘됐네, 이참에 차 좀 바꿔야겠다."

"돈은 있지, 오늘 만날 거래처 매출이 넉넉잡아서 한 3~4,000만 위안 정도 되는데, 오늘 저녁으로 5,000만 위안은 써야 되거든. 돈 버는 게 얼마나 힘든 줄 아니? 야, 그러니까 빨리 비켜. 거래처 사람들 위에서 기다린단 말이야."

"듣기만 해도 너무 치밀하네, 무서워서 너한테 밥 사라는 말도 못하겠다. 너희 부모님이 이미 너한테 부동산 다 넘기셨다며? 이제 완벽한 억만장자가 된 거 아니야?"

취샤오샤오가 잠시 멈칫했다.

"누가 그래? 오빠가 둘이나 있는데, 그걸 나한테 다 주겠니?"

"아, 그래? 우리 동창들 단체 채팅방이 있는데 거기서 이미 소문 다 났어. 그리고 포르쉐 동호회까지도 소문이 돌았는데, 네가 한동안 채팅방에 안 들어와서 그래. 들어가서 소문의 진상을 밝히는 게 좋을 걸. 그렇지 않으면 어느 날 네 차가 불에 타고 있을지도 몰라."

"내가 돈이 많은데 뭐 하러 가난한 척을 하겠니? 우리 아빠한테 보이려고 일부러 그러는 것도 아니야. 그러니까 얼른 채팅방에 사실대로 올려."

"하하, 알았다, 알았어. 네가 이렇게까지 애쓰는데 이번에는 한번 봐주지."

그 여자는 취샤오샤오에게 주차 자리를 내주고 씽 하고 가버렸다.

취샤오샤오는 주차를 마치고 한 5분 정도 멍하니 있었다.

'엄마가 나한테 부동산을 넘겨준 건 일급비밀인데, 그걸 어떻게 알았지? 쟤네들이 알고 있다는 거면 분명히 아빠 귀에도 들어갔다는 건데. 큰일 났네.'

이 일은 무조건 어머니와 상의를 해야 했다. 어머니는 그녀의 전화에 역시나 멍하니 있었다.

"누가 소문을 낸 거야? 너야? 아니면 자오치펑?"

"엄마, 일단 진정해. 나랑 자오치펑은 아니야. 중개소! 말이 흘러나올 데가 거기밖에 없네. 그 사람들이 엄마가 나한테 소유권을 넘긴 걸 알고 있잖아."

"죽겠네, 죽겠어. 아이고 머리야. 얼른 가서 좀 알아봐야겠다."

그녀 어머니는 바로 전화를 끊었다.

하지만 그녀가 차에서 내리기도 전에 다시 전화가 왔다.

"아니다. 어차피 다 소문난 거, 누가 그랬는지 찾나 안 찾나 똑같겠지. 오늘부터 넌 아무것도 모른다고 해. 이제 내가 움직여야겠다."

"나도 같이 해. 내가 어떻게 모른 척 가만히 있을 수가 있어."

"만약에 아빠랑 엄마랑 이혼하면, 엄마한테 올 거지?"

"난…, 두 분이 이혼하는 거 싫어."

어머니는 한숨을 쉬고는 전화를 끊었다.

그녀는 스스로 이마를 세게 때렸다. 그녀도 자신의 대답이 틀렸다는 것을 너무 잘 알고 있었다. 어려서부터 그녀는 '엄마가 좋아, 아빠가 좋아'라는 질문에도 너무나 능숙하게 답변을 잘 해왔었는데, 오늘은 정말 세상에서 제일 한심한 대답을 하고 말았다. 그녀는 얼른 차에서 내려 엘리베이터를 찾아 달려갔다. 집안에 무슨 일이 있든 비즈니스는 비즈니스니까. 먼저, 돈부터 벌고 다시 생각하기로 했다.

추잉잉 부모님과 잉친 부모님은 함께 집으로 돌아갔다. 다들 올 때는 큰 짐을 몇 개씩 들고 왔었는데 돌아갈 때는 마치 빈손으로 온 것처럼 가볍게 돌아갔다. 그들은 방금 퇴원한 추잉잉과 잉친이 피곤할까 봐 배웅도 나오지 못하게 했다.

추잉잉과 잉친은 창문에 찰싹 붙어서 부모님들이 가시는 걸 눈으로 배웅했다. 북쪽으로 나 있는 작은 창문은 알루미늄 샤시라 창문이 반밖에 열리지 않았기에, 서로의 어깨를 겹친 채 옆으로 서야 두 사람 다 고개를 밖으로 내밀 수 있었다. 열심히 배웅할 때는 몰랐는데 시야에서 부모님이 사라지고 열심히 내지르던 고함이 멈추고 나서야 서로가 그만큼 가깝게 있음을 알게 되었다. 이제 이 집에는 부모님의 감시도 참견도 없고 오직 막 결혼한 두 사람만이 있을 뿐이다.

그때 머리를 내밀고 있던 두 사람의 호흡이 점점 빨라지기 시작했다. 추잉잉은 조금 전 취샤오샤오의 메시지가 자꾸 신경이 쓰였다. 오늘 밤 어떻게 잉친을 대해야 할지 고민돼서 창문 밖으로 머리를 계속 내밀고 있었다. 잉친의 시선을 느낀 그녀가 엉뚱한 질문을 했다.

"오늘 우리 뭐 해먹을까? 먹고 싶은 거 있어? 돼지고기 볶음밥은 어때?"

"난… 난 이렇게 안고…."

잉친은 고개를 내밀고 있기가 불편해서 바로 고개를 안으로 들여놓았다. 그때 동시에 고개를 넣던 추잉잉의 머리와 부딪쳤다. 살짝 당황한 잉친은 장황하게 말들을 늘어놓았다.

"우리 결혼한 사이잖아! 그러니까 괜찮아."

그는 아무 망설임 없이 추잉잉을 꼭 안았다. 그가 서투른 데다가 조급하게 움직이는 바람에 상처에 진통이 느껴져서 소리를 질렀다. 그의 비명소리에 두 사람은 창문에서 떨어져 조심스럽게 거실에 있는 3인용 소파로 옮겨왔다. 추잉잉은 차마 잉친을 쳐다볼 수 없었다. 물론 그녀도 잉친에게 안기고 싶었다. 여태까지 부모님과 함께 지내느라 서로 1미터 이내로 가까이 있지 못하지 않았는가. 게다가 지금은 딱 둘 밖에 없지 않은가. 하지만 그녀는 꼼짝도 할 수 없었다. 혹시라도 너무 흥분해서 그녀가 주도라도 하는 날에는 스스로 경험이 있다는 것을 증명하게 되는 꼴이 돼 버리기 때문이다.

이번에도 잉친은 논리적인 근거를 대며 본인의 행동에 정당성을 부여했다.

"우리 결혼했잖아. 우린 이제 부부라고. 같이 잘 이유는 충분해."

막상 말을 내뱉은 잉친도 스스로 당황하고 흥분했는지 낄낄 거리며 웃더니 그녀를 데리고 침실로 들어갔다. 추잉잉은 서슴없이 따라 들어가긴 했지만 머뭇거리며 말했다.

"우리, 뭐라도 먹어야 하지 않을까?"

잉친은 그녀의 말을 무시하고 침대 머리맡에 놓여 있던 아이패드를 꺼내 들고는 흥분해서 말했다.

"여기 그런 강의 엄청 많아. 그동안 내가 VeryCD에서 다운받은 거야. 우리 먼저 보면서 좀 배우자."

추잉잉은 순간 멍해서 자신을 침실까지 끌고 온 그의 손을 한번 쳐다보고 지금의 상황이 아무렇지 않은 듯 신이 나서 신발까지 벗어 던지고 침대로 올라가 열심히 아이패드의 목록을 뒤지고 있는 잉친을 쳐다보았다. 그녀가 상상해오던 아름다운 첫날 밤과는 너무나도 거리가 멀었다. 그녀는 알고 있었다. 서로 키스를 나누고 서로 달콤한 대화를 속삭이면서 감정을 끌어올려야 한다는 것을 말이다. 아무튼 이런 장면은 아니었다. 그렇다고 그녀가 먼저 이런 얘기를 할 수 없었다. 잉친이 그녀를 부르자 그녀는 순순히 침대로 가서 앉을 수밖에 없었다.

그런데 갑자기 잉친이 정색을 하더니 무뚝뚝하게 굴었다.

"그런데 넌 알고 있잖아."

그는 갑자기 아이패드를 저 멀리 던지고 토라져서 누웠다.

"왜 모르는 척하고 있어? 나랑 같이 보기라도 하려고?"

"잉친, 미안해. 일부러 그런 건 아니야."

"일부러 모른 척한 게 아니라고? 그럼 정말 모른다는 거야? 말도 안 돼."

추잉잉은 그녀가 바라는 것도 기대하는 것도 말하지 못하고 잉친의 따가운 시선에 억울해하며 잉친 옆에 누웠다.

"그럼 내가 아는 척이라도 했으면 좋겠어? 사실 나도 잘 모른단 말이야. 내가 아는 건 네가 주도적이어야 한다는 거야."

"잘 모른다면서 내가 주도해야 한다는 건 어떻게 아는데? 지금 네가 얼마나 모순적인지 알기나 해? 나 안 하고 싶어졌어. 그냥 밥이나 먹자."

추잉잉도 설득하기에 뭔가 부족하다는 걸 알고 있었기에 입술을 꽉 깨문 채 일어나 주방으로 갔다. 싱크대 앞에 서자마자 눈물이 터져 나왔다. 역시 취샤오샤오의 예감이 적중했다. 그녀는 울면서 밥을 하느라 이것저것 빠트리고 정신이 없었다. 그래도 잉친이랑 같이 있는 것보다 주방에 있는 게 훨씬 마음이 편했다.

어떻게 해야 할지 고민하던 추잉잉은 가장 먼저 판성메이를 떠올렸다. 하지만 이성적으로 생각해봤을 때 이 문제에 대해 가장 확실한 도움을 줄 수 있는 사람은 현재로선 취샤오샤오뿐이었다. 그녀는 용기를 내서 취샤오샤오에게 도움을 청하기로 했다.

집안일 걱정하랴 손님들 접대하랴, 취샤오샤오는 마음이 심란하고 마치 혼이 나간 듯했다. 그때 도착한 메시지 하나로 그녀의 눈이 번쩍 뜨이고 다시 원래의 그녀로 돌아왔다.

"이런 멍청이 같으니라고, 유혹을 해야지. 유혹을."

취샤오샤오는 그동안 있었던 감정을 싹 지우고 얼른 전화를 걸었다.

"그게 안 돼. 내가 자기보다 더 많이 알고 있다는 걸 너무 싫어해."

추잉잉은 화장실로 들어가 물을 틀어놓고 수건으로 얼굴까지 덮은 채로 욕조 안에서 통화를 하고 있었다.

"멍청아, 그런 총각들은 유혹을 못 참는다니까. 걸려들 때까지 기다렸다가 개한테 뒤집어 씌워. 너보다 더 야하다고 하면서, 그런 거 있잖아. 그러면 나중에는 너나 개나 도토리 키 재기라, 그때부터는 아무 말도 못 할 거야."

"그게 통할까?"

"그거 말고 다른 방법 있어? 내가 말한 거 말고 다른 방법 있냐고?"

"없지, 헉, 잉친이 지금 문 두드리고 있어, 나 뭐하냐고."

"너 어딘데?"

"나 화장실 욕조 안. 물 틀어놓고 있지."

"잘됐네. 그럼 지금 샤워하고 난 다음에 갈아입을 옷 안 가져 왔다고 잉친한테 갖다 달라고 해. 그리고 알지? 만약에 실패하면 다시 연락해. 성공하면 알지? 은혜 갚아. 그냥 입 닦고 지나가면 재미없을 줄 알아. 알겠지? 이 멍청아!"

"멍청이라고 안 하면 안 돼? 알았어, 내가 성공하면 은혜는 확실히 갚을게."

취샤오샤오는 의기양양하게 식사 자리로 돌아가 원래 그녀답게 열심히 손님 접대를 하고 호텔까지 다시 데려다 주었다. 막 로비를 나서려는데 추잉잉한테 메시지가 왔다.

"성공!"

취샤오샤오는 시간을 확인하고 나서 혼자 중얼거렸다.

"으이그, 아직 멀었어. 뭐 이렇게 오래 걸릴 일 이라고."

하지만 이내 그녀는 속이 답답해졌다.

"내가 지금 누굴 도와, 누굴! 무슨 좋은 구경하겠다고."

반면에 잉친 집에서는 촛불 만찬이 한창이었다. 비록 정전에 대비해 사 둔 투박한 양초와 간단한 돼지고기 볶음밥이었지만 두 사람에 겐 매우 특별한 저녁이었다.

관쥐얼은 무슨 정신으로 야근까지 했는지 일을 마치고 나니 이미 녹초가 되어 온몸에 힘이 하나도 없었다. 그녀는 보기만 해도 무거운 노트북 가방을 메고 싶지 않았지만, 노트북을 사무실에 놓고 가기에는 위험부담이 크다는 걸 너무 잘 알고 있었다.

멍멍한 채로 사무실을 나온 그녀는 신선한 바람을 쐬고 싶었지만, 코로 들어온 건 봄날의 습기를 가득 물고 있는 답답한 공기뿐이었다.

그녀는 눈도 뜨지 않고 이리저리 머리를 굴리다가 뭔가를 결정한 듯 택시를 잡았다. 근처에 누가 다가오는지도 느끼지 못했다. 옆에서 '쉬얼'이라고 속삭이는 소리에 그녀는 깜짝 놀라서 넘어질 뻔 했다. 너무 피곤해서였는지 시에빈이 와서 기다리고 있을지도 모른다는 생각은 아예 까먹고 있었던 것이다. 그녀는 재빨리 중심을 잡고 메고 있던 노트북 가방도 시에빈에게 넘겨주었다.

평소에는 예리하게 반짝반짝 빛나던 그의 눈빛이 오늘따라 어딘지 모르게 불안해 보였고 그녀를 향해 짓고 있는 미소 속에서 슬픔이 묻어나는 것이 느껴지자 갑자기 마음이 약해졌다. 그리고 시에빈의 얼굴에 올라온 뾰루지를 보니 자기의 부은 눈과 기름진 얼굴, 이마에 난 뾰루지가 생각나서 얼른 고개를 숙였다.

그가 몸을 살짝 수그려서 관쉬얼과 높이를 맞췄다.

"나 보고하고 오는 길이야. 모두들 예전처럼 잘 대해주셔서 괜찮았어. 내 걱정은 안 해도 돼."

관쉬얼은 고개만 끄덕일 뿐 여전히 고개는 들지 않았다.

시에빈은 어찌할 바를 몰라 그녀의 노트북 가방을 끌어안고 가만히 그 자리에 서서 그녀만 바라보고 있었다. 그는 가슴이 너무 아파왔다.

"배 안 고파? 뭐라도 좀 먹을까?"

관쉬얼이 고개를 저었다. 그리고 저 멀리서 택시가 다가오는 것을 보고 얼른 손을 흔들다가 그에게 잡히고 말았다.

"같이 가면 안 될까? 나랑 말은 안 해도 돼. 같이 가자."

관쥐얼이 아무 말도 하지 않자 그가 애가 타는 듯 말했다.

"네가 날 부르면 어떡하지?"

"나도 몰라."

"아휴, 드디어 나한테 말했다. 여기서 잠깐만 기다려줘, 저기 가서 먹을 것 좀 사올게. 가지 말고 기다려, 알았지?"

그는 그녀의 가방을 멘 채 쌩하고 달려갔다. 그녀는 그제야 고개를 들고 그의 뒷모습을 바라보면서 자신에게 이성적으로 되뇌였다. '안 돼, 기다리지 마.' 하지만 그녀는 발길이 떨어지지 않았다. 그녀는 옆에 있던 벤치에 앉아서 하염없이 먼 곳을 응시했다. 귓가에 온통 그의 목소리가 맴도는 것 같았다. '가여워, 너무 가여워. 며칠 새에 얼굴이 까칠해졌네.'

금방 먹을거리를 사 가지고 돌아온 그가 색색거리며 그녀 옆에 앉았다. 그리고 그녀에게 케이크 한 조각을 건넸다. 통 입맛이 없던 그녀는 고개를 돌리고 미동도 하지 않았다.

시에빈은 잠시 생각하더니 맥주 한 캔을 따서 그녀에게 건넸다.

"마실래?"

관쥐얼은 맥주를 받아들고 분풀이라도 하듯 시원하게 한 모금 넘겼다. 하지만 여전히 시선을 그에게 주지 않았다.

"여기 왜 온 건데?"

"앞으로 네가 날 안 본다고 해도 이 말을 꼭 하고 싶었어. 내가 사랑하는 사람한테, 내가 유일하게 사랑한 여자한테 말이야. 이건 정말 내 평생 처음 말하는 거야. 네가 이런 내가 싫어서 도망간다고 해도 상관없어. 하지만 그 전에, 지금 네가 날 사랑한다는 사실을 알았기 때문에, 처음으로 날 사랑해준 사람이기 때문에, 난 그걸로 만족해."

시에빈은 목을 길게 빼더니 단숨에 맥주 한 캔을 다 마셔버렸다.

관쥐얼은 깜짝 놀라서 그를 바라보았다. 그가 말을 마치고 나면 어떤 표정을 지어야 할지 어떤 반응을 보여야 할지 몰랐다. 그는 맥주 캔을 만지작거리더니 얘기를 시작했다.

"우리 집은 아주 가난했어. 내가 막 뛰기 시작했을 그 해, 우리 엄마는 돈을 번다고 도시로 나갔지. 한 해가 가고 두 해가 가더니, 도우미로 일하던 엄마가 그 집 남자의 아이를 갖게 되었어. 당연히 그 집 아내는 우리 엄마를 쫓아냈지. 그렇게 집으로 돌아온 엄마는 아빠와 이혼을 하고 결국 그 남자와 다시 결혼했어. 그때 우리 아빠랑 빨리 이혼하려고 날 두고 갔어. 그 후로 우리 아빠랑 할머니, 할아버지는 고개도 못 들고 다니고 난 엄마 없는 자식이라고 놀림을 받았어. 그러더니 어느 날부턴가 사람들은 내가 아빠를 안 닮았다며 아빠 아들이 아니라고 하는 거야. 아빠는 너무 화가 나서 술을 마시면 날 때리곤 했어. 우리 할머니는 날 쫓아 냈고. 그 후에 아빠는 사람들의 손가락질이 견디기 힘들었는지 날 어디 일하는 곳으로 보내서 그 후로 집으로 돌아가지 않았어. 지금까지 이렇게 말이야."

그의 얘기를 듣고 난 후 관쥐얼은 멍하니 가만히 있었다. 시에빈이 이혼 가정에서 자랐다는 건 알고 있었는데 이렇게 비참하고 힘든 일을 겪었을 거라곤 생각도 못 했다. 그녀는 두 사람 사이에 놓아둔 비닐봉지에서 맥주 한 캔을 꺼내서 그에게 건넸다. 그는 그녀의 손과 맥주를 같이 감싸고는 그녀의 손에 있던 맥주를 받아들고 한 번에 마셔버렸다. 그는 맥주를 마시면서도 그녀의 손을 놓지 않았다. 그의 손이 떨리는 것을 느낀 관쥐얼은 나머지 한 손도 가져다가 그의 손을 꼭 잡아주었다.

시에빈은 잔뜩 기가 죽어서 관쥐얼을 바라보았다.

"좀 더 일찍 말했어야 했는데."

"샤오샤오가 알아낸 게 이거였어? 그래서 네가 화가 났었던 거고?"

시에빈이 고개를 끄덕이다 다시 고개를 저었다.

"아직 끝이 아니야. 내가 초등학교 때, 우리 엄마가 날 데리러 오셨어. 도시로 데려가겠다고. 그런데 우리 할머니, 할아버지가 날 못 데려가게 하면서 뻔히 내가 보는 앞에서 날 두고 흥정을 하시는 거야. 결국 우리 엄마가 돈을 얼마 드리고 날 데려왔어. 한마디로 날 사온 거지. 그때 어리긴 했지만 생생히 기억나. 한쪽에선 날 팔고 한쪽에선 날 샀지. 그렇게 엄마를 따라 새 집으로 갔는데, 엄마가 그 남자한테 아빠라고 하라는 거야, 아빠라고 부르지 않으면 엄마가 내 뺨을 때렸어. 그러면 새 아버지란 사람이 와서 막아주곤 했지. 그런데 이상하게 우리 엄마가 그 집 사람들한테 엄청 사랑을 받았었는데, 이유가 내가 그 남자랑 너무 닮은 거야. 성격도 비슷하고. 아무튼 난 그 집에서 살면서 학교를 다녔어. 고향에서 멀리 떨어진 곳이라 아무도 날 모를 거라고 생각했는데, 모두가 우리 집안일을 다 알고 있더라고. 친구들의 놀림과 괴롭힘이 끝도 없었지. 수업이 끝나서 선생님이 교실에 안 계시면 난 늘 어딘가에 숨어야만 했어. 뭐, 그래도 예전보다는 잘 지낸 거라고 할 수 있지만 말이야. 어쨌든 밥은 먹고 내 침대에서 잠을 자고 이것저것 배우게 해줬으니까. 아, 너 춥지?"

"아니, 안 추워. 신경 쓰지 마."

"근데 그런 생활은 나한테 사치였나 봐. 우리 아빠가 안 오면 할머니, 할아버지가 3일이 멀다하고 찾아와서 날 데려간다고 난리를 치셨어. 그래서 안 통하면 학교에 찾아오기도 했지. 온 동네가 다 알 정도로 소란을 피우니까 결국 얼마 챙겨주고 돌려보냈지. 덕분에 난 다시는 고개를 들고 다닐 수가 없게 됐어. 그리고 나니까 공부하는 거 말고는 할 게 없더라고. 방에서 책 보고 텔레비전 보고 음악 듣고, 그게 전부였어. 대학에 가고 싶었던 이유도 정말 단순했어, '여기서 벗어나고 싶다'는 희망. 대학에 가고 나서는 친구들이나 선생님이랑은 다시는 연락을 안 했지. 모든 것에서 철저하게 벗어나고 싶었으니까. 정말 대학에 가니까 나를 아는 사람이 하나도 없더라고, 그제야 좀 사람 사는 것 같더라."

"샤오샤오가 잘못했네. 어쩐지 앤디가 말을 못 하게 하더라고. 온갖 수를 써서 샤오샤오가 말 못 하게 막았었어. 이건 네 잘못이 아니잖아. 그 사람들이 너한테 잘못한 거지."

"취샤오샤오는 아마 이 모든 걸 다 알고 있을 거야. 정말이지 내 출생지까지 알아냈을 거라곤 생각도 못 했는데. 내가 그렇게 감추고 감춘 내 과거를 누군가 알게 될 줄은 정말 상상도 못 한 일이야."

"그렇게 신경 쓸 필요 없어, 이런 일들이 너한테는 정말 힘들고 아픈 과거지만 다른 사람들에게는 그렇게 큰일이 아니거든. 시골에 사는 게 이런 점이 안 좋긴 하지, 건너 건너면 다 아는 사람이라서 작은 일인데도 온 동네 사람들이 다 알게 되잖아. 그런데 여기서는 아무것도 아니야. 마치 큰 마당에 던진 좁쌀 같다고나 할까. 그래서 나도 고향에 가는 거 별로 안 좋아해. 거기가면 다 이모고 삼촌이고 그렇잖아. 너무 크게 생각할 필요 없어. 앤디 언니라면 아무한테도 말하지 않을 거야. 입이 정말 무겁거든, 믿어도 돼."

"정말 큰일이 아니야?"

"정말 미안한데, 다른 사람들에게는 그래. 너에게는 하늘이 무너질 것 같은 큰일이겠지만 말이야. 나도 당시 네 상황이 상상이 안 가는데, 정말…, 어린 나이에 보호받아도 시원치 않은 시기에 그렇게 비참한 상황을 겪다니. 난 엄마가 조금만 크게 얘기해도 어쩔 줄을 모르겠던데. 와, 정말 네가 어떻게 살아낸 걸까, 위로해주는 사람도 아무도 없었을 텐데."

"다행히 악몽은 이제 끝났어. 그때 네가 옆에 있었으면 좋았을 텐데."

"진심으로 사과할게, 그때 내가 억지로 네 과거 얘기를 하게 했으면 안 됐는데…."

"미안해하지 마. 내가 미련해서 네가 얼마나 좋은 사람인 줄 몰라서 그런 거니까. 그리고 그때 일을 얘기하는 게 너무 두려웠어. 맞아, 나한테 그 일은 내 어린 시절의 전부니까. 살면서 아무한테도 말 못할 거라고 생각했는데, 그래도 이 세상에서 들어주는 한 사람이 있어서 너무 다행이야."

"그런데 우리 엄마 아빠한테는 이런 얘기 안 해도 돼, 정말이야. 절대 이해 못 하실 거야."

"그럼 내가 너희 부모님을 다시 만날 기회가 있다는 말이야?"

관쥐얼은 몹시 어색한 표정으로 시에빈을 바라보다가 얼른 잡고 있던 손을 빼려고 했지만, 그가 결코 놓아주지 않았다. 관쥐얼은 당황해서 아무 말이나 나오는 대로 했다.

"내가 샤오샤오랑 이 일 비밀로 해달라고 얘기해볼게. 앤니 언니한테는 말 할 필요 없을 것 같고."

"앤디라면 믿어도 될 것 같아. 나도 별로 걱정은 안 돼. 취샤오샤오는 내가 만나서 얘기해볼게. 그 사람은 네가 상대할 수 있는 사람이 아니야. 안 그래도 내가 이미 약속 잡아놨어. 내가 준비되는 대로 만나서 얘기해볼게."

"나 한 가지 궁금한 게 있어, 혹시 앤디 언니를 미행했었어?"

"그건 정말 단순한 오해야. 그때 앤디가 정신적으로 문제가 있는 아이를 문병 중이었고, 난 그저 너에 대한 소식도 들을 겸해서 인사하러 갔던 거야. 그런데 안에 들어갔더니 앤디가 너무 당황해하며 날 괴물 보듯 하더라고. 그러니까 남편 되는 사람이 나한테 나가라고 소리를 질렀어. 그때는 너무 불쾌하더라고. 왜 그분이 내가 미행했다고 생각하는지 모르겠고, 또 왜 이렇게까지 손을 쓴 건지 모르겠지만 용서하기로 했어. 너한테 잘해주니까. 그런데 내가 정말 이해 못 하겠는 건, 거기서 날 보고 왜 그렇게 놀랐을까야."

"그럴 리가. 그냥 거기서 몇 마디라도 했으면 괜찮았을 텐데, 내가 언니한테 말할게. 언니는 아직까지 네가 미행했다며 불쾌하게 생각하고 있거든. 오해는 풀어야지."

"앤디가 너한테 정신지체 아동을 입양해서 키운다는 얘기한 적 있어?"

"아니, 들은 적 없는데. 자오치펑 병원에 입원한 아이를 돕고 있다는 건 알아. 막 떠벌리는 스타일이 아니라 샤오샤오가 얘기 안 해줬으면 그것도 몰랐을 거야. 저번에 추잉잉이 사고 났을 때도 아무 말 없이 선뜻 도와줬었어. 아니면 언니가 다른 사람이 아는 걸 꺼리는 게 아닐까? 언니가 너무 겸손해서 그런 것일수도."

"이제 설명이 되네, 22층에 사는 집 주인들은 대단해. 다들 경제력도 있고 의리도 있고, 겸손하기까지 하고 말이야."

"샤오샤오는 좀 아니지. 그녀의 겸손은 다 엄마 아빠한테 보여주기 위한 거야. 샤오샤오랑 얘기할 때 조심해, 보통이 아니야. 우리 2202호 여자들도 다 당했어, 누가 남자 친구라도 생기면 꼭 한 번씩 건드려보더라니까."

"근데 왜 부모님한테 겸손한 척하는 건데?"

"부보님 재산분할 때문에 그럴 거야. 이복 오빠들이 있거든. 돈 있는 집들은 다 그러잖아, 조금이라도 더 자기 명의로 재산을 물려받으려고, 다 그런 거지."

"음. 아아, '재벌가 전쟁', 그런 건가? 피곤해 보이는데, 그만 데려다줄게. 내일 다시 만나자."

"나 아직 맥주 다 안 마셨는데."

"내가 마실게."

시에빈은 관쥐얼 손에 있는 맥주를 다 마시고 일어났다.

"여긴 택시가 잘 안 잡히던데. 조금 걸어가서 잡아야 할 것 같아. 업어줄까? 아까 너 회사에서 나오는 거보니까 몇 걸음만 걸어도 픽 쓰러질 것 같던데, 며칠 동안 잠도 제대로 못 잤지?"

관쥐얼은 나지막하게 깔리는 그의 관심어린 목소리를 들으니까 눈가가 다시 촉촉해졌다.

"안 업어줘도 돼. 너도 피곤할 텐데."

"너 업는다고 더 피곤하지 않아. 얼른 업혀."

"됐다니까, 네가 저팔계도 아니고."

"저팔계는 부인만 없어."

결국 관쥐얼은 웃음이 터졌다. 하지만 여전히 그녀의 눈에서 눈물이 흘러내렸다. 시에빈은 잠시 멍하니 바라보고 있다가 그녀를 꼭 안아주었다. 그는 너무나 감격스러운 나머지 속에 쌓아둔 말들을 다 꺼내놓았다.

"너한테 받은 이 은혜를 어떻게 갚으면서 살아야 할지 정말 모르겠다."

73

판성메이는 퇴근과 동시에 바로 휴대폰을 켰다. 대부분의 메시지는 추잉잉이 보낸 거였는데 쓸데없는 소리가 대부분이었다. 하지만 모든 메시지의 결론은 결국 '나 너무 행복해.'였다. 그리고 뜻밖에도 앤디의 메시지도 하나 있었다. 지하주차장에서 기다리고 있을 테니 일을 마치면 연락하라는 내용이었다. 판성메이는 메시지를 보는 순간 가슴이 쿵쾅거렸다. 법원에서 소식이 온 게 틀림없었다. 지난번 우편물 배송 주소를 물어봤을 때 앤디의 회사 주소를 적었었기에 앤디 손에 무언가가 들려 있을 것이 확실했다.

서둘러 옷을 갈아입고 거의 뛰다시피 호텔 밖으로 나가보니 호텔 주차장에 주황색 포르쉐가 아닌 빨간색 페라리가 그녀를 기다리고 있었다. 앤디가 차에서 내려 판성메이를 향해 다가오자 같이 퇴근하던 동료들은 복잡 미묘한 표정을 지어 보였다. 물론 뒤에서 수군거리는 사람들도 있었다.

"차 바꿨어?"

"바오이판 아버지가 바오이판한테 잘 보이려고 신혼 선물이 어쩌고 하면서 보내주셨어. 주신다는 데 사양할 이유가 없잖아. 그냥 넙죽 받았지. 아마 출혈이 꽤 크셨을 거야. 근데 예쁘긴 참 예쁜 거 같

아. 방금 차 찾아서 오는 길이야, 우리 가는 길에 드라이브나 하자."

"진짜 부럽다. 이왕 오는 거 남장하고 오지 그랬어. 그랬으면 내일 회사에 소문이 쫙 퍼졌을 텐데."

"하하, 다음엔 바오이판한테 가라고 할게. 아까 차 찾고 있는데 네 우편물 도착했다고 하더라. 가는 길에 너 먼저 태우고 마음을 준비를 먼저 시키는 게 좋을 것 같아서, 그냥 왔어. 취샤오샤오가 말한 방법은 어때, 생각해 봤어? 그거랑 재판이랑 같이 진행하는 건 어때? 아무리 생각해도 취샤오샤오가 말한 방법이 터무니없긴 해도 현재로선 아주 합리적인 방법일 수도 있어."

판성메이는 가슴이 답답해서 한숨만 내쉬었다.

"나도 생각은 있는데, 실행능력이 몹시 떨어져서. 고소장에 뭐라고 쓰여 있는지 먼저 보자. 나 정말 아무 쓸모없지?"

"내가 처음 재판할 때보다는 쉽지 않긴 하다. 나도 그때 엄청 떨었었는데, 그때 19살밖에 안 돼서 정상 참작을 받긴 했지만."

"마지막 말을 하지 말지. 어, 저 앞에 있는 은색 차, 옛날 남자 친구 차다. 아, 네가 남자였으면 얼마나 좋았을까."

판성메이는 머리를 뜯으며 소리를 질렀다.

"아, 모르겠어. 숨도 제대로 못 쉬겠는데 무슨 뾰족한 수가 있겠어. 감정 조절도 잘 안되고 이젠 죽는 것도 안 무섭다니까."

앤디는 아무 말도 하지 않았다. 오늘 조수석에 바오이판이 앉았다면 달콤한 말들을 쏟아내며 분위기도 훈훈하고 좋았을 텐데, 그녀는 한참을 생각하고 나서야 다시 입을 열었다.

"일단 머리부터 좀 식혀. 이따가 내가 고소장 좀 보고 중요한 부분만 얘기해줄게."

취샤오샤오는 급한 일을 다 처리한 후 어머니에게 전화를 걸었다.

"엄마, 부동산 같이 갈래? 난 가서 누구 입이 그렇게 싼 건지 알아보려고."

"혼자 다녀와, 나 지금 얘기 중이라."

"무슨 얘기? 뭔지 얘기해주면 안 돼? 응? 응응? 조금만."

"돈!"

"아, 그럼 방해 안 할게."

취샤오샤오는 자오치펑에게 부동산에 간다는 메시지를 보내고 바로 사무실을 벗어났다.

부동산 사장님이 직접 그녀를 맞아주었다. 취샤오샤오의 심문에 오히려 더 놀라는 것 같았다.

"말이 안 되지. 누가 손님 정보를 넘기겠어, 그것도 이렇게 큰 손님을. 별 다른 일은 없었는데, 달라진 게 있다면 예전에는 임대료를 너희 엄마 통장에 넣었었는데, 지금은 네 통장으로 넣는다는 거? 지금까지 일하면서 한 번도 누구한테 그런 얘기 한 적 없는데, 지금이라고 했겠니. 절대 안 하지. 그럼 부동산 문 닫아야지."

취샤오샤오도 생각도 그랬다. 특히 부동산 사장님은 그녀 어머니의 고등학교 동창이었기 때문에 오랫동안 같이 일을 해와서 이미 알 만큼 다 아는 사이인데 어떻게 그런 정보를 흘릴 수 있겠는가. 그녀는 멍하니 찻잔을 만지작거리다가 부동산 사장님을 한참 바라보고 있자니 문득 뭔가가 떠올랐다.

"돈 받은 기록으로 변동사항 정도는 체크할 수 있죠?"

"집 호수랑 안 맞을 텐데."

"출납 확인만 하면 되니까 집 호수랑 안 맞아도 상관없어요. 엄마는 그냥 집들이 다 제 명의로 변경됐는지만 확인하려는 것뿐이니까요. 사장님, 확인 좀 해 주세요."

"맞다! 거기 일하는 사람이 부서를 옮길 때 고객 연락처를 가지고 나간 걸로 알고 있는데, 출납부까지는 생각도 못 했네. 일단 돌아가 있어, 내가 천천히 좀 알아볼게. 괜히 여기 있다가 다른 사람 눈에 띄어봤자 좋을 거 없잖아. 혹시라도 무슨 문제가 있으면 바로 너나 네 엄마한테 연락할 테니 그때 가서 다시 상의하는 거로 하자."

부동산 사장님의 말에도 일리가 있었다. 하지만 그녀는 뭔가 개운하지 않은 채로 집으로 돌아왔다. 그날따라 22층에 개미 한 마리도 보이지 않았다. 자오치펑도 전화를 받지 않았다. 보나마나 수술중인 것이 뻔했다. 그녀는 답답한 마음에 앤디에게 전화를 걸자마자 빽빽 소리를 질렀다.

"다들 어디 간 거야? 어쩌면 귀신 그림자도 안 보일 수가 있어? 오늘 바오이판 사장님도 집에 갔으니까 나랑 놀자. 나 너무 심란하단 말이야."

"판성메이랑 싸우지 않는다고 약속하면 저번에 밥 먹었던 샤오양 호텔로 와. 성메이도 오늘 고소장을 받아서 영 기분이 좋지 않아. 그래서 밥이나 같이 먹으려고. 아, 오다가 쥐얼 만나면 같이 데리고 와. 성메이 오늘 예쁘게 입었던데, 너 준비 좀 하고 와야 할 거야."

"쥐얼은 만나고 싶지 않아. 난 이제 그런 사람 몰라. 먼저 모른 척한 사람은 쥐얼이니까, 나도 똑같이 할 거야."

취샤오샤오는 말이 끝나기가 무섭게 드레스룸으로 달려가 순식간에 스캔을 마친 후 제일 예쁘고 비싼 옷으로 골라 입었다. '판성메이랑 싸우지 말라고? 흥.' 그녀도 심란한 마당에 더 심란한 판성메이를 만나다니, 속마음을 말하기는 오늘도 어찌 틀린 것 같았다.

호텔 입구에 도착했을 때, 이미 판성메이의 승리였다. 두 차가 거의 동시에 호텔에 들어섰는데, 앤디의 차는 벨보이가 미리 남겨둔 자리에 주차를 한 뒤 보디가드처럼 과한 의전까지 받으며 차에서 내렸다. 그리고 사람들의 시선을 받으면서 유유히 호텔 안으로 걸어 들어갔다. 반면, 취샤오샤오는 경비아저씨의 지시대로 호텔 입구와 멀리 떨어진 저 멀리 구석에 주차를 하고 들어가다가 그녀의 의지와 상관없이 판성메이를 둘러싼 사람 중의 하나가 되어버리고 만 것이다. 판성메이가 그녀 곁을 휑하고 지나가자 화가 나서 견딜 수가 없었다.

판성메이는 이미 뜯겨진 봉투를 들고 있었고 앤디의 말을 듣고는 역시나 화를 내더니 두려움에 떨었다. 앤디가 위로를 하긴 했지만, 그녀의 마음속 답답한 멍에는 쉽게 해소되지 않았다. 겨우 한숨을 돌리고 보니 어두운 주차장 구석에서 우울한 기색이 역력한 취샤오샤오가 다가오고 있었다. 판성메이는 어느새 레이싱 모델처럼 차 문에 기대서 보란 듯이 요염한 포즈를 취했다가 도저히 그럴 기분이 아니어서 눈빛만 몇 차례 쏘아댔다. 핑크색 에르메스 가방을 들고 나온 취샤오샤오의 눈빛을 보고 난 판성메이는 오히려 기분이 나아졌다.

그녀가 침착하게 앤디에게 말했다.

"둘이 먼저 들어가, 나 집에다 전화 좀 하고 들어갈게."

"언니, 새 차 나오면 나부터 태워준다고 했잖아. 어?"

"두 사람 다 살살해. 나 먼저 들어간다. 벌써부터 머리가 아픈 것 같아."

앤디는 두 사람 사이에 껴서 총알받이가 되고 싶지 않았기에 머리를 감싸고 은근슬쩍 자리를 피했다.

"안 돼, 사진 1장 찍어줘. 속죄하는 모습을 보여야지."

취샤오샤오는 판성메이를 보고도 못 본 척했다. 그녀는 방금 전 판성메이가 한 것 보다 더 섹시하게 포즈를 취하고 가방과 차가 잘 나오도록 구도를 잡았다. 앤디는 벌써부터 두통이 몰려오는 것 같아서 얼른 휴대폰은 꺼내 사진 2장을 찍어주고 말았다.

취샤오샤오는 판성메이를 슬쩍 쳐다보았다. 차 문은 여전히 판성메이의 차지였기 때문에 아직 그녀가 한 수 위임에는 틀림없었다. 울적해진 취샤오샤오가 앤디를 붙잡았다.

"가자, 판성메이는 저기서 레이싱 모델 놀이나 더 즐기라고 해. 무슨 차 문을 저렇게 만져."

앤디는 아까부터 이 자리를 피하려고 했지만 판성메이가 손을 흔드는 걸 보고 얼른 그녀에게 갔다. 판성메이가 있는 힘껏 앤디의 손을 잡았다. 그녀 얼굴에 긴장한 기색이 역력했다. 앤디는 그녀가 지금 어떤 마음일지 안다는 듯 그녀를 다독여주었다. 판성메이는 눈을 깜박거리며 애써 미소를 지어 보이고는 가슴을 쭉 폈다. 최대한 안정된 목소리로 감정을 감췄다.

"나 재판하는 거 도와주기로 한 거 맞지? 좋아, 이왕 이렇게 된 거 너희 앞에서 체면 세워서 뭐하겠어. 이제 법원의 결정을 기다려보자고."

두 사람이 자기만 빼놓고 꽁냥꽁냥 거리는 모습을 그냥 지켜볼 리 없는 취샤오샤오는 두 사람 사이에 기어코 끼어들어 판성메이가 하는 말을 듣고야 말았다. 평소 판성메이를 무시하던 취샤오샤오도 이번에는 섣불리 끼어들지 않고 그녀의 어깨에 가만히 손을 얹으면서 고개를 가까이 가져가 공공연하게 그녀의 통화내용을 다 엿들었다. 역시 그녀의 오빠는 취샤오샤오의 기대를 저버리지 않았다. 판성메이 오빠는 그녀를 고소한 사실을 떠벌리며 으름장을 놓았다. 취샤오샤오는 듣고만 있어도 구역질이 났지만 나서서 말을 끊지 않았다. 그저 마음속으로 지난번 그녀가 판성메이 오빠의 엉덩이를 걷어찬 기억만을 떠올리며 분을 삭였다. 무심한 듯 잔뜩 겁에 질린 쥐처럼 말도 안 되는 소리를 듣고 있는 판성메이를 바라보고 있을 수밖에 없었다.

앤디는 취샤오샤오가 무슨 사고라도 칠까 봐 예의주시하고 있었다. 판성메이는 애써 웃음을 지어보였지만 그들에게는 그 웃음이 진심이 아니란 것쯤은 알 수 있었다. 판성메이는 오빠의 허풍을 참아내며 살짝 비꼬면서 말했다.

"알았어, 오빠가 바라는 대로 해줄게. 오늘부터 매주 보내는 돈도 안 보낼게. 나중에 돈을 보낼지 말지, 얼마를 보낼지는 법원에서 나오는 판결대로 할 거야. 그게 오빠가 바라는 거잖아. 근데 지금 전화해서 이러는 이유는 뭐야? 아빠나 제대로 돌봐! 만약에 아빠가 잘못되기라도 하면 아빠 퇴직금은 손도 못 댈 줄 알아! 앞으로 재판하기 전까지는 아빠 퇴직금으로 살아야 할 거야, 좀 고생은 하겠지만, 어쩌겠어. 한 푼도 없는 것보다는 낫잖아. 소송? 어디 해 봐. 매주 보내던 돈으로 변호사 사서 시간을 끌 수 있는 만큼 끌 거야, 그리고 소송 끝나고 나면 다시 항소할 거니까, 그런 줄 알아. 내가 진다고 해도 1년이고 2년이고 할 수 있는 한 최대로 끌 거니까, 그것만 알아둬. 내가 돈이 있어도 절대 오빠한테 주는 일은 없을 거야."

판성메이가 단호하게 전화를 끊었다. 하지만 그녀의 굳어진 얼굴과 꽉 다문 입술, 초점을 잃은 눈빛은 그녀가 아무렇지 않음을 여실히 보여주었다.

앤디가 얼른 그녀의 손을 잡고 안으로 들어갔다.

"일단 들어가자, 앉아서 천천히 얘기하자. 이번에는 만만치 않을 것 같아."

취샤오샤오가 판성메이 허리를 끌어안았다.

"성메이, 오늘부터 다시 진심을 담아 성메이 언니라고 부를게. 내가 그동안 잘못했어. 근데 우리 엄마가 그러는데, 좋은 패를 쥐고 있다고 해서 가만히 있으면 안 된다고 했어."

"부르는 호칭이 뭐가 중요하다고."

판성메이는 취샤오샤오의 의미심장한 웃음을 눈치채고, 바로 되받아쳤다.

"개 입에서 개 말 나온다고, 나쁜 사람한테서 좋은 말이 나올 수 없어."

그녀는 앤디를 향해 고개를 돌렸다.

"오빠가 아빠 약을 바꾸거나 끊을까 봐 그게 걱정이야. 그리고 또 엄마가 밖에 나가서 밥 동냥이라도 하면 어쩌나 싶고. 아, 그런 생각만 하면 불안해서 못 살겠어."

"마음먹었을 때 뿌리를 뽑아야지, 안 그러면 계속 끌려다니게 돼 있어. 이미 오빠한테 아버지를 잘 모시라고 얘기해뒀잖아. 그 정도도 이해 못 하는 사람들은 아니겠지. 다른 건 그냥 참고 기다려보자. 길게 아픈 것 보다는 한번 아프고 마는 게 낫잖아. 네 오빠는 자기 발등 자기가 찍은 거야. 이제 뼈저리게 느끼겠지."

이때 취샤오샤오가 나섰다.

"한마디만 할게, 언니네 오빠는 절대 소송을 취하하지 않아. 집을 살 때도 언니한테 빌린 돈으로 산 거고, 지금 그 집 팔아서 아버지 병원비 대고 있는 거잖아. 처음부터 자기 돈은 없었잖아. 나쁜 놈들은 자기보다 더한 사람을 만나야 정신을 차려. 그러니까 계속 고자세를 유지해야 해, 안 그러면 정말 씨도 안 먹힐 수도 있어."

"너한테 언니 소리 듣는 것도 별거 아니네."

판성메이는 여전히 마음이 심란해서 연거푸 한숨만 내쉬었다.

"어휴, 눈앞에 안 보이면 걱정도 안 될 텐데."

취샤오샤오가 막 주문을 하고 났을 때 부동산 사장님에게서 전화가 왔다.

"자세히 알아보니까 출납기록 원본은 대충 대충 돼 있긴 한데, 지난달인가 밖에서 밥을 먹는데 친구의 친구가 네 명의로 된 상가랑 주택 얘기를 꺼내면서 네가 돈이 많네 적네 얘기를 했었거든. 그리고 같은 계좌 명의로 되어 있는 게 저게 다가 아니라 더 많다면서 그냥 나오는 대로 말을 하더라고. 같이 밥 먹던 사람들이 궁금해서 다음날 출근해서 같은 계좌로 되어 있는 부동산이 얼마나 되는지 확인하고 나서 서로 얘기들을 나눈 모양이더라고. 아, 정말 미안하게 됐다. 여기서 그 얘기가 흘러나갈 줄 누가 알았겠어."

"아니, 어떻게 그럴 수가 있어요! 그럼 소문이 이미 한 달 전부터 돌았다는 건데, 난 그걸 이틀 전에야 알았단 말이에요. 내가 재산을 엄청 물려 받은 줄 알고 사람들이 어찌나 빈정대던지, 그분이 최근 계좌 변경에 대한 일을 다른 사람한테 얘기한 적 있나요?"

앤디와 판성메이의 시선이 자신에게 고정되어 있자, 취샤오샤오는 손가락을 입술에 가져다가 조용히 하라는 손짓을 보냈다. 그래도 판성메이가 앤디에게 말을 걸려고 하는 것 같아서 바로 자리에서 일어나 두 사람 사이에 서 있었다.

"아직 없는 것 같아. 내가 그 사람한테 그날 모임에 온 사람들 명단 달라고 했는데, 안 주고 자기 남자 친구 이름만 대더라고. 그래서 다음에 그런 모임이 또 있으면 나도 불러 달라고 했으니까 그때 가서 낯익은 얼굴이 있는지 확인해보고 일부러 그런 얘기를 꺼내는 사람이 있는지도 확인해볼게. 샤오샤오, 이쪽은 내가 확실하게 관리할게. 지금으로선 차후에 유사한 상황이 생기지 않게 해서 손해를 최대한으로 줄이는 수밖에 없어."

"이미 되돌릴 수 없을 만큼 손해가 났어요. 폭탄이 터지는 건 시간 문제라고요. 우선은 엄마한테는 비밀로 해 주세요. 엄마가 요즘 속 끓이는 일이 많아서 저한테도 좋은 말 안 하시거든요. 이건 제가 기회 봐서 얘기할게요. 하나만 부탁드릴게요. 제가 5,000위안 보내드릴 테니 지난번 같은 회식 자리를 한번 마련해서 지난달이든 지지난달이든 왔던 사람들 다 모아주세요. 제가 가서 대체 누가 그렇게 남의 집안일에 관심이 많은지 봐야겠어요."

옆에서 듣고 있던 앤디가 놀라서 눈이 휘둥그레졌다. 하지만 아무 말도 하지 않았다. 취샤오샤오는 통화를 마치고서야 자기 자리로 돌아왔다.

"아무것도 묻지 말아줘."

하지만 앤디가 아랑곳하지 않고 물었다.

"손해가 커?"

"그냥 우연인 거 같긴 한데, 재수가 없었다고 생각해야지."

앤디는 못 들은 척 넘기고 찻잔을 들어올렸다.

"자, 밥이나 먹자. 판성메이, 네 자신을 깨고 나온 걸 축하해!"

취샤오샤오는 살짝 서운하긴 했지만 물어보지 말라고 해서 아무도 물어보지 않은 것이기에 한편으로 자신의 말이 두 사람에 먹혔다는 의미가 될 수 있다고 생각하며 스스로를 위로했다. 그러고 나니 조금은 불만이 사라졌다. 각자 나름의 걱정거리들로 머리가 복잡한 세 사람은 딱히 밥 먹을 기분은 아니었지만 그래도 애써 웃음을 지어 보였다.

앤디와 판성메이는 먼저 집으로 돌아갔다. 판성메이는 문을 열고는 웃으면서 말했다.

"쥐얼이 아직 안 들어왔네, 또 야근하나."

앤디는 옆방에서 새어 나오는 불빛을 보면서 살며시 물었다.

"저 사람은 대체 뭐 먹고 살아?"

"글쎄."

판성메이가 고개를 저었다.

앤디는 잠시 망설이더니 또다시 입을 열었다.

"내가 생각해봤는데, 너희 집일 말이야, 꼭 오늘 통화한 것처럼 계속 그런 태도로 나가야 해. 타협은 절대 안 돼. 내가 말 안 해도 잘 알 테니까. 꼭이야."

판성메이가 고개를 끄덕이며 강한 의지를 내비쳤다.

"이번에는 기필코 그럴 거야. 우리 엄마가 날 찾아와서 또 울고불고 난리를 친다고 해도 눈 깜작하지 않겠어."

"혹시라도 혼자 버티기 힘들면 도움 청해도 괜찮아. 내가 보기보다 강심장이거든."

"정말 고마워, 샤오샤오도 그렇고, 정말 큰 도움이 됐어."

앤디는 판성메이와 헤어져 집으로 돌아오자마자 취샤오샤오에게 전화를 걸어 2201호에 잠깐 들러 달라고 했다. 얼마 지나지 않아 취샤오샤오가 2201호 문을 두드렸다.

"무슨 일이야? 빨리 말해, 자오치펑이 아까부터 기다리고 있거든."

"심각한 일이야? 막을 방법은 있어?"

"음, 뭐라고 할까, 이미 화산이 폭발한 느낌? 나랑 우리 엄마가 한 일로 우리가 죽을 수도 있고 다른 사람이 죽을 수도 있어. 다른 여지가 없어. 왜? 무슨 방법이라도 있어?"

"도움이 필요하다면?"

"못 도와줄걸. 말이라도 고마워. 한번 안아줄게."

앤디가 얼른 취샤오샤오를 밀어냈다.

"자오치펑한테 가서 안아달라고 해. 나 말고."

취샤오샤오는 우는 소리를 내면서 집으로 돌아갔다. 취샤오샤오가 돌아간 후에도 앤디는 계속해서 식당에서의 통화 내용이 신경 쓰였다. 자꾸만 시에빈의 얼굴이 떠올라서 자신의 지나친 의심이 아닐까라는 생각이 들긴 했다. 이걸 취샤오샤오에게 말하면 불같은 성격에 시에빈에게 무슨 짓을 할지 알 수 없었고 그때 가서 뭔가를 되돌리기에는 불가능할거라는 걸 알았기 때문에 그냥 내버려두기로 했다.

2203호로 돌아온 취샤오샤오는 뒤에서 누군가가 쫓아다니는 것 같았다. 그녀는 자오치펑과 다정한 인사를 나눌 새도 없이 바로 서재로 달려가 컴퓨터에 CD-ROM 하나를 넣고 사진들을 살펴봤다. 이를 이상하게 여긴 자오치펑은 그녀를 따라 들어왔다.

"무슨 일이야?"

"앤디가 얼버무리는 게 뭔가 이상해. 그 부동산 일에 시에빈이 관련되었을 수도 있다고 생각하고 있었는데, 앤디도 그 생각을 한 것 같아. 근데 정확한 증거가 없어서 말을 안 했나 봐. 내가 오늘 이 놈의 실체를 샅샅이 밝혀주겠어!"

"대체 무슨 일이기에 그래?"

그제서야 부동산 얘기를 하지 않았다는 것을 깨달은 취샤오샤오는 사진을 뒤적이면서 그동안의 일을 자오치펑에게 얘기해주었다.

한참 동안 골똘히 생각하던 자오치펑은 사진을 보내고 있던 취샤오샤오에게 물었다.

"정말 시에빈이 그랬다고 생각하는 거야?"

취샤오샤오는 눈동자를 이리저리 굴리다가 고개를 저었다.

"아닌 것 같긴 한데, 임대료 계좌 번호 바꾼 지도 며칠 안 됐잖아. 나도 아직 한 푼도 구경 못 했는데, 그리고 그 계좌가 내 명의인줄 누가 알겠어. 만약에 정말로 시에빈이 그랬다고 하더라도 개도 몰랐을 거야. 근데 부동산 사장님 얘기 들어보니까 정말 우연이었던 것 같긴 해. 에이, 괜히 헛고생했네."

취샤오샤오는 컴퓨터를 끄고 잔뜩 화가 나서 앉아 있었다.

"그런데 말이야, 대체 누가 내가 상가가 있는지 주택이 있는지 관심이 있는 걸까?"

"원한 산 사람이 한둘이어야지. 잘 생각해봐. 네 주변 사람 중에서 있을 수도 있어."

취샤오샤오는 깊은 생각에 잠겼다. 그때 부동산 사장님에게서 전화가 왔다.

"내가 경리 직원한테 네가 보낸 사진을 보여줬더니 바로 알아보더라고. 그 사람 맞대. 지난번에 네 주택에 대해서 말했던 사람. 그래서 곰곰이 생각해보니까 네가 살고 있는 그 집, 네가 들어오기 전에 내가 며칠 세줬었거든. 근데 그 사람이 어떻게 다른 집까지 네 명의로 되어 있는 걸 알았는지 진짜 모르겠네. 정말 이상해."

"고마워요, 이제 알았어요."

취샤오샤오는 벌떡 일어나서 다시 컴퓨터를 켜고 시에빈의 사진을 들여다봤다.

"어쩜 이럴 수가 있지. 소름끼쳐."

"너만 시에빈에 대해서 알아보라는 법은 없잖아?"

"내가 그런 건 쉬얼을 위해서였고, 개는 날 엿 먹이려고 그런 거잖아. 이건 엄연히 다른 문제라고, 알았어?"

취샤오샤오는 문을 박차고 나왔다. 먼저 2202호로 가서 관쥐얼이 아직 돌아오지 않은 것을 확인 한 후 다시 2201호를 두드렸다.

"역시나, 시에빈이었어. 시에빈이 내 뒷조사를 하고 있었어. 뭐 아는 거 있으면 얘기해 줘."

"그럼 너희 집 일도 시에빈이 한 짓이라는 거야?"

취샤오샤오는 의연히 고개를 끄덕였다.

"걔랑 상관있어."

"시에빈이 한 건 아니지만 관련은 있다? 이렇게 이해하면 되는 거야?"

"출납 내역을 조사한 건 시에빈이 꼬드긴 게 맞아. 아마 한 달 전쯤?"

앤디도 잠시 뭔가를 생각하는 눈치였다.

"시간상으로는 맞네. 네가 시에빈 뒷조사하고 나서 진짠지 가짠지 쥐얼한테 시에빈 집에 간다고 했잖아. 네가 네 무덤 팠네. 사실 자기 뒷조사 하는데 기분 좋을 사람이 어디 있어. 나라고 해도 가만히 안 뒀을 거야."

"다 쥐얼을 위해서 한 거래도!"

"그렇다고 쥐얼이 원한 것도 아니었잖아."

취샤오샤오가 입을 삐죽 거렸다.

"됐어, 이 얘긴 쥐얼한테 하지 말고 여기서 접는 걸로 해. 나도 우리 집 일로 머리아파서 여기까지 신경 쓸 여유도 없어. 시에빈도 자기가 원하는 대로 됐으니 이제 그만 하겠지. 나도 뭐 자업자득이고, 끝!"

"잠깐만, 한 가지만 물어볼게. 내가 아는 게 어느 정도 맞는 것 같은데 확신이 안 서서 그래, 지금까지 봤을 때, 시에빈 어떤 것 같아?"

"시에빈이 뭘 좋아하든 앞으로 나랑은 전혀 상관없는 일이야. 그러니까 언니도 신경 쓰지 마. 걔가 좋든 나쁘든 그건 쥐얼 사정이지. 워낙 조심성 있는 애니까 우리가 나설 필요 없을 거야. 괜히 나처럼 긁어 부스럼 만들지 마. 내 꼴 나기 전에."

앤디가 고개를 끄덕였다. 그리고 돌아가는 취샤오샤오를 배웅하러 나오던 그때, 관쥐얼이 온 얼굴 가득 기쁨을 머금고 엘리베이터에서 내렸다. 두 사람은 입은 꾹 다물고 발걸음도 멈춘 채 관쥐얼이 2202호로 들어가는 것을 지켜보고 있었다. 그리고 현관문이 완전히 닫힌 것을 확인하고 나서야 안도의 숨을 내쉬었다.

앤디가 작은 소리로 속삭였다.

"네가 죽기 살기로 달려들까 봐 걱정이야."

"그러면서 나 안 붙잡고 뭐해? 걱정할 필요 없다니까, 몇 번을 말해. 내가 아직 쥐얼을 친구라고 생각한다면 바로 달려가서 사실대로 말했겠지. 지금은? 아니야, 누굴 좋아하든, 난 나대로 생각이 있어."

앤디가 한숨을 쉬었다.

"근데 정말 쥐얼이 걱정 돼."

그러자 취샤오샤오가 바로 정색하고는 입을 열었다.

"언니가 이런 경험이 적어서 그래, 다 각자가 맞는 부분이 있는 거야. 사람들이 너는 너무 성실하고 바오이판은 너무 잘 논다고 걱정해도 두 사람 사이는 아무 문제없잖아, 얼마나 좋아."

"됐어, 네가 많이 도와주고 있잖아. 너희 집 일 도와줄 거 있으면 언제든지 말해."

취샤오샤오는 속으로 별로 대수롭지 않게 여기고 말로만 알았다고 대답했다. 그리고 집으로 돌아와서 어머니랑 통화하면서 앤디가 도움을 주고 싶다는 말을 하자마자 어머니는 바로 그녀를 만나게 해달라고 했다. 취샤오샤오는 얼른 2201호로 달려갔다.

"우리 엄마가 네 도움이 필요하대."

"방금전까지만 해도 필요 없는 눈치더니 왜 갑자기 마음이 바뀐 거야?"

"나한테 잘해주니까. 지금은 귀찮게 안 할게, 아직 우리 오빠한테 도 뽀뽀를 못 해줬거든. 이따가 다시 올게."

취샤오샤오 어머니는 금방 도착했다. 취샤오샤오는 어머니를 2201호로 데리고 들어가서 딱 붙은 채로 소파에 앉아 있었다. 그녀 어머니가 순간 정색하며 말했다.

"앤디한테 네 아빠 얘기 좀 해봐야겠다. 넌 여기 있어. 지난번에 자오치펑이 한 말이 맞아, 넌 안 듣는 게 나을 것 같아."

"어, 자오치펑 말은 무시해도 돼. 오늘은 특수한 상황이잖아."

"자오치펑 말 들어. 그게 맞아."

어머니는 소파에서 그녀를 떼어내 일으켜 세운 다음 밖으로 내보냈다. 그리고 문을 톡톡 치며 말했다.

"너 문에 찰싹 붙어서 몰래 듣고 있지?"

"여기 방음이 잘 되어 있어요."

앤디가 CCTV로 그녀를 보니 역시나 문에 딱 달라붙어서 이리저리 귀를 대보다가 또 카메라 렌즈에 얼굴을 갖다댔다가를 반복하고 있었다. 그 모습에 마음이 불편했던 그녀 어머니도 끝내 웃음을 참지 못했다.

"쟤가 참 그렇게 나쁜 애는 아닌데, 장난이 좀 심하죠. 다행히 좋은 친구랑 남자 친구를 만나서 한시름 놨어요. 앤디, 내가 이번에는 집 안 망신이라 말 안 하려고 했는데, 그동안 너무 오랫동안 참아 와서 이제 더 이상은 못 참을 것 같더라고요. 들어보고 말이 된다고 생각 하면 나 한번 도와주고, 아예 말이 안 된다 싶으면 그냥 지어낸 얘기라고 생각하고 그냥 무시하면 돼요. 알겠죠?"

"어머니, 저희 혼인신고할 때 증인이 돼 주셨잖아요. 저희는 이미 가족이에요. 샤오샤오는 제 친구기도 하고요. 그러니까 편하게 말씀 하세요."

"좋아요, 그럼 정말 편하게 할게요. 먼저 내가 이렇게 하는 이유를 말해줄게요. 그러면 지금 수중에 있는 돈을 어떻게 굴릴지 조언 좀 해줘요. 오늘 낮에 전문가 몇 명을 만나봤는데, 마음이 놓여야 말이죠. 그 사람들이 해준 얘기도 할 테니 어떤지 한번 들어 봐줘요. 그럼 애 아빠와의 일부터 말해줄게요…."

추잉잉이 결혼휴가 얘기를 꺼내자 사장의 얼굴색이 변했다.

"음, 지금까지 아파서 오랫동안 쉰 데다가 또 사고로 며칠 쉬었었는데, 결혼휴가라…. 지금 가게에 일손이 부족한 건 너무 알지? 오죽하면 내가 대신 나와서 일을 하겠어. 근데 이틀 출근하고 또 휴가를 낸다고 하면 내가 어떻게 허락을 해주겠어, 안 그래?"

추잉잉이 살살 눈웃음을 쳤다.

"그래서 말인데요. 저도 원래 결혼휴가 쓸 생각은 없었어요. 근데 남편이 방금 퇴원한 데다가 저보다 다치기도 많이 다쳐서 누가 옆에서 돌봐줘야 하거든요. 어차피 신혼여행을 못가니까 집에서 재택으로 카페 홈페이지나 관리할게요."

사장님은 답답한 듯 추잉잉을 바라봤다.

"나는 그렇다 쳐도 같이 일하는 사람들 입장도 좀 생각해줘야 않겠어? 어서 가서 일이나 해."

추잉잉은 휴가가 불발되자 어쩔 수 없이 매장에 나가서 일을 했다. 하지만 집에 혼자 있을 잉친 걱정에 마음이 놓이지 않았다. 손님이 온 틈을 타 점장의 감시가 허술해졌을 때 얼른 잉친에게 메시지를 보냈다.

"사장이 휴가 안 된대, 지금까지 너무 오래 쉬었다고."

"무슨 말도 안 되는 소리야. 우리 사장은 나더러 좀 더 쉬라고 며칠 휴가 내주던데. 사장한테 결혼휴가 낸다고 말해봐야겠다. 뭐라고 하나. 잠깐만."

추잉잉은 잉친의 메시지를 기다리고 있는데 점장이 그녀를 불렀다.

"잉잉, 여기 손님 포장이랑 계산 좀 해드려."

추잉잉은 잽싸게 휴대폰을 내려놓고 손님에게로 향했다. 그 손님은 요구사항이 아주 많았다. 먼저 컵받침을 샀는데, 조금 이따가 커피 스푼 사는 걸 깜박했다고 하질 않나, 추잉잉이 포장을 했다가 풀었다가 했다가 풀었다가를 여러 번 반복하고 나서야 손님이 계산을 마쳤다. 그 사이에 이미 여러 개의 메시지 도착 알림이 울렸지만 답장을 할 수 없었다. 드디어 손님이 카페를 나서는가 싶더니 이번에는 점장이 다가왔다.

"잉잉, 손님들한테 커피 액세서리를 권해주는 걸 잊었나 보네. 손님들 나갈 때 인사도 제대로 안 하고, 10분 줄 테니까 손님응대 매뉴얼 외운 거 써서 가져와봐. 그래야 다음에 또 실수 안 하지."

잉친이 또다시 전화했을 때, 그녀는 어깨에 낀 채로 몇 마디하고 끊어버렸다.

"미안, 나 지금 바빠. 끝나고 전화할게."

그리고 점장이 시킨 대로 손님응대 매뉴얼을 열심히 적었다.

오늘 하루는 정말이지 쉴 새 없이 바빴다. 특히 퇴근 전에 택배를 보내는 일이 만만치 않았다. 평소에 거뜬히 했던 일인데, 오늘은 몸 상태가 좋지 않은지 다른 직원들과 같이 했는데도 몸이 녹초가 돼

버렸다. 게다가 이미 그녀는 한 가정의 아내로서 저녁거리를 걱정하지 않을 수 없었다. 그녀는 아직 회복 전인 잉친을 위해 보양식을 만들어 주려고 가물치 한 마리와 야채를 사서 두 손 가득 들고 집으로 향했다. 집에 들어서자마자 기다렸다는 듯 뜨겁게 안아주는 잉친의 포옹으로 하루 동안의 피곤함이 싹 사라지는 것 같았다. 잉친은 그녀를 놔줄 생각이 없어 보였다. 그야말로 깨가 쏟아지는 여느 신혼집의 풍경이었다.

"겨우 하루 못 봤는데 전화도 안 되니까 보고 싶어 죽는 줄 알았어. 무슨 일 있었어?"

"사장이 결혼휴가 얘기를 점장한테 했나 봐. 점장이 오늘, 날 못 잡아먹어서 안달이었어. 업무시간에 전화도 못 받게 하고, 무슨 일 있으면 다 나한테만 시키고 정말 죽는 줄 알았네. 몸도 아직 회복 중인 나한테 이렇게 소심한 복수를 하다니."

"우리 사장이랑은 정반대군, 우리 사장은 결혼휴가를 이어서 쓰는 건 좋은 생각이라며, 몸을 회복하는 게 먼저니까 그냥 메일 확인만 해달라고 했는데. 근데 우리 저녁에 뭐 먹어?"

"가물치탕! 어머니가 부탁하고 가셨어. 그리고 돼지갈비, 네가 아침부터 계속 먹고 싶다고 했던 거잖아. 또 고추감자볶음! 근데 나 잠깐만 쉬었다가 해줄게, 하루종일 서 있었더니 다리가 탱탱 부었네. 정말 사고 한번 잘못 나서 고생이야, 언제쯤이면 다 나으려나. 이 상태로 계속 가다간 사장 눈 밖에 나고 말거야. 잉친, 나 물 한 잔만 갖다 줘."

잉친은 추잉잉 말 한마디에 벌떡 일어나 물을 가지러갔다.

"잉친, 나 코코아 한 숟가락만 타줄 수 있어?"

잉친은 이미 따라 놓은 물 한 컵과 숟가락을 들고 있었다.

"그거 가루 먼저 넣고 물 붓는 거 아니야? 설명서에 그렇게 쓰여 있던데."

"누가 공대생 아니랄까 봐, 괜찮아. 화학실험 하는 것도 아니니까."

추잉잉은 물을 다 마신 후 잉친 품에 기대어 잠시 휴식을 취했다.

"잉친, 자꾸 손 움직일래, 나 피곤하단 말이야. 나 조금만 쉴게."

"나 신경 쓰지 마."

"어떻게 그래. 어떻게 신경을 안 쓰냐고. 내가 로봇도 아니고, 아, 그만 좀 간지럽혀."

잉친은 마구 웃다가 추잉잉이 정말로 자신을 신경 쓰지 않자 씩씩거리며 손을 뗐다.

"왜 그래? 출근해서도 신경도 안 쓰더니 퇴근해서도 이럴 거야?"

"진짜 피곤해서 그래. 나 아주 쪼금만 잘게."

"그럼 내일 병가 내. 이 상태로 계속 일하면 나중에 큰일 나."

"결혼휴가도 안 내준다는데 병가를 내라고? 그랬다가는 완전 잘리지."

"그럼 아예 그만 둬, 우리 팀원 중에 나보다 연봉도 낮은데, 그 사람 부인은 회사 그만두고 집에 있어. 몸도 성하지 않은 사람한테 그렇게 일까지 시키고, 그냥 그만둬버려. 쥐꼬리만 한 월급 안 받고 말지."

추잉잉은 한참 동안 멍하니 있었다.

"그건…. 싫어, 어떻게 일을 안 해. 대학까지 졸업했는데 일도 안 하고 집에 있는 건 아닌 것 같아."

"그럼 몸은 괜찮아? 네가 안 좋으면 나도 좋아질 리가 없잖아. 우선은 그만뒀다가 내가 좀 회복되면 그때 다시 일을 찾아보면 어때? 집이랑도 가깝고 좀 덜 힘든 일로 말이야. 충분히 찾을 수 있잖아."

"네가 말하는 그런 일이라면 찾을 수 있겠지, 여기 아파트 관리사무소에서 사람 뽑던데."

"그만둬, 그만둬, 응? 그만둬라. 제발 부탁이야. 응? 응?"

추잉잉은 살짝 동요됐다.

"그럼 낮에 너희 부모님한테 전화 오면 다 네가 받아. 나 일 그만뒀다고는 말하지 말고. 나 그만둔 거 아시면 나 게으르다고 한마디 하실 거야. 나 게으른 사람 아닌데."

"알았어, 네 말대로 할게. 지금 당장 너희 사장한테 전화해서 그만둔다고 말해. 결혼휴가도 안 주면서 노동 착취까지 하다니, 아마 네가 애기를 가져도 그렇게 일 시키고도 남을 거야. 그런 사업가들은 자기네 회사 아니면 갈 데가 없을 거라고 생각하니까 그런 식으로 일을 시키는 거야."

"맞아, 맞아. 잉친 넌 정말 좋은 남편이야. 이렇게 아내를 생각해주는 남편이 어디 있어."

추잉잉이 휴대폰을 꺼내다가 다른 생각이 떠올랐다.

"결혼도 했고, 움직이는데 크게 불편함이 없으니까, 내일 하루 더 쉬고 저녁에 너희 동료들이랑 22층 언니들 초대해서 밥이나 먹자. 어때? 내일이 마침 또 불금이고 다음날 출근 안 해도 되니까 부담스럽진 않을 거야."

"그렇게 하자, 네가 나보다 생각이 깊은데."

두 사람의 깨 볶는 신혼이 시작됐다.

금요일은 참 신기하게도 오후만 되면 개미처럼 열심히 일하던 사람들도 꿈틀거리기 시작한다. 불타는 금요일 밤을 보내기 위한 각고의 노력이 오가는 시간이다.

관쮜얼은 시에빈에게 전화가 오자 물을 따르러 가는 척하고 나가서 전화를 받았다. 휴대폰 너머의 그의 목소리는 매우 흥분한 상태였다.

"나 구했어, 구했다고! 내가 제일 좋아하는 밴드야, 2년을 기다린 공연이라고. 우리 같이 가서 'My Love, My Love' 듣자."

"어, 오늘 잉잉이 저녁 식사에 초대한 거 잊었어?"

"아, 맞다. 이런, 하필 오늘이구나. 그럼, 이 티켓 다른 사람한테 양도해야겠다."

"아니야, 다녀와. 같이 갈 사람 찾아서 다녀와, 난 거기는 혼자 가도 괜찮아."

"아니야, 아니야. 나도 안 갈래. 결혼 피로연이 먼저 잡혀 있던 거잖아. 널 실없는 사람으로 만들 순 없지, 나도 마찬가지고. 공연 티켓은 친구들 주면 되니까 괜찮아. 'My Love, My Love' 나올 때 나한테 전화 걸어달라고 하지 뭐. 너랑 같이 있을 수만 있으면 난 어디든 상관없어."

탕비실에 오래 머물러 있을 수 없었기 때문에 관쥐얼은 커피 한 잔을 들고 자리로 돌아왔다. 잠시 일을 하다가 휴대폰을 꺼내서 추잉잉에게 메시지를 보냈다.

"오늘 밤에 시에빈 어머니가 출장 차 오셨다가 내일 가신대. 아무래도 가봐야 할 것 같아서, 오늘 피로연에는 못 갈 것 같아. 정말 미안해. 선물을 앤디 언니 편에 보내줄게. 잉친이랑 행복하게 살아! 정말 축하해."

취샤오샤오는 출근 중에 그녀 어머니의 전화를 받았다.

"너희 아빠가 다 알았나 보더라, 지금 내 사무실에 왔나 봐. 너도 그쪽으로 와."

그녀는 두말않고 바로 본사로 달려갔다. 엘리베이터에 타서 자오치펑에게 전화를 했다.

"오늘 나 기다리지 마. 오늘 아빠 엄마가 한판 붙을 것 같거든, 오늘 내도록 싸워도 안 끝날지도 몰라. 여기 일 마무리 되는대로 오빠한테 갈 테니까 그냥 집에 있어."

본사와는 별로 멀지 않은 거리였지만 그녀는 일부러 한참 동안 주차장에서 시간을 보낸 후에야 어머니 사무실로 들어갔다. 어머니는 그녀가 들어오자마자 문을 꽝 닫았다.

"너 오기만 기다리느라 아직 시작도 안 했다. 여기 앉아."

74

관쥐얼은 모처럼 애타게 퇴근 시간을 기다렸다. 못 간다는 사정을 말해도 추잉잉은 한사코 문자를 보내 제발 시간을 쪼개서라도 와 달라고 했다. 취샤오샤오도 못 오게 돼서 신부 측 테이블이 절반도 못 찰 것 같다며 한탄하는 추잉잉 때문에 그녀도 마음이 썩 편하지만은 않았다. 하지만 이미 흥분해 있는 시에빈을 보고 애써 죄책감을 억눌렀다. 시에빈의 근무처가 변경되고 나서 계속 마음이 불편했는데 모처럼 그가 좋아하는 밴드의 공연이라 무슨 일이 있어도 그와 함께 가 주고 싶었다.

두 사람이 만나자마자 시에빈은 그녀의 가방을 받아들었다.

"우리 뭐라도 좀 먹을까, 퇴근 시간이라 전철에 사람이 무지 많을 텐데, 뱃심이 있어야 버티지. 안 그래?"

관쥐얼은 애처럼 구는 그의 모습에 미소가 번졌다.

"절대로 잉잉 눈에 띄면 안 돼, 샤오샤오도 못 온다고 했나봐. 뭐 자오치펑이랑 이혼한다나 뭐라나. 아직 결혼도 안한 사람들이 무슨 이혼인지, 보나마나 또 거짓말이겠지. 그래서 잉잉이 좀 실망한 것 같았어, 잉친 친구들 한 테이블이랑 우리 쪽 한 테이블을 예약해 뒀는데, 22층에서 반이 못 가게 됐으니 말이야. 미안하긴 하지만 어쩔 수 없지."

"어…. 이 티켓은 양도하면 돼. 추잉잉이 입원했을 때부터 네가 골치 아파한 걸 알긴 하지만 그래도 네가 정이 많아서 마음이 편하진 않을 거야. 게다가 결혼 피로연이니까. 뭐 그래도 네가 날 더 소중히 여겨주는 마음은 알아서 너무 기뻐, 그거로도 충분해. 우리 추잉잉한 테 가보자."

관쥐얼은 놀랍기도 하고 기쁘기도 했다.

"에이, 어떻게 그래. 난 만날 너한테 배려만 받네. 그럼 우리 뭐 먹지 말고 바로 가자. 추잉잉도 깜짝 놀라겠다."

관쥐얼은 휴대폰으로 호텔 위치를 검색한 후 지도를 보면서 걸어갔다. 시에빈이 옆에서 꼭 잡아주고 있어서 매우 안심이 됐다.

추잉잉은 취샤오샤오가 자오치펑과 이혼 얘기를 해야 해서 못 온다는 메시지에 단번에 자기를 열 받게 하려는 거짓말임을 알아차렸다. 잉친이 웃으면서 살살 약을 올렸다.

"샤오샤오도 안 오면 자오치펑도 당연히 안 올 거고. 쥐얼이랑 쥐얼 남자 친구도 안 온다고 했고. 내 친구들이 더 많이 오겠네."

그 말에 추잉잉은 마음이 다급해졌다.

"샤오샤오는 분명히 음모를 꾸미고 있을 거야. 너 먼저 호텔에 데려다 줄 테니까 들어가서 앉아 있어. 환락송에 갔다 와야겠어. 취샤오샤오가 순순히 와서 밥을 먹을 리 없지, 이번에는 절대 마음대로 안 될 거야! 어쨌든 내가 개보다 먼저 결혼했잖아. 하하. 그래서 충격 좀 받았을 거야."

추잉잉은 말을 하면서 이유 없는 승리의 쾌감을 맛보았다.

잉친이 웃음을 참지 못하고 말했다.

"나도 얼른 전화해서 누가 못 오는지 확인해봐야겠다. 지금까지 못 온다고 한 사람은 없었는데, 그래도 확인해봐야지."

추잉잉은 살짝 비위가 거슬렸다. 하지만 환락송에 도착해서도 상황은 나아지지 않았다. 앤디가 임시로 준 출입 카드를 찍고 들어가는데 경비원이 그녀를 가로막았다. 그녀가 더 이상 아파트 주민이 아니라고 생각하고 들어오지 못하게 했다. 알고 보니 그녀가 이사 간 사실을 알아서 그런 게 아니라 뭔가 부탁할 게 있었던 것이다.

"어, 안녕하세요. 22층에 사시는 분이죠. 저기 선생님께서 2202호를 찾아오셨다는데, 혹시 아시는 분이세요?"

경비원이 한 중년 남성을 가리켰다. 깔끔한 외모에 잘 차려입은 남자는 온몸을 명품으로 휘감고 있었다.

"모르는데요."

그러자 중년 남성이 한 걸음 앞으로 나왔다.

"말씀 좀 묻겠습니다. 그 층에 웨시라는 여자가 사나요?"

그녀의 머릿속은 결혼 피로연으로 가득 차 있어서 한시라도 빨리 22층에 올라가야 했기에 다른 사람을 상대할 시간 따위는 없었다. 그럴 때는 단호하게 모른다고 하는 게 최고다.

"그런 사람 없어요. 저희 층에 여자만 5명 사는데, 그런 이름은 처음 들어봐요."

그녀는 엘리베이터 문이 열리자마자 얼른 뛰어들어 가서 그 남자로부터 멀어졌다. 이제 그녀는 22층에 도착할 때까지 기다리기만 하면 되는 거였다. 추잉잉은 22층에 도착하고 나서야 그녀 대신 누군가가 새로 이사 왔다는 사실을 뒤늦게 깨달았다.

추잉잉은 먼저 2203호 문을 두드려보았다. 취샤오샤오가 집에 없는 것을 확인하고 난 후 자연스럽게 열쇠를 꺼내서 2202호를 열었다. 그런데 그 작은 방에 새로 이사 온 여자가 방 앞에 서서 그녀를 쳐다보고 있었다. 새까맣고 또렷한 눈동자에서 뿜어 나오는 분위기가 심상치 않아 보였다.

"어떻게 들어온 거죠? 왜 아직도 2202호 열쇠를 갖고 있는 거예요?"

자기가 생각해도 너무나 터무니없는 이유였기 때문에 웃으면서 얼버무릴 수밖에 없었다.

"아래 출입카드는 앤디 언니가 준거예요. 2201호에 사는 앤디 알죠? 오늘 돌려주려고 가져왔어요. 그리고 이 열쇠는 성메이 언니 거예요. 이것도 오늘 돌려 줄 거예요. 걱정 마세요. 여기 오랫동안 살아서 여기 사람들이랑 다 친해요. 앞으로도 자주 올 거고요. 아, 이렇게 빨리 이사하게 될 줄 몰라서 너무 생각나서 한번 와봤어요."

새로 온 이사 온 여자가 단호하게 말했다.

"더 이상 여기 살지도 않는데, 다른 사람의 출입 카드랑 열쇠로 문을 열고 마음대로 들어오는 건 범죄라는 거 몰라요? 여기가 무슨 공공장소도 아니고, 안 그래요?"

추잉잉은 자기가 잘못했다는 걸 알고 있었지만, 상대방이 너무 매정하게 사정없이 무안을 주니까 버럭 화가 났다.

"이 집에 당신 혼자 사는 것도 아니잖아요. 난 판성메이 언니가 오라고 해서 온 거라고요. 그것도 허락을 받아야 하나요? 참나."

추잉잉은 문을 걷어차고 나왔다. 그런데 엘리베이터에 타고 나서 후회가 밀려왔다. 판성메이조차도 그녀의 이름을 모르고 있었지만 왠지 아까 중년 남자가 물어 본 사람이 그 여자 같았다. 추잉잉은 중년 남자가 여전히 1층에서 기다리고 있는 것을 보고 호기심이 발동했다.

"저기요, 아까 말씀하셨던 웨시라는 여자가요, 단발머리에 눈이 새까맣고 또렷하지 않아요? 뾰족한 얼굴형에 입은 작고요. 맞아요?"

"맞아요, 맞아. 그 여자 맞아요. 본 적 있어요?"

"네, 얼마 전에 여기 2202호에 이사 온 것 같던데. 다음에 만나면 이름을 불러줘야겠네요."

추잉잉은 매우 흡족해하며 환락송을 나왔다. 아파트 입구에 거의 다다랐을 때 벤츠에서 바오이판이 내리는 것을 보고 너무 반가워서 소리를 질렀다.

"바오이판 사장님, 오늘 피로연 까먹으면 안 돼요."

"어떻게 까먹어요. 짐 올려놓고 앤디 데리고 같이 갈게요. 같이 갈래요?"

"전 먼저 가서 준비하고 있을게요. 이렇게 멀리까지 와 주다니 정말 고마워요."

추잉잉은 바오이판을 배웅해주면서 한 가지 생각이 떠올랐다.

'그래, 나도 이제 운전을 배워서, 앞으로 잉친 출퇴근이나 시켜줘야겠어.'

바오이판은 주차장에서 역시나 막 퇴근하고 돌아오는 자오치펑과 마주쳤다. 두 사람이 탄 엘리베이터가 1층에서 멈추자, 방금 추잉잉이 만난 중년 남성과 함께 22층까지 올라갔다. 바오이판이 깜짝 놀라서 중년 남성을 쳐다보자 그 남자도 바오이판을 쳐다봤다. 두 사람 사이에 심상치 않은 경계심이 흘렀다. 바오이판은 자오치펑과 인사를 나누고 2201호로 들어갔다. 이상한 기운을 눈치채고 집에 들어와 CCTV를 살펴보니 그 남자가 2202호 문을 두드리고 있는 모습이 찜찜해 보였다. 순간 앤디가 얘기해준 스캔들이 생각났다. 그는 짐을 내려놓고 나갈 준비를 마치고 CCTV를 살펴보니 그 남자는 더 세게 문을 두드리고 있었다. 그는 바로 복도로 나가 사진을 찍어서 웨이보에 올렸다.

"저기요, 웬만하면 그만하지 그래요."

"죄송합니다. 개인적인 사정이 있어서."

"남자면 남자다운 품격이 있어야죠. 그만 돌아가시죠. 안 그러면 관리사무소에 연락해서 어떻게 들어왔는지 확인할 겁니다."

"당신이 뭔데 상관이야?"

중년 남성이 정색한 얼굴로 물었다. 하지만 바오이판은 여전히 여유로운 미소를 보였다.

"당신이야말로 어디서 오셨는지 모르겠네요."

그는 엘리베이터를 누르고 계속해서 중년 남성에게 시선을 고정했지만 다른 말은 하지 않았다. 안에서 듣고 있던 자오치펑은 헝클어진 머리에 러닝셔츠에 잠옷 바지만 입고 주먹을 툭툭 치면서 복도로 나왔다.

"지금 싸우자는 거요?"

중년 남성은 파랗게 질려서 급하게 엘리베이터 앞으로 가서 애꿎은 문틈 사이만 주시할 뿐 곁눈질할 생각은 엄두도 내지 못했다. 그리고 엘리베이터가 땡하고 멈추자마자 순식간에 안으로 들어갔다. 뒤에서 지켜보던 두 사람은 서로 바라보며 껄껄 웃었다. 똑똑한 사람들이 누구 협박도 할 줄 알다니 말이다.

그때 2202호 문이 열리더니 새로 이사 온 여자가 빠끔히 창백하게 질린 얼굴을 내밀었다.

"두 분 다 감사합니다. 저 사람이 제가 여기 사는 걸 안 이상 더 이상 이 집에서 살기는 힘들 것 같네요. 혹시 두 분, 차가 있으시면 저 좀 도와주실 수 없을까요? 아무래도 짐을 옮겨야 할 것 같아서요. 짐은 그렇게 많지 않아요. 차비로 1,000위안 드릴게요."

두 사람 다 흔쾌히 나서지 않자 여자가 다시 말했다.

"그럼 2,000위안이요. 물론 짐은 안 옮겨주셔도 돼요."

바오이판이 대답했다.

"전 아내를 데리러 가야 해서요. 시간이 안 될 것 같네요. 자오치 핑, 너는?"

"저도 시간이…. 샤오샤오네 집에 사건이 터졌는데 나더러 와서 응원하라나 뭐라나, 암튼 거기 가 봐야 해. 근데, 왜 이사가려고요?"

"그러게요, 뭐 하러 이사가요? 저 남자 진짜 안 되겠던데. 문 두드려서 안 되면 떼거지로 몰려와서라도 들어갈 기세였다고요. 단순히 겁주려는 게 아니라 진짜 무슨 짓을 할 것 같아 보였어요."

"형님, 저는 씻다 말고 나와서, 들어가 볼게요."

자오치핑은 쿨하게 먼저 안으로 들어갔다.

"저도 이만 가볼게요. 어서 들어가서 문 잠그고 있어요."

새로 이사 온 여자는 입술을 앙다물고 말했다.

"혹시 같이 가도 될까요? 결혼 피로연 가신다고…. 누구 피로연인지 알 것 같아서요. 선물도 가져갈게요."

"좀 힘들 것 같은데요. 제 차에 자리가 2개밖에 없거든요. 그것도 아내 회사에 차가 있어서 저는 택시로 가야 해요."

"그래도 제발 부탁드려요. 부탁할 수 있는 사람이 없어서 그래요."

바이이판은 너무도 간절하게 부탁하는 그녀의 부탁을 차마 거절할 수가 없었다.

"일단, 제 부인에게 물어보고 결정하도록 하죠."

바오이판이 앤디에게 전화로 상황 설명을 하자, 앤디는 어쩔 수 없는 상황임을 눈치채고 자신이 먼저 가 있을테니, B주차장으로 오라고 하였다. 바오이판은 앤디의 말대로 B주차장으로 들어왔다. 주차장에 들어서서 앤디와 그 옆의 붉은색 페라리를 보더니 갑자기 휘파람을 불어댔다. 뒤에 앉아 있던 웨시는 뭐가 불편한지 인상을 잔뜩 찌푸렸지만 바오이판은 처음부터 그녀를 신경 쓰지 않았기 때문에 크게 개의치 않았다. 바오이판은 후다닥 차에서 내려 잠시 며칠 간 떨어져 있었던 아내를 꼭 끌어안았다.

앤디도 반가웠는지 웃으면서 말했다.

"예전 같았으면 꿈도 못 꿨을 일인데, 이렇게 공공장소에서 막 안고 이러면 어떡해요. 그리고 빨간색만 보면 어지러워서 근처에 가지도 않았던 내가 이제 빨간 차를 끌고 다니다니, 이게 다 당신 때문이에요."

"여보, 우리 어디 가지 말고, 우리끼리 있을까 봐요."

"당신 차에 한 사람 더 있지 않아요?"

"아, 깜박하고 있었네요."

바오이판은 앤디의 페라리 열쇠를 받아서 차를 먼저 뺀 후 자신의 벤츠를 그 자리에 넣었다. 그리고 주차를 마친 후 뒷문을 열어 웨시에게 말했다.

"여기까지 오면서 쫓아오는 차는 없었으니까 내려도 될 것 같네요."

"여기 금융가잖아요! 예전에 제가 항상 다니던 곳이라고요."

"그럼 나가서 택시 타고 예전에 안 다니던 곳으로 가면 되겠네요. 이미 안전한 상황 같은데, 우리 부부가 당신을 계속 데리고 다닐 의무는 없잖아요?"

앤디가 다가와 한마디 덧붙였다.

"여자의 적은 여자라더니."

웨시는 불만 가득한 얼굴로 차에서 내렸다. 앤디는 씩 웃으면서 웨시가 가는 모습을 보고 있었다.

"난 희한하게 저 여자가 마음에 안 들어요. 엘리베이터에서 처음 만났는데, 처음부터 같은 집에 사는 사람들을 가난하고 상대할 가치가 없는 사람들이라고 생각하더라고요. 지금도 당신 차에서 안 내리려고 하는 거 봐요. 내리라니까 고맙다는 말도 없이 저렇게 가버리고."

"저런 사람들 많아요. 당신이 남자가 아니라서 잘 모르겠지만, 저렇게 돈 많은 남자한테 붙어서 단물만 빼먹으려는 사람이 얼마나 많은데요. 방금도 내가 어디 가는지는 신경도 안 쓰고 바짝 따라붙더라고요. 자오치핑한테는 가지도 않고 말이죠."

"당신도 나름 타깃 아닌 타깃이 되는군요. 내가 걱정할 정도는 아니길 바라요."

"나 같이 산전수전 다 겪어 본 사람은 걱정할 필요가 없어요."

바오이판은 앤디를 차에 태우고 키스를 나눴다. 그리고는 방금 전까지만 해도 있던 웨시에 대한 걱정을 다 잊어버리고 새 차의 기능에 대해서 열띤 토론을 벌였다.

추잉잉은 택시에서 내리자마자 황급히 호텔 안으로 달려 들어갔다. 식당에 들어서니 방을 반쯤 채운 잉친 친구들 사이에서 판성메이가 눈에 들어왔다. 판성메이에게 인사하러 가려는 찰나에 잉친이 그녀에게 다가왔다.

"네 친구 방금 2명인가 왔던데."

추잉잉은 혀를 내밀며 터무니없는 이유를 갖다 붙였다.

"그래도 네 연구원 사람들보다 훨씬 예쁘잖아. 군계일학!"

추잉잉은 판성메이 곁에 있는 남자들을 보고 잉친의 친구들과는 다른 수준에 어깨가 으쓱했다. 그녀는 한 걸음에 달려가 판성메이를 와락 껴안았다.

"언니, 오느라 고생했어. 안 그래도 방금 환락송 갔다 오는 길이야. 쥐얼이랑 샤오샤오는 안 보이더라, 정말 너무한 거 아니야? 나오면서 바오이판 만났거든, 그렇게 멀리서도 와 주다니 정말 감동이야."

"서운해하지 마. 그래서 우리가 친구들 데려왔잖아."

"언니 남자 친구 아니야? 상관없어, 어차피 언니가 마음만 먹으면 식은 죽 먹기 잖아."

판성메이는 한바탕 웃고는 크게 부정하지도 않았다. 차오 변호사도 미소만 지을 뿐 아무 말도 하지 않았다.

부리나케 집으로 온 취샤오샤오는 엄마 아빠가 한치의 물러섬도 없이 다투는 모습을 그저 멍하니 바라 볼 수 밖에 없었다.

"나는 당신을 믿고 전 재산을 맡겼는데 감히 내 뒤에서 이런 짓을 벌여? 도대체 언제부터 준비한 거야. 날 언제부터 속였어! 누가 알려주지 않았으면 나만 몰랐을 거잖아. 내가 빈껍데기인 걸 나만 모르고 있었어."

"적반하장도 유분수지. 내가 왜 이렇게까지 했는지는 생각 안 해요? 결혼 전에 분명히 그랬죠? 결혼만 하면 저쪽과 인연 끊겠다고. 근데 어떻게 했어요? 나 몰래 매년 저쪽에 돈을 갖다 췄잖아요. 게다가 아들만 몰래 챙기고. 만약 내가 없었다면 당장에라도 짐을 저쪽으로 옮겨갔겠죠. 그 오랜 세월 동안 1년 내내 집에 있어 본 적 있어요? 그러면서 말로는 나와 샤오샤오만 생각한다고? 날 고향에 데려갈 용기도 없으면서?"

"당신이 어머니와 아이들을 거슬려 하니까."

"어떻게 내가 거슬려 한 게 돼요? 그 반대라면 모를까. 웃기지도 않아."

취샤오샤오의 엄마는 아빠에게 그간의 속상함을 쏟아냈다. 취샤오샤오의 엄마는 그동안 두 아들에게 경영을 맡긴 후로 수백만 위안씩 손실이 나는 것을 뻔히 알면서도 참고 버텼으며, 공금을 횡령하고 어린 여자들과 바람을 펴도 참았다고 했다. 하지만 더 이상은 참을 수가 없다며 아빠 앞에서 울먹거리며 소리를 질러댔다. 그 모습은 마치 샤오샤오가 새된 비명을 지르는 것 보다 몇 배는 강력했다.

취샤오샤오의 엄마는 취샤오샤오를 앞세워 아빠가 말할 틈도 없이 쉼없이 공격했다.

"당신이 밖에서 외도하고 다녀도 나만 모른척하면 될거라고 생각했어요. 당신이 어머님과 전처에 아들까지 먹여 살리는데도, 나만 못 본 체하면 그만이라도 생각했어요. 당신 마음에 나랑 이 집안만 있다면 그깟 거 참으며 살았다고요."

"참긴 뭘 참아. 참은게, 몰래 부동산을 사들인 건가? 참아서 나 몰래 샤오샤오한테 몰래 부동산을 넘긴거고?"

"엄마 아빠, 왜 싸우고 그래. 제발 그만 싸워."

"넌 끼어들지 마라. 입 다물고 있어."

"그래도 할 말은 해야겠어. 할머니가 유언 남기셨다며. 재산은 절반으로 나누라고. 그런데 아빠는 그것도 말 안했어. 맞지?

"어떻게⋯."

"우리가 모를 줄 알았어요? 그 재산의 절반을 아들 놈들에게 물려주려고 했죠? 맞죠? 그런 큰 일은 나랑 상의도 없이 해요?"

"그럼 부동산은 나랑 상의하고 샀나?"

"왜 그걸 샤오샤오한테 물어요? 나한테 말해요."

샤오샤오의 엄마는 서랍에서 장부 더미를 가지고 나오더니, 조목조목 재산 내역을 말했다. 부동산 내역과 샤오샤오 앞으로 된 부동산 명부, 그리고 회사의 입출금 명세서와 그간의 손익 계산서와 현금 흐름표까지 모두 샤오샤오 아빠에게 보여주었다. 결국 샤오샤오 아빠에게 남은 것은 두 아들이 저지른 공금 횡령을 포함하니 수익보다 손실이 더 많았다.

샤오샤오의 엄마는 서류를 던져 주고는 아무 말도 하지 못하고 멍하니 있는 아빠 곁을 비껴 나갔다. 샤오샤오는 지금 이런 상황이 너무나도 낯설었다. 그때 자오치펑에서 전화가 왔다.

"샤오샤오, 늦겠다. 얼른 가자."

샤오샤오는 지금 상황에서 빠져나가고 싶어, 전화를 받으며 엄마에게 먼저 가겠다고 눈빛으로 말하고는 얼른 자리를 피했다.

"하아, 엄마가 아빠한테 그렇게 화를 내는 건 처음 봤어. 분명 그동안 잘못한 건 아빠가 맞는데 불쌍해보이기까지 했다니까."

"어머니가 그동안 말 못 하고 참으신 게 많으신가 보지."

"싫어, 아빠가 잘 나갈 때는 엄마를 그렇게 무시하더니, 지금은 엄마한테 꼼짝도 못하는 꼴이라니, 정말 한심스러워."

"아버님도 뭔가 다른 방법이 있으셔서 그러실 거야."

"아니, 지금 엄마가 아빠의 모든 돈 줄을 틀어막아서 아무것도 할 수 없다는 걸 안 거야. 손에 쥔 게 없으니 싸우기는커녕 저렇게 목숨을 부지하고 있는 것도 다행이라는 걸. 그래서 날 핑계로 엄마한테 돈을 요구하느니 바짝 엎드리는 쪽을 택한 거야. 정말 못 봐주겠어."

"가자, 가서 기분 전환이나 하자."

그녀는 자오치펑의 말대로 얌전히 차에 올라탔지만 한숨이 끊이지 않았다. 그래도 그의 말대로 차라리 사람이 많은 곳이 기분전환에는 좋을 것 같긴 했다. 호텔 입구 쪽에 주차할 곳이 마땅치 않아 여기저기 돌면서 주차 장소를 찾던 자오치펑이 관쥐얼을 발견했다.

"샤오샤오, 저기 누가 왔는지 봐봐."

취샤오샤오는 눈을 부릅뜨고 두 사람을 쳐다봤다.

"아, 뭐야, 저 두 사람 안 온다고 하지 않았나? 아니면 내가 안 온다는 말 듣고 계획을 바꾼 건가?"

"처음에는 네가 시에빈을 모함한 거 아닌가 하고 걱정했었는데, 뭐 지금은 아니지만. 그냥 가지 말자. 괜히 일 만들 필요는 없잖아."

"아니, 가자. 가야겠어. 쟤 바로 맞은편에 앉을 거야."

"굳이 그럴 필요까지 있어?"

자오치펑은 말하던 중에 주차 자리를 찾아서 주차를 마쳤다. 그때 휴대폰이 울렸다.

"어? 어머니가 날 찾으시네?"

취샤오샤오가 얼른 휴대폰을 낚아챘다.

"엄마, 무슨 일이야?"

"아, 아, 그래, 샤오샤오. 지금 자오치펑이랑 같이 있구나? 그럼 됐다. 다른 일은 없는 거지? 저녁 챙겨먹고."

취샤오샤오는 눈시울이 붉어졌다.

"엄마, 혼자 있어?"

"응, 혼자 있지."

"엄마, 그럼 계속 엄마 혼자 있어. 그 많은 세월 동안 대체 뭘 한 거야? 엄마 인생 다 바쳐서 아빠 사랑하고, 미워하고, 증오하고, 이렇게 뒤통수까지 치고, 이렇게 해서 엄마한테 돌아오는 건 뭔데? 이제 행복해? 엄마 혼자 지내면 지금보다 얼마나 더 행복할지 모르겠지만 평생 엄마를 사랑하지도 않은 사람 옆에서 사는 것 보다는 낫겠지. 내가 지금 엄마한테 잔소리나 하고 있다고 생각하면 오산이야. 됐어, 그냥 이혼해."

취샤오샤오 어머니가 물었다.

"좀 있다가 네 아빠가 전화할 거야. 통화할 거지?"

취샤오샤오는 생각지도 못한 어머니의 질문에 잠시 멍해졌다.

"모르겠어, 별로 보고 싶지 않아."

"그래, 알았다. 엄마 일은 신경 쓰지 말고…."

"대체 이혼하겠다는 거야 말겠다는 거야?"

"엄마가 생각 좀 해 볼게."

통화를 마친 취샤오샤오는 정신이 반쯤 나가보였다. 그녀는 자오치펑의 어깨에 기대 멍하니 가만히 있었다.

그때 주차 공간을 찾아 이리저리 헤매다가 막 주차를 마친 바오이판과 앤디가 두 사람을 발견하고는 열심히 손을 흔들면서 다가갔다. 가서 보니 두 사람 다 무기력하게 멍하니 앉아 있었다. 바오이판은 자오치펑을 보고 웃음이 나서 앤디에게 조금 전 자오치펑이 환락송에서 웃통을 벗고 나왔던 해프닝을 얘기해주었다. 자오치펑은 그제야 취샤오샤오를 일으켰다.

"자, 자, 일어나자. 밖에서 다들 기다리고 있잖아."

취샤오샤오는 벌떡 일어나 앉더니 자오치펑에게 물었다.

"오늘 우리 엄마가 아빠를 보기 좋게 날려버린 거, 나 보라고 일부러 그런 건 아니겠지? 아빠에 대한 미움이 더 커지라고? 며칠 전에 나한테 물어보더라고, 엄마 아빠 이혼하면 누구랑 지낼 건지."

밖에서 듣고 있던 바오이판이 잽싸게 끼어들었다.

"아무것도 물어보지 말고 생각하지 마. 그건 두 분이 알아서 할 일이야. 너는 그냥 부모님이 널 사랑한다는 사실만 기억하면 돼. 두 분이 어떻게 되든 너의 아빠 엄마라는 사실은 변하지 않아. 그리고 이런 일은 네가 끼어든다고 해결 될 일도 아니고."

취샤오샤오는 고개를 저으며 온 세상을 잃은 사람처럼 차에서 내렸다.

"형부, 형부도 그렇게 생각했어요?"

"그 일이 다 지나고 나서야 든 생각이지. 다 경험에서 우러나온 거라고."

"아, 방금 관쥐얼이랑 시에빈도 들어가더라고요. 그래서 샤오샤오한테 괜히 가서 분란 일으키지 말고 가지 말자고 했는데, 기어코 가겠다네요. 왠지 시에빈한테 화풀이할거 같은데 말이에요."

자오치펑이 걱정스러운 듯 앤디에게 말했다.

"시에빈한테 원한 살 짓은 안 할 거야. 걱정 마."

"오늘 내 임무가 막중한 것 같네. 같이 도와줄 거지?"

고개를 끄덕이고 난 앤디는 자기 눈을 의심했다. 길 건너편에서 맥없이 축 처진 채로 걸어오는 웨시가 보였다.

"바오이판, 저 사람 우리 따라온 거 같은데요?"

자오치펑은 취샤오샤오에게 조금 아까 22층에서 있었던 일을 설명해주자, 그녀에게 드리워져 있던 절망이 한순간에 싹 씻겨 내려가는 것 같았다. 두 눈을 동그랗게 뜨고 저쪽에서 걸어오는 웨시를 유심히 살펴보았다. 바오이판은 한숨을 내쉬었다.

"택시타고 쫓아왔나 보네, 괜히 이 차 타고 왔나봐."

"이왕 여기까지 쫓아온 거 밥이라도 먹여요."

앤디는 웨시에게 손을 흔들었다. 취샤오샤오가 앤디한테 다가가서 팔짱을 끼고 조심스럽게 말했다.

"저 여자 조심해. 자기 상사도 물 먹인 여잔데, 또 무슨 짓을 할지 모른다고. 그 중년 남자가 가진 게 돈 말도 뭐 있겠어. 바오이판은? 절대 가까이 가지 못하게 해."

"바오이판 근처에 있는 여자들을 내가 어떻게 다 신경 쓰겠어. 자기가 알아서 해야지."

"개 버릇 남 못 준다고, 저런 여자들은 위험하다니까. 바오이판한테 언제 접근할지 몰라. 절대 방심하지 마. 언니처럼 똑똑한 여자들이 방심하다가 큰코 다쳐. 모든 걸 다 마음대로 할 수 있다고 생각하거든. 근데 남자 마음은 또 그런 게 아니거든."

"나 스스로 피곤함을 자처하지 않을래, 정 안 되면 그냥 헤어지면 되지, 그리고 잊어버리면 그만이잖아."

앤디는 자신의 두려움을 꺼내 보였지만 취샤오샤오는 눈치 채지 못한 것 같았다. 취샤오샤오는 갑자기 그녀 어머니가 아버지와 10년이 넘도록 힘들게 싸워 온 것이 떠올랐다. 아무리 생각해도 앤디가 한 말이 정답인 것 같았다.

"맞아, 우리 엄마도 일찌감치 아빠랑 헤어졌으면 이렇게까지 되진 않았을 거야."

앤디는 취샤오샤오 부모님의 이야기를 듣고 난 후 자기의 생각을 더욱 확고히 굳혔다. 취샤오샤오는 문득 그런 생각이 들었다. 만약 자오치펑에게 다른 사람이 생긴다면 과연 앤디처럼 쿨하게 놓아줄 수 있을까? 절대 그럴 수 없을 것 같았다.

자오치펑과 바오이판은 그녀들 뒤에서 뭐가 즐거운지 낄낄거리고 있었다. 웨시는 바짝 따라올 수도 없고 그렇다고 멀리 떨어져 있을 수도 없어서 쭈뼛거리며 그들의 뒤를 따랐다.

관쥐얼과 시에빈이 식당에 도착한 후 관쥐얼은 고개를 꼿꼿이 세우고 추잉잉을 찾았다. 시에빈도 직업정신을 발휘해 식당 안에 있는 사람들을 빠른 속도로 스캔했다. 그때 추잉잉이 달려 나와 관쥐얼을 격하게 반겼다.

"네가 안 온다고 해서 얼마나 속상했는데, 잘 왔어. 어서와. 앤디 언니도 바오이판 사장님이랑 곧 도착할거야."

잉친도 얼른 달려 나와 시에빈과 악수를 나눴다.

"지난번에 구해주셔서 정말 감사했어요. 그쪽 아니었으면 정말 큰 일 날 뻔 했어요. 그때는 잉잉을 보호해야겠다는 생각에 정신도 마음 대로 못 놓겠더라고요, 덕분에 저희 둘 다 살았어요. 다시 한번 감사 드려요."

"해야 할 일을 한 건데요. 쉬얼이랑 잉잉은 베스트 프렌드잖아요. 앞으로 저희도 잘 지내봐요."

"네, 형님. 형님한테 한 수 배워야겠어요. 앞으로 형님 컴퓨터나 휴 대폰 수리는 저에게 맡겨 주세요. 24시간 항시 대기하고 있겠습니다."

"너 나한테 접근할 때도 컴퓨터 고쳐준다고 그랬었잖아."

추잉잉의 말에 잉친의 친구들이 박장대소를 했다. 아무래도 그들 이 누군가에게 접근할 때 의례적으로 하는 방법인가보다.

"별로 어렵지 않아요. 다음번에 만나면 호신술도 기본 동작부터 가르쳐 줄게요."

시에빈이 흔쾌히 대답했다.

"어린이 쿵푸 정도는 할 줄 알아야 가능한 거 아니에요? 어렸을 때 도 누구랑 싸워 본 적이 없어서 잘 할 수 있을지 모르겠어요."

"아아, 괜찮아요. 나도 대학에서 배운 거니까. 시작할 때가 가장 빠 른 거예요."

잉친은 시에빈을 자리로 안내한 후 친구들에게 소개해주며 그가 자신을 구해줬던 무용담을 풀어놓았다. 관쉬얼은 시에빈이 무척이나 자랑스럽게 느껴졌다. 일찍부터 앉아 있던 판성메이는 이 커플을 보고 있자니 웃음이 났다. 옆에 있던 차오 변호사가 드디어 입을 뗐다.

"당신이 웃는 걸 보니 진심으로 기뻐하고 있는 게 맞네요."

판성메이가 고개를 돌려 바라보니 차오 변호사 얼굴이 붉어졌다. 판성메이가 웃으면서 대답했다.

"오늘 전 진심으로 기쁜 게 맞으니까요."

"하지만 다른 사람과는 비교할 수 없는 걸요."

판성메이는 칭찬이란 칭찬은 수없이 받아 봤지만, 그의 말은 좀 특별했다. 차오 변호사도 그녀가 큰 소리를 내며 웃은 건 아니지만 살짝 올라간 입꼬리와 눈가에 가득한 눈웃음 때문에 그녀가 다른 사람과는 다르다고 생각했다.

앤디 일행이 들어왔을 때 다른 사람들은 모두 자리를 잡고 난 후였다. 앤디는 한눈에 차오 변호사의 판성메이를 향한 눈빛을 알아챘다. 마치 바오이판이 그녀를 처음 봤을 때처럼 이글이글 불타고 있었다. 앤디가 모습을 보이자, 추잉잉이 잉친에게 말했다.

"이번에도 내 손님이네!"

그리고 바로 앤디에게 달려가 와락 안아주려고 하자, 앤디 뒤에서 누군가 슥 나타나 추잉잉을 안고는 앤디에게 보란 듯이 말해다.

"허그 같은 거 싫어하잖아. 내가 대신 해줄 테니까 나중에 은혜나 갚으라고."

추잉잉은 엄한 사람을 안고 있다는 걸 알고 이리저리 둘러봤지만 앤디가 아닌 취샤오샤오 얼굴만 보였다.

"누구면 어때, 와줘서 정말 고마워. 그리고 보니 다 왔네. 어서 앉아, 언니, 여기 앉아."

막 도착한 앤디 일행의 시선은 추잉잉이 아닌 시에빈에게 고정되어 있었다. 시에빈은 살짝 놀란 것 같았지만 이내 미소를 지어 보였다. 안타깝게도 그의 미소를 받아주는 사람은 아무도 없었다. 특히 취샤오샤오는 그에게서 시선을 떼지 않고 일부러 그의 앞자리를 차지하고 앉았다. 두 사람의 심상치 않은 분위기에 옆 테이블에 앉은 사람들조차도 조만간 무슨 일이라도 벌어질까 봐 불안한 듯 두 사람을 바라보고 있었다. 고의성이 다분한 취샤오샤오의 모습에 관줴얼은 시에빈의 억울함을 풀어주고자 반드시 그를 보호해야겠다는 생각이 들었다.

"샤오샤오, 할 말 있으면 말로 해."

취샤오샤오는 시에빈을 쳐다보면서 말했다.

"내가 당신 집에 가서 뒷조사 한 거 맞아. 좋아, 인정해. 내가 잘못했어. 그래서 22층 우리 집이랑 내 명의로 된 상가들을 싹 조사하고 부동산 중개인까지 만난거야? 이제 시원하겠네, 우리 집안을 쑥대밭으로 만들어놔서!"

"잠깐만, 내 얘기 좀 들어봐."

시에빈은 바로 자리에서 일어나 원형 테이블의 빙 돌아 취샤오샤오에게 가까이 갔다. 그리고 씩 웃으면서 관줴얼을 안심시킨 후 취샤오샤오 귓가에 말했다.

"내가 알아보러 간 건 맞아. 당신이 내 뒷조사를 한 걸 알고 기분이 몹시 나쁘긴 했거든. 하지만 당신 집안에 해코지를 하려고 한 건 아니야. 그저 부동산의 자금이 어디서 왔는지, 세금은 냈는지 그런 것만 확인한 거야. 다른 건 없어."

말을 마친 시에빈은 자리로 돌아왔다. 그리고 다른 사람들에 특히 관줴얼에게 웃으면서 말했다.

"그냥 단순한 오해야. 별일 아니야."

취샤오샤오는 놀라서 아무 말도 하지 못했다. 그녀는 시에빈이 그

녀가 아닌 그녀 친척 중 누군가의 것이라고 알고 있을 거라 생각했
는데, 이번에는 그녀가 틀렸다. 시에빈이 그녀보다 한 수 위였다. 지
금 이 상황에서 그녀가 할 수 있는 거라곤 아무것도 없었다. 취샤오
샤오는 일단 타는 목을 적시고 억지로 웃음을 지어보였다.

"맙소사, 이런 운명의 장난이 있나. 그랬던 거구나. 내가 괜한 오해
를 했네. 미안해."

그녀의 굳어진 얼굴이 서서히 펴지면서 처음 어색했던 웃음도 사
라지고 종전의 모습을 되찾아갔다.

"잉잉, 미안해. 하마터면 네 피로연을 망칠 뻔했네. 이제 시작해!
빨리 파티를 해야지."

손님들이 안정을 되찾은 듯 하자, 추잉잉과 잉친이 일어나서 피로
연을 진행했다. 하지만 취샤오샤오를 잘 아는 사람들의 신경은 온통
취샤오샤오와 시에빈 사이에 흐르는 기류에 집중되어 있었다.

앤디가 바오이판에게 속삭였다.

"샤오샤오가 저렇게 조용히 넘어갈 리가 없어요, 오해였다고 하더라
도 집안이 저렇게 난리가 났는데, 그냥 넘어간다고요? 말도 안 되지."

바오이판은 주스 한 컵을 앤디 손에 들려주었다.

"우선 지켜봅시다. 아무것도 물어보지 말고. 쥐얼도 당신만 쳐다보
고 있어요."

앤디는 관쥐얼을 슬쩍 보고 무관심한 듯 고개를 돌렸다. 그리고
사람들 틈에 묻어 추잉잉을 축하해줬다. 판성메이는 아무 말도 하지
않았지만 22층 사람들의 표정 하나하나가 눈에 읽혔다.

관쥐얼은 방금 앤디의 모습에 며칠 전 시에빈이 앤디를 미행했었
다는 말이 떠올랐다. 그때는 오해가 분명하다고 생각했는데, 오늘 취
샤오샤오와도 그렇고 주변 친구들과 시에빈 사이에 계속해서 무슨

일이 일어나고 있는 게 꺼림칙했다. 그녀가 시에빈에게 물었다.

"샤오샤오랑 무슨 일이 있었던 거야?"

시에빈이 아무 일 아니라는 듯 웃어보였다.

"저녁 먹고 얘기해줄게. 다른 사람들이 들으면 샤오샤오가 곤란해질 수도 있잖아."

관쥐얼은 시에빈의 시선을 따라가다 하마터면 웨시를 놓칠 뻔 했다. 그녀는 소리 없이 들어와서 구석에 자리를 잡고 앉아서 테이블에 앉아 있는 사람들의 동태를 이리저리 살피고 있었다. 관쥐얼이 자신을 쳐다보고 있다는 사실을 눈치 챈 그녀는 고개를 돌리다말고 얼른 시선을 떨어뜨렸다. 관쥐얼은 그녀가 환락송으로 이사를 온 후 무엇을 하며 지내는지, 오늘 이 자리에 왜 나타난 건지, 또 그녀가 무슨 생각으로 이 자리에 있는지 도통 알 수가 없었다. 그리고 시에빈이 뭘 그렇게 조심스럽게 구는 건지도 이해할 수 없었다.

관쥐얼의 마음 속 의심은 시간이 갈수록 수면 위로 떠올랐다.

'시에빈이 앤디 언니를 미행한 이유가 취샤오샤오가 시에빈을 뒷조사한 걸 앤디에게 말했기 때문이라고 했는데, 방금 취샤오샤오가 말한 건 대체 뭐라는 거지? 그것도 오해라는 건가?'

처음에는 시에빈에 대한 오해를 풀어주고 싶어서 앤디에게 차근차근 설명하려고 했다. 시에빈에 대한 적대감을 없애기에 오늘이 절호의 기회라고 생각했는데 막상 하려고보니 자꾸만 망설여졌다.

관쥐얼은 도저히 피로연에 집중할 수가 없었다. 추잉잉이 건배를 권할 때도 시에빈이 툭 건드리자 벌떡 일어났다. 추잉잉은 오른쪽부터 술잔을 돌렸다. 첫 번째 주자는 관쥐얼이었다. 갑자기 말문이 막힌 그녀는 한참을 생각하다가 한마디 내뱉었다.

"꼭 행복해야 해."

앤디와 바오이판은 관쥐얼의 이 말이 꽤 신경 쓰였다. 취샤오샤오
도 자오치펑에게 말했다.

"쟤, 왜 저래. 무슨 고민이라도 있는 애처럼?"

"시에빈이 자기 친구들한테 한 일에 놀랐을 수도 있지."

"쳇, 남자 친구가 날 처리해주기만을 기다리고 있을 걸. 아니면 시
에빈이 내가 자기네 집에 간 걸 어떻게 알았겠어? 위선 좀 그만 떨
지. 아….'

취샤오샤오는 갑자기 뭔가가 떠올랐는지 입을 꾹 다물고 눈동자
를 열심히 굴려댔다. 그녀를 아는 사람이라면 분명히 그녀가 또 무슨
꿍꿍이를 꾸미고 있다는 정도는 눈치 챘을 것이다. 하지만 취샤오샤
오는 아무 말도 하지 않고 휴대폰을 꺼내 뭔가를 집중해서 찾기 시
작했다.

눈치채지 못한 추잉잉은 잔뜩 흥에 취해서 관쥐얼에게 말했다.

"너도 빨리 결혼해. 결혼하고 나니까 상상했던 것보다 훨씬 행복
해. 정말이야. 잉친, 우리 쥐얼이랑 시에빈도 빨리 결혼해서 행복하
게 살게 기도하자."

관쥐얼의 얼굴이 새빨개지자 시에빈이 웃으면서 말했다.

"나도 그랬으면 좋겠네, 고마워요. 이거 3잔은 원샷 해야겠는걸."

시에빈은 잉친과 3잔을 연속해서 마시고 조금도 휘청거리지 않았
다. 살짝 겁이 난 추잉잉이 잉친을 자제시켰다.

"아직 축하주 안 한 사람들 많으니까 조금씩만 마셔."

관쥐얼과 시에빈을 지나자 다음 주자는 웨시였다. 그녀가 고개를
가로저었다.

"전 신경 쓰지 마세요. 어차피 전 별로 상관도 없는 사람이잖아요."

추잉잉은 좋은 날이니까 기분 좋게 은혜를 베풀기로 했다.

"앞으로 22층 사람이 될 거잖아요. 나중에 제가 22층에 놀러가도 뭐라고 하지 말아요. 여기 있는 사람들 다 좋은 사람들이니까 분명히 좋은 친구가 될 수 있을 거예요."

웨시가 귀찮은 듯 말했다.

"명확하게 해두죠. 이 자리는 당신이 마련했더라도 그냥 즐기러 온 것뿐이에요. 특별히 당신을 축하해주러 온 건 아니라는 말이죠."

"무시해요."

바오이판의 말에 웨시도 입을 다물었다. 취샤오샤오는 바쁜 와중에도 그녀를 한 번 쳐다보고는 다시 하던 일에 집중했다.

"뭔 이런 사람이 다 있어, 아 됐어요, 됐어! 앤디 언니, 내 술 한 잔 받아. 바오이판도요."

앤디는 미리 준비한 축하 메시지를 전했다.

"두 사람 백년해로하고 예쁜 아이도 낳길 바라. 아이 낳는 건 내가 전수해줄 수 있어. 물론 미신적인 부분도 있긴 하지만."

추잉잉이 대답하기도 전에 여기저기서 휴대폰 메시지 알람 소리가 들려왔다. 차오 변호사와 웨시를 제외한 테이블에 앉아 있는 모든 사람이 메시지를 확인했다. 취샤오샤오가 관쥐얼에게 받은 문자를 전달한 것이었다.

"시에빈 집을 알고 있다며, 괜찮으면 좀 알아봐 줄 수 있어?"

22층 사람들은 모두 당황한 기색이 역력했지만 취샤오샤오만이 여유로운 자태로 테이블을 톡톡 두드리면서 사람들을 보며 웃고 있었다. 당연히 그녀의 관심은 시에빈의 반응이었다. 하지만 그는 고개를 숙인 채 휴대폰만 보고 있어서 표정 변화를 쉽게 읽을 수 없었다. 시에빈에게 생각이 있다면 이렇게 짧은 메시지를 저렇게 오랫동안 보고 있을 수가 있을까.

메시지를 확인한 관쥐얼은 머리에서 윙윙 소리가 나는 것 같았다. 지금까지 있었던 일만으로 하루에도 천국과 지옥을 수십 번씩 왔다 갔다 하느라 너무 고되고 힘들었기에 이런 메시지를 보냈다는 사실 조차도 잊고 있었던 것이다. 심지어 메시지를 한참 동안 보고 나서야 그녀가 언제 취샤오샤오에게 보냈는지 겨우 생각이 날 정도였으니 까 말이다. 하지만 언제 보냈든 수신자와 발신자는 너무나 명확했고, 메시지 내용도 도저히 부인할 수 없는 없는 내용임은 틀림없었다.

"아니야!"

시에빈이 고개를 들어 그녀를 바라봤다. 서로를 바라보는 두 사람 의 눈에 많은 말이 담겨 있었다. 이때 판성메이가 나서서 추잉잉과 잉친을 다른 테이블로 안내했다.

"이쪽 일은 신경 쓰지 말고, 잉친 친구들한테 가서 축하받아."

추잉잉도 막 피로연을 시작하기 전 시에빈과 취샤오샤오의 불꽃 튀는 설전을 목격하긴 했지만 정확하게 무슨 일인지 알 길이 없었기 에 판성메이에게 물어봤다.

"언니, 대체 이게 무슨 일이야?"

"나도 잘 몰라. 취샤오샤오가 또 무슨 짓을 한 것 같은데, 그냥 우 리는 모르는 척하자."

판성메이는 추잉잉을 달래서 보낸 후 다시 자리로 돌아왔다. 차오 변호사는 판성메이를 보고는 잘했다는 눈짓을 보냈다.

시에빈의 날카로운 눈빛에 관쥐얼은 무슨 변명이라도 해야만 했다.

"이 메시지는 그날 밤에 보낸 거야. 우리가 일출 보러 갔던 날. 그날 네가 전화 받느라 계속 들락날락거렸는데, 나한테는 술을 많이 마셔 서 화장실을 간다며 거짓말을 했지. 그래서 취샤오샤오한테 부탁한 거야. 하지만 집에 돌아와서는 하지 말아달라고 다시 부탁했어."

관쥐얼이 말을 마치자 취샤오샤오가 나섰다.

"쥐얼, 증거를 대봐, 네가 나한테 시에빈 뒷조사를 하지 말라고 했다는 증거! 지금 네 말을 듣고 나니까 여기 저장돼 있는 메시지가 생각나네, 아직 안 지운 게 하나 더 있는데. 다들 궁금하면 와서 한번 봐. 쥐얼이 말한 내용이 있는지 없는지. 난 켕기는 거 전혀 없어, 못 보여줄 게 없다고. 쥐얼, 이제 와서 나한테 전화로 말했다고는 하지만, 나도 다시는 시에빈한테 뒷조사 당하고 싶지 않거든. 그리고 그날 시에빈네 집에 가서도 뭔가 특별히 얻어 낸 건 없어, 내가 잊어버릴까 봐 여기 다 적어뒀으니까 이것도 한번 봐."

취샤오샤오는 관쥐얼이 어떤 변명도 할 수 없도록 빠져나갈 수 있는 모든 길을 다 막아버렸다. 그리고 자신의 휴대폰을 원형 테이블 중앙에 올려놓았다.

관쥐얼과 취샤오샤오를 제외하고는 앤디만 이 일의 전후 관계를 모두 알고 있었다. 하지만 그날 바오이판 부자의 갈등으로 그녀도 나름 골치 아픈 하루를 보내고 있었기에 취샤오샤오가 하는 일을 그야말로 대수롭지 않게 여겼다. 그녀는 작은 신경세포까지 자극시켜 그날 일을 기억해내려 애를 써봤지만 아무리 생각해도 지금 취샤오샤오가 보낸 메시지를 부정할 수 있는 방법을 찾을 수 없었다. 마지막에 관쥐얼이 취샤오샤오를 막으려고 했는지도 기억나지 않았다.

결국 그날 주고받은 메시지를 확인해보았지만 증거로 들이밀 만한 내용은 찾을 수 없었다.

한참을 생각하던 관쥐얼이 입을 열었다.

"입이 열 개라도 할 말이 없어."

"그날 취샤오샤오한테 메시지를 보내서 나에 대해 알아봐 달라고 한 것뿐 아니라 나한테 이력서도 쓰라고 했잖아. 부모님 보여드린다고. 결국, 너희 부모님이 그걸 가지고 우리 집에 찾아가셨었지. 넌 두 가지 경우를 다 준비했던 거야."

췌샤오샤오가 한껏 여유를 부리며 물었다.

"나한테 누가 먼저 사과할거야? 그리고 우리가 피해 본 손해는 누가 보상할거야?"

시에빈이 원형 테이블을 돌려서 췌샤오샤오의 휴대폰은 집으면서 대답했다.

"미안한테, 네 휴대폰 기록 좀 살펴볼게."

그때 앤디가 시에빈 손에 있는 휴대폰을 빼앗으며 말했다.

"샤오샤오는 사업하는 사람이라 휴대폰에 사업 비밀 같은 것도 들어 있을 거야. 필요한 게 있으면 말해, 내가 중간에서 대신 찾아 줄 테니까."

췌샤오샤오가 맞장구를 쳤다.

"앤디 언니 말이 맞아. 나도 그걸 깜박했네. 내가 시에빈이 형사라는 거 알고 뒷조사 하지 말아야겠다고 한 거 기억나? 솔직히 누가 엄두를 내겠어."

"맞아, 시에빈, 이쪽으로 와서 봐."

관쥐얼은 아무 말 없이 췌샤오샤오와 앤디를 바라보고 있었다. 앤디가 췌샤오샤오만 도와주고 그녀는 도와주지 않는 보니 방금 전 자신을 바라보던 앤디의 차가운 눈빛이 떠올랐다. 하지만 그녀에게는 증거가 될 만한 게 없었기 때문에 누구에게도 도움을 청할 수 없었다. 그저 시에빈이 자신을 이해해주길 바랄 뿐이었다. 그래도 그와 지금까지 많은 일을 겪으면서 자신에 대한 신뢰와 이해가 생겼을 거라는 확신은 나름 있었다. 하지만 테이블에 앉아 있는 한 사람 한 사람의 얼굴을 들여다보아도 누구 하나 그녀의 마음을 알아주는 사람이 없어 보였다.

취샤오샤오는 마음을 놓고 앤디에게 휴대폰을 넘겼다. 그리고 냉정한 눈빛으로 관쥐얼을 쳐다봤다.

"쥐얼, 난 좋은 뜻으로 널 도와주려고 한 거야, 근데 넌 네가 한 일을 다 발뺌하고 나한테 뒤집어씌우려고 하다니. 믿는 도끼에 제대로 발등 찍혔네. 누가 알았겠냐고!"

식당 한편에서 앤디와 시에빈은 열심히 휴대폰을 살펴보고 있었다. 역시 모든 메시지가 취샤오샤오가 주장하는 것과 일치했다. 시에빈은 조용히 생각에 잠겼다.

앤디는 취샤오샤오에게 휴대폰을 돌려주었다.

"이제 이쯤에서 그만하는 게 좋겠어."

하지만 취샤오샤오는 끝까지 꼬투리를 잡았다.

"우리 집에서 손해 본 건 어쩌고?"

관쥐얼이 취샤오샤오를 쏘아봤다.

"대체 무슨 손해를 봤다는 거야? 말해봐, 말해보라고."

"이 자리에서 그 말은 차마 못 하겠다. 언젠가 알게 될 거야. 그리고 저기 형사님이 앉아계시는데 내가 어떻게 너한테 보상하라고 하겠어. 이번에는 사람들이 내가 꾸민 일이 아니라는 것만 아는 거로 됐어, 억울함은 풀었으니까."

취샤오샤오가 차마 말하지 못한 그 말이 무엇일까에 대해 모두가 생각하다가 결국 '이혼'을 의미한다는 것을 알게 되었다.

하지만 취샤오샤오와 자오치펑 두 사람의 관계는 더할 나위 없이 좋아 보이는데, 대체 이혼이 누구에게 적용되는 것일까? 미리 알고 있었던 앤디 말고 그 자리에 있던 사람들은 갑자기 숙연해졌다. 특히 관쥐얼은 너무 놀라서 취샤오샤오를 한참 바라보고 있다가 천천히 시에빈에게 고개를 돌렸다. 그도 생각을 멈추고 취샤오샤오에게 시선을 돌렸다.

"뭘 봐? 더 협박할 거라도 남았나? 나도 이제 무서운 거 없거든! 두 사람 다 잘 들어, 1명은 뒷조사에 협박이나 하고, 다른 1명은 억지에 나한테 뒤집어씌우기나 하다니. 앞으로 해볼 테면 해 봐."

자오치펑이 대뜸 말했다.

"내 월급통장도 다 너한테 있는데, 뭐. 앞으로 그럴 테고."

"오빠!"

취샤오샤오가 자오치펑을 꼭 끌어안았다.

"이제야 알겠어. 네가 사실을 왜곡하고 있다는 걸. 난 쥐얼을 믿어, 그녀의 일관된 성품도. 여기에는 설명도 필요 없고 증거도 필요 없어."

"그렇게 믿는데 뭐 하러 내 휴대폰을 살펴본 거야? 그리고 뭔가 열세에 몰린 것 같으니까 같이 죽을 전우라도 찾은 건가? 하나보다는 둘이 나으니까? 정말 대단하네."

한참 입을 다물고 있던 관쥐얼이 결국 폭발하고 말았다.

"그만해. 다 내 잘못이야. 그러니까 그만 싸우라고."

취샤오샤오는 그만둘 생각이 조금도 없어 보였다.

"당연히 네 잘못이지. 네 남자 친구가 우리 미행까지 하게 만들고, 네가 먼저 건드렸잖아? 난 성품이 좋지 않으니까 뭐 그렇다 쳐도, 앤디 언니는 무슨 죄야? 두 사람, 사과 안 할 거야?"

"난 이미 나름 처리했으니까 사과할 필요 없어."

앤디가 한마디 덧붙였다.

저쪽 테이블에서 술을 마시면서 그들의 대화를 엿듣고 있던 추잉잉은 가슴이 조마조마해서 가만히 있을 수 없었다.

"우리 다 친자매 같은 사이잖아, 아니야? 앉아서 천천히 얘기해,

분명히 오해일거야. 취샤오샤오도 관쥐얼도 일부러 그랬을 리 없잖아. 오늘 좋은 날인데, 내 얼굴 봐서라도 그만 싸우고 서로 풀어, 응?"

판성메이도 추잉잉을 거들었다.

"그래, 우리 서로 끔찍이 아끼는 사이잖아. 서로 성격도 다르고 하는 일도 다르지만 서로에 대한 마음은 진심이었잖아. 우리 집에 어려움이 생겼을 때도 자기 집 일인 것처럼 도와주고 신경 써주고, 심지어 같이 싸워주기도 했잖아. 나도 오늘 좋은 소식 있는데, 오빠가 고소를 취하했대. 다음에 또 무슨 일을 할지 모르지만 예전처럼 끌려다니지만은 않을 거야, 이게 다 너희가 진심으로 날 걱정해주고 도와준 결과야. 두 사람 사이에 해결 못 할 일이 어디 있겠어? 진정하고 천천히 얘기하면 해결 못할 건 없다고 봐. 누가 일부러 상대방에게 상처를 주고 싶겠어, 분명히 오해가 있었을 거야. 앉아서 얘기해보자, 시에빈 너도 앉아. 서로 얘기하기 싫으면 우선 저녁이라도 맛있게 먹자, 오늘 잉잉 결혼 피로연이잖아. 끝나고 당사자들만 남아서 따로 얘기하든지, 응?"

"성메이 말대로 하자."

"그래, 그럽시다."

"언니 말대로 할게."

모두 그제야 자리로 돌아가 조용히 저녁 식사를 시작했다. 하지만 지금 이 순간이 폭풍이 일기 전의 고요함이라는 것을 단 한 사람, 웨시만 예상하고 있었다.

75

적막함이 감도는 테이블에 추잉잉이 와서 술을 권했다. 관쥐얼은 그녀 앞에 놓인 찻잔을 들고 물을 마셨다. 하지만 물이 입술에 닿기도 전에 눈물이 앞을 가렸다. 그녀는 다른 사람에게 우는 모습을 보이고 싶지 않았기에 얼른 손으로 얼굴을 가렸다. 정말 억울했지만 다시 얘기를 꺼내고 싶지 않았다. 그녀도 자존심이란 게 있는데, 그 자리 어느 누구도 해명할 기회를 주지 않는데 먼저 나서서 구차한 모습을 보이고 싶지 않았다. 지금까지 함께 지낸 시간이 얼마인데 이렇게 마음을 몰라주다니, 그녀도 모르게 서러움이 복받쳐 올라왔다.

방금 전까지만 해도 몹시 흥분상태이던 취샤오샤오도 안정을 찾은 듯했지만 입맛은 없어 보였다. 오늘 하루 그녀가 겪은 일이 너무 많아서 아무리 강인한 사람이라고 해도 감당하기 쉽지 않았을 것이다. 다행히 그녀 옆에 자오치펑이 있어서 그녀가 마음 편히 기대 쉴 수 있었다. 그녀는 다른 사람의 시선 따위는 신경 쓰고 싶지 않았고 관쥐얼과 눈도 마주치고 싶지 않았다. 그녀는 그냥 눈을 감아버렸다. 다른 사람들은 그저 관쥐얼이 처량해 보일 뿐이었다.

차오 변호사는 판성메이에게 명함을 다시 건넸다. 명함에는 그의 집 주소와 전화번호 SNS 계정이 깨알같이 적혀 있었다. 예전의 판성

504

메이였다면 온갖 자태를 뽐내며 얼른 받았을 텐데, 지금은 별로 흥미도 없고 귀찮아서 다시 밀어내고 싶었다. 하지만 예의상 일단 받아두기로 했다.

그녀가 주저하는 것을 눈치챈 차오 변호사가 조용히 말했다.

"이상한 규칙이죠, 행복은 친구와 나누라는 거 말이에요. 그렇게 하면 사실 자신은 더 기쁘고 다른 사람까지 기뻐지잖아요. 사실 그렇다고 행복이 줄어드는 건도 아니고요. 오늘 당신 옆에 있을 수 있어서 참 행운이었어요."

'뭐지, 취샤오샤오와 관쥐얼이 싸울 때 이 말을 준비하고 있었던 건가, 하긴 재판 변호사는 아니어도 어쨌든 변호사는 변호사니까. 말 주변이 얼마나 좋겠어. 굳이 머리를 쥐어 짜내지 않아도 알아서 술술 나오는 거겠지.'

그녀는 명함을 들고만 있고 가방에 넣지는 않았다.

"잠깐 술친구가 필요했던 것뿐이에요."

그녀는 명함을 살짝 높이 들고 물었다.

"다시 돌려 드려요?"

차오 변호사가 대답했다.

"가지고 있어요."

판성메이는 그제야 명함을 가방에 넣었다. 그리고 할 말이 있으면 직접 하는 게 훨씬 편하다는 것을 다시 한번 느꼈다. 앤디가 조용히 밥을 먹고 있는데 누군가가 그녀의 다리를 찼다. 그러자 그녀가 반사적으로 테이블 아래를 내려다보니 휴대폰 화면에 적힌 글자가 보였다.

"빨리 내 옆에 있는 사람 손을 봐봐."

앤디는 얼른 고개를 들어 웨시의 왼손에 들린 휴대폰을 보았다.

휴대폰 화면에는 바오이판의 회사를 검색한 화면이 나와 있었다. 깜짝 놀란 앤디는 아무 일도 없다는 듯 밥을 먹고 있는 웨시를 보고나니 그 옆에 앉아 있는 시에빈이 갑자기 눈에 들어왔다. 시에빈도 별다른 기색 없이 밥을 먹고 있었다. 물론 걱정이 있어 보이긴 했지만 이 테이블에 있는 모든 사람이 그렇지 않은가. 아래쪽을 살펴보니 이상하게도 시에빈이 있는 힘을 다해 의자 한쪽을 잡고 있었다. 힘을 너무 준건지 손등에 있는 핏줄이 터질 지경이었다. 앤디는 차라리 안보는 게 나을 것 같아서 아예 눈을 감고 고개를 돌렸다. 그러자 옆에 있던 웨시가 큰 소리로 비웃었다.

"참나!"

깜짝 놀란 앤디는 정신이 바짝 들었다. 웨시가 말한 대상이 바로 앤디였기 때문이다.

"내 화를 돋워서 뭘 어쩌겠다는 거죠?"

"어머, 이 한마디에 화가 나셨나요? 당신도 많이 약해졌네요."

"내가 이럴 줄 알면서도 그랬다는 거군요. 장난이 좀 심한데요."

"또 시작이군요. 약한 척!"

"내가 무슨 척을 했다는 거죠? 노약자 보호! 그것도 몰라요? 임신한 줄 알면서 이렇게 몰상식하게 굴다니."

"임신이 뭐 대수라고요? 여자면 다 하는 거 아닌가요."

"당신도 당신이 날 괴롭히고 있다는 걸 인정하는 거군요."

"누가 인정한다는 거예요?"

앤디는 피식 웃고는 다시 식사에 집중했다. 듣고 있던 바오이판은 두 사람이 말다툼을 멈추자 웨시쪽을 한번 쳐다보았다. 그때 시에빈이 앤디를 쳐다보는데 눈빛에 경멸함이 가득했다. 바오이판은 도저히 그냥 지나칠 수 없었다. 아무래도 시에빈이 직장을 옮기고 앤디에게 복수할 방법이 없자 웨시가 앤디에게 하는 행동을 그저 지켜보며 대리 만족을 하는 것 같았다.

추잉잉과 잉친은 술잔을 다 돌리고 나니 술기운이 돌았는지 추잉잉이 웨시에게 다가오더니 잔뜩 흥분해서 말했다.

"웨시, 여기서부터 시작해볼까. 여기 22층 사람들 중에서 누가 네 이름을 제일 먼저 알았게?"

관쥐얼을 제외한 모든 사람의 이목이 웨시에게 집중됐다. 무기력하게 자오치펑에게 기대있던 취샤오샤오의 눈동자가 다시 반짝거렸다. 그리고 이 상황을 잘 모르는 시에빈도 이곳의 심상치 않은 분위기를 느끼고 웨시에 대해 관심을 갖고 보니 22층 사람이 아닌 사람이 뭔가를 알고 있는 것 같았다.

"안 그래도 대체 내 이름을 어떻게 알고 있나 했더니, 당신 입에서 나간 거였군요? 당신이 내 이름을 알아냈을 줄이야. 제법이군요. 아, 설마 부동산 통해서 알았다고 하는 건 아니겠죠?"

"난 취샤오샤오처럼 다른 사람 뒷조사하고 그러지 않아요. 아까 환락송 로비에서 누가 당신을 찾고 있었어요. 당신 생김새를 말하면서⋯."

다행히 시에빈이 웨시를 보고 있어서 그녀가 일어나려는 찰나에 손을 뻗어 그녀를 붙잡았다. 그러자 그녀가 시에빈의 뺨을 때렸다. 시에빈은 벌떡 일어나 그녀 앞을 가로막았다.

"할 말 있으면 좋게 말로 하시죠?"

웨시는 분노에 가득차서 아무 말이나 다 쏟아 부었다.

"당신이 알려주는 바람에 그 남자가 집까지 찾아왔잖아. 이제 더 이상 그 집에서 살 수도 없다고. 내가 당신 축하해주려고 여기 온 줄 알아? 갈 데가 없어서 왔어. 당신이 그런 줄 알았으면 이미 죽여 버리고도 남았어! 당신 같은 사람이 결혼은 무슨 결혼! 그냥 죽어버려!"

식당에 있던 사람들은 너무 놀라서 어안이 벙벙했다. 바오이판도 웨시를 말리는데 힘을 보탰다.

"당신이 힘든 거 이해해요. 하지만 그 일은 나랑 자오치펑이 일단락 지었잖아요. 일단 피로연 마치고 다시 얘기하는 걸로 해요. 됐죠?"

"내가 왜 참아야 하죠? 지금 당장 잘 데도 없는데, 내가 도와달라고 하면 누구 하나 선뜻 도와줄 사람 있어요? 내일 아침에 당장 이사해야 하는데 갈 곳도 없다고요! 대체 난 누구한테 하소연하면 되냐고요? 근데 내가 왜 참아요? 피로연, 이따위 게 뭐라고! 지금 내 목숨이 달려 있는 일인데, 이거보다 더 중요한 일이 뭔데요? 어디 입 있으면 말해 보시죠?"

잔뜩 겁에 질린 추잉잉이 얼른 잉친 뒤로 숨으면서 사과했다.

"미안해요, 그 남자가 당신한테 해코지를 하러 온 건지 정말 몰랐어요. 절대 일부러 그런 건 아니에요. 그럼 우선 우리 집이라도 와서 있을래요? 내가 집 찾는 거 도와줄게요."

이제야 모두가 웨시가 저렇게 흥분하는 이유가 추잉잉 때문이라는 것을 알았다. 추잉잉의 성격을 잘 알고 있는 22층 사람들은 그녀가 일부러 그런 것이 아니란 걸 알았지만 일이 이렇게 된 이상 웨시한테만 몰아붙일 수는 없는 노릇이었다.

취샤오샤오가 입을 열었다.

"소란 피우지 마, 여기서 시끄럽게 굴 수 있는 사람은 나밖에 없어. 우리 사람도 아닌 사람이 그래봤자 도와줄 사람 아무도 없거든! 나한테 비어 있는 집이 하나 있는데, 며칠 동안은 지내도 돼, 반 개월 월세는 안 받을게. 이 정도면 되겠지?"

앤디도 도왔다.

"추잉잉한테 그럴 필요 없어. 네 이름을 처음 안 건 쟤가 아니야. 우리 몇몇은 먼저 알고 있었어. 그리고 오늘 널 찾아 온 사람이 리후 이쥐라는 것도, 다만 말하지 않았을 뿐이야. 그 사람이 널 찾아온 걸 알고 있었잖아, 관쥐얼 탓만 하는 건 너무하지 않아? 이렇게 소란 피워봤자 도움 될 건 하나도 없어. 우선 진정하고 앉아. 오늘 그 사람이 찾아 온 걸 알고 나서 오늘 밤에 네가 집을 옮기는 걸 도와주려고 했었어. 또 내가 그 사람 만나서 얘기해 볼게. 그러니까 일단 여기서 그만하는 게 좋을 거야."

"조금 전만 해도 같이 못 오게 하더니, 지금 와서 왜 도와주겠다는 거예요? 그리고 무슨 수로 그 사람이랑 얘기하겠다는 건데요?"

앤디는 그녀에게 명함을 내밀었다. 웨시도 이 정도 회사에 이 정도 지위의 사람이라면 조용히 입을 다물고 있어도 된다는 것쯤은 알고 있었지만, 자꾸만 생기는 의심은 어쩔 수 없었다.

"그래도 알고 싶어요, 아니 확실히 해두고 싶어요. 왜 날 도와주는 거죠?"

"오늘은 추잉잉 평생에 가장 중요한 날인 만큼 좋은 기억만 주고 싶어서 그런 것뿐이에요."

"그렇다면 약속은 꼭 지켜주길 바래요. 피로연 마치고 나서 당신 태도가 어떻게 될지는 모르겠지만 말이죠."

"우리한테 협박이 통할 거라고 생각했나 보죠. 됐어요. 당신이랑 뭔가를 협상하고 싶은 마음은 없으니까. 난 나가서 전화 한 통 하고 올 테니까 그쪽도 조용히 앉아 있었으면 좋겠네요."

앤디는 먼저 추잉잉에게 갔다.

"웨시가 최근에 쓰레기 같은 놈을 만났었나 봐, 그래서 좀 예민해진 것 같아. 너는 행복한 신부만 해, 아무 걱정하지 말고. 먼저 취샤오샤오한테 술 한 잔 줘, 난 통화하고 와서 받을게."

추잉잉이 고개를 끄덕거렸다. 다행히 오늘은 기분이 괜찮은지 웨시의 소란에도 크게 개의치 않아 보였다.

"언니, 고마워. 사실 따지고 보면 내가 잘못한 건데, 쓸데없는 소리를 하는 바람에. 언니 오면 술 한 잔 따라줄게. 그러고 보니 언니 축하주도 못 했네. 언제 할 거야?"

어쩔 수 없이 바오이판이 끼어들었다.

"우리 앤디는 아기를 낳은 날이 얼마 안 남았잖아, 조심해야 한다고."

이 틈에 앤디는 얼른 빠져나갔다.

다른 한편에서 시에빈은 일찌감치 잉친에게 붙잡혀 계속해서 감사 인사를 듣고 있었다. 웨시가 자리에 앉자 시에빈이 따라 앉았다.

"당신이 두려워하는 것도 또 그만큼 겁이 없는 것도 잘 알겠는데 이건 한 가지는 알아야 할 거야. 마음만 먹으면 여기서 당신을 내보내는 건 식은 죽 먹기야. 당신만 조용히 있으면 당신을 알아보는 사람은 없을 테지만 또 그렇게 진상을 부리면 그때는 그냥 넘어가지 않을 거야. 스스로 알아서 처신하길 바라. 당신 꿍꿍이를 설마 내가 못 알아챘을 거라고 생각해?"

웨시는 아무 대꾸도 하지 못했다. 바오이판은 시에빈이 자기의 시선을 느낄 때까지 유심히 쳐다보았다. 두 사람 사이에서 불꽃이 일었다. 바오이판은 시에빈이 상황 파악에 능한 사람이라고 생각했다.

취샤오샤오는 웨시가 소란을 피울 때에도 관쥐얼에게서 눈을 떼지 않았다. 추잉잉이 술을 따라주러 왔을 때도 마찬가지였다.

"잉잉, 내가 충고 하나 할까. 얼른 애기 낳아서 잉친한테 안겨줘. 피임 같은 거 하지 말고."

"하여튼 진지함이라곤 없다니까."

"난 지금 매우 진지하거든. 진지한 데다가 재미까지 있으면 더 좋은 거 아니야? 지난번에도 내가 충고해줬잖아, 기억 안 나? 자, 한 잔 해."

취샤오샤오는 추잉잉과 건배를 하고 다 마실 때까지 눈을 떼지 않았다. 판성메이는 너무 놀라서 눈이 휘둥그레졌다. 서로 못 잡아먹어서 안달인 두 사람이 언제 저렇게 친해진 건지. 또 한편으로 생각해 보면 취샤오샤오의 충고가 추잉잉에게 필요한 말이긴 했다. 전에 했던 충고도 그랬을 거라고 생각하기로 했다. 추잉잉은 취기가 올라왔는지 취샤오샤오 귀에 대고 트림을 했다.

"나도 한마디 해줄까. 많이 사랑하고 같이 있으면 그거로도 충분히 좋아. 그러니까 얼른 결혼해. 애는 천천히 갖더라도. 결혼하고 나면 정말 행복해. 그동안은 느끼지 못했던 감정이랄까, 못 믿겠으면 해 봐."

취샤오샤오는 웃음이 팡 터져 나왔다. 그리고 자오치펑은 바라보면서 추잉잉을 판성메이 쪽으로 밀었다. 그리고 방금 추잉잉을 흉내내면서 까르르 웃어댔다.

"뭐 일리는 있네. 쟤 말대로 할까?"

"오, 무슨 청혼을 이렇게 해? 이렇게는 싫어."

추잉잉은 와인을 한 잔 가득 채워서 판성메이 곁으로 가서 차오변호사를 밀치고 판성메이를 꼭 안았다.

"언니, 내가 결혼했어도 나 잘 챙겨줘야 해."

"걱정하지 마, 그리고 넌 이제 다른 사람이 챙겨 줄 필요 없어, 이미 우리한테 많은 걸 가르쳐 주고 있다고. 단순한 게 행복한 거라는 사실! 이제 우리가 너한테 배워야겠어. 넌 행복하게 잘 살 거야."

"고마워, 언니. 나 정말 행복해. 지금은 다 잉친이 먼저야. 잉친도 그렇고. 내가 퇴원하고 회복도 제대로 못 한 채로 출근하고, 자기까지 보살피느라 고생한다고 일도 그만두래. 일 그만두고 나니까 좀 한가해졌어, 그렇지 않았으면 피로연도 못 했을 거야. 언니, 그동안 잘 가르쳐주고 보살펴줘서 고마워."

판성메이는 너무 놀라서 잘못 들은 줄 알았다. 퇴사? 한때 인사 담당자였던 그녀는 추잉잉이 회사를 그만둠으로써 생길 일들이 떠올랐다. 요즘 같은 시대에 누가 특별한 기술도 없는 그것도 막 결혼한 여성을 채용하겠는가! 얼마 안 있어 아이를 갖게 되면 출산휴가에 들어갈 거고, 그리고 나면 육아휴직에 수유휴직에 또 수면 부족과 점점 낮아지는 아이큐는 말할 필요도 없다. 판성메이는 추잉잉의 앞날이 손바닥 내려다보듯 훤했다.

"너 일 그만두는 거, 너희 어머니와 시어머니랑은 상의 한 거야?"

"아니, 안 물어봤어. 근데 정말 힘들긴 해. 집안일이 혼자 있을 때보다 두 배, 아니 그 이상 늘어난 것 같아. 그렇다고 미룰 수도 안 할수도 없잖아. 너무 힘들어. 그리고 무엇보다 잉친 뒷바라지하는 게 우선이 되니까 그렇게 되더라고."

판성메이는 아무 말도 하지 않고 옆에 있는 잉친에게 말했다.

"잉친, 이제 네가 가장이니까 우리 잉잉 잘 보살펴 줘. 가장은 그 가정의 모든 책임을 다 지고 가는 거잖아. 그 책임이 결코 가볍진 않겠지만 잉잉이 그만큼 널 믿어서 결혼까지 한 거니까 잘 부탁해. 뭐 알아서 하겠지만 말이야."

추잉잉은 들으면서 열심히 고개를 끄덕거렸다. 이미 혀가 잔뜩 꼬인 잉친이 대답했다.

"맞아요, 저희 어머니도 그렇게 말씀하셨어요. 결혼하고 나면 남자가 아니라 가장이라고. 정말 잘할 테니까 걱정하지 마세요. 아, 한 가지 사과드리고 싶은 게 있는데, 지난번에 누나 말 안 들은 거, 지나고 나니까 누나 말이 맞더라고요. 잉잉은 정말 좋은 사람이에요. 저희 다 쳤을 때도 계속 도와주셔서 감사드려요. 누님, 제가 한 잔 올리겠습니다. 앞으로 영원히 저희 누님이 되어주세요! 잉잉, 너도 따라드려."

잉친과 추잉잉은 몸을 사리지 않고 판성메이와 건배를 하고 나서 한 방울도 남기지 않고 다 마셔버렸다. 그걸 본 판성메이도 반쯤 남긴 술을 다 마셔버렸다. 판성메이는 자신을 이렇게 좋게 기억해주고 있는 이들이 너무 고맙기도 하고 감격스러워 추잉잉을 꼭 안아줬다.

"잘 살아, 22층은 네 친정이나 마찬가지니까 무슨 일 있으면 언제든지 와."

추잉잉은 눈에 눈물이 그렁그렁했다.

"언니, 나 결혼해서 너무 좋긴 한데, 정말 언니랑 헤어지는 건 너무 슬퍼. 앞으로 매일매일 볼 수 없다니…."

"울지 마, 이렇게 좋은 날 울긴 왜 울어. 화장 다 지워지겠다."

"아이고, 나 파우더도 안 가져왔는데."

"어디 봐봐, 내가 좀 고쳐줄게. 잉친 너도 좀 앉아, 서 있지 말고. 그리고 뭐라도 좀 먹어. 계속 술만 마시고 있잖아."

이쪽에서 추잉잉이 열심히 화장을 고치고 있을 때, 저쪽에서 통화를 마친 앤디가 들어왔다. 목이 빠지게 앤디를 기다리던 웨이시에게 말했다.

"리후이취가 당신을 찾아가지 않겠다고 했어요. 단, 조건이 있는데, 이 업계에서 떠나래요. 당신이 이 업계에 들어온 지 반년밖에 안됐으니까 다른 업계로 가는 것도 나쁘지 않을 것 같은데, 어때요?"

"문제는 그 사람이 이랬다저랬다 한다는 거예요. 자기의 이익을 위해서라면 약속 따위는 생각하지도 않을걸요. 그런 사람을 뭘 보고 믿을 수 있다는 거죠?"

이번에는 차오 변호사가 나섰다.

"앤디가 직접 나서서 이렇게까지 도와줬으면 된 거 아닌가요? 그 사람을 뭘 보고 믿냐고요? 앤디보다 정확한 증거가 어디 있어요? 지금 고맙다고 넙죽 엎드려서 절을 해도 시원찮을 판에 뭘 보고 믿냐고요? 정신 차려요!"

웨시는 끝까지 트집을 잡았다.

"그러니까요, 이렇게 큰일에 왜 나서서 도와 주냐고요? 아까 시에빈이 그러더군요, 당신들이라면 그냥 날 여기서 내보내고 피로연을 진행할 수도 있다고."

앤디는 답답함을 견디지 못하고 시에빈을 한번 쳐다보고 웨시에게 말했다.

"지금이 당신이 할 수 있는 선택은 두 개예요. 하나는 내가 당신을 진심으로 도와줬다는 걸 믿는 거죠. 그러면 앞으로 당신은 안전하고 자유로운 삶을 살 수 있겠죠. 다른 하나는 날 믿지 않는 거예요. 그럼 지금처럼 집 안에만 틀어박혀서 사는 거죠. 사회적 분위기가 자시의 이익을 위해서라면 사람도 팔아넘기는 게 쉬워졌잖아요. 리후이쥐는 나한테 이익을 가져다 줄 수 있지만 당신은 아니에요. 이런 면에서 본다면 당신은 후자를 선택하는 게 맞겠죠. 그래도 한번 걸어 봐요. 나도 22층으로 이사 오기 전에는 당신보다 더 사람을 믿지 않았었어요. 지금은 많이 변했지만."

추잉잉이 혀 꼬부라진 소리를 했다.

"나라면 대답하겠어요. 앤디 언니는 믿어도 돼요. 내 잘못으로 여기까지 오게 돼서, 그래서 꼭 말해줘야겠어요. 앤디 언니를 믿어요. 괜히 잘못된 선택하지 말고요."

여러 사람이 한마디씩 하는 사이에 시에빈은 경찰 신분증을 꺼내서 그녀에게 내밀었다.

"여기, 내 이름 기억해줘요. 오늘 밤에 내가 출동해서 온 걸로 하면 되잖아요. 앤디를 믿고 맡겨 봐요, 그리고 나중에 무슨 일이 생기면 나한테 연락하고요."

웨시는 휴대폰을 꺼내 시에빈의 신분증 번호와 이름을 모두 적어 두었다.

"고마워요, 앤디 고마워요. 당신을 믿어 볼게요."

앤디는 시에빈이 의심스러웠다. 바오이판도 그런 눈치였다. 앤디가 전화를 하러 나가고 남은 시에빈과 바오이판은 또 서로 마주보고 있었다. 그리고 그때 조각상처럼 굳은 얼굴로 한참을 앉아 있던 관쥐얼도 시에빈을 쳐다보고 있었다. 비록 그는 의식하지 못했지만 말이다.

앤디가 통화를 마치고 곧바로 들어왔다.

"오늘 밤에 이사 할 필요 없을 것 같네요. 그리고 얼마든지 혼자 돌아다녀도 돼요."

"죄송한데, 그 남자한테 무슨 조건을 건 거죠?"

"그건 알 필요 없어요. 만약 이번 일이 내가 예상한대로 진행된다면, 당신이 이거 하나만은 알았으면 좋겠어요. 사람과 사람 사이에 꼭 어떤 이익만이 오가는 건 아니에요. 그리고 오직 서로를 견제하는 것만이 최선도 아니고요. 앞으로 갈 길이 머니까 천천히 배워가도록 해요."

여전히 판성메이를 꼭 안고 있던 추잉잉이 물었다.

"언니, 그럼 앤디 언니가 그 리…리 뭐였지?"

"그냥 모른 척해. 앤디가 너 대신해서 이렇게 해주는 거잖아."

"응, 앤디 언니, 고마워."

차오 변호사는 웃으면서 자신과 판성메이 사이에 껴 있는 추잉잉에게 귀뜸을 해줬다.

"오늘 피로연인데, 신부가 여기서 뭐하는 거예요. 얼른 신랑 옆으로 가요."

추잉잉은 그의 말을 듣자마자 잉친 곁으로 달려갔다.

취샤오샤오는 자오치펑에게 슬쩍 물었다.

"내가 만약에 관쥐얼처럼 억울한 일을 당하면 곧바로 달려와서 날 안아줄 거지? 그나저나 시에빈은 여기서 뭐 하고 있는 거야? 설마 피로연 끝나고 우리한테 심문이라도 하길 기다리는 건 아니겠지? 정말 알 수 없는 사람이야."

"신경 쓰지 말라니까. 이따가 무슨 얘기를 할 건지 그거나 잘 정리해둬. 시에빈도 뒤탈이 없도록 미리 준비한 것 같아. 너도 준비해둬."

"그렇지만 오늘 내 기분이 영 아니야. 알잖아. 나가서 엄마한테 전화나 하고 와야겠어. 어휴, 아빠한테도 해야 하나?"

"하고 와. 방금 바오이판이 뭐라고 했어, 두 분이 어떤 결정을 하시든 너희 부모님이라는 사실은 절대 변하지 않아."

취샤오샤오는 맞은편에 앉아 있는 시에빈을 보고 마음이 변했다.

"아니다. 내가 나가면 시에빈이 따라 나올 것 같아. 집에 가서 하지 뭐."

"갔다 와. 내가 지켜보고 있을 테니까."

취샤오샤오는 자오치펑에게 키스를 하고 밖으로 나왔다. 웨시가 취샤오샤오가 나가는 걸 보고 잠깐 생각을 하더니 부자연스럽게 앤디에게 말을 걸었다.

"저, 화장실 좀 다녀와도 되나요? 정말 나가도 괜찮은 거죠?"

"내가 각서라도 써줘야 믿을 거예요?"

"아니요."

웨시는 바로 밖으로 나갔다. 앤디는 그녀의 행동이 수상쩍어 자세히 살펴보니 그녀의 바짓가랑이에 붉은 빛이 보였다. 앤디는 눈을 감은 채 고개를 돌렸지만 시에빈은 주의 깊게 유심히 살펴보았다. 웨시가 자리를 비우게 되자 공교롭게도 시에빈과 앤디가 같이 앉아 있게 되었다. 두 사람은 친한 척도 하지 않고 마치 중간에 웨시가 앉아 있는 것처럼 서로 눈도 마주치지도 않았다.

추잉잉은 평일에 누군가를 접대해 본 적도 별로 없어서인지 어쩔 수 없이 술에 완전히 취하고 말았다. 추잉잉은 어떻게 해서든 술을 깨보려고 정신을 다잡았다. 하지만 흘러내리는 눈꺼풀은 도저히 이겨낼 수 없었다. 그녀는 관쥐얼에게 어깨동무를 한다는 것이 그만 완전히 관쥐얼을 덮치고 말았다. 무방비 상태로 있던 터라 하마터면 의자에서 떨어질 뻔했지만 때마침 시에빈의 부축으로 무사히 자리에 앉을 수 있었다. 하지만 앞에 있던 그릇과 젓가락이 와락 땅으로 떨어졌다. 관쥐얼은 추잉잉을 바로 세워 앉히고 시에빈을 한번 돌아봤다. 시에빈 손에 있던 온기가 여전히 그녀 어깨에 남아 있었다. 관쥐얼은 마음이 아팠지만 술에 취한 추잉잉을 어떻게든 해야 했다. 아무것도 모르는 추잉잉은 관쥐얼에게 매달려 헤헤거렸다.

"쥐얼, 오늘 너 마네킹 같아. 배는 안 고파? 내가 먹여줄게, 사양하지 말고, 자, 어서 먹어. 에에, 한번 웃어봐."

"잉잉, 너 취했어. 자, 얼른 물 마셔. 이거 마시고 술 깨."

"나 안 취했어. 그냥 살짝 비틀거리는 것뿐이야. 취한 건 아니라고! 정신도 말짱해. 이것 봐, 반응도 빠르지? 쥐얼, 다른 사람은 몰라도 난 알아, 네 기분이 어떤지. 우리가 얼마나 오래 같이 살았는데, 밥도 만날 같이 먹고, 출퇴근도 같이하고, 네가 무슨 생각하는지 정도는

다 알 수 있어. 너무 많이 생각하지 마. 걱정도 많이 하지 말고. 나랑 잉친이랑 다시 만났을 때 네가 반대했었잖아. 그런데, 봐봐. 결국 우리 결혼했어. 사랑하면 그냥 마음이 시키는 대로 해, 우리가 다른 사람의 기대까지 만족시켜줄 수는 없어. 그 사람들이 네가 아픈지 기쁜지 어떻게 알아, 안 그래? 시에빈, 내 말 잘 들어….”

관쥐얼이 얼른 추잉잉 입을 막아보려 했지만 그녀가 이리저리 뿌리치는 통에 쉽지 않았다. 추잉잉은 너무 기쁜 나머지 술기운 빌려 또 한마디 할 참이었다.

“히히, 쥐얼, 날 못 막을걸. 시에빈! 우리 쥐얼은….”

그때 옆에 앉아 있던 판성메이가 나서서 추잉잉의 입을 막고는 귓가에 대고 진지하게 말했다.

“상대방이 원하지 않으면 말하지 않는 거야. 방금 전에 웨시 못 봤어? 그만 해. 또 그러면 나 정말 화낼지도 몰라.”

추잉잉이 실실거리면서 판성메이에게 웅얼웅얼 거렸다. 판성메이가 그녀의 입을 막았던 손을 풀어주자마자 얼른 대답했다.

“응, 언니 말대로 할게. 말 안 해.”

관쥐얼은 얼굴이 새빨개졌지만, 술에 취한 사람에게 말해봤자 뭐하겠나 싶어서 가만히 앉아만 있었다. 이 모든 상황을 지켜본 시에빈은 아무 말도 하지 않았다. 관쥐얼은 이런 그의 모습에 더욱 실망하고 말았다. 계속 휴대폰은 쥐고 있던 바오이판은 업무 메일을 보내고 전화를 하면서도 나름 피로연을 즐기고 있었다. 앤디와 가볍게 대화를 나누고 있는데 갑자기 누군가 그의 앞에 팔을 쑥 내밀었다. 자오치펑이 건배 시늉을 하며 술잔을 내밀었다. 시에빈에게 수상쩍은 움직임이 감지되지 않자 살짝 경계를 풀어도 되겠다 싶었던 모양이었다.

“앤디, 웨시 건은 대단했어요.”

"대단하긴 뭐가 대단해요. 누구라도 그렇게 했을 거예요."

"자, 한 잔 받아요. 대부분의 사람들은 자선단체에 기부하면 끝인데, 사실 그 돈이 어디로 흘러들어 가는지 아무도 모르잖아요. 정말 도움이 필요한 곳에 가면 다행이지만 말이에요. 그런데 항상 앤디는 주변 사람들에게 정말 후하게 베풀 줄 아는 것 같아요. 처음에는 이해가 가지 않았지만 오늘에서야 비로소 이해가 됐어요. 정말 존경스럽기까지 하네요."

바오이판은 건배를 하고나서 이상한 낌새를 느꼈다.

"웨시가 나가서 아직 안 들어온 것 같네."

때마침 들어오던 취샤오샤오가 대답했다.

"호텔 정문으로 나갔어. 뭐가 좀 수상하던데, 날 보고도 못 본 척하더라고."

"그럼 뭐 너한테 고맙다고 하겠어?"

"샤오샤오는 자기를 못 본 척한게 이상한 게 아니라, 싸울 기회가 없어져서 그런 걸 거예요."

하하하하, 네 사람이 웃으면서 건배를 마치는 동안에도 바오이판은 줄곧 시에빈을 주시하고 있었다. 그는 아무 일 없었다는 듯 사람들이 웃고 떠드는 것을 구경하고 있을 뿐 관쥐얼에게는 신경도 쓰지 않았다. '관쥐얼을 챙기지도 않을 거면서 여기 남아 있는 이유가 뭐지?'

자오치펑이 취샤오샤오에게 물었다.

"통화는 잘하고 왔어?"

"이혼하시겠대. 완전히 결정했나봐."

취샤오샤오는 한숨을 내쉬고 손으로 얼굴을 감쌌다. 마치 맞은편에 앉아 있는 관쥐얼의 모습과 비슷했다. 화기애애한 반대편 테이블과는 달리, 이쪽은 술에 잔뜩 취한 신부와 잔소리 중인 판성메이, 그리고 어깨가 축 처진 관쥐얼과 취샤오샤오로 분위기가 축 가라앉아 있었다.

자오치펑도 시에빈이 아무렇지 않게 자신들을 쳐다보고 있는 것을 더 이상 가만히 보고 있을 수만은 없었다. 그는 시에빈에게 다가가 정색하며 말했다.

"이미 원하는 대로 되지 않았나? 계속 그런 식으로 쳐다보고 있으면 우리도 가만있지 않을 거야."

시에빈도 물러서지 않았다.

"뭐가 내 뜻대로 됐다는 건지 모르겠네요. 그래서 여기 남아 있는 겁니다. 난 진상을 알아야겠거든요. 난 떳떳해요, 도망갈 이유가 없잖아요. 내가 잘못한 게 있으면 책임을 지고, 억울한 게 있으면 풀어야죠."

너무나도 단호하고 선명한 시에빈의 목소리에서 차가운 냉기가 흘러나오는 것 같았다.

"좋아요. 그럼 어디 한번 제대로 해보죠."

자오치펑이 자리로 돌아왔다. 그 순간 시에빈과 앤디의 눈이 마주쳤다.

"앤디, 방금 전 아무런 조건 없이 웨시를 도와주다니, 정말 대단하시네요. 그래서 진실을 명백하게 밝히고 싶지만 당신의 오만함과 마주하면 그런 마음이 쏙 들어가 버려서 말이에요."

"먼저, 내가 그 여자를 도와준 건 내 만족으로 한 것뿐이에요. 그리고 당신이 바로 서 있다면 우리는 항상 같은 시선을 유지할 수 있을 거예요. 하지만 당신이 땅에 엎드려 있는데 나까지 그렇게 할 필요는 없잖아요? 기분 나쁘게 들릴 수도 있지만 내가 당신을 내려다본다고 느끼는 건 당신 태도에 문제가 있다고 보이네요. 마음이 그 사람의 시선을 결정하니까요."

"그렇죠. 마음이 그 사람의 시선을 결정하죠. 그럼 당신의 오만함을 어느 정도는 인정한다는 거네요."

"뭐 그렇다면 저랑 비슷한 사람들을 찾아보죠. 상대방이 느끼기에 불쾌했다면 저도 개선할…."

바오이판이 앤디 어깨에 손을 올리고 그녀를 진정시켰다.

"자, 힘을 좀 비축했다가 이따가 다시 얘기합시다."

그때 앤디가 아이패드를 꺼냈다.

"아까 경찰신분까지 밝혀가면서 내가 웨시를 해결할 수 있게 도와준 것도 있고 하니, 나도 갑자기 공격하는 건 아닌 것 같네요. 이 영상을 미리 볼 수 있게 해주죠. 뭐라고 설명할지 잘 생각해 두는 게 좋을 걸요."

바오이판의 얼굴이 저절로 일그러졌다. 하지만 앤디가 시에빈에게 영상을 넘기는 것을 말리진 않았다. 그저 속으로 시에빈이 어떤 거짓말을 할지 그것만 생각해보기로 했다.

시에빈은 자신을 향한 주변 사람들의 따가운 시선이 느껴졌지만, 신경 쓰지 않았다. 그는 이 영상이 그날 병원에서 앤디 뒤를 쫓아갔을 때 찍힌 CCTV 영상이라는 사실을 알고 순간 멍해졌다. 물론 이 영상이 법적으로 확실한 증거로 채택되거나 미행이라고 판단하긴 어렵긴 하지만 누구에게 보여주더라도 그가 선한 의도로 하지 않았다는 것은 너무나 명백해 보였다.

"입이 열 개라도 할 말이 없네요."

시에빈이 순순히 잘못을 인정했다. 조금 전 관쥐얼도 같은 말을 했었는데, 그래서인지 그가 관쥐얼을 한번 쳐다봤다. 하지만 그녀는 여전히 멍하니 아무것도 신경 쓰지 않았다. 시에빈은 그제야 아까 관쥐얼의 기분이 어땠는지 몸소 느낄 수 있었다.

추잉잉이 웃으면서 말했다.

"내가 취했다고? 나 진짜 멀쩡해. '입이 열 개라도 할 말이 없다.' 아까 쥐얼이 했던 말 아니야? 그렇지? 잉친?"

"웅, 맞아. 나도 들었어."

잉친이 추잉잉의 말에 맞장구를 쳤다.

두 사람은 너무 취해서 다른 사람의 아픔까지 신경 쓸 정신이 없어보였다.

"뭔데 그래? 나도 좀 보자."

취샤오샤오가 고개를 쓱 내밀어보았지만 자오치펑에게 붙잡혔다.

앤디는 아이패드를 다시 가져와 영상을 지우기 시작하자 취샤오샤오가 소리를 질렀다.

"다 없애버릴 거야. 샤오샤오, 이번 일은 넌 몰라도 돼."

그리고는 시에빈에게 조용히 말했다.

"아, 하나 더. 그 다음날 담당의사를 찾아가서 나에 대해 물어봤던데, 이미 당사자한테 확인도 다 했어요."

시에빈은 눈을 동그랗게 뜨고 앤디를 바라봤다.

"둘이서만 얘기했으면 좋겠는데요."

그러자 바오이판이 나섰다.

"안 돼요. 허락 못해요."

앤디는 순간 등골이 오싹했다. 혹시라도 시에빈이 자신의 과거에 대해 알고 있을까 조마조마하긴 했지만 그래도 손에 쥔 패를 상대방에게 보여줄 수는 없었다.

"밖에 나가서 얘기하죠. 바오이판, 나 괜찮아요."

어느새 취샤오샤오도 끼어들었다.

"저렇게 둘이 가버리게 하면 안 돼요."

시에빈은 취샤오샤오의 말을 무시하고 앤디를 문밖으로 안내했다. 바오이판이 불안한 마음에 앤디를 붙잡았다.

"마음이 안 놓여서 그래요. 저 사람은 이미 이 바닥에서 도가 텄고, 당신도 또 너무 솔직해서 저 사람한테 말릴 수가 있다고요. 그러니까 조심해요."

"명심할게요."

앤디는 바오이판은 안심시키고 혼자 밖으로 나가면서 시에빈의 어깨를 스치고 지나갔다.

"난 아직 당신을 믿지 않아요. 혹시 폭력 성향이 있거나 그런 건 아니죠?"

"그렇다고 해도 임산부를 때리진 않아요."

앤디는 그의 말을 믿을 수밖에 없었다. 두 사람은 텅 빈 호텔 로비에서 앉을 만한 곳을 찾았다.

시에빈이 먼저 입을 열었다.

"보니까, 웨시라는 그 여자 꽤나 겁에 질린 것 같던데."

"네, 그 사람에 대해서는 그냥 모른 척하고 넘어갔으면 좋겠네요. 어린 나이에 사회로부터 받은 상처가 깊으니 경계심도 그만큼 클 수밖에요."

"사회에 나온 지 얼마 안 된 것 같던데,"

"그렇게 많이 알 필요는 없을 것 같은데요. 어디까지나 개인의 사생활이니까. 다른 사람의 사생활을 존중해줬으면 좋겠네요."

두 사람은 빈 테이블을 발견하고 그쪽으로 걸음을 옮겼다. 시에빈이 앤디에게 의자를 빼주려고 하자 앤디는 흠칫 놀랐다. 그녀는 시에빈에게서 최대한 멀리 떨어져 앉았다.

"그런 거 아니에요. 웨시의 사생활이 궁금해서 그런 건 아니에요."

그가 앤디 맞은편에 앉았다.

"막 사회에 나온 사람이 세계관을 다시 정립할 때 걸림돌이 생기거나 하면 그 사람의 성격에도 변화가 생기기 마련이잖아요. 나중에 그 사람도 이해할거라고 생각해요, 오늘 당신이 도와준 일을 떠올리면서 세상에 아무런 사심 없이 다른 사람을 도와주는 사람이 있다는 걸 말이에요."

앤디는 시에빈이 미심쩍어서 속으로 대강의 그림을 그려놓았다.

"하지만 난 지금 믿음을 얘기하고 있는 거예요. 다른 사람에 대한 믿음 말이에요."

"네, 믿음이요. 아마 오늘부로 웨시의 인생이 바뀌었을 거예요."

"제3자의 역할은 그리 중요하지 않아요. 웨시를 변화시키고 두려움을 극복할 수 있게 한 건 오직 웨시 자신밖에 없어요. 만약에 그녀가 계속 원망 속에서 허덕이고 사람에 대한 증오심에 사로잡혀 있었다면 누구도 그녀를 도와줄 수 없었을 거예요."

"오늘 웨시를 도와주지 않았다면 그 사람은 앞으로도 계속 집 안에 갇혀서 숨어 살았을 거예요. 그리고 이런 생활이 계속되다 보면 결국 세상에 대한 왜곡된 시선을 갖게 되었겠죠. 만약에 삶을 변화시킬 기회가 와도 좀처럼 쉽지 않았을 거예요. 그런데 다행히 그 기회가 오늘 찾아온 거죠. 악몽에서 벗어날 수 있는 기회요. 어쩌면 이미 이사 갈 준비를 마쳤을 수도 있어요."

그의 얘기를 한참 듣고 있던 앤디는 그가 지금 자신에 대한 얘기를 하고 있다는 것을 눈치챘다.

"뭐, 이사 간다고 해도 상관없어요. 어차피 쥐얼이랑 성메이도 둘이서만 살고 싶어 했으니까. 이제 그만 본론으로 들어가…."

"그래도 이사는 가지 말라고 하세요. 그녀를 위해서요."

"아직 쥐얼 얘기는 꺼내지도 않은 것 같은데, 계속 웨시 얘기만 늘어놓네요. 내가 잘못 들은 건가요?"

"아니요. 세상이 날 덮치려고 할 때 아무것도 할 수 없다는 게 얼마나 슬픈지 당신은 이해하지 못할 거예요. 그리고 그때 날 믿어주는 사람이 있다면, 그게 단 한 사람뿐이라고 해도 얼마나 든든한지 몰라요. 예전에 쥐얼이 그랬어요. 당신이라면 무조건 믿을 수 있다고 말이죠. 심지어 내가 하는 변명조차도 부정하더군요."

앤디는 점점 더 의심스러웠다. 그들을 살짝 따라 나온 바오이판은 두 사람의 대화가 원만하게 진행되고 있어 보이자 마음이 놓였다. 시에빈은 앤디가 오랫동안 말이 없자 초조해졌는지 손에 든 찻잔만 만지작거렸다. 그러다 찻잔을 탁 내려놓고 입을 열었다.

"좋아요. 이미 내 과거에 대해서는 알고 있을 테고…."

"난 전혀 아는 게 없어요. 괜히 화 돋우지 말죠."

"어쨌든 결국에 알게 될 거잖아요. 웨시가 세상에 맞서고 또 힘 있는 사람에게 보호를 받고자 애쓴 것도, 어떻게 보면 모순된 행동이지만 난 그 마음을 완전히 알 것 같아요. 저도 그런 경험을 해봤거든요. 그래서 그녀가 똑같은 잘못을 되풀이 하는 걸 지켜볼 수 없었어요."

"똑같은 잘못을 되풀이한다고요? 그래서 쥐얼은 신경도 안 쓰고 웨시한테는 그렇게 뜨거운 관심을 보인건가요? 거기다 날 미행하고 지금은 웨시를 도와준 은인으로 만들어 주고 말이죠?"

"저는…."

시에빈은 잠시 망설이다가 말을 이었다.

"저 좀 믿어주세요. 전 미행한 게 아니에요. CCTV영상에서 본 저와 제 행동은 정말 본능적이었어요. 이해하기 힘들겠지만 저는 아는 사람을 만나면 본능적으로 몸을 숨기거든요. 알아요, 믿기 어렵겠죠. 그렇지만 저도 나름 반격을 한 거라고요."

앤디는 그의 논조에 깜짝 놀랐다. 그녀가 예상했던 대로 흘러갔기 때문이다. 그녀가 단호하게 말했다.

"아는 사람을 보고 본능적으로 숨었다고요?"

"네."

"그다음 날 의사를 찾아간 건 우연이라고 할 수 없겠죠. 이건 선공이라고 봐도 되죠?"

"그건 인정해요. 처음엔 당신이 나한테 악의를 갖고 있다고 생각했어요. 취샤오샤오처럼 제 뒷조사를 하고 간섭할 거라고 생각했죠. 그래서 먼저 주도권을 가져야겠다고 생각했어요. 병원에서 처음 봤을 때 날 보고 놀라는 표정을 보고 이상한 생각이 들어서 찾아간 거예요. 미안해요. 제가 잘못 생각했어요. 하지만 취샤오샤오에 대해서는 그만둘 생각이 없어요. 그런 사람은 견제하지 않고는 다른 방법이 없거든요. 남을 돕는 것에 대해 전혀 이해가 없는 사람이잖아요. 하지만 지금 취샤오샤오 집안에 생긴 일들은 저랑은 상관없어요. 아직 조사만 하는 단계지 직접적인 행동으로 옮기진 않았거든요. 그녀가 저한테 해코지하지 않는 한 저도 뭘 어떻게 할 생각은 없어요. 진심이에요."

"당신같이 그런 일을 하는 사람에게 뒷조사를 당한다는 게 얼마나 당황스러운지 알아요? 내가 아는 사람 동원해서 당신 업무지를 바꾼 건 아시죠."

"정말 죄송해요. 하지만 저 같은 사람 말고도 일반 사람한테 뒷조사를 당하는 것도 똑같이 무서워요. 모든 사람마다 들키고 싶지 않은 비밀은 있는 거잖아요."

"그건 그렇죠. 하지만 쥐얼도 샤오샤오도 다 내 친구예요. 정말 아끼는 친구들이요. 그래서 내가 조언 하나…"

"아니요, 하지 마세요. 그렇다고 해도 취샤오샤오에 대한 제 입장은 변하지 않아요."

"냉정하게 다시 한번 생각해 봐요. 방금 전 웨시 얘기 했었죠? 당신이라면 어떻게 하겠어요? 계속 그렇게 어두운 자신을 끌어안고 살아가도 괜찮겠어요? 자기 자신이 너무 안쓰럽지 않아요?"

시에빈이 주위를 둘러봤다.

"여기서 뭐하고 있어?"

어느새 앤디와 시에빈은 같은 테이블에 앉아 있던 사람들에게 둘러싸여 있었다. 추잉잉도 판성메이에게 이끌려 나와서 가장 멀리 서 있었다.

"뭐야, 다들 내가 걱정됐던 거야? 기분 좋은데."

"이래서 나한테 조언하지 말라는 거예요. 이렇게 많은 사람의 사랑을 받는 사람이 어떻게 내 심정을 이해하겠어요."

"쥐얼 생각은 안 해요? 당신한테 최선을 다하고 있잖아요. 당신 옆에서 당신을 믿어주는 한 사람. 그러니까 쥐얼의 믿음을 저버리지 말아요."

"CCTV 영상을 미리 보여주고, 혹시라도 취샤오샤오가 볼까 봐 제가 확인하자마자 지워버리고 저를 엮을 수 있는 증거임에도 불구하고 그냥 묻어주신 거 정말 고맙게 생각하고 있어요. 선의라는 게 뭔지 조금은 알 수 있을 것 같아요. 하지만 지금은 그 외에 다른 감정을 느낄 수가 없어요. 쥐얼에게는 미안하지만 아무래도 그녀 옆에 없는 게 좋을 것 같아요."

"다른 감정이라면 두려움을 말하는 건가요?"

시에빈이 순간 동요하긴 했지만, 대답은 하지 않았다. 그리고 천천히 창밖으로 시선을 옮겼다.

"하지만 아까 웨시를 도와줬잖아요. 방금 전까지 적대관계였던 나랑 같은 마음 아니었어요?"

"오해예요. 아, 부탁할 게 있는데, 쥐얼한테 얘기 좀 잘해주세요. 웨시는 그냥 남아 있으라고 하고요. 전 이만 갈게요."

"잠깐만요. 얘기는 다 하고 가야죠."

하지만 시에빈이 대답도 하지 않고 자리를 떠나자 앤디가 다급하게 소리를 질렀다.

"저 사람 잡아요!"

두 사람을 둘러싸고 있던 대형이 점점 작아지면서 사람들이 시에빈을 향해 달려와 그가 가지 못하게 막아섰다. 하지만 취샤오샤오의 차가운 태도는 여전히 변함없었다.

"가고 싶다고 쉽게는 못 가지."

앤디는 임신을 해서 빨리 몸을 일으킬 수도 없었고 뛰어갈 수는 더더욱 없었다. 그녀는 어디서 용기가 났는지 모르겠지만 시에빈의 먹살을 잡고는 그를 구석으로 끌고 갔다.

"가만히 있는 게 좋을 거예요. 난 임산부거든요."

시에빈은 순순히 앤디의 말을 따를 수밖에 없었다. 그렇게 계속 벽에 부딪칠 때까지 밀려갔다. 앤디는 시에빈에게서 눈을 떼지 않고 바오이판에게 부탁했다.

"저 사람들 좀 부탁해요. 멀리 떨어져 있었으면 좋겠어요. 둘이 얘기 좀 하게요."

이때 역시나 취샤오샤오가 또 나섰다.

"언니, 이건 혼자만의 일이 아니잖아. 제일 피해본 사람은 나라고,"

"나도 알아, 하지만 지금은 아니야."

판성메이가 취샤오샤오를 꼭 붙잡고 있었다.

"샤오샤오, 잘 봐봐. 시에빈은 이미 앤디에게 졌어. 앤디가 알아서 잘 해결할거야."

"아니야. 앤디의 사업수완은 인정하지만 인간관계는 아직 멀었어. 결코, 못 당해낼 거라고."

그때 바오이판이 앤디에게 귓속말 하는 것을 보았다.

"저것 봐, 정작 남편도 걱정하고 있잖아."

사실 바오이판이 앤디에게 한 말은 별거 아니었다.

"유도심문에 넘어가면 안 돼. 잘할 수 있지?"

바오이판은 이 말만 전하고 바로 자리를 떠났다. 한쪽 구석에서 조용히 기다리고 있던 시에빈은 앤디의 붉어진 얼굴과 이마에 맺힌 땀, 팔짱 낀 팔을 보고 아예 눈을 감아버렸다.

취샤오샤오는 판성메이를 뿌리치고 나와 앤디에게 귓속말을 했다.

"괜히 나 때문에 이럴 필요 없어. 절대 그냥 넘어갈 수 없어! 우리 엄마 아빠가 이혼까지 하기로 한 마당에 절대 그냥 둘 수 없어!"

"알았어."

"내가 너를 못 믿어서 그러는 거 아니야. 그냥 내 일이니까 내가 알아서 할게."

"알았어."

취샤오샤오는 앤디의 '알았어'가 무슨 의도인지 제대로 파악하지 못하자 고개를 쓱 빼고 앤디의 표정을 살폈다. 앤디가 초조해하는 모습에 혹시라도 화를 돋운 건 아닌가 싶어 황급히 말을 이었다.

"이제 방해 안 할게. 계속 대화 나눠. 내가 언니 사랑하는 거 알지?"

그리고 나서야 조심스럽게 자리를 떠났다. 그러면서 시에빈의 얼굴을 한번 살폈다. 그는 처음부터 끝까지 한 번도 그녀를 쳐다보지 않았고, 앤디도 물론이거니와 관쥐얼도 제대로 쳐다보지 않았다.

드디어 앤디와 시에빈 두 사람만 남게 되었다. 앤디가 몹시 낙담한 듯 말했다.

"둘만 있으니 편하게 얘기할게요. 원래 우리가 갖고 있는 두려움에 대한 얘기를 해볼까 했는데, 내가 정말 자신 있게 말하는데 네가 가진 두려움은 정말 아무것도 아니야. 뭐, 나도 한낱 이론이나 내놓으면서 정작 내 얘기까지 할 용기는 없지만 말이야. 우리 속에 있는 두려움이 하루하루 쌓여서 뼛속까지 스며들기 마련이야. 누가 나한테 대체 뭐가 두려운 거냐고 물어보면 나는 배고팠던 거, 누군가에게 맞았던 거, 친구들한테 놀림 당했던 거, 뭐 그런 걸 얘기하겠지. 겪어보지 않은 사람들에게는 아무것도 아닐 수 있지. 그리고 아무리 말해도 이해하기 힘들 거야, 왜냐하면 내가 그런 두려움에 대한 핵심을 얘기하지 않았으니까. 다른 사람에게는 내 약점을 들킬까 봐 말을 못하는 거고, 자신에게는 스스로 어두운 곳으로 가길 원하는 사람은 없으니까 그냥 누르고 사는 거지. 물론 너한테도 말하지 않을 거야. 그저 이런 느낌이었다 정도만 공유하고 싶었어."

앤디는 움켜쥐었던 손을 천천히 펴서 자연스럽게 팔짱을 끼었다.

"오랜 세월동안 누군가 내 과거를 알려고 하지 않을까라는 두려움에 사로잡혀 살아왔어. 그리고 지금은 그 두려움이 어느새 두려움의 일부가 되어버려서 정작 두려움의 핵심이 무엇인지 시간이 지날수록 모호해져갈 뿐이야, 깜깜한 어둠속에서는 잠도 제대로 못잘 정도로 정신적 두려움만 더해가는 거지. 바람이 두려우면 방풍벽을 설치하면 되고, 불이 두려우면 소방시설을 갖추면 되지만 그야말로 모호한 두려움은 어떻게 할 방법이 없어. 그래서 주변을 경계하는 정도도 점점 심해지고 예민해질 수밖에 없는 거야. 별거 아닌 일에도 놀라고 불안해하지. 어느 날 누군가 그러더라, 잘 살 거라고, 요즘 굶어죽는 사람이 어디 있냐고, 그 말이 너무 황당한 거야. 두려움이 황당함으로 바뀐 거지. 그런데 그것도 정상적인 반응은 아니더라고, 사람들은 누군가가 정상적이지 않은 거 같으면 시선이 금세 변하잖아. 그래서 사람들한테 지극히 정상적인 사람으로 보이기 위해서 무단히도 애썼어. 하지만 내 능력 밖이었나 봐, 세상 모든 사람들이 더 날 적대시하는 것 같더라고. 어렸을 때, 내 후견인이 날 정신병원에 데려간 적이 있어, 하지만 외부적 요인으로는 절대 해결할 수 없었지, 아마 너도 경험해봤을 것 같은데. 아까도 말했지만 자기를 붙들고 있는 두려움에서 벗어날 수 있는 건 자신의 의지야. 너랑 웨시를 보니까 다른 사람에게 이를 드러내고 발톱을 세우고 있던 과거의 내 모습이 떠오르더라고, 그래서 말해주고 싶었어. 웨시가 그냥 환락송에 지내는 게 좋겠다는 생각? 난 반대야. 어떤 면에서 보면 그녀의 두려움을 부추길 수 있거든. 지금 너랑 이렇게만 얘기하는데도 이미 나에게도 그 두려움이 엄습하고 있으니까. 그날 네가 날 따라오는 걸 내가 보지 못했더라도 이미 난 충분히 그런 두려움을 느끼고 있었거든. 뭔가 위험한 기운이 가까이에 있다는 걸 말이야. 아, 미안한데, 나 좀 앉을게. 자꾸 두려움 얘기를 하니까 다리가 다 후들거리네. 이제 그만 가도 좋아, 부디 내 잔소리가 너에게 조금이나마 도움이 됐으면 좋겠어. 저기, 취샤오샤오가 아직 기다리고 있네."

시에빈은 취샤오샤오라는 말에 정신이 바짝 들었다.

하지만 뚫어져라 앤디 얼굴만 바라보고 있다가 눈을 내리깔고 양손을 주머니 안에 찔러 넣었다. 앤디도 마찬가지였다. 두 사람은 고개를 폭 숙인 채 한 명은 계속 말만하고 다른 한 명은 계속 듣기만 했다. 말을 다 마친 앤디는 그 자리에 풀썩 앉아서 그에게 이제 그만 가도 좋다는 듯 손을 흔들었지만 그도 앤디 앞에 풀썩 주저앉았다.

"비슷하네요. 다른 점이 있다면 나는 항상 '너는 남자야.' '너는 적극적이어야 해.'라고 나 자신에게 말하는 거 말고는요. 또⋯."

"두려움에 빠진 우리끼리 있어봤자 하나도 도움이 안 될 거야, 오히려 더 나락으로 빠질 수도 있고. 정상적인 사람이랑 대화를 해 봐."

"그런 사람이 있긴 한가요?"

"있어. 판성메이! 아픔을 이겨 낼 줄 아는 성숙함이 있어, 정말 대단한 애야. 성메이 같은 인생을 살았다면 난 절대 저렇게 못 살았을 거야. 그리고 내 남편. 내 이런 비정상적인 반응들이 그 사람 눈에는 재밌고 웃긴가 봐. 그렇다고 두 사람에게 튼튼한 갑옷이 있는 것도 아니지만 내면에 단단함이 있더라고. 그 두 사람이라면 우리의 비정상적인 반응도 다 수용해 줄 수 있을 거야."

"쥐얼은요?"

앤디는 잠시 말을 멈추고 시에빈은 똑바로 바라봤다.

"알다시피 내가 감정, 사랑에 있어서는 문외한이거든. 판성메이나 취샤오샤오가 나보다 나을 거야."

"두려움을 어떻게 대처하면 될까요?"

"그건 나도 잘 모르겠어, 아직 나도 완전히 빠져나온 건 아니거든. 이런 현상들이 있다는 정도는 말해 줄 수 있지만, 해결책을 줄 순 없을 것 같아. 최근에 내가 깨달은 게 있다면 주변에 있는 사람을 진심으로 사랑하라는 거야. 내 주변 사람을 경계하는 것보다 훨씬 기쁜 일이야. 그렇게 건강한 관계가 다져지면 내 삶도 풍요로워지고 살 만해지더라고."

"상처받을까 봐 두렵지 않아요? 우리 안에 있는 두려움을 들켜버리면 그걸로 끝이잖아요?"

"우리가 아무리 막으려고 해도 막을 수 없어. 그냥 그러면서 마음을 견고하게 다져가는 거야. 상황이 변하고 어떤 상처를 받아도 잘 견뎌낼 수 있는 내성을 기르는 거지. 아, 맞다! 하나 더! 난 작은 일 하나라도 남편한테 다 얘기 해. 그럼 뭔가 힐링이 되는 것 같거든."

"지금 너무 두서없이 말하는 거 알아요?"

"아아, 사람들이 기다리고 있잖아."

"하지만, 다 나에게 도움 되는 말이었어요."

"나도 너만큼 두려움이 많은 사람이거든. 얼른 가봐, 다들 기다리고 있네. 그리고 가서 정상인과 얘기를 나눠 봐. 전방 10미터, 정상인 발견!"

"내가 보기에는 당신도 이미 정상인이에요. 과거의 경험들을 이렇게 편안하게 말할 수 있게 된 거면 이미 그 두려움에 제대로 대응하고 있는 것 같네요."

"그런가?"

앤디는 스스로 의아해했다. 시에빈은 고개를 힘차게 끄덕이고는 사람들을 향해서 걸음을 옮겼다.

혼자 남은 앤디는 자신의 양손을 빤히 바라보더니 새삼 기분이 좋아진 걸 느꼈다.

"그런가? 정말 그런 건가?"

앤디는 자신의 두려움의 핵심이 무엇일까 가만히 생각해 보았다. 그것은 바로 그녀가 물려받은 유전자였다. 순간 저쪽에서 바오이판이 허겁지겁 달려왔다.

"괜찮아요? 걱정돼서 죽는 줄 알았네요."

앤디는 한결 가벼워 보였다.

"걱정 말아요. 대조 능력이 좀 향상된 것 같아요. 음, 임신검사가 그렇게 두렵지도 않아진 것 같아요."

"시에빈이 가르침을 주던가요?"

"아니요, 그냥 나도 모르는 사이에 내가 변한 것 같아요."

정상인이라니, 그녀는 너무 기뻐서 새어 나오는 웃음을 주체할 수 없었다. 그리고 바오이판을 꼭 안아주었다.

"바오이판, 당신이 내 옆에 있어서 너무 좋아요."

"오늘 우리가 먹은 저녁 식사, 다 내가 계산했어요. 신랑 신부가 다 술에 취해서 정신을 못 차리기도 하고 오늘 밤 샤오샤오랑 시에빈이 분위기를 다 망쳐놓은 것 같아서, 일종의 보상이랄까. 선물해준 셈 쳤어요."

"잘했어요. 내일 임신 검사하러 갔다가 공항에 데려다줄게요. 나도 정리 좀 하고 바로 미국으로 갈게요."

"내가 의사랑 약속을 잡아 둘 테니 같이 가요. 혼자 가는 건 절대 안 돼요. 나가 볼까요. 곧 싸움이 날 것 같은데."

앤디는 바오이판에게 기대서 호텔 밖으로 나왔다. 그녀에게 반년 전만 해도 상상할 수 없었던 일이었다.

취샤오샤오는 앤디와 얘기를 마치고 나오는 시에빈을 밖으로 불러냈다. 나름 믿는 구석이 있는 시에빈은 얼굴 하나 찌푸리지 순순히 밖으로 따라 나왔다. 그런데 호텔 밖으로 나와 보니 취샤오샤오의 친구들로 추정되는 건장한 남자들이 진을 치고 기다리고 있었다.

뒤에 떨어져 있던 관쥐얼과 판성메이는 이 광경을 보고 너무 놀랐다. 취샤오샤오가 막무가내인 건 알고 있었지만 설마 저 정도일 줄은 상상도 하지 못했다.

"언니, 어떻게? 경찰에 신고할까? 저러다 무슨 일 날 것 같은데."

관쥐얼이 휴대폰을 꺼내려는 찰나에 갑자기 뒤에서 누가 나타나 그녀의 휴대폰을 뺏더니 취샤오샤오에게 건네주었다. 잔뜩 겁을 먹은 관쥐얼이 판성메이의 팔을 꼭 붙잡았다.

"어떡해? 언니, 어떻게 하지?"

판성메이도 다른 쪽 팔로 추잉잉을 부축하고 있느라 자기 몸도 제대로 못 가눌 상태였는데 관쥐얼까지 매달리는 바람에 다행인지 아닌지 모르겠지만 나름 균형이 맞춰졌다. 이미 겁먹을 대로 겁먹은 관쥐얼의 눈에서 눈물이 흘러나왔다.

"저러다 싸우면 어떡해? 싸우면 안 되는데."

"누가 샤오샤오 좀 말려봐! 빨리 앤디 좀 데려와. 자오치핑은 대체 어디 있는 거야?"

관쥐얼은 바로 앤디를 찾으러 달려갔다. 그러자 방금 전 그 남자가 다시 나타나 그녀 앞을 가로막았다. 관쥐얼은 놀라서 뒤로 물러서다 다시 판성메이 뒤로 숨었다. 그 남자는 두 사람에게 쓸데없는 행동은 하지 말라며 잔뜩 겁을 줬다.

취샤오샤오는 양손을 허리에 올리고 시에빈에게 분노에 가득 차서 말했다.

"내가 할 말은 아까 저녁 식사 자리에서 다 했어. 어디 할 말 있으면 해봐. 딱 2분 줄게."

"이건 범법행위야."

시에빈은 딱 이 말만 하고 말았다.

"흥! 분명히 해두는데, 절대 너 가만히 둘 수가 없어. 우리 부모님을 이혼하게 만든 장본인인 데다가 나까지 위협했잖아! 아무것도 모르는 촌놈이 하이시에서 편안하게 지낼 수 있을 거라는 생각은 꿈도 꾸지 않는 게 좋을 거야."

이런 살벌한 상황에서 술이 덜 깬 잉친이 어슬렁거리고 나타났다.

"형님, 이번에는 제가 구해드릴게요."

그 순간 건장한 남자가 달려와 잉친을 내동댕이쳤다. 추잉잉은 그
제야 자신이 결혼했다는 사실을 깨닫고 뛰어 들어가서 남편을 일으
켰다. 잉친이 시간을 버는 동안 앤디와 바오이판이 도착했다.

앤디는 눈앞의 상황에 말을 잇지 못했다.

"샤오샤오, 지금 뭐 하는 거야?"

"나는 지금까지 손해라는 말은 들어본 적도 없었던 사람이야. 그
런데 네가 감히 나한테, 넌 오늘 죽었어."

취샤오샤오가 친구가 건네주는 골프채를 받았다.

"앤디, 걱정하지 마. 다 생각이 있거든. 감옥은 안 갈 거야."

"자오치핑은?"

"샤오샤오네 집안을 쑥대밭으로 만들어 놨는데, 그 정도면 적당
하지 않아? 이제 와서 반항해봤자 뭐하겠어. 남자라면 저 정도는 껌
이지."

구석에서 팔짱을 낀 채 지켜보고 있던 자오치핑은 그녀를 말릴 생
각이 전혀 없어 보였다.

76

앤디는 발을 동동 굴렀다.

"당한 대로 갚아주면 결국 악순환의 연속이라고. 지금은 네가 좀
더 우위일지 모르지만 나중에는 어떻게 될지 모르는 일이야."

취샤오샤오는 골프채로 시에빈을 가리켰다.

"앤디, 쟤가 밥 먹기 전에 나한테 뭐라고 한 줄 알아? 내가 이따가
집에 가서 다 말해 줄 테니까 그때 가서 다시 얘기해. 그러니까 지금
은 날 그냥 내버려 둬. 저런 놈한테 놀아나고 싶지 않단 말이야. 시에
빈! 빨리 앞으로 나와, 비겁하게 숨어 있지 말고."

모든 희망을 앤디에게 걸고 있던 관쥐얼은 취샤오샤오의 말에 다
시 불안해져 몸이 사시나무 떨리듯 했다.

"성메이 언니, 어떻게 좀 해봐. 응?"

차오 변호사가 아무 생각 없이 말을 툭 내뱉었다.

"저 안으로 들어가면 아무도 못 막을 거예요. 두 사람 사이에서 설
득하기도 훨씬 쉬울 거고요."

그 말을 들은 추잉잉이 선뜻 나섰다.

"아, 그럼 내가 갈게."

술이 아직 덜 깬 상태에서 취샤오샤오와 시에빈 사이로 걸어 들어

가던 추잉잉은 비틀거리다가 판성메이에게 바로 잡혀 들어왔다. 판성메이는 마음이 급한 나머지 취샤오샤오에게 소리를 질렀다.

"샤오샤오, 이건 우리 22층 일이잖아. 우리 같이 해결하는 건 어때? 집에 가서 천천히 얘기하자, 딱 22층 사람들이랑 관련된 사람들끼리만 말이야. 우리가 듣고 누가 옳은지 판단해 주면 되잖아. 시에빈이 너에게 잘못한 게 있으면 우리가 네 대신 잡아서 흠씬 패줄게. 어때?"

추잉잉은 별로 도움이 되진 못했지만 한마디 거들었다.

"맞아, 샤오샤오. 네가 억울한 일을 당한 거면 내가 꼭 안아줄게."

"너희랑은 상관없는 일이야. 시에빈, 빨리 나와! 언제까지 거기 숨어 있을 거야?"

판성메이는 취샤오샤오가 크게 반대하지 않자 최대한 부드럽게 웃으면서 말했다.

"샤오샤오, 우리가 어려울 때마다 도와줬었잖아, 우리 오빠 엉덩이도 빵 차주고. 우리가 할 수 있는 일이 있으면 도와주고 싶어서 그래. 응? 그렇게 하자."

"그래, 샤오샤오, 우리는 다 친구잖아."

추잉잉도 맞장구를 쳤다.

"샤오샤오, 집안일은 집에서 해결해야지. 집에 가서 얘기하자…. 샤오샤오, 응? 샤오샤오."

판성메이가 감정적으로 그녀의 마음을 움직이려 애썼다.

"아, 정말 귀찮아 죽겠네."

취샤오샤오는 판성메이의 말에 휘둘리고 싶지 않아서 뒤도 돌아보지 않고 시에빈을 향해 골프채를 이리저리 휘두르면서 달려갔다. 이런 상황에 익숙한 시에빈은 그녀의 공격을 피하기 위해 나무를 등지고 그림자 안으로 숨었다. 그녀의 사정없는 공격에 나뭇잎과 가지들이 우수수 떨어졌다. 어느 정도의 화가 해소된 듯 보였다. 이번 공격은 별로 효과는 없었지만 그래도 시에빈의 어깨를 때리는 데는 성공했다. 하지만 이미 허공에 대고 휘두르느라 체력 소비가 컸었는지 그의 어깨에 닿은 힘은 그렇게 위력적이지 않았다. 그녀의 동작이 커서 보는 사람으로 하여금 걱정스럽긴 했지만 이미 떨어져 있는 나뭇잎들로 어느 정도 절충이 되었는지 하나도 아프지 않았다. 시에빈은 어쩌면 그녀가 주는 마지막 기회일지도 모르겠다는 생각이 들었다. 그녀 또한 자신이 시에빈의 상대가 될 수 없다는 정도는 알고 있었지만 한 번 더 골프채를 휘둘러보았다. 그 순간 시에빈이 골프채를 낚아챘다. 어떻게 힘으로 당해낼 수 있겠는가.

그때 시에빈이 그녀에게 다가와서 사과의 말을 건넸다.

"미안해, 내가 잘못했어. 내 실수로 너희 집이 그렇게 된 거라면 정말 미안해."

"실수로? 말 한번 잘했다, 너…"

취샤오샤오가 말을 마치기도 전에 자오치펑이 어디선가 나타나서 그녀를 붙잡았다.

시에빈이 말을 이었다.

"자세한 얘기는 앤디에게 다 했어. 내가 예민하게 굴었던 거 사과할게. 미안해."

자오치펑은 잠시 멍했다가 큰 소리로 말했다.

"그래 시에빈이 이렇게까지 나오니까 여기서 그만하자. 시에빈을 어떻게 한다고 해서 손해 본 게 다시 되돌아오는 건 아니잖아. 시에빈, 우리가 화가 난 건 사실이지만 모두 이성적인 사람이니까 널 어떻게 하진 않을게. 잘못을 인정하는 그 태도면 됐어. 자, 여기 있는 사람들도 다 봤으니까 증인이나 마찬가지야. 이제 그만 집에 갑시다. 샤오샤오, 네 친구들 밥이나 사주자. 22층은 나중에 따로 모이는 걸로 하지."

취샤오샤오는 이대로 끝내고 싶지 않았지만 자오치펑이 그녀를 말리는 바람에 시에빈을 노려보는 것 말고는 할 수 있는 게 없었다. 바오이판도 취샤오샤오 친구들 틈에서 시에빈을 데리고 나왔다.

"샤오샤오, 친구들한테 앤디는 건드리지 말라고 얘기해 줘. 임산부니까 조심해야 돼."

취샤오샤오는 몹시 억울했지만 앤디의 볼록한 배를 보고 꽥 소리를 질렀다.

"됐어, 오늘은 여기까지 하자. 어디 가서 야식이라도 먹고 있어, 금방 따라갈게. 돈은 내가 낼 거니까, 실컷 먹으라고!"

그리고는 홧김에 자오치펑의 다리를 걸어찼다. 자오치펑은 아프진 않았지만 피하려다가 균형을 잃고 휘청거렸다. 그 모습을 본 취샤오샤오는 웃어야 할지 울어야 할지 몰라서 그의 목을 꽉 깨물었다.

"이 정도면 정맥이군, 여긴 끊어져도 충분히 살 수 있어, 그런데 조금만 더 깊게 깨물면 그냥 끝나는 거야. 적어도 날 사랑하고 있는 건 맞군."

"흥! 자국만 남을 정도로 살짝 문 거야. 누가 시에빈을 마음대로 놔 주래? 이거 놔. 내 친구들 다 가잖아."

자오치펑이 그제야 그녀를 놔줬다.

취샤오샤오의 친구들은 자리를 떠나기 전 시에빈에게 다가가 그의 어깨를 몇 차례 밀치며 힘자랑을 했다. 혹시라도 다시 싸움이 붙을까 봐 바오이판이 시에빈을 꼭 붙잡고 있었다.

그때 두 사람 앞을 계속 지키고 있던 판성메이와 관쥐얼이 눈에 들어왔다. 시에빈은 어찌할 줄을 몰랐다. 마치 어린 시절 겁쟁이로 다시 돌아간 것처럼 무기력하게 시선을 아래로 떨어뜨렸다. 특히 관쥐얼에게만은 그런 모습을 보이고 싶지 않았는데 그게 마음처럼 쉽지 않았다.

그때 판성메이가 그를 치켜세웠다.

"와! 시에빈 진짜 남자네!"

판성메이의 의도를 바로 파악한 바오이판도 과장해서 한마디 거들었다.

"동생, 정말 대단하네. 역시 내공이 만만치 않아. 여자 친구를 위해서 말도 안 되는 상황을 다 참아 내다니, 내가 고개를 숙이지 않을 수가 없네. 앞으로 나처럼 아내에게 24시간, 아니 평생 충성하라고."

시에빈이 뭔가 할 말을 꾹 참고 있어 보이자, 앤디가 또 말을 이었다.

"시에빈, 정말 잘했어. 쉽지 않았을 텐데. 나도 지금까지 한발 물러서는 걸 배우고 있는데, 정말 쉽지 않더라고. 사실 기분도 썩 좋지 않고. 집에 가서 게임이라도 하면서 스트레스 좀 풀어. 정말 또 싸움 나는 줄 알고 얼마나 조마조마했는데."

시에빈도 마음에도 없는 소리를 했다.

"취샤오샤오가 힘이 다 빠졌더라고요. 때리는 데 너무 가벼워서 간지럽던 걸요."

"샤오샤오가 틀린 얘기 하는 사람은 아니야, 나름 규칙도 있고. 근데 가끔 억지를 부려서 골치가 아프지."

그러자 취샤오샤오가 후다닥 달려와서 끼어들었다.

"다 나무 덕인 줄 알아! 알았어? 나무만 아니었으면…."

자오치펑이 얼른 그녀를 끌어안았다.

"내가 그 말 할 줄 알았다니까. 자 그만 가자…."

"왕년에 판성메이네 오빠도 혼쭐이 났었는데, 저 정도면 다행인 줄 알라고. 하하하. 아야! 아파라!"

취샤오샤오는 바오이판이 우스갯소리를 하며 낄낄거리자 그의 발을 꾹 밟았다.

판성메이도 뭔가 말을 하고 싶었지만 취샤오샤오 눈치가 보여 앤디를 바라보며 말했다.

"이것 봐, 저렇게 빠르고 정확하다니까."

그리고는 시에빈에게도 한마디 했다.

"가만 보면 두 사람 정말 완벽한 파트너가 될 수도 있을 것 같은데, 여태까지 서로 몰래 무슨 일을 했는지 얘기 좀 해줘. 재밌을 것 같은데."

시에빈은 그제야 취샤오샤오가 애초부터 자신을 때릴 생각이 없었다는 사실을 깨달았다. 하지만 모두 자신을 위해, 그리고 취샤오샤오를 위해 그렇게 서로를 위해 모른 척하고 있다는 것도 말이다. 두 사람이 서로 양보하고 용서할 수 있는 기회를 주고 기다려준 것이다.

취샤오샤오는 여전히 당장이라도 시에빈을 잡아먹을 것처럼 쏘아보고 있었지만 그게 다였다.

"잘됐다. 다행이야."

앤디의 진심이 느껴지는 한마디였다.

판성메이가 관쥐얼에게 슬쩍 눈짓을 보내보았지만, 그녀는 아무말도 하지 않았다. 그러자 앤디가 나서서 바오이판에게 손짓을 했다. 다행히 눈치가 빠른 바오이판이 시에빈에게 다가갔다.

"동생, 남자는 말이야 좀 적극적일 필요가 있어, 그렇지? 정말 여자 친구 필요 없어?"

시에빈은 앤디를 한번 바라보았다. 그는 앤디가 부드러운 미소로 술에 취한 추잉잉을 코를 톡톡 치는 것을 보고 씩 미소를 짓고는 바오이판에게 대답했다.

"아, 제가 그럴 자격이 있을까요."

"어찌됐든 한 번은 만나야지. 아, 그리고 내가 시간 내서 네가 원래 일하던 곳에 한번 들를게. 오해였으니까, 우리도 바로잡을 건 바로잡아야지."

"아, 괜찮아요. 그러실 필요 없어요. 앤디에게 고맙다고 전해주세요. 앤디가 저에게 전해준 행복이 정말 진심으로 와닿았어요. 저에게도 그런 날이 오겠죠."

"앤디 기분이 오늘따라 더 좋아 보이긴 하네, 근데 그거 알아? 네 덕도 있어. 지나치게 자신을 낮추지 마. 너도 이미 중요한 순간은 빠져나온 것 같으니까 말이야. 천천히 하면 돼. 그리고 하고 싶은 말이 있으면 뭐든 해도 좋아, 네 일 특성상 감정을 숨겨야 하는 게 맞긴 하지만 그래도 나중을 생각하면 너에게 도움이 될 거라고 믿어."

시에빈은 한참 동안 아무 말도 하지 않고 바오이판만 쳐다보고 있었다. '이런 진심을 가진 부잣집 도련님도 있긴 있구나.'라는 생각을 하면서 말이다.

관쮜얼은 모든 상황이 마무리 될 때까지 아무 말도 하지 않고 판성메이 옆에 딱 붙어서 신발만 쳐다보고 있었지만 주변에서 무슨 일이 일어나는지 열심히 듣고 있었다. 바닥에 그림자 하나가 보이기만 해도 바짝 긴장해서 싱숭생숭했는데 결국 끝까지 그녀에게 익숙한 그림자는 결코 보이지 않았다.

취샤오샤오가 앤디에게 진진하게 물었다.

"시에빈이 너한테 모든 걸 다 설명했다고 하는데, 대체 뭘 말했다는 거야? 설마 너도 협박당한 건 아니지?"

"직접 가서 물어 봐."

"쳇, 또 날 속였군. 또 모두를 속인거야. 역시 보통이 아니라니까. 이랬다저랬다. 앤디 나 말리지 마."

앤디는 취샤오샤오가 시에빈을 건드리지 못하도록 막아섰다. 그녀는 무섭게 시에빈 노려보면서 사기를 끌어보았지만 이내 시들고 말았다. 시에빈에 대한 복수심이 어느 정도 사그라든 모양이었다. 그녀는 추잉잉이라도 놀래줄 생각에 붉으락푸르락한 얼굴을 바보처럼 웃고 있는 추잉잉 앞에 들이밀었는데 갑자기 추잉잉이 웃음을 터뜨리는 바람에 이 또한 그녀 마음대로 되지 않았다.

"우리 그만 가자, 다들 어떻게 갈 거야? 내 차는 2자리밖에 없는데, 차오 변호사님이 고생 좀 하셔야겠어요."

"안 그래도 기다리고 있었어요. 성메이 씨랑 관쥐얼 양은 제가 모셔다 드리죠. 시에빈 군도 같이 가시죠?"

자오치펑도 선뜻 나섰다.

"그럼 우리가 신랑 신부를 태워가죠. 차가 좀 구식이긴 하지만…."

시에빈은 차오 변호사의 제안을 거절했다.

"저는 택시 타고 갈게요. 저희 집에 가시려면 돌아가셔야 할 거예요. 쥐얼, 다음에 봐."

말을 마친 후 자리에 있는 남성들과 악수를 나누고는 얼른 자리를 떠났다.

시에빈이 고개를 돌리자 관쥐얼은 판성메이의 어깨에 고개를 푹 파묻고 그동안 참고 있던 눈물을 하염없이 쏟아냈다. 앤디가 얼른 다가와 관쥐얼의 어깨를 다독여주었다. 두 사람 다 위로의 말이 떠오르지 않아 그저 가만히 곁에 있어 줄 뿐이었다.

취샤오샤오도 다가와 그들과 함께 자리를 지키고 있자 앤디가 그녀의 팔을 가까이 잡아당겨 자신의 팔 안으로 넣었다. 취샤오샤오는 지금까지 느끼지 못했던 친근함이 느껴졌다.

바오이판이 사람들을 주차장으로 안내했다. 판성메이와 앤디가 나머지 3명을 꼭 안고 부축해서 걸어갔다. 그리고 뒤에서는 자오치핑과 바오이판이 술에 잔뜩 취한 잉친을 부축해서 데려오고 있었다.

"처음에 앤디가 환락송에 산다고 했을 때 방도 작고 별로여서 반대했었는데."

"그러게요, 원래 취샤오샤오도 거기서 잠깐만 살다가 나갈 생각이었는데 말이에요."

두 사람은 잉친을 사이에 두고 서로 웃음이 터졌다.

"앞으로 저분들이 웨시를 어떻게 처리할지 그게 관건이군."

"뭐, 샤오샤오 같은 사람도 변했으니까 웨시도 그렇게 되지 않을까요?"

차오 변호사도 한마디 거들었다.

"22층 가족이 된다는 거, 꽤나 매력적인데요."

자오치핑과 바오이판이 더 크게 웃었다.

"우리한테 잘 보여야 할 거예요. 하하하"

한참 걸어가던 취샤오샤오의 주머니에서 휴대폰이 울렸다. 시에빈의 문자였다. 하지만, 메시지 내용을 아무리 들여다봐도 도저히 무슨 얘기인지 알 수가 없었다.

'나 방금 학교 교수님이랑 통화했는데, 며칠 안으로 원양 화물선을 타고 나가게 될 것 같아. 큰 바다 좀 보고 오려고.'

어리둥절한 취샤오샤오가 휴대폰을 이리저리 살펴보다가 불현듯 조금 전, 그녀가 관쥐얼의 휴대폰은 빼앗은 기억이 났다. 깜짝 놀란 그녀는 황급히 앤디에게 휴대폰은 건네주었다.

옆에서 메시지 내용을 보고 있던 앤디는 제대로 된 반응도 못 하고, 건네받은 휴대폰은 다시 원래 주인인 관쥐얼에게 전해주었다. 관쥐얼이 눈물을 뚝뚝 떨어뜨리자 판성메이와 앤디는 다시 멈췄던 한숨이 터져 나왔다. 그럴 의도는 아닌 것 같았지만 취샤오샤오는 하늘을 쳐다보며 옅은 미소를 지어보였다.

하지만 그녀들은 결코 걸음을 멈추지 않았다. 그녀들은 길을 건너고 빌딩을 돌아 계속해서 앞을 향해 걸었다. 마치 마법처럼 가로등 불빛에 비친 그녀들의 그림자가 늘어났다 줄어들었다 했지만, 결코 흩어지진 않았다. 환락송 22층에 사는 5명의 그림자는 여전히 하나였다.

《환락송》 끝.

환락송 5. 우리들의, 상그리아

2021년 1월 15일 초판 1쇄 발행

지은이 아나이　**옮긴이** 주은주, 박영란
펴낸이 김상현, 최세현　**경영고문** 박시형

책임편집 김명래　**디자인** 윤민지　**교정** 한진석
마케팅 양근모, 권금숙, 양봉호, 임지윤, 조히라, 유미정, 전성택
디지털콘텐츠 김명래　**경영지원** 김현우, 문경국
해외기획 우정민, 배혜림　**국내기획** 박현조
펴낸곳 (주)쌤앤파커스　**출판신고** 2006년 9월 25일 제406-2006-000210호
주소 서울시 마포구 월드컵북로 396 누리꿈스퀘어 비즈니스타워 18층
전화 02-6712-9800　**팩스** 02-6712-9810　**이메일** info@smpk.kr

ⓒ 아나이 (저작권자와 맺은 특약에 따라 검인을 생략합니다)
ISBN 979-11-6534-297-5 (03820)

쌤앤파커스(Sam&Parkers)는 독자 여러분의 책에 관한 아이디어와 원고 투고를 설레는 마음으로 기다리고 있습니다. 책으로 엮기를 원하는 아이디어가 있으신 분은 이메일 book@smpk.kr로 간단한 개요와 취지, 연락처 등을 보내주세요. 머뭇거리지 말고 문을 두드리세요. 길이 열립니다.